ELS BEERTEN ALS GÄBE ES EINEN HIMMEL

Aus dem Niederländischen
von Mirjam Pressler

FJB

Die Übersetzung dieses Buches wurde gefördert vom
Flämischen Literaturfonds (Vlaams Fonds voor de Letteren –
www.flemishliterature.be)

www.fischerverlage.de

Erschienen bei FJB, einem Unternehmen
der S. Fischer Verlag GmbH, Frankfurt am Main

Die niederländische Originalausgabe erschien 2008 unter dem Titel
›Allemaal willen we de hemel‹
beim Verlag Em. Querido's Uitgeverij B. V., Amsterdam
Copyright © 2008 by Els Beerten, Amsterdam, Em. Querido's Uitgeverij B. V.
© S. Fischer Verlag GmbH, Frankfurt am Main 2011
Covergestaltung: Hauptmann & Kompanie Werbeagentur, Zürich
Abbildung: The NewYorkTimes / Redux / laif
Satz: Druckerei C. H. Beck, Nördlingen
Druck und Bindung: CPI – Clausen & Bosse, Leck
Printed in Germany
ISBN 978-3-8414-2135-7

Für Koen

For us, there is only the trying.
The rest is not our business.
T. S. Eliot, Four Quartets

Prolog

1967

Unser Jef ist tot

Jeanne muss lachen, als ich anfange, vom Himmel zu reden. »Remi«, sagt sie dann, »den Himmel gibt es nur im Kopf der Menschen, mehr nicht.«
Das glaube ich noch immer nicht. Dass es den Himmel nur im Kopf der Menschen gibt. Unser Jef kommt bestimmt hinein. Unser Jef war immer schon ein Held, und jetzt, da er tot ist, erst recht. Die Ordensbrüder vorne in der Kirche sagen es, die Leute murmeln es, die Tore des Himmels werden für ihn weit offen stehen.
»Beten wir für das Seelenheil des Hochwürden Pater Claessen, und beten wir auch für diese vom Schicksal schwer geprüften Menschen. Möge Gott ihr Leid lindern.«
Das sind wir. Diese vom Schicksal schwer geprüften Menschen. Wir beugen unsere Köpfe, wir nehmen an allen Gebeten teil, unser Jef ist tot, und er geht in den Himmel.
Er ist nicht an einer Krankheit gestorben. Unser Jef war zäh, und er wäre bestimmt hundert Jahre alt geworden, wäre er nicht im Kongo gegen einen Baum gefahren. Und das auch noch in Sichtweite seiner Mission, auf dem Weg in die Schule. Denn unser Jef war nicht nur Pater, er war auch Lehrer, mit Leib und Seele, wie es scheint, denn für seine Leute war ihm nichts zu viel. Und an einem Tag passiert es:

Er knallt mit seinem Jeep gegen einen Baum, der Baum bricht auseinander, fällt auf Jef, und Jef ist tot.

Ein Mensch ist doch ein seltsames Wesen. Zuerst überlebt er den Krieg in Belgien, dann den Krieg im Kongo, um am Schluss ganz albern gegen einen Baum zu fahren und tödlich zu verunglücken.

Zwei seiner Ordensbrüder kamen, um es unserer Renée zu berichten. Zuerst, dass er tot war, dann, dass er schon beerdigt worden war, und schließlich, dass sie in seinem Geburtsort eine Gedenkmesse abhalten wollten. Renée erklärte sich einverstanden, danach rief sie mich an. Mit unseren Kindern auf dem Rücksitz haben Jeanne und ich uns am selben Tag noch auf den Weg gemacht. Ohne anzuhalten, sind wir gefahren, bis wir vor Renées Tür standen.

Renée hat mich lange festgehalten. »Wir haben ihn verloren«, sagte sie, »wir haben ihn für immer verloren, Remi.«

Wir hatten ihn schon seit Jahren nicht mehr gesehen. Er kam nie auf Urlaub aus dem Kongo, er war viel zu gern dort. Ob wir das verstehen könnten, schrieb er.

Wir schrieben zurück, dass wir es verstünden.

Unser Jef war schon seltsam. Ich habe mir lange Zeit gewünscht, noch einen anderen Bruder zu haben. Aber ich hatte nur einen, und das war Jef. Vielleicht sind Helden immer seltsam.

Ich weiß, warum er in den Kongo ging. Der Ward-Prozess hatte ihn krank gemacht. Niemand hatte gedacht, dass es so enden würde. Als Jef nach dem Prozess nach Hause kam, hat er zunächst drei Tage im Bett gelegen, ohne ein Wort zu

sagen. Er wollte nichts essen, wollte nichts trinken, er lag nur da. Mein Vater war außer sich. Er sagte, Jef solle sein Leben wieder in die Hand nehmen, anstatt im Bett zu sterben. »Geh zurück in die Grube«, brüllte mein Vater, »tu was, hör auf, wie eine lebendige Leiche herumzuliegen.«
Alle waren damals durchgedreht. Sogar meine Mutter, auch wenn sie nichts mehr sagte. Das Einzige, was sie noch tat, war, die Laken unter seiner Matratze festzustopfen, die Vorhänge auf- und wieder zuzumachen. Seine Haare zu kämmen. Sein Gesicht zu waschen. Einen Schwamm an seine Lippen zu drücken.
Nach drei Tagen ohne Essen und Trinken kam Jef ins Wohnzimmer. Ich möchte Missionar werden, sagte er. Und er wurde Missionar. Nicht einen Fuß hat er mehr in die Grube gesetzt. Die Grube war vorbei, der Kongo war die Zukunft.

Die Blaskapelle spielt heute nicht für Jef. Ich verstehe das. Jef wurde hier zwar geboren, aber er gehörte schon lange nicht mehr hierher.
Die Ordensbrüder haben ihren eigenen Organisten mitgebracht. Der Mann gibt sein Bestes, aber einfach kann es nicht sein. Die Orgel müsste dringend gestimmt werden, sogar ein Kind kann das hören. Aber niemand in der Kirche schaut auch nur einen Moment hoch, wenn ein falscher Ton gespielt wird. Die Menschen sind seltsam. Sie gewöhnen sich an alles, auch an hässliche Dinge.
Dabei gibt es doch nichts Schöneres als Musik. Ich glaube das wirklich. Als ich achtzehn wurde, ging ich nach Brüssel, um dort Musik zu studieren, danach bekam ich ein Stipendium

für Mailand. Jeanne und ich sind dort geblieben. Schon seit Jahren spiele ich im italienischen Nationalorchester, mein Instrument ist noch immer die Trompete. Ward wollte mir das Saxophonspielen beibringen. Es passierte nie. Ein Mensch muss im Leben viel wollen, aber er darf nicht alles wollen.

Es scheint, als hätte der Frühling heute angefangen, die Sonne brennt unverschämt heiß. Als ich aus der Kirche komme, kneife ich wegen des grellen Lichts die Augen halb zu. Jemand nimmt meine Hände. Es ist Schwester Melanie. Ich erkenne sie sofort, auch wenn ihr Gesicht verrunzelt ist. Sie sieht wie eine Hundertjährige aus, und wahrscheinlich ist sie es auch. Sie wird uns alle überleben.

»Dein Bruder war ein Held für seine Leute«, sagt sie, während sie weiter meine Hände festhält.

»Ich weiß«, sage ich.

»Ich werde für ihn beten«, sagt sie.

Ich verstehe immer noch nicht, warum man für einen Helden beten muss. Ein Held kommt von ganz allein in den Himmel. Es sei denn, wir bilden uns alle etwas ein und tun nur so, als gäbe es einen Himmel.

Ich mache mir deswegen nicht allzu viele Sorgen.

Wir werden schon sehen.

Jeanne sagt das auch. Dass wir schon sehen werden.

Es gab eine Zeit, da war ich für sie das jämmerlichste Männchen auf Erden. Und jetzt haben wir drei Kinder. Drei gesunde Kinder. Zusammen eine Million Sommersprossen und mindestens zwei Millionen, wenn man Jeanne mitzählt.

Ich bin ein glücklicher Mensch.

Teil I

1945

Helden

Die Reise dauert viel zu lange.
»Martin, wo gehst du hin?«
»Zur Toilette. Bin gleich wieder da.«
Ich fühle ihre Augen in meinem Rücken und drehe mich kurz um. Sie lächelt mir zu. Ein dicker Herr rechts neben ihr, eine kleine Frau links. Der leere Platz ihr gegenüber gehört mir. Außerdem noch zwei Frauen in unserem Abteil. Plötzlich drehen alle die Köpfe in meine Richtung. Unsere Blicke kreuzen sich. Ich spüre, wie sie jeden meiner Gesichtszüge in sich aufnehmen.
Mein Gesicht verkrampft sich. Ich kann nichts dafür, es passiert einfach. Isa nickt mir zu, sie lächelt immer noch. Ich kenne niemanden, der so lächeln kann wie Isa.
Ich mache die Tür hinter mir zu und gehe auf den Gang hinaus. Der Zug fährt schnell. Ich halte mich an den Griffen unter dem Gangfenster fest, während ich in Richtung Toilette gehe.
Die Toilette ist frei.
Ich stehe vor dem Spiegel.
Helden erzählen ihre Geschichte nie selbst. Ihre Geschichte wird ihnen von ihrer Umgebung zugeteilt. Es war einmal, und dann vollbringt der Held etwas ganz Tolles, und daraufhin lebt der Held oder die Heldin für immer und ewig.
So ein Geschenk werde ich nie bekommen.

Mein Name ist Martin Lenz. Ich wurde in Berlin geboren. Unseren Bezirk gibt es nicht mehr, mich allerdings schon noch. Meine Eltern gibt es nicht mehr. Meine Großeltern nicht, meine Freunde nicht, das Viertel, in dem ich früher wohnte, nicht. Nur mich.

Mich gibt es noch.

Es waren englische Bomben. Letzten Oktober, während ich an der Front gegen die Russen kämpfte. Ich war nicht zu Hause, ich hatte Glück. Einfach unverschämt viel Glück.

Mein Akzent? Meine Mutter kam aus Flandern. Als Kind lernte ich zuerst Niederländisch und erst später Deutsch. Mein Vater war Deutscher. Ich wurde als Deutscher erzogen.

Hier sind meine Papiere. Zwanzig Jahre, so alt bin ich.

Natürlich vermisse ich sie alle. Jeden Tag vermisse ich sie. Aber der Mensch muss weitermachen.

Wir sind unterwegs nach Köln, Isa und ich. Isa Hofmann. Sie werde ich mal heiraten. Sie kommt aus Köln, die letzten Jahre hat sie als Krankenschwester an der Front gearbeitet. Ich wurde in Dresden verletzt, kam ins Lazarett, Isa war die Krankenschwester, die mich versorgte, und wir haben uns verliebt.

Ich muss nicht mehr zurück an die Front. Mich können sie nicht mehr gebrauchen. Sobald ich konnte, haben wir uns Richtung Westen auf den Weg gemacht. Heutzutage zieht doch jeder Richtung Westen, oder? Ich bin froh, dass wir zu ihren Eltern gehen können. Wie ich schon sagte, der Mensch muss weitermachen.

Ich gerate nicht mehr ins Stocken. Ich habe die Geschichte schon so oft erzählt, irgendwann wird sie ganz und gar meine

Geschichte sein. Trotzdem noch einmal. Mein Name ist Martin Lenz. Ich wurde in Berlin geboren. Unseren Bezirk gibt es nicht mehr. Und den ganzen Rest auch nicht. Der Spiegel beruhigt mich. Ich zwinkere nicht mehr mit den Augen. Ich halte meinen Kopf nicht mehr schräg. Direkt in die Augen schauen, aber nicht die ganze Zeit. Den Rücken gerade, die Hände ruhig. Nicht mit den Fingern spielen. Es gibt mich zwar noch, aber jeden Tag ein bisschen weniger. Immer weniger, bis ich nur noch meine Geschichte sein werde. Diese eine. Damit werde ich leben können.

Die Medaille

Mein Bruder Jef ist ein Held. Ein richtiger. Es stand sogar in der Zeitung. Er hat auch eine Medaille bekommen. Die hängt schon seit einer Woche bei uns an der Wand. Sie glänzt sehr. »Hände weg, Remi«, sagt meine Mutter, wenn ich nur einen Finger danach ausstrecke. Meine Mutter putzt die Medaille jeden Tag. »Was unser Jef geleistet hat, kann man nicht in Worte fassen«, hat sie schon mindestens fünfzigmal gesagt.
Wenn mein Vater nach Hause kommt, stellt er sich vor die Medaille, die Arme verschränkt, und seufzt dann tief: »Ja. Ja, ja.« Und das etwa hundertmal am Tag.

Unser Jef hat Glück. Mit seiner Medaille kommt er bestimmt in den Himmel. Egal, wie oft er jetzt noch flucht oder lügt, sie werden ihn hineinlassen, sie werden nicht darum herumkommen. Alle guten Menschen kommen in den Himmel, sagt der Pfarrer, aber zuallererst die Helden.
Hätte ich doch auch eine Medaille. Aber wer zehn ist, kann noch kein Held sein. Denke ich. Ich muss noch etwas Geduld haben.

Das Haus riecht nach Zigaretten, nach Pfeife und Kaffee. Es ist Samstag, und meine Mutter hat vier Kuchen gebacken, um die Medaille zu feiern. Unser Haus ist voller Leute. Mein

Vater und meine Mutter, ich, Jef natürlich, meine Schwester Renée, die beiden Nachbarn und die beiden Nachbarinnen. Die Medaille wurde von der Wand genommen, so dass wir sie aus der Nähe betrachten können. Der König ist darauf zu sehen und etwas in französischer Sprache. Etwas über Tapferkeit, scheint es.

Ein Held ist natürlich tapfer. Sonst ist er kein Held, sagt meine Mutter.

»Dass er nicht zurückkommt«, sagt sie plötzlich.

Es wird still im Haus.

Mit »er« meint sie Ward. Seit die Medaille an der Wand hängt, flüstern sie den ganzen Tag über ihn. Und schweigen sofort, sobald ich in die Nähe komme.

»Wenn sie ihn zu fassen bekommen, werden sie ihn schwer bestrafen«, sagt mein Vater. »Schaut doch, was sie mit seiner Mutter gemacht haben, die sitzt immer noch im Gefängnis, und so schlimme Verbrechen hat sie doch nicht begangen.«

Meine Mutter steht auf und wischt eine ganze Weile ihre Hände an ihrer Schürze ab. »Wer weiß, ob er noch lebt«, sagt sie.

Erschrocken schaue ich sie an.

»Natürlich lebt er noch«, sagt mein Vater, »wenn er tot wäre, hätten wir es schon längst erfahren. In einem Dorf wie unserem bleibt nichts geheim.«

»Es ist alles seine eigene dumme Schuld.« Renée steht auf, ihr Stuhl schabt hart über den Boden. Sie stellt sich ans Fenster und schaut hinaus. Als wäre dort ein gewaltiges Spektakel zu sehen.

Für kurze Zeit wird es wieder ganz still.

»Wer möchte noch ein Stück Kuchen?«, fragt meine Mutter plötzlich. Bevor jemand etwas sagen kann, hat sie auf jeden Teller ein Stück gelegt. Es ist mein drittes. Gleich bekomme ich wieder Bauchweh von dem vielen Kuchen.
»Was für eine eigene dumme Schuld?«
»Dafür bist du noch zu klein«, sagt meine Mutter und lächelt.
»Ich bin schon zehn«, sage ich wütend.
»Genau«, sagt sie. »Wer möchte noch Kaffee?« Sofort steht sie auf und füllt jede Tasse bis zum Rand. Im Zimmer sind die Gespräche wieder in vollem Gange, als hätte ich nichts gesagt, kein einziges Wort.
Ich *muss* es wissen. Was mit Ward ist. Und ob er zurückkommt. Ich stehe auf und gehe zu Renée. Ward war ihr Freund, also wird sie es wissen. Ich ziehe an ihrem Arm.
»Wann kommt er zurück?«, flüstere ich.
»Was weiß ich«, flüstert sie zurück.
Sie weiß es also auch nicht. Und es ist ihr egal.
»Er hat es mir versprochen«, flüstere ich.
Sie zuckt mit den Schultern.
»Er wollte mir das Saxophonspielen beibringen«, sage ich.
Sie schüttelt den Kopf. »Ach, Remi.«
»Was ist mit Ward?«, frage ich lauthals.
»Halt doch den Mund, Kleiner«, sagt Jef. Er schaut mich an, als wäre ich ein Stück Dreck. Dabei habe ich einfach nur eine Frage gestellt.
»Ward ist mein Freund«, sage ich wütend.
Meine Mutter lächelt mir zu. »Später erzähle ich dir alles.«
Später, immer später. Als würde ich jetzt nichts aushalten.

»Lasst uns auf unseren Jef anstoßen. Auf unseren Jef und auf seine Medaille«, sagt sie.

Ich gehe hinaus. Es regnet ein bisschen.
Ich habe Ward schon lange nicht mehr gesehen, aber ich habe ihn nicht vergessen. Er hat mir das Pfeifen auf allen Fingern beigebracht. Stundenlang haben wir geübt, bis ich es konnte. Und als ich es konnte, war es für immer.
Jef kann nicht mal pfeifen, geschweige denn auf seinen Fingern.

Was ich will

Noch etwa vier Monate, dann werde ich mein Abitur in der Tasche haben. Ich darf wählen, was ich danach machen will: arbeiten gehen oder studieren.
Meine Mutter sagt, dass ich gut in Musik bin und dass ich ›etwas mit Musik‹ machen soll. Geh nach Hasselt, Renée, hat sie gesagt, zur Musikschule, dann wirst du es schon herausfinden.
Mein Vater sagt, dass ich Glück habe, weil ich es mir aussuchen kann. Und dass ich ruhig wissen soll, dass ich das meiner Mutter zu verdanken habe. Denn wenn es nach ihm ginge, ja dann. Und dass er es nicht versteht. Warum Frauen sich alles so schwermachen, sie haben zu Hause doch genug zu tun.
Du bist keine Frau, also kannst du das nicht verstehen, hat meine Mutter zu ihm gesagt.
Jetzt stehe ich hier und warte auf die Straßenbahn nach Hasselt.
Was ich will, ich weiß es nicht.

Jef durfte auch studieren, aber es zog ihn in die Grube. Alle arbeiteten in der Grube, sagte er, so schlimm konnte es also nicht sein.
Mein Vater arbeitet auch dort. Es ist aber doch schlimm, sagt er, Jef würde schon noch dahinterkommen, er habe einfach

Angst, seine Flügel auszubreiten, einen größeren Angsthasen als unseren Jef kenne er nicht. Lehrer sollte er werden oder Anwalt. Notar oder Arzt. Das seien Männer, die die Welt bewegen, sagte mein Vater.

Die Welt würde sich auch ohne ihn bewegen, sagte Jef, und dass er in der Grube seine Flügel ausbreiten würde. Und er wolle nicht mehr als Angsthase beschimpft werden, das müsse aufhören.

Seit sein Foto in der Zeitung war und die Medaille an der Wand hängt, kann unser Jef nichts mehr falsch machen. Mein Vater lobt ihn über den grünen Klee, während Jef nichts anderes tut als brummen, dass es jetzt reicht. Er muss sich noch daran gewöhnen, ein Held zu sein. Denn das ist er. Auch wenn er Grubenarbeiter und kein Arzt geworden ist. Während Ward ... Ein großer Feigling ist der. Wenn er zurückkommt, erschießen sie ihn, sagt mein Vater, denn so wird es mit Verrätern gemacht.

Er sagt solche Sachen nur, wenn Remi nicht in der Nähe ist. Remi lebt noch immer in einer Märchenwelt, wo Freunde für immer Freunde bleiben. Und Ward war sein bester Freund. Und mein Liebster. Meine erste große Liebe.

Heute weiß ich nicht mal mehr, wie sein Saxophon klingt.

Meine Mutter, gestern Abend.
Und, Renée, wie gern hast du ihn gehabt?
Sehr gern.
Wie gern ist das? Wenn das Haus brennt, und er ist noch drin, was dann?
Früher wäre ich hineingerannt.

Früher?
Natürlich. Jetzt braucht er nicht mehr zu kommen.
Nie mehr?
Aber Mutter. Natürlich nie mehr.
Wie meine Mutter daraufhin nickte, fast bis ihr der Kopf abfiel. Sie nickte mir und sich selbst zu. Kind, sagte sie dann, es hätte alles anders laufen müssen.

Aber es ist gelaufen, wie es gelaufen ist.
Die Straßenbahn ist da, ich steige ein.
Ein paar Haltestellen weiter setzt sich ein Mann neben mich, ich schätze ihn auf fünfundzwanzig, aber er könnte genauso gut dreißig sein. »Darf ich, Fräulein?«, fragt er.
Renée, nicht Fräulein. Ich denke es, sage es aber nicht. Meinen Namen erfährt er nicht. »Bitte sehr«, sage ich und drehe meinen Kopf zum Fenster.
Zur Sicherheit habe ich meine Trompete mitgenommen, sie liegt im Instrumentenkasten auf meinem Schoß. Ich werde wohl etwas vorspielen müssen, wie sollen sie sonst wissen, wie sie mich einstufen sollen?
»Fahren Sie auch nach Hasselt?«, fragt er.
Das geht Sie nichts an, möchte ich sagen. Ich nicke.
»Ich auch«, sagt er.
Na und, denke ich.
»Wohnen Sie hier in der Nähe?«
Ich seufze. Warum hält er nicht einfach den Mund?
»Wo kommen Sie her?«, wiederholt er.
Wenn ich nicht antworte, hört er nicht auf zu fragen. Deshalb sage ich es ihm.

»Ich kenne den Namen«, sagt er, »mehr nicht.«
Ich nicke kurz und drehe meinen Kopf zum Fenster. Natürlich kennt er den Namen nicht, unser Dorf ist winzig. Einige Häuser, ein paar Läden, ein Platz mit einer Kirche, ein Rathaus und ein Saal für die Blaskapelle. *Unsere Sehnsucht* hieß der Saal und *Unsere Sehnsucht* hieß auch die Blaskapelle. Wir waren alle Mitglied bei *Unsere Sehnsucht*, mein Vater, Jef und ich. Und dann kam Ward dazu. Wenn jemand musikalisch begabt war, dann er. Ich habe das später nie verstanden. Wie jemand so wunderschön spielen und zugleich so seltsame Gedanken im Kopf haben konnte.
Niemand weiß, wo er jetzt ist. Er wird wohl erfahren haben, was mit Leuten wie ihm passiert, er wird nicht zurückkommen, so schlau ist er bestimmt. *Leute wie er.* Dass ich jemals so über meinen Liebsten reden würde.
Ich habe es immer schon gewusst, sagt mein Vater, wenn über Ward geredet wird.
Er hat nie auch nur irgendetwas gewusst. Er mochte Ward ebenso gern wie wir alle. Alle mochten ihn.

»Welches Instrument ist da drin?«
Ich erschrecke, seine Stimme ist viel zu nah an meinem Ohr. Warum lässt er mich nicht einfach in Ruhe? »Eine Trompete.«
»Ich mag Musik sehr gerne.«
Ich schaue ihn so uninteressiert an wie nur möglich.
Er nickt vor sich hin, schiebt sich zehn Zentimeter von mir weg, so weit, wie es der Sitz zulässt. Er hat verstanden, endlich.

Meine Hände gleiten über den Instrumentenkasten.

Der Krieg ist vorbei, Ward kommt nie mehr zurück, und meine Mutter hat recht: Ich habe eine Begabung für Musik. Ich werde mich beim Spielen austoben, und mein Kopf wird wieder voller Musik sein.

Mein Geheimnis

Letzte Woche haben sie mir eine Medaille gegeben. Es sind die Männer von der Untergrundarmee, die das organisiert haben. Sie waren mir dankbar. Das genügte mir. Eine Medaille war wirklich nicht nötig.
Die Verleihung fand im Rathaus statt. Wir waren zu fünft. Vier Männer von der Untergrundarmee und ein Bürger. Ich war der Bürger.
Die Helden des Dorfes wurden wir genannt.

Vorher wusste niemand, dass ich ein Held war. Zu Hause war ich einfach Jef. Jef, der Grubenarbeiter. Mein Chef war mit mir zufrieden, ich trank nicht und ging immer rechtzeitig ins Bett. Ich war in keine schmutzigen Geschäfte verwickelt. Ich war nichts Besonderes.
Bis sie auf einmal mitten in unserem Zimmer standen. Ohne Vorwarnung. Drei große Männer mit Pistolen im Gürtel.
Es war September 1944, der Krieg war gerade zu Ende, und das Dorf sollte von jedem gesäubert werden, der auf der Seite der Deutschen gestanden hatte. Leute wurden aus ihren Häusern gezerrt und auf einen Wagen geschoben, ihre Köpfe wurden kahl rasiert, und so wurden sie zum großen Vergnügen des übrigen Dorfes wer weiß wohin verschleppt.
Es war nicht richtig, dass die Kerle einfach so in unser Haus

eindrangen. Wir hatten mit dem Krieg nichts zu tun gehabt.

»Es muss ein Irrtum sein«, stammelte mein Vater.

»Wir kommen wegen Ihres Sohnes«, sagten sie.

Alle drehten sich zu mir, meine Mutter, mein Vater, Renée, Remi und die drei Männer. Sieben Köpfe, die mich anstarrten, als käme ich aus einer anderen Welt.

Ich konnte nichts anderes machen als zurückstarren. »Wegen mir?«

Ich las die Angst in den Augen meiner Eltern, aber ich selbst war zu erstaunt, um Angst zu haben. »Wegen mir?«, fragte ich noch einmal.

Der Größte der drei stellte sich vor mich hin. Er schaute mich forschend an. »Jef Claessen?«

»Das bin ich.«

»Mitkommen«, sagte er.

»Wieso mitkommen?«, fragte mein Vater entsetzt. »Mein Sohn geht nirgendwo hin.« Er stellte sich vor die drei Männer und machte sich so breit wie möglich. Meine Mutter stellte sich hinter ihn. »Wir sind anständige Bürger«, sagte sie.

»Wir wollen ihm nur ein paar Fragen stellen«, sagte der Große. »Vielleicht ist er gleich wieder zu Hause. Vielleicht auch nicht.« Er schaute mich forschend an. »Du warst dabei«, sagte er dann. Es klang fast freundlich, aber ich wusste, dass Freundlichkeit oft ein Vorwand war, um etwas herauszufinden. Meine Gedanken rasten wie verrückt durch meinen Kopf. Wovon, in Gottes Namen, redete er?

Er sah, wie ich nachdachte, und runzelte die Stirn. »Oder irre ich mich?« Seine Stimme klang zögernd, doch noch immer freundlich.

»Ich werde dein Gedächtnis ein bisschen auffrischen. Letzten Mai, die Fußballkantine.«

Fast zog es mir die Beine weg, so sehr erschrak ich.

»Warst du an dem Abend dabei, Jef?«

Er wusste es. Wie war das möglich? Niemand hatte mich gesehen. Da war ich mir sicher.

»Wir möchten dich nur kurz zu diesem Abend befragen, Jef. Wir möchten sichergehen, dass alle Fakten richtig sind.«

Plötzlich richteten sich meine Haare auf. Der Augenblick der Wahrheit war gekommen. Nie zuvor hatte ich jemandem erzählt, was an jenem Abend passiert war. Es war mein Geheimnis, ich würde es mit ins Grab nehmen.

Ich zitterte am ganzen Leib, während ich ihnen nach draußen folgte. Mein Vater kam hinter mir her. »Sie bleiben hier«, sagten die Männer zu ihm. »Wir brauchen Ihren Sohn, nicht Sie.«

Mein Vater nickte. Er blieb in der Tür stehen, die Lippen zusammengepresst. Erst wenn wir um die Ecke verschwunden sein würden, würde er anfangen zu fluchen. Eher nicht. Mein Vater war der größte Angsthase von uns allen.

Ich ging mit zu ihrem Hauptquartier. Ich wurde in eine Kammer geschoben. Die drei verschwanden. Zwei andere Männer kamen herein. Ob es stimmte. Dass ich an jenem Abend im Mai eine Aktion von Kollaborateuren sabotiert hatte. Und dadurch vier Männer vom Widerstand gerettet

hatte. Vier Männer von der Untergrundarmee. Vier ihrer Spitzenmänner.
Ich nickte. Es stimme, sagte ich.
Das war es, was sie wissen wollten, sagten sie erleichtert. Anschließend fragten sie, woher ich von dieser Aktion gewusst hatte. Reiner Zufall, antwortete ich. Nein, ich war kein Mitglied des Widerstands und auch kein Spion. Mein Vater hätte es mir nie verziehen, wenn ich mich in den Krieg eingemischt hätte.
Sie lächelten. »Du hast es aber trotzdem gemacht. Und jetzt dürfen es alle wissen, Jef Claessen ist ein Held.«

Es vergingen Monate, und ich hörte nichts mehr von ihnen. Unterdessen gingen die Razzien im Dorf weiter. Als das Schlimmste vorbei war, wurde es offensichtlich Zeit für die Medaillen.
Vor einigen Wochen kam meine Heldentat in die Zeitung. Mein Vater lernte den Artikel auswendig, meine Mutter fragte sich, wie ich es so lange für mich behalten konnte. Dass ich viel zu bescheiden war. Andere Zeitungen wollten meine Geschichte hören, ich erzählte sie ihnen.
Letzte Woche haben sie mir also die Medaille gegeben. Meine Familie war dabei. Jeder umarmte mich und sagte, ich sei der größte Held von allen.
Ich hoffe, dass Ward drüben in Sicherheit bleibt, denn hier werden sie ihn vernichten. Wir alle.

Götterkind

Der Zug hält, wir sind in Köln.

Ich hebe die Koffer aus der Ablage. Mein Saxophon nehme ich gleich auf den Rücken. Nach Isa ist es das liebste, was ich besitze.

»Kann ich Ihnen behilflich sein?«, fragt der dicke Mann.

Nicht nötig, möchte ich sagen.

»Gern«, sagt Isa.

Wie ruhig sie aussieht. Obwohl sie stirbt vor Nervosität. Ihre Eltern kommen und holen uns ab, aber wenn sie nicht da sind? Wenn in der Zwischenzeit etwas passiert ist? Der Krieg ist nicht vorbei, es kann noch so viel schiefgehen.

Sie wollte zurück nach Köln, aber nur, wenn ich mitkäme. Als hätte ich zurückbleiben wollen. Die Russen sind zu stark, sie brennen den ganzen Osten nieder. Schlimmer geht es nicht. Der Westen wird verschont, dachte ich. Wie naiv ich bin, der Feind ist überall. Die Verwüstung unterwegs hat mir genug erzählt. Die Dörfer sind zu Ruinen geworden. Einige Male hat der Zug stundenlang stillgestanden, jedes Mal zitterte ich vor Angst. Fast da zu sein und es dann doch nicht zu schaffen. Direkt vor der Ziellinie zu stolpern.

Man kann sterben vor Angst. Tieren passiert es, Menschen auch. Manchmal geschieht es, weil es nicht anders geht. Weil das, was kommen wird, zu schlimm ist. Man kann den Tod kilometerweit riechen. Uns wurde beigebracht, dass es dann keine Wahl mehr gibt.

Aber wir sind da. Es bleibt ein Wunder, wie schnell die Deutschen ihr Eisenbahnnetz reparieren. Ich schaue aus dem Fenster hinaus. Der Bahnsteig wurde aufgebrochen, Steinhaufen deuten auf die Gebäude hin, die mal dort gestanden haben. Köln ist eine Ruine. Und in dieser Ruine werde ich mein Glück suchen.

»Wie nett von Ihnen«, sagt Isa zu dem Mann.

Er lächelt ihr zu und hebt zwei Koffer hoch. Sie kann Eisen zum Schmelzen bringen, nur dadurch, dass sie existiert. Ich bin ein Götterkind, weil ich sie getroffen habe.

Ich nehme die übrigen Koffer und folge ihm nach draußen. Ich schüttle die Hand des dicken Mannes. »Vielen Dank.«

»Viel Glück«, sagt er.

Auf dem Bahnsteig stehen fünf Koffer, Isa und ihre Eltern. Sie haben ihre Arme mit Isas Armen verschlungen, ein Knäuel, das, wie es scheint, nicht aufzulösen ist. Alle drei schauen so glücklich zu mir herüber, als wäre ich die Ursache ihres Glücks. Aber sie selbst sind die Ursache. Dass es sie noch gibt.

Ich gehe auf sie zu, versuche so wenig wie möglich zu hinken. Ich strecke meine Hand aus. Martin Lenz aus Berlin. Alle tot, alle weg, nur ich nicht. Ich werde mir Mühe geben, mit meiner ganzen Kraft. Ich verspreche es dem Himmel auf bloßen Knien.

Das Knäuel löst sich auf.

»Da bist du also, Martin«, sagt Isas Vater. Er legt seine Hand auf meine Schulter. »Willkommen, Junge.«

Seine Stimme klingt heiser, irgendetwas ist mit seiner Atmung. Als würden seine Worte zu viel Sauerstoff brauchen. Es sind die Gefühle, denke ich, sie können einem den Hals zuschnüren.

Ihre Mutter schaut mich warm an. »Lieber Martin, Isa hat so viel über dich geschrieben. Endlich lerne ich dich kennen. Wie war die Reise?«

»Ich hatte solche Angst, Mama«, sagt Isa. Ihre Stimme klingt müde und ängstlich. Sie irrt sich, sie hat nie Angst. Dann schaut sie mich an. »Zum Glück war Martin bei mir.«

Fast schüttele ich den Kopf. Ohne sie wäre ich nicht hier. Aber ich lächle so warm wie möglich.

»Kommt, Kinder, wir gehen nach Hause. Ihr seid bestimmt sehr müde von der langen Reise. Ihr werdet Hunger haben.«

»Vielen Dank«, sage ich.

Sie schaut mich an, als hätte ich etwas Komisches gesagt. »Vielen Dank? Wofür?«

Für die Chance, möchte ich sagen, aber das wird sie nicht verstehen.

»Verzeihung.«

Isa schaut mich neckend an. »Er ist manchmal etwas durcheinander«, sagt sie. »So ist Martin. Du wirst ihn schnell kennenlernen, Mama. Er ist der größte Schatz der Welt.« Sie stellt sich auf die Zehenspitzen und küsst mich auf die Wange.

Isas Vater hat die Koffer auf einen Karren gestapelt. Ich mache Anstalten, den Karren zu schieben, aber er kommt mir zuvor. »Heute nicht, Martin. Heute ist dein Tag, heute ist euer Tag«, keucht er.

»Aber ...«

»Kein aber. Ihr seid sicher hier angekommen, und das werden wir heute feiern. Abgemacht?« Im selben Moment winkt er einen Gepäckträger herbei und bittet ihn, den Karren bis zur Straßenbahnhaltestelle zu schieben. Er wendet sich wieder zu mir. »Was trägst du da auf dem Rücken? Dein Saxophon?«

Ich nicke überrascht.

»Sie hat es uns geschrieben. Wie du spielst.« Er lächelt. »Ich möchte es gerne hören, es muss toll sein.«

»Natürlich werde ich für Sie spielen.«

Ich gehe neben ihm her und hinke stärker als sonst. Er sagt nicht, dass Isas Verlobter zwei gesunde Beine haben sollte. Ich schaue mich kurz um. Isa und ihre Mutter folgen uns, Arm in Arm.

»Isa ist die Allerliebste«, sagt er sanft, immer noch mit heiserer Stimme.

»Ich weiß. Nur das Beste ist für sie gut genug.«

»Genau.«

»Das möchte ich sehr gerne sein«, sage ich.

»Was?«

»Das Beste, das Aller-, Allerbeste.«

Er hustet kurz. »Nicht so schnell, Martin«, keucht er.

Zum ersten Mal seit langer Zeit bittet mich jemand, langsamer zu gehen. Ich schätze ihn auf Mitte fünfzig, aber er hört sich an wie ein Achtzigjähriger, geht auch so.

»Der Krieg«, sagt er. »Der letzte. Ich habe einen Lungenflügel verloren im Schützengraben. Gas. Es schleicht sich in den Körper hinein und macht alles kaputt, was ihm begegnet. Die Schmerzen waren zum Verrücktwerden. Und man konnte nichts machen. Man konnte nur abwarten, ob man überlebte oder nicht. Ich habe Franzosen, Belgier, Engländer nach ihrer Mutter schreien hören. Was sie uns auch immer weismachen wollen, wir sind alle die gleichen Menschen.«

Es tut fast weh zu hören, wie er jetzt keucht.

»Ich habe noch Glück gehabt, ich habe überlebt, ich konnte sogar mein Medizinstudium fertig machen. Aber dann kommt noch ein zweiter Krieg, als hätten sie nichts daraus gelernt. Zum Glück wurde ich nicht mehr eingezogen. Hätte nie gedacht, dass ich noch froh darüber sein würde, nur einen Lungenflügel zu haben.«

Er hält kurz an, atmet ein paar Mal mühsam, schaut mich an.

»Aber sie musste unbedingt an der Front helfen. Egal, was ich sagte, egal, wie ich sie anflehte.«

Wir gehen langsam weiter, er mit zu wenig Luft, ich mit einem schleppenden rechten Bein. Er hält kurz inne, schaut mich von der Seite an. »Du weißt also, wie die Hölle aussieht.«

Im selben Moment spüre ich eine Hand auf meiner Schulter.

»Zum Glück ist es fast vorbei«, sagt er. Seine Stimme klingt leicht krächzend, fast tröstlich.

Ich schüttele den Kopf. »Sie haben keine Ahnung, wie grausam sie sind, die Russen. Alles walzen sie platt mit ihren Tanks. Alles. Sie stecken die Welt in Brand und rauben, was übrig bleibt. Sie rauben auch Menschen.«

»Ich habe davon gehört.« Immer noch die Hand auf meiner Schulter. »Versuche, etwas zur Ruhe zu kommen. Ich hoffe, dass du bei uns glücklich werden wirst.«

Was bin ich doch für ein Götterkind.
Dann sehe ich ein Gesicht vor mir. Ich kenne es so gut. Ich habe ihr immer ähnlich gesehen. Nicht meinem Vater, keineswegs meinem Vater. Ich darf nicht mehr an sie denken, sonst geht doch noch alles schief. Sie wird das verstehen, sie hat mir immer erzählt, dass es für immer ist, wenn man jemanden lieb hat. Dass das Herz nichts vergisst, egal, wie weit oder unmöglich der Weg ist. Aber ihren Namen darf ich nie mehr erwähnen. Und ihr Gesicht sollte ich auch besser vergessen. Ich bin Martin Lenz, ich bin in Berlin geboren. Unseren Bezirk gibt es nicht mehr, aber mich schon noch. Meine Eltern nicht. Meine Großeltern nicht, meine Freunde nicht, das Viertel, in dem ich früher wohnte, auch nicht.

»Martin, was ist los?« Isa geht jetzt neben mir. Diese Wärme, diese Besorgnis, werde ich sie immer und ewig ertragen können?

Sie hat meinen Arm genommen. »Du schwankst ein bisschen«, sagt sie.

»Es wird die Müdigkeit sein.«

»Papa wird sich nachher dein Bein anschauen. Er hat immer etwas gegen Schmerzen da.«

Papa, der Held, Papa, der Wunderdoktor, denke ich.

»Du vermisst sie, nicht wahr?«

Ich werfe ihr erstaunt einen Blick zu. Sie bekommt immer alles mit.

»Ich kann das gut verstehen«, sagt sie sanft. »Ich mag nicht daran denken, dass es meine Familie nicht mehr geben würde. Ich würde verrückt werden.«

Wir gehen schweigend weiter.

»Es macht nichts, wenn du weinen musst«, sagt sie dann. Noch ein Wort, und ich werde mich umdrehen und weglaufen.
»Wirklich nicht«, sagt sie.
Ich beiße die Zähne zusammen. Nachher werde ich den Mund nicht mehr öffnen können. Vielleicht ist das gar nicht so schlecht. Aber ich drehe mich nicht um. Ich kann nur in eine Richtung gehen, und zwar in die, die ich selbst gewählt habe. Schwierig geht auch, sagte meine Mutter immer. Ihr Gesicht wird verschwinden, ihre Hände werden verschwinden und zum Schluss auch ihre Stimme. Am Schluss wird meine Geschichte flutschen wie eine gutgeölte Maschine.

Spannend

Mein Vater hat gesagt, dass ich den Garten pflegen soll, zusammen mit Jef.
Zunächst habe ich mich gefreut. Hurra, mit Jef im Garten arbeiten. Mit Jef. Aber seit er seine Medaille bekommen hat, ist er ständig böse auf mich. Ich brauche nur in seine Nähe zu kommen, und schon gibt er mir einen Tritt in den Hintern. *Ich* würde den ganzen Tag singen, wenn ich eine Medaille bekommen hätte.
Ich möchte Radieschen und Radieschen und Radieschen im Garten, und wenn ich das Jef erzähle, lacht er mich aus. Radieschen erzeugen im Magen ein Hungergefühl, sagt er. Wir werden dicke Kohlköpfe pflanzen. Grünkohl und Weißkohl und Rotkohl. Obwohl er weiß, dass ich Kohl nicht mag. Und Rosenkohl, sagt er. Tausende. Davon wird mir auch schlecht. Er kann sich auf den Kopf stellen mit seinem Kohl und seinem Rosenkohl. Er glaubt wohl, dass er alles darf, jetzt, da er eine Medaille bekommen hat. Fluchen und ärgern und treten und hässliche Dinge sagen. Ich bin froh, dass ich wieder jeden Tag in die Schule gehen kann. Froh, dass ich eine Weile das schlechtgelaunte Gesicht unseres Jef nicht sehen muss.

Während des Kriegs blieben wir daheim und gingen nicht in die Schule. Es liegt Gefahr in der Luft, sagte meine Mutter dann. Und dass ich keine Angst haben sollte. Aber ich hatte nie Angst.

Einmal kamen fremde Männer in unsere Klasse, sie trugen alle eine schwarze Uniform und sagten zu unserem Lehrer, er müsse mitkommen. Er sollte in Deutschland kämpfen, sagten sie zu uns, und wir sollten uns keine Sorgen machen, es würde ein neuer Lehrer kommen.

Unser Lehrer kam nie mehr zurück. Eines Tages wurde in der Schule erzählt, er sei in Deutschland gestorben, schon etwa einen Monat nach seiner Abreise. Das hat mich sehr erschreckt. Er muss sehr krank gewesen sein, dass er so schnell gestorben ist. Und ich hatte ihm nichts angemerkt.

Der Neue war ein komischer Kauz. Wir mussten die ganze Zeit deutsche Lieder lernen. Er war tausendmal strenger als der vorherige. Also haben wir die deutschen Lieder schnell gelernt. Als der Krieg vorbei war, habe ich sie sofort wieder vergessen. Sie zu vergessen war ganz einfach, denn immer, wenn ich anfing, eines zu singen, bekam ich zu Hause solche Kopfnüsse, dass mir schwindlig wurde. Und nach solchen Kopfnüssen flogen die deutschen Lieder einfach aus meinem Kopf hinaus. Es dauerte nicht lange, und mein Kopf war wieder leer. Na ja, nicht ganz leer, natürlich. Das geht nämlich nicht, glaube ich.

Bei uns war der Krieg schon im September vorbei, aber in Deutschland geht er noch weiter, sagt mein Vater. Und dass es dort auch nicht mehr lange dauern wird. Und dass dann in der ganzen Welt ein Riesenfest sein wird, weil die deutschen Mistkerle gründlich verloren haben.

Ich traue mich fast nicht, es zu sagen, aber ich vermisse den Krieg. Ich fand es immer spannend, wenn Bomben abgeworfen wurden. Am Ende unserer Straße war ein Haus mit einem großen Luftschutzkeller, in den wir alle gehen durften. Und wenn wir dort zusammensaßen, dann schlug meine Mutter ihre Arme um mich und flüsterte mir Geschichten ins Ohr.
Manchmal ging ich zu den deutschen Soldaten und fragte sie, ob sie bitte in der Nacht wieder bombardieren würden. Sie antworteten nie viel. Manchmal warfen sie in der Nacht Bomben ab, manchmal nicht. Doch als einmal ein Haus in unserer Straße Feuer fing, habe ich lieber nicht mehr gefragt.
Es ist doch gut, dass sie weg sind.
Wenn Ward bloß zurückkäme, dann wäre alles wieder wie früher.

Spielen wie Ward

Mein Vater sagt, dass er es immer schon gewusst hat. Er ist schon immer ein tapferes Kind gewesen, unser Jef, und jetzt ist er ein tapferer junger Mann.
Ich war nie ein tapferes Kind. Es war Renée, die auf Bäume kletterte. Renée, einige Jahre jünger und noch dazu ein Mädchen. Und ich rief immer nur, sie solle nicht herunterfallen. Allein schon beim Gedanken daran machte ich mir fast in die Hose. Und Renée amüsierte sich köstlich über mein verängstigtes Gesicht.
Ich war zufällig am richtigen Ort, sage ich zu meinem Vater. Aber du warst da, sagt er. Woraufhin er mir auf die Schulter klopft und zu der Medaille an der Wand geht. Und schweigt. Und lächelt. Sekundenlang. Später hängt er noch ein Weihwassergefäß darunter.
Wenn er bloß der Einzige wäre. Aber meine Mutter tut auch nichts anderes als lächeln und singen. Den ganzen Tag lang. In ihrem Sternchenkleid. Renée ist stolz auf mich, sagt sie. Und warum ich es ihr nicht eher erzählt habe. Dass sie ein Geheimnis bewahren könne. Vor allem ein Geheimnis, von dem ein Mensch Flügel bekommt.
Der Kleine ist der Schlimmste von allen. Als hätte ich den Krieg ganz allein gewonnen. Niemand gewinnt den Krieg allein. Ich bestimmt nicht. Und all diese Fragen über Ward.

Ob er zurückkommt. Und wenn ja, wann. Gerade wieder. Ob Ward nicht mehr mein Freund ist? Ich habe ihn hinausgejagt. Ein bisschen bellen, und schon verschwindet er.

Zum ersten Mal in meinem Leben nehmen sie mich richtig wahr. Ich weiß es. Ich müsste eigentlich jubeln vor Glück.

Alles hätte anders laufen können. Wenn er nicht Saxophon gespielt hätte. Wie er spielen konnte, das war nicht normal. Allein schon deswegen wollte man sein Freund sein. Er ging in dieselbe Schule wie ich, in dieselbe Klasse. Er sagte nie viel zu mir. Vielleicht, weil ich nie viel zu ihm sagte. Ward konnte alles. Einfach wirklich alles. Eines Tages kam er zu mir. Es war im September 1942.

»Ihr habt doch eine Blaskapelle?«

»Na ja, Blaskapelle«, sagte ich. »Wir sind nur etwa sieben. Der Rest kommt nicht mehr.« Der Rest hatte aufgehört, als der Krieg anfing.

»Sieben reicht«, sagte er.

An diesem Abend erschien er bei der Probe. Renée saß die ganze Zeit neben ihm. Ich habe es sofort gesehen, sie war verloren.

Die Probe dauerte bis halb zehn, nach zehn durfte niemand mehr auf der Straße sein. Wie immer waren wir rechtzeitig zu Hause, und wie immer versteckten wir unsere Fahrräder im Stall unterm Heu. Bevor wir hineingingen, hielt mein Vater mich zurück.

»Dieser Ward scheint mir ein guter Kerl zu sein.« Es klang wie eine Frage.

Ich nickte begierig. »Ein sehr guter«, sagte ich, »der allerbeste. Er geht in meine Klasse, jedes Jahr hat er die besten Noten.«
»Und hier drinnen?« Mein Vater klopfte kurz auf seine Brust.
»Kann man ihm vertrauen?«
»Ganz sicher.« Ich nickte heftig. »Und er ist verwandt mit Theo.«
Theo war der beste Freund meines Vaters. Arbeitete auch in der Grube, spielte auch in der Blaskapelle.
»Theo ist in Ordnung«, sagte mein Vater. Er schaute mich an. Legte seine Hand auf meine Schulter. »Ich wollte dich schon länger etwas fragen. Im Krieg weiß man nie, was passieren wird. Nach mir bist du hier der Mann. Ich verlasse mich auf dich, Jef.«
Ich schluckte, nickte heftig.
Er seufzte tief. »Ich möchte dir etwas zeigen«, sagte er dann. Er nahm eine kleine Schaufel und fing an, vor sich ein Loch in den Boden zu graben. Er bückte sich. Holte etwas aus dem Loch heraus. »Meine Pistole«, flüsterte er. »Und eine Schachtel Kugeln. Für Notfälle, nur für Notfälle. Es ist ein Geheimnis, Jef, niemand darf es wissen.« Er seufzte. Schaute mich an. Seufzte erneut. »Hoffen wir, dass sie bis in alle Ewigkeit hier liegen bleibt.« Er wickelte die Pistole wieder in das Tuch, legte sie in das Loch und schaufelte es zu. Mit seinem rechten Fuß stampfte er die Erde fest und streute etwas Heu darüber. Niemand konnte vermuten, dass dort etwas verborgen war.
»Nur für Notfälle«, wiederholte er.
Ich nickte ernst und folgte ihm hinein. Grüßte meine Mutter und ging gleich weiter in mein Zimmer.

Remi und ich schliefen in einem Bett. Geräuschlos zog ich mich aus.
Ich konnte nicht schlafen.
Mein Vater hatte eine Pistole. Eine Pistole! Noch nie im Leben hatte ich so ein Ding gesehen, und auf einmal lag so etwas in unserem Stall im Boden. Für Notfälle! Ich wusste nicht mal, wie man schoss. Vielleicht war es nicht schwer. Sonst hätte er wohl gesagt: Wir werden mal üben, Jef, für alle Fälle.
Ich hoffte, dass sich zwischen Ward und meiner Schwester etwas entwickeln würde. Denn gesetzt den Fall, dass meinem Vater etwas passieren würde, dann waren wir wenigstens zu zweit. Vielleicht würde ich die Pistole dann gar nicht brauchen.
Ich wünschte, Ward würde mein bester Freund werden. Er und ich, wir würden es schon schaffen.

Ich wüsste so gern, wo er jetzt ist. Was er macht. Wie er lebt. Und ob er Angst hat. Ich kann ihn nicht vergessen. Aber sehen möchte ich ihn nie mehr.
Und die Medaille würde ich am liebsten auf den Mond schießen.

Unsere Sehnsucht

Die Fahrt nach Hasselt hat noch nie so lange gedauert. Obwohl ich aus dem Fenster schaue, bis hundert zähle und bis tausend und dann alles wieder rückwärts. Ward ist in meine Netzhaut eingebrannt. Seine grauen Augen, seine Stimme, sein Saxophon. Ich möchte, dass er verschwindet, und zwar sofort. Alles von ihm möchte ich weghaben. Aber ich kann wollen, was ich will.
Hätte ich ihn doch nur nicht so gern gehabt.
Alles wegen dieser dummen Musik.
Ich war schon einige Jahre bei der Blaskapelle. Es war mein Großvater, der mich dazu gebracht hatte. Wie mein Vater und mein Bruder spielte mein Großvater Trompete. Aber es gab einen Unterschied. Wenn mein Großvater spielte, war jeder still. Stundenlang konnte ich ihm zuhören. Ich wollte es auch können und genauso schön. Aber Kind, sagte meine Großmutter, eine Trompete ist nichts für Mädchen. Warum das so war, sagte sie allerdings nicht. Dann starb sie, und etwa einen Monat später sagte mein Großvater: Wenn du willst, bringe ich es dir bei. Dann starb auch er. Ich bekam seine Trompete, und wenn ich sie nicht bekommen hätte, hätte ich sie mir genommen. Und so ersetzte ich meinen Großvater in der Blaskapelle.
Und dann kam Ward dazu.

Wie immer kam ich als eine der Ersten zur Probe. Plötzlich stand er vor mir. Ich kannte ihn nicht. Er war groß und mager und hatte schwarze Haare, die unter dem Licht leuchteten. Er schaute mich so erstaunt an, dass ich ihn fragte, ob er noch nie ein Mädchen mit einer Trompete gesehen hätte.
»Du bist die Erste.«
»Mein Großvater ist gestorben, deswegen«, sagte ich.
»Oh«, sagte er nur. Dann: »Ich verstehe gar nichts.« Und er lächelte mich an, als würde es ihm nichts ausmachen, dass er nichts verstand.
Theo kam herein, trat gleich zu uns. »Da ist ja mein Neffe«, sagte er fröhlich. In diesem Augenblick stürmte mein Vater in den Saal. Breitbeinig und mit rotem Kopf kam er auf mich zu.
»Wie oft habe ich es dir schon gesagt! Du fährst abends nicht allein mit dem Fahrrad. Verstanden?«
Ich wurde rot. »Ich bin schon sechzehn, Pa. Und ich passe bestimmt gut auf. Es sind übrigens nicht mehr als fünfhundert Meter mit dem Rad.«
Früher durfte ich alles, und jetzt durfte ich nichts mehr. Gar nichts mehr. Alles wegen diesem Scheißkrieg.
»Hast du mich verstanden?«, wiederholte mein Vater.
Ich zuckte mit den Schultern.
»Ich möchte es auch hören.«
Als wäre ich ein kleines Kind.
»Ja.«
»Dann ist es ja in Ordnung. Komm, Theo, wir trinken noch was, bevor wir anfangen.« Er drehte sich um und lief zu den Bierflaschen, die in einer Ecke auf dem Boden standen. Theo blinzelte mir zu. Lass ihn nur, bedeutete das.

Ich fühlte mich lächerlich gemacht. Zu Jef sagte mein Vater nie solche Sachen. Jef ist ein Junge, sagte mein Vater. Als wäre das ein Unterschied.
»Er hat recht«, sagte Ward leise.
Plötzlich stand Jef vor uns. »Ward! Du bist tatsächlich gekommen!«
Ward. Ich ließ den Namen auf meiner Zunge zergehen.
»Ward«, wiederholte ich.
»Ja?«, fragte er.
»Eh ... nichts«, sagte ich.
»Ihr kennt euch?«, fragte Ward.
»Jef ist mein Bruder«, sagte ich. »Und er darf alles.«
Jef wollte etwas sagen, überlegte es sich aber anders. »Ward möchte gern mitspielen«, sagte er zu mir.
Ich schaute Ward an. »Welches Instrument spielst du?«
»Saxophon.«
»Wir haben noch kein Saxophon«, sagte Jef. »Ich hoffe, du bleibst, denn der Rest besteht nur aus alten Nörglern.«
»Bis auf deine Schwester«, sagte Ward.
Ich bückte mich schnell, um meine Schnürsenkel zu binden. Ich war nicht da.
»Ach die«, hörte ich Jef murmeln. »Sie ist ein halber Junge.«
Empört schoss ich hoch. »Stimmt nicht«, sagte ich wütend.
Ward lächelte mir zu. Es wurde still, viel zu still. »Komm, ich zeige dir, wer der Dirigent ist«, sagte ich. »Komm mit.«
»Wie heißt deine Schwester?«, hörte ich Ward Jef fragen.
»Renée«, sagte ich, ohne mich umzuschauen. »Mit zwei E.«

An diesem Abend wollte ich keinen falschen Ton spielen. Die Lippen richtig ansetzen, die Luft nicht zu sehr in das Mundstück pressen. Nicht zu früh einsetzen. Ich war so sehr mit mir selbst beschäftigt, dass ich es nicht mitbekam, als Ward einsetzte. Doch dann hörte ich es sofort. Es klang, als würde sich im ganzen Saal Wärme ausbreiten, eine Glut, die bleibt. Zugleich bekam ich eine Gänsehaut bis hinter die Ohren.
Und so kam Ward zu *Unsere Sehnsucht*.

Jeanne mit den Locken

»Kleiner, wir sind weg«, sagt Jef.
Es ist Freitagnachmittag, ich bin gerade aus der Schule gekommen. »Geht nur allein«, sage ich. »Ich bleibe zu Hause.«
»Das kommt nicht in Frage, Remi. Gust wird böse, wenn du nicht dabei bist.«

Gust wohnt am Albertkanal, ganz allein im größten Haus der Welt. Jeden Freitag bringen Jef und ich ihm etwas zu essen. Jeden Freitag, seit Theo gestorben ist. Der Krieg war fast vorbei, als Theo starb, nur wussten wir das damals noch nicht.
Theo ist nicht einfach so gestorben, sie haben ihn erschossen. Wir saßen am Tisch, als sie kamen und es uns erzählten. Mein Vater begann ganz laut zu brüllen, dass es nichts Schmutzigeres gebe als den Krieg, dass sie Leute wie Theo in Ruhe lassen sollten, und wenn meine Mutter ihn nicht zurückgehalten hätte, hätte er seinen Teller an die Wand geworfen.
Jetzt hat Theos Kind keine Eltern mehr, sagte meine Mutter, und Gust keinen Sohn mehr. Hoffentlich würde Gust das überleben.
Jeden Freitag kocht sie für ihn. Jef und ich bringen ihm das Essen und bleiben eine Weile da, weil Gust das so gern mag.
Meine Mutter sagt immer: Gust hat Geld genug, um Essen

zu kaufen, aber Wärme und Freundschaft findet man in keinem Laden.

Ich weiß immer noch nicht, weshalb sie Theo erschossen haben. Eines Tages, sagte mein Vater, wenn ich weiter so blöde Fragen stelle, würde er mir die Ohren abschneiden. Und dass es für einen Menschen besser sei, weniger zu wissen, und Kinder würden am besten gar nichts wissen.

Jef soll heute allein gehen. Er tut sowieso nichts anderes als mich ärgern. »Ich habe keine Lust«, sage ich. »Wirklich nicht.«

»Du kommst mit, und damit basta. Gust mag dich, er freut sich immer darauf, dich zu sehen.«

Ich versuche es noch einmal. »Nur heute nicht.«

»Hör auf zu quengeln. Und heute fahren wir mit dem Fahrrad, ich muss rechtzeitig wieder zurück sein. Spring schnell auf.«

Ich habe keine Wahl.

Jef steigt vom Fahrrad und betrachtet den Hinterreifen. »Völlig platt. Du bist zu groß geworden, um dich auf dem Gepäckträger mitzunehmen. Meiner Meinung nach bist du diese Woche zehn Zentimeter gewachsen.«

Ich betrachte meine Arme und meine Beine. Es ist, als wären meine Füße weiter von den Knien entfernt als letzte Woche.

»Ich bin fast so groß wie du«, sage ich.

Er lacht. »Nimm Renées Fahrrad, das steht heute sowieso nur herum. Ich mache dir den Sattel etwas tiefer.«

»Renée möchte nicht, dass ich mit ihrem Fahrrad fahre.«

»Renée kann mich mal. Du fährst mit, basta.«

Es ist ganz schön weit. Wir haben Gegenwind, und ich muss fest treten, um mit Jef mitzuhalten. »Kleiner, schaffst du es?«
»Ich heiße Remi«, rufe ich gegen den Wind.
Und dann sind wir da. Ich lehne mein Fahrrad an das von Jef und folge ihm hinein. Ich höre jemanden lachen, und es ist nicht Gust. Es klingt hoch und schrill und sehr fröhlich.
Gust sitzt am Fenster, wie immer. Ihm gegenüber sitzt ein Mädchen, zwischen ihnen steht das Schachbrett. Ich habe sie noch nie gesehen. Sie hat viele Locken, noch mehr Locken als Renée. Es sieht aus, als hätte sie ein Wellenmeer um den Kopf.
»Hach«, sagt Gust und steht sofort auf. Jef zeigt ihm den Rucksack. »Soll ich ihn in der Küche auspacken?« Er sagt es langsam und deutlich, denn Gust ist fast taub.
»Tu das«, sagt Gust. »Und vielen Dank an deine Mutter.«
Jef geht in die Küche, während ich mich auf den Stuhl neben Gust setze. Er legt seinen Arm um mich. »Das ist Remi«, sagt er zu dem Mädchen, »und das ist Jeanne. Jeanne ist meine Enkeltochter, Remi, sie wohnt bei meiner Schwester etwas außerhalb des Dorfes.«
Er lässt mich wieder los. »Jeden Samstag nach der Schule kommt sie hierher, und dann bleibt sie bis Sonntagabend.«
Aber es ist doch Freitag?
Jeanne lächelt. »Heute hatte ich keine Schule. Mein Großvater sagt, dass ihr jede Woche kommt.«
Sie hat bestimmt tausend Sommersprossen.
»Und dass du so gut Schach spielen kannst.«
Ich schüttle den Kopf. »Aber nein. Er schlägt mich immer.«
»Das hat er mir nicht erzählt. Er sagte, du seist ein Meister.«

Ich starre sie mit offenem Mund an. Hat er das gesagt? Obwohl ich so schlecht spiele. Gust gewinnt jedes Mal, lacht dann fröhlich und sagt: »Einmal wirst du gewinnen, Remi. Aber jetzt noch nicht. Alles zu seiner Zeit. Ohren und Augen gut aufhalten, dann wird das schon.«
»Was möchtet ihr trinken?«, fragt Gust.
»Wasser ist in Ordnung«, sage ich.
»Ich hole es schon.« Sie steht auf. Sie ist mindestens einen Kopf größer als ich. »Wie alt bist du?«, frage ich. Mein Kopf muss feuerrot aussehen, das spüre ich.
»Zwölf«, sagt sie. »Und du?«
»Zehn«. Erst zehn. Am liebsten würde ich im Erdboden versinken, bis ich wieder normal aussehe.
»Das sind nur zwei Jahre Unterschied.« Sie dreht sich um und verschwindet in der Küche.
Jef kommt mit dem leeren Rucksack zurück. Er sieht meinen roten Kopf und fängt an zu grinsen. »Und, findest du sie schön?«
»Lass mich in Ruhe«, zische ich.
»Wir gehen gleich wieder«, sagt er langsam und deutlich zu Gust. »Heute können wir nicht lange bleiben. Eine Probe der Blaskapelle. Wir proben wieder jeden Freitag.«
»Das ist eine gute Idee«, sagt Gust. »Die Blaskapelle soll bestehen bleiben.« Er wendet sich an mich. »Komm doch das nächste Mal etwas früher, dann spielen wir wieder eine Runde Schach.«
Jef deutet auf die Küche. »Kann sie gut Schach spielen?«
Gust lächelt. »Sie ist so schlau. Das kommt nicht von ungefähr.« Er seufzt tief. Fährt sich mit beiden Händen über die

Stirn, die Wangen, das Kinn. Verschränkt sie im Genick.
»Aber es ist nicht einfach«, sagt er leise. »Nicht einfach.«
Jef legt Gust die Hand auf die Schulter. »Nichts ist einfach.«
Ich ziehe an seinem Ärmel. Was ist nicht einfach, möchte ich fragen, aber Jef schiebt meinen Arm weg.
»Alles in Ordnung mit der Medaille?«, fragt Gust.
Jef nickt kurz.
»Sie hängt an der Wand«, sage ich, »sie glänzt.«
»So gehört sich das auch.« Gust lächelt. Er nickt Jef zu. »Du bist ein Held, mein Junge.«
Jef nickt zurück, nimmt ein Taschentuch aus seiner Hosentasche, reibt damit über sein Gesicht, hört nicht auf zu reiben. Bald reibt er sich noch die Nase ab.
»Bist du krank?«, fragt Gust besorgt.
»Ein bisschen Fieber, denke ich. Wir sollten besser gehen. Bevor ich euch anstecke.« Er lächelt Gust kurz zu. Dann dreht er sich um und schaut mich mürrisch an. Als hätte ich ihn krank gemacht. »Ist was, Kleiner?« Warum tut er auf einmal so komisch?
»Bist du wirklich krank?«
»Trinkt doch was«, sagt Gust.
Jeanne steht mit zwei Bechern Wasser vor uns. Abgesehen von ihren Sommersprossen und ihren Locken sieht sie ganz normal aus. Nicht wie jemand ohne Eltern. Ich glaube, ich würde den Rest meines Lebens weinen, wenn meine Eltern tot wären. Ich würde am Schluss nicht mehr aus den Augen schauen können, so dick wären sie vor lauter Weinen.
Gust und Jeanne begleiten uns hinaus. Jef und ich nehmen

unsere Fahrräder. Jeanne deutet auf Renées Rad. »Ist es nicht zu groß für dich?«
»Aber nein«, sage ich.
»Es ist wirklich zu groß«, sagt Jeanne.
»Komm, Kleiner, wir fahren«, sagt Jef.
»Remi«, sage ich wütend.
»Wartet einen Moment«, sagt Jeanne. Sie geht zu ihrem Großvater und sagt ihm etwas ins Ohr. Gust nickt. Er lächelt breit. »Aber sicher, Kind«, sagt er dann, »sie tun schon genug für uns.«
Jeanne geht auf mich zu. Sie sieht aus, als bestünde sie nur aus Licht, so strahlend. »Du kannst sein Fahrrad haben«, sagt sie, »er braucht es nicht mehr.«
Mir steht der Mund offen.
»Es ist ein richtiges Männerfahrrad«, sagt sie.
Jef schüttelt den Kopf. »Vielleicht braucht Gust es noch.«
»Hier steht es nur herum und rostet vor sich hin«, sagt Gust.
»Wie großartig«, sage ich zu Jeanne. Mehr Worte finde ich nicht, so glücklich bin ich.
Sie lacht. Sie ist fast orangefarben.
»Darf ich es mal sehen?«, frage ich.
»Wir müssen gehen, Kleiner.«
»Remi«, sagen Jeanne und ich gleichzeitig. Wir müssen lachen.
»Los«, meckert Jef, »sonst sind wir nicht rechtzeitig zu Hause.« Zu Jeanne sagt er: »Komm doch mal bei uns vorbei. Das wird dem Herrn hier bestimmt gefallen.«
Ich spüre, wie mein Kopf schon wieder rot wird. Am liebsten würde ich ihm einen Tritt versetzen, dass er bis zum Mond fliegt. Jef soll verschwinden, für immer.

»Stimmt doch, oder, Remi?«
Er kann mich mal, und zwar für immer. Ich nicke Jeanne zu, und sie nickt zurück, ebenfalls mit rotem Kopf.
»Es ist das schönste Geschenk meines Lebens«, sage ich zu Jeanne.
Und dann gehen wir tatsächlich.

»Ein kleiner Schleimer bist du«, sagt Jef, während wir davonfahren.
»Es ist wirklich das schönste Geschenk«, sage ich. »Und du lässt die Finger davon.«
Er fährt neben mir her. So krank sieht er nicht mehr aus.
»Hast du noch Fieber?«
»Fieber?«, fragt er erstaunt.
»Vorhin hast du doch gesagt, du hättest …«
»Ach das.« Er nickt. »Ich habe heute noch nichts gegessen, daran wird es liegen.«
Schweigend fahren wir weiter.
Ich denke die ganze Zeit an Jeanne. »Was ist mit ihrer Mutter passiert? Ist sie einfach gestorben?«
»Einfach sterben gibt es nicht.«
»Haben sie sie denn auch erschossen?«
»Wer weiß das schon.«
Ich höre an seiner Stimme, dass er es weiß. »Wie ist es passiert?«
»Etwas wegen dem Krieg.«
»Los, Jef, erzähl es mir.«
»Wie er betteln kann!« Jef grinst. »Ach, Kleiner, der Krieg ist viel zu kompliziert für dich.«

»Ich bin aber schon zehn.«
Wieder fängt er an zu lachen. Lauthals. Gleich fällt er noch vom Rad. Geschieht ihm recht. Ich hasse ihn. Alles weiß er besser, und nie erzählt er mir etwas. Vielleicht ist er einfach dumm. Vielleicht haben sie ihm aus Versehen eine Medaille gegeben. Und er hört nicht auf zu lachen.
Ich ertrage es nicht mehr. »Blödian«, sage ich. »Dummkopf.«
»Gott, wie du nörgeln kannst«, keucht er.
»Früher fand ich dich netter.«
Er hört auf zu lachen.
»Viel netter«, sage ich.
»Ach, Remi.«
Seine Stimme klingt auf einmal anders, viel weicher. Er hat es sich überlegt, er findet den Krieg nicht zu kompliziert für mich. Voller Erwartung schaue ich ihn an. Er wird mir alles erzählen, alles.
Er seufzt tief. »Wann hältst du endlich mal deinen Mund?«
Was habe ich doch für einen Mistbruder. Ich trete ihm ans Schienbein und rase davon.
»Kleiner Lauser, warte!«
Ich schaue mich nicht einmal mehr um. Er kann sich auf den Kopf stellen. Ich frage ihn nichts mehr, nie mehr. Was bildet er sich ein. Dass ich klein bleibe?

Am allerliebsten

In Köln wird das Chaos jeden Tag größer. Kaputte Häuser, kaputte Straßen, Abfall an jeder Straßenecke, Hunde, Katzen, Ratten und Menschen, und alle sind irgendwohin unterwegs. Jeden Tag heulen die Sirenen, jeden Tag könnte eine Straße in die Luft gehen. Wir haben unseren eigenen Luftschutzkeller. Isas Vater hat ihn aus dem besten Material bauen lassen, sagt er. Und dass uns hier drinnen nichts passieren kann. Die Bombe, mit der man dieses Ding in die Luft jagen könnte, wurde noch nicht erfunden. Und inzwischen lernt man auch, auf die Flugzeuge zu horchen. Aus welcher Richtung kommen sie, wie hoch fliegen sie, wie groß sind sie. Manchmal täuscht man sich, und das kann einen das Leben kosten.
Solange die Gefahr nicht vorbei ist, bleiben wir im Luftschutzkeller. Wenn es nur nicht jedes Mal so lange dauern würde. Die zitternden Wände, der zitternde Boden, die eigenen Gliedmaßen, die zittern, der Lichtausfall, die immer wiederkehrende Frage, was oben passiert. Was werden wir vorfinden, wen haben wir verloren? Wir reden, wir essen, wir schlafen, bis es wieder still ist.

Es gibt Tage, an denen die Sirenen schweigen. Dann ist es nicht mal ein Festtag, denn man weiß erst im Nach-

hinein, wenn alles vorbei ist, dass dies ein solcher Tag war.
Vielleicht wird heute so ein Tag. Sicher kann man sich da nie sein.
Ich gehe mit Isas Vater über die Straße. Wir sind auf der Suche nach Arbeit für mich. Im Krieg Arbeit zu finden scheint mir praktisch unmöglich, aber Isas Vater sagt, es sei möglich. »Das Leben geht weiter«, hat er gesagt, »und man muss etwas tun.«
Er weiß, dass ich sprachbegabt bin und dass ich relativ gut schreiben kann. Ob eine Arbeit bei der Zeitung etwas für mich wäre? Er kennt den Chefredakteur.
Könnte sein, habe ich ihm geantwortet, gute Idee.
Kleine Flugzeuge fliegen über uns hinweg. Isas Vater sagt, sie seien unterwegs nach Berlin, sie würden uns in Ruhe lassen.
»Es dauert nicht mehr lange«, sagt er, »und Berlin ergibt sich. Es hat lange genug gedauert.«
Ich möchte ihm das nur allzu gern glauben. »Ich bin so froh, dass ich bei euch bin.«
»So.« Er bleibt stehen, greift nach meinem Arm. Ich bleibe ebenfalls stehen. Er lächelt nicht. Lese ich Misstrauen in seinem Blick? Mir wird angst und bange.
»Manchmal frage ich mich, was sich hinter deinem Gesicht verbirgt«, sagt er dann. »Bestimmt vermisst du deine Familie.«
Ich nicke.
Wir gehen still weiter.
»Was würdest du eigentlich am liebsten machen?«, fragt er.
Ich schaue ihn erstaunt an. »Das wissen Sie doch?«
»Ich weiß, was du kannst, aber nicht, was du willst.«

Gott, wie umständlich er ist. Ich zucke mit den Schultern.
»Ich würde schon gern bei einer Zeitung arbeiten. Es macht mir wirklich nichts aus.«
»Martin, du redest, als wärest du hundert. Du darfst ruhig einen Traum haben. Auch in diesen Zeiten, vor allem in diesen Zeiten, würde ich sagen.«
Ich zögere.
»Erzähle es mir. Was würdest du am liebsten tun?«
Ich schaue zur Seite. Sehe sein Lächeln.
»Das ist nicht schwer«, sage ich. »Musik machen.«
»Ich habe mir die ganze Zeit überlegt, wann du es endlich sagst. Dann gehen wir aber in die falsche Richtung. Das Konservatorium liegt dort drüben. Das Gebäude wurde von Bomben getroffen, aber der Unterricht wird in einer Notunterkunft in der Nähe weitergeführt, so gut es eben geht.« Er hebt den Arm und deutet nach links. »Ich denke, du wärst ein prima Lehrer. Kannst du gut mit Kindern umgehen?«
Remi. Kleiner Remi. Ich sehe ihn vor mir mit seinen großen Augen. Ob ich ihm das Saxophonspielen beibringen könnte. Dass er noch ein bisschen wachsen sollte, habe ich gesagt, sonst würde er samt dem Saxophon umfallen. Dieser Blick, so empört. Also habe ich ihm zuerst beigebracht, auf den Fingern zu pfeifen. Ein bisschen üben, und schon konnte er es. Ich kann gar nicht aufhören zu lächeln. »Ich glaube schon«, sage ich.
»Wir sind gleich da«, sagt er. »Es sei denn, du würdest deine Tage lieber am Schreibtisch verbringen.«
»Vielleicht ist das auch nicht so schlimm.«
»Martin! Ein Musiker hat anderes zu tun.«

Als wäre er Gott persönlich. Alles hat er gesehen, jeden durchschaut er. Ich habe gesehen, wie er immer wieder mein Saxophon anschaute. Ich habe noch kein einziges Mal darauf gespielt; solange mich alle beobachten und sich fragen, wie es mir geht, möchte ich nicht spielen. Immer sind wir zusammen, ihre Eltern und wir. Wir reden den ganzen Tag. Es gibt die vielen Nächte, in denen niemand schlafen kann. Die Stunden im Bunker. Ich weiß inzwischen, dass er auf verschiedene Arten keucht. Es gibt die normale Atmung, ein bisschen pfeifend, wenn er zwischendrin redet, und kratzig, wenn er schweigt. Es gibt das aufgeregte, begeisterte Keuchen, es gibt das panikartige Keuchen, es gibt das wütende Keuchen.
Und dann seine Fragen. Mein Bein, meine Herkunft, meine Eltern. Ich habe das Lügen schon geübt. Ich werde mir nicht ins eigene Fleisch schneiden, ich werde es schaffen und ein normaler, glücklicher Mensch werden.

Wir bleiben vor einem kleinen, rechteckigen Bunker stehen. Er macht die Tür auf. Ein kleiner Gang liegt vor uns; zwei Türen, eine rechts und eine links.
Ich höre viele Klänge: Klavier, Geige, Trompete, von allen Seiten kommen sie auf mich zu. Schlagen mir ins Gesicht. Plötzlich weiß ich wieder, dass Klänge einen Geruch haben. Den Geruch von Notenblättern, den Geruch von Kupfer und Holz, den Geruch von Schweiß, wenn es gut klingt, den Geruch von hohen und breiten Decken, von denen die Klänge in alle Richtungen widerhallen, den Geruch von Bohnerwachs, um alle Räume und Gänge glänzen zu lassen, damit die Menschen wissen, dass sie willkommen sind. Ich rieche

die Gerüche trotz der niedrigen Decke, trotz der Betonwände.
»Was ist, Martin?«, fragt Isas Vater.
Mir ist kalt geworden. Ich schüttle den Kopf und bleibe stehen. Schließe meine Augen und richte den Kopf nach den Klängen. Es kommen neue, und sie kommen von allen Seiten. Sie klingen schöner, als sie sind, aber das macht nichts. Hätte ich doch mein Saxophon dabei.
»Wie hast du spielen gelernt? Hast du Unterricht gehabt?«
Ich nicke. Zweimal in der Woche, nach der Schule. Mein Geschichtslehrer war mein Musiklehrer. Pater Albrechts. Es war mein Vater, der dafür sorgte, dass ich Unterricht bekam. Und dann starb mein Vater. Von da an bekam ich umsonst Unterricht.
»Mein Lehrer hatte großes Talent. Bei uns in der Schule ...«
Ich bin Deutscher. Ich bin von hier. Ich gehöre hierher, dieses ist mein Land.
»Berlin, in Berlin hatte ich Unterricht. Die Schule wurde wahrscheinlich schon längst bombardiert.«
Martin Lenz bin ich. Aber es war Ward, der mit seinem Spiel die Sterne vom Himmel holte, es war Ward, der sein Saxophon überall mitschleppte, egal, wie gefährlich die Situation war. Hätte ich das Saxophon an der Front zurücklassen sollen? Ein kurzer heftiger Schmerz und dann nichts mehr. Vergessen, dass ich jemals ... und so gern. Es auf Dauer nicht mal mehr wissen. Schon allein der Gedanke. Ich kann mir nicht mal vorstellen, dass ich es auch nur eine Sekunde lang versuche. Es gibt Grenzen. Martin kann Saxophon spielen, daran ist doch nichts Gefährliches.

»Ich spiele schon seit Jahren Saxophon. Die meisten Kinder lernen schnell. Ich hatte es gleich raus.« Martin auch. Martin auch. Und Martin auch. Ich wiederhole es, bis der eklige Geschmack aus meinem Mund verschwunden ist.
Sein Arm um meine Schultern. »Du hast ganz schön was mitgemacht, auf einmal die ganze Familie weg, das macht einen Menschen kaputt. Aber du wirst wieder Musik machen. Du wirst sehen.«
Ich schaue ihn überrascht an.
»Du bist nicht allein, Martin. Du hast doch uns.«

»Kann ich Ihnen behilflich sein?«
Ein hagerer grauer Mann steht hinter uns.
»Hofmann«, sagt Isas Vater und streckt seine Hand aus. »Ich habe ein Geschenk für Sie.«

Es fehlt ihnen an Lehrern. Dass ich so jung bin, macht nichts. Herr Hofmann ist ein einflussreicher Mann, das merkt man. Aber ich möchte hier arbeiten, weil sie mich wollen. Mich. Martin. Martin, der mit seinem Spiel die Sterne vom Himmel holt. Wenn es mir gelingt, kommt alles in Ordnung. Doch keine so schlechte Idee von Isas Vater, hierherzukommen. Gar nicht schlecht, eigentlich.
Wir gehen zusammen nach Hause, diese Straße, jene Straße, über Trümmerhaufen oder daran vorbei, zu Isa.

Der Himmel I

Kleine Sünden sind nicht so schlimm, sagt der Herr Pfarrer. Wer eine kleine Sünde begeht, kann trotzdem noch in den Himmel kommen. Mit großen Sünden muss man aufpassen, denn damit wird es ganz schwer. Aber es passiert, sagt der Herr Pfarrer, dass es dennoch gelingt. Wenn man es ganz tief bereut und sehr viel Buße tut. Schreib dir das hinter die Ohren, Remi, hat er gesagt.
Ich glaube nicht, dass ich schon eine große Sünde begangen habe. Außer vielleicht das eine Mal, als ich auf den Pass meines Bruders Jef einen Schnurrbart zeichnete. Ich fand das lustig. Aber die Deutschen nicht, denn als sie den Schnurrbart sahen (Jef hat keinen Schnurrbart), konnten sie nicht darüber lachen. Jef auch nicht. Es hat nicht viel gefehlt, und er hätte mit dem Zug nach Deutschland fahren müssen. Mein Vater ist dann zu den Deutschen gegangen und hat ihnen alles erklärt. Er hat meine Mutter mitgenommen, und ich glaube, dass das geholfen hat, denn meine Mutter kann Sachen gut erklären. Als sie alle drei nach Hause kamen, meine Eltern und Jef, habe ich nicht nur von meiner Mutter, sondern auch von meinem Vater Schläge bekommen. Und ein paar kräftige Tritte von Jef. In der Nacht danach habe ich nicht gut geschlafen, weil mein Hintern so weh tat. Ich musste wohl etwas ganz Schlimmes gemacht haben. Deshalb habe ich es zur Sicherheit

gebeichtet. Der Herr Pfarrer sagte, ich solle nicht mehr bei den Deutschen den Clown machen. Aber wenn ich zehn Ave-Maria und zehn Vaterunser beten würde, würden Gott und Maria mir bestimmt verzeihen.

Das eine Mal, als ein Haus abbrannte und ich die Deutschen gefragt habe, ob sie bitte wieder Bomben werfen würden, habe ich auch gebeichtet. Der Herr Pfarrer sagte, dass ich von Glück reden könne, dass ich noch so klein war. Gott liebt alle Menschen, aber am meisten die Kinder, und deren Sünden vergibt er fast immer ganz schnell.

Ich habe Jefs Medaille geklaut.
Jetzt gibt es ein Loch an der Wand. Mein Vater hat sich schon hundertmal davor hingestellt. Und jedes Mal flucht er lauter. Wo ist das Ding, verdammt nochmal, und wie, verdammt nochmal, konnte es einfach so verschwinden.
Ich bin nachts extra deswegen aufgestanden. Ganz langsam aus dem Bett geschlichen. Barfuß aus dem Schlafzimmer und hinein ins Wohnzimmer. Auf einen Stuhl geklettert, aufgepasst, dass ich nicht falle. Die Medaille unter meine Pyjamajacke gesteckt. Die Küchentür einen Spalt aufgemacht und wieder ins Bett gekrochen.
Die Medaille fühlte sich gut an auf meiner Haut. Zuerst kühl, dann warm, so warm. Dann habe ich meine Hände um sie gefaltet und bin gleich eingeschlafen. Am nächsten Morgen hatte ich sie immer noch fest in der Hand. Ich wartete, bis Jef aus dem Zimmer war. Dann zog ich mich schnell an, steckte die Medaille unter mein Hemd und ging in die Küche.

Mein Vater und meine Mutter waren in Panik. Ich hätte nie gedacht, dass sie die Medaille so schnell vermissen würden. Und vor allen Dingen nicht so sehr. Zuerst dachten sie an Diebe, aber sonst war nichts gestohlen worden. »Ich gehe schon mal in die Schule«, sagte ich. »O nein«, sagte meine Mutter, »zuerst frühstücken.«
»Wo ist das Ding, verdammt nochmal?«, fluchte mein Vater. »Jef? Hast du sie weggenommen?«
Nein, sagte Jef. Wieso sollte er, sagte er.
Meine Mutter auch nicht, Renée auch nicht.
»Vielleicht ist eine Elster hereingeflogen«, sagte Renée. »Die Tür war doch einen Spaltbreit offen?«
»Seltsam«, sagte mein Vater und schaute zu meiner Mutter. »Hast du gestern Abend die Tür offen gelassen?«
Aber das hatte meine Mutter nicht getan. Renée nicht und Jef auch nicht. Dann schauten sie alle vier zu mir. »Ich auch nicht«, sagte ich schnell.
»Lüg nicht«, sagte mein Vater.
»Ich war als Erster im Bett.«
Dagegen konnte er nichts sagen. Dann sagte Renée wieder: »Meiner Meinung nach war es eine Elster.«
Meine Mutter schaute sie an, sagte nichts, dann nickte sie. »Vielleicht hast du recht.«
Ich habe noch nie so tief eingeatmet. »Ich gehe in die Schule«, sagte ich. »Sonst komme ich zu spät.«
Was natürlich nicht stimmte. Aber das bemerkte keiner, so sehr waren sie damit beschäftigt, zu überlegen, wie sie die Elster fangen würden.
Ich trug den ganzen Tag die Medaille an meiner Brust. Nach

der Schule habe ich sie vergraben, vorn im Wald. Ich habe sie in ein Handtuch gewickelt, damit sie nicht schmutzig wird.
»Remi, du weißt doch wirklich nichts, oder?«, fragte meine Mutter, bevor ich am Abend ins Bett kroch.
Daraufhin fing ich fast an zu weinen. Vor Schreck natürlich, aber sie meinte, vor Kummer. Weil sie mich des Diebstahls verdächtigt hat. »Es war nur eine Frage, Remi«, sagte sie. Und sie gab mir einen superdicken Kuss. So einen wie im Luftschutzkeller. Da fing ich tatsächlich an zu weinen.

Die Medaille liegt jetzt schon seit drei Tagen vergraben im Wald. Solange Jef sich so blöd benimmt, bleibt sie dort liegen. Vielleicht komme ich so weniger schnell in den Himmel, aber das ist mir im Moment ziemlich egal.

Schwester Melanie

Der Mann neben mir hat seine Zeitung aufgeschlagen. Ich lese, dass die deutschen Städte eine nach der anderen fallen, dass es jetzt nicht mehr lange dauern kann.
Ich schaue durch das Fenster hinaus. Es ist fast sieben Uhr, die Dämmerung hat eingesetzt, aber die Sonne steht noch immer am Himmel. Bald kommt der Frühling. Menschen räumen Schutt weg, aber die Bäume bereiten sich auf die Blüte vor. Ich bin wieder unterwegs nach Hasselt, ich darf gleich in die dritte Stufe, ich kann wieder Musik machen, so viel ich will, wo ich will und so laut ich will, während auf der anderen Seite der Grenze alles bombardiert wird. Und wenn alles vollkommen platt ist, die Städte und die Dörfer, die Bäume und die Menschen, wird Hitler sich am Schluss ergeben müssen. Und dann ist für alle endgültig Schluss.
Wenn sie Ward nur nicht zurückschicken.
Der Mann faltet seine Zeitung zusammen. Deutschland ist eine einzige Ruine, steht auf dem Titelblatt. Und dass sie drüben nicht gewusst hätten, dass es so enden würde. Dass die Deutschen das einfach so sagen dürfen. Es ist fast zum Lachen.
Die Straßenbahn hält, ich steige aus. Ich überquere den Platz und gehe durch das Schultor hinein. Wie beim letzten Mal steht es weit offen.

Schwester Melanie wird sich freuen, wenn sie hört, dass ich in Hasselt Musikunterricht nehme.

Es war in der Woche, in der Ward zu *Unsere Sehnsucht* kam.
»Ich habe gehört, dass du Trompete spielst«, sagte Schwester Melanie.
Wir hatten gerade Nähunterricht gehabt, ich verließ als Letzte das Klassenzimmer. An der Tür hielt sie mich zurück. Sie schaute mich mit ihrem schräg geneigten Kopf an, während sie mir eine Partitur in die Hand drückte. »Ich möchte es hören«, sagte sie, »übermorgen, während der Mittagszeit.«
Ich schaute sie erstaunt an.
»Und mach den Mund zu«, sagte sie. »Das sieht furchtbar aus.«
»Ich kann noch nicht viel«, stammelte ich.
»Das glaube ich nicht«, sagte sie. »Zwei Tage üben, und dann möchte ich es hören.«
Ich würde hundert Fehler machen, und außerdem würde es falsch klingen.

Zu Hause ging ich gleich in mein Zimmer. Ich legte die Partitur neben mich aufs Bett und betrachtete sie. So etwas Schweres hatte ich noch nie gespielt. Plötzlich hörte ich Großvater: Wenn du gut werden willst, gibt es nur eins, und das ist üben, üben und noch mal üben. Aber zuerst musst du deinen Kopf leer machen.
Das war noch das Schwierigste, denn mein Kopf war voll mit Ward. Es war fast lächerlich, vor zwei Tagen wusste ich nicht mal, dass es ihn gab, und jetzt …

Ich hob die Trompete an die Lippen und blies. Wieder und wieder und wieder. Es gab keine andere Möglichkeit.
Die Tür ging auf, und meine Mutter stand im Zimmer. Ich schaute von meiner Trompete hoch, ich schaute sie an. Wie sie da stand, ihre Haut glänzend, als wäre sie mit Milch gebohnert worden, ohne eine Delle, ohne einen Pickel, nicht mal einen kleinen, die Haare zu einem Dutt hochgesteckt, mit einer roten Schleife, mit roten Lippen und in einem gelben Kleid mit tausend Sternen. Sie sah nicht aus wie eine Mutter und schon gar nicht wie meine. Sie war ein Filmstar. Und ich würde nie so sein wie sie, mit meinen elenden Locken, meinen dicken Waden und den mageren Armen.
»So, so, Renée«, sagte sie. »Das klingt gut. Fast wie Großvater. Fast, als wäre er wieder da.«
Wir schwiegen. Sie stand einfach in der Tür, mit verschränkten Armen und gesenktem Kopf.
»Ja«, sagte sie plötzlich. »Du wirst es schaffen, Renée.« Sie schwieg. »Fang schon mal an, daran zu glauben. Das Leben ist zu kurz, um zu lange stillzustehen.«
Meine Mutter und ihre Sprüche. Hunderte hatte sie davon. Und sie halfen. Das war noch das Beste. Meine Mutter konnte zaubern mit ihren Worten, so wie Großvater früher mit seiner Trompete zaubern konnte. Man wurde ganz fröhlich davon.
»Wo gehst du hin?«, fragte ich.
Sie schaute mich erstaunt an. »Wieso?«
»Warum siehst du so schön aus?«
»Sehe ich denn schön aus?«
»Ma!«
Sie lächelte. »Ich hatte einfach Lust dazu. Es bringt nichts,

wenn man so lange traurig ist, bis der Krieg vorbei ist. Also übe schön mit deiner Trompete, damit wir später zu deiner Musik tanzen können. Du bist eine Musikerin, so was höre ich sofort.«

Sie beugte sich zu mir, drückte mir schnell einen Kuss auf die Haare. Dann war sie weg.

Ich lächelte weiter zur geschlossenen Tür. Ich war eine Musikerin. Mit dicken Waden und mageren Armen.

Zwei Tage später stand ich vor Schwester Melanie, meine Trompete in der Hand. Meine Hände zitterten leicht, und sie durften nicht zittern.

Ich war eine Stunde früher aufgestanden, um zu üben. Ich war in den Stall gegangen, dort würde ich niemanden stören, bis auf unsere Astrid natürlich. Astrid würde es aushalten. Astrid war unsere Kuh. Ohne unsere Astrid kann ich euch nicht großziehen, sagte meine Mutter oft. So viel Milch, wie sie gibt, das kann man gar nicht hoch genug schätzen.

Astrid wurde nach unserer früheren Königin benannt. Die ist schon eine ganze Weile tot, aber ihr Foto hängt immer noch in unserem Haus.

Mit großen Augen schaute sie mich die ganze Zeit an, während ich spielte. Es klang sehr falsch. Das kam, weil ich versuchte, leise zu blasen, ich konnte doch nicht das halbe Dorf mit meiner Trompete wecken. Nach einer Weile hatte ich aufgehört zu spielen und schmiegte mich in Astrids Flanke. Ob eine Kuh jemanden lieben könnte? Und wie wäre das dann, für immer und ewig?

Und dann musste ich an Ward denken. Schon wieder.

»Fangen wir an?«, fragte Schwester Melanie.
Ich schaute zur Seite und nickte ihr zu.
Ihr Blick war voller Erwartung. Mein Großvater in meinem Kopf. *An nichts denken, einfach spielen, Kind. Nur darum darfst du dich in diesem Augenblick kümmern.*
Ich holte kurz Luft, nicht zu viel. Meine Lippen spannten sich. Ich blies, während meine Finger die Tasten suchten. Großvater sagte immer: Als würdest du einen Jungen küssen, so musst du blasen. Aber ich hatte noch nie einen Jungen geküsst. Ich holte Luft und blies erneut. Einen Moment lang erschrak ich wegen der Töne, die gegen die Wände schlugen. Dann schien es, als würde es still werden, nur noch Klänge. Sie klagten, aber das war in Ordnung, es war ein trauriges Lied.
Es war, als wären nur zehn Sekunden vergangen, dabei waren es zehn Minuten. Ich wandte das Gesicht zur Seite. Schwester Melanie hatte die Arme verschränkt. »So, so«, sagte sie. Und dann: »Was für ein Temperament.«
Mein Herz machte einen Sprung. Ich kann es, dachte ich.

Dann sagte sie: »Fünf Fehler.«
Auf einmal verschwand meine ganze Freude. Fünf Fehler. Ich hatte mir was vorgemacht. Ich war kein Zauberer wie mein Großvater. Ich senkte den Kopf, wagte nicht mehr, sie anzuschauen. Dann spürte ich ihre Hand an meinem Arm. Ihre Hand umklammerte mich so fest, dass es weh tat.
»Schau mich an«, sagte sie. »Aber Kind, so einfach gibst du doch nicht auf?«
Sie ließ meinen Arm los und lächelte breit. »Fünf Fehler sind nichts.«

Voller Staunen schaute ich sie an.
Sie stemmte die Hände auf die Hüften. »Und wage es ja nicht, aufzuhören. O nein, Renée. Ich würde es dir nie verzeihen.«
Ich spürte, wie sich ein Lächeln auf meinem Gesicht ausbreitete. Bis hinter die Ohren, bis hinter die Wände. Plötzlich wünschte ich mir, zu Hause zu sein, allein, damit ich stundenlang üben könnte.

Nach der Schule wartete Ward auf mich. Ob wir zusammen nach Hause fahren könnten? Er müsse doch sowieso in die gleiche Richtung.
»Wo ist Jef?«, fragte ich.
»Mach dir wegen Jef keine Sorgen«, sagte er. »Hast du in der Schule Trompete gespielt?«
»Woher weißt du …«
Er deutete auf den Instrumentenkasten auf meinem Gepäckträger. »Pass auf, dass du nicht hinfällst«, sagte er, »so ein Kasten hinten auf dem Rad ist unpraktisch.«
»Ich werde schon aufpassen«, lachte ich.
Wir sprangen auf unsere Räder und fuhren los. Ich erzählte ihm alles. Die fünf Fehler. Und dass ich nie mehr aufhören würde mit Spielen. Und dass Schwester Melanie mich unterrichten wollte.
»Gibt es etwas Schöneres, als Musik zu machen?«, fragte er und seufzte.
»O nein«, sagte ich, »o nein, Ward.«
Wir schwiegen, mindestens zehn Minuten lang. Vielleicht gab es etwas, das noch schöner war.

Nach zehn Minuten sagte er: »Ich bin da.« Und: »Bis morgen, Renée. Ich warte wieder auf dich, in Ordnung?«
»In Ordnung«, sagte ich.
Er bog in eine Straße ein und verschwand.

Wir zwei

Wir haben einen neuen Dirigenten. Victor.
Der vorherige ist nicht mehr zurückgekommen. Er soll irgendwo im Albertkanal liegen. Sie haben ihn erschossen, als er zur anderen Seite schwimmen wollte. Ich hatte nichts davon gewusst. Der Vorstand hat es uns gestern mitgeteilt.
Bei der ersten Probe waren wir zu fünfzehnt. Alle haben wir den Krieg überlebt. Vierzehn Männer, darunter mein Vater und ich, und unsere Renée.
Victor wohnt erst seit kurzem in unserem Dorf. Er hat den Laden von Wards Mutter gekauft. Fast umsonst. Sofort hat er alle Innenwände eingerissen. Der Krieg muss raus, sagt Victor.
Wenn jemand den Krieg kennt, dann Victor, sagt mein Vater. Als der begann, hatte er noch einen Vater und eine Mutter. Danach hatte er niemanden mehr.

Wenn wir alle uns ganz viel Mühe geben, können wir die beste Blaskapelle von Belgien werden, hat Victor gestern gesagt.
Die beste von Belgien?
Wir müssten dann aber auch zu Hause üben, und zwar täglich, fügte er hinzu.
Täglich?
Täglich.

»Er ist ganz schön streng«, seufzt mein Vater. »Jef, Junge, jeden Tag, das schaffe ich nie.«
Ich seufze genauso tief. »Ich auch nicht.«
Wir gehen gemeinsam in den Garten. Er wird mir zeigen, welches Gemüse wo gepflanzt oder gesät werden soll. Nach dem Frost. Ich habe noch ein bisschen Zeit. Er legt mir den Arm um die Schultern und drückt mich kurz an sich.
»Wir zwei, wir sind keine richtigen Musiker«, sagt er. »Aber wir können auch andere Dinge. Wenn ein Mensch ein paar Dinge kann, ist das mehr als genug.«
Sein Arm brennt auf meinen Schultern.
»Was du gemacht hast, Jef, was du kannst …«
»Das hättest du nie gedacht, oder, Pa?«
Sein Arm rutscht von meinen Schultern. Endlich. Er schaut mich erstaunt an. »Wie kommst du darauf, Junge?«
»Ach, Pa. Das Ding besteht nur aus Blech.«
Er schweigt und lächelt. Ich schweige auch. Seite an Seite stehen wir da und betrachten den Garten.
»Ein richtiger Urwald«, seufzt mein Vater. »Da müssen wir hart arbeiten. Aber wir werden wieder eigenes frisches Gemüse haben, und der Krieg wird endlich vorbei sein.«
»Endlich«, murmele ich.

1942

Kirmes

Meine Mutter hatte etwas zubereitet, das Kartoffeln ähnlich sah. Es gab auch noch Suppe. Mehr nicht. Es schmeckte keinem, aber jeder gab sich Mühe, es nicht laut zu sagen. Es gab einfach nicht jeden Tag ein gutes Essen.
»Gott, schmeckt das schlecht«, sagte mein Vater plötzlich. Er schaute mich an, als suche er einen Verbündeten. »Wir Männer brauchen kräftigere Sachen, oder?«
»Sander, bitte«, sagte meine Mutter.
»Ich muss den ganzen Tag arbeiten können. Wenn ich nicht richtig esse, werde ich krank. Und dann ...«
»Dann nichts«, sagte meine Mutter wütend. »Halt den Kopf hoch, er fällt von alleine runter, wenn es so weit ist.«
»Die Arbeit in der Grube ist hart und dann auch noch zu Hause. Wenn der Krieg noch lange dauert, meine Blonde, dann ...«
»Dann was?«, sagte meine Mutter wieder. »Reiß dich zusammen. Meckern hat noch nie jemandem geholfen. Erzähle lieber noch eine Geschichte.«
»Mir schmeckt es nicht«, sagte Remi plötzlich. »Ich habe Hunger.«
»Siehst du, was ich meine?« Die Stimme meiner Mutter klang hart. Sie stand auf, die Hände auf die Hüften gestützt. Sie beugte sich zu meinem Vater. »Eine Geschichte, Sander. Und sorge dafür, dass sie spannend ist.«

Sie wandte sich an mich. »Jef, hol du inzwischen Kohlen aus dem Keller.«

Renée räumte den Tisch ab, während ich mit dem Kohleneimer hinunterging. Als ich wieder oben war, saß mein Vater mit Remi am Herd. Renée saß auf einem Stuhl daneben. Ich stellte den vollen Kohleneimer neben den Herd.

»Danke«, sagte meine Mutter. Ihre Stimme klang nicht mehr hart. Fast erleichtert lächelte ich ihr zu. »Mir hat die Suppe geschmeckt«, sagte ich leise.

»Ach, nein.« Sie lächelte zurück. »Nein, sie hat schrecklich geschmeckt.«

»So schlimm war es nicht.«

»Du bist ein lieber Junge.« Sie flüsterte es fast. »Wir dürfen den Mut nicht verlieren, wir müssen kämpfen, jeden Tag aufs Neue. Daran glauben, dass wir ihn gewinnen werden, diesen Scheißkrieg.«

Ich hörte Remi lachen. Ich schaute mich um, sah, wie der Kleine laut lachte, am Herd, auf dem Schoß meines Vaters. Mein Vater, das Pferd, Remi der Reiter. Hopp, hopp, hopp, Pferdchen lauf Galopp. Renée saß neben ihnen auf einem Hocker, die Hände im Schoß, das Gesicht glühend vor Hitze.

»Manchmal tun wir nur, als ob wir ihn verloren hätten«, sagte meine Mutter zu mir. »Mehr nicht.«

Es wurde an die Tür geklopft.

»Wer ist noch so spät unterwegs?«, sagte mein Vater.

»Komm herein«, rief meine Mutter.

»Meine Blonde«, zischte mein Vater.

»Wir können die Leute nicht draußen stehen lassen«, sagte meine Mutter. »Jef, mach auf.«
Ward stand vor der Tür.
»Ward!«, sagte Renée erstaunt.
Ob er hereinkommen dürfe.
»Ach«, sagte meine Mutter, »der Junge, der so wunderbar Saxophon spielt.« Sie nickte ihm freundlich zu. »Komm rein.«
»Vielen Dank«, sagte Ward.
Einen Moment lang blieb es still. Ich überlegte, was er wollte. Ich mochte ihn nicht fragen, das würde so klingen, als sei er nicht willkommen.
»Alles in Ordnung?«, fragte mein Vater freundlich.
»Alles in Ordnung«, sagte Ward.
Sonst nichts. Die Stille führte dazu, dass ich mich unbehaglich fühlte. Ich suchte Renée mit den Augen, hoffte, sie würde etwas sagen. Aber sie schaute nicht hoch, sie spielte mit dem Bund ihres Pullovers.
»Ich wollte Sie etwas fragen«, sagte Ward plötzlich. »Ob Renée am Sonntag mitgehen darf zum Ball.«
»Wo ist dieser Ball?«, fragte mein Vater.
»In meinem Dorf.«
»Ich dachte, in diesem Winter würde es keine Bälle geben.«
»Es ist der Ball unseres Bürgermeisters. Er hat dafür gesorgt, dass er stattfinden kann. Schließlich dürfen sich die Leute auch im Krieg mal vergnügen, oder?«
»Renée ist noch zu jung, um zu einem Ball zu gehen«, sagte mein Vater.
»Ich würde gern mitgehen«, sagte Renée.
»Ob du willst oder nicht, du gehst nicht. Basta.«

Es blieb still.

»Wir werden umziehen«, sagte Ward dann. »Schon am nächsten Samstag. Wir werden in eurem Dorf wohnen. Meine Mutter wird den Krämerladen übernehmen.«

»Nicht einfach, im Krieg ein Haus zu kaufen«, sagte mein Vater.

»Mein Vater ist vor einigen Jahren gestorben, er hat ein bisschen Geld hinterlassen.«

»Also darf ich nicht zum Ball?«, sagte Renée.

»Auf keinen Fall«, sagte mein Vater.

»Dürfen wir dann am Sonntag eine Fahrradtour machen?«

Fast hätte ich gelacht wegen dieser Frage. Sie fuhren schon seit einigen Wochen jeden Tag zusammen mit dem Rad nach Hause, und jetzt tat sie so, als würde sie etwas ganz Besonderes vorschlagen, etwas, für das sie eine Genehmigung brauchte. Aber ich schwieg. Ich würde es ihnen nicht verderben.

»Fahrrad fahren?«, fragte meine Mutter. »Jetzt am Sonntag?«

»Hm«, sagte mein Vater.

»Bitte, dürfen wir das?«, fragte Ward.

»Wenn Jef mitkommt.«

»Pa!« Sie schrie es fast. Sie warf mir einen Blick zu, als würde sie mich am liebsten ermorden. Dabei fuhr ich jeden Tag mit dem Fahrrad neben ihnen her.

Plötzlich verstand ich es. Sie wollten sich küssen. Das war es. Dabei konnten sie mich natürlich nicht gebrauchen.

»Du hast mich verstanden. Jef kommt mit, oder du bleibst zu Hause.«

Renée zuckte mit den Schultern. »Wenn du es sagst, Pa.«

»Ich komme mit«, sagte ich schnell.

Ward verabschiedete sich wieder. Er schüttelte allen die Hand, sogar Remi. Ich ging mit ihm hinaus.

»Fahren wir morgen wieder zusammen in die Schule?«, fragte ich.

»Natürlich«, sagte er. Er lächelte mir zu, klopfte mir auf die Schulter. »Bis morgen.«

Ich schaute ihm nach, bis er um die Ecke verschwunden war.

Als ich wieder in die Küche kam, saßen Renée und mein Vater am Tisch.

»Übrigens«, sagte Renée, »du brauchst dich nicht so aufzuregen, unsere Mutter war sechzehn, als ihr euch verlobt habt.«

»Die Zeiten waren anders.«

»Die Zeiten sind immer anders«, sagte Renée.

»Jef, du passt auf sie auf, verstanden?«

»Pa, bitte!«

Meine Mutter kam aus unserem Schlafzimmer. »Remi liegt im Bett«, sagte sie, »ihr solltet leiser reden.«

»Unser Pa vertraut mir nicht.«

»Warte nur, bis du selber Kinder hast«, sagte mein Vater.

»Und was stehst du da noch herum, junger Mann«, sagte meine Mutter zu mir.

»Eh ...«, sagte ich.

»Ab ins Bett«, sagte meine Mutter. »Und du auch, Sander. Ich komme gleich.«

»Aber ...«, fing mein Vater an.

»Das ist jetzt Frauensache.«

Mein Vater sagte nichts mehr. Er zeichnete ein Kreuz auf unsere Stirn und verschwand. Ich blieb noch an der Tür stehen.

Frauen! Renée war noch ein Mädchen.
»Ich weiß nicht mal, ob ich überhaupt Lust habe. Ma«, hörte ich Renée sagen. »Zur Fahrradtour am Sonntag, meine ich.«
Sie fing an zu weinen.
Ich verstand überhaupt nichts mehr. Sie war verliebt in Ward, und er war verliebt in sie, warum weinte sie dann? Ich ging in mein Zimmer, machte die Tür zu und drückte gleich mein Ohr dagegen. Ich musste wissen, was los war.
»Es ist doch nur eine Fahrradtour«, sagte meine Mutter. »Lass dich doch nicht verrückt machen.«
»Ich bin froh, dass Jef am Sonntag mitfährt«, sagte Renée.
Mein Mund öffnete sich zu einem gewaltigen Lächeln. Ich war kein fünftes Rad am Wagen. Im Gegenteil. Den Rest brauchte ich nicht mehr hören. Ich zog mich aus und kroch ins Bett.

Endlich wurde es Sonntag.
Wir waren fertig mit Mittagessen, der Abwasch war fertig, und Renée stellte die Kochtöpfe wieder an ihren Platz.
»Wann kommt Ward?«, fragte meine Mutter.
»Jeden Moment«, sagte ich.
Woraufhin Renée mich erschrocken anschaute und zum hundertsten Mal am Spiegel vorbeiging. »Meine Haare«, seufzte sie. »Ich sehe furchtbar aus.«
Draußen war es kalt, und wir würden eine lange Fahrradtour machen. Sie würde eine Mütze tragen, also war es egal, wie ihre Haare aussahen. Die Locken waren wie immer, also würde sie aussehen wie immer.
»Stell dich nicht so an«, sagte mein Vater hinter seiner Zeitung.

Das waren fünf Worte zu viel. Renée warf ihm einen wütenden Blick zu. »Ich stell mich nicht an«, sagte sie. Dann drehte sie sich um und rannte die Treppe hoch.
Ich hörte ihre Schritte über uns.
Wir hatten ein winziges Haus, drei Räume unten: das Wohnzimmer und zwei kleine Schlafzimmer, eines für meine Eltern und eines für Remi und mich. Einen Kohlenkeller. Den Stall mit Astrid neben dem Haus. Einen Brunnen zwischen dem Stall und dem Haus. Den Abort hinter dem Stall. Oben war der Dachboden. Man konnte dort oben unmöglich aufrecht stehen, ohne sich den Kopf anzustoßen. Daneben gab es eine kleine Kammer, die war von Renée. Sie war direkt unter dem Dach, mit einem Fenster, durch das man in den Himmel schaute.
Es war Platz für ein Bett und einen Schrank, zwei Beine, einen Körper und einen Kopf. Gerade genug zum Atmen. Aber sie hatte einen Platz für sich, während ich Remi hatte. Remi, der immer wach wurde, wenn ich ins Bett ging, der immer weiterredete, sogar wenn ich mich schlafend stellte.
Sie polterte wieder die Treppe herunter. Sie sah immer noch gleich aus, aber sie lächelte. Sie schaute in den Spiegel. »So ist es besser«, sagte sie.

Es wurde an die Tür geklopft. Ich machte sofort auf. »Wir sind fertig«, sagte ich zu Ward. »Ich habe die Reifen fest aufgepumpt, wir werden gut fahren können.«
Er lächelte mir zu. Ich sah plötzlich, dass er graue Augen hatte. Ich kannte niemanden mit grauen Augen. Sie glänzten. »Wo ist sie?«, fragte er.

Ich Idiot. Er kam nicht zum Fahrradfahren, und schon gar nicht mit mir. Als wäre es ihm wichtig, ob die Reifen hart waren. Unsere Renée, die wollte er.
»Wollen wir am Kanal entlangfahren, hast du Lust?«
Er fragte mich. Nicht Renée. Ich nickte erfreut. Ich wollte etwas Gutes sagen, etwas Handfestes, mir fiel aber so schnell nichts ein.
Wir gingen hinaus.
»Würdest du meine Reifen auch aufpumpen?«, fragte Ward.
»Gern«, sagte ich.
»Macht es dir nichts aus?«
»Aber nein«, sagte ich.
»Es ist kalt«, sagte Renée zitternd.
Ich beugte mich hinunter zu seinem Hinterreifen und sah aus dem Augenwinkel, wie er den Kopf in ihre Richtung drehte. Er sagte etwas, und sie sagte leise etwas zurück. Ich konnte nichts verstehen. Ich spitzte die Ohren, aber sie redeten wirklich zu leise.
Ich schaute zu unserem Haus, zum Fenster neben der Eingangstür. Zu den Vorhängen vor dem Fenster. Ob sie sich bewegten. Aber ich sah nichts. Sie konnten auch still sein, meine Eltern. Das lernst du in einem so kleinen Haus wie dem unseren.
»Fertig«, sagte ich laut. Ich drehte das Ventil des Vorderreifens zu, zog meine Mütze tief über die Augen und holte meine Handschuhe aus meiner Manteltasche, immer noch mit dem Rücken zu ihnen. »Es geht los.« Ich sprang gleich auf mein Fahrrad. Wieder konnte ich nicht verstehen, was sie zueinander sagten.

Ich musste Geduld haben. Zuerst die Liebste. Und wenn die Liebste da war, würde der beste Freund von alleine kommen.

Es war eisig kalt. Der Wind peitschte mir ins Gesicht. Der Trampelpfad am Kanal entlang war breit genug für drei, aber sie blieben hinter mir. Manchmal hörte ich sie reden, manchmal lachen. Manchmal sagten sie lange Zeit nichts. Ich schwieg auch.

Das Leben ist seltsam

An der Brücke hielten wir an, kehrten um und radelten zurück. Du hast zu Hause zu sein, bevor es dunkel wird, hatte mein Vater gesagt. Jef fuhr voraus, Ward und ich folgten. Wir hatten Rückenwind, wir flogen fast.
An der Ecke unserer Straße gab ich Jef einen Stoß. Zum Glück verstand er den Hinweis. »Wir sehen uns morgen«, sagte er zu Ward.
»Prima«, sagte Ward. Er blinzelte Jef zu, schaute ihm nach, bis er um die Ecke verschwunden war, und drehte sich zu mir. Er nahm mein Gesicht in seine Hände. Dann küsste er mich. Und ich ihn. Ich war überrascht, dass es so selbstverständlich war. Ich wollte dort stehen bleiben, an der Straßenecke, bis ich hundert wäre und er hunderteins.

Jef wartete vor dem Haus auf mich. Ich sah sofort, dass viele Leute im Haus waren.
»Es ist etwas passiert«, sagte Jef. »Etwas Schlimmes.«
Ich schaute ihn erschrocken an. »Was denn?«
Er zuckte mit den Schultern. »Wir werden es früh genug erfahren.«
Schnell stellten wir unsere Räder in den Stall und gingen hinein.
»Endlich«, sagte meine Mutter. Remi lehnte an ihr und

schlief. Als wäre sie ein wogendes Schiff, so bewegten sie sich hin und her. »Habt ihr Hunger?«

Wir hatten immer Hunger.

Um den Tisch saßen etwa fünf Männer, Theo war auch da. Der Tisch war voller Bierflaschen, in der Luft hing Zigarettenqualm. Wenn ich meinen Vater nicht hätte fluchen hören, hätte ich gedacht, es gäbe was zu feiern.

Meine Mutter schob einige Flaschen zur Seite und stellte uns zwei Teller hin.

»Hört doch verdammt nochmal, was diese blöden Deutschen jetzt wieder vorhaben, verdammt, Gott sei's geklagt, ich fasse es nicht, verdammt, ich fasse es mit meinem einfachen Bauernverstand nicht«, schleuderte mein Vater uns ins Gesicht.

»Gottverdammt, ich auch nicht«, sagte einer der Männer.

»Pa, was ist los?«, fragte Jef.

Mein Vater schaute ihn an, schüttelte den Kopf, fuhr sich mit dem Halstuch über das Gesicht. »Jef, Junge, jetzt sind sie zu weit gegangen. Sie haben heute den Fußballplatz gesperrt und alle Männer, von denen sie wussten, dass sie keine Arbeit haben, festgenommen und im Zug nach Deutschland geschickt.«

»Wer hat das getan?«

»Die Deutschen, wer sonst? Und wer hat ihnen die Listen zur Verfügung gestellt? Diese dreckigen Kollaborateure, sie sind noch hundertmal schlimmer als die Deutschen. Sie sind Volksverräter, man sollte sie hängen, ja!«

»Sander«, sagte meine Mutter.

»Er hat recht«, sagte Theo.

»Wir haben noch Glück«, sagte mein Vater. »Wir arbeiten in

der Grube, und wer in der Grube arbeitet, wird bestimmt nicht festgenommen, denn sie brauchen unsere Kohle, und jemand muss sie fördern. Und solange unser Jef in die Schule geht, ist er auch nicht in Gefahr. Aber man weiß nie, wie sie die Regeln ändern und auf einmal dastehen mit ihren Lastwagen und die Leute gegen ihren Willen verschleppen.«
Er schüttelte den Kopf, wischte sich mit einem Tuch über die Augen. »Sollen sie doch den Krieg mit ihren eigenen Männern führen und uns in Ruhe lassen, verdammt nochmal. Haben wir den Krieg gewollt? Von wegen.«
»Sander, fluch nicht so«, sagte meine Mutter.
»Ich fluche in meinem Haus, wenn ich das will!«
Meine Mutter seufzte und schwieg.
»Und jetzt, was ist jetzt?«
»Jetzt können wir nur hoffen und beten«, sagte meine Mutter. »Wir sollten dem Himmel auf bloßen Knien danken, dass es uns bis jetzt nicht getroffen hat.«
Mein Vater zuckte mit den Schultern. »Der Himmel sollte sich lieber um dieses ganze Elend kümmern.«
Stille breitete sich aus.
Während meine Mutter uns etwas zu essen auf den Teller schöpfte, standen alle auf, um sich zu verabschieden. »Bleib doch noch«, sagte mein Vater zu Theo. »Trinken wir noch einen Schluck.«
»Aber das ist der allerletzte.«
Während ich meinen Teller leer löffelte, spürte ich den Blick meines Vaters. »Und?«, fragte er. »Wie war's?«
»Sehr schön«, sagte Jef.
»Ich habe sie gefragt«, sagte mein Vater.

Jef wurde rot und beugte seinen Kopf tief über den Teller.
»Und?«
»Schön«, sagte ich nur.
Ich wollte sagen, dass ich glücklich war, fand aber die Worte nicht. Alle sahen so wütend und unglücklich aus, wie konnte ich dann glücklich sein?
»So«, sagte mein Vater wieder. »Ist es schon so weit? Das geht ja schnell. Pass auf, dass du dich benimmst.«
Theo hob sein Glas. »Auf das Leben, Renée, und auf den Dingsda, wie heißt er?«
»Der mit dem Saxophon«, sagte mein Vater mürrisch.
»Aha«, sagte Theo. »Unser Ward. Netter Junge, der Sohn meiner Cousine. Hoffentlich werden sie sich hier wohl fühlen, sie verdienen es beide. Sie haben schon ganz schön viel mitgemacht.« Er schwieg. »Sein Vater hat sich erhängt. Der Krieg ist ihm in den Kopf gestiegen, dem armen Kerl.«
Erhängt? Wards Vater? Ich schlug die Hände vor den Mund.
»Das ist ja schrecklich«, sagte meine Mutter. »Erhängt, warum, in Gottes Namen?«
»Er hatte solche Angst, dass sie ihn einziehen würden, um zu kämpfen. Er hatte eine gutgehende Kohlenhandlung. Wenn man ihn eingezogen hätte, wäre das nicht gut fürs Geschäft. Wir wussten, dass sie ihn in Ruhe lassen würden, er hatte schon seit Jahren ein Augenleiden. Aber ob wir ihm das hundert- oder tausendmal sagten, es half nichts, er hörte nicht auf, sich Sorgen zu machen. Eines Morgens wachte er mit schrecklichen Schmerzen auf. Seine Augen waren so entzündet von dem ganzen Kohlenstaub, dass er langsam blind zu werden drohte. Seine Frau Hélène flehte ihn an, das Geschäft

zu verkaufen und sich mit dem Geld von guten Ärzten behandeln zu lassen, sie würde bei reichen Leuten in der Stadt eine Stelle annehmen. Aber er würde seine Frau nie außer Haus arbeiten lassen. Als sie heirateten, hatte er ihr versprochen, für die Familie zu sorgen, und so würde es bis zum Ende ihrer Tage bleiben. Eines Tages muss ihm das Wasser bis zum Hals gestanden haben, dass er … ach.«

»Ich kann's verstehen«, sagte mein Vater.

»Was heißt das, du kannst es verstehen?«, fragte meine Mutter wütend.

»Ich mache mir auch manchmal Sorgen«, sagte mein Vater.

Wir schauten ihn alle entsetzt an.

»Pa«, sagte ich.

Er seufzte. »Das Leben ist seltsam, vor allem im Krieg. Da fragt sich der Mensch manchmal, ob er weiter für alle aufkommen kann.«

»Wir haben mehr als genug«, sagte meine Mutter. »Mach dir keine Sorgen, Sander.« Sie legte die Hand auf seinen Arm.

»Ich habe nichts davon gewusst«, sagte Jef verwundert, »überhaupt nichts. Obwohl ich sein bester Freund bin.«

Das war ihm in den Kopf gestiegen. Sein bester Freund. Wer weiß, ob Ward das nicht ganz anders sah.

»Nach seinem Tod haben Hélène und Ward eine Weile bei uns gewohnt, im großen Haus am Kanal. Sie waren vollkommen durcheinander. Das ist ja auch kein Wunder. Dazu kommt, dass Ward ihn gefunden hat. Wochenlang ist er jede Nacht schreiend aufgewacht. Aber er hat nicht darüber sprechen wollen. Nicht mit mir, nicht mit meinem Vater.«

Wir radelten schon einige Wochen zusammen in die Schule,

und immer redete und redete er, aber darüber hatte er die ganze Zeit kein Wort gesagt. Ich wusste nicht, was ich davon halten sollte. Ich hatte jemanden geküsst, den ich gar nicht kannte.
Aber vielleicht musste er erst wissen, wie gern ich ihn hatte.
Ich würde solche Sachen auch nicht jedem erzählen.
Ich musste Geduld haben. Die hatte ich nicht, Geduld, meine ich, aber für Ward würde ich sie haben. Ich würde warten, bis er von sich aus damit anfing, ich würde es wirklich versuchen.
»Zum Glück hat sie einen vernünftigen Preis für die Kohlenhandlung bekommen«, sagte Theo. »Sie hat den Krämerladen von Alfons problemlos kaufen können. Ich hoffe nur, dass er gut laufen wird. Ward wird ihr bestimmt helfen, wo er nur kann. Ihr zuliebe hält er sich prima, er ist ein tapferer Junge.«
»Trinken wir auf Ward und seine Mutter«, sagte mein Vater. »Meine Blonde, schenk noch mal nach. Ein guter Genever macht einem ein glühendes Herz.«
Meine Mutter stellte frische Gläser auf den Tisch. Es war mein erster Genever. Ich leerte das Glas in einem Zug. Mein Herz glühte sowieso schon so, jetzt glühten auch noch meine Kehle und meine Speiseröhre. Ich fing an zu husten.
»Nichts gewöhnt, das Mädchen«, lachte mein Vater. »Schenk uns noch einen ein, meine Blonde!«
»Nein«, sagte meine Mutter. »Wir gehen schlafen. Theo, ich schicke dich jetzt heim.«
Er lächelte und drückte einen Kuss auf ihre Wange, winkte uns anderen zu und ging. Jef verschwand in sein Zimmer, mein Vater auch. Bevor ich die Treppe hinaufging, sah ich,

wie meine Mutter Remi ganz vorsichtig hochhob und wieder zu einem wogenden Schiff wurde. »Schlaft gut«, sagte sie. »In ein paar Stunden ist schon wieder Morgen.«

So fiel der schönste Tag meines Lebens mitten in den Krieg. Mein Vater hatte recht, das Leben war seltsam.

Magische Worte

Unser Dirigent kam nicht. Theo hatte erfahren, dass er untergetaucht war. Er hatte seine Arbeit verloren und konnte jeden Moment in den Zug nach Deutschland verfrachtet werden.
»Jef, ich werde keine halbe Sekunde für den Feind arbeiten«, hatte er mal zu mir gesagt. Und dass sie sich ihre Fabriken sonst wohin stecken konnten.
Theo sagte auch noch, dass der Saal der Blaskapelle beschlagnahmt würde.

Wir wussten, dass die Deutschen gegen die Blaskapellen waren. Prozessionen waren verboten, Blaskapellen durften sich nicht mehr auf der Straße zeigen. Die Straßen gehörten den Deutschen und ihren Paraden. Jetzt durften wir nicht mal mehr drinnen spielen. Wovor hatten sie Angst? Dass wir das Volk mit unserer Musik aufheitern würden?
Wir starrten auf den Boden. Die sieben, die noch übrig waren. Mein Vater, Renée, Ward, Theo und ich und die beiden alten Brüder, die weiterhin gekommen waren, genau wie wir.
Weil wir nicht stundenlang so sitzen bleiben konnten, räusperte ich mich laut. Ich wollte fragen, ob wir nicht noch ein bisschen spielen sollten, aber bevor ich etwas sagen konnte, standen die beiden Brüder auf und sagten wie aus einem Mund, dass sie aufhören würden, dass eine Blaskapelle ohne

Dirigent noch weniger war als eine Ehe ohne Frau. Mein Vater nickte, und Theo nickte auch, und sie sagten beide, dass sie das gut verstehen konnten.
Da waren wir nur noch zu fünft.
Mein Vater seufzte so tief, wie er noch nie geseufzt hatte. Dann sagte er leise: »Wenn das bis zum Ende meiner Tage so weitergehen soll ...«
Er hörte nicht auf, zu Boden zu starren, so lange und so intensiv, dass ich etwas sagen wollte, aber ich wusste nicht, was.
Ich konnte Ward atmen hören, so nah beisammen saßen wir. Sein Atem ging sehr ruhig, ein, aus, ein, aus. Und dann sagte er: »Wir müssen etwas unternehmen, wir können das nicht auf uns sitzen lassen. Wir dürfen nicht so tun, als hätten wir den Krieg verloren.«
Meine Mutter sagte auch immer solche magischen Worte, die einen Menschen zum Glühen bringen.

»Drei Trompeten, ein Horn und ein Saxophon«, sagte er, »damit können wir bestimmt etwas anfangen.«
»Ich weiß einen guten Platz«, sagte Theo.
Wir könnten bei ihm proben. Ihr Haus lag abgelegen, die Deutschen hätten sie noch nicht belästigt und Platz gäbe es genug. Wir konnten dort so viel Lärm machen, wie wir wollten. Wir könnten im Keller proben, der wäre groß genug für uns und unsere Instrumente.

Die Wirtschaft Zum bunten Ochsen

Ich sehnte die nächste Probe herbei. Wir würden unseren Spaß haben, und ich würde Ward den ganzen Abend sehen. Nicht dass ich ihn selten sah. Wir fuhren weiterhin zusammen zur Schule. Ich hatte ihm nicht erzählt, dass ich die Sache mit seinem Vater wusste. Ein paarmal lag es mir auf der Zunge, aber ich hatte mir ja vorgenommen zu schweigen. Der Moment würde kommen, an dem es plötzlich selbstverständlich sein würde, darüber zu reden.

Jef fuhr immer mit uns mit. Er gab sich große Mühe, nicht zu stören. Wenn wir auf dem Rückweg zum Kirchplatz kamen, fuhr er allein weiter. Hinter der Kirche war gegen fünf Uhr kein Mensch zu sehen. Ich hatte immer gedacht, dass die Lippen vom langen Küssen müde würden, nun ja, das war aber nicht so.

Jef wartete an unserer Straßenecke auf mich, so dass wir zusammen nach Hause kamen. Bis meine Mutter von vier verschiedenen Personen erfuhr, dass ihre Tochter und der Junge vom Krämerladen sich nach der Schule hinter der Kirche küssten. Ich müsste Jef nach Hause fahren lassen, statt ihn eine halbe Stunde lang in der Kälte aufzuhalten, nur weil die Gnädigste, seine Schwester, ihren Liebsten nicht in Ruhe lassen konnte. Sie schaute mich besorgt an. Als würde ich mit

Ward gefährliche Sachen anstellen. Aber das tat ich nicht, wirklich nicht. Kind, sagte sie daraufhin, wir wissen, dass du Ward gern hast. Aber pass auf und mach keine Dummheiten.
Mach dir keine Sorgen, sagte ich.
Sie seufzte laut. Wie du strahlst, sagte sie, und ihr Mund verzog sich wieder zu ihrem typischen Lächeln. Dann schlang sie die Arme um mich, drückte mich an sich, küsste mich auf die Haare und breitete ihre Arme aus, damit ich weggehen konnte. Wenn ich es gewollt hätte.
So war meine Mutter. Sie gab einem Flügel, auch wenn man dachte, man hätte sie nicht nötig.

An jenem Abend kam Ward kurz vor sechs, wir wollten zusammen zu Theo fahren. Mein Vater fuhr vorn, wir folgten. Wir nahmen den Weg durch den Wald.
Bevor wir anklopfen konnten, ging die Tür weit auf. »Willkommen«, sagte Theo, »schön, dass ihr da seid. Wer hat Hunger, alle? Das passt gut, das Essen steht schon auf dem Tisch.«
Natürlich hatten wir Hunger, damals hatten wir immer Hunger.

Von meinem Vater wussten wir, dass Gust, Theos Vater, Bauunternehmer gewesen war. Er hatte gehofft, Theo würde sein Nachfolger werden, damit das Geschäft in der Familie bleibt. Aber Theo wollte kein Chef werden und zog die Grube vor. Auch wenn die meisten Grubenarbeiter mit Staublunge endeten, auch wenn die Arbeit schwer und gefährlich war, in der Grube habe er richtige Freunde, sagte er. Bei jeder Arbeit gebe es die Trennung zwischen dem Chef und den anderen. Er stehe lieber auf der Seite, auf der die meisten Menschen standen.

Gust verkaufte sein Geschäft, und als seine Frau starb, zog Theo mit seiner Familie zu ihm. Es fehlte ihnen an nichts, und sie verstanden sich gut, besser als früher.

Wir saßen zu acht um den Tisch. Maria, Theos Frau, stellte die Suppe in die Mitte. Theo nickte seiner Tochter zu.
»Jeanne, das Gebet.«
Jeanne betete ein Vaterunser und ein Ave-Maria, und wir murmelten alle mit.
»Amen«, sagte Theo. »Guten Appetit.«

Es klopfte an die Tür. Zweimal laut, zweimal leise.
»Das ist für mich«, sagte Theo, »ich bin gleich wieder da.«
Er blieb nur kurz weg. Fünf Minuten später war er wieder da. Er blieb in der Tür stehen. Er sah leichenblass aus. Sein Oberkörper schwankte, als wäre er nach Hasselt gerannt und wieder zurück. Obwohl er nur die Haustür geöffnet hatte.
Maria stand auf und ging zu ihm. »Was ist passiert?«
Er schluckte und schluckte. Schaute uns alle an. »Ihr werdet es nicht glauben«, sagte er.
»Sag's schon, bitte«, sagte Maria sanft.
»Verdammt, sie haben Alfons festgenommen.«
»Alfons vom Laden?«, fragte meine Mutter.
Theo nickte. Er schaute Ward an. »Deine Mutter hat den Laden übernommen.«

»Der arme Mann ist todkrank«, sagte mein Vater. »Sie werden ihn doch nicht in eine Fabrik stecken?«
Theo schüttelte langsam seinen Kopf. »Sie haben auch seine Familie festgenommen. Seine Frau und seine vier Kinder.«
»Das gibt's ja nicht«, sagte Maria entsetzt.
»Verdammt, das gibt's doch nicht«, sagte mein Vater.

Die Deutschen nahmen Leute einfach fest, manchmal ganze Familien. Weil sie Juden sind, hatte mein Vater gesagt, oder weil sie den Deutschen Schwierigkeiten machten.
»Kann mir bitte endlich mal jemand sagen, was los ist?« Gust hatte seine Stimme erhoben. Das waren wir von ihm nicht gewöhnt, plötzlich wurden alle still.
»Pa«, sagte Theo, »sie haben Alfons und seine Familie festgenommen. Sie sind schon im Zug.«
Er hatte langsam und deutlich gesprochen. Gust hatte alles verstanden. Er erschrak und griff nach der Stuhllehne. »Um Gottes willen«, sagte er. »Der Mann ist schwer krank, sie müssen ihn und seine Familie in Ruhe lassen.«
»Sie sind dahintergekommen, dass Susanne Jüdin ist. Und Alfons ist ihrer Meinung nach ein Verräter, weil er eine Jüdin geheiratet hat. Also alle in den Zug und ab nach Deutschland.«
»Die elenden Deutschen«, sagte Gust, »was für Verbrecher sie doch sind. Alfons und seine Familie festzunehmen, obwohl die Leute nichts, aber auch gar nichts falsch gemacht haben. Wie können sie so grausam sein?«
»Und jetzt«, fragte ich, »was passiert mit ihnen?«
»Sie werden sie in Lager bringen«, sagte Theo, »das tun sie mit allen Juden. Sie sagen, dass sie faul sind, dass sie nicht

arbeiten wollen und dass sie das in den Lagern lernen würden. Weißt du, wie sie die Juden nennen? Ungeziefer! Gott sei's geklagt!«

Ungeziefer? Ich schaute ihn entsetzt an.

»Es ist nicht zu glauben«, sagte Theo. »Diese Nazis kann man nicht verstehen. Sie wollen eine Welt ohne Juden, also rotten sie sie einfach aus, einen nach dem anderen. Als wären sie Fliegen. Es ist ein Wahnsinn.«

Er ballte die Fäuste. »Sie haben Angst vor den Juden«, sagte er leise. »Die Juden sind schlau und geschickt und gar nicht faul. Und vor allem sind sie Menschen wie wir auch. Aus Fleisch und Blut, verdammt.« Seine Augen blitzten.

Er schwieg. Wir schwiegen alle.

»Und dass man nichts anderes tun kann, als danebenzustehen und es geschehen zu lassen«, seufzte er. »Es macht mich verrückt.«

»Sie sind zu stark«, sagte mein Vater.

»Sie sind stark«, sagte Theo. »Sie sind aber nicht der Herrgott. Das dürfen wir nicht zulassen.« Er schaute von einem zum anderen. »Ihr seid hergekommen, um zu proben. Also fangen wir an.«

Er holte sein Horn vom Schrank.

Wir folgten ihm in den Keller.

»Wenn wir den Mut verlieren, haben sie gewonnen«, sagte Theo.

Wir würden sie nicht gewinnen lassen. Wir würden Musik machen, und sie würden uns nicht aufhalten. Ich dachte an Alfons und seine Familie. Hoffentlich passierte ihnen nichts Schlimmes.

»Wir spielen für Alfons und Susanne und ihre Kinder«, sagte mein Vater.
Wir nickten heftig.

Es war sieben Uhr, wir hatten zwei Stunden zum Proben. Wir schauten Ward an. Er hatte den ganzen Abend kaum etwas gesagt, jetzt war er dran. Es war sein Vorschlag gewesen. Er brachte einen Stapel Papiere zum Vorschein und gab jedem von uns ein Blatt. »Das habe ich diese Woche geschrieben«, sagte er, »für die Trompeten, das Saxophon und das Horn, jedes Instrument eine andere Stimme.«
»Selbst geschrieben?«, fragte Jef. Der Dampf kam ihm aus den Ohren, so groß war seine Bewunderung.
Ward nickte. »Ich kenne keine Stücke nur für Saxophon, Horn und Trompeten, also habe ich mir überlegt, dass ich am besten selbst was schreibe.«
»Soso«, murmelte mein Vater. »Du bist noch pfiffiger, als ich gedacht habe.«
»Wo hast du das gelernt?«, fragte Jef, dem immer noch Dampf aus seinen Ohren kam.
Ward lachte und tippte sich an den Kopf. »Ich höre es hier«, sagte er. »Und ich habe einen guten Lehrer.«
Wir spielten. Es klang nicht gut. Beim zweiten Mal auch nicht. Beim dritten Mal ging es schon besser. »Hört auf Renée«, sagte Ward zu Jef und meinem Vater. »Sie hat die richtige Tonhöhe.«
Jef und mein Vater schauten mich empört an. Als könnte ich was dafür.
»Spiel mal«, sagte Ward zu mir.

Ich spielte und spielte. Ich folgte der Stimme, die er geschrieben hatte. Es war eine andere als die für meinen Vater und Jef, und es grenzte an ein Wunder, dass das möglich war, drei Trompeten, von denen jede etwas anderes spielte, dazu ein Horn und ein Saxophon, die wiederum eine andere Richtung einschlugen. Aber es ging.

»Verdammt«, sagte mein Vater nach etwa zwei Stunden. »Meine Lippen tun weh, und ich spüre meine Finger nicht mehr, aber das ist mir egal. Hört doch nur, wie wir spielen!«
»Ich höre es«, sagte Theo, »wir alle hören es.«
Mein Vater nickte immer wieder. »Wir sind wirklich gut.«
»Nicht übertreiben, Sander.«
»Was meinst du, Ward?«, fragte mein Vater.
Ward war heute der König. Ohne ihn wären wir nicht hier gewesen. Ich glühte. Ich hatte einen ganz besonderen Liebsten.
»Es klingt gut«, sagte Ward. »Ich habe einen Vorschlag.«

Es schien, als hätte er zwei Leben. Eines, das ich sah, und eines, das sich in seinem Kopf abspielte. Und in seinem Kopf hatte er sich ausgedacht, dass wir ein Orchester werden würden. Und ein Orchester tritt ab und zu auf, also hatte er sich auf die Suche nach einer Wirtschaft gemacht, wo wir spielen durften. In einem Monat, an einem Samstagabend.
»Aber wir dürfen doch keine Musik machen?«, fragte ich.
»Wenn der Inhaber der Wirtschaft eine Genehmigung hat, dann schon.«

»Welche Wirtschaft?«, fragte Theo.
»*Zum bunten Ochsen*«, sagte Ward.
»Ich traue der Sache nicht«, sagte Theo. »Eine Genehmigung bekommt man nicht einfach so.«
»Sie haben viel dafür bezahlt. Ich habe mit der Wirtin gesprochen. Die Leute müssen ab und zu fröhlich sein können, sagte sie. Vor allem in Kriegszeiten.«
Stille.
»Machen wir es, oder machen wir es nicht?«, fragte mein Vater.
»Ich finde schon«, sagte Jef.
»Du hast nichts zu finden«, sagte mein Vater. »Ich frage Theo.«
»*Zum bunten Ochsen* war immer eine gute Wirtschaft.«
»Also machen wir es?«
»Wir machen es.«
»Wenn wir in einem Monat gut genug sind.«

Und so gingen vier Wochen vorbei. Wir fuhren immer früher zu Theos Haus, um länger proben zu können. Von Mal zu Mal klang es besser, und das war auch gut so, denn Ward hatte gesagt, in den *Bunten Ochsen* würden viele Leute kommen.

Am Tag unseres Auftritts bekam ich keinen Bissen runter. Meine Mutter sagte, ich solle aufhören, mich so anzustellen, ich würde durchs Haus toben wie ein Sturm. Und was würde schon passieren, wenn ich eine falsche Note spielte, sagte sie, auch wenn es fünf falsche Noten wären oder zehn oder hun-

dert, die Welt würde sich weiterdrehen. Zumindest war mal wieder was los im Dorf, und die Leute würden an dem Abend mit frohem Gesicht schlafen gehen, sagte meine Mutter.
Fünf Fehler. Mit fünf würde ich leben können.

1945

Nichts Schöneres als das

Wir liegen nebeneinander im Bett. Ihr Kopf ruht an meiner Schulter, mein Arm um sie.
Ich denke an den vergangenen Tag. Unterrichtet, nach Hause gekommen, Bombenalarm. Den ganzen Abend im Luftschutzkeller, mich zu Tode gelangweilt. Der Bombenalarm vorbei, nach oben, essen. Abwaschen. Auf Bitten Saxophon gespielt. Schlafen. Ich in meinem Zimmer, sie in ihrem. Manchmal, wie heute Abend, kommt sie zu mir, obwohl ihre Eltern das nicht möchten.
Sie liegt warm bei mir. Hast du Lust, möchte ich fragen. Ich schweige. Nicht alle Fragen kann man aussprechen.
»Martin«, sagt sie auf einmal, »nicht zu viel nachdenken.«
Sie lässt ihre Finger über meinen Bauch laufen. Ich schließe die Augen. Isa, denke ich, hab mich lieb. Hab mich so lieb, dass alle Fragen verschwinden.
»Du weißt, dass sie es nicht möchten.« Falsch, Martin. Sag es mit anderen Worten.
Sie schiebt meinen Arm weg, rollt sich auf den Bauch. Sie küsst meine Nasenspitze. »Na und?«, sagt sie, »wir sind alt genug.«
»Es ist ihr Haus.«
»Ich wohne auch hier. Und du ebenfalls.«
»Sie können alles hören.« Noch falscher, Martin. Verdammt. Ich will nicht sagen, was ich sage.

Sie richtet sich auf. Drückt das Laken an ihre Brust. Plötzlich ist zu viel Nacktheit zwischen uns. »Dann sag es einfach. Dass du keine Lust hast.«
»Isa«, beschwichtige ich.
»Nein«, sagt sie.
»Komm her«, sage ich und möchte ihr das Laken wegziehen. Mit einer Hand schiebt sie mich fort, mit der anderen drückt sie das Laken noch fester an sich. »Nein, Martin.«
Es ist ein Spiel, denke ich. Ich muss sie erobern. Dann tu es doch, denke ich, sie wartet auf dich. Aber meine Hände gehorchen mir nicht und der Rest meines Körpers auch nicht. Ich schließe die Augen.
»Martin?«
Ich öffne die Augen und schaue sie an. Ein Lächeln. Seit ich sie kenne, habe ich sie mit meinem Lächeln bezaubern können. Ich schlinge meine Arme um ihre Hüften. Drücke mein Gesicht in ihren Schoß. Ein Laken ist zwischen uns, aber das wird nicht lange dauern. Ich gleite mit den Lippen an ihrem Bauch nach oben. Sie legt sich wieder hin. »Martin«, sagt sie sanft. Halb gewonnen, denke ich. Ich küsse ihre Brustwarzen durch das Laken hindurch. Ich spüre, wie ihre Beine sich unter dem Laken bewegen. Gleich, denke ich, gleich schmilzt sie dahin wie Butter. Meine Lippen küssen die Vertiefung an ihrem Hals. Lecken sie, trinken sie.
»O Martin«, seufzt sie.
Ihre Arme streicheln meinen Kopf. Als wolle sie in mich hineinkriechen, so nah kommt sie, das Laken liegt schon längst zu unseren Füßen.
Ich rieche ihre Nacktheit. Ich spüre, wie sie mit mir tanzt, sie

ist warm, so warm, sie erregt mich, sie peitscht mich hoch, bis ich nicht mehr kann, zuerst sie, denke ich, zuerst sie, und dann bin ich es, nur noch ich, von weit her höre ich ihre Schreie, und ich fühle mich stark, ein Vulkan, der nichts anderes kann, als auszubrechen, und ich denke: Es gibt nichts Schöneres als das hier, es gibt nichts Herrlicheres als das hier, das ist das Allerschönste, fast das Allerschönste. Fast. Und dann vergesse ich das letzte Wort, ich esse ihre Brüste, fülle die Vertiefung unten an ihrem Hals wieder, immer wieder, ihre Schultern streicheln meine Haut und nehmen mich mit, und dann ist es vorbei.

»Ganz kurz noch«, sagt sie. Sie legt sich auf mich, bewegt ihren Körper auf und ab, ich rieche meinen Schweiß, rieche ihren Schweiß, an was denkt sie, an mich, wirklich an mich, sie küsst mich, küsst mich weiter, woher hat sie nur die viele Luft, und dann ist es wirklich vorbei.

Ihr Kopf liegt wieder an meiner Schulter.

»Siehst du«, sage ich, »dass ich Lust hatte. Sehr viel Lust sogar.«

Sie antwortet nicht.

»Isa?« Ich möchte sie fester an mich drücken, aber sie schiebt meinen Arm weg. »Ich gehe in mein Zimmer.«

»Einen Kuss noch«, sage ich.

Sie setzt sich auf mich. Streichelt meine Arme. Ihre Haare hängen wie ein Vorhang vor ihren Augen. Sie ist ein Film, denke ich zum tausendsten Mal. Ich lächle. Sie küsst die Narbe an der Innenseite meines linken Armes. »Wenn du nur wüsstest«, flüstert sie, »wie gern. Und wie lieb.«

Ich nicke. »Ich weiß es.«

»Nein«, sagt sie, »du weißt nichts. Du weißt kein bisschen.«
Sie steht auf. Dreht sich um. An der Tür bleibt sie kurz stehen.
Sie weint. Ich verstehe überhaupt nichts.
»Bis morgen«, sagt sie.
Ich nicke. Morgen ist alles wieder anders. Die Nacht tut seltsame Dinge mit den Menschen. Genau wie der Krieg. Wie wäre es, wenn ich mit ihr in Friedenszeiten und so weiter. Aber es sind keine Friedenszeiten, es ist Krieg, deshalb spielt diese Frage keine Rolle.
Irgendwann muss ich es ihr erzählen.
Wenn ich nur könnte. Mein Saxophon nehmen, spielen, bis meine Lippen gefühllos werden, meine Finger bleischwer, bis die Luft nicht mehr reicht. Ich müsste mich nicht mehr fragen, welche Frage eine Rolle spielt. Ich wäre einfach glücklich. Ganz einfach normal und ahnungslos glücklich.
Morgen ist ein neuer Tag. Wer weiß, vielleicht ist der Krieg auf einmal vorbei. Ein Krieg beginnt, ein Krieg endet. Morgen zum Beispiel.
Das muss man sich mal vorstellen.
Das Paradies wäre nichts dagegen.

Der Himmel II

Meine Mutter stellt die Schüssel auf den Tisch und schöpft unsere Teller voll.
»Weißt du es schon«, fragt Renée mich, »die Blaskapelle wird Jef ehren. Mit Reden und so. Jef in der ersten Reihe, und wir offenbar auch.«
»Ist schon gut«, sagt Jef.
»Wirklich in der ersten Reihe?«, frage ich. »Ich auch?«
»Ja, Kleiner, du auch«, sagt Jef.
»Ich hoffe, dass bis dahin deine Medaille gefunden wird«, sagt meine Mutter. »Dann kannst du sie anstecken.«
»Ich bin doch nicht verrückt«, sagt Jef.
»Warum bist du so komisch«, sagt Renée. »Es ist doch toll, dass sie dich ehren wollen?«
Plötzlich steht Jef auf. Sein Stuhl kippt um. »Die können mich mal«, sagt er. Er dreht sich um und geht hinaus.
»Holla, kleiner Mann, so geht das nicht«, sagt mein Vater laut.
»So geht das schon«, sagt Jef. »Und ich bin kein kleiner Mann.«
Er öffnet die Tür zu unserem Schlafzimmer und knallt sie hinter sich zu.
Wie still es am Tisch ist. Niemand isst. Ich habe Hunger. Das Essen wird kalt, möchte ich sagen. Ich traue mich nicht, so still ist es.

»Ich verstehe überhaupt nichts«, sagt mein Vater plötzlich. »Überhaupt nichts. Statt sich zu freuen, kriecht er am Boden. Man könnte fast glauben, er schämt sich.«

»Schämen?«, fragt meine Mutter erstaunt. »Warum sollte er sich schämen?«

»Was weiß ich«, seufzt mein Vater. »Er war immer schon komisch. Ich habe Hunger. Lasst uns beten. Wir danken Dir für Speis und Trank, o Herr. Guten Appetit.«

»Guten Appetit«, sagen wir im Chor.

»Hast du es schon gehört, meine Blonde?«, sagt mein Vater mit vollem Mund. »Hélènes Prozess war schon, sie haben ihr vier Jahre gegeben.«

»Vier Jahre.« Meine Mutter seufzt. »Vier Jahre, nur weil sie den Laden gehabt hat. Die Menschen sind grausam.«

»Sie hat ihn übrigens nicht zurückgehalten«, sagt Renée wütend.

»Sie wird es schon versucht haben«, sagt meine Mutter.

Ich verhalte mich so still wie möglich. Hélène ist Wards Mutter. Vielleicht werden sie jetzt von ihm reden. Vielleicht erfahre ich endlich, was er gemacht hat.

»Wenn sie ihr schon vier Jahre geben«, seufzt meine Mutter. »Welche Strafe wird er dann bekommen, wenn sie ihn finden?«

»Er verdient eine ordentliche Strafe«, sagt mein Vater.

»So ist es«, sagt Renée.

»Warum?« Ich beiße mir auf die Zunge, zu spät. »Ich darf es wohl wieder nicht wissen«, sage ich wütend.

»Iss und schweig, Kleiner«, befiehlt mein Vater.

Über meinen Teller schaue ich zu Renée hinüber. Sie schüttelt

den Kopf, steckt einen vollen Löffel in den Mund und presst die Lippen zusammen, während sie isst. Sie wird auch nichts sagen. Als Ward ihr Liebster war, hat sie viel mehr geredet. Einmal lagen wir zusammen im Gras, auf dem Rücken. Remi, sagte sie, schau doch mal wie schön.
Die Sonne schien grell durch die Wolken, also hielt ich mir die Hand über die Augen, während ich nach oben schaute. Sie nicht, sie brauchte keine Hände. Sie hatte die Arme über den Kopf im Gras ausgestreckt und sah aus wie ein langer magerer Vogel.
Es ist zum Reinbeißen, sagte sie. Zum Verliebtsein. Es ist wirklich zum Reinbeißen.
Ich streckte meine Beine aus und kroch näher an sie heran. Sie drehte ihren Kopf zu mir und lächelte. Soll ich dir erzählen, wie sich das anfühlt, sagte sie dann. Als würde dir deine Haut zu eng, während du doch einfach weiteratmest und dich weiterbewegst.
Dann kitzelte sie mich. Und ich kitzelte sie auch, und wir lachten so laut und so lange, dass uns später die Kiefer weh taten.

Nach dem Essen gehe ich in unser Schlafzimmer. Vorsichtig mache ich die Tür auf. Es ist dunkel im Zimmer, Jef hat die Vorhänge zugezogen. Im Halbdunkel sehe ich ihn auf dem Bett liegen, den Arm über dem Gesicht.
»Komm her, Kleiner, es ist auch dein Bett.«
»Ich heiße nicht Kleiner.«
»Los, Remi. Komm her.«
Ich lege mich zu ihm und strecke meine Arme und Beine aus.

Ich schieb mich so weit wie möglich an den Rand, um ihm genug Platz zu lassen. Dann frage ich es doch: »Warum verdient Ward eine ordentliche Strafe?«
»Er soll nur für immer wegbleiben.«
»Warum?«
»Sonst erschießen sie ihn.«
Ich setze mich aufrecht hin.
»Sie erschießen ihn? Warum werden sie ihn erschießen?«
»Fang nicht an zu weinen, Kerlchen, das ertrage ich nicht.«
Ich ziehe die Nase hoch und reibe mir mit dem Ärmel über die Augen. Natürlich hilft es nicht.
»Sie sind böse auf ihn, aber sie irren sich«, sagt Jef. »Und übrigens können sie ihn nicht erschießen, auch wenn sie es wollen. Er ist an einem sicheren Ort, sehr weit weg von hier.«
»Woher weißt du das?«
»Ich weiß es einfach. Ich spüre es. Und wenn er doch zurückkommt, dann werde ich dafür sorgen, dass er nicht erschossen wird.«
»Versprochen?«
»Versprochen. Und jetzt mach die Augen zu. Los.«
Ich schließe die Augen. Spüre einen Schatten über mir.
»Schau mal.«
Er sitzt vor mir, seine Trompete auf den Knien. »Nimm«, sagt er, »sie gehört dir.«
Wieso mir? Und was ist mit ihm?
»Ich hör auf zu spielen«, sagt er. »Ich habe sowieso nie gern gespielt. Immer nur für unseren Pa, immer nur für unsere Ma, für Großvater, für die ganze Welt. Nie für mich. Nach all den Jahren spiele ich noch immer nicht besonders gut. Aber ich

denke, dass es dir gefallen wird, ich denke, du hast Talent. Also bitte.«
Ich nehme sie. Sie glänzt sogar im Dunkeln.
»Ich habe sie gut gepflegt«, sagt Jef. »Ich habe immer gedacht, wenn ich sie gut pflege, wird es vielleicht doch mal klappen.« Er schlägt sich mit der Faust auf die Brust. »Hier drinnen soll es auch klingen.« Er schüttelt den Kopf und lächelt. »Viel Spaß damit«, sagt er und legt sich wieder auf den Rücken.
»Die Decke ist schön im Dunkeln«, sagt er. »Die Risse sehen wie Straßen und Wege aus. Ich wähle mir einen Weg, und dann fahre ich los. Mach nicht so ein Gesicht. Leg dich hin und probiere es selbst.«
Ich lege mich hin, halte die Trompete fest im Arm.
»Du gehst aber zur Ehrung der Blaskapelle, nicht wahr, Jef?«
»Hm.«
»Wenn ich ein Held wäre, würde ich bestimmt gehen.«
Jef lacht. »Vielleicht hast du recht, Kleiner.«
Kleiner. Wann wird er endlich aufhören, mich so zu nennen? Ich schließe die Augen. Vielleicht bleibt Jef immer größer als ich. Ob Helden weiterwachsen? Oder gibt es auch kleine Helden? Ich muss es ihn unbedingt fragen. »Jef?«
»Schweigen und an die Decke schauen.«

Es klopft an die Tür.
»Ihr schlaft doch nicht, hoffe ich«, sagt mein Vater. »Dafür ist es noch zu früh. Los, aufstehen.«
Wir haben tatsächlich geschlafen. Schnell rutsche ich aus dem Bett.
»Hast du es Remi erzählt? Weiß er es schon?«

Jef schnellt gleich hoch und schlägt sich mit der Hand an die Stirn. »Vergessen, völlig vergessen. Kleiner, komm mal mit.«
Ich folge ihm nach draußen, mein Vater kommt uns nach. Jef geht zum Stall, bleibt in der Tür stehen. »Schau mal, nur für dich.«
Es ist dunkel im Stall, und trotzdem sehe ich es glänzen. Ein großes Fahrrad. Ein richtiges Herrenfahrrad.
»Ich habe es heute Morgen bei Gust abgeholt«, sagt Jef.
Meine Hände gleiten über den Stahl. Es ist grau, fast ohne Rost und glänzt wie neu. »Mein Fahrrad«, seufze ich.
»Es ist viel zu groß für dich«, sagt mein Vater. »Vielleicht solltest du tauschen, mit …«
»O nein«, sage ich schnell, »es gehört mir. Und es ist nicht zu groß.«
Ich kann mir vorstellen, wie sie hinter meinem Rücken grinsen, aber ich drehe mich nicht um. Es gehört mir, ich tausche es mit niemandem.
»Gust muss dich wohl sehr gern haben, Remi. Pflege es gut.«
Mein Vater stellt den Sattel so niedrig wie möglich, ich erreiche gerade so die Pedale.
»Du musst ordentlich essen«, sagt meine Mutter, »dann wächst du schnell.«
Ich fahre gleich ein paar Runden vor unserem Haus. Es geht prima.

In der Nacht kann ich nicht schlafen.
Ein richtiges Herrenfahrrad. Und eine Trompete.
Morgen werde ich die Medaille ausbuddeln.

Und jetzt ein Lied

Heute kommt Isa mit mir. Sie möchte sehen, wie ich unterrichte, sagt sie. Als ob man da was sehen könnte. Es ist keine Show, die ich aufführe. Außerdem werden die Bombardierungen jeden Tag schlimmer. Die Amerikaner und ihre Verbündeten sind in unseren Luftraum eingedrungen und kämpfen sich Richtung Osten voran. Wenn Berlin fällt, haben sie den Krieg gewonnen. Aber eine Stadt fällt nie allein.
Bis jetzt wurde unser Viertel verschont. Es gibt keinen Grund, unser Viertel zu bombardieren, es gibt keine Waffenlager, keine Waffenfabriken, es gibt keinen Bahnhof, hier sind keine Soldaten. Vielleicht sind die Amerikaner anders als die Russen und machen nicht alles platt. Vielleicht können sie die Franzosen und Engländer zur Vernunft bringen. Als ob ein Krieg vernünftig wäre. Vielleicht doch. Ihr schießt auf unsere Leute? Gut, dann erschießen wir eure.
Ich möchte, dass Isa zu Hause bleibt. Ihre Mutter möchte das auch. Ihr Vater sagt, dass wir weitermachen sollen mit unserem Alltag, wenn die Sirenen schweigen. Also darf Isa mit.

Meine sieben Schüler warten vor dem Unterrichtsraum. Fünf Jungen und zwei Mädchen, die alle Saxophon spielen möchten. »Guten Tag, Herr Lenz.«

»Guten Tag«, antworte ich. Ich stelle ihnen Isa vor. »Meine Verlobte.«
»Ich wollte mal vorbeischauen«, sagt sie, lächelt meine Schüler an. »Darf ich?«
Alle sieben nicken.
Isa folgt mir hinein, beugt sich zu mir und sagt in mein Ohr, dass sie mich spielen hören möchte.
Kein Problem. Ich nicke. Ich spiele immer eine Weile mit ihnen.
»Wie der echte Martin spielen kann.« Sie gibt mir einen Klaps auf die Wange, dreht sich um und setzt sich hinten in den Raum. Ich hole mein Saxophon heraus, streichle das Kupfer. Ich spüre, wie ihr Blick auf mir ruht, während ich die Notenblätter zurechtlege. Ich schaue nicht auf. *Wie der echte Martin.* Wir spielen minutenlang die gleiche Melodie. Danach spielt jeder ein Solo. Meine Hände zittern, wenn ich an der Reihe bin. Lächerlich, denke ich, ich bin der Lehrer, und meine Hände zittern, als stünde ich zum ersten Mal vor einem Publikum. Aber dies ist nicht einfach ein Test. Isa testet, wer ich bin.
Über uns das Dach des Bunkers, über dem Dach der Himmel. Der Himmel ist nicht ruhig. Aber die Kinder spielen ihre Stücke, als ob der Krieg ihnen nichts anhaben könnte. Ich sorge schließlich für sie. Ich, Martin Lenz, Saxophonist und Isas Verlobter.
Am Ende der Stunde klatscht Isa laut. Wir gehen hinaus, ich schließe den Raum ab. Ich drehe mich um und schaue sie an. Sie lacht nicht. Sie schüttelt den Kopf. Ihre Stirn ist voller Falten. »Zu schön, Martin, viel zu schön.«
Mein Bestes zu geben ist also nicht gut genug.

»Dass du nicht mal verstehst, was ich meine«, sagt sie. »Das finde ich so traurig.«

Ich hebe das Saxophon auf den Rücken und gehe mit ihr hinaus. Es ist Anfang März, aber es fühlt sich an wie mitten im Winter. Es gab eine Zeit, in der ich immer die richtigen Worte fand. Ich suche in meinem Kopf, ob sie noch irgendwo sind, aber die Luft ist so voller Lärm, dass ich nicht einmal höre, was Isa zu mir sagt.

Sie zieht an meinem Ärmel und deutet nach oben. »Es sieht gar nicht gut aus«, sagt sie ängstlich. »Wir müssen schnell nach Hause.«

Sirenen heulen, und die Straßen leeren sich schnell. Überall werden Läden vor die Fenster geklappt, obwohl es helllichter Tag ist. Menschen flüchten in die Luftschutzkeller. Ich laufe, so schnell ich kann, aber es geht viel zu langsam. Dieses verdammte Bein. »Schneller, Martin.«

»Wir müssen hier irgendwo Schutz suchen.«

»Ich möchte nach Hause, zu meinen Eltern, Martin, zusammen sicher oder keiner sicher.« Sie nimmt meinen Arm und zieht mich hinter sich her. »Beeile dich, Martin. Bitte.«

Sie versteht es nicht. Wir müssen wirklich sofort Schutz suchen. In einer Sekunde kann alles vorbei sein.

»Ich möchte nach Hause«, ruft sie in mein Ohr.

Also gut, denke ich ergeben. Ich komme sowieso nicht gegen sie an. »Ich tue mein Bestes«, keuche ich. Ich spüre einen höllischen Schmerz in meinem Bein.

»Schneller, Martin, schneller.«

Ich antworte nicht mehr. Folge ihr, so gut ich kann. Sie schleppt mich mit sich wie eine schwere Last, ohne mich

würde sie schneller vorankommen. Ich schaue nach oben. Der Himmel ist fast schwarz vor lauter Flugzeugen. Es wird nicht passieren. Ich bin doch nicht den ganzen weiten Weg gelaufen, um jetzt hier zu sterben.
»Martin, nicht nachdenken. Streng dich an! Laufen.«
Sie soll den Mund halten, sie weiß nicht, was sie sagt, ich strenge mich schon die ganze Zeit an, und ich halte es nicht mehr aus. Ich lasse sie los und bleibe stehen.
»Martin«, sagt sie.
»Wir müssen wirklich Schutz suchen«, keuche ich. »Hier irgendwo.«
»Nein«, sagt sie.
Es gab eine Zeit, in der alle auf mich hörten. In der nichts von dem, was ich sagte, angezweifelt wurde.
Der Lärm um uns herum ist ohrenbetäubend. Das Heulen der Sirenen übertönt den Lärm der Flugzeuge, ohne eine Sekunde aufzuhören.
Sie greift nach meinem Arm, ich reiße mich los. »Lauf nach Hause. Ich komme schon zurecht.«
Sie steht still, nimmt meinen Kopf, zieht ihn an sich. »Meinst du, ich wüsste es nicht«, schreit sie mir ins Gesicht. »Ich weiß alles, Martin. Und es ist mir egal, verdammt egal. Und wenn du jetzt nicht nach Hause rennst, dann trete ich dich nach Hause.«
Ich spüre das Entsetzen in meinem Körper. Sie ist mir auf die Schliche gekommen. Und zwar nicht jetzt, plötzlich, sondern die ganze Zeit schon. Und sie hat das Spiel mitgespielt.
Sie greift wieder meinen Kopf. »Hältst du mich etwa für blöd, Martin? Glaubst du, ich hätte es nicht gehört? Seit wir in Köln

sind, sprichst du genau so, wie du vorhin auf dem Saxophon gespielt hast. Zu schön, viel zu schön. Und du küsst anders, Martin. Du küsst aus Pflichtgefühl. Nicht weil du Lust hast, verdammt nochmal.«

Ich schaue sie schweigend an.

»Im Lazarett hattest du Kummer, Martin. Jetzt hast du nichts mehr. Das ist der große Unterschied.«

Wir können hier nicht stehen bleiben. »Geh weiter, Isa.«

»Ich habe deinen Arm gesehen. Ich kenne diese Art von Verwundungen. Du warst kein normaler Soldat.« Sie nimmt meine Hand und zieht mich mit sich. Ich schaue sie an. Sie schüttelt den Kopf. »Dass du mir nie vertraut hast, Martin. Dass du nicht ein einziges Mal versucht hast, mir davon zu erzählen. Warum schweigst du? Hast du doch etwas zu verbergen? Ich kann es nicht glauben. So schlimm kann das alles doch nicht sein.«

Sie hat keine Ahnung.

»Hast du mich jemals geliebt?«, fragt sie. »Wirklich geliebt?«

Dann passiert es. Die Straße vor uns explodiert. Meine Ohren, denke ich. Und: Ich werde doch noch in Köln sterben. Und dann nichts mehr. Ich fliege.

Rot mit orange

Im Wald finde ich mühelos den Strauch, unter dem ich die Medaille vergraben habe. Ich knie mich hin und wühle in der Erde.
»Was machst du da?«
Mein Herz macht vor Schreck einen Satz. Bumm, es haut mich um. Ich schaue hoch.
»Jeanne?«
»Du hast ein schlechtes Gewissen. Sonst würdest du nicht so erschrecken.«
Sie steht vor mir, breitbeinig, mit verschränkten Armen. Schnell stehe ich auf, streiche meine Kleidung glatt, fahre mir mit der Hand durch die Haare.
»Ich würde auch erschrecken«, sagt sie dann. Sie lächelt. Wumm! Jetzt weiß ich es genau. Ich bin verliebt. Als wäre einem die Haut zu eng geworden, hat Renée gesagt.
»Was hast du da?«
Ich schaue auf meine Hände. Ein Handtuch, will ich sagen, siehst du das nicht? Ein Handtuch ist nichts Besonderes. Für mein Fahrrad, zum Beispiel. Das Fahrrad ihres Großvaters. Aber kein Ton kommt mir über die Lippen.
Ich stopfe das Tuch samt Medaille in meine Hosentasche und schaue sie an.
»Hast du etwas gestohlen?«, fragt sie.

Sie schaut mich an, als sei ich ein Mörder. Wenn sie nicht aufhört, so ein Gesicht zu machen, ist es mit meiner Verliebtheit gleich vorbei. »Ich bin kein Dieb«, sage ich laut.
»Na gut, ich glaube dir ja.« Sie fragt, ob sie mich nach Hause begleiten darf. Wenn ich nein sage, schlägt sie das bestimmt nie wieder vor. Also sage ich ja.
Sie folgt mir über den Weg und durch den Garten zur Hintertür. Die Medaille brennt in meiner Hosentasche. Heute Nacht hänge ich sie wieder hin, so lange ist wohl noch Zeit.
Es ist still in unserem Haus. Ich setze mich auf die Türschwelle. Jeanne lässt sich neben mich fallen. Streicht sich den Mantel über den Knien glatt.
Ich traue mich nicht zu fragen, weshalb sie gekommen ist.
Wir schweigen.
Es dauert alles viel zu lange. Was könnte ich ihr vorschlagen? Verstecken spielen? Sie versteckt sich, und ich suche sie. Und dann sucht sie mich. Wer weiß, vielleicht finde ich sie gar nicht.
Ihr Rock kommt unter ihrem Mantel zum Vorschein. Ich schaue ihn an. Grün mit gelben Blumen. Auch ihre Beine sind voller Sommersprossen. Wenn es Medaillen gäbe für die meisten Sommersprossen, dann wüsste ich, wer sie bekommen würde. Ihre Knie fangen an, sich unter dem Mantel zu bewegen. Gleich wird sie aufstehen und verschwinden.
Das Fahrrad. Ich werde vom Fahrrad erzählen.
»Ich bin sehr froh über das Fahrrad.«
»Ist es nicht zu groß?«
»Aber nein«, sage ich.

Wieder ist es still.
»Er vermisst es nicht«, sagt sie dann. »Er kommt fast nie mehr nach draußen.«
»Ist er krank?«
»Nein. Ich denke, dass er viel Kummer hat.«
»Oh.«
Sie seufzt. »Die Türschwelle ist kalt.«
»Möchtest du, dass ich dir ein Kissen hole?«
»Ach nein«, sagt sie. »So schlimm ist es auch nicht.«
Sie lacht. Ich auch. Wieder wird es still. Plötzlich weiß ich die richtige Frage. »Kannst du auf den Fingern pfeifen?«
Sie schaut mich erstaunt an. Also nicht.
»Möchtest du, dass ich es dir beibringe?«
Sie nickt begeistert.
Ich schiebe vier Finger in den Mund und pfeife. Es klingt klar und scharf. Kein Wunder. Einmal gelernt, und man kann es für immer. Möchte sie ein Lied hören? Nun, da ist eines.
»Wie toll«, seufzt sie, als es zu Ende ist.
Ich nicke. Auf allen Fingern kann ich es. Es ist nicht schwer, ich kann es ihr zeigen.
»Jetzt ich«, sagt sie. »Bring es mir bei, Remi.«
Ich platze fast vor Glück. »Zuerst mit vier Fingern«, sage ich. »Das ist am leichtesten.«
Ich biege meine Zungenspitze nach hinten, lege vier Finger auf die Zunge. Zwei Zeigefinger, zwei Mittelfinger. Ich mache es langsam, so dass sie gut sehen kann, wie man es macht. Alles ist wichtig: Wie man die Zungenspitze nach hinten legt, wie man die Finger darauf legt und wie man dann versucht zu blasen. Ich mache es ihr ein paarmal vor. »Jetzt du.«

Sie versucht zu pfeifen. Ich spüre ihren Atem im Gesicht, wenn sie bläst. Sie lacht. »Ganz schön schwer.«
Ich lache auch. »Du darfst nicht aufgeben. Es gelingt immer, man darf nur nicht aufhören zu üben. Das hat Ward mindestens hundertmal zu mir gesagt.«
»Ward?«
»Ward hat es mir beigebracht«, sage ich stolz. »Mein Freund Ward.«
»Ward? Ward Dusoleil? Ist Ward dein Freund?« Es sind ihre Worte, aber es ist nicht ihre Stimme. Als wäre sie eine andere geworden. Innerhalb von zwei Sekunden. Ich schaue sie verängstigt an.
»Nicht lügen, Remi.«
Ich möchte, dass sie geht. Und dass sie gleich wieder ganz normal zurückkommt. Mit anderen Worten.
»Sag es.«
»Er ist mein Freund.«
Und sie sagen, dass er etwas Schlimmes getan hat, aber sie täuschen sich, sagt Jef, und Jef ist ein Held, und deshalb glaube ich ihm.
Doch bevor ich das sagen kann, versetzt mir Jeanne einen kräftigen Stoß, so kräftig, dass ich hart auf den Boden pralle. Sofort steht sie auf und tritt mit ihrem Schuh an die Tür. Nickt mir zu. Immer wieder. Ihr Kopf ist rot mit orange. Alles ist rot mit orange, auch ihre Arme und sogar ihre Hände.
»Einen schönen Freund hast du.«
Dann dreht sie sich um und geht weg. Ohne sich ein einziges Mal umzuschauen.

Die Tür geht auf.
»Was soll dieser Krach? Führst du etwa Selbstgespräche?«
Sie glauben wohl alle, dass ich blöd bin. Ich drücke den Kopf auf die Knie, lege die Arme um meinen Körper. Sie sind schuld. Wenn sie nicht immer geschwiegen hätten. Von mir aus können sie platzen.
Meine Mutter setzt sich links neben mich, Renée rechts. Sie schweigen. Ich spüre ihre Röcke an meinen Beinen. Der Stoff kratzt, so eng sitzen sie neben mir. Aber ich sage nichts.
»Was hast du?«, fragt meine Mutter.
Sie brauchen nicht zu denken, dass ich antworte. Ich höre sie miteinander flüstern. Ich schließe die Augen, vielleicht hilft das, wenn man vorhat zu schweigen.
Dann spüre ich die Medaille. Sie drückt in meiner Hosentasche, drückt meinen Mantel gegen den Rock meiner Mutter. Gleich wird sie sie auch spüren. Gleich wird sie in meine Hosentasche schauen wollen. Die Hitze schießt durch meinen Körper bis in den Kopf. Ich möchte aufstehen. Beide wegschieben. Durch die Wand, wieder hinein ins Haus.
»Ich will Kekse backen«, sagt meine Mutter plötzlich. »Hilfst du mir?«
»Vielleicht«, sage ich.
»Aha«, sagt meine Mutter, »du hast also deine Zunge doch nicht verloren.«
Ich höre, wie sie lächelt, ich höre es einfach, obwohl sie kein Geräusch macht.
»Nein«, sage ich wütend.
»Bis gleich«, sagt meine Mutter. Endlich steht sie auf. Ich spüre, wie hinter mir die Tür aufgeht und dann wieder zu.

»Und«, fragt Renée, »was ist los?«
Ich zucke mit den Schultern.
»Was wollte sie?«
»Was ist mit Ward?«
»Remi ...«
»Alle außer mir wissen Bescheid. Jeanne ist nur zwei Jahre älter, aber sie weiß alles. Warum ich nicht?«
Renée seufzt. Sie legt ihren Arm um meine Schultern, aber ich schiebe ihn weg.
»Wo ist er jetzt? Und kommt er wieder zurück?«
Sie schweigt.
»Und was hat er getan?«

Schweigen, bis wir platzen

»Ich weiß auch nicht alles, Remi. Unser Jef wird wohl erzählen, was passiert ist.«
»Du weißt alles. Du meinst auch, dass ich nichts aushalten kann.« Er verschränkt seine kleinen Arme. »Ward hat bestimmt etwas ganz Schlimmes getan. Hat er vielleicht jemanden umgebracht?«
Seine Stimme zittert. Ich muss irgendetwas sagen.
»So heißt es.«
Er schaut mich erschrocken an. »Das glaube ich nicht«, sagt er wütend. »Ward tut so etwas nicht.«
»Trotzdem ist es so«, sage ich vorsichtig.
»Jef sagt, dass sie sich irren.«
»Sagt er das?«
Er nickt heftig. »Ich glaube Jef«, sagt er. »Und du? Was denkst du?«
Ich seufze. »Ich denke gar nichts.«
»Dass du ihn einfach so vergessen kannst.« Er hält die Arme noch immer vor seiner Brust verschränkt und schaut vor sich hin. »Ich nicht«, sagt er. »Ich vergesse ihn nie. Ich mag Ward.«
Ich wende meinen Kopf ab und falte die Hände im Schoß. »Vielleicht ist es gut, dass noch jemand an ihn denkt«, sage ich.

Er steht auf, ohne noch etwas zu sagen. Er drückt die Tür auf und geht hinein. Die Tür fällt mit einem Knall hinter ihm zu. Ich bleibe zurück auf der kalten Türschwelle.

Mein Vater sagt immer: »Den Kleinen müssen wir schonen.«
Könnte ich ihm doch einfach alles erzählen. Er stellt so viele Fragen, irgendwann wird er sowieso dahinterkommen. Aber wann beginnt dieses Irgendwann, und wer entscheidet darüber?
Ward, der konnte schweigen. Er konnte über alles und noch was reden, und wenn man nicht aufgepasst hat, konnte man glauben, ihm läge das Herz auf der Zunge. Aber so war es nicht. Wir waren schon seit Wochen zusammen, und noch nie hatte er über seinen Vater gesprochen. Eines Tages habe ich es nicht mehr ausgehalten.
Es war an einem Sonntagnachmittag, und wir waren auf dem Weg in den Wald. Ich wollte endlich wissen, wie es aussah, dort oben in seinem Kopf; ob es dort eine Stelle gab, wo er seinen Vater versteckt hatte, weit weg, irgendwo ganz hinten, mit einem Schloss an der Tür, so dass er nie mehr herauskommen würde. Und ich fragte mich, ob sein Vater vielleicht manchmal an diese Tür pochte.
Ich sagte, ich fände es so schlimm, die Sache mit seinem Vater.
Er blieb mitten auf dem Weg stehen. Er schaute mich an, ohne mich wirklich zu sehen. Er befand sich auf der anderen Seite der Welt, und ich fragte mich, ob es überhaupt eine Rolle spielte, was er sagen würde. Wenn er doch nicht da war.

Was meinst du?, fragte er.
Da bekam ich es richtig mit der Angst zu tun. Wenn er schon nicht wusste, wovon ich redete, musste es wirklich seltsam aussehen, dort oben in seinem Kopf.
Ich weiß, wie dein Vater gestorben ist, sagte ich, ich weiß, dass du ihn gefunden hast, und ich kann mir vorstellen, wie schrecklich das gewesen sein muss.
Wieder schaute er mich mit diesem seltsamen Blick an und sagte nichts. Lange, bestimmt eine Minute lang. Sechzig lange stille Sekunden. Dann sagte er: Komm, wir gehen weiter.
Ich nahm seine Hand.
Was vorbei ist, ist vorbei, sagte er dann.
Ich ging weiter neben ihm her, der Weg war breit genug.
Wenn ich nicht versuche, manche Dinge zu vergessen, sagte er noch, dann werde ich verrückt. Richtig verrückt.
Ich dachte damals: Vielleicht gibt es wirklich Menschen, die nichts sagen, auch wenn es im Inneren brennt. Menschen, die schweigen, bis sie platzen. Vielleicht war Ward so ein Mensch.
Ich sehe ihn wieder vor mir, mit seinen kurzen schwarzen Haaren und diesen grauen Augen, und ich höre ihn wieder sprechen. Und sein Saxophon vergesse ich in tausend Jahren nicht. Ich habe es wirklich ernsthaft versucht. Ich musste. Denn er hat mich spüren lassen, dass ich es konnte. Spielen wie mein Großvater, zaubern wie meine Mutter. Er hat mich spüren lassen, dass ich keine Trickschachtel bin. Und dann ist er weggegangen.
Mein Vater sagt manchmal: Such dir einen reichen Liebsten.

Ich denke nicht, dass er das ernst meint, er kann so etwas einfach nicht ernst meinen. Er lacht dann immer so unschuldig, so dass ich verstehe, er macht nur Spaß. Aber warum sagt er es dann?

1942

Diese dreckigen Deutschen

Jeden Dienstag trafen wir uns bei Theo, um den Auftritt im *Bunten Ochsen* vorzubereiten. An den anderen Tagen übten wir zu Hause. Man konnte uns sogar auf der Straße spielen hören. Niemand kam und sagte, wir sollten leiser spielen, sogar die Deutschen ließen uns vorläufig in Ruhe. Sie wollten zuerst etwas anderes von uns.

Eines Tages klopften sie in ihren glänzenden Uniformen an unsere Tür.
»Sie werden doch nicht wegen unseres Jef kommen«, sagte meine Mutter ängstlich.
»Das sollen sie sich nur trauen«, sagte mein Vater. »Solange unser Jef in die Schule geht, lassen sie ihn in Ruhe. Renée, mach auf, bevor sie die Tür eintreten.«
Das Grinsen, mit dem sie mich anstarrten. Was wäre, wenn sie unseren Jef doch holen würden? Niemand könnte sie zurückhalten.
Es war unsere Kuh, die sie haben wollten.
Wir waren darauf vorbereitet. Wir hatten es sogar vorhergesehen, wir hatten Astrid in den letzten Monaten gerade so viel zum Fressen gegeben, dass sie überlebte. Das war grausam, aber es geschah nur, um unsere Astrid zu retten, hatte mein Vater gesagt.

Er sagte zu den Deutschen, Astrid wäre krank und ihr Fleisch nicht in Ordnung, die Menschen müssten sich davor hüten. Die Deutschen gingen mit ihm in den Stall, sie wollten die kranke Kuh mit eigenen Augen sehen. Remi war dabei, und als mein Vater sagte, die Kuh würde bald sterben, fing Remi so laut an zu heulen, dass die Deutschen besorgte Blicke wechselten. Ich sah ihnen an, was sie dachten: Hier werden wir mit leeren Händen abziehen. Doch dann gingen sie zu unserer Astrid, tasteten sie mit ihren fettigen Händen ab, schauten ihr in die Augen und ins Maul und nickten einander zu.

»Mit der Kuh ist alles in Ordnung«, sagten sie zu meinem Vater, »sie hat einfach Hunger.« Und wenn mein Vater es noch mal wagen würde, ihnen etwas vorzumachen, würden sie ihn mitnehmen, und er könne davon ausgehen, dass es nicht die schönste Reise seines Lebens werden würde.

»Wird sie denn nicht sterben?«, fragte Remi erstaunt.

»Halt den Mund, Kleiner«, schimpfte mein Vater, während die Deutschen einen Strick um Astrids Hals legten und sie hinausführten.

Und Astrid ging einfach mit ihnen mit. Mit gesenktem Kopf, als wüsste sie, dass sowieso nichts zu machen war.

Dabei gehörte sie doch uns. Sie zerrten viel zu fest am Strick, sahen sie denn nicht, dass sie von allein mitging? Sie merkten nicht mal, wie freundlich sie war.

Mein Vater und Remi folgten ihnen bis zur Straßenecke. Ich war beim Stall stehen geblieben. Ich hatte das Gefühl zu träumen. Vor einer Sekunde war Astrid noch da, und ab jetzt würde sie nie mehr da sein. Und wir ließen es uns einfach gefallen.

Plötzlich hörte ich ein seltsames Geräusch hinter meinem

Rücken. Ich drehte mich um und sah meine Mutter vor mir stehen, das Gesicht hässlich verkrampft.

»Ma«, sagte ich sanft, »nicht weinen.«

Sie zuckte mit den Schultern, sie seufzte. Dann löste sich die Verkrampfung, und Tränen rollten aus ihren Augen. Es sah so seltsam aus, dass ich am liebsten weit weggerannt wäre. Aber das tut man nicht, wenn die Mutter sonst nie weint. Als sie sah, wie ich sie die ganze Zeit beobachtete, nahm sie ein Tuch aus ihrer Schürze, wischte sich über die Augen und putzte ihre Nase. »Das durften sie nicht tun«, sagte sie. »Astrid gehört uns.«

Mein Vater kam mit großen Schritten auf uns zu, Remi musste rennen, um mithalten zu können.

»Sie haben versprochen, sie würden die einfachen Leute in Ruhe lassen. Sie wissen doch verdammt gut, dass wir die Kuh brauchen.«

»Vielleicht bringen sie unsere Astrid wieder zurück«, sagte Remi.

Mein Vater seufzte. »Ach, Remi.« Er legte seine Arme um die Schultern meiner Mutter. Und seufzte wieder.

»Pa«, sagte ich. »Ich werde mir eine Arbeit suchen.«

Er schüttelte den Kopf und richtete sich auf. »Du musst die Schule fertig machen, Kind. Wir lassen uns unser Leben nicht von diesen dreckigen Deutschen diktieren.«

»Aber ...«, fing ich an.

»Wir werden schon eine Lösung finden, wir haben immer eine Lösung gefunden. Ich kenne genug Leute, die uns Milch besorgen können.«

»Wirklich?«, fragte meine Mutter.
»Aber sicher«, sagte mein Vater.
»Können wir uns nicht beschweren?«, fragte ich.
»Aber Renée, als ob jemand auf uns hören würde«, sagte mein Vater.
»Wenn wir nicht kämpfen ...«, fing ich an.
»Wir kämpfen nicht«, sagte meine Mutter. »Wenn wir nicht mitmachen, können wir auch nicht verlieren.« Sie drückte leicht meine Hand. »Kommt«, sagte sie, »schauen wir mal, was wir heute Abend essen können.«
Ich vermisste Astrid, aber ich schwieg. Die Deutschen konnten uns so viel wegnehmen, wie sie wollten, uns kriegten sie nicht.

Theo regte sich sehr auf, als er hörte, dass sie unsere Kuh mitgenommen hatten. Er sagte, mein Vater hätte das nicht hinnehmen müssen. Aber das hatte mein Vater getan. Als hätte er die Wahl gehabt, sagte er immer wieder zu Theo. Und Theo antwortete dann, dass jeder in jedem Augenblick eine Wahl hätte.
Die Deutschen hatten mehr getan, als unsere Kuh mitzunehmen. Sie hatten eine verpestete Luft hinterlassen. Die Diskussionen zwischen Theo und meinem Vater über unser Dorf, über die Welt und schließlich auch über die kleinsten, unwichtigsten Dinge wurden immer heftiger. Aber wenn wir spielten, wurde die Luft wieder klar. Und ehe wir uns versahen, war es so weit. Unser erster Auftritt.

Samstagabend, Viertel vor acht. Wir hatten eine kleine Ecke zugewiesen bekommen, wo wir uns aufstellen konnten. Von

allen Seiten drangen mir Gelächter und Gerede in die Ohren. Die Leute saßen sogar auf den Fensterbänken, so viele waren gekommen. »Ich bin nervös«, flüsterte ich Ward ins Ohr. »Das ist gut«, sagte er, »dann wirst du noch besser spielen.«
Ich schüttelte den Kopf. Meine Finger würden zittern, und ich würde aus meiner Trompete keinen Ton herausbringen. Dann kam meine Mutter herein. Sie zog den Mantel aus und setzte sich auf den Stuhl, den wir für sie reserviert hatten, ganz vorne, neben Pfarrer Vanhamel. Sie nahm den Hut meines Vaters vom Stuhl und legte ihn vor sich auf den Tisch, nickte den Leuten um sie herum zu, flüsterte dem Pfarrer etwas ins Ohr und schaute dann in unsere Richtung. Sie lächelte mir zu. Sie hob ihre Hand. Fünf gespreizte Finger. Fünf Fehler, dachte ich, fünf Fehler, das ist nicht schlecht. Ich fühlte, wie ich ruhiger wurde. Auch der Pfarrer winkte mir zu, und ich winkte zurück.
Es wurde acht Uhr. Die Wirtin hieß alle willkommen und sagte, wie sehr sie sich freute, dass wir da waren. Wie dankbar sie war, dass dies ermöglicht wurde. Wir bräuchten uns nicht zurückzuhalten, sagte sie, denn sie hätte für heute Abend eine Genehmigung bekommen. Ob wir bereit wären? Alle fünf nickten wir. »Wir werden unseren Spaß haben«, sagte Ward leise, »wir werden uns amüsieren.«
Fünf Stücke würden wir spielen. Ich war furchtbar aufgeregt. Ich nickte Ward zu. Er zwinkerte und hob sein Saxophon an die Lippen. Dann glitten wir in unsere Melodien hinein, und es klang nicht einmal schlecht. Ein enormer Applaus folgte. Im dritten Stück hatte ich ein langes Solo. Ich vergaß, dass ich fünf Fehler machen durfte, ich küsste meine Trompete, wie

ich sie küsste, wenn ich allein in meinem Zimmer spielte. Ich spürte, wie die Leute mit mir atmeten, ein und aus, ein und aus, es war ein phantastisches Gefühl. Das letzte Stück klang wie ein Fest, das Saxophon führte, und wir folgten. Als es vorbei war, hätte ich am liebsten von vorn angefangen, so glücklich fühlte ich mich. Alle jubelten, stampften mit den Füßen, klatschten in die Hände. Leute tanzten auf dem Steinfußboden, umarmten sich. Pfarrer Vanhamel war der Einzige, der noch auf seinem Stuhl saß, aber er klatschte genauso laut wie die anderen.

»Zugabe«, schrie jemand.

»Zugabe«, schrie die ganze Wirtschaft.

Da ging die Tür auf. Es wurde mucksmäuschenstill. Zwei deutsche Offiziere kamen herein. Sie nickten allen zu und gingen zu einem Tisch. Zwei Leute standen sofort auf, um ihnen ihren Stuhl anzubieten. Die Deutschen nickten freundlich. Winkten der Wirtin zu, verbeugten sich vor Pfarrer Vanhamel und nickten uns zu.

Theo drehte sich mit dem Rücken zum Saal und schaute uns an. »Sie möchten, dass wir spielen«, sagte er. »Ich spiele nicht für Ratten. Verstanden?«

»Theo!« Mein Vater versuchte, ihn zu beruhigen.

»Wir tun so, als würden wir nicht verstehen, was sie wollen«, sagte Theo. »Wir packen unsere Instrumente ein und gehen.« Aber so schnell sollten wir nicht gehen. Einer der Offiziere kam auf uns zu. Er hatte mit der Wirtin ausgemacht, dass wir ausnahmsweise bis elf Uhr spielen dürften. Und es war noch nicht mal neun.

Theo schüttelte den Kopf. »Ich gehe nach Hause«, sagte er.

Der Offizier schaute uns verständnislos an. Die Leute wollen Spaß haben, sagte er, es sei unsere Pflicht, weiterzumachen.
»Von wegen Pflicht«, murmelte Theo. Er packte sein Horn, zog den Mantel an und verschwand.
Ich sah, wie mein Vater Theo hinterherschaute. Meine Mutter kam schnell auf uns zu, mit wehendem Haar und im Sommerkleid, obwohl November war. »Spielt«, flüsterte sie, »macht jetzt keinen Blödsinn.«
»Nicht für diese Arschlöcher«, flüsterte mein Vater zurück.
»Hast du schon vergessen, dass sie unsere Astrid …«
»Spielen«, sagte meine Mutter. »Oder bist du jetzt ganz verrückt geworden?«
Mein Vater seufzte. »Wir spielen«, sagte er dann zu Jef und Ward und mir. »Es wird ohne Horn nicht so gut klingen, aber uns bleibt nichts anderes übrig.«
Erleichtert nickten wir alle drei. Wir würden für die Leute spielen, die gekommen waren, nicht für die Deutschen.
Der Offizier machte ein zufriedenes Gesicht. Er drehte sich um und setzte sich wieder hin.
Die Leute in der Wirtschaft hatten wieder angefangen zu reden, zu lachen, zu trinken. Wir spielten die fünf Stücke noch einmal, diesmal ohne Horn.
Mein Solo dauerte jetzt fast doppelt so lang, jetzt musste ich allein weitermachen. Es war ein Wunder, wie leicht wir alles hinbekamen. Plötzlich dachte ich an das, was mein Großvater immer gesagt hatte. Dass ich eines Tages dahinterkommen würde. Ob ich die Trickkiste benutzen oder richtig arbeiten wollte. Ich spielte kein Spiel, ich spielte. Punkt.
Ward hatte genau gewusst, was ich mit meiner Trompete zu

erzählen imstande war. Es waren seine Noten, aber es war mein Atem.
Als auch das letzte Stück zu Ende gespielt war, beugte ich mich zu ihm und gab ihm einen Kuss. Applaus brandete auf, für den Kuss, für die Musik, es war mir egal, für was. Die Welt war schön, morgen war der Krieg zu Ende, und Ward und ich, das war für immer. Für immer.
Die deutschen Offiziere kamen auf uns zu und sagten, wie schön es gewesen sei, ob wir noch mehr Stücke kennen würden. Nein, sagte mein Vater. Nur noch eines, sagten sie, etwas, das alle mitsingen können. Wir sind müde, sagte mein Vater. Aber das war nicht die richtige Antwort.

Ward rettete uns. Er kannte noch einige Stücke. Was wollten die Deutschen denn hören? Was die Leute hören wollen, sagten sie, heute Abend wird gefeiert.
Und als Ward die Wirtschaft begeisterte mit »Im stillen Kempen« und die ganze Wirtschaft »Wie schön ist die Welt, die Sommerheide« sang, da sah ich, wie die Deutschen auf den Boden schauten, ich sah sie nicken und wieder nicken, mit gesenkten Köpfen. Ich sah, wie sie sich mit den Händen über die Augen fuhren, wie sie die Mützen abnahmen und sich durch die Haare strichen, immer wieder, und da wusste ich, dass sie nicht alle schlecht waren, die Deutschen.
Danach spielte Ward noch mehr flämische Musik, und wir versuchten, mitzuspielen. Die Deutschen kamen und sagten uns, wir seien Brüder und Schwestern, schließlich würden wir fast dieselbe Sprache sprechen. Sie hoben ihr soundsovieltes Glas und legten ihre Arme auf unsere. Mein Vater sagte zu

uns, es sei jetzt genug, aber Ward und auch Jef sagten, dass wir noch nicht aufhören könnten, heute wurde gefeiert, und die Leute waren fröhlich. Wir sind wieder eine Blaskapelle, schoss es mir durch den Kopf, und sie können uns nicht aufhalten, das sieht man.

Die Deutschen holten Fotos aus ihren Taschen. Streichelten sie mit ihren Fingern und zeigten sie uns. Unsere Kinder, sagten sie. Und: Spielt deutsche Musik. Wärt ihr doch bei euren Kindern geblieben, dachte ich. Aber Ward nickte und spielte deutsche Musik. Ich fragte mich, wie viele Stücke er kannte. Mein Liebster, dachte ich entzückt, mein Liebster. Die Deutschen sagten, wir dürften jeden Samstag in der Wirtschaft auftreten, und zwar bis elf Uhr, sie gaben mindestens drei Runden aus, und es wurde auf die halbe Welt angestoßen.

Am Tag nach unserem Auftritt kam Theo vorbei. Wir sollten mal miteinander reden, sagte er zu meinem Vater und fügte hinzu: allein. Mein Vater nickte, setzte seine Mütze auf, zog seinen Mantel an und ging mit ihm hinaus. Nach einer Stunde kam mein Vater zurück. Er lief sofort zum Schrank, wo der Genever stand, noch immer im Mantel und mit der Mütze auf dem Kopf. Ohne ein Wort und ohne uns zu beachten. Kommt nicht in Frage, sagte meine Mutter, tagsüber wird hier nicht getrunken. Sie nahm ihm die Flasche aus der Hand, verschloss sie und stellte sie in den Schrank zurück. So, sagte sie, ist die Freundschaft vorbei?

Mein Vater seufzte tief und nickte meiner Mutter zu. Dass Theo ein guter Kerl sei, ein ganz guter sogar, sagte er. Und dann schwieg er. Schaute uns an. Schüttelte den Kopf. Ein Mensch kann nicht vorsichtig genug sein, sagte er, nahm die Mütze ab, zog den Mantel aus und setzte sich an den Herd. Den Rest des Tages sagte er nichts mehr.

Theo kam nie mehr vorbei, und wir probten von da an in einem Zimmerchen bei Ward zu Hause. Aber nicht mehr lange, denn eines Tages erfuhr mein Vater, dass die Deutschen alles Kupfer nach Deutschland verschickten, wo sie es einschmolzen, um daraus Kugeln und Waffen zu machen. Mein Vater und Jef gruben ein tiefes Loch hinter dem Haus, wir wickelten unsere Trompeten in ein Laken und steckten sie hinein. Sand darüber, solange der Krieg dauerte. Das war das Ende unseres Orchesters. Das Ende unserer Auftritte im *Bunten Ochsen*.

Ward begrub sein Instrument nicht. Unter der Erde ist es fort, sagte er. Ward gab es nur mit Saxophon oder gar nicht.

1945

Die Hölle, Junge, es ist die Hölle

Um mich herum ist es dunkel. Ich sehe keinen Meter weit mehr. Ist es schon Nacht, habe ich hier so lange gelegen? Meine Kehle brennt, meine Augen brennen. Mir platzt fast der Kopf. Ich taste mit meinen Händen um mich. Wo ist Isa? Steine, Trümmer, Staub in meinem Mund, in der Nase, in den Augen, in den Ohren. Ich versuche aufzustehen, mir wird schwindlig. Greife an meinen Kopf. Blut. Ich muss Isa finden. Ich rapple mich hoch, auf die Knie. Um mich herum ist Lärm, so viel Lärm. Das Pfeifen in meinen Ohren übertönt die Bomben. Ich ziehe den Mantel aus, mein Hemd, und zerreiße es in zwei Hälften. Die eine reiße ich in Streifen, die andere stopfe ich zusammengeknüllt in meine Manteltasche. Ich binde mir einen Streifen um meinen Kopf. Fühle kurz am Verband. Vorläufig bleibt er trocken. Vielleicht ist die Wunde nicht so schlimm.

Die Häuser sind verschwunden, die Straßen auch. Liegt es an meinen Augen, oder ist wirklich alles verschwunden? Flugzeuglärm. Das Stöhnen von Menschen. Einstürzende Häuser. Brennende Häuser. Brennende Bunker. Die Straße brennt. Dass Steine brennen können. Welche Bomben haben sie benutzt, um Gottes willen? Der Rauch zerschneidet meine Lungen. Der Krieg klingt, riecht und schmeckt überall gleich. Isa muss in der Nähe sein. Sie kann nicht allein weitergelaufen

sein. Ich stehe auf. Mein Kopf. Er fühlt sich an, als würde er zerbrechen. Ich klappe zusammen. Mein Magen dreht sich, mein Magen dreht sich um, stülpt sich nach außen. Es ist der Rauch, denke ich, es ist mein Kopf, es ist mein Magen. Ich wische mir den Mund mit dem Ärmel ab. Fange an zu husten. Ich binde mir ein Taschentuch vor den Mund.
Ich stolpere über einen Mann, dem der rechte Arm abgerissen wurde. Er ruft etwas wie »Bitte, helfen Sie mir.« Was kann ich tun? Gar nichts. Ich gehe weiter, muss Isa finden. Mir wird wieder schwindlig. Ich hole die andere Hälfte meines Hemds aus meinem Mantel, drehe mich um und gehe zu dem Mann zurück. Beuge mich über seine Wunde, verbinde die Stelle, wo der Arm abgerissen wurde. »Schmerzen«, sagt er. Ich nicke. Ich frage, ob er laufen kann. Er schüttelt den Kopf. Ich sage ihm, dass er laufen muss, sonst findet ihn niemand in diesem Trümmerhaufen und bei diesem Rauch. Er nickt. Sagt, dass er es versuchen wird. Ich gehe weiter. Ich höre Menschen weinen, schreien, aber keine Stimme ist die von Isa. Ich schaue mich kurz um. Der Mann ohne den rechten Arm hat sich wieder hingelegt. Ich gehe zu ihm zurück. Gott, mein Kopf. Ich taste über meinen Verband und betrachte meine Hand. Rot. Ich schwanke. Die Zähne zusammenbeißen, denke ich, du bist zäh. Ich schüttle den Mann. »Aufstehen«, sage ich, »wenn du liegen bleibst, wirst du sterben.« Ich erkenne meine Stimme nicht mehr. Es liegt an meinen Ohren. Das Sausen nimmt mir die Stimme. Ich hoffe, dass der Mann mich verstanden hat. Sein Blick ist wild und verzweifelt. Von wegen ruhiger Tod im Krieg. Ich schließe kurz die Augen. Ich weiß, dass dies vorbeigeht. Es geht immer vorbei. Es darf nur nicht

zu lange dauern. Ich muss Isa jetzt finden. Ihr Vater bringt mich um, wenn ich ohne sie nach Hause komme.

Es hört nicht auf, das Schießen, das Bombardieren, Amerikaner oder Russen, wo ist der Unterschied, sie wollen Deutschland kleinkriegen. Alles kaputt, alle tot. Ich muss hier raus, und zwar schnell. Ich falle fast über einen langen Eisenstab und hebe ihn hoch. Er wird mir helfen, schneller vorwärtszukommen.

Ich kenne diese Straße fast wie meine Hosentasche. Jeden Tag bin ich hier entlanggelaufen, zum Konservatorium. Jetzt ist alles weg. Ich merke nicht einmal mehr, wo die Straße aufhört und wo eine neue anfängt. Ich sehe Menschen mit nassen Tüchern um den Kopf, gegen den Rauch.

Diese Schuhe kenne ich. Hellblaue schmale Schuhe mit einer kleinen Schleife auf der Schuhspitze. Mein Herz macht einen Satz, es springt mir aus der Kehle. Jemand hat sich über sie gebeugt. Ich zerre den Mann von ihr weg. Er ballt seine Fäuste vor meinem Gesicht. »Ruhig«, sage ich, »seien Sie bitte ruhig.« Er sieht mir an, dass sie meine Allerliebste ist, denn er lässt seine Hände herunter. Schüttelt den Kopf. »Sie ist tot«, formen seine Lippen. Seine Stimme kommt nicht gegen den Lärm an, aber ich habe ihn verstanden. Natürlich ist Isa nicht tot. Ich weiß, dass man den Krieg gut kennen muss, um einen Halbtoten von einem Toten unterscheiden zu können. Es ist ganz klar, dass sie nur verletzt ist. Ihr Vater wird sie wieder gesund machen. Ich hebe sie hoch. Ihr Kopf fällt kraftlos nach hinten. »Vorsicht«, sagt der Mann. »Ja klar«, sage ich ruhig. »Ich bringe sie nach Hause.« Ich werfe einen kurzen Blick auf ihr Gesicht. Ihre Augen sind geschlossen, das ist ein gutes

Zeichen. Sie ist bewusstlos, sie hat bestimmt einen kräftigen Schlag abbekommen. Ihr Kopf blutet zum Glück nicht. Auch ihre Beine sind nicht verletzt. Etwas Staub hat sich an ihren Schuhen festgesetzt. Mit meinem Ärmel wische ich ihn vorsichtig weg.
»Soll ich dir helfen?«, fragt der Mann.
Ich sehe, wie er auf mein lahmes Bein schielt.
»Ich bin stark«, sage ich zu ihm.
Er betrachtet sie. »Es sind innere Verletzungen. Alles muss gebrochen sein.«
Ich lächle. »Sie wird gleich wieder zu Bewusstsein kommen. Sie ist stark. Und tapfer.«
Der Mann schaut mich an, als sei ich verrückt, obwohl ich mir sicher bin, dass er es ist, der verrückt ist. Vielleicht ist er in sie verliebt und möchte sie mitnehmen. Für sie sorgen, ja, ja, den Retter spielen. Kommt nicht in Frage.
»Ich muss weiter«, sage ich. »Halte die Ohren steif.«
Er schaut mich wieder so seltsam an. »Du auch«, sagt er dann.

Es ist schwer, durch den Rauch voranzukommen, durch die Trümmer und an den Trümmerhaufen vorbei. Ich versuche, meine Ohren gegen die Geräusche um mich herum zu verschließen, und nach einer Weile hört es tatsächlich auf, das Weinen und Schreien, das Heulen der Bomben, das Pfeifen in meinen Ohren; es gibt nur noch meine Atmung, die den Rhythmus bestimmt.
Sie ist nicht schwer. Mein Kopf tut nicht mehr weh, und mein Bein ist plötzlich ganz gesund. Ich muss nicht mehr würgen,

ich brauche keine Stütze mehr zu suchen, ich schwanke nicht mehr, sondern gehe einfach weiter, bis ich da bin.
Es ist nichts mehr da. Keine Häuserzeile, kein Haus. Alles ist weg, zu Pulver gemacht. Ich hatte nichts anderes erwartet. Es ist Krieg, da werden Dinge weggeblasen. Wir müssen einfach Geduld haben, bis sie zurückkommen.
Hier ist es, ich bin mir sicher. Um die Ecke, das erste Haus links. Alle Ecken sind weg und trotzdem erkenne ich es. Wegen des Gartenzwergs. Letzte Woche kam Isas Mutter mit einem Gartenzwerg nach Hause. Sie wollte ihn vor das Haus stellen, zwischen den zwei Sträuchern, die sie dort gepflanzt hat. Isa und ihr Vater haben sich halb totgelacht. Das meine sie doch nicht im Ernst, so ein blödes Stück Gips vor ihrem Haus. Isas Mutter fing an zu weinen und sagte, Gartenzwerge seien Glücksbringer, von denen könne man gar nicht genug haben. Da lachte niemand mehr, und der Gartenzwerg bekam seinen Platz zwischen den beiden Sträuchern.
Gipsstücke liegen zwischen den Trümmern. Eine rote Nase, der rote Zipfel einer Mütze, mehr nicht, aber es reicht. Ich gehe über die Türschwelle hinein. Meine Braut und ich. Ich lege sie auf den Teppich, knie mich neben sie und streichle ihr das Haar aus den Augen. Vorsichtig küsse ich ihre Augen, ihre Schläfen, ihren Mund.
Ihre Eltern sind bestimmt im Luftschutzkeller. Sie werden gleich heraufkommen, sie können ohne sie nicht leben, sie werden sie bestimmt suchen, nun, da es wieder still geworden ist. Ich beuge mich über sie. »Schön liegen bleiben, Liebes«, sage ich. »Wir müssen noch ein bisschen Geduld haben. Und das haben wir doch, nicht wahr?«

Sie lächelt. Menschen genesen im Schlaf. Und gleichzeitig vergeht die Zeit. Ich spüre plötzlich, wie müde ich bin. Ich lasse mich langsam zu Boden gleiten. Meine Augen fallen zu. Mein Kopf tut weh. Mein Körper friert. Ich denke, dass ich wach bin. Dies ist nicht mein Zimmer. Ich bewege mich. Mein Körper ist eingeschlossen. Es ist Nacht geworden, aber die Dunkelheit ist nicht schlimm. Und die Flammen hören irgendwann wieder auf. Ich reibe mir die Augen. Das hätte ich nicht tun sollen, ich hatte den Rauch vergessen. Als würden Nadeln in meine Augen gestochen, so weh tut es. Ruhig bleiben, ruhig, Ward. Es geht schon wieder vorüber. Vorsichtig versuche ich meine Augen zu öffnen. Siehst du, es ist schon weniger schlimm. Ich bemühe mich, flach zu atmen. Gleich ist alles wieder normal, wie früher.

Isa.

Schläft sie noch?

Ein Schatten hängt über mir und schüttelt meine Schultern. Isas Vater? »Endlich«, seufze ich. Mein Kopf, au, mein Kopf. Ich drehe mich zu Isa und lege meinen Kopf schützend auf ihren Bauch. Ich fühle, wie ruhig sie ist. Das ist ein gutes Zeichen. Ich stehe auf, gehe einen Schritt zurück, damit er an sie herankommt. »Hier ist sie«, sage ich. »Mach sie bitte schnell wieder gesund.« Meine Stimme klingt immer noch, als gehöre sie mir nicht.

»Du kannst nicht hierbleiben«, sagt Isas Vater. Er schreit es, über das Sausen in meinen Ohren hinweg. »Es brennt überall. Gleich bist du eingeschlossen. Und es werden noch mehr Bomben fallen. Wir sitzen in der Hölle, Junge, mitten in der Hölle.«

Seine Stimme klingt auch sehr fremd. Und er kümmert sich überhaupt nicht um sie. Wenn sie stirbt, hat er keine Tochter mehr. »Sie müssen sich um sie kümmern«, sage ich. »Sie hat einen kräftigen Schlag abbekommen. Vielleicht braucht sie Medikamente.«
Isas Vater geht einen Schritt zurück. »Du verstehst es nicht«, sagt er.
Ich blinzle. Meine Augen brennen immer noch. Die ganze Zeit ist ein Schleier davor. Was verstehe ich nicht, möchte ich fragen, aber ein Hustenanfall hindert mich daran.
»Du musst hier weg«, sagt er.
Ich schüttle den Kopf so störrisch wie möglich.
Er dreht sich um und geht weg. Er geht weg. Ohne sich um sie zu kümmern. Ich traue meinen Augen nicht. Ich nehme das Taschentuch vom Mund und will seinen Namen rufen. Wieder fange ich an zu husten. Drehe mich zu ihr hin, das Taschentuch vor dem Mund. Soll ich ihm nachlaufen, Isa? Mein Atem stockt. Wie sie daliegt, wie aus einem Bilderbuch mit lauter schönen Menschen. Angenommen, unsere Kinder werden diese schönen Gesichtszüge haben. Sie liegt ganz ruhig da, während ich mir die Seele aus dem Leib huste. Mein Gott, sie atmet dieselbe Luft ein. Das kann nicht gut sein. Ich falte das Taschentuch auf und lege es über ihren Mund.
»Ich bin gleich wieder da, Isa«, flüstere ich ihr ins Ohr. »Mach dir keine Sorgen, dein Vater kommt gleich.«

Vor mir sehe ich dunkle Flecken, die sich bewegen. Ist es der Rauch, oder sind es meine Augen, die aus allem Schatten

machen, ich weiß es nicht. Ich stolpere zu den Schatten. Er ist einer von ihnen. »Herr Hofmann!«, rufe ich.
Er steht über einen Haufen Steine gebeugt. Ich tippe an seinen Rücken. Er dreht sich um. Er legt einen Arm um meine Schultern. »Wir dürfen nicht hierbleiben.«
»Herr Hofmann«, sage ich. »Sie können sie nicht einfach zurücklassen.«
»Schau mich an.«
Ich tue es. Mit meinen brennenden Augen, noch immer durch einen Schleier. »Herr Hofmann, wir müssen uns beeilen.«
Er nimmt mich bei den Schultern. Ich spüre, wie ein Schauer über seinen Körper läuft, im nächsten Moment versetzt er mir einen Schlag, so fest, dass sich mein Kopf zur Seite dreht. Was, um Gottes willen, ist mit ihm los? Meint er, dass er mich einfach so schlagen kann? Ich balle die Hände zu Fäusten. Los, komm her, du Feigling. Kümmere dich lieber um deine Tochter. Meint er vielleicht, dass es meine Schuld ist, dass sie bewusstlos ist? Mein Gott. Das ist es. Er meint, dass es an mir liegt. Aber wer hat gesagt, dass sie mich zum Unterricht begleiten darf? Wer? Hat er sich das schon mal überlegt, dieser Trottel. Spielt immer den lieben Gott. Meine Wange brennt. Warte nur, ich habe vielleicht ein lahmes Bein, aber kämpfen kann ich wie kein anderer. Wie kein anderer. Ich hole aus, aber er kommt mir zuvor. Schlägt mir mit der flachen Hand auf die andere Wange, kräftiger noch als vorher. Ich schwanke, aber er fängt mich auf.
»Verzeihung«, sagt er. »Aber das musste sein.«
Dann sehe ich es. Dieser Mann ist nicht Isas Vater. Ich will es nicht sehen. Ich schließe die Augen.

»Ich werde verrückt«, sage ich.

»Der Krieg macht seltsame Dinge mit den Menschen«, sagt er.

Ich fange an zu weinen. Der Mann legt seinen Arm um meine Schultern, aber ich schiebe ihn weg. Isa. Ich muss mich um sie kümmern.

»Ich muss zurück«, sage ich zu dem Mann.

»Nein, du musst weiter«, sagt er. »Wir können zusammen flüchten. Ich gebe dir eine halbe Stunde, wenn du dann nicht zurück bist, verschwinde ich. Vor dem Morgengrauen müssen wir hier weg sein, morgen fangen sie wieder von vorn an. Und sie werden weitermachen, bis keiner mehr übrig ist.«

»Ich muss jetzt zu Isa«, sage ich.

Feuer

»Ist dieser Platz frei, Fräulein?«
O nein. Er schon wieder. »Nein«, sage ich mürrisch. »Und ich heiße nicht Fräulein, sondern Renée.«
Ich möchte meinen Instrumentenkasten auf den leeren Platz neben mir legen, aber er kommt mir zuvor.
»Ist dieser Platz wirklich nicht frei?«, fragt er.
Ich schaue ihm gerade ins Gesicht, und zwar so wütend, wie ich kann. Er lächelt mich an, dieser Idiot, er kapiert auch gar nichts. Ich nehme meinen Kasten auf den Schoß, schließe meine Arme darum, rutsche so weit wie möglich zum Fenster und schaue ganz demonstrativ hinaus. Plötzlich spüre ich seine Hand auf meiner. Ganz leicht, nur ganz kurz, nur für den Bruchteil einer Sekunde. Empört schaue ich ihn an. Was bildet er sich nur ein?
»Frederix«, sagt er. »Emile. So heiße ich.«
Ich schaue ihn an. »Emile, Hände weg.«
»Verzeihung«, sagt er, »aber ich musste etwas tun.«
Wenn das sein Trick ist, um ein Gespräch anzufangen, muss er bei mir früher aufstehen.
»Oder die Straßenbahn brennt«, sagt er.
»Was?«
»Wenn du mich mit einem Blitz treffen könntest, würdest du es tun, da möchte ich wetten.« Er lächelt.

»Hör jetzt lieber auf«, sage ich.
Er schaut mich erstaunt an.
»Du hast mich schon verstanden«, sage ich und drehe meinen Kopf zum Fenster.

Heute hatte ich das Gefühl, nur Kupfer in den Händen zu haben. Ich denke, dass Paesen es gehört hat. Paesen ist mein Lehrer, er ist sehr kritisch. Dennoch schwieg er. Nach dem Unterricht fragte er, ob ich Lust hätte, auch Klavier spielen zu lernen. Ich solle mal darüber nachdenken, ob ich nicht Klavier als erstes Instrument wählen wolle. Mit einem Klavier habe man mehr Möglichkeiten.
Ich liebe meine Trompete, sagte ich.
Setz dich mal zu mir, sagte er, hier, berühre die Tasten. Er zeigte mir, wie ich die Hände halten musste, wie ich die Finger am besten beugte. Er schlug einen Akkord an, ich machte es ihm nach.
Dann stand er auf. Er stellte eine Partitur vor meine Nase. Es ist ein einfaches Stück, sagte er, versuche es mal. Und dass ich zweifellos auch das Klavier lieben würde. Ich solle mir nicht vorschnell alle Wege verbauen. Vielleicht müsste ich nicht einmal wählen, manche Musiker könnten einfach alles, und vielleicht sei ich so eine Musikerin. Das alles sagte er. Und sofort war Ward wieder da. Ich fing an, auf die Tasten zu hämmern, Paesen wunderte sich. Sein Instrument solle man liebevoll behandeln, sagte er. Als hätte ich das nicht längst gewusst.

Der Mann neben mir hüstelt. Emile. Ich habe seinen Namen fast schon wieder vergessen. Er steht auf, ich spüre, wie sein

Schatten über mich gleitet. »Auf Wiedersehen, Renée«, sagt er. »Renée Claessen.«

Ich schaue ihn erstaunt an. »Woher kennst du meinen …«

Er unterbricht mich. »Deinen Nachnamen? Ganz einfach. Er steht auf deinem Kasten. Also, Renée Claessen, bis zum nächsten Mal.«

»Das glaube ich nicht«, sage ich kurz angebunden.

»Ich schon«, sagt er. »Es sei denn, du gehst lieber zu Fuß.«

Ich schaue ihm durch das Fenster nach. Er dreht sich kein einziges Mal um.

Ich bin ein Miststück.

Es ist dunkel draußen. Ich sehe mein Spiegelbild im Fenster. Ich werde schöner, wenn ich lache. Das sagt jeder. Dann lache, denke ich, lache dir zu. Lache wenigstens dem Fenster zu. Es klappt nicht.

1943

Eine Katastrophe

An diesem Abend kam mein Vater wütend von der Grube nach Hause. Er knallte die Tür so fest hinter sich zu, dass Remi anfing zu weinen. Er deutete mit dem Finger auf Remi und rief, dass dieses Geplärre endlich aufhören solle. Un-ver-züg-lich. Remi schlug ängstlich die Hände vor den Mund, woraufhin mein Vater zornig nickte und zu meiner Mutter sagte, er brauche jetzt einen Schnaps. Dann zog er sich einen Stuhl heran und ließ sich schwer darauffallen. Meine Mutter sagte, er solle sich erst mal beruhigen, sonst würde er noch einen Herzschlag bekommen, und ob er nicht etwas essen wolle. Mein Vater trank das Schnapsglas, das sie ihm reichte, mit einem Zug leer, zog seinen Mantel aus, legte seine Mütze auf den Tisch und seufzte tief. Dass er keinen Hunger hätte. Dass sein Magen voller Elend wäre, denn Theo, dieser elende Dummkopf, ach, dieser elende Dummkopf ...
»Was ist mit Theo?«, fragte ich ängstlich.
Er seufzte tief. »Ach, Renée.«
»Erzähle es doch«, sagte meine Mutter.
»Es ist nicht zu fassen. Mit etwa fünf Leuten haben sie eine Bahnlinie sabotiert, ausgerechnet einen Zug, der von der Grube aus mit Steinkohle nach Deutschland fuhr. Sie haben ihn entgleisen lassen, die Lokomotive und noch mindestens zehn Waggons. Tonnen von Steinkohle lagen da, einfach so,

und was für ein Glück, dass keine Deutschen im Zug waren, das hatten Theo und seine Kumpane sicherlich vorher ausgekundschaftet, denn die Leute stürzten sich darauf, es war nicht mehr normal. Unterdessen liefen der Zugführer und der Heizer zu Fuß zum nächsten Bahnhof, um die Deutschen zu benachrichtigen. Die ganze Nacht blieben bewaffnete Posten beim Zug. Aber die konnten nicht verhindern, dass inzwischen schon viele Zentner Kohlen verschwunden waren.«
»Schön für die Leute«, sagte meine Mutter. Sie schwieg.
»Und jetzt sind die Deutschen hinter Theo her?«
Bevor mein Vater antworten konnte, wurde an die Tür geklopft.
Es war Ward.
»Habt ihr das mit Theo gehört?«, fragte er aufgeregt.
Wir hatten es gehört.
»Die Deutschen waren im Laden. Ob meine Mutter wüsste, wo er sei.« Er nahm seine Mütze ab, strich sich die Haare glatt. Sie glänzten, sie glänzten immer. »Natürlich wusste sie das nicht. Obwohl wir verwandt sind, müssen wir noch lange nicht wissen, was er so alles aussheckt.«
»Was heckt er denn alles aus?«, fragte meine Mutter.
»Nun ja …«, fing mein Vater an.
»Zuerst geht Remi ins Bett«, sagte meine Mutter.

»Theo ist beim Widerstand«, sagte mein Vater, als meine Mutter wieder da war. »Er ist Mitglied der Untergrundarmee. Er und seine Kumpane haben zuerst den Zug zum Entgleisen gebracht. Und als die ganze Aufmerksamkeit auf den Zug gerichtet war, haben sie vier russischen Kriegsgefangenen zur

Flucht verholfen. Sie sind Richtung Ardennen geflüchtet, und Theo hat alles vorbereitet. Transport, Essen für unterwegs, ein Versteck in der Nähe von Lüttich. Jetzt sind sie natürlich hinter ihm her. Sie haben die Wälder der Umgebung gründlich durchsucht, das Haus am Kanal von oben bis unten auseinandergenommen, aber kein Theo. Nur Gust und Maria waren zu Hause. Gust haben sie in Ruhe gelassen, aber Maria haben sie mitgenommen.«

Meine Mutter schlug die Hände vor den Mund.

»Es ist schrecklich«, seufzte mein Vater.

»Das Kind!«, sagte meine Mutter. »Die kleine Jeanne! Haben sie Jeanne auch?«

»Weiß ich nicht.«

»Wir können nicht zulassen, dass sie das Kind mitnehmen«, sagte meine Mutter.

»Wir sollten uns vor allen Dingen da nicht einmischen«, sagte mein Vater. »Stell dir vor, die denken, dass wir auch etwas damit zu tun haben.«

Meine Mutter schwieg. Sie sah plötzlich elend aus. Dann stand sie auf und zog ihren Mantel an. »Ich gehe zu Gust«, sagte sie.

»Du gehst nirgendwohin«, brüllte mein Vater.

Meine Mutter nickte. Sie knöpfte den Mantel zu und setzte die Mütze auf. »Wer weiß, wie viel Angst das Kind hat«, sagte sie leise. Die Tür ging auf, und meine Mutter war verschwunden.

Mein Vater schaute uns alle an. Wie ein Ertrinkender schaute er uns an. Ich drehte mich um, ich ertrug es nicht.

Remi stand in seinem Nachthemd in der Tür. »Ich kann nicht schlafen.«

Für kurze Zeit wurde es still. Mein Vater räusperte sich. Dann nahm er seine Mütze vom Haken und setzte sie auf. »Renée, steck den Kleinen wieder ins Bett, ich gehe mit Ward hinter deiner Mutter her.«
»Ich komme mit«, sagte Jef.
»Du bleibst zu Hause«, sagte mein Vater.
»O nein«, sagte Jef.
»Zu dritt fallen wir zu sehr auf«, sagte Ward.
Mein Vater legte seine Hand auf Jefs Schulter. »Jemand muss für Remi und Renée sorgen.«
»Pa«, sagte ich. »Was soll das?«
»Stell dir vor, es passiert etwas«, sagte er ernst. »Man weiß ja nie.«
Jef sah genauso ernst aus. »Du kannst dich auf mich verlassen, Pa.«
Sie zogen los, Ward und mein Vater. Die Tür fiel hinter ihnen zu. Remi hatte sich auf die unterste Treppenstufe gesetzt.
»Und jetzt?«, fragte ich.
»Der Kleine muss ins Bett«, sagte Jef.
»Ich meine, und was ist dann?«
»Dann warten wir ab«, sagte Jef. »Bis sie zurückkommen.«
Er begann den Tisch abzuräumen, zum ersten Mal in seinem Leben. Er stapelte die Tassen und Teller aufeinander, fegte die Krümel vom Tisch. Ich steckte den Rest des Brotes in die Tüte. Unsere Blicke trafen sich. »Man muss ja irgendetwas machen, während man wartet«, sagte er.
»Ja klar.«
»Ward kann natürlich schnell laufen.«
Ich nickte.

»Er ist auch viel stärker als ich. Da bin ich mir sicher. Ich glaube sogar, dass er stärker ist als unser Vater.«

»Er wird unseren Vater schon verteidigen, wenn es darauf ankommt«, sagte ich. »Und unsere Mutter auch.«

»Ganz sicher«, sagte Jef. »So ist er. Er lässt nie jemanden im Stich.«

Er lief mit dem Stapel Teller und Tassen in die Küche. Nicht ein Teil ließ er fallen. Es war mir noch nie gelungen, alles auf einmal abzuräumen.

Tapfer

Ich würde für Remi und Renée sorgen. Man weiß nie, was passiert, hatte mein Vater gesagt. Ich wusste, wo die Pistole lag. Ich würde schießen, wenn es nicht anders ging. Auch das hatte ich mir vorgenommen.
Es stellte sich heraus, dass es nicht nötig war.
Mein Vater und Ward fanden meine Mutter unter einem der Fenster von Gusts Haus. Mein Vater flüsterte, sie solle sofort mit nach Hause kommen, sie könne jeden Moment erwischt werden und was dann wäre. Jeanne ist drinnen, flüsterte meine Mutter zurück, ich habe sie gesehen.
Daraufhin stand Ward auf, und bevor meine Eltern etwas sagen konnten, klopfte er an die Hintertür und ging sofort hinein. Nach zehn Minuten kam er mit dem Hauptmann heraus. »Meine Freunde«, sagte er, während er auf meine Eltern deutete. Der Hauptmann nickte freundlich, schüttelte erst meinem Vater die Hand, dann Ward. Sie wollten nur Theo, deshalb würden sie jetzt das Haus durchsuchen und hätten Maria für eine Vernehmung mitgenommen.
Sie hielten Wort. Nachdem sie alle Schränke aufgemacht, alle Matratzen durchsucht, hinter die Tapete und unter alle Teppiche geschaut hatten, zogen sie ab, ohne auch nur eine Spur von Theo gefunden zu haben.

Am nächsten Tag saßen wir auf einer Bank am Spielplatz.
Ich konnte es nicht fassen, dass er einfach so ins Haus gegangen war.
So heldenhaft sei er nun auch wieder nicht, sagte er. Er kenne den Hauptmann, er komme oft zu ihnen in den Laden. Und dass sie nicht alle schlecht seien.
Albrechts sagte das auch.
Albrechts unterrichtete Musik in den unteren Klassen, und wir hatten ihn in Geschichte. Jede Unterrichtsstunde hingen wir an seinen Lippen, so fesselnd konnte er erzählen. Ward kannte ihn noch viel besser als ich, jeden Nachmittag bekam er von ihm Musikunterricht.
Der Krieg sei etwas Hässliches, sagte Albrechts, und dass wir bereit sein sollten. Wofür wir bereit sein sollten, wussten wir nicht, aber es hörte sich so schön an, dass wir bei diesen Worten immer heftig nickten.
Albrechts war nicht besonders gut auf die Deutschen zu sprechen, aber wir dürften sie nicht alle über einen Kamm scheren. Gott hat alle Menschen gleich lieb, das sagte er auch. Ich glaubte ihm, obwohl Albrechts ein Geistlicher war und er natürlich solche Dinge über Gott sagen musste.

»Mein Vater hat eine Pistole«, sagte ich zu Ward. »Du darfst es niemandem erzählen.«
Er war der einzige Mensch auf der ganzen Welt, dem ich vertraute wie mir selbst. »Nur für Notfälle«, sagte ich.
Seine Augen glänzten. »Gestern war ein Notfall«, sagte er.
Ich nickte. »Ja, beinahe. Wenn ich hätte schießen müssen, ja dann.«

»Ja dann«, wiederholte er. Er seufzte. »Wenn du wüsstest, wie ich mich gefühlt habe, als alles gut ausgegangen ist. Als hätte ich Flügel bekommen und würde über der Welt schweben.«
»Ich hätte Todesangst gehabt.«
»Ich hatte auch schreckliche Angst.«
Ich schaute ihn erstaunt an. »Und trotzdem bist du ins Haus gegangen.«
»Natürlich.«
Wir schwiegen wieder.
»Die Welt brennt«, sagte er plötzlich. »Das sagt meine Mutter auch.«
Ich nickte.
»Und schau dir mal an, wie wir hier sitzen, Jef. Und warten, bis alles vorbei ist. Wer weiß, vielleicht ist es ja nie vorbei.«
»Alles geht vorbei, sagt meine Mutter.«
»Es gibt Kriege, die dauern hundert Jahre. Ich habe nur ein Leben, Jef.« Er streckte seine Arme aus. »Die Welt liegt vor uns, Jef, und wir kommen nicht hin.«
»Wir langweilen uns nur«, sagte ich seufzend.
Er schaute mich erstaunt an. »Es ist viel mehr als Langeweile, Jef. Ich möchte leben, wirklich leben. Machst du dir nie Sorgen, wie lange dieses Elend noch dauern wird?«
Ich nickte heftig. »O doch.«
Ich sagte es, um ihm einen Gefallen zu tun, und er merkte es sofort. »Ich wünschte, ich wäre wie du«, sagte er. »Ich liege manchmal nächtelang wach.« Er seufzte. »Vielleicht hat es mit meiner Mutter zu tun.«
»Mit deiner Mutter?«
»Sie hat Angst. Es geht nicht gut aus, sagt sie. Und sie hat

Angst vor den Leuten. Sie reden zu viel. Wenn sie könnten, würden sie den Laden zunageln, damit kein Deutscher ihn mehr betreten kann. An die Folgen denken sie nicht.«
»Sie ist tapfer«, sage ich.
»Sie schon.«
»Wer denn nicht ...« Ich schwieg. Seinen Vater hatte er noch nie erwähnt. Ich traute mich nicht, meinen Satz zu Ende zu sprechen.
Eine Weile blieb es still. »Ich werde nie aufgeben«, sagte er dann ganz leise. »*Ich* nicht. Wirklich nicht.«
Ich wollte etwas sagen, um ihn zum Lächeln zu bringen. »Über der Welt schweben, das werden wir, Ward.«
»Genau«, sagte er dann. »Sie werden schon bald genug merken, wie tapfer wir sind.«

Die Deutschen fanden Theo nicht, obwohl sie alles taten, um ihn zu erwischen. Der Widerstand hatte offensichtlich gute Verstecke für seine Helfer.
Zwei Wochen später wurde Marias Leiche neben den Gleisen gefunden. Eine kleine Tasche lag neben ihr, eine kleine grüne Tasche. Sie hatten ihr drei Kugeln in den Kopf geschossen.
Wir konnten nichts tun. Es sei grausam, sagte mein Vater, aber wir hätten keine Wahl, die Deutschen würden hinter alles kommen und dann würden sie uns automatisch verdächtigen. Wer weiß, vielleicht würden sie uns auch mitnehmen und uns auch drei Kugeln in den Kopf schießen.
Theos Name wurde in unserem Haus nicht mehr genannt. Die Wände hätten Ohren, sagte mein Vater.

1945

Es ist die Kälte der Nacht

Isa liegt auf dem Boden. Auf dem schmutzigen Boden! Wo ist der Teppich geblieben, auf den ich sie gelegt habe, wer hat ihn gestohlen? Diese dreckigen Amerikaner. Ordinäre Diebe sind sie. Scheißkerle. Nicht jammern. Jammern hat keinen Zweck. Ich muss sie aufwecken. Ich knie mich neben sie, schüttle vorsichtig ihren Arm. Keine Reaktion. Ein Mensch kann tief schlafen, das weiß ich. Ich könnte sie natürlich tragen. Sie ist wirklich sehr leicht. Ich merke, dass ihre Schuhe wieder schmutzig geworden sind. Ich wische sie noch einmal sauber. Ich lächle. Das sollte sie mal sehen, dass ich ihre Schuhe putze, wo ich doch so ein Schludrian bin. Außer bei meinem Saxophon. Wo ist mein Saxophon. *Wo ist mein Saxophon?*
Ich stehe auf und schaue mich um. Ich überlebe es nicht, wenn es gestohlen wurde. Dann weiß ich es wieder. Auf meinem Rücken. Die ganze Zeit schon. Ich nehme die Tasche vom Rücken, nehme das Saxophon heraus, untersuche es gründlich. Nichts zu sehen, keinen Kratzer, gar nichts. Ich fange an zu lachen, ich fange an zu brüllen. Die Sirenen schweigen, die Flugzeuge schweigen, in meinen Ohren rauscht es immer noch wie ein Sturm auf dem Meer. Ansonsten ist es still. Mein Lachen donnert durch die Straßen, das Geräusch geht durch und durch wie ein Orkan, lauter und unbarmherziger als der

Sturm in meinen Ohren. Die Bomben schlagen ein, die Straße wird zu einem Friedhof, aber das Saxophon auf meinem Rücken hat nichts abgekriegt. Was für ein Glück. Ich muss es Isa erzählen. Wie sie da auf dem Boden liegt, unter dem lockeren Staub, ich entferne das Taschentuch von ihrem Mund und wische den Staub von ihren Kleidern. Plötzlich wird die ganze Luft aus meinem Körper gesogen. Pure Panik packt mich. Ich sacke zwischen dem Schutt auf die Knie. Schlage mir die Hände um den Leib. Ich möchte nicht weinen, aber ich werde nicht gefragt. Mutter. Ach, Mutter. Wo ist sie, was macht sie, vermisst sie mich, oder hat sie mich schon vergessen? Ich darf nicht an sie denken. Ich muss vorwärts. Mein Leben ist hier. Ich lege meine Hände auf Isas Bauch. Ich muss sie aufwecken, aber ich habe nicht mehr den Mut dazu. Ich sollte zuerst ihre Eltern finden. Ich wische mir die Tränen ab. Ich muss mich zusammenreißen. Mich beruhigen. Sich beruhigen hilft immer. Vielleicht sind sie tot. Dann sollte ich ihre Leichen finden.
Ich stehe auf. Mein Kopf, meine Ohren. Hier ist die Küche. Rechts ist der Flur. Geradeaus ist das Wohnzimmer. Vielleicht saßen sie hier, als es passierte. Weil sie vor dem Essen immer dort sitzen. Und direkt vor dem Essen fielen die Bomben. »Möchtest du etwas trinken, Schatz?« »Gern, Schatz.« »Das Gleiche wie immer?« »Warum nicht.« Ein Lächeln von ihm für sie und eines von ihr für ihn. Eine Hand, die nach einer Flasche und zwei Gläsern greift. Sie nimmt. Und dann: peng! Ohne irgendeine Vorwarnung muss es gewesen sein. In tausend Stücke reißt es sie auseinander. Ich sollte froh sein, wenn ich einige finde. Aber ich finde nichts.

Der Luftschutzkeller. Wo war wieder der Luftschutzkeller? Hinter dem Haus, das kein Haus mehr ist. Ich stolpere weiter durch den Schutt. Der Bunker steht noch da. Ohne Dach, ohne Mauern. Ich falle über den Schutt hinein. Und dann sehe ich ihre Brille. Neben ihrer Brille ein Stück ihres Kopfes. Ich erkenne ihre braungefärbten Haare. Den kleinen Leberfleck unter ihrem Auge. Sie war eine schöne Frau. Ansonsten sehe ich nichts von ihr. Eine Hand. Es muss seine sein. Lang und schlank, die Hand eines Arztes, nicht mal mit Blut befleckt. Stücke der Metallstühle liegen überall verstreut. Ich räume Steine zur Seite, ich trete sie weg, ich fluche sie weg, und dann finde ich ihn. Seinen Rumpf, den unteren Teil seines Kopfes. Sein Bart ist voller Blut. Ich muss mich zusammenreißen. Bezwinge die Übelkeit. Atmen, weiteratmen. Ich spüre, wie mir der Mageninhalt in die Kehle steigt. Ich schlucke ihn. Und wenn ich hundertmal schlucken müsste. Ich löse das Tuch von meinen Kopf und versuche, das Blut aus seinem Bart zu wischen. Es wird nur noch schlimmer. Überall ist jetzt Blut. Mein Blut, sein Blut. Blutsbrüder. Ihr Haus war mein Haus, und ich durfte einfach so in ihr Leben treten.
Ich stolpere zu Isa. Wie sie da zwischen dem Schutt liegt. So ruhig. Ich stelle meinen Rucksack neben mich auf den Boden und beuge mich über sie. Plötzlich steht jemand neben mir. Es ist der Mann von vorhin. »Es ist Zeit«, sagt er. »Wir müssen hier weg.«
»Sie haben den Teppich gestohlen.«
»Den Teppich?«
»Auf dem sie lag. Alles haben sie gestohlen. Diese dreckigen Amerikaner.«

»Es gab keinen Teppich.«
»Was heißt das, es gab keinen Teppich?«
»Du hast sie auf den Boden gelegt«, sagt er.
»Aber wo …«
»In deinem Kopf.«
»In meinem Kopf?«
»Es ist der Schock.«
»Ich muss es ihr erzählen«, sage ich. »Dass beide tot sind. Ihre Eltern.«
Er nickt, geht einen Schritt zurück. Ich beuge mich über sie.
»Isa, aufwachen.«
Sie bewegt sich nicht.
Ich ziehe vorsichtig an ihrem Arm. Ich zwicke leicht in ihre Wange, blase ihr ins Gesicht, nehme ihre Schultern und schüttele ihren Körper. Sie ist nicht mehr so weich. Es ist die Kälte der Nacht. »Sie friert«, seufze ich.
»Sie ist tot«, sagt der Mann neben mir.
Ich schüttle den Kopf. Ich beuge mich wieder über sie. Ich lege mich auf sie. Wenn ich sie mit meinem Körper wärme, wacht sie sofort auf. Oder sie wacht von meinem Gewicht auf.
»Ich gehe«, sagt er. »Jetzt. Bevor es hell wird.«
»Ich bleibe.«
Er schüttelt den Kopf. »Man kann sie nicht mehr retten.«
»Mich auch nicht«, sage ich.
Er lächelt. Er lächelt, verdammt! »Wer weiß«, sagt er dann. »Vielleicht nicht. Vielleicht doch.«
Was weiß er denn, nichts, gar nichts weiß er. Er verschwindet im Staub, ich sehe ihn schon nicht mehr. Ich lege mich neben

sie, lege meinen Arm um sie. Sie ist so kalt. Ich möchte ihre Finger in meine legen, aber es gelingt mir nicht. »Bitte, Isa«, sage ich. Ich versuche es erneut. Plötzlich dieses Geräusch. Knack. Hoch über dem Sausen in meinen Ohren. Schockiert schaue ich in ihr Gesicht. Sie rührt sich nicht, aber ihre Finger sind gebrochen. Warum brechen ihre Finger in meiner Hand? Und warum rührt sie sich nicht?

Sie ist einfach so gestorben, ohne mich. So war es nicht geplant. Wir wollten ein Haus bauen mit einem Garten voller Fliederbüsche, fünf Kinder bekommen, unzählig viele Enkelkinder, und im Alter zusammen sterben. Ich wollte Saxophon spielen, bis ich keine Zähne mehr hätte, und sie, sie würde immer da sein.

Die Nacht geht langsam zu Ende. Ich schaue mich um, Menschen gehen zögernd umher, suchen andere Menschen, Gliedmaßen, wer weiß.

Ich setze mich auf die Knie, küsse ihre Lippen. Ob sie auch Ward geliebt hat? »Das habe ich dir schon erzählt«, wird sie sagen, sie wird aufstehen, und wir werden doch noch hundert Jahre alt werden. Mit Fliederbüschen und mindestens hundert Enkelkindern. Aber ihr Mund ist starr, und ihre Lippen sind blau. Ihre Wangen sind eingefallen. Feiner Staub liegt wieder auf ihrer Haut. Ganz grau wird sie werden, und ich werde es nicht verhindern können.

Auch mit mir ist es aus, wenn ich hierbleibe.

Ich erhebe mich, ich kann nicht anders.

Ward Dusoleil stapft schließlich immer über alle Trümmer. Und Martin Lenz wird das auch tun. Weil auch er nicht anders kann.

Ich schaue auf ihre gebrochenen Finger. Nichts macht ihr noch etwas aus, nicht der Schmerz, nicht der Staub, auch nicht, dass ich wieder zu weinen anfange. Sie muss tatsächlich tot sein.
Das ist meine Strafe.
Und nach dieser kommt wieder eine.
Martin Lenz, der geglaubt hat, das Leben läge ihm wieder zu Füßen.
Ich ziehe ihr die Schuhe aus. Betrachte ihre Füße. Der Tod ist blau. Den Tod kann man nicht erwärmen. Ich stecke ihre Schuhe zu meinem Saxophon und stapfe über den Schutt aus der Stadt hinaus, in den Morgen hinein.

Der Kleine

Der Kleine neben mir fängt an, sich zu rühren, er ist wach.
»Jef?«
Ich tue, als würde ich schnarchen. Den ganzen Abend ist er mir auf die Pelle gerückt. Ich habe weiterhin geschwiegen. Lange kann ich das nicht mehr durchhalten. Ob ich böse auf ihn werde oder freundlich bleibe, er wird nicht aufhören zu fragen.
»Schläfst du, Jef?«
Ich schnarche weiter.
»Er schläft tatsächlich«, höre ich ihn vor sich hinflüstern. Ich drehe mich vorsichtig auf die Seite. Zwischen den Wimpern hindurch luge ich zu ihm hinüber.
Er steht auf, öffnet die Schranktür. Er nimmt einen Pullover heraus. Möchte er hinausgehen? Es ist fast Mitternacht, um diese Zeit hat er draußen nichts zu suchen. »Remi?«
»Huch«, ruft er erschrocken. Er dreht sich sofort zu mir, den Pullover an sich gedrückt.
»Was hast du vor?«, frage ich.
»Ich ... ach ... nichts«, stottert er.
»Warst du schlafwandeln?«
»Ich ...«, sagt er wieder. Sonst nichts. Er starrt mich an, die Augen weit aufgerissen, als sei er nicht von dieser Welt.
»Komm schnell wieder ins Bett«, sage ich so freundlich wie möglich.

Er nickt. Legt den Pullover in den Schrank zurück und schlüpft neben mich. Er zieht sich die Decke bis unters Kinn.
»Wahrscheinlich habe ich tatsächlich schlafgewandelt.«
»Das glaube ich auch«, sage ich. »Aber jetzt wird geschlafen.«
Einen Moment bleibt es still.
Dann sagt er leise: »Ich kann nicht schlafen.« Er setzt sich aufrecht hin. »Ich muss immer an Ward denken. Vielleicht irren die Leute sich nicht.«
Ich setze mich auch hin. Ich lege meinen Arm um ihn. »Also gut«, sage ich. »Ich werde dir erzählen, warum die Leute so wütend auf ihn sind.«
»O Jef«, sagt er. »Endlich.«
Er beugt sich zu mir und drückt einen Kuss auf mein Ohr. Der Kleine gibt mir einen Kuss! Nicht zu fassen. Obwohl ich ihn die ganze Zeit angeschnauzt habe.
»Du kommst in den Himmel«, sagt er plötzlich.
»Was sagst du da?«
»Dass du in den Himmel kommst.«
Ich werde ihm erzählen, was er wissen sollte, danach wird er nicht mehr fragen. Die Ehrung werde ich schon überleben. Vielleicht hört es danach von ganz allein auf. Dieses Getue wegen mir. Und das Chaos in meinem Kopf.

Ein schlechter Mensch

»Du weißt, dass er nach Deutschland gezogen ist«, sagt Jef.
Ich nicke.
»Und was haben die Deutschen die letzten Jahre gemacht? Gekämpft, Remi. Krieg gemacht, und zwar mit der ganzen Welt.«
»Das weiß ich ja.«
»Und Ward hat auf ihrer Seite gekämpft.«
»Mit den Deutschen?«
»Mit den Deutschen. Und wer auf der Seite der Deutschen gekämpft hat, ist ein schlechter Mensch.«
»Aber Ward hat mir erzählt, dass er etwas Gutes machen wollte. Etwas für uns alle!«
Jef seufzt. »Er hat zusammen mit den Deutschen gegen die Russen gekämpft. Aber die Russen waren auf unserer Seite. Er hat viele Russen erschossen.«
»Warum hat er mich denn angelogen?«
Jef zuckt mit den Schultern. »Vielleicht hat er wirklich gedacht, er würde etwas Gutes tun.«
»Also irren sich die Leute nicht.«
Jef seufzt. »Ich mochte ihn auch gern, Remi. Aber wir dürfen nicht vergessen, was er getan hat. Er hat in einer deutschen Uniform Menschen erschossen.«
Ich schlucke meine Tränen.

Es ist still geworden. Wir sitzen noch immer aufrecht im Bett, und noch immer hat Jef seinen Arm um mich gelegt. Nur unser Atem. Und meine Gedanken. Ich kann sie fast hören. Endlich weiß ich, was Ward getan hat. Endlich bin ich groß genug. Ich schaue heimlich zur Seite, zu Jef. So groß wie er bin ich natürlich noch lange nicht.
»Ward ist nicht mehr mein Freund«, sage ich.
Wenn ich Jeanne sehe, werde ich es ihr sagen. Dass ich das von Ward weiß. Und dass ich es früher nicht gewusst habe. Falls ich Jeanne sehen werde. Ich werde sie nicht besuchen. Verliebt bin ich schon lange nicht mehr. Meine Haut ist schon lange nicht mehr zu eng, wenn ich an sie denke.
»Jetzt wird geschlafen, Remi.«
Er beugt sich über mich, zieht die Decke bis zu meinem Kinn. Streicht die Haare aus meinem Gesicht.
Ich werde wach bleiben, bis er schläft. Ich werde noch leiser aufstehen als vorher. Denn morgen früh hängt die Medaille wieder an der Wand.

Schutz

Am ersten Abend suche ich Schutz in einer leeren Scheune. Ich lege mich ins Heu. Ich bin müde, ich habe Hunger, mir ist kalt. Mein Kopf tut nicht mehr wirklich weh, auch wenn immer noch ein leichtes Dröhnen zu spüren ist. Mein Bein verursacht mir mehr Beschwerden. Einer der Muskeln ist für immer beschädigt, und es wird mindestens ein Jahr dauern, bis ich einen einigermaßen passenden Rhythmus gefunden habe. Aber ich habe kein Jahr Zeit, ich muss jetzt weiter.

Durch die großen Löcher im Dach der Scheune sehe ich den Sternenhimmel. Bald fällt noch ein Stern vom Himmel, und ich habe nichts, was ich mir wünschen könnte. Was ich mir wünsche, wird sich nicht erfüllen. Es sei denn, sie fallen alle herunter. Tausend auf einmal, vielleicht gelingt es dann. Ich nicke Richtung Himmel. Los, fallt ruhig, von mir aus kann der ganze Himmel herunterfallen.
Neben mir steht mein Rucksack mit dem Saxophon. Und mit Isas Schuhen. Die Spitzen stechen durch den Stoff, sie stechen mir die Augen aus dem Kopf. Ich lege sie auf meinen Schoß. Sie sind voller Staub, ich halte es nicht aus. Ich spucke auf einen Schuh, reibe mit meinem Ärmel darüber, bis das Leder glänzt. Ich hätte sie nicht mitnehmen dürfen. So werde

ich sie nie vergessen können. Und wenn ich sie nicht vergesse, werde ich sterben.

So schnell stirbt man nicht. Die Stimme meiner Mutter schwirrt durch meinen Kopf. Mutter. Schweigen. Mach es nicht noch schwieriger.

Aber sie schweigt nicht.

Wenn du Kummer hast, musst du etwas tun, Ward. Nie mit dem Finger in deinem Herzen herumwühlen. Ich nehme mein Saxophon, mache die Lippen weich, blase gegen meine Hände, lasse die Finger tanzen. Die ersten Töne klingen ein wenig heiser. Es scheint, als wären meine Lungen noch voller Rauch. Das Dröhnen in meinem Kopf hat zugenommen. Ich mache eine kleine Pause. Atme ein paarmal tief ein. Reibe mir mit den Fingern über die Lippen, beiße in die Lippen, lecke sie, rolle sie übereinander, bis sie weich und warm sind.

Ich fange noch mal an. Meine Schultern beugen sich um mein Saxophon, meine Lippen umschließen das Mundstück, ich spüre, wie ich auf einmal ganz weich werde. Meine Arme, meine Hände, meine Finger und meine Lippen, mein Bauch, mein Kopf, mein Saxophon, nichts besteht mehr alleine. Und da ist auch Isa, die liebe Isa, nichts ist fair in einem Krieg, und ich bin ein großer Narr, der allergrößte Narr, aber was hast du gesagt, dass ich kein schlechter Mensch sei, ach Isa, wenn du wüsstest.

Ich spiele, bis ich keine Luft mehr habe. Vorsichtig lege ich mein Saxophon neben mich und strecke mich im Heu aus. Ich decke mich ganz zu mit Heu.

Ich wache auf vom ersten Licht. Ich habe kaum geschlafen, aber mein Kopf fühlt sich klarer an, der Schmerz hat nachgelassen. Ich klopfe das Heu von den Kleidern, werfe noch einen Blick auf Isas Schuhe und schwinge mein Saxophon auf den Rücken.
Tagelang gehe ich weiter, ohne zu wissen, wohin. Ich schleiche über Feldwege, suche immer, wenn Flugzeuge auftauchen, Schutz in Straßengräben. Ich folge Waldwegen, bis sie nicht mehr weiterführen, schlafe im Wald, schlafe in den Scheunen leerer oder verbrannter Bauernhöfe.
Jemand, der Hunger hat, ist zu vielem fähig. Klopft an geschlossene Türen, klettert über niedrige und hohe Zäune, verletzt sich an Stacheldraht und klettert dennoch weiter, in der Hoffnung, dass ihn niemand aufhält bei seinem Erkundungszug. Essen verdirbt, sage ich mir, also darf ich es mir aus leeren Häusern nehmen, dann ist es wenigstens noch zu etwas nutze. Kleidungsstücke stehle ich, ohne mit der Wimper zu zucken. Die Kälte hilft mir, mich schnell zu entscheiden.
Ich entdecke winzige Dörfer, wo die Zeit stillzustehen scheint. Bauernhöfe ohne Bauern oder Knechte. Die Männer sind an der Front oder gefallen. Nur Frauen und Kinder, alte und kranke Menschen sind zurückgeblieben. Ich darf ein paar Tage bleiben, werde kräftiger. Ich bin ein guter Mensch, darf so lange bleiben, wie ich möchte. Aber die Unruhe treibt mich weiter. Wenn ich zu lange bleibe, werden sie Fragen stellen. Und Verräter gibt es überall.

Unterwegs herrscht das reine Chaos. Ängstliche Menschen, todmüde Menschen, hager und krank vor Hunger und Durst,

kreuzen meinen Weg. Ob ich die Gegend kenne, ob ich weiß, wo es sicher ist. Es ist nirgendwo sicher. Im Westen rücken die Alliierten heran. Ich kann das Risiko nicht eingehen, ihnen zu begegnen, sie werden Martin Lenz, den deutschen Soldaten, erschießen, und auch Ward Dusoleil, den Landesverräter.
Der Osten ist genauso bedrohlich.
Überall ist der Feind.
Und einstweilen werden wir weiter von den Bomben bedroht. Menschen flüchten in Gräben neben den Straßen, oft zwei, drei übereinander. Die Kinder zuerst, ganz oben der Mutigste oder der größte Trottel. Und wenn es keine Gräben gibt, kriechen sie unter Sträucher, suchen Schutz hinter Bäumen, um kurze Zeit später mit ihnen zusammen entwurzelt zu werden.
Ich bleibe auf dem Weg von Bauernhof zu Bauernhof, suche gemeinsam mit den Bewohnern Schutz, wenn Bomben fallen. Für sie bin ich ein Kriegsopfer, ein respektierter deutscher Bürger. Martin Lenz aus Berlin und so weiter.

Die Wunde an meinem Bein fängt wieder an zu bluten, und die Ruhepausen auf den Bauernhöfen werden lebensnotwendig.
Vielleicht sollte ich vorläufig untertauchen.
Und wenn der Krieg dann schon längst vorbei ist und das Leben von Martin Lenz wieder in normalen Bahnen verläuft, werden die Alliierten mich schon in Ruhe lassen.
Sie können doch nicht alle Deutschen festnehmen?

Das Loch an der Wand

»Aufstehen«, schreit Remi in mein Ohr.
Er kann mich mal. Ich stehe nicht auf. Ich muss heute Nacht arbeiten, ich brauche meinen Schlaf. Ich ziehe mir das Laken über den Kopf. Er beugt sich über mich, drückt seine Lippen an das Laken.
»Jef! Das Loch ist weg!«
Ich ziehe das Laken von meinem Kopf und schaue ihn an. Wie er grinst. Und wovon redet er in Gottes Namen? »Welches Loch?«
»Das Loch an der Wand. Wo die Medaille hing!«
»Was?«
»Die Medaille ist wieder da!«
Ich fahre hoch. Die Tür fliegt auf. Es ist mein Vater. Er strahlt. »Sie haben sie zurückgehängt, Jef!«
»Wer hat das getan?«
»Ach ... keine Ahnung.«
»Nicht die Elster, denke ich.«
»Es ist mir ein Rätsel«, sagt mein Vater. »Aber sie ist wieder da, das ist die Hauptsache. Schau doch nur, du kannst später noch lange genug schlafen.«

Meine Mutter und Renée stehen nebeneinander und starren die Wand so andächtig an, als hätten sie eine Erscheinung.

Dabei ist es nur ein Blechding, denke ich, wenn es aus Gold wäre, wäre es etwas anderes. Sie gehen zur Seite, als sie mich sehen. »Schau, Jef«, sagt meine Mutter. »Da hängt sie wieder.«

»Da hängt sie wieder«, wiederhole ich. Was soll ich sonst auch sagen?

Ich bin müde, ich will wieder ins Bett, aber ich verstehe, dass ich kurz mitjubeln muss. »Das ist eine Erleichterung«, murmele ich. So, jetzt habe ich gesagt, was sie hören wollten.

»Ich möchte gern wissen, wo sie die ganze Zeit war«, murmelt meine Mutter.

»Ich auch«, sagt Renée. »Die Tür stand heute früh wieder einen Spalt offen. Jeder kann hier einfach so rein, wenn die Tür nachts offen bleibt.«

»Ich bin ganz sicher, dass ich sie gestern Abend zugesperrt habe«, sagt mein Vater.

»Das soll einer glauben«, sagt meine Mutter, »in Zukunft werde ich sie selbst zusperren. Der Schlüssel war auch nicht mehr im Schloss, ich habe ihn innen auf der Matte gefunden. Das ist wirklich seltsam.« Sie schaut mich an. »Du hast sie aber nicht weggenommen, Jef, oder?«

»Warum hätte ich das tun sollen, um Gottes willen?«

»Du magst doch diesen Rummel nicht.«

»Deswegen werde ich doch nicht meine eigene Medaille stehlen. Ich hätte sie auch einfach von der Wand nehmen können.«

Der Kleine schmiert Butter auf sein Brot. Er ist ganz schön still geworden.

»Ihr da«, sagt meine Mutter. »Habt ihr etwas?«

»Aber nein«, sagt Renée.
»Ich auch nicht«, sagt Remi.
»Ich mag's nicht, wenn man lügt«, sagt meine Mutter.
»Ich lüge nicht«, sagt Remi mit vollem Mund und gesenktem Kopf.
»Remi?«, fragt meine Mutter wieder.
»Lass ihn«, sagt mein Vater.
Remi wird gleich weinen, ich sehe es ihm an. Seine Lippen verziehen sich nach allen Seiten, es sieht sehr komisch aus. Fast fange ich an zu lachen. Es ist mir egal, wenn der Kleine es getan hat. Er wird wohl ein wenig eifersüchtig gewesen sein. Auf jeden Fall hat er sie wieder zurückgehängt. Auf einmal wird es mir klar. Von wegen schlafwandeln. Fast fange ich an zu lächeln.
»Remi?«, wiederholt meine Mutter.
Seine Augen laufen über. Der Arme.
»Ich frage dich noch ein Mal und dann nie wieder. Hast du die Medaille weggenommen?«
»Nein«, sagt er schnell.
»Du weißt doch, was mit Lügnern passiert?«
»Die Hölle?« Der Kleine zittert am ganzen Körper.
»Nicht gleich die Hölle, aber das Fegefeuer. Und dort kann es auch sehr heiß sein, Remi.«
Er nickt Richtung Teller. Presst die Lippen zusammen. Er wird nichts mehr sagen.
»Ich werde noch eine Stunde schlafen«, sage ich, als Remi und Renée weggegangen sind, stehe auf und gehe in das Schlafzimmer.
Durch die Wand höre ich, wie sie sich unterhalten.

»Ich glaube wirklich, dass er es getan hat, Sander.«
»Ich hoffe es fast«, sagt mein Vater. »Dann brauche ich wenigstens das Schloss nicht auszuwechseln.«
»Ach«, sagt meine Mutter, »irgendwann wird er alles zugeben.«
Als würde der Kleine sich den Mund verbrennen. Es ist viel einfacher, zu schweigen.

Lektion eins

Ich denke, dass ich jeden Tag ein paar Zentimeter wachse. Jeden Tag komme ich leichter an die Pedale. Seit ich ein Fahrrad habe, machen wir nach der Schule Wettrennen. Es war meine Idee, und meine Freunde fanden sie großartig. Wer am schnellsten bei der Kirche ist, hat gewonnen. Wer gewonnen hat, bekommt einen Strich hinter seinen Namen. Wer am Ende des Jahres die meisten Striche hat, bekommt einen Preis. Welcher Preis das sein wird, müssen wir uns noch überlegen. Wir werden schon etwas finden.

Von der Kirche aus fahre ich alleine weiter.
Ich möchte noch nicht nach Hause. Ich biege einfach so in eine Straße ein und dann in eine andere Straße. Ich fahre an Häusern vorbei, an Wiesen, an weiteren Häusern, bis ich wieder am Kirchplatz bin. Die Uhr schlägt fünf. Sie machen sich nie Sorgen, wenn ich zu spät bin, ich kann ruhig noch eine Stunde so weitermachen. Aber ich habe Hunger. Ich fahre nach Hause. Wenn sie wieder von der Hölle und dem Fegefeuer anfängt, beiße ich die Zähne zusammen.
Den ganzen Tag hatte ich in der Schule Bauchweh. Der Lehrer fragte, was mir fehlte, aber ich konnte doch nicht sagen, dass ich im Fegefeuer landen würde? Dann würde ich

ihm natürlich erzählen müssen, warum. Und das werde ich nicht tun. Wirklich nicht.

Renée sitzt auf der Türschwelle. »Du bist spät«, sagt sie.
»Einkaufen.«
Ich stelle mein Fahrrad ab und setze mich neben sie. Vor ein paar Tagen saßen wir auch hier. Da wusste ich noch nichts.
»Jef hat mir alles über Ward erzählt.«
»Alles?« Sie sieht erschrocken aus. Aber auch traurig. Ich denke, dass sie ihn noch nicht vergessen hat.
»Dass er auf der Seite der Deutschen mitgemacht und gegen die Russen gekämpft hat«, sage ich, »dass er drüben viele Leute erschossen hat. Alles.«
»Ja«, seufzt sie. »Ja, ja.«
»Ja, ja«, seufze auch ich.
Plötzlich umarmt sie mich. »Ich habe eine Idee. Heute Abend gebe ich dir die erste Musikstunde. Wie halte ich meine Trompete richtig.« Sie lächelt. »Hast du Lust?«, fragt sie.
Ich nicke heftig.
»Wir werden Musik machen, Remi. Musik hilft.« Wieder sieht sie so traurig aus.
»Du solltest es versuchen«, sage ich.
»Was denn?«
»Ihn zu vergessen, natürlich.«
Es bleibt lange still. Als würde sie über meine Worte nachdenken.
»Eine Trompete klingt viel schöner«, sage ich plötzlich.
»Als was?«
»Als ein Saxophon. Ich finde ein Saxophon blöd.«

Sie schaut mich an. Sie schweigt. Dann schüttelt sie den Kopf. »Nein, Remi. Ein Saxophon ist das Schönste, was es gibt.«

Abends sitzen wir auf ihrem Bett. Ich blase schon eine halbe Stunde lang. »Noch mal«, sagt Renée immer wieder. »Wir hören heute erst auf, wenn du drei Töne hintereinander richtig geblasen hast.«
Ich darf nicht zu fest blasen. Ward hat das auch gesagt, als er mir beibrachte, auf den Fingern zu pfeifen. Nicht zu fest, aber auch nicht zu weich.
Renée sagt: So, wie du ein Mädchen küsst, so musst du blasen.
Als wüsste ich, wie sich das anfühlt.
Ich schaue sie an, während ich blase. Sie strahlt. Als würde es ihr gefallen. Obwohl meine Töne falsch klingen. Ich lasse meine Trompete sinken. »Was ist los?«
Sie lächelt warm. »Wenn es dich nicht geben würde«, sagt sie.
Ich schaue sie erstaunt an. »Wieso?«
»Du bist ein kleiner Held, Remi.«
Ich bin noch erstaunter. Ein Held? Ich?
»Jetzt spiel weiter«, sagt sie.

Nächste Woche werde ich es beichten. Das mit der Medaille.

Katrina

Etwas außerhalb von Olpe liegt zwischen den Feldern ein verlassener Bauernhof. Ich klopfe an.
Die Tür geht auf. Eine große, schlanke Frau steht in der Tür. Ich schätze sie auf etwa dreißig. Sie schaut mich neugierig an.
Ob sie einen Knecht braucht?
»Immer«, sagt Katrina.
Ihr Mann kämpft an der Ostfront. Schon seit Monaten hat sie nichts mehr von ihm gehört. Sie wäre froh, wenn sie Kinder hätte. »Dann hätte ich ihn nicht ganz verloren«, sagt sie, »er kommt nicht mehr zurück.«
»Das kann man nicht wissen.«
»Ach.«
Wurde sie benachrichtigt? Hat man ihr einen Brief geschickt?
»Nein.«
»Dann müssen Sie weiterhin hoffen«, sage ich.
»Und wenn es niemanden mehr gibt, der einem schreiben könnte?« Sie bemerkt meinen Rucksack. »Was ist da drin?«
»Mein Saxophon.«
Sie nickt. »Menschen, die Musik machen, sind gute Menschen«, sagt sie dann. Und dass ihr Mann Klavier spielte. Dass sie das Klavier verkaufen musste, um etwas zu essen zu bekommen. Ihr Mann hätte das verstanden.

Ob ich eine Weile bleiben kann, der Frühling kommt, das Land muss umgepflügt werden.
»Haben sie auf dich geschossen?«, fragt sie eines Morgens.
Wir sitzen beim Frühstück. Speck und Eier, mein Lieblingsessen. Ich nicke mit vollem Mund.
»Hat es weh getan?«
»Es hat sehr weh getan. Ich wäre fast gestorben.«
»Ich möchte, dass er wiederkommt«, sagt sie, »ohne Arme, ohne Beine, das wäre mir egal. Wenn er lebt, wird es schon wieder gut werden.«
Ich habe sie gesehen, ich habe sie gehört, die Soldaten ohne Arme, ohne Beine. Und es wird nicht wieder gut werden.

Jeden Tag nach dem Frühstück gehen wir zusammen aufs Feld. Abends nach dem Essen mache ich Musik für sie. Katrina lächelt, Katrina genießt. Katrina sagt, dass sie in den letzten Monaten fast tot war, aber jetzt nicht mehr. Dass dieser dreckige Krieg sie nicht kaputtkriegen wird.
Eines Abends sitzen wir am Kamin. Katrina macht das Radio an.
»Zeit für die Nachrichten«, sagt sie.
Kaum eine Sekunde später kreischt Goebbels in unsere Ohren, dass der Feind besiegt werden müsste und dass die deutsche Armee unbedingt weiterkämpfen solle. Obwohl, verdammt, ganz Deutschland in Flammen steht, Menschen auf der Straße leben und das Essen aus den Mäulern der Hunde und Ratten stehlen.
»Goebbels ist ein gefährlicher Kerl«, sagt Katrina. »Ein sehr gefährlicher Kerl.«

»Sie sind alle gefährlich«, sage ich dann. »Der ganze Zirkus in Berlin.«
Sie seufzt tief. »Das sind keine Menschen. Was sie ihrem eigenen Volk angetan haben.«
Und wer auf ihrer Seite steht, ist genauso schlimm. Plötzlich fangen die Hände in meinem Schoß an zu zittern, ich lege sie übereinander, es hilft nichts.
»Was haben sie bloß alles mit dir gemacht?«, sagt sie, so leise, dass ich es fast nicht höre. Aber ich höre es schon. Selber schuld, bätsch, denke ich.
»Nicht nur wegen deines Beins«, sagt Katrina.

Sie steht auf, nimmt ein Schüreisen und facht das Feuer an. »Wenn alle zu Hause geblieben wären, hätte es keinen Krieg gegeben«, seufzt sie. Sie lehnt mit ihrem Rücken an der Seitenwand des Kamins. »Aber manchmal haben Menschen keine Wahl. Alle jungen Männer wurden eingezogen. Wie alt warst du, siebzehn?«
»Achtzehn.«
»Martin?«
»Hm?«
»Bist du überhaupt Deutscher?«
Ich hole kurz tief Luft. Befehle meinen Händen, ruhig zu sein. Es hilft. »Selbstverständlich.«
Ich möchte sie nicht anlügen, tue es aber doch. Ich muss.
»Und dein Akzent? Der ist doch nicht wirklich deutsch.«
Meine Geschichte. Ich kann sie inzwischen von vorn nach hinten und von hinten nach vorn erzählen. »Meine Mutter war Flämin, mein Vater Berliner. Ich bin in Berlin geboren,

aber bald nach meiner Geburt sind wir nach Flandern umgezogen. Meine Großeltern waren krank, meine Mutter war die einzige Tochter und wollte sie pflegen bis zu ihrem Tod. Wir sind zehn Jahre dort geblieben. Dort habe ich vor allem die Sprache meiner Mutter gesprochen. Danach sind wir wieder nach Berlin gezogen. Und während ich gegen die Russen kämpfte, ist das ganze Viertel, in dem meine Familie wohnte, in Schutt und Asche bombardiert worden. Ich habe niemanden mehr, keine Eltern, keine Großeltern, keine Freunde, niemanden. Und letzten Monat ist meine Verlobte bei den Bombardierungen in Köln umgekommen, und ihre Eltern auch. Ich habe die beschissenste Zeit meines Lebens an der Ostfront verbracht, und als das vorbei war und ich dachte, jetzt würde alles besser werden, wurde es noch schlimmer. Dass das möglich ist, wusste ich nicht. Man würde wegen weniger sterben wollen.«

Nur die letzten Sätze stimmen. Werde ich jemals wieder ganz entspannt über mich reden? Nie wieder meine Worte, meine Gesten, die Momente des Schweigens abwägen müssen?

Katrina legt ihre Hand auf meinen Arm. Streichelt ihn, kneift sanft hinein. »Du wirst es schon schaffen, Martin«, sagt sie.

Ich schaffe es nicht, sie anzuschauen.

»Du hast dir selbst ins Bein geschossen, nicht wahr?«, sagt sie dann.

Die Sirenen stoßen ein ohrenbetäubendes Geheul aus. Wir rennen in den Luftschutzkeller. Er liegt unter der Scheune und stammt aus dem ersten Kriegsjahr, ist nicht so stabil gebaut wie der von Isas Eltern. Ein Doppelbett, ein Tisch und vier Stühle stehen dort. Platz genug für uns zwei. Wir setzen uns an den Tisch. Die Sirenen heulen laut, aber nicht mehr ohrenbetäubend. Die Isolierung ist gar nicht so schlecht, denke ich mit einem Seufzer.

Ich traue mich nicht, sie anzuschauen. Sie wird ihre Frage noch einmal stellen, ich muss ihr zuvorkommen. Ihr erzählen, was ich Isa erzählt habe. Über die Flüchtlinge, die ich nach Dresden begleiten musste, Befehl von oben, das Feuer, das man gegen uns eröffnete, wie ich in ein Lazarett kam, wo ich Isa kennenlernte. Liebe auf den ersten Blick. Ich hatte keine Papiere mehr, aber die Zeugnisse dieser ehrlichen vaterlandsliebenden Krankenpflegerinnen haben mir geholfen, die notwendigen Dokumente zu bekommen.

Das werde ich erzählen, mit entsprechendem Zögern und den dazugehörigen Seufzern.

Sie sagt nichts. Ich schweige auch. Wir lehnen uns im Stuhl zurück, mit verschränkten Armen, die Augen geschlossen, und warten. Die Sirenen, denke ich, zu laut für meine Geschichte. Wenn ich schreien muss, klappt es nicht.

Es ist still geworden.

»Ja«, sage ich, »ich habe mir selbst ins Bein geschossen. Und ein Soldat, der sich selbst verstümmelt, bekommt ohne Federlesens die Todesstrafe.«

Sie schaut mich schweigend an. »Soll ich dir was sagen? Ich hoffe, dass mein Mann auch so was tut. Aber ich bezweifle es, er wollte unbedingt den Krieg gewinnen. Komm, wir reden oben weiter. Das Unheil ist wieder für eine Weile verschwunden.«

Was macht es noch aus, wenn ich den Rest verschweige? Wie

ich Soldat geworden bin und dann Sturmbannführer, wie ich angefangen habe zu morden und danach lernte zu vergessen. Zu vergessen?
Sie geht voraus, macht vorsichtig die Tür auf. Plötzlich eine Bombe, die aus dem Nichts kommt und alle Geräusche wegnimmt. Ich werde an die Wand geworfen. Es ist nicht so schlimm wie in Köln, denke ich, und dann ist nichts mehr.
Als ich zu mir komme, sehe ich, wie sie ihr Gesicht über mich beugt. Fast muss ich lachen wegen ihres besorgten Blicks.
Sie hat mich auf mein Bett gelegt. Sie muss furchtbar stark sein.
Es ist dunkel im Zimmer. Eine kleine Kerze brennt neben meinem Bett, das ist alles.
»Ich wurde auf dich geschleudert, du hast mich aufgefangen. Wie geht es deinem Kopf?«
Ich richte mich auf, spüre ein dumpfes Gefühl in meinem Kopf, einen brennenden Schmerz in meiner Brust. Meine Rippen sind wohl gebrochen, zum soundsovielten Mal inzwischen. »Es wird schon vergehen.«
»Wir haben Glück gehabt«, sagt sie. »Dass wir noch unten waren. Dass die Bombe nicht auf unser Haus gefallen ist. Alle Fenster sind kaputt. Morgen vernageln wir sie mit Holz und können weitermachen. Aber du hast einen ganz schönen Schlag abbekommen, es wird am besten sein, wenn du noch eine Weile hierbleibst«, sagt Katrina. Zur gleichen Zeit zieht sie meinen linken Ärmel hoch, so dass die Narbe zum Vorschein kommt. »Was ist das, Martin?«
Alles hat sie gesehen. Ich möchte mich aufrichten, aber meine schmerzenden Rippen verhindern es. Sie nimmt die Kerze

und hält die Flamme ganz nah an die Narbe. »Sie ist noch frisch«, sagt sie.

Mein Mund ist aus Stein. Ich bekomme meine Lippen nicht auseinander. Aber es muss sein. »Meine Blutgruppe«, sage ich. »Sie haben sie eintätowiert, zuerst bei allen SS-Offizieren, später auch bei SS-Soldaten, immer an die gleiche Stelle. Damit uns sofort geholfen werden konnte, wenn wir im Kampf Blut verlieren würden. Bevor ich mir ins Bein schoss, habe ich sie herausgeschnitten.«

»Damit sie dich nicht erkennen«, sagt Katrina leise.

»Wir sind gefährliche Jungs«, sage ich. Ich möchte es witzig klingen lassen, aber es gelingt mir nicht. Es ist nicht witzig.

»Ich bin nicht gefährlich«, sage ich.

»Es muss sehr weh getan haben.«

Ich zucke mit den Schultern.

»Es ist nicht gut, so ein Krieg.« Sie nimmt das feuchte Tuch von meiner Stirn. »Man sollte meinen, dass die Welt davon besser wird. Es ist nicht zu fassen. Wie man sich irren kann, meine ich.« Sie schaut mich forschend an. »Ich kann mir vorstellen, dass es nicht einfach für dich ist.«

Ich wende den Blick ab.

Der Teufel soll mich holen, wenn ich ihr zu lange in die Augen schaue.

»Es wird Zeit, dass du wieder ein normales Leben anfängst. Und deshalb musst du hierbleiben.«

Als würde ich etwas anderes wollen.

Die Hälfte der Welt

Ich grinse mein Spiegelbild an.
Heute durfte ich ein Solo spielen. Nach der letzten Note schaute Paesen mich an und nickte. Er sagte, ich könne es noch besser, das würde sogar ein Kind hören. Dann lächelte er und fragte, ob es bei uns in der Familie liege.
Zu Hause mögen wir alle Musik, sagte ich.
Sogar unser Jef. Er wird staunen, wenn er seine Lieblingsstücke hört. Wir müssen allerdings noch viel üben, mit diesem albernen Lärm können wir uns nicht vor den Leuten zeigen, hat Victor gesagt. Es sei denn, wir wollten zum Zirkus, statt eine Blaskapelle zu werden, aber dabei würde er nicht mitmachen wollen.

O nein, da ist er wieder.
»Hallo, Renée.«
»Ja, dann setz dich eben«, sage ich.
Er lacht. »Das ist gut.«
»Kommst du von der Arbeit?« Es ist heraus, bevor ich es merke. Ich starre geradeaus, zu der Lehne vor mir. Aus dem Augenwinkel sehe ich, wie er den Kopf schüttelt.
»Ich gehe zum Abendunterricht«, sagt er. »Dreimal die Woche. Ich bin Buchhalter. Tagsüber arbeite ich beim Bergwerk.«

Das hätte ich mir denken können. Dass es den Herrn nicht in die Grube zieht. Dafür sind seine Finger zu weiß, seine Nägel zu sauber, seine Augen zu blass.

»Mein Vater und mein Bruder arbeiten untertage«, sage ich.

»Das bewundere ich sehr. Ich würde mich nicht trauen.«

»Doch nicht etwa Angst vor der Dunkelheit?«

Er schaut hoch und runzelt die Stirn. Ich lache ihn aus, ich weiß es, und er weiß es. Aber was soll ich sonst machen? Er hat schon zu viel gesagt, ich habe schon zu viel gefragt.

»Genau.«

Dass er das einfach so zugibt. »Du bist also Buchhalter.«

»Bilanzen erstellen, Rechnungen ausarbeiten, alles viel zu langweilige Dinge, um sie zu erklären.«

»Eine langweilige Arbeit also.«

»Aber nein«, sagt er, »auch wenn die halbe Welt so denkt.«

»Ich bin nicht die halbe Welt.«

»Ja, das habe ich schon gemerkt.«

Er redet immer weiter. Ab jetzt schweige ich. Das Fenster, denke ich, schau zum Fenster hinaus, dann wird er es schon merken. Aber die Dunkelheit spiegelt ihn im Fenster. Ich sehe sein Stirnrunzeln, ich höre, wie er seufzt.

Noch eine Haltestelle.

»Nimmst du Musikunterricht in Hasselt?«

Ich nicke zum Fenster. Wird er nie wütend? Ich werfe ihm von der Seite einen Blick zu. »Zweimal die Woche.«

Die Straßenbahn hält. Hier muss er aussteigen.

»Ich könnte auch sitzen bleiben«, sagt er. Er schaut zur Seite,

ich schaue nicht zurück. »Aber das werde ich nicht tun. Bis nächste Woche.«
Ich schaue ihm nach, während er davonläuft. Auch jetzt schaut er sich nicht um.

Ein Wunder

Es ist kalt in der Kirche. Wir sitzen alle nebeneinander auf derselben Holzbank, alle Kinder meiner Klasse und der Lehrer. Der Lehrer sitzt am Rand. Er ist als Erster gegangen.
Noch zwei Jungen, und dann bin ich dran.
Jeden Monat gehen wir mit der Klasse zur Beichte. Und jeden Monat sage ich in etwa das Gleiche: »Viermal geflucht, fünfmal gestritten, sechsmal gelogen.« So ungefähr. Dann darf ich zurück zu meinem Platz und muss zehn Ave-Maria beten. Und dann ist alles in Ordnung.
Heute habe ich Angst. Mein Herz schlägt so laut, dass ich fast sicher bin, dass alle es hören. Ich werde es ihm erzählen. Dass ich die Medaille meines älteren Bruders Jef versteckt hatte. Angenommen, er sagt dann: »Das ist zu schlimm für Gott. Alles vergibt Gott wirklich nicht. Wie stellst du dir das vor?« Dann wird er so laut brüllen, dass es in der ganzen Kirche widerhallen wird und ich mich nicht trauen werde, den Beichtstuhl zu verlassen, und der Lehrer wird mich herauszerren, und alle werden mich anstarren, und niemand wird lachen, und niemand wird noch mit mir spielen wollen, denn obwohl Jesus der gute Hirte ist, der all seine Schäfchen liebhat, gibt es Ausnahmen.
Ich spüre, dass mir jemand auf die Schulter tippt. Es ist der Lehrer. Er sagt, dass ich an der Reihe bin.

Ich stehe auf, stolpere über alle Füße, an denen ich vorbeigehe.
»Claessen«, zischt der Lehrer. »Benimm dich. Verstanden?«
Ich ziehe den Vorhang zur Seite und nehme im Beichtstuhl Platz. Die Luke vor dem Gitter ist schon offen. Ich schaue hindurch. Der Pfarrer hat die Augen geschlossen. Ich hoffe, er schläft.
»Ja?«
Er schläft also nicht.
»Fang bitte an, anstatt so zu seufzen.«
»Ehrwürden, ich habe gesündigt.«
»Weiter.«
Ich hole tief Luft. »Fünfmal geflucht, zweimal gestritten, sechsmal gelogen.«
»So.«
»Und ich habe auch gestohlen.«
»Gestohlen«, wiederholt er.
Er richtet sich auf. Er lässt sein Ohr am Gitter ruhen. Seine Augen sind immer noch geschlossen. »Was hast du gestohlen, mein Sohn?«
Ich mache den Mund auf. Ich hole tief Luft. Es klappt nicht. Ich hole erneut Luft.
»Ich habe alle Zeit der Welt, mein Sohn«, sagt er freundlich. Minuten scheinen zu vergehen. Keiner von uns beiden sagt etwas. Ich bin ein schlechtes Kind. Gott wird mir nie verzeihen.
»Nein«, sage ich.
Ich will aufstehen. Aber dann schaut der Pfarrer zur Seite. Durch das Gitter, auf mein Gesicht.

»Remi Claessen«, sagt er, »bleib sitzen.«
Ich nicke. Beiße mir auf die Lippe. Mache den Mund auf.
»Ich werde es erzählen«, sage ich.
Er schaut wieder vor sich hin. »Gott hat schon gesehen, was los ist. Er hat mir schon gesagt, dass es nicht so schlimm ist. Jetzt musst du es mir noch erzählen. Du kannst Gott nicht die ganze Arbeit machen lassen.«
Ich nicke wieder. »Es ist schon schlimm. Es ist die Medaille. Ich habe sie gestohlen.«
»Die Medaille deines Bruders.«
Er kennt das ganze Dorf und weiß alles.
»Warum hast du das getan?«
»Ich weiß es nicht. Ich war wütend auf Jef.« Noch eine Sünde.
»Das siebte Gebot, Remi Claessen. Du sollst nicht stehlen. Warst du eifersüchtig?«
»Ich weiß es nicht.«
»Möchtest du auch eine Medaille?«
Ich nicke zu dem Gitter.
»Das zehnte Gebot«, sagt der Pfarrer. »Du sollst nicht begehren deines Nächsten Hab und Gut.«
Schon wieder eine Sünde. Ich muss bestimmt ein Jahr lang büßen.
»Bereust du es?«
Ich nicke.
»Ich möchte es hören.«
Und auf einmal klappt es. »Hochwürden, ich habe gesündigt, ich habe Jefs Medaille gestohlen, aber ich habe sie schon längst wieder zurückgehängt.«

»Aha. Sie hängt wieder.«
»Ich hatte Angst. Dass ich in die Hölle kommen würde.«
»Richtig«, sagt der Pfarrer. »Du weißt, dass ganz böse Kinder direkt in die Hölle gehen müssen. Kein Fegefeuer. Aber du hast bereut, das ist schon eine ganze Menge.«
Ich nicke inbrünstig. »Ich werde es nie wieder tun.«
»Du hast noch dein ganzes Leben vor dir, du musst versuchen, es so rein wie möglich zu leben.«
»Ich werde mir sehr viel Mühe geben.«
»Und weißt du, mein Sohn, wenn du gut gelebt hast, bekommst du später von Gott ein schönes Plätzchen im Himmel«, sagt der Pfarrer.
Ich werde auf einmal so froh. Ich werde alles tun, was er sagt.
Er hüstelt kurz. »Los, geh in Frieden.«
Ich warte auf den Rest, aber es kommt nichts.
»Wie viel muss ich beten, Herr Pfarrer?«
»Zehn Ave-Maria sind mehr als genug.«
Nicht mehr als zehn Ave-Maria!
»Und mach den Mund zu, Remi Claessen. Das sieht furchtbar aus.« Er schließt die Luke.
Mit einem breiten Lächeln gehe ich wieder zu meinem Platz. Der Lehrer betrachtet mich forschend. »Alles in Ordnung, Claessen?«
»Alles in Ordnung, Herr Lehrer«, sage ich heiter.
Zu fünft fahren wir nach Hause. Ich gewinne! *Ich gewinne!* Zum ersten Mal in meinem Leben mit meinem neuen Fahrrad!
»Was keuchst du?«, fragt meine Mutter, als ich ins Haus komme.

»Ich habe gewonnen!«
»Vorsicht mit dem Fahrrad, Remi. Es ist noch zu groß für dich.«
»Es ist nicht zu groß, Ma, sonst hätte ich nicht gewonnen.«
»Das stimmt. Hast du Hunger?«
Ich nicke.
»Ich habe Brei gemacht. Iss etwas, bevor du zu Gust gehst. Jef kommt heute nicht mit. Er ist zur Grube gegangen, um etwas zu erledigen«, sagt sie.

Ich gehe gern zu Gust. Gust will immer alles wissen. Wie es Jef geht. Ob das Fahrrad in Ordnung ist. Er schmiert die Kette und pumpt die Reifen auf. Er fragt, ob ich in der Schule gute Noten bekomme. Und dann spielen wir Schach.
Ich habe ihm von der Trompete erzählt. Sobald ich einige Lieder spielen kann, werde ich sie ihm vorspielen. Er wird gut hinhören, hat er gesagt. So gut er kann.

Ich springe auf mein Fahrrad und fahre in den Wald. Es dauert nur noch ein paar Wochen, bis Jef geehrt wird. Ich darf an diesem Tag neben ihm sitzen. Und Renée hat versprochen, dass ich, wenn alles vorbei ist, endlich mit zu den Proben darf. Bei der Blaskapelle werde ich viel lernen, sagt sie, und dass ich dann schnell vorankomme.
Sie werden staunen, wenn sie mich spielen hören, sagt sie, sie werden rückwärts auf den Hintern fallen und den Mund aufreißen, wenn dann die Kirchturmuhr zufällig gerade zwölf schlägt, bleibt ihr Mund für immer offen. Zum Glück fangen die Proben schon um acht Uhr an.

Gust sitzt draußen auf der Türschwelle. Er winkt mir zu und deutet auf den Platz neben sich. »Komm, setz dich zu mir, das Wetter ist so schön. Schau dir mal den Himmel an, wie blau er heute ist.«

Ich folge seinem Zeigefinger nach oben. Der Himmel ist ein Kreis zwischen den grünen Tannenwipfeln. »Er ist weiß«, sage ich ihm ins Ohr, »nicht blau.«

»Das ist die Sonne«, sagt Gust. »Sie scheint so grell, dass sie das Blau weiß macht. Du musst dir die Sonne wegdenken, dann siehst du, wie blau der Himmel ist.«

Ich schließe die Augen. Ich kann mir die Sonne nicht wegdenken. Sie tut in den Augen weh.

»Was ist?«, fragt Gust. »Siehst du Sterne?«

»Tausende«, sage ich.

Gust schweigt lange. Mir wird es langsam kalt, aber ich schweige auch. Wenn Gust gern draußen sitzt, dann sitzen wir eben draußen.

»Weißt du, an was ich mich nicht gewöhnen kann?«, sagt er. »Dass der Himmel so leer bleibt. Fast jede Nacht werde ich durch das Dröhnen der Flugzeuge wach. Dann stehe ich auf und luge durch die Vorhänge, aber immer ist der Himmel leer.« Er seufzt.

Jetzt ist mir richtig kalt.

»Du zitterst ja. Komm, gehen wir hinein, ich mache dir was Warmes.« Er steht auf, ich folge ihm. Bei meinem Fahrrad bleibt er kurz stehen. »Fährt es immer noch gut?«

Ich erzähle ihm, dass ich heute gewonnen habe. Dass es mir endlich gelungen ist.

»Mit meinem Fahrrad«, sagt er glücklich, »das freut mich sehr.«

Wir lachen beide. Er legt seinen Arm um meine Schultern und so gehen wir zusammen ins Haus. »Du bist ein Wunder«, sagt er plötzlich.

Ein Wunder?

»Jesus vollbringt Wunder. Ich doch nicht.«

»Man muss nicht Jesus sein, um Wunder zu vollbringen«, lächelt er. »Der Himmel ist voll mit ganz normalen Menschen, die irgendwann ein Wunder vollbracht haben. Und danach sind sie alle Heilige geworden.«

Welche Wunder vollbringe ich denn? Ist es ein Wunder, dass ich mit dem Fahrrad gewonnen habe? Schließlich musste ich vorher ganz schön üben. Aber vielleicht hat Jesus auch ganz viel üben müssen? Ich glaube nicht, dass man in den Himmel kommt, weil man gut Fahrrad fahren kann. Es muss wegen etwas anderem sein.

»Ich sehe die Fragen in deinem Gesicht, Remi. Ich werde dir erzählen, was du kannst: Du kannst mit kleinen Dingen zaubern. Voilà. Mehr sage ich nicht, man muss nicht gleich alles von Anfang an wissen.«

Weg

Berichte über die Konzentrationslager sickern in unser Wohnzimmer. Katrina ist völlig aufgelöst. »Was da passiert ist, ist unbeschreiblich.«
»Ich wusste es nicht«, sage ich.
Sie schaut mich lange an. »Im Krieg werden Menschen zu Tieren. Dafür gibt es keine Entschuldigung. Keine einzige.«
»Ich wusste es wirklich nicht, Katrina.«
Stille breitet sich aus.
»Ich weiß es«, sagt sie leise. »Aber alles hängt mit allem zusammen. Ohne Soldaten hätte es keinen Krieg gegeben. Und auch keine Lager.«
»Ich musste es tun.«
Ihre Augen glänzen. »Du bist so ein guter Junge«, sagt sie sanft. »Mein Mann war auch immer so offen und ehrlich, immer hat er sich für die Schwächsten unter seinen Arbeitern eingesetzt. Trotzdem hat er den Krieg für eine gute Sache gehalten. Und ich habe ihn ziehen lassen. Geh nur, kämpfe nur so tapfer, wie du kannst. Mit diesen Worten habe ich mich von ihm verabschiedet.«
Sie reibt sich die Augen. »Wir werden alle mit unseren Toten leben lernen müssen.«
Aber ich will nicht an die Toten denken. Martin Lenz will

ein Leben ohne Krieg beginnen. Er war nur einfacher Soldat. Und er hatte keine Wahl.

Es bleibt lange still. Sie steht auf und facht das Feuer an.
»Spiel doch mal«, sagt sie.
Spiel doch mal? Ich bin wirklich nicht in der Stimmung dazu.
»Es wird nicht gehen«, sage ich.
»Ach, ach«, sagt sie.
»Meine Rippen«, sage ich. »Ich werde nicht blasen können.«
»Deine Lungen sind einiges gewöhnt.«
Hat sie überhaupt eine Ahnung davon, wie ich mich innerlich fühle? Ich kann wirklich nicht »einfach mal was spielen«.
»Martin?«
Ich schaue sie an.
»Hör auf mit dem Selbstmitleid.«
Ich seufze und nehme mein Saxophon. Es tut verdammt weh. Ich lasse das Saxophon auf dem Schoß ruhen und stütze meinen Rücken mit dem Kissen. Ich hänge mir den Gurt um den Hals. Ich beiße in das Mundstück, schließe die Augen. Meine Finger suchen ihre Position. Ich blase. Ich weiß, dass ich es kann. Ich habe schon mit geprellten Rippen gespielt. Ganze Abende lang. Als sie hörten, dass ich Saxophon spiele, wollten sie mich sofort in die Musikgruppe aufnehmen. Wir haben fröhliche Musik gespielt, jeder sollte den Krieg vergessen, wenn wir spielten.
In meinem Kopf entsteht eine Melodie, einfach so, ich brauche sie nur zu pflücken. Wir spielten sie an jenem Abend in

der Wirtschaft *Zum bunten Ochsen*. Das fünfte Stück, mein Solo. Renée hat nie erfahren, dass ich es für sie geschrieben habe. Ich werde sie wohl nie wiedersehen.
Sie war so wütend, als ich ging. Sie hat geahnt, was vor mir lag, und ich, großer Schlaumeier, meinte, es besser zu wissen. Ich sollte jetzt lieber nicht an sie denken. Martin Lenz aus Berlin kennt sie ja nicht. Kennt auch die anderen nicht. Mutter. Sie werden dich hoffentlich in Ruhe gelassen haben.
Ich öffne die Augen, höre auf zu spielen.
Katrina schaut mich erstaunt an.
»Was ist los?«
Ich nehme das Mundstück zwischen die Lippen und schließe die Augen. Ich darf sie nicht zulassen. Nicht jetzt. Aber da ist sie schon. Und sie hat sich kein bisschen verändert. Wir umarmen uns. Was auch immer sie dir erzählen werden, Ward, du musst versuchen, dein Bestes zu geben. Mutter, ich habe immer mein Bestes gegeben. Und es ging nicht gut aus. Vielleicht lebt sie gar nicht mehr. Die Mutter eines Überläufers, genügend Grund, jemanden zu verhaften.
Ich darf solche Dinge nicht denken. Ich muss sie in die hinterste Ecke meines Kopfes verbannen, wo sich alles zusammendrängt, alles und jeder, an den ich nicht mehr denken darf. Er sitzt auch dort. Schon seit vier Jahren. Er. Mein Vater, der größte Blödmann der Welt.
Das Stück ist zu Ende.
»Soso«, sagt Katrina. Sie drückt einen Kuss auf meine Stirn. »Das war unglaublich. Du bist ein Zauberer.«
Ich schaue sie erstaunt an. Ich war nicht einmal besonders konzentriert.

»Du kannst mit deiner Musik Leute erfreuen, Martin. Das ist etwas sehr Schönes, weißt du das?«
Ich lächle. Meine Rippen tun weh, richtig weh, anders als vorher. Als würden sich meine Muskeln verkrampfen. »Es ist schon so lange her«, sage ich leise. »Fast viel zu lange her.«
Sie geht ins Bett. Ich bleibe am Kamin zurück. In meinem Kopf spuken zu viele Leute herum. Wenn ich jetzt ins Bett gehe, rauben sie mir den Schlaf.
Ich bin ein Zauberer. Sie sagt es auch. Und ich bin es seinetwegen. Denn seinetwegen habe ich angefangen, Musik zu machen.
Er sitzt wieder ganz vorn. Die Zunge quillt ihm aus dem Mund, seine Augen starren, sehen aber nichts mehr. Überall liegt Erbrochenes und anderes Zeug, aber es sind seine Augen, die mich für immer verfolgen. Seine Augen, die uns satthatten. Man hat nur einen Vater. Verdammt, hat er sich etwa gedacht, ich wäre ohne ihn besser dran?
Er hätte sich im Wald aufhängen können, dort gab es genug Äste. Er hätte sich vor einen Zug werfen können. Ein Unfall, hätten wir gesagt. Wir hätten uns erst die Augen aus dem Kopf geweint, danach hätten wir ihn vermisst wie niemanden sonst auf der Welt. Vielleicht wären wir kurze Zeit wütend gewesen, weil er aus Versehen und so weiter. Nach einiger Zeit wäre nur der Kummer geblieben. Aber mit Kummer hätten wir leben können.
Dabei wollte ich sein wie er. Jeden Tag kam er mit etwas Neuem nach Hause. Es konnte alles Mögliche sein, von einem Hufeisen, das er gefunden hatte, bis zu einer Geschichte über ein schweres Zugunglück, das er unterwegs gesehen hatte. Er

entdeckte immer den ersten Maikäfer. Und er brachte mir bei, wie man auf den Fingern pfeift. Ich war der Einzige in der Klasse, der es konnte, und das blieb auch so.
Der Klang, der aus seiner Basstuba kam, der zählte. Meiner Mutter hat es nicht besonders gut gefallen, wenn er anfing zu üben, dann setzte sie sich in ein anderes Zimmer. Aber mich konnte er nicht wegblasen. Er blinzelte mir zu, wenn meine Mutter ihn bat, bevor sie aus dem Zimmer ging, nicht zu laut zu spielen. Und wenn sie aus dem Zimmer war, sagte er mit einem breiten Lächeln zu mir: Wir werden das schönste Lied der Welt für sie spielen, so laut wie wir können. Wir, sagte er immer, obwohl ich nur zuhörte. Das schönste Lied, wiederholte ich dann, woraufhin er nickte und sagte, dass sie nichts weniger als das verdiene.
Ich war etwa zwölf, als er eines Tages mit einem großen Ding im Arm nach Hause kam. Mein Junge, sagte er zu mir, ich habe dir etwas mitgebracht. Es war der erste Plattenspieler, den ich in meinem Leben zu Gesicht bekommen hatte. Ich hatte nicht einmal gewusst, dass es so etwas gab. Und die Musik, die er spielte, war umwerfend, so schön.
Hör zu, sagte er eines Tages, das ist Glenn Miller. Und er fragte mich, was ich hörte, und ich erzählte es ihm. Er ließ mich erneut zuhören, und jedes Mal hörte ich etwas anderes. Ich beschrieb die Klänge, die ich hörte, und er sagte, welche Instrumente sich dahinter verbargen. Es gab Klänge, die ich erst hörte, nachdem er mich darauf aufmerksam gemacht hatte. Ich entdeckte, dass es neben Trompete, Basstuba und Flügelhorn noch viel mehr Instrumente gab. Ich fand, dass sie alle schön klangen, aber mein Herz verlor ich ans Saxophon.

Und mein Vater sah es. Er fing an, noch mehr zu arbeiten, als er sowieso schon tat, und eines Tages kam er nach Hause mit der allerschönsten Überraschung. Ich bekam ein Saxophon.
Er war es, der mich am ersten Tag, als ich auf die Oberschule ging, begleitete und den Direktor um ein Gespräch mit dem Musiklehrer bat.
Hier ist mein Sohn Ward, sagte er zu Pater Albrechts, er ist ein musikalisches Wunderkind. Ob er mir Privatunterricht geben könne?
Ich möchte Ihren Sohn zuerst spielen hören, sagte Albrechts. Danach entscheide ich, ob er Ihr Geld wert ist.
Nach fünf Minuten nickte Albrechts schon. Ich war das Geld meines Vaters wert.

In den Monaten nach der Beerdigung waren meine Finger kalt. Nichts ging mehr. Albrechts hatte unendlich viel Geduld mit mir. Und eines Tages sagte er: Man zerbricht nur, wenn man es selbst möchte, Ward.
Ich zerbreche nicht, sagte ich, ich bin nicht mein Vater.
Dann spiel, sagte er.

Albrechts wusste, bevor es meine Mutter wusste, dass ich gehen wollte, vor Renée, vor allen. Warte bis Juli, sagte er. Zuerst dein Abitur, dann der Rest.
Seine Reaktion enttäuschte mich. Jetzt brauchte mich die Welt.
Du bist ein tapferer Junge, sagte er. Du hast meine Unterstützung und meinen Segen, für jetzt und immer. Aber hab noch ein paar Monate Geduld, Ward. Halte durch. Bring zuerst

das zu Ende, was du angefangen hast. Du wirst es nicht bereuen.

Eines Tages kam er nicht zum Unterricht. Er hatte eine wichtige Aufgabe in einer weit entfernten Pfarrei bekommen, so war die offizielle Version. Geflüstert wurde, man habe ihn von der Schule verwiesen wegen seines angeblich verderblichen Einflusses auf die Schüler.

Sie kannten ihn nicht. Ich schon. Pfarrer Vanden Avenne konnte mir sagen, wo Albrechts sich aufhielt. In einem hässlichen kleinen Kaff, Kilometer von uns entfernt, hatten sie ihn in ein kleines Büro gesteckt, wo er den ganzen Tag Dokumente sortieren durfte. Ich besuchte ihn regelmäßig. Er schätzte das sehr. Sie würden ihn nie kleinkriegen, sagte er. Ich glaubte ihm. Und ich tat, was er sagte, ich wartete bis Juli, bevor ich wegging.

Ich wollte einen Traum, er gab mir einen. Wie kann ich es ihm übelnehmen, dass die Sache schiefging?

Ich werde lernen, mit den Toten zu leben. Man zerbricht schließlich nur, wenn man es selbst will.

Kanada

»Ich habe zwei Schwestern«, sagt Emile.
Wir sitzen in der Straßenbahn auf dem Weg nach Hause. Natürlich sitzt er neben mir, er sitzt immer neben mir.
»Und?«, frage ich.
»Sie spielen nicht Trompete.«
Ich zucke mit den Schultern. »Ich bin immer noch die Einzige in unserer Blaskapelle. In der Musikschule spielen die meisten Mädchen Klavier oder Geige.«
»Meine Schwestern spielen gar nichts. Obwohl zu Hause ein Klavier steht. Meine Mutter kann wunderbar spielen. Sie hat alles versucht, damit meine Schwestern es auch lernen, aber sie wollten nicht.«
»Aber du schon.«
Er schaut mich erstaunt an. »Woher weißt du das?«
»Einfach so. Ich sehe es an deinem Gesicht.«
Er schaut mich kurz verdutzt an. »Auf jeden Fall hat sie es mir nicht beizubringen versucht.«
»Nicht?«
»Meine Schwestern hatten immer Streit mit meiner Mutter. Immer. Ich glaube, sie brachte nicht den Mut auf, es mir beizubringen.«
Ich schweige. Es kommt noch mehr.
»Im Krieg sind meine Schwestern nach Kanada emigriert.«

»Vermisst du sie?«

»Manchmal schon. Vor allem meine Mutter vermisst sie. Trotz der ganzen Streitereien.«

»Und dein Vater, was meint er dazu?«

Er seufzt vernehmlich, schüttelt den Kopf. »Der meint gar nichts.«

»Wieso?«

»Einfach so. Nichts.«

Es muss bei ihm zu Hause sehr still sein. »Bei uns geht es immer laut zu«, sage ich.

Er lächelt kurz. Betrachtet meinen Instrumentenkasten. »Ist der Unterricht schwierig?«

»Angeblich mache ich in jeder Stunde Fortschritte. Das sagt wenigstens mein Lehrer.«

»Und was meinst du?«

»Was ich meine?« Ich zucke mit den Schultern. »Ich weiß es nicht.«

Ich muss noch viel üben, vor allem die hohen Töne, damit sie wirklich sauber klingen. Es ist eine Sache der Ausgewogenheit, sagt Paesen. Fest blasen hat keinen Sinn, aber flüstern auch nicht. Im Grunde muss man beides gleichzeitig machen. Und dann klingt es wie Samt.

Meine Hände fahren automatisch über den Kasten.

»Spielst du gern Trompete?«, fragt Emile.

Ich schaue ihn ungläubig an. »Sonst würde ich doch nicht zweimal in der Woche nach Hasselt fahren.«

»Was weiß ich. Vielleicht musst du, weil deine Eltern es verlangen.«

»Ich muss gar nichts«, sage ich. Sofort fange ich an zu lachen.

»Was ist?«, fragt er.

»Allein schon die Vorstellung«, sage ich.

Er schweigt. Er denkt, dass ich ihn auslache. Aber das tue ich nicht. Ich lache wegen meines Vaters, der falsch spielt, wegen Remi, der übt, bis wir bald verrückt werden, wegen Jef, der sich am liebsten für immer in der Grube verkriechen würde, nur damit er nicht geehrt wird, wegen meiner Mutter, die gesagt hat, ich solle in Hasselt Unterricht nehmen. Weil ich so glücklich aussehe, wenn ich Trompete spiele.

Die Dunkelheit

Ich radle durch die Dunkelheit nach Hause. Es ist drei Uhr, meine Schicht ist zu Ende. Ich arbeite am liebsten nachts. Dann gehört das Licht uns. Wenn wir unsere Lampen nicht anzünden, ist es überall dunkel. Unten und oben, eine einzige Welt ist es dann. In der Grube ertrage ich alles. Man muss eine eiserne Konstitution haben, um es unter der Erde auszuhalten. Muskeln, um Stollen zu graben und Steinkohle aus dem Stein zu hauen, Lungen, die von dem ganzen Staub, den man einatmet, nicht kaputtgehen. Stählerne Nerven. Es gibt keinen Bewegungsspielraum. Stundenlang arbeiten wir Körper an Körper, unsere Poren voller Staub und Schweiß.
Ich habe diese eiserne Konstitution.
In der Grube gibt es auch nur einen Weg: den nach unten und danach wieder nach oben. Der Weg ist vorgegeben, keiner muss darüber nachdenken.
Oben ist es anders.
Es lief gerade so gut. Alle ließen sie mich wieder in Ruhe. Sogar der Kleine hatte aufgehört zu fragen.
Bis gestern Abend meine Mutter anfing, kurz bevor ich zur Arbeit ging. Dass sie einen Anzug für mich nähen lässt. Speziell für die Ehrung. Einen Anzug mit allem Drum und Dran. Nur das Beste ist gut genug, sagte meine Mutter. Wir werden weniger Brot essen, sagte mein Vater.

»Pa«, brummte ich. »Das möchte ich nicht.«
»Das war nur ein Scherz«, sagte er dann. »Natürlich haben wir etwas gespart.« Danach grinste er so sehr, dass ich es wirklich kapieren musste. Dass es nur ein Scherz war.
Als würde ich wollen, dass sie ihr Gespartes für so einen blöden Anzug ausgeben.
Aber ich darf nicht mitreden. Ich bin wieder einfach Jef, der Schisser, der Angst hat, zu viel Aufmerksamkeit auf sich zu ziehen.
Könnte ich die Uhr nur zurückdrehen.
Ich habe es mich schon hundertmal gefragt. Und je mehr ich darüber nachdenke, umso sicherer bin ich. Vanden Avenne und Albrechts. Sie haben angefangen.

1943

Rom oder Moskau

Mitte Januar ging Pfarrer Vanhamel in Pension. Wir mochten ihn gern. Jeden Sonntag schickte er alle mit einem Lächeln im Gesicht nach Hause. Mit den Deutschen hatte er es nicht so, was er sie deutlich spüren ließ. Bei seiner letzten Predigt sagte er, wir sollten uns von den Besatzern nicht unterkriegen lassen, und dass wir immer füreinander sorgen müssten.
Der Neue hieß Vanden Avenne. Er kam von der anderen Seite des Landes. Er sprach anders als wir. Seine Sätze hörten sich nicht so an wie unsere, sie kamen aus seinem Mund, als hätte er sie zuvor gebügelt. Er sprach Niederländisch, wie man es im Radio hörte. Als wäre jedes Wort lebenswichtig.
Er riet den Menschen, so oft wie möglich in die Kirche zu gehen, denn Gott und nur Gott könne ihnen in den Zeiten des Kriegs helfen. Und beim Reden bewegte er die Arme und drehte den Kopf, als stünde er auf einer Bühne, und er ließ seine Stimme flüstern und schallen. Was er genau sagte, bekam ich am Anfang gar nicht mit, ich achtete immer auf die langen Arme, wie sie sich immer wieder nach oben bewegten. Er war außerdem sehr groß. Wenn er auf die Kanzel stieg, musste er den Kopf einziehen. Und er redete immer weiter, er fand immer neue Worte, und das waren wir nicht gewöhnt. Vanhamel machte zwischendrin mal eine Pause, putzte sich manchmal die Nase, kratzte sich am Kopf und sagte, dass er

alles auch nicht so genau wisse, aber dass wir Vertrauen haben sollten.

Alles wird gut, sagte Vanden Avenne. Wenn wir nur weiter zu Gott beten und inzwischen ganz fest versuchen würden, unser Bestes zu geben. Was »unser Bestes« bedeutete, davon hatten wir keine Ahnung. Aber Gott würde Opfer von uns verlangen, und dann sollten wir bereit sein, sagte er.

Bereit. Das Wort kannten wir schon von Albrechts.

Welche Opfer Gott von uns verlangen würde? Das sollten wir bald erfahren.

Anfang Februar. Die Pause war gerade vorbei, der Geschichtsunterricht sollte beginnen. Albrechts kam in die Klasse, legte seine Tasche ungeöffnet auf das Lehrerpult. Er schaute uns an, sekundenlang. Dann sagte er, dass Stalingrad gefallen sei und dass die Russen in großer Zahl Richtung Westen vorrückten.

Es klang, als wäre die Welt untergegangen. Wir starrten ihn verängstigt an. Noch nie hatten wir von Stalingrad gehört, und plötzlich schien es, als würde es unser restliches Leben bestimmen.

Albrechts nahm seinen Stock und ging zur Weltkarte an der Wand. Tausende von Kilometern von hier entfernt, jenseits von Deutschland, jenseits von Polen, jenseits der Ukraine, unten in Russland, dort lag Stalingrad.

Wir beobachteten ihn noch ängstlicher als vorher. Was hatte eine Stadt, die in unseren Augen auf der anderen Seite der Welt lag, mit uns zu tun, um Himmels willen?

Albrechts schaute uns ernst an. »Wir sind in großer Gefahr«, sagte er.

Es war Krieg, natürlich waren wir in Gefahr. Jeden Tag konnten Bomben auf unser Dach fallen. Es war etwas, mit dem wir zu leben gelernt hatten. Aber Albrechts meinte deutlich eine andere Art von Gefahr. Etwas, das noch viel größer war als eine auf unser Haus herunterfallende Bombe.
Es war mucksmäuschenstill geworden. Albrechts zögerte, ob er weiterreden sollte. Aber er hatte A gesagt, jetzt konnte er doch nicht einfach so aufhören?
Ich saß neben Ward in der letzten Bank. »Weißt du, was ...?«, fing ich an.
Er gab mir einen Stoß. »Sei still.«
Albrechts seufzte tief. »Ich habe lange darüber nachgedacht, ob ich mit euch darüber sprechen solle. Ich habe sogar um Rat bei dieser Entscheidung gebetet.«
Er hatte Gott um Rat gebeten, es handelte sich also wirklich um etwas sehr Ernstes.
»Ich hatte immer sehr viel Respekt vor euch, Jungs«, sagte er. »Ich habe euch nie wie kleine Kinder behandelt. Ich werde das auch jetzt auf keinen Fall tun.« Er wartete kurz. Schaute durch das Fenster, dann wieder zur Klasse. »Ihr müsst wissen, was in der Welt passiert«, fuhr er fort. »Ihr seid schon groß, die Zukunft der Welt liegt in euren Händen.«
Er schwieg einen Moment.
»Die Welt brennt, Jungs, das wisst ihr doch.«
Wir nickten heftig.
»Und unser Volk leidet mit.«
Wieder nickten wir.
»Die Zukunft unseres Volkes ist in Gefahr, Jungs, die Situation ist sehr ernst.«

Seine Worte machten mir Angst. Warum wussten wir das nicht? Zu Hause sagten sie, alles würde einmal vorbeigehen, sogar der Krieg. Dass man nicht aufhören dürfe zu hoffen, sagte meine Mutter.
»Ihr erschreckt wegen meiner Worte«, sagte Albrechts leise. »Aber ich kann nicht anders, ich muss euch die Wahrheit erzählen. Ihr habt ein Anrecht darauf, die Wahrheit zu erfahren.«
Manche fingen an, auf ihren Stühlen hin und her zu rutschen. Ich blieb so ruhig wie möglich sitzen. Auch Ward bewegte sich kaum. Wir würden Albrechts zeigen, dass wir die Wahrheit ertragen konnten. Er nahm einen Stuhl und setzte sich vor uns hin, die Hände gefaltet. »Im Unterricht haben wir vom Bolschewismus gesprochen.«
Wir nickten zum soundsovielten Mal.

Er hatte uns vom unermesslich großen Russland erzählt mit seinen Millionen von Einwohnern. Viele von ihnen waren wie wir im christlichen Glauben erzogen worden. Wir liebten denselben Gott, auch wenn es kleine Unterschiede gab und wir katholisch und sie orthodox waren. Doch kurz vor der Jahrhundertwende breitete sich der Kommunismus aus, und als dessen Auswuchs der Bolschewismus. Die Bolschewisten betrachteten die christliche Lehre als Gift für das Volk, sie erzählten den Menschen, dass es keinen Gott gäbe, dass Er von den Menschen erfunden worden wäre.
Wir schauten Albrechts erstaunt an. Warum sollten sie so etwas behaupten?
Das Böse existierte, das wüssten wir doch?

Wir wussten es. Wir hatten es in der Schule gelernt, und in der Kirche wurde bei der Predigt darüber gesprochen. Wir sollten uns vor dem Bösen hüten, das wussten wir auch. Das ganze Leben lang versuchten wir nichts anderes.

»Die große Mehrheit der Russen ist zum Bolschewismus übergetreten«, sagte er nun, »die armen Leute hatten keine andere Wahl. Russland wird schon seit Jahren von Stalin regiert, mit eiserner Faust. Er verfügt über eine Armee, die aus Millionen von Soldaten besteht. Sie haben nur ein Ziel: die Welt zu erobern. Zuerst soll der Glaube ausgerottet werden. Und danach sollen alle Menschen Bolschewisten werden, mit Stalin als ihrem einzigen, großen Führer.«
Er schwieg. Nahm ein Taschentuch und fuhr sich damit über die Stirn, bevor er uns wieder anschaute. »Wenn ihr Fragen habt, meldet euch bitte.«
Sofort hob einer den Finger. »Alle Menschen, Herr Lehrer, also auch wir?«
»In der Tat, auch wir«, seufzte Albrechts. »Wir glauben doch alle an Gott? Nicht wahr, Jungs?«
Wir nickten heftig.
Er seufzte tief. »Sie benehmen sich wie vom Teufel besessen. Sie brennen Kirchen nieder, sie hängen katholische Priester auf oder erschießen sie. Sie führen schon seit Jahren Krieg gegen die Welt, schaut euch doch mal Spanien an. Die Bolschewisten haben dort Tausende und Abertausende Priester hingerichtet.«
Wir waren entsetzt. Tausende und Abertausende Priester?
»Aber gewiss, Jungs. Ihr wart noch Kinder, als es geschah,

Kinder brauchen nicht zu wissen, dass die Welt in Gefahr ist. Aber es ist eine Tatsache, dass die Bolschewisten unsere heilige Mutter Kirche ausrotten wollen.« Erneut fuhr er sich mit dem Taschentuch über die Stirn. »Jeder, der ein Kruzifix in seinem Haus hat, läuft Gefahr. Die Bolschewisten kennen keine Gnade, sie werden niemanden verschonen.«
Die Haare in meinem Genick sträubten sich. Wir alle hatten Kruzifixe in unseren Häusern.

»Wir haben lange zugeschaut, liebe Jungs, wir haben lange gedacht: Wir dürfen Gewalt nicht mit Gewalt bekämpfen. Aber wir können unser tapferes Volk doch nicht einfach so ausrotten lassen, oder? Das kann Gott doch nicht gewollt haben?«
Wir schüttelten heftig die Köpfe.
»Die deutsche Armee kämpft schon seit geraumer Zeit gegen den Bolschewismus. Letztes Jahr im August hat sie es geschafft, Stalingrad zu besetzen, was ein schwerer Schlag für die Russen war. Sie sind sehr stolz auf diese Stadt, nicht nur, weil sie nach ihrem großen Führer benannt wurde, sondern auch deshalb, weil sie ein strategischer Punkt auf dem Weg nach Moskau ist. Kein Wunder, dass die Russen sofort zurückschlugen.« Albrechts seufzte wieder. »Inzwischen hat das restliche Europa begriffen, dass an der Ostfront Hilfe mehr als willkommen ist. Aus allen europäischen Ländern ziehen Soldaten dorthin, aus Frankreich, den Niederlanden, Dänemark und so weiter. Und auch aus unserem Flandern, ja.«
Wir schauten ihn erstaunt an.
»Ihr habt richtig gehört. Viele unserer Leute haben an der

Ostfront die Waffen erhoben. Wir kämpfen dort Seite an Seite mit den Deutschen.« Er schwieg kurz. »Ich weiß, Jungs, die Deutschen haben unser Land besetzt. Aber im Osten haben wir einen gemeinsamen Feind. Die Russen sind sehr gefährlich, sie sind nicht nur bärenstark, es sind Millionen. Sie haben außerdem sehr viel mehr Waffen und den kalten Winter als Verbündeten. Unsere Armee hat lange, sehr lange standgehalten, aber schließlich haben wir Stalingrad aufgeben müssen.«
Niemand atmete, niemand bewegte sich.
»Es ist ein schwerer Schlag für uns alle, Jungs. Wir schaffen es offensichtlich nicht gegen die Russen.«
Wir hielten den Atem an. Er würde es uns erzählen. Was jetzt passieren würde. Die Russen konnten doch nicht einfach in unser Land einfallen?
»Die ganze westliche Welt ist sich inzwischen der russischen Gefahr bewusst«, fuhr Albrechts fort. »Aus allen Ländern sind in diesem Moment Tausende von Freiwilligen auf dem Weg zur Ostfront. Wir sollten dem Himmel danken, dass es in diesen angsterfüllten Kriegszeiten noch so viele Mutige gibt.«
Er drehte sich um, schaute das Kruzifix über der Tafel an, dann wandte er sich wieder zu uns.

Es gongte. Er nickte. »Lasst uns nicht den Mut verlieren, Jungs.« Er faltete die Hände und schloss die Augen. »Betet mit mir für alle mutigen flämischen Männer, die jetzt auf dem Weg zur Ostfront sind. Dass die Kraft des guten Gottes sie begleiten möge. Dass sie ihren göttlichen Auftrag erfüllen und nach dem Sieg gesund zurückkehren werden.

»Wir bitten Dich, Herr, erhöre uns«, sagten wir mit gefalteten Händen und geschlossenen Augen und wie aus einem Mund.
»Amen.«
»Amen«, wiederholten wir.
Wir öffneten die Augen.
Albrechts nickte uns mit ernstem Blick zu, nahm seine Aktentasche und verließ den Raum.
Wir schauten ihm nach wie ein Haufen geschlagener Hunde. Die Tür fiel hinter ihm ins Schloss. Sofort fingen alle an zu reden. Es war klar, dass ich nicht der Einzige war, der sich Sorgen machte. Ich drehte mich zu Ward.
»Und jetzt?«, fragte ich. »Was jetzt?«
Ward schaute mich mit ernstem Blick an. »Ich weiß es nicht.«
»Was, wenn die Russen morgen hier stehen?«
Der Lehrer der nächsten Stunde kam herein. »Seid ruhig, Jungs«, sagte er mit lauter Stimme.
»Was dann, Ward?«
Er seufzte tief. »Ich weiß es wirklich nicht.«
»Ruhe in der letzten Bank!«
Wir schwiegen alle. Wir waren noch nie so still gewesen.

Die Schule war aus, doch die Worte, die Albrechts gesprochen hatte, gingen mir nicht aus dem Kopf. Ich folgte Ward über den Schulhof. »Sie werden uns alle ermorden«, sagte ich. »Wir werden alle sterben.«
Ward antwortete nicht. »Ward«, fing ich an.
»Ja«, unterbrach er mich, »wenn nichts passiert, werden wir alle sterben.«

Ich wollte etwas anderes hören. Dass ich mich nicht so aufregen sollte, zum Beispiel.
Schweigend gingen wir weiter.
Von rechts kam Pater Albrechts. Er war nicht allein, jemand begleitete ihn. Genau wie Albrechts trug er eine Soutane. Der Mann war groß und schlank und überragte Albrechts um eine Kopflänge. Sie waren in ein lebhaftes Gespräch verwickelt. Mitten auf dem Schulhof blieben sie stehen. Wir kamen näher und nickten höflich. Sie nickten zurück. »Pfarrer Vanden Avenne«, sagte ich erstaunt zu dem Priester neben Albrechts.
Vanden Avenne lachte mich freundlich an. »Junger Mann?«
»Jef Claessen«, sagte ich. »Sie halten immer die Messe in unserer Kirche.«
»Ich habe gleich gedacht, dass ich dich von irgendwoher kenne«, sagte Vanden Avenne lächelnd.
Ward streckte die Hand aus, Vanden Avenne schüttelte sie.
»Ward Dusoleil«, sagte Ward. »Ich wohne auch in Ihrem Dorf. Meine Mutter hat den Krämerladen.«
Vanden Avenne nickte. »Ein schöner Laden.«
Einen Moment lang blieb es still.
»Nun, Jungs«, fragte Albrechts plötzlich, »habe ich euch mit meinen Worten nicht erschreckt?«
»Ja, doch«, sagte Ward.
Albrechts wandte sich an Vanden Avenne. »Bruder, ich habe ihnen heute im Unterricht von Stalingrad erzählt. Sie sind tapfere Jungs, sie verdienen unser Vertrauen. Ich fand, dass sie es wissen sollten.«
Zwei Jungen aus unserer Klasse kamen auf uns zu. »Hallo, Jungs«, sagte Albrechts freundlich.

Sie blieben stehen. »Guten Tag, Herr Lehrer.«
»Auf dem Weg nach Hause?«
»Ja, Herr Lehrer.« Sie schauten neugierig zu Ward und mir.
Vanden Avenne wandte sich an uns. »Seid ihr in derselben Klasse?«
Zum ersten Mal konnte ich ihn aus der Nähe betrachten. Er war wirklich größer als wir alle. Außerdem ging er aufrecht, nicht gebückt wie viele große Männer. Seine Haare hatte er wie immer nach hinten gekämmt, sie wehten wie ein Banner um seinen Kopf, wodurch er noch größer zu sein schien.
Als würden wir dem Himmel zunicken, so bewegten sich unsere Köpfe auf und ab.
»Also, Jungs«, sagte Vanden Avenne mit wehenden Haaren und richtete seine rechte Hand auf uns vier. »Nun wisst ihr alles über unseren Kampf gegen Moskau.«
Wir nickten wieder Richtung Himmel.
»Ich finde das alles so schrecklich«, platzte es plötzlich aus Ward heraus. Er wandte sich an Albrechts. »Gibt es wirklich nichts, was wir tun können?«
Albrechts schwieg.
»Ihr seid noch so jung«, sagte er dann.
»Vorhin haben Sie noch gesagt, dass die Zukunft in unseren Händen liegt!«
Albrechts seufzte tief. »Das ist wahr, mein Junge.«
»Sollten wir dann nicht losziehen?«
»Was sagst du da?«
Ich schaute Ward ebenso erstaunt an.
»Sie haben doch selbst gesagt, dass sie dort drüben Soldaten brauchen?«

Albrechts legte seine Hand auf Wards Schulter. Er schüttelte den Kopf. »Ihr seid Schüler, mein Junge, keine Soldaten.«
»Wir können es aber werden, Herr Pfarrer.«
»Sorge erst mal dafür, dass du die Schule fertig machst.«
»Die Schule ist mir doch schon längst egal.«
Albrechts seufzte tief. »Ich hätte nichts von Stalingrad erzählen sollen. Es tut mir leid.«
Inzwischen war Vanden Avenne neben Albrechts getreten. Er lächelte Ward zu. »Du scheinst ja ein tapferer Junge zu sein.« Er schwieg, schaute uns der Reihe nach an. »Ihr seid alle tapfer, glaube ich.«
Wir nickten heftig.
»Es gibt Möglichkeiten.« Seine Stimme klang beruhigend. Mein Herz machte einen Sprung. Erwartungsvoll schaute ich ihn an.
»Leider habe ich jetzt keine Zeit, alles zu erklären«, sagte er. »Aber ihr habt Glück. Heute Abend gibt es eine Informationsveranstaltung, speziell für junge Männer wie ihr. Wenn ihr Lust habt ...«
»Wo ist die Veranstaltung?«, fragte Ward begierig. Seine Augen glänzten, er war ebenso aufgeregt wie ich.
»In dem kleinen Saal hinter der Wirtschaft *Zum bunten Ochsen*. Es fängt um sechs Uhr an. Ich habe einige Redner eingeladen, alle zusammen werden wir euch erzählen, was ihr wissen wollt.«
»Ich komme«, sagte Ward.
»Ich auch«, sagte ich.
Die beiden anderen Jungen nickten ebenfalls.

Vanden Avenne schaute uns freundlich an. »Ich erwarte euch. Bis später.«

Wir gaben ihm alle die Hand. Albrechts nickte uns zu. »Jetzt geht schnell nach Hause, Jungs. Ach ja, noch etwas: Erzählt zu Hause erst mal noch nichts von unserem Gespräch. Wartet erst einmal die Veranstaltung ab und erzählt ihnen danach alles. Eines steht fest, Jungs: Es warten spannende Zeiten auf euch.«

Wir radelten nach Hause. »Willst du wirklich kämpfen?«, fragte ich.

Ward schwieg kurz. »Vielleicht. Du nicht?«

»Ich weiß nicht einmal, wie das geht.«

»Meinst du, ich weiß es?«

»Wo wart ihr?«, fing Renée wütend an, als ich nach Hause kam.

»Wir konnten nicht eher weg«, sagte ich. »Wir mussten noch etwas mit Albrechts besprechen.«

Das war noch nicht mal gelogen.

Das Essen stand schon auf dem Tisch. Ich aß schnell, stand auf und zog meinen Mantel wieder an.

Wo ich so dringend hinmüsse, fragte mein Vater.

Etwas für die Schule, antwortete ich. Eine Arbeit, die ich mit Ward machen müsse, für Albrechts.

Dann gib dir Mühe, sagte mein Vater. Und dass Stalingrad gefallen sei. Ob ich das wisse. In der Schule erfahren, sagte ich.

Es sei eine Katastrophe für die Deutschen, sagte mein Vater, ihre erste große Niederlage. Wenn ich nachher wieder zu Hause sei, würden wir darauf anstoßen.

Ich roch es. Er hatte schon darauf angestoßen, und zwar nicht nur einmal. Nichts verstand mein Vater vom Krieg. Wir halten uns da raus, sagte er immer.
Wenn alle Menschen das täten, würde es mit der Welt ganz schnell vorbei sein.

Die Stärksten und die Tapfersten

»Männer«, begann Vanden Avenne am Abend seine Rede, »am besten falle ich gleich mit der Tür ins Haus. Wir sind hier, weil unser Volk in Gefahr ist.« Er schwieg und betrachtete den vollen Saal. »Ihr wisst doch alle, dass die Russen aus dem Osten vorrücken?«
Wir nickten.
»Ihr wisst inzwischen alle, dass dieses gottlose Volk plant, den Westen zu vernichten?«
Wieder nickten wir.
»Das können wir nicht zulassen, und deshalb sind wir hier.«
Wieder machte er eine Pause.
»Wenn ich euch so anschaue, sehe ich lauter starke junge Männer«, fuhr er in leisem Ton fort. »Männer, die etwas aus ihrem Leben machen wollen, Männer, die bereit sind, an ihrer Zukunft zu arbeiten. Männer, die leben wollen.«
Er schwieg. »Oder täusche ich mich?«
Wir schüttelten alle die Köpfe.
Ich schaute heimlich zu Ward. Er hatte sich aufrecht hingesetzt. Schnell warf er mir einen Blick zu, die Augenbrauen fragend gehoben, ein leichtes Lächeln um den Mund. Dann schaute er wieder nach vorn.
»Ihr seid noble Jungs, das habe ich schon verstanden.« Wieder machte Vanden Avenne eine kurze Pause und sah uns mit

klarem Blick an. »Noble Jungs aus einem noblen Volk. Ein gutes Volk, ein gläubiges Volk. Ein Volk, das seit Jahrhunderten bewiesen hat, wie tapfer es ist, wie stark es ist. Nie haben unsere Vorfahren den Mut aufgegeben, unser Volk hat große Namen hervorgebracht, sie haben uns eine ruhmreiche Vergangenheit geschenkt, eine Vergangenheit, auf die wir stolz sein dürfen.«
Er hatte diese Worte sehr ruhig gesagt, während er uns nicht aus den Augen ließ.
»Aber es ist Gott, der unser Volk immer getragen hat, Jungs. Gott hat uns während all dieser Jahrhunderte Kraft gegeben und uns zu den tapferen Menschen gemacht, die wir heute sind. Und jetzt möchten die Russen uns Gott wegnehmen. Das können wir nicht zulassen. Denn ohne Gott sind wir unscheinbarer als eine Ameise und ängstlicher als ein Wiesel.«
Er wartete.
»Sind wir ein gläubiges Volk, Männer?«
Natürlich waren wir ein gläubiges Volk.
Er erhob seine Stimme. »Die Russen erlangen einen Sieg nach dem anderen über die Deutschen, und wenn sie die Deutschen ausgerottet haben, sind wir dran.«
Man hätte eine Stecknadel fallen hören können.
»Sie lassen niemanden laufen«, sagte Vanden Avenne leise. »Sie ermorden Säuglinge, Kinder, Frauen, und dann rauben sie die Häuser aus und brennen alles nieder, was sie antreffen. Sie sind keine Menschen. Kein Wunder, dass sie Gott nicht kennen.«
Er blickte in die Runde. Ich sah Angst. Aber noch mehr Entschlossenheit.

»Wir können, nein, wir müssen unserem Volk helfen, Männer. Denn wenn unser Volk keine Zukunft mehr hat, haben wir auch keine. Vergesst nicht, dass die Zukunft unseres Volkes in euren Händen liegt. Ihr seid die Stärksten unter uns, und ich wette darauf, dass ihr auch die Tapfersten seid.«
Die Stärksten und die Tapfersten? Gehörte auch ich zu ihnen?
»Wahre Gläubige spüren jetzt, wie ihr Herz glüht wegen des Unrechts, das uns angetan wurde und noch angetan werden wird. Spürt ihr, wie euer Herz glüht?«
Wir nickten alle.
Vanden Avenne schwieg. »Ich habe zwei Redner mitgebracht, sie werden euch erzählen, welche Möglichkeiten es gibt, unser Volk zu retten. Sie werden euch von ihrem Verein erzählen, dem Vlaams Nationaal Verbond, kurz VNV genannt. Bestimmt habt ihr schon von diesem Verein gehört. Gemeinsam werdet ihr große Taten vollbringen. Denn es wäre ein Verbrechen, wenn die Russen den Krieg gewinnen würden. Es wäre die Hölle, die Hölle auf Erden.« Wieder machte er eine Pause, bevor er sagte: »Und wir wollen doch alle in den Himmel, nicht wahr?«

Es war nach acht Uhr, die Versammlung war zu Ende. Die Redner hatten uns klar und deutlich die Situation im Osten erklärt.
Ihre Worte brummten in meinem Kopf. Ihre schönen, gut formulierten Sätze, genauso stark und kräftig wie die von Vanden Avenne.
Die Deutschen flehten um Hilfe gegen die Russen.

Auch wir konnten Hilfe anbieten. Im Austausch dafür versprachen die deutschen Führer unserer Heimat Flandern eine schöne Zukunft.
Ich hatte mich gewundert. Von Letzterem hatte Albrechts nichts gesagt. Neugierig hatte ich weiter zugehört.
Die Deutschen hatten Flandern immer mit Wohlwollen betrachtet. Sie respektierten unser Volk, respektierten unsere Sprache. Deutsch und Niederländisch waren verwandte Sprachen, das wussten wir doch? Kein Wunder, dass die Deutschen unsere Muttersprache mochten. Das konnten wir von den französischsprechenden Landsleuten nicht behaupten, die uns immer noch unterdrückten. Wir brauchten nicht lange suchen, um Beispiele der Verachtung zu finden, mit der sie unser Volk behandelten. Die Arroganz der wallonischen Ingenieure in unseren Gruben in Limburg, es war eine Schande. In ihrer eigenen Sprache blafften sie unsere Väter an, als wären sie Sklaven. Unsere Väter beherrschten die französische Sprache nicht, wie sollten sie da die Ingenieure überhaupt verstehen. Die Ingenieure waren hierhergezogen, sie sollten gefälligst unsere Sprache lernen. Aber dafür fühlten sie sich zu erhaben. Unsere Väter waren schlau. Sie machten ihre Arbeit und schwiegen gegenüber den arroganten Wallonen. Sie wussten nur zu gut, dass man sie entlassen würde, würden sie den Mund aufreißen und sich aufregen. Aber gerecht war es wirklich nicht.
»Wusstest du das alles?«, fragte ich Ward flüsternd.
Er nickte. »Das meiste. Albrechts erzählt manchmal davon.«
Die Wärme, mit der er das sagte. Ich wollte, ich wünschte, ich würde auch jemanden wie Albrechts kennen.

Und schließlich, so hatten die Redner noch hinzugefügt, hatten wir doch nicht die Erniedrigungen vergessen, die die französischen Offiziere uns während des letzten großen Krieges angetan hatten? Erniedrigungen, die Tausende flämischer Kriegskameraden in den Tod getrieben hatten?

Die Deutschen aber würden unserer Sprache alle Rechte verleihen, die sie verdiente. So hatten sie dafür gesorgt, dass die flämischen Soldaten an der Front unter flämischen Offizieren kämpften.

Denkt an euren Vater, eure Mutter, eure Brüder und Schwestern, eure Großeltern, hatten die Redner gesagt. Denkt an eure besten Freunde. Sie alle sind Menschen, die an Gott glauben, wir dürfen sie nicht von den russischen Teufeln ermorden lassen.

Ich hatte entsetzt den Kopf geschüttelt.

Liebe Jungs, unser Volk braucht wieder Helden!

Ich würde ein Held sein.

Gab es Kandidaten für die Ostfront?

Wir würden in Deutschland eine gute Ausbildung bekommen, wir würden nicht den Löwen zum Fraß vorgeworfen werden. Erst wenn wir fertig wären, würden wir an die Front ziehen. Aus der zweiten Linie würden wir Hilfe anbieten. Wir würden nie richtig in Gefahr sein, sie wollten ja, dass wir heil wieder nach Hause kämen.

Am Schluss der Versammlung konnten wir uns als Mitglieder des VNV eintragen lassen. Jede Woche würde es Versammlungen geben, bei denen wir unter anderem erfahren würden, was an der Ostfront passierte. Wer mitmachen wolle, solle sich erst ganz genau informieren, er müsse wissen, auf was er sich einlasse. Nur Soldaten, die aus voller Überzeugung mitmachten, waren gute Soldaten. Mit diesen Worten schloss Vanden Avenne die Versammlung.

Ward und ich ließen uns als Mitglied eintragen.

Beim Verlassen des Saals gab Vanden Avenne uns ein Andachtsbildchen. *Herr, segne unsere Soldaten in ihrem Kampf gegen den Bolschewismus! Gib ihnen den Mut, sich im Kreuzzug gegen den Bolschewismus zu behaupten!* In dicken Buchstaben war es auf der Vorderseite zu lesen. Von den Rednern bekamen wir ein kleines Löwenfähnchen. Der Löwe sei ein Sinnbild für die grenzenlose Tapferkeit unseres Volkes, sagten sie.

Ich befestigte das Fähnchen sofort an meinem Fahrrad. Sie sollten den Löwen flattern sehen, sie sollten ihn mit den Zähnen knirschen hören. Ward steckte sein Fähnchen in die Innentasche seines Mantels. »Ich habe Angst, es zu verlieren«, sagte er.

»Sie brauchen uns dort drüben«, sagte ich, während wir nach Hause radelten.

»Da hast du recht«, sagte Ward. »Ich werde ganz sicher zu ihren Versammlungen gehen, ich möchte alles wissen. Und dann entscheide ich, was ich mache. Vanden Avenne hat es selbst gesagt: Wenn wir mitmachen, soll es aus voller Überzeugung sein.«

Wir schwiegen.

»Ich kann nicht hierbleiben und nichts tun, während das Leben vorübergeht, und nachher sind wir tot, ohne dass wir mitgemacht haben«, sagte Ward. »Diesen Gedanken ertrage ich nicht.«

»Ich auch nicht«, sagte ich.
»Ich möchte etwas Schönes machen, Jef. Etwas Gutes. Etwas, das mir Flügel verleiht.«
Ich lächelte glücklich. »Und dann werden wir über der Welt schweben. Wie richtige Helden, Ward.«

Ich hatte eine Ahnung, wie ich es zu Hause erzählen könnte. Ich musste es richtig einfädeln. Wenn ich ihnen erzählen würde, was Albrechts und Vanden Avenne uns erzählt hatten, würden sie vielleicht verstehen, warum ich wegwollte. Sie würden stolz auf mich sein, dass ich unser Land retten wollte, sie würden froh sein, dass ich endlich wusste, was ich wollte.
Im Juni würde ich mit der Schule fertig sein. Mein Vater wollte, dass ich dann studierte. Er an meiner Stelle würde das auch wollen. Aber er war nicht ich. Und ich war nicht er. Ich hatte Bücher nie besonders geliebt, ich war so froh, dass die Schule fast zu Ende war. Wenn ich nicht studieren würde, blieb nur eine Sache übrig: die Grube. Mein Vater sagte, er wolle eine gesunde Arbeit für seine Kinder, notfalls würde er zwei Schichten fahren, um mein Studium zu finanzieren.
Sie würden stolz auf mich sein. Denn das Mitmachen erforderte Mut. Ich hatte den Mut. Außerdem würde ich Geld nach Hause schicken können, das hatten die Leute vom VNV gesagt. Meinen Eltern würde es an nichts fehlen, wenn ich mitmachte.

Es war dunkel, als ich nach Hause kam. Ich versteckte mein Fahrrad wie immer im Heu. Das Fähnchen nahm ich mit

hinein. Meine Eltern saßen am Herd. Remi zeichnete am Tisch.
»Hallo, Pa«, lächelte ich. »Ich habe viel zu erzählen.«
Er lächelte zurück.
Plötzlich verzog sich sein Gesicht. »Was ist das? Verdammt, was ist das?« Er flog aus seinem Stuhl hoch und zerrte mir das Fähnchen aus der Hand. »Ich möchte so ein Zeug in meinem Haus nicht sehen. Ist das klar?« Er brüllte mir die Worte ins Gesicht. »Ich dachte, du wärst alt genug, Jef. Ich dachte, du würdest die Welt schon ein bisschen kennen. Aber es scheint nicht so zu sein. Verdammt.«
Meine Mutter war aufgestanden. »Jef«, sagte sie erschrocken.
»Pa«, fing ich an.
»Halt den Mund«, sagte meine Mutter. Ihr Arm flog durch die Luft, und ihre flache Hand schlug gegen meine Wange.
»He«, fing ich an, »was …«
»Schweig, Jef!«, sagte meine Mutter.
Ich rieb meine Wange. Es war ein harter Schlag gewesen. Warum waren sie so wütend? Ich verstand überhaupt nichts. Ich schaute zu Boden. Es war die einzige Richtung, die noch möglich war.
Renée kam die Treppe heruntergelaufen. »Was …«
»Hinauf«, befahl mein Vater. »Das ist etwas zwischen ihm und uns.«
»Es geht sie auch etwas an«, sagte meine Mutter. »Stell dir vor, sie kommt morgen ebenfalls mit einem albernen Löwenfähnchen nach Hause.«
»Aber«, sagte ich. Sie drehten sich beide gleichzeitig zu mir

um. Sie erschossen mich mit ihren Blicken, so schauten sie mich an. Ich verschluckte den Rest meines Satzes.
»Schaut doch nur, wie er dasteht«, sagte mein Vater. »Als hätte er sich in die Hose gemacht. Dieser Einfaltspinsel!«
Tränen sprangen in meine Augen.
»Ich werde dir zeigen, was wir hier im Haus mit so einem verdammten Fähnchen machen.« Mein Vater hob mein Kinn hoch, schaute in meine Augen. »Und wage es nicht, zu heulen«, sagte er drohend, »wage es ja nicht.«
Ich verschluckte sofort meine Tränen. Mein Vater sah es. »Gut so«, sagte er. Seine Hand umklammerte meinen Oberarm. So schleifte er mich zum Herd. Er ließ mich los, öffnete den Deckel und fachte das Feuer kurz an, so dass es noch heftiger brannte. »Schau«, sagte er und warf das Fähnchen ins Feuer. Die Flammen loderten kurz auf.
»Und jetzt setz dich hin und halt den Mund«, befahl mein Vater.
»Ich habe Angst«, sagte Remi.
Einen Moment lang wurde es still. Der Kleine hatte sich in die entfernteste Ecke der Küche verzogen und hielt sich die Ohren zu.
»Aber Junge«, sagte meine Mutter. »Es gibt nichts, wovor du Angst haben müsstest.« Sie öffnete ihre Arme, aber Remi blieb stehen.
»Es gibt vieles, wovor man Angst haben muss«, sagte mein Vater. »Alle an den Tisch. Aber zuerst muss der Kleine ins Bett.«
»Ich will nicht«, sagte Remi mit zitternder Stimme.
»Du hast nichts zu wollen«, sagte mein Vater. »Und wage es nicht, dich noch mal zu zeigen.«

Schmutziger Krieg

Ich setzte mich zwischen Jef und meine Mutter. Mein Vater saß vor uns. So wütend hatte ich ihn noch nie gesehen.
»Es gibt zur Zeit einen schmutzigen Krieg«, sagte er. »Und wir machen da nicht mit. Wir halten uns da raus. Ich möchte keine Vorteile von jemandem, der unser Land besetzt. Selbst wenn sie den Krieg gewinnen, werde ich mein Land nicht verraten.«
Jef öffnete den Mund, schloss ihn aber gleich wieder. Er schwieg.
»Wir werden es sowieso herausfinden«, sagte mein Vater.
Ich sah, wie Jef zögerte. »Pater Albrechts hat uns erzählt, dass Stalingrad gefallen ist. Der, der Geschichte unterrichtet, Pa. Er hat gesagt, dass …«
Mein Vater unterbrach ihn. »Genau. Wollten wir nicht einen Schnaps darauf trinken?«
»Aber Pa«, sagte Jef. Auf einmal hatte er Tränen in den Augen. »Aber Pa«, wiederholte er.
»Was redest du für einen Unsinn«, sagte mein Vater ungeduldig, »wir sollten dem Himmel auf Knien danken, dass Stalingrad gefallen ist, du kannst sicher sein, dass es ein schwerer Schlag für die Deutschen war.«
»Ich weiß, Pa, ich …«
»Was heißt das, du weißt?«
»Lass ihn doch ausreden, Sander!«

Mein Vater seufzte. Dann nickte er. »Los, Jef, hör auf zu faseln. Was hat Albrechts noch erzählt?«
Jef holte tief Luft. »Er, also ... er hat uns erzählt, dass die Russen uns vernichten werden. Sie werden den ganzen Glauben kaputtmachen und alle Katholiken ermorden. Und die Deutschen brauchen Leute, um gegen die Russen zu kämpfen. Und ...«
»Was? Das hat Albrechts gesagt? Sag, dass das nicht wahr ist, Jef!«
»Es ist wahr, Pa. Es ist doch kein Geheimnis, Pa?«
»Es sind, verdammt nochmal, alles dicke Lügen! Dieser Albrechts ist ein richtiger Mistkerl. Diesen braven Jungs einen Krieg anzudrehen, dass der sich das traut!«
»Es stimmt doch, das mit den Russen«, sagte Jef.
Das Gesicht meines Vaters wurde rot. »Du hattest doch nicht etwa vor, dich da anzumelden, Jozef Claessen?«
»Aber ...«
»Hast du dich etwa schon angemeldet?«
Wenn Jef ja sagen würde, würde das Haus explodieren. Aber Jef sagte nein.
Wir atmeten auf.
»Wie kommst du dann zu diesem Löwenfähnchen?«
Jef schwieg. Er senkte den Kopf, schaute auf seine Hände.
»Ich möchte es wissen, Jef.«
»Einfach so«, sagte Jef. »Gefunden.«
»Ich möchte die Wahrheit hören! Und schau mich an, wenn ich mit dir rede!«
Aber Jef starrte weiter auf seine Hände. Er zuckte mit den Schultern.

»Hat Albrechts sie etwa verteilt?«
Jef schüttelte den Kopf. Plötzlich schaute er meinen Vater wieder an. »Ich habe es in der Schule gefunden. Einfach so auf dem Boden, Pa.«
»Ich muss dringend mal mit dem Direktor eurer Schule reden. Albrechts hat euch verdammt nochmal verrückt gemacht. Er hat euch bestimmt erzählt, dass die Deutschen uns wohlgesinnt sind? Dass sie uns Flamen gern mögen?«
Jef senkte wieder den Kopf. Er nickte.
»Soll ich dir mal erzählen, was die Deutschen wollen? Sie wollen aus Flandern eine deutsche Provinz machen. Alles hier wird deutsch werden, unsere Vorgesetzten werden deutsch, unsere Sprache wird deutsch, sogar unsere Gedanken werden sie bestimmen wollen. Aber wir sind keine Deutschen, Jef, wir sind Flamen, und Belgien ist unser Land. Und sie sollen die Finger von unserem Land lassen, basta. Warum sollten wir eine Provinz von Deutschland werden? Deine Großväter haben an der Front für Belgien gekämpft, sie haben ihre Kameraden verloren und selbst schrecklich leiden müssen, aber sie haben weitergekämpft für unser Land. Und sie haben gewonnen.«
»Aber die Russen ...«
»Vergiss nicht, dass sie auf unserer Seite stehen, Jef. Die Russen kämpfen gegen die Deutschen, Jef, nicht gegen uns.«
»Albrechts hat gesagt, dass sie alle Gläubigen ausrotten werden.«
»Albrechts ist ein großer Lügner!«
»Sander! Schrei nicht so!«
»Pa«, fing Jef an.

»Die Deutschen sind die Feinde, Jef. Sie lügen und betrügen, um uns auf ihre Seite zu ziehen.«

»Aber Pa ...«

»Jef, hör gut zu. Es wird nicht geschehen, dass auch nur einer von uns sein Leben riskiert für diesen lächerlichen Krieg. Als sie uns Astrid wegnahmen, haben wir uns gesagt, dass wir bei diesem schmutzigen, dreckigen Krieg nicht mitmachen. Und so ist es bis heute geblieben.« Er schwieg einen Moment. »Hast du vergessen, was die Deutschen der Familie von Alfons angetan haben? Und hast du denn vergessen, was mit Maria, Theos Frau, passiert ist?«

»Die Deutschen sind doch nicht alle schlecht, Pa.«

Fast hätte ich es nicht gehört, so leise sprach er.

Mein Vater seufzte tief. »Du hast recht, mein Sohn. Aber die Nazis schon. Jeder, der nicht ist wie sie, der nicht denkt wie sie, muss vernichtet werden. Und wer an die Front geht, wird einer von ihnen. Ich werde nicht zulassen, dass mein Sohn ein Nazi wird.«

Jef schlug die Augen nieder.

»Ward macht vielleicht mit«, sagte er dann.

Es wurde sehr still. Es konnte nicht wahr sein, was er sagte. O nein, Ward ließ sich von Lügnern wie diesem Pater Albrechts nicht einwickeln. Jef würde bald noch behaupten, Ward hätte ihn überredet. Mir wurde kalt. Ward war sein Freund, und man erzählt keine Lügen über seine Freunde. Ward würde nie aufseiten des Feindes stehen. Er war ein aufrechter Mensch und grundehrlich. Und er war mein Liebster.

»Als würde Ward so blöd sein«, sagte ich wütend.
»Hör mir zu«, sagte mein Vater dann. »Wenn Ward mitmacht, werden wir ihn nicht mehr kennen.«

1945

Spiel

Da stehe ich nun. Mitten in der Küche des Schneiders, breitbeinig, der Kleine auf einem Stuhl neben mir, der Schneider auf den Knien vor mir, während er die Hose mit Stecknadeln umsteckt. Ich habe alles anprobieren müssen. Die Hose, die Weste, das Hemd, die Krawatte, den Mantel. Alles glänzt, als wäre es aus Silber. König Jef. Noch eine Krone, und das Bild ist fertig. Der Kleine staunt, er findet es großartig. Nun, ich aber nicht.

Der Schneider steht wieder auf und stellt sich vor mich hin. »Und, junger Mann, möchtest du die Jacke kurz oder lang?«

»Was weiß ich.«

»Lang ist schöner.«

»Mir ist es egal.«

Er verschränkt die Arme. »Soso, dir ist es egal. Es kostet deine Eltern aber eine Stange Geld, und es ist ihnen das auch wert. Du bist ein Held, sie werden dich ehren. Das Leben lacht dich an, junger Mann.«

Warum soll mich das Leben anlachen? »Dann lang«, sage ich, um das Gefasel zu beenden.

Ich höre ihn seufzen. Er dreht sich um und holt eine Schachtel aus dem Regal. »Und was meinst du dazu?« Er öffnet die Schachtel, holt einen Hut heraus und gibt ihn mir. »Gerade

aus Brüssel eingetroffen«, sagt er. »Vom besten Hutgeschäft des Landes.«
»Wie schön«, seufzt Remi. »Wäre ich doch bloß du.«
Plötzlich reicht's mir. »Das tue ich nicht«, sage ich. »Ich werde dort nicht wie ein kostümierter Affe in der ersten Reihe sitzen, ich bin doch nicht verrückt.«
Ich ziehe die Hose aus, die Jacke, die Weste, das Hemd, die Krawatte und werfe alles auf den Tisch. »So«, sage ich, »das wär's.« Ich ziehe meine eigenen Sachen wieder an und gehe hinaus. Die Hintertür fällt mit einem lauten Knall ins Schloss.

Remi läuft hinter mir her. »Der Schneider fragt, ob du krank bist. Und dass ich unserer Mama sagen sollte, dass sie für den Stoff zahlen muss und für die Arbeit. Auch wenn du den Anzug nicht haben möchtest.«
»Unsere Mama muss gar nichts bezahlen. Demnächst habe ich einen festen Platz in der Nachtschicht, dann werde ich viel mehr verdienen. Ich werde das Geld schnell genug zusammengespart haben.«
»Gehst du wirklich nicht zu …«
»Nein.«
»Aber sie proben schon so fleißig.«
»Ich will nicht gehen. *Ich will nicht.* Warum merkt das keiner?«
»Und warum …«
»Warum das so ist? Das ist alles viel zu kompliziert.«
»Ich bin schon zehn.«
Der Kleine möchte eine Antwort. Ich bin sein großer Bruder, ich bin Jef, der Held, Jef, der König. Ein Held und König

benimmt sich nicht so seltsam, wie ich es jetzt tue. Ich sehe ihm an, dass er ganz durcheinander ist.
»Manchmal ist es besser, den Mund zu halten«, sage ich.

Still fahren wir nach Hause.
Ich habe eine Medaille bekommen, ich war in der Zeitung. Das war schon schlimm genug, aber ich habe es überlebt. Und sobald ich denke, jetzt habe ich es hinter mir, fängt der Zirkus wieder von vorne an.
Vielleicht sollte ich einfach krank werden. Ich bin auch krank, allein bei dem Gedanken. Was, wenn das alles Wirklichkeit wird, wenn ich in der ersten Reihe sitze und die elende Blaskapelle für mich spielt? Ich werde auf die Bühne gehen müssen, sie werden mich zweifelsohne mit Blumen behängen. Wetten, dass ich danach auch noch was sagen muss?
In einer Woche ist es so weit. Ein paar Tage noch werde ich ihr Spiel brav mitspielen. Und dann werde ich krank. Ich werde so schlimm krank werden, dass es aussieht, als würde die Krankheit Monate dauern. Und so lang werden sie es nicht verschieben. Meine Eltern werden mich vertreten. Sie werden allen erzählen, wie leid es mir tut, dass ich nicht dabei sein kann. Und danach werden mich endlich alle in Ruhe lassen. Und eine Woche nach dem Auftritt werde ich einfach wieder gesund.
Ich radle zum Schneider zurück.

Ich entschuldige mich. Ich hätte mich nicht so blöd benehmen dürfen. Statt froh zu sein, dass sie mich ehren wollen. Mein Vater sagt, ich stelle mich an. Meine Mutter sagt, dass ich mich noch daran gewöhnen muss.

Ob er die Länge doch noch anpassen kann?
Er schaut mich an. Er nickt. Er bittet mich herein. Ich probiere den Anzug noch einmal an. Ich lächle. Sage, ich fühle mich wie ein König. Er lächelt zurück.
Ein paar Tage noch.
Es ist ein Spiel. Und ein Spiel kann ich spielen.

Ein anständiger Junge

Mitten in der Stunde geht die Tür auf, und Emile steht da. Mir fallen fast die Augen aus dem Kopf. Emile gehört auf die Bank in der Straßenbahn, nicht in die Tür der Musikklasse.
»Darf ich hereinkommen?«, fragt er.
»Nimmst du Unterricht?«
Emile lächelt verlegen. Er schüttelt den Kopf. »Ich wollte gern mal hören, wie es klingt.«
Paesen schaut ihn mit gerunzelter Stirn an. Nie kommt jemand und will hören, wie es klingt. »Hören Sie«, fängt er an, »es ist nicht üblich, dass ...«
»Ich kenne ihn«, unterbreche ich ihn. »Er ist ein anständiger Junge.«
Paesens Gesicht erhellt sich. »Aha«, sagt er, »du kennst ihn.« Er wendet sich wieder an Emile. »Sie wollen hören, wie gut sie spielen kann?«
Emile nickt höflich, und auf Paesens Gesicht erscheint ein breites Lächeln. »Sie spielt sehr gut«, sagt er, »Sie werden es gleich merken.«
Ich höre, wie zwei Jungen hinter meinem Rücken kichern. Ab jetzt bin ich das Mädchen mit diesem seltsamen Liebhaber, und dann kann ich so oft sagen, wie ich will, dass es nicht stimmt, sie werden es mir nicht glauben.

»Nehmen Sie Platz«, sagt Paesen, »wir setzen die Stunde fort.«
Aus seiner Tasche holt er die Noten eines Stücks heraus, das wir schon oft gespielt haben. Für mich ist das Stück nicht schwer, ich werde also meinem angeblichen Liebhaber zeigen können, wie gut ich bin. Und nach diesem Stück kommt ein nächstes, und dann wieder eines. Ich konzentriere mich auf die Musik, so gut ich kann. Ich lasse mich von diesem Herrn da drüben nicht aus der Fassung bringen.
»Das war gut«, sagt Paesen nach der Stunde zu mir. Er schaut zu Emile. »Sie hat so viel Talent.«
Emile strahlt. »Danke«, sagt er.

Wir gehen zusammen hinaus. Dass er einfach in die Stunde gekommen ist. Mut hat er schon.
»Wie schön du spielst«, sagt er. »Ich bin froh, dass ich es gehört habe.«
Ich schaue ihn erstaunt an. »Wieso?«
»Du bist was Besonderes«, sagt er.
Was Besonderes? Da kommt unsere Straßenbahn. Natürlich setzt er sich wieder neben mich.
»Bist du verwandt mit diesem Claessen? Diesem Claessen, der Sonntag geehrt werden wird?«
Ich schaue ihn erstaunt an. »Er ist mein Bruder. Woher weißt du ...«
»Es stand in der Zeitung, ich habe mir deinen Namen gemerkt. Ich bin Buchhalter, weißt du, ich habe ein gutes Gedächtnis.«
»Ich auch«, sage ich, »ich spiele ein Solo für Jef, und ich brauche kein einziges Mal auf die Noten zu schauen.«

Und ich erzähle, was ich für ihn spielen werde, und wir fahren an seiner Haltestelle vorbei, und er vergisst, auszusteigen, und ich vergesse, es ihm zu sagen, und als uns das endlich bewusst wird, sagt er: Schau an, wie wir hier sitzen mit unserem guten Gedächtnis.

Beide müssen wir lachen.

Ich habe lange nicht mehr so gelacht. Ich denke, dass ich deshalb frage, ob er nicht Lust hat, am Sonntag vorbeizukommen und zuzuhören.

Und dass ich ein Stipendium bekommen kann. Ein Stipendium für Brüssel.

»Wieso Brüssel?«, fragt er verwundert.

Ich erkläre es ihm. In Brüssel kann ich Musik studieren. Falls ich die Zulassungsprüfung bestehe. »In der Schule sagen sie, dass ich gute Chancen habe.«

»In Brüssel«, sagt er.

»Das ist weit weg«, sage ich.

»Aber wenn du wirklich willst.«

Ich zucke mit den Schultern. »Es ist nicht so, dass ich ohne Musik nicht leben könnte.«

Er schaut mich verwundert an. Er versteht mich nicht. In der Schule verstehen sie mich auch nicht. Und was, wenn ich einfach keine Lust dazu habe?

»Es dauert vier Jahre«, sage ich, »vier Jahre nur Musik, das finde ich wirklich übertrieben.«

»Vier Jahre ist doch gar nichts.«

»Dann bin ich schon dreiundzwanzig. Und dann fängt das Leben erst an.«

»Das Leben hat längst angefangen, Renée.«

»Jetzt halte mir bloß keine Predigt«, sage ich.
»Ich werde mich hüten.«
Wir schweigen bis zur nächsten Haltestelle. Da steht er auf, lächelt. »Bis Sonntag«, sagt er. »Ich freue mich jetzt schon.« Er steigt aus. Er dreht sich um und winkt.

Ich drücke meine Nase ans Fenster. Über den Feldern hängt die Abenddämmerung. Zwei Radler biegen in einen Feldweg ein.
Wenn Hasselt nicht so weit weg wäre, würde ich immer mit dem Fahrrad fahren. Mir wird immer übel von der schlechten Luft in der Straßenbahn.
Ich drücke meine Nase weiter ans Fenster. Es ist Ende April, bestimmt riechen die Felder nach warmem Kuhmist.
Warum sollte ich nach Brüssel gehen?
Er würde gehen. Er schon. Aber ich bin nicht er.

1943

Wie gern ich ihn mochte

Die Lügen, die Jef erzählte. Als würde Ward an die Ostfront gehen. Dass Jef das sagte, um seine Haut zu retten, dieser Feigling. Den restlichen Abend ignorierte ich ihn, so wütend war ich auf ihn.

Bevor ich schlafen ging, sagte ich, dass ich mich morgen nach der Schule mit Ward treffen wollte. Und zwar alleine. Und ob er das verstanden hätte.

Jef hatte verstanden. Am nächsten Tag stand Ward alleine am Schultor.

Die Fragen brannten auf meinen Lippen, aber solange ich sie nicht aussprach, existierten sie nicht. Er schwieg ebenfalls. Bevor wir beim Dorf waren, bogen wir in Richtung der Felder ab. Nach einiger Zeit wurden wir müde. Wir lehnten unsere Räder an eine große Jesusstatue und setzten uns mit dem Rücken an den Sockel.

Er schlang seine Arme um mich, drückte einen Kuss auf meine Haare. Ich schloss die Augen und schmiegte mich an ihn.

»Renée«, sagte er plötzlich mit einem Seufzer, »es läuft nicht gut mit der Welt. Der Krieg geht immer weiter. Es ist ein Elend.«

Siehst du, dachte ich. Er findet den Krieg genauso furchtbar. Wieso sollte er kämpfen wollen?

Er seufzte noch einmal. »Wir können nicht immer nur zuschauen, Renée.«

Mir standen sofort die Haare zu Berge. Ich drehte mich schroff zu ihm um, seine Augen glänzten. »Was hast du vor?«, fragte ich so ruhig wie möglich. Offensichtlich war es nicht ruhig genug.

»Reg dich nicht auf«, sagte er besänftigend.

»Ich rege mich aber auf, verdammt!«

»Renée«, fing er an.

»Erzähl mir, was du vorhast!«

»Du weißt es offenbar schon.«

»Jef hat es uns erzählt. Was Albrechts euch alles auf die Nase gebunden hat.«

»Auf die Nase gebunden?« In seinen Augen erschien ein Glitzern. »Albrechts ist ein guter Mensch«, sagte er wütend. Da hatte ich einen wunden Punkt erwischt.

»Du kennst ihn nicht, Renée. Aber ich kenne ihn.«

»Trotzdem erzählt er lauter dicke Lügen.«

»Wer sagt das?«, fragte er. »Dein Vater?«

»Genau. Mein Vater. Na und?«

»Dein Vater ist nicht Gott, er weiß auch nicht alles.«

»Albrechts auch nicht.«

»Er ist sicher nicht der Einzige, der Angst vor der Zukunft hat, Renée. Vanden Avenne sagt, dass ...«

»Vanden Avenne? Was hat er damit zu tun?«

Er schaute mich erstaunt an. »Hat Jef dir das nicht erzählt?« Es war also nicht alles gewesen. Mein Vater hatte Jef zu früh zum Schweigen gebracht.

»Gestern Abend gab es eine Versammlung im Saal der Wirtschaft *Zum bunten Ochsen*, Jef und ich sind hingegangen. Vanden Avenne war auch da. Er hat uns die Situation an der Front erklärt. Er macht sich große Sorgen um unsere Zukunft, er und viele andere. Die Deutschen brauchen uns dort drüben, Renée.«

»Was redest du da? Du kannst doch nicht auf der Seite der Deutschen kämpfen!«

Er legte seine Hand auf meinen Arm, und das erschreckte mich so sehr, dass ich schwieg. Seltsam, dass ich von seiner Hand auf meinem Arm erschrak.

»Ich werde es dir erklären«, sagte er, aber ich zog meinen Arm weg, fuchtelte mit der Hand vor seinem Gesicht und sagte: Stopp. Stopp, Ward. Ich sagte, dass er Blödsinn redete, und dann rollten alle möglichen Wörter aus meinem Mund, und sie rollten immer weiter, während ich dachte: Ich kenne die Wörter, es sind die Wörter meines Vaters, und jetzt sind es also auch meine.

»Schau mich an«, sagte er sanft.

Ich konnte nicht. Ich versuchte es, aber meine Augen glitten immer an seinem Gesicht vorbei in die Ferne. Er würde es mir ansehen. Wie gern ich ihn mochte. Und dann würde er sich abwenden, und ich würde zu einem Haufen Haut und Knochen zusammenschrumpfen.

Er nahm mein Gesicht in seine Hände.

»Renée?« Zu sanft, diese Stimme.

»Was, wenn die Russen alles niederbrennen, Renée. Sie sind grausam, und sie verschonen niemanden.«

»Wer sagt das?«

Er antwortete nicht. Er schaute mich nur an. Seine Hände

fühlten sich so weich an auf meinen Wangen. »Sie werden unser Leben zerstören, Renée. Und wir wollten zusammen hundert Jahre alt werden, weißt du noch?«
»Aber die Deutschen ...«
»Renée, hör zu. Die Deutschen haben unser Land besetzt, und sie haben hässliche Dinge getan. Aber an der Ostfront haben wir einen gemeinsamen Feind.«
Es klang so glaubhaft, was er sagte. Dann hörte ich in meinem Kopf wieder meinen Vater. Die Deutschen waren unsere Feinde, wie konnten wir den Worten des Feindes Glauben schenken?
»Du wirst stolz auf mich sein, Renée.«
Er lächelte mich so warm an. Er legte seine Arme um mich und zog mich an sich.
Ich würde nicht stolz auf ihn sein.
Ich schob seine Arme weg und ging einen Schritt zurück. Plötzlich wusste ich, welche Worte ich benutzen sollte. »Du weißt doch, dass sie die Juden Ungeziefer nennen?«
»Nur weil Theo das behauptet, braucht das noch lange nicht so zu sein.«
»Und was sie seiner Frau angetan haben, zählt das etwa nicht? Und der Familie von Alfons? Einfach so in den Zug verfrachtet, Gott weiß wohin?«
»Mistkerle gibt es überall. Längst nicht alle Deutschen sind schlecht, Renée.«
»Die Nazis schon«, sagte ich.
»Ich werde kein Nazi, Renée!« Er klang scharf. »Die Flamen an der Front haben ihre eigene Armee. Sie kämpfen für unser Flandern.«

Er schaute mich die ganze Zeit an. Er log mich nicht einmal an. Seine Entschlossenheit verursachte mir eine Gänsehaut.

»Ich verstehe es nicht, Ward. Warum willst du jetzt unbedingt für Flandern kämpfen?«

Er schaute mich ganz erstaunt an. »Es geht doch um unser Volk, oder nicht?«

»Unser Volk? Aber wer ist das denn?«

»Aber Renée. Die Flamen, natürlich.«

Unser Volk, das waren nicht die Flamen. Unser Volk, das waren meine Mutter und mein Vater, Remi und Jef und Ward. Sie waren unser Volk. Für sie würde ich, ohne nachzudenken, in ein brennendes Haus laufen.

»Wir haben alle Besatzer überlebt, wir werden uns jetzt nicht von den Russen vernichten lassen«, sagte er inbrünstig.

»Die Deutschen, Ward, das sind unsere Besatzer!«

»Ach, Renée, warum verstehst du das denn nicht? Wir haben viel mehr gemeinsam, als die Leute wissen. Die Leute wissen nichts. Wissen sie denn, wie eng unsere Beziehungen sind? Sogar unsere Sprachen sind verwandt, und unsere wird wieder zu Ehren kommen, wenn wir ihnen dort drüben helfen.«

»Wieso zu Ehren kommen? Du wirst auch noch für eine Sprache kämpfen?«

Wieder schaute er mich erstaunt an.

»Du wirst also Leute erschießen im Namen einer Sprache?«

Er seufzte. »Lass nur, Renée.«

»Lass nur? Verstehe ich es etwa nicht? Und du verstehst alles? Pass bloß auf, Ward, sie spannen dich vor ihren Karren, und du ahnst nicht mal, was drin ist.«

»Wer weiß, ob ich überhaupt mitmache. Ich werde es auf jeden Fall mit Albrechts besprechen«, sagte er.
Die Art, wie er das sagte. Als wäre Albrechts Gottvater. Wie konnte ich es mit Gottvater aufnehmen? Trotzdem musste ich etwas sagen. Es wäre sein Tod, wenn er da mitmachte.
»Du darfst nicht sterben«, sagte ich.
»Ich werde nicht sterben. Und ich werde wieder auf meinem Saxophon spielen können, Renée.« Seine Augen glänzten. »Soldaten dürfen Musik machen, Musik ist doch das Schönste, was es gibt, so schlecht kann es dann noch nicht sein dort drüben.«
Ich schaute ihn verdutzt an. Wie konnte er um Gottes willen jetzt von seinem Saxophon sprechen? »Soldaten schießen, Ward. Auf Menschen. Bis sie tot sind.« Meine Stimme zitterte vor Wut. »Und sie haben verdammt nochmal unsere Kuh mitgenommen!«
Er schaute mich so erstaunt an. »Eure Kuh? Aber was hat das um Himmels willen zu tun mit …?«
»Alles«, brüllte ich plötzlich, »alles hat mit allem zu tun. Sie gehörte uns und nicht ihnen. Sie hatten nicht das Recht, sie mitzunehmen.«
»Renée …«
»Schweig!«, brüllte ich ihm ins Gesicht. Ich schob ihn fort und sprang auf mein Fahrrad. Einmal noch schaute ich mich um. Er saß auf dem Boden, den Kopf auf die Arme gelegt.
Sie würden uns auch ihn wegnehmen. Sie hatten ihn schon.
Ich fuhr weiter in die Felder. Ich würde mich erst umdrehen, wenn meine Augen leer geweint waren.

»Was ist passiert?«, fragte meine Mutter, als ich nach Hause kam. Sie musterte mich von oben bis unten. »Warum kommst du so spät nach Hause, Kind. Bist du hingefallen?«
Wenn ich bloß hingefallen wäre. Dann würde sie mir die Wunden verbinden, und alles wäre wieder gut. Ich schüttelte den Kopf.
»Also?«
»Nichts.«
Meine Augen waren noch lange nicht leer geweint. Sie nahm mich in den Arm. Sie roch nach Garten, nach Wäsche, nach der Suppe, die auf dem Herd kochte, nach meinem Vater, sogar nach meinem Großvater roch sie. Sie roch nach allem, was ich kannte.
»Ward«, sagte ich nur.
»Er geht fort, nicht wahr?«, sagte sie sanft.
Ich zuckte mit den Schultern. »Ich glaube, ja.«
»Seine Mutter«, sagte sie noch sanfter. »Sie ist zu nett zu den Deutschen.«
Sie sagte nicht, dass ich noch zu jung war, dass später bessere Jungs kämen und so weiter. Mit beiden Armen zog sie mich fester an sich. »Er ist ein guter Junge«, seufzte sie. »Albrechts soll ihn in Ruhe lassen. Dieser Mann ist das reinste Gift.«
Ich schlang die Arme um sie und lehnte mich an sie. So blieben wir stehen, mitten im Zimmer. Vier Wände waren um uns herum gebaut worden, und darin ein großes Fenster, durch das wir den Rest der Welt sehen konnten.

Ward schloss sich der VNV-Jugend von Hasselt an. Er erzählte so begeistert von den Versammlungen, dass mir kotzübel wurde. Er sagte, er verstehe das nicht, woraufhin ich ihm erklärte, warum mir schlecht wurde, dann stritten wir uns. Jedes Mal wieder. Und es half nichts. Er blieb begeistert, egal, wie übel mir von seinen Erzählungen wurde. Dennoch sahen wir uns weiterhin. Mein Vater hatte Jef und mir noch einmal ins Gewissen geredet: Wir sollten den Umgang mit Ward abbrechen. Wir trafen ihn trotzdem. Mein Vater brauchte nicht alles zu wissen. Ich gab die Hoffnung nicht auf, dass Ward es sich noch mal überlegen und nicht weggehen würde. Ich hörte nicht auf zu hoffen, dass er nicht so dumm war und rechtzeitig einsehen würde, dass es ein Fehler war. Ich mochte ihn so sehr. Inzwischen war ich wütend, dass ich ihn so sehr mochte. Das Küssen wurde anders. Zwingender. Es war, als würde ich versuchen, mich an ihm festzusaugen. Und er saugte sich an mir fest. Doch zugleich lachte er meine Fragen weg. Ich hasste dieses Lachen. Als würde ich nichts verstehen, so lachte er dann.

Aber er konnte auch anders lachen. Als wäre nichts in der Welt wichtig, nur ich. Und dann schmolz ich dahin.

Die Männer der Widerstandsbewegung

Eines Tages in Mai, wir kamen gerade aus der Schule, wartete mein Vater auf uns. Wir sollten sofort hereinkommen. »Du nicht, Kleiner«, sagte er zu Remi, »geh mit ihm spazieren, meine Blonde.«
Meine Mutter verschwand mit Remi, Jef und ich gingen hinein. Mein Vater machte die Tür hinter uns zu. Es war etwas ganz Schlimmes passiert, das war klar.
»Ihr werdet euch nicht mehr mit Ward treffen.«
»Aber«, fing Jef an.
»Du hast mich gehört. Ihr brecht den Umgang mit ihm ab. Ihr sprecht nicht mehr mit ihm, ihr macht nichts mehr zusammen.« Er schaute mich an. »Verliebt oder nicht, es ist mir egal. Es gibt noch andere Jungen auf der Welt.«
»Pa«, fing ich an.
»Sie waren hier. Männer der Untergrundarmee. Ja, jetzt erschreckt ihr. Eure Mutter und ich dachten, unsere letzte Stunde hätte geschlagen. Sander, sagten sie, wir wissen, dass ihr anständige Leute seid, aber deine beiden Ältesten, die solltest du besser kontrollieren.« Er schwieg und sah Jef an.
»Du warst bei Versammlungen vom VNV?«
»Ich ...«, fing Jef an.
»Wage es ja nicht, mich anzulügen! Die Männer der Wider-

standsbewegung wissen alles, Jef, alles. Sie haben überall ihre Spione.«

Jef nickte mit gesenktem Kopf.

»Wie konntest du nur so blöd sein, Jef! Der VNV steht auf der Seite der Deutschen, kapierst du das denn immer noch nicht?«

Jef öffnete den Mund, um etwas zu sagen. Schloss ihn wieder.

»Versucht Ward, dich zu überreden? Du musst aufpassen mit dem Burschen, Jef. Jetzt erst weiß ich, wie gefährlich er ist. Vermutlich wird er nach den Abschlussprüfungen an die Ostfront gehen.«

»Vermutlich«, sagte ich, »es ist noch nicht sicher.«

»Ach, Renée«, sagte mein Vater, »mach dir doch nichts vor. Sie sagen, dass er schon eine Uniform hat und bereit ist, loszufahren.«

»Ich habe ihm schon tausendmal gesagt, dass er nicht gehen darf, Pa.«

»Und es nützt nichts, Kind, oder?«

Ich biss mir auf die Lippen. »Nein«, sagte ich leise.

»Es macht dich fertig, Kind, ich sehe doch, wie dünn du geworden bist.«

Ich zuckte mit den Schultern. Ich wusste, dass ich dünn geworden war. Ich hatte schon seit einiger Zeit kaum Hunger.

»Jef«, sagte mein Vater, »schau mich an. Du hast doch nicht etwa vor, Ward zu folgen?«

»Ward ist mein Freund, Pa. Mehr nicht.«

Mein Vater seufzte. »Es gibt gute Freunde und schlechte Freunde, Jef.«

Jef sagte nichts.

»Wer sich mit Kollaborateuren abgibt, ist selbst einer«, sagte mein Vater.

»Das stimmt nicht!«, sagte ich.

»Das sagst du«, sagte mein Vater. »Die Leute von der Widerstandsbewegung sind anderer Meinung. Ihr bringt uns alle in Gefahr, wenn ihr weiter mit Ward umgeht. Wir müssen diesen heutigen Besuch sehr ernst nehmen. Ich habe sie davon überzeugen können, dass wir keine Kollaborateure sind. Ich habe ihnen erzählt, dass ihr nichts Böses vorhabt, dass wir nichts von Wards Plänen gewusst haben, dass ich ein ernstes Wörtchen mit euch reden würde, dass wir uns als Familie nicht in den Krieg einmischen und es auch weiterhin nicht tun werden, egal, wie lange er noch dauert. Und sie haben mir geglaubt.«

Er lächelte kurz. Dann wurde sein Gesicht wieder ernst. »Nicht nur, weil es die Wahrheit ist, was ich sage, aber vor allem, weil Theo dabei war.«

»Theo?«, wiederholten Jef und ich gleichzeitig.

»Theo«, sagte mein Vater, »ist einer der Größten der Widerstandsbewegung geworden. Er ist wütend auf Ward. Dass sein eigener Neffe solche falschen Entscheidungen treffen kann.« Er seufzte wieder. »Haltet euch also fern von Ward. Wir können kein Risiko eingehen.«

Als er am nächsten Morgen auf uns wartete, fuhren wir an ihm vorbei. Er holte uns ein, und ich sagte ihm, dass wir uns nicht mehr mit ihm treffen durften. Er fragte, ob es aus sei zwischen uns. Ich antwortete nicht. Er sagte, er würde es verstehen. Er blieb am Straßenrand stehen, Jef und ich fuhren weiter. Ich schaute mich um, als ich am Schultor ankam. Ganz weit weg radelte er, Hunderte von Metern hinter uns.

Heldenmut

Es war sechs Uhr am Morgen.
Wir saßen bei den großen Teichen außerhalb des Dorfs. Die Sonne war gerade aufgegangen, in gut einer Stunde würde die Kälte der Nacht völlig verschwunden sein. Nicht, dass mir kalt war. Wir saßen eng zusammen, eine Decke über den Schultern. In unserem Eimer schwammen schon fünf Karpfen, zu Hause würden sie zufrieden sein.
»Ich werde dich vermissen, Jef«, sagte er.

Renée konnte ihn loslassen, ich nicht. Ich war sein einziger Freund geworden. In der Schule wussten sie, dass er weggehen würde. Hinter seinem Rücken wurde darüber gelästert, in seiner Anwesenheit wurde geschwiegen. Wenn er wollte, würde er sie alle unter den Tisch reden. Aber er schwieg ebenfalls.
Niemand versuchte, ihn daran zu hindern. Wer beim VNV war, hatte mächtige Freunde. Das war bekannt.
Wenn jemand in der Nähe war, sprachen wir nicht miteinander. In der Schule hielten wir mittels Zettelchen Kontakt, die wir heimlich austauschten. Alles stand da drin, seine Pläne, die Schritte, die er schon unternommen hatte, was sie bei der Versammlung gesagt hatten, wie schwer der Kampf an der Ostfront war und dass sie ihn unbedingt brauchten. Und dass er Albrechts vermisste.

Ich vermisste Albrechts auch. Aber natürlich nicht so sehr, wie Ward ihn vermisste, ich hatte ihn nicht so gut gekannt.
Ward hatte jetzt nur noch mich. Endlich nahm er mich wirklich wahr.

Ein paar Tage später war es so weit. Endlich würden wir unsere Abschlusszeugnisse bekommen. Ich hatte alle meine Prüfungen ziemlich gut bestanden, ich war genauso froh darüber wie Ward mit seinem cum laude.
Ich hatte meinem Vater gesagt, dass ich in der Grube arbeiten würde. Er war wütend. Um zu studieren, brauche man Charakter, sagte er, und dass ich zu wenig Mumm hätte.
In der Grube würde ich sehr hart arbeiten müssen, dazu brauche es auch Charakter.
Jeder kriecht in die Grube, sagte mein Vater daraufhin, die Trottel zuerst.
Ward hatte mehr Glück als ich. Er konnte einfach tun, was er wirklich wollte. Am Freitag würde er schon abreisen, es gab keinen, der ihn aufhielt.

Niemand wusste, dass wir bei den Teichen waren. Ich wollte ihn sehen, bevor er abreiste, ihm sagen, was ich ihm sagen wollte. Und nun, da wir hier saßen, wusste ich nicht mehr, was ich hatte sagen wollen.
»Träumst du gerade?«, fragte Ward.
»Ich wollte, ich könnte mitkommen«, seufzte ich.
»Ich werde dich vermissen«, sagte er wieder. »Ich werde dir schreiben. Und du musst zurückschreiben.«

»Ich schreibe, so viel ich kann«, versprach ich.
»Ob ich mich traue, Renée zu schreiben?«
Dachte er immer noch an sie? Sie hatten sich schon seit Wochen nicht mehr getroffen. Sie würde ihm nicht zurückschreiben. »Du kannst es ja versuchen«, sagte ich zögernd.
»Versuchen schadet nicht.«
Ob sie es zu Hause schlimm finden würden, wenn ich Briefe von Ward bekäme? Mit Briefen würden sie vielleicht leben können.
Verdammt. Dieses ganze Getue. Obwohl unsere Freundschaft eine echte Freundschaft war. Er konnte sich immer auf mich verlassen. Er wusste das. Er schätzte es. Sonst hätten wir nicht dagesessen, eng aneinander, mit einer Decke um die Schultern.
Es gab niemanden, mit dem ich lieber zusammen war.
»Ich komme mit«, sagte ich.
Endlich hatte ich den Mut gefunden. Niemand würde mich aufhalten können. »Um wie viel Uhr reist ihr Freitag ab?«
»Früh am Morgen«, sagte er. »Aber du kannst nicht einfach so mitkommen.«
Ich schaute ihn entsetzt an. »Wieso, warum nicht?«
»Deine Eltern würden dir nie verzeihen.«
»Deine Mutter war ja zuerst auch nicht einverstanden, dass du weggehst«, sagte ich.
Er hatte es mir erzählt. Wie sie Himmel und Hölle in Bewegung gesetzt hatte, um ihn zurückzuhalten.
»Sie hat Angst, dass ich erschossen werde. Aber die Führer des VNV haben uns versichert, dass wir nicht direkt in die Schusslinie kommen. Ich habe es ihr hundertmal erklärt und

auch, warum ich gehen möchte. Sie vertraut mir, sie findet es gut, dass ich etwas für unser Volk tun möchte.« Er sah mich strahlend an. »Warte nur, bis wir die Russen zurückgedrängt haben. Das ganze Land wird stolz auf uns sein.«
»Ich komme mit.«
»Du hast aber alle Vorbereitungen verpasst.«
»Mein Vater hätte mich ermordet, wenn ich weiter hingegangen wäre. Aber für mich waren die paar Male genug, um zu wissen, was ich will.«

Wir schwiegen. Schauten auf unsere Angeln. Die Schnüre hingen unbeweglich im Wasser.
»Ich werde bestimmt nicht mein ganzes Leben lang nur das tun, was mein Vater für richtig hält«, sagte ich.
Ward seufzte. »Weißt du was«, fing er an, »ich gehe morgen kurz bei unserem Feldgeistlichen vorbei, komm doch mit, er wird dir sagen, was du tun sollst. Er ist ein großartiger Kerl. Er reist mit uns nach Sennheim. Dort wird er uns den flämischen Offizieren übergeben. In Sennheim werden sie uns zu echten Soldaten ausbilden, ich freue mich so darauf, Jef, weißt du.«
Ich schluckte. »Ich komme mit«, sagte ich zum soundsovielten Mal.
Er sah mich lange an. Ich wandte den Blick nicht ab. Er durfte ruhig sehen, dass es mir ernst war.
Dann lächelte er. »Und jetzt angeln wir weiter.«
Ich hätte ihn am liebsten umarmt, ihm einen Kuss auf seine schönen schwarzen Haare gedrückt. Es brauchte Mut für das, was wir vorhatten. Wir hatten diesen Mut. Und später wür-

den sie sagen, dass sie das immer schon in uns gesehen hatten. In ihm und in mir. Heldenmut.

Den Rest des Vormittags fing ich einen Fisch nach dem anderen.

Die Abreise I

Es war ein strahlender Sommertag. Ich lief mit Remi durch die Felder nach Hause, auf der Schubkarre vor uns standen zwei kleine Milchkrüge. Wir kannten einen Bauern, der sie uns mit viel Freude füllte, heimlich, hinter dem Rücken der Deutschen.
Von weitem sahen wir jemanden, der mit dem Fahrrad auf uns zukam. Wenn es nur kein Deutscher war. Oder jemand von der schwarzen Brigade. Der Bauernhof lag sehr abgelegen, aber die schwarze Brigade war überall.
»Es ist Ward«, sagte Remi fröhlich. »Das ist lange her.«
Ward? Warum kam er hierher? Er hielt vor uns an. »Schön, euch hier zu sehen«, sagte er und lachte. »Ich habe euch gesucht. Zum Glück wusste Jef, wo ich euch finden würde.«
So ein Dummkopf, der Jef. Ward zu uns zu schicken. Ich durfte ihn nicht sehen, schon gar nicht mit Remi in der Nähe.
»Ich kann es noch«, sagte Remi.
»Lass mal hören.«
Remi steckte seine Finger in den Mund und pfiff. Es klang klar und lang. Ward klatschte in die Hände. »Bravo«, sagte er, »bravo, Remi! Wie alt bist du jetzt, sieben? Ich konnte erst pfeifen, als ich zehn war.«
»Ich bin schon acht«, sagte Remi.
»Schon acht«, wiederholte Ward. »Das ist sehr tüchtig. Ich

wette, dass deine Schwester nicht auf den Fingern pfeifen kann.«

»Mein Bruder auch nicht«, sagte Remi. »Wann kommst du mal wieder vorbei?«

»Ich komme nicht mehr vorbei«, sagte er zögernd.

Er wollte also tatsächlich wegfahren. Mein Magen zog sich zusammen. Es ist die Sonne, sagte ich mir, die Hitze auf den Feldern.

»Wann?«, fragte ich.

»Morgen.«

»Nein«, sagte ich. »Du irrst dich.«

»Renée.«

Ich umklammerte die Griffe der Schubkarre mit beiden Händen.

»Renée«, sagte er sanft.

Die ganzen Wochen hatte er offensichtlich immer noch gehofft. Obwohl er es natürlich besser wissen müsste.

Remi zog an meinem Ärmel. »Du bist so komisch«, sagte er.

»Ich fühle mich nicht gut.«

»Geh heim, Remi«, sagte Ward.

»Bleib da«, sagte ich. Ich legte den Arm um Remi und zog ihn an mich.

»Du kannst nicht weggehen«, sagte ich zu Ward.

»Alles ist geregelt.«

Ich sah ihn entsetzt an. Ich stand immer noch auf dem Feldweg, Remi an mich gedrückt und Ward neben mir, aber zugleich stand ich nicht hier. Es gab nichts mehr zu hoffen. Ich hatte nicht gewusst, dass das so weh tun konnte.

»Wo gehst du hin?«, fragte Remi.

»Nach Deutschland.«
»Dort kämpfen sie«, sagte Remi. »Der Lehrer hat es erzählt.«
»Ich weiß«, sagte Ward. »Ich werde den Menschen helfen.«
»Ach, hör auf«, sagte ich wütend. »Was für ein Geschwätz.«
»Menschen helfen?«, wiederholte Remi.
»Ich werde etwas Gutes tun, etwas Gutes für uns alle.«
»Geh weg«, sagte ich. Ich ließ Remi los und versetzte Ward einen so festen Stoß, dass er fast hinfiel. »Wir gehen nach Hause«, sagte ich zu Remi. »Geh du schon mal voraus.«
Er nickte ernsthaft. Der Kleine verstand immer alles.
»Wenn du zurückkommst, wirst du mir das Saxophonspielen beibringen. Du hast es mir versprochen. Als du mir das Pfeifen auf den Fingern beigebracht hast. Ich müsste noch wachsen, hast du gesagt. Wer weiß, wie groß ich schon bin, wenn du wieder zurückkommst.«
»Wer weiß«, wiederholte Ward. Er biss sich auf die Lippe. Es ging ihm nahe. Gut so.
Dann schlug Remi die Arme um Wards Taille, höher kam er noch nicht. »Pfeif schön weiter auf deinen Fingern«, sagte Ward.
»Lass Remi in Ruhe.«
»Jetzt geh«, sagte Ward zu ihm.
Und Remi ging.
Da standen wir also, die Schubkarre zwischen uns. Ich würde ihn fragen. Ein einziges Mal. Und dann nie wieder.
»Und wenn du jetzt nicht gehen würdest? Wenn du doch hierbleiben würdest?«
Er antwortete nicht.

Verdammt, ich hätte den Mund halten sollen. Ich nahm die Griffe der Schubkarre und wollte gehen.
»Ich werde dir schreiben«, sagte er. »Schreibst du mir zurück?«
Wie kam er nur auf die Idee, dass ich zurückschreiben würde? Nicht mal einen Satz würde er von mir bekommen, nicht mal einen halben. Er war es nicht mehr wert.
»Ich erzähle dir alles. Es wird so sein, als wäre ich nicht weg.«
»Aber du bist weg. Und ich will nicht wissen, was du dort drüben machst. Es kann nichts Gutes sein. Jedes Mal wieder zu sehen, wie dumm du bist, darauf habe ich wirklich keine Lust.«
»Ich habe nicht vor, dumme Sachen zu machen.«
Wut stieg in mir auf, füllte meinen ganzen Körper und alle Poren, setzte sich sogar hinter meinen Augen fest. Ich erschrak. So etwas Heftiges hatte ich noch nie gespürt.
»Menschen helfen. Schämst du dich denn nicht? Wie kannst du dir in Gottes Namen so etwas einreden?«
»Mich schämen?« Seine Verwunderung klang so aufrichtig, dass ich für einen Moment meine Wut vergaß.
Ich schüttelte den Kopf. »Ich habe mich geirrt.« Ich nahm die Schubkarre und begann zu laufen.
»Renée«, rief er.
Ich schaute mich nicht um. Nichts würde er von mir noch bekommen, keinen Blick, kein Wort. Ich hörte sein Fahrrad im Sand hinter mir. Da war er schon. »Renée.«
Ich reagierte nicht. Ich schaute mich nicht um und ging auch nicht zur Seite. Als ich am Ende des Pfads war, fuhr er an mir vorbei. Er schaute sich um. Er winkte. Ich schaute durch ihn hindurch. Ich sah ihn schon nicht mehr. So schnell kann man jemanden vergessen.

Die Abreise II

Ich konnte nicht schlafen. Die ganze Nacht lag ich wach und dachte nach. Dass man so viele verschiedene Gedanken haben konnte. Zum Verrücktwerden.
Ich setzte mich aufrecht hin. Feucht vor Schweiß. Der Kleine neben mir schlief noch. Ich durfte ihn jetzt nicht aufwecken. Wenn ich weggehen würde, dann in aller Stille. Wie ein Dieb in der Nacht. Die einzige Methode, die in diesem Haus möglich war.

Meine Hose lag auf dem Boden. Ein Brief war drin. Einer der vielen, die Ward mir gegeben hatte.
Ich las ihn zum soundsovielten Mal. Es war ein Text von Reimond Tollenaere, einem der großen VNV-Führer. Der Mann war an der Ostfront umgekommen. Im Kampf gegen die Russen. Wir wussten, dass unsere Soldaten umkommen konnten. Wir waren nicht naiv.

Kameraden!

Wir können und wollen niemanden verpflichten. Wir lassen sogar nicht zu, es sei denn als große Ausnahme, dass Väter aus kinderreichen Familien oder militante Mitglieder, die eine Arbeit haben, in der sie unabkömmlich sind, sich anmelden.

Sie alle werden mit Ihrem Gewissen vereinbaren, ob Sie sich für die Fremdenlegion anmelden oder nicht. Ihnen muss aber die große Bedeutung dieser Legion bewusst sein. Zum ersten Mal seit Jahrhunderten darf das flämische Volk seine eigenen Soldaten haben. Geführt von flämischen Offizieren, kämpfend unter der Löwenfahne, werden flämische junge Männer in Russlands Steppen Zeugnis ablegen vom Lebenswillen unseres Volkes.
Außerdem dürfen wir Deutschland nicht alleine lassen. Wenn wir jetzt mit unseren Taten beweisen, dass wir bereit sind, gegen den gemeinsamen europäischen Feind, den Bolschewismus, zu kämpfen, dann werden wir auch später, beim Aufbau des neuen Europas, das Recht haben, unsere Wünsche zu äußern.
Wir wollen als Kameraden neben der deutschen Armee stehen.
Ihre Anmeldung bei der flämischen Legion ist die schönste Tat, die Sie jetzt für Flandern verrichten können.
Wir hoffen, dass viele sich zu dieser Tat entschließen werden.
Es geht um unser Volk.
Es geht um die Rettung Europas.
Es geht um unser Recht, in dieser Zeit unsere Wünsche zu äußern.

R. Tollenaere
Kommandant-General
der Deutschen Miliz – Schwarze Brigade

Für die Rettung Europas. Für unser Volk. So leise wie möglich stand ich auf, zog Hose und Hemd an. Den Brief steckte ich wieder in meine Hosentasche.
Ich öffnete die Tür. Sie quietschte. Ich sah mich noch einmal

um. Der Kleine schlief weiter. Es war fast ein Wunder, normalerweise wachte er beim kleinsten Geräusch auf.
Nichts würde mich noch aufhalten. Ich konnte einfach gehen.

Ich öffnete die Haustür. Ich setzte mich auf die Türschwelle.
Die schönste Tat.
Zu Hause würden sie gar nichts verstehen. Vielleicht würden sie mich sogar verstoßen. Aber Ward verstand mich. Das reichte.
»Jef?«
Das konnte nicht wahr sein. Der Kleine war wach. Jetzt sollte ich gehen. Jetzt.
»Jef?«
»Ja, Kleiner?«
»Stehen wir schon auf?«
»Komm, setz dich kurz zu mir.«

Ward fuhr ohne mich ab.
Mein Vater hatte recht. Mir fehlte es an Mumm.
Ich hatte kein Rückgrat. Ich war ein absoluter Schisser.

1945

Ein Affentheater

Ich wurde für die Nachtschicht zugelassen. Ab jetzt werde ich tagsüber schlafen und mir nachts die Gedanken aus meinem Leib schwitzen. Doch zur Zeit bin ich krank. Sie werden das nicht lustig finden. Sie werden verstehen, dass man nicht einfach so krank wird. Sie haben recht. Mir wird hundeelend werden, weil es so sein muss.
»Was tut dir weh?«, fragt Renée.
»Alles«, sage ich. »Alles tut weh.«
»Wie lange schon?«
»Seit einer Stunde. Seit ich aufgewacht bin.«

Der Doktor wird gerufen. »Versuch mal, aufzustehen, Jef.«
Mein Vater erscheint. »Steh auf, Jef!«

»Ruhig, Sander«, sagt der Doktor.
»Er kann jetzt nicht krank werden.« Ich höre die Verzweiflung in seiner Stimme. »Nicht jetzt, verdammt nochmal.«
Meine Mutter schiebt ihren Arm durch den meines Vaters und zieht ihn aus dem Zimmer. In weniger als einer Woche werde ich wieder gesund sein. So lange müssen sie Geduld haben.
»Na?«, fragt der Doktor, als wir allein sind.
»Meine Beine«, fange ich an.
»Was ist mit deinen Beinen?«

»Als wären sie aus Papier.«
Ich habe geübt, wie es ist mit Beinen wie Papier. Ich muss mir einfach nur einbilden, dass ich keine Knie habe.
»Versuch mal, zu stehen.«
Ich versuche, mich aufzurichten und setze mich auf die Bettkante. Der Doktor nimmt meinen Arm und will mich hochziehen.
»Halt«, sage ich, »nicht so schnell.«
Dann sacke ich in die Knie.
Er hilft mir aufs Bett und zwickt in meine Haut. »Spürst du das?«
»Ja.«
»Eigenartig. Setz dich mal wieder auf die Bettkante. Warte, ich helfe dir.«
Er zieht mich wieder hoch, holt einen kleinen Hammer aus seinem Koffer. »Mal sehen«, sagt er und schlägt damit an mein rechtes Knie. Sofort springt mein rechtes Schienbein hoch.
»Deine Reflexe sind hervorragend«, murmelt er, »ich verstehe überhaupt nichts. Und du hast keine Schmerzen?«
Ich verneine. Plötzlich erinnere ich mich an meinen Kopf und meinen Bauch. »Nicht in den Beinen«, sage ich schnell, »aber mein Kopf tut sehr weh und mein Bauch auch.«
»Hm. Leg dich mal wieder hin.«
Er zieht mir das Hemd hoch und drückt auf meinen Bauch.
»Au«, rufe ich, »au, au, au.«
Er schaut mich forschend an. »Tut es schon lange so weh?«
»Seit heute früh«, sage ich. »Seit ich im Bett liege. Ich habe heute noch nichts essen können.«

»Und dein Kopf, was ist damit?«

»Es sticht«, sage ich, »wegen dieser grellen Sonne. Manchmal sehe ich nichts vor lauter Kopfweh.« Jemand in der Arbeit hatte mir das erzählt. Dass Kopfweh so schlimm sein kann, dass man nichts sieht.

»Hast du jetzt Kopfweh?«

»Jetzt geht es. Aber gerade eben, Herr Doktor, da war es so …«

»Ich werde dir Ruhe verordnen«, unterbricht er mich. »Ruhe und leichte Mahlzeiten. Wenn es nach einer Woche nicht besser ist, müssen wir weitere Untersuchungen machen.«

»Muss ich im Bett bleiben?«

»Solange dir deine Beine nicht gehorchen, wird dir nichts anderes übrigbleiben«, sagt er.

»Ich mache mir Sorgen, Doktor.«

»Ein Mensch ist etwas sehr Kompliziertes, Jef. Die Dinge kommen und gehen, ohne dass wir darum bitten, geschweige denn, dass wir sie verstehen. Vielleicht ist es morgen früh wieder vorbei. Ich wünsche es dir.«

»Ich wünsche es mir auch, Herr Doktor«, seufze ich.

Morgen wird es noch nicht vorbei sein, morgen wird es nur noch schlimmer sein. Ich spüre, wie ich jede Sekunde fröhlicher werde. Ich ziehe meine Mundwinkel herunter und runzle die Stirn, so dass ich unglücklich aussehe.

Der Doktor nickt zum Abschied und zieht die Tür leise hinter sich zu. Sofort springe ich aus dem Bett und lege mein Ohr an die Tür.

»Vielleicht ist es die Grube«, höre ich ihn sagen, »vielleicht schafft er diese Arbeit nicht.«

»Unser Jef ist nicht sehr stark«, sagt mein Vater.
Wie wagt er es, so was zu sagen! Ich bin stark. Sonst hätten sie mich schon längst entlassen. Und hätten mich gewiss nicht für die Nachtschicht eingeteilt.
»Er kann jetzt nicht krank werden«, sagt mein Vater. »Am Sonntag wird er geehrt. Bis dahin ist er doch hoffentlich wieder gesund?«
»Ich bezweifle es«, sagt der Doktor und seufzt. »Ihm geht es wirklich nicht gut. Aber wer weiß, ein Wunder kommt meistens, wenn man es nicht erwartet.«
»Es ist eine Katastrophe«, sagt mein Vater. »Eine große Katastrophe. Victor wird wütend sein.«

Alles wird nach Plan verlaufen.

Ein einfaches Lied

»Komm, Remi, du darfst heute Abend mit«, sagt mein Vater.
Wieso darf ich mit? Ich darf sonst nie mit.
»Zieh dich warm an«, sagt meine Mutter zu mir, »Anfang Mai können die Abende noch kalt sein.«
Ich knöpfe meinen Mantel zu und folge Renée nach draußen. Mein Vater bindet seinen Instrumentenkasten auf dem Gepäckträger fest, senkt den Kopf zu Renée und flüstert ihr etwas ins Ohr. Ich schleiche mich so leise wie möglich heran.
»Es sieht nicht gut aus mit unserem Jef«, höre ich ihn sagen.
»Wenn kein Wunder geschieht, kann er Sonntag nicht zu seiner eigenen Ehrung.«
»Das wäre schlimm«, sagt Renée.
»Heute Abend möchte deine Mutter mal ruhig mit unserem Jef reden.«
»Warum möchte sie mit unserem Jef reden?«, frage ich.
»Halt dich da raus, kleiner Naseweis«, sagt mein Vater.
Der Kleine darf es wieder mal nicht wissen. Deshalb darf der Kleine mit zur Probe, damit meine Mutter mit Jef über seine Krankheit reden kann. Unser Jef braucht ein Wunder? Na dann, der Kleine wird ein Wunder vollbringen, und Jef wird am Sonntag in der ersten Reihe sitzen.
Ich springe auf mein Fahrrad und fahre als Erster davon.
»Remi«, brüllt mein Vater.

Ich tue so, als würde ich ihn nicht hören. Ab jetzt werde ich ganz fest an mein Wunder denken. Ich werde etwas ganz Schönes machen. Sie werden staunen, alle, und sie werden endgültig aufhören, mich Kleiner zu nennen. Endgültig. Endgültig.
Sie holen mich ein. Sie keuchen. Ich keuche nicht.
»Kleiner«, keucht mein Pa.
»Ich heiße Remi.«
»Remi«, keucht er noch stärker als vorher, »wir erzählen niemandem etwas über unseren Jef, verstanden?«
»Schweigen ist lügen«, murmele ich.
»Dann werden wir lügen«, sagt mein Vater. »Uns allen zuliebe. Verstanden?«
Ich sage nichts.
»Verstanden?« Er fährt jetzt neben mir. Ich höre, wie er keucht. Ich höre, dass er wütend ist. Ich höre es an den Flüchen, die ihm im Hals stecken bleiben. *Du sollst kein falsches Zeugnis reden wider deinen Nächsten*, denke ich. Ich fahre, so schnell ich kann. *Du sollst deinen Vater und deine Mutter ehren.* Ich werde schweigen und nichts von Jef erzählen. Aber ich denke, was ich will.
Der Dirigent ist der Kleinste von uns allen, aber er hat die lauteste Stimme und die längsten Arme. Mit seiner lauten Stimme sagt er, dass ich willkommen bin, und mit seinen langen Armen bedeutet er mir, wo ich mich hinsetzen soll, vorn, in die erste Reihe im Saal.
Alle Musiker setzen sich auf das Podium. Sie legen die Noten auf ein eisernes Ding vor ihrer Nase und fangen alle an, durcheinander zu blasen. Es klingt so falsch, dass ich fast anfange zu

lachen. Ich schlage die Hände vor den Mund, damit mir kein Ton entweicht, denn ich hatte versprochen, still zu sein.
Ich spüre eine Hand auf meiner Schulter. Erschrocken lasse ich die Hände fallen. Der Dirigent setzt sich neben mich.
»Gleich wird es wirklich viel besser klingen«, sagt er. Er lächelt mich freundlich an. »Du bist Remi, nicht wahr? Ich bin Victor. Spielst du auch ein Instrument?«
»Trompete«, sage ich, »ich habe sie von meinem Bruder Jef bekommen.«
Oh, jetzt habe ich seinen Namen ausgesprochen. Wenn der Dirigent jetzt bloß nichts fragt. Wie es Jef geht und so.
»Es wird ein schönes Fest werden am Sonntag«, sagt er.
Wenn mein Wunder gelingt, denke ich.
»Schade, dass er nicht mehr spielen will. Du übernimmst also die Fackel.«
Ich nicke.
»Du hast mich neugierig gemacht«, sagt Victor. Er steht auf.
»Jetzt ist es aber Zeit für die Herren da oben. Pardon, die Herren und Dame.« Er stellt sich vorn auf das Podium, klatscht in die Hände, streckt seine Arme steif in die Luft. »Sind alle bereit?« Er dreht sich kurz zu mir um. »Bereit?«, fragt er ernst. Als würde ich mitzählen. Obwohl ich gar nichts mache.
»Ja«, sage ich, woraufhin er sich dem Podium zuwendet. »Wir spielen zuerst das Programm durch, und dann wiederholen wir die Stücke, die noch nicht so gut gehen. Ich möchte, dass alle sich konzentrieren und ihr Bestes geben. Heute Abend werden wir jede Sekunde brauchen.«
Alle nicken. Meinen Vater sehe ich nicht, der sitzt irgendwo ganz hinten. Renée sitzt ganz vorne, in der Mitte, direkt vor

Victor. Ihre Locken glänzen unter den Lampen über dem Podium.

Nach einer halben Minute klatscht Victor zweimal in die Hände. Die Musik hört auf, alle lassen ihre Instrumente sinken. »Leiser«, sagt Victor. »Viel leiser, bitte. Gleich blast ihr Remi noch aus dem Saal hinaus.«

Sie spielen weiter.

Die Musik klingt so schön. Es ist, als wäre das Meer auf dem Podium. Ich habe schon Fotos vom Meer gesehen. Sehr viel Wasser zusammen ist das Meer, und das Wasser macht lauter Wellen, kleine, große und ganz große. Das Meer auf dem Podium macht auch Wellen. Die Wellen werden Melodien, und es gibt eine Melodie, die sich immer wiederholt. Ich kann sie einfach so mitsingen.

Plötzlich steht Renée auf, und alles um sie herum wird still, nun ja, fast alles. Fast, als würde das Meer leerlaufen. Sie bläst einen langen Ton, dann noch einen, etwas höher und noch leiser als vorher.

Victor winkt mit den Armen, und die Wellen kommen zurück, psssst, bedeutet Victor, leise, ganz leise, nicht zu schnell, nicht zu laut, und da ist die Melodie wieder, diese eine Melodie, und sie erklingt noch mal und noch mal, und jetzt bläst Renée auch diese eine Melodie, und jetzt klingt sie ganz laut und hoch, und gleich fliege ich noch über alle Stühle hinweg nach draußen, über die Felder durch die Luft in den Himmel hinein. Was für ein Wunder, werden sie dann sagen. Es ist vorbei. Mucksmäuschenstill ist es plötzlich.

»So soll es klingen«, sagt Victor. Er dreht sich zu mir um. »Und?«, fragt er.

»Sehr schön«, sage ich.
Er lächelt. Alle lächeln mir zu. Dann dreht Victor sich wieder um. Er tickt mit seinem Stab auf das eiserne Ding vor ihm.
»Es geht weiter.«

Es ist spät, als die Probe zu Ende ist. Die Musiker verstauen ihre Instrumente. Victor redet noch kurz mit meinem Vater und Renée. »Die erste Reihe ist für euch reserviert«, höre ich ihn sagen. »Und für den Bürgermeister, den Pfarrer und noch ein paar Gäste.« Ich sehe, wie mein Vater nickt. »Sonntag wird ein Festtag«, sagt Victor.
»Aber sicher«, sagt mein Vater. Obwohl unser Jef todkrank ist. Gut, dass ich mir ein Wunder einfallen lassen werde. Aber ich habe immer noch keines gefunden.
Victor klopft mir auf die Schulter. »Du hast es genossen, nicht wahr? Möchtest du mitmachen bei der Blaskapelle?«
Ich nicke heftig.
»Er ist erst zehn«, sagt mein Vater.
»Er hat viel Talent«, sagt Renée.
»Ich kann schon drei Lieder spielen.« Und ich kann auch auf meinen Fingern pfeifen, auf allen Fingern.
»Wenn dein Vater es erlaubt«, sagt Victor.
»Pa?«
»Hm. Wir werden sehen.«
»Pa!«
Mein Vater lacht mir zu. »Ist schon gut. Wenn du willst, darfst du es versuchen. Aber du musst ein Jahr durchhalten, in Ordnung?«
»Natürlich, Pa«, sage ich. Ich möchte ihn küssen, so glücklich

bin ich, aber er hat sich schon umgedreht und läuft mit seinem Instrumentenkasten zur Tür.
»Sander«, rufen ein paar Männer, »heute kein Bierchen?«
»Nein«, ruft mein Vater zurück, »heute nicht. Ich muss den Kleinen nach Hause bringen.«
»Ich kann auch mit Renée fahren«, sage ich.
»Ich möchte wissen, wie es Jef geht«, seufzt mein Vater.
»Komm, wir gehen.«
Wir gehen hinaus. Ich schaue zu, wie Renée ihren Instrumentenkasten auf dem Gepäckträger befestigt. Plötzlich höre ich diese eine Melodie wieder. Sie erklingt so stark, dass ich nicht anders kann, als sie zu singen. Renée blickt auf. Sie fängt an zu lachen. »Dass du dir das gemerkt hast. He, Pa, hör mal, wie gut unser Remi sich alles merken kann! Sing es noch mal.«
Ich singe. Die Melodie und die nächste Melodie. Ich singe den leisen Ton, das Meer, das sie spielte. Als ich nichts mehr weiß, höre ich auf.
Sie schauen mich an, beide. Sie sagen nichts. Sie schweigen zu lange.
»Das ist nicht normal«, sagt mein Vater dann. »Du bist ein kleines Wunder, weißt du das?«
Kleines Wunder?
»Es ist ein ganz spezielles Stück«, sagt Renée. »Victor hat es selbst geschrieben. Für unseren Jef. Es handelt von unserem Jef. Und vom Krieg. Wie dreckig der Krieg war. Victor hat im Krieg viel mitgemacht. Er ist froh, dass Männer wie Jef sich gewehrt haben. Es ist ein Stück, das schwer zu spielen ist. Und du singst es einfach so, als hättest du es dir gerade selber ausgedacht.«

Sie schlägt ihre Arme um mich. Sie riecht nach Blumen. Ich wusste nicht, dass Renée nach Blumen riecht. Sie drückt mir einen Kuss auf die Stirn. »Komm, Pa«, sagt sie, »wir gehen nach Hause. Vielleicht ist unser Jef inzwischen einfach wieder gesund, wer weiß.«
»Wer weiß«, sagt mein Vater.
Dann schauen mich beide gleichzeitig an und lächeln breit. Wenn jetzt die Uhr zwölf schlägt, bleibt ihr Gesicht für immer so.
»Wie spät ist es?«, frage ich.
»Halb zwölf«, sagt mein Vater. »Halb zwölf! Remi, Remi, dass du bloß morgen rechtzeitig aus dem Bett kommst!«
»Ich bin nie müde«, sage ich.
Er hat Remi gesagt, denke ich, sogar zweimal hintereinander. Und plötzlich weiß ich, welches Wunder ich vollbringen werde. Ich werde ein Lied für Jef machen, ein einfaches Lied, denn so gut bin ich noch nicht. Aber Gust hat gesagt, ein Wunder darf auch einfach sein.
Fünf Minuten später sind wir zu Hause, so schnell sind wir gefahren.
Meine Mutter weint, als wir hereinkommen.
»Geht schlafen«, sagt mein Vater zu Renée und mir. Aber Renée bleibt unten an der Treppe stehen. Ich lehne mich an sie und versuche, kein einziges Geräusch zu machen. Meine Mutter weint, und meine Mutter weint sonst nie.
Sie sitzt am Tisch, mit dem Rücken zu uns. Mein Vater legt den Arm um sie. »Aber meine Blonde, meine liebste Blonde, was ist los?«
Unser Jef, schluchzt meine Mutter, und dass er so viele

Schmerzen hat. Dass wir alle fest beten müssen, sonst wird es vielleicht nie wieder gut werden mit Jef.
Woraufhin mein Vater sich zu uns umdreht und sagt, dass, wenn wir jetzt nicht sofort ins Bett gehen, dann …

Ich schleiche mich in mein Zimmer und rutsche so leise wie möglich neben Jef ins Bett. Jef schläft, er schnarcht. Ich werde morgen üben, üben, üben, denn Jef braucht ein ganz besonderes Wunder.

Glück

Am zehnten April 1945 besetzten die Amerikaner Olpe und Umgebung. Katrina und ihr Kriegsbeschädigter werden wie durch ein Wunder in Ruhe gelassen. Der Bauernhof wird nicht beschädigt, das Haus nicht geplündert, das Vieh nicht geschlachtet.
Auf Katrinas Rat hin unterrichte ich die Kinder des Bäckers und Metzgers in Musik. Es bringt Brot und Wurst und Freundschaft ins Haus.
Katrinas Mann kommt nicht zurück. Es kommt kein Körper, den man begraben kann, aber ein Foto mit einer Kerze auf dem einzigen Schrank im Haus. Ein vermisster Soldat ist ein toter Soldat, sagt Katrina, und weiter sagt sie nichts mehr. Wir werden Meister im Schweigen über den Krieg.
Die frostige Kälte ist definitiv vorbei. Katrina hat Stecklinge in Dutzenden Töpfen gezogen, sie lockert die Erde in ihrem Gemüsegarten, stampft sie wieder fest, bis ihr Rücken ganz krumm ist, bereitet die Beete für die jungen Pflänzchen vor. Die Hühner legen Eier für das halbe Dorf, und die Kühe geben wieder Milch. Langsam kommen wir zu Kräften, und obwohl mein Bein nie mehr gesund wird, fällt mir das Laufen etwas leichter.
Durch den Bäcker lerne ich einen Schreiner kennen, und ich darf bei ihm in die Lehre gehen. In kürzester Zeit lerne ich,

Bretter, Tische, Schränke und Türrahmen zu schreinern. Mein Meister sagt, dass ich ein außergewöhnliches Talent für diesen Beruf habe. Ob ich nicht bei ihm arbeiten möchte, für einen guten Lohn.
Ich spreche mit Katrina. Sie braucht Leute, die auf dem Feld arbeiten können. Wegen meines Beines kann ich keine schwere körperliche Arbeit verrichten. Beim Schreiner kann ich mehr als genug Geld verdienen, um davon ein paar Arbeiter zu bezahlen. Und außerdem komme ich zu billigem Holz, um daraus für sie Schränke zu machen. Katrina ist einverstanden. Ich fange meine Arbeit beim Schreiner an und gebe weiterhin Musikunterricht.

Die Amerikaner sind auf der Suche nach deutschen Offizieren. Damit sie sie zuerst foltern und dann vor aller Augen erschießen können. Meine Papiere sind in Ordnung, ich bin nur ein kleines Würstchen. Ein einfacher verwundeter Soldat, der für das Vaterland kämpfen musste. Ich werde ein einziges Mal verhört und dann nie wieder. Für alle bin ich Martin Lenz aus Berlin.
Geschichten erreichen mich über aufgegriffene Ostfrontkämpfer, die erschossen werden. In Deutschland oder im eigenen Land. Ich höre von Folterungen, von lebenslänglicher Zwangsarbeit.

Abends schlafe ich nie sofort ein.
Denn abends überfallen sie mich, die Geister, sie pochen an meine Lungen, sie wollen hinaus, aber können nicht. Sie bleiben mir im Hals stecken, nehmen mir den Atem, meine

Laken werden nass vom Schweiß, ich stöhne auf meinem Bett, und mein Bett stöhnt mit mir, fast ersticke ich. Und dann ist es wieder vorbei. Ich falle in einen tiefen Schlaf und wache erst Stunden später auf, mit denselben Lücken im Gedächtnis.

Ich habe so viel Glück. Und es hält an.

Kleiner Dickkopf

Sonntagmorgen. Unser Haus steht kopf. Meine Mutter sitzt auf Jefs Bettrand, mein Vater steht an der Haustür und flucht alle Flüche, die er kennt, unser Remi sitzt auf einer Seite des Tisches und wärmt seine Trompete an, aus welchem Grund auch immer, und ich sitze auf der anderen Seite mit Jefs Anzug auf den Knien. Dem Anzug, den er in einer Stunde anziehen soll, am besten jetzt schon.
»Hör auf, Kleiner, hör um Gottes willen auf! Jetzt ist nicht der Moment, den Künstler heraushängen zu lassen!«
Remi beugt sich tiefer über seine Trompete und bläst weiter.
»Wenn ich sage, du sollst aufhören, dann hörst du auf, verstanden!«
Remi blickt kurz auf. »Nein«, sagt er und bläst weiter.
Mein Vater schlägt mit der Faust an den Türrahmen. »Kleiner Dickkopf«, sagt er. Die Worte kommen wie eine Explosion aus seinem Mund. Er geht zu Remi, und sein Arm nimmt in der Luft einen Anlauf. Ein harter Schlag folgt. Remi hört auf zu spielen. Sein linkes Ohr ist knallrot, seine linke Backe auch. Er schaut zu meinem Vater. Ich sehe, wie er eine Sekunde lang zögert, und dann sagt er: »Ich muss, Pa.« Und erneut setzt er die Trompete an die Lippen. Der Arm meines Vaters schwingt wieder durch die Luft.
»Pa«, rufe ich.

Meine Mutter kommt aus Jefs Zimmer gestürzt. »Was ist hier los? Ist es nicht schon schlimm genug? Lass den Kleinen in Ruhe!«

Mein Vater lässt den Arm fallen und seufzt tief. »Gestern sah es so gut aus, er hatte nur noch ein bisschen Kopfweh und konnte gehen. Zwar langsam, aber immerhin. Und heute Morgen, verdammt nochmal.« Er reibt mit der Hand über die Augen.

»Dann holen wir doch den Rollstuhl«, sage ich.

Der Rollstuhl war der Plan meiner Mutter. Pfarrer Vanhamel hat ihn ihr geliehen. Wir wollten ihn benutzen, wenn es Jef heute nicht besser gehen würde. Es ist weit zum Saal der Blaskapelle, aber wenn wir alle der Reihe nach den Stuhl schieben, wird es gehen.

»Es ist sein Magen«, sagt meine Mutter, »und sein Kopf. Er sagt, dass ihm jede Bewegung weh tut. Es wird nicht gehen.«

Keine Ehrung. Kein Fest.

»Wir haben so fleißig geübt«, sage ich.

»Ich weiß, Kind«, sagt meine Mutter. »Hoffentlich wird er jemals wieder gesund.«

»Mist«, seufzt mein Vater erneut.

Es ist still. Remi hat aufgehört zu blasen. Ich höre, wie er atmet, ich höre, dass er etwas sagen möchte. »Singen ist zweimal beten, und blasen ist zweimal singen«, sagt er, steht auf und läuft mit der Trompete in das Schlafzimmer.

»Belästige Jef jetzt nicht«, sagt mein Vater. »Du weißt, dass er wahnsinnige Kopfschmerzen hat.«

»Ich weiß«, sagt Remi. Er nimmt die Türklinke und drückt die Tür auf.

Das Wunder I

Vorsichtig mache ich die Tür hinter mir zu.
Es ist warm in unserem Zimmer. »Jef?«
»Hm?« Er hat das Laken über den Kopf gezogen. Seine Stimme kommt von weit weg, als würde er nicht auf, sondern unter der Matratze liegen. Das Laken bewegt sich nicht. Der Kopf bewegt sich auch nicht.
»Jef?«
»Nein!«
Ich warte einen Moment. Meine Hände schwitzen. Das kommt bestimmt von den Nerven. Ich darf jetzt nicht nervös sein, sonst klingt es falsch. Ich setze die Trompete an den Mund. Ich werde so leise wie möglich blasen.
Der erste Ton, der zweite. Jef zieht das Laken vom Kopf. Ich höre auf zu spielen und sehe, wie rot er ist. Knallrot. Vielleicht hat er sehr hohes Fieber. Daran kann man sterben. Am besten spiele ich gleich weiter. Ich blase erneut den ersten Ton.
»Kleiner!«
»Remi«, sage ich.
»Was hast du in Gottes Namen vor?«
Ich sage nichts. Ich muss spielen. Ich blase weiter.
»Kleiner!«
Der vierte, der fünfte Ton.

Es wird an die Tür geklopft. »Was ist da los?«, ruft mein Vater auf der anderen Seite.

»Lass ihn!«, ruft Jef.

Ich warte einen Moment. Von meinem Vater ist nichts mehr zu hören.

»Wie geht es deinem Kopf?«, frage ich.

»Au«, sagt Jef. »Tut weh.«

»Tut er weh, wenn ich spiele?«

»Hm.«

»Ja oder nein?«

»Du bist ganz schön frech geworden«, sagt er, aber er lächelt. Er lächelt! Ich spiele schnell weiter.

»Was hast du eigentlich vor?«

»Ein Lied. Für dich. Es heißt ›Jef‹.«

»Aha. Warum, um Gottes willen?«

Wenn ich von dem Wunder anfange, lacht er mich aus, und dann wirkt es bestimmt nicht.

»Es ist also für mich.«

Ich nicke.

Er setzt sich im Bett auf, stopft sein Kissen hinter den Rücken und legt die Arme hinter den Kopf. »Selbst ausgedacht?«

Ich nicke wieder. Ich sehe plötzlich, wie groß seine Augen sind, groß und dunkel. Und sie glänzen. Er sieht wirklich sehr krank aus. Wenn ich jetzt nicht mit meinem Wunder anfange, ist es nachher zu spät.

»Du bist ein tapferes Kerlchen«, sagt er dann. Ganz leise sagt er das. Als könne er auch nicht mehr gut reden. »Ein sehr tapferes Kerlchen. Spiel nur.« Er legt die Hände in den Schoß und macht die Augen zu.

Ich spiele mein Lied. Ich habe mir zwei Strophen und einen Refrain ausgedacht, im Ganzen zwölf Zeilen. Ich habe lange üben müssen. Den ganzen Donnerstag nach der Schule habe ich im Wald geübt. Freitag und Samstag auch.
Meine Hände schwitzen, mein Bauch tut weh und mein Kopf auch schon. Für Jef, denke ich. Mein allererstes Lied ist für ihn. Und plötzlich schwitze ich nicht mehr, und es tut mir nichts mehr weh. Ich blase eine Zeile nach der anderen, und ich denke an das Meer, denn ich wollte ein Lied wie das Meer machen, aber es wird kein Meer, höre ich, es wird ein Kanal, ein Kanal zwischen den Wänden, und ich möchte, dass Jef über die Wände klettert oder dass die Wände auseinanderfallen, und ich weiß nicht, warum ich das möchte; wenn Jef gehen kann, reicht es schon, klettern muss nicht sein, aber vielleicht hat es mit den Wänden zu tun, dass ich das möchte. Ich lasse die Trompete sinken.
Er hat die Augen immer noch geschlossen. Ich tippe an seinen Arm. »Und?«, frage ich.
Er schüttelt den Kopf, immer noch mit geschlossenen Augen. »Warte mal«, sagt er, so leise, dass ich es fast nicht höre.
Kurze Zeit bleibt es ganz still. Ich warte. Ich sehe, wie er seine Hände an die Wangen drückt, wie er seinen Kopf hält, als hätte er Angst, dass er ihm vom Rumpf fällt. Er sieht so traurig aus. Mein Herz klopft laut in meiner Kehle. Es ist schiefgegangen. Sein Kopfweh ist noch schlimmer geworden. Bin ich blöd. Ich hätte mein Lied summen sollen.
»Ach, Remi«, sagt er dann. Er hat die Augen geöffnet. Sie glänzen noch mehr als vorher.
Er schaut zur Tür. Auf der anderen Seite ist es still. So still ist

es nie. »Es tut noch ein bisschen weh, aber nicht mehr so schlimm.« Er seufzt tief. »Hast du es ganz allein gemacht? Niemand hat dir geholfen?«
Ich schüttele den Kopf. »Kannst du gehen?«, frage ich.
»Mal sehen«, sagt Jef.
Er wirft das Laken von sich. Dreht seinen Körper, so dass seine Beine über den Bettrand hängen. Langsam setzt er seine Füße auf den Boden. *Steh auf, nimm dein Bett und wandle*, sagte Jesus. Aber ich bin nicht Jesus. Jef wird sich kringeln vor Lachen, wenn ich tun würde, als sei ich Jesus. Er wird sagen: Der Kleine hat einen Koller gekriegt. Oder er wird böse und sagt: Es ist eine Todsünde, zu denken, man sei Gott. Obwohl ich sehr wohl weiß, dass ich nicht Gott bin, nicht im Geringsten. Aber ich denke es trotzdem: Stehe auf und wandle, stehe auf und wandle (nicht sein Bett, das darf ruhig stehen bleiben), ich denke es zehnmal, fünfzehnmal, ganz schnell denke ich es, je mehr, umso besser. Und wenn ich es singen würde, wäre es zweimal Blasen, und Blasen ist dann noch zweimal mehr. Ich singe es schnell und leise vor mich hin, zehnmal, fünfzehnmal, bis Jef fragt: »Was summst du denn da?«
»Etwas«, sage ich. Und: »Geht es?« Dabei singe ich weiter: Stehe auf und wandle, stehe auf und wandle. Aber Jef lässt sich wieder auf das Bett fallen. Er schüttelt den Kopf. »Komm, setz dich mal zu mir«, sagt er dann.
Er legt die Arme um meine Schultern und zieht mich an sich. Er riecht nicht nach Blumen wie Renée, er riecht nach Schweiß. Aber auch wenn er stinken würde wie die Pest, wenn er aufstehen und wandeln würde, wäre ich glücklich. So glücklich.
»Nicht weinen, Kleiner«, sagt er wieder.

»Ich weine nicht«, sage ich lauter als vorher. »Und es heißt Remi. Für immer. Für alle Zeiten.«
»Es heißt Remi«, sagt er dann, »ich werde es ab jetzt immer sagen. Für alle Zeiten und immer. Das hast du wirklich verdient. Es war so ein schönes Lied.«
»Aber hilft es nicht?«
Er schüttelt den Kopf. »Es hat schon ein bisschen geholfen, das Kopfweh ist weg und das Bauchweh auch, aber meine Beine, Remi, meine Beine, da hilft kein einziges Lied.«
»Wir haben einen Rollstuhl«, sage ich plötzlich. Wie konnte ich nur den Rollstuhl vergessen!
»Einen Rollstuhl?«, fragt er erstaunt.
»Aber ja«, sage ich froh. Ich mache die Tür zum Wohnzimmer auf und schaue in drei Gesichter. Sie sitzen immer noch am Tisch und schauen alle zu mir her. »Es hat geklappt!«, sage ich.
»Was hat geklappt?«, fragt meine Mutter.
»Mein ...« Wunder, wollte ich sagen. »Mein Lied.«
»Wir haben es gehört«, sagt mein Vater. »Es war ganz nett.«
»Es war wunderschön«, sagt meine Mutter.
»Wo ist der Rollstuhl? Er hat keine Schmerzen mehr!«
»Das ist nicht wahr«, sagt meine Mutter.
»Doch«, sage ich froh. Aber sie hat mich nicht gehört, sie ist schon aufgestanden und ins Schlafzimmer gelaufen.
»Wo ist der Rollstuhl?«, frage ich noch einmal.
»Wird nicht nötig sein.« Meine Mutter zieht die Schlafzimmertür leise hinter sich zu. Sie sieht sehr traurig aus. Und sehr bedrückt. Ich spüre einen Klumpen im Magen, einen großen schwarzen Lehmklumpen, und jede Sekunde wird er größer.

»Er hat noch immer sehr viele Schmerzen«, sagt sie leise. Und dass sein Kopf fast explodiert. Dass wir ihn jetzt kurz in Ruhe lassen sollen, die Tür zum Wohnzimmer soll zubleiben, denn das Licht tut seinen Augen weh.

»Nein«, sage ich. »Er lügt. Wirklich wahr. Er lügt, dass sich die Balken biegen.«

»Er hat es für dich getan«, sagt meine Mutter, noch trauriger als vorher, und ich denke: Jetzt fällt ihr Mund ganz runter, und es wäre mir egal, wenn das passieren würde, alles ist mir egal, auch wenn unser Haus plötzlich in den Boden versinken würde und uns alle begraben würde, Sand und Lehm in meinen Ohren und Mund und Bauch, es wäre mir alles egal. Denn Jef lügt. Und zwar gewaltig. Meint er wirklich, dass Gott so etwas nicht sieht?

»Und jetzt?«, fragt mein Vater.

»Wir werden da sein«, sagt meine Mutter entschieden. »Wir sind eine Familie.«

Das Wunder II

Der Kleine sagt, dass ich in den Himmel komme. Aber Gott hat seine Grenzen. Ich will übrigens gar nicht in den Himmel kommen. Lauter Scheinheilige und Frömmler da oben. Ein ganzes Leben lang Jesus vom Kreuz herunterbeten. Als ob das Leben nicht mehr ist als das.
Ja sicher. Ich mochte die Pfarrer auch gern. Ich war eine Rotznase, ich wusste es nicht besser. Auch nicht, als sie weggeschickt wurden. Zuerst Albrechts. Einige Zeit später Vanden Avenne. Vanden Avenne verschwand nach dem Vorfall mit den Kirchenglocken. An einem Sonntag sagte er, dass sie auf der Seite der Deutschen standen. Viele Leute standen auf und verließen die Kirche. Wir blieben sitzen. Liebe Gemeinde, sagte Vanden Avenne und erklärte, was er meinte. Die Russen waren viel zu stark, und nicht nur die Deutschen brauchten Munition, auch die Flamen an der Front. Und deshalb brauchten sie unsere Kirchenglocken, um daraus Kugeln zu machen. Als die Messe zu Ende war, habe ich mich nicht zu den Protestierenden gesellt. Mein Vater auch nicht, aber das lag daran, dass er so erschrocken war. Er sagte: Soll Vanden Avenne die Glocken ruhig weggeben, denn wenn er das nicht tut, kommen die deutschen Mistkerle und holen sie mit Gewalt, aber Gott im Himmel wird Vanden Avenne bestrafen, weil er die Kanzel missbraucht hat, um den Deutschen zu helfen.

Mein Vater hatte also recht. Die Deutschen haben verloren. Vanden Avenne haben sie festgenommen und Albrechts vielleicht auch, wer weiß. Ward und ich waren Idioten, dass wir ihnen einfach geglaubt haben. Aber dass sie Ward erschießen werden, wenn sie ihn finden, das verdient er wirklich nicht.
Und die Ehrung heute ist eine einzige Schmierenkomödie. Ich werde es ihnen nicht sagen. Sie sind selbst schuld, wenn sie so blöd sind.
Ich traue meinen Ohren nicht.
Ich höre die Musik der Blaskapelle.
Es ist nicht wahr. Sie kommen hierher. Sie sind völlig verrückt geworden.
Ich ziehe schnell eine Hose an, gehe in das Wohnzimmer, spähe durch den Vorhang nach draußen. Sie sind schon in unserer Straße, Victor ganz vorn, die Männer dahinter, sie halten ihre Instrumente hoch und blasen. Unsere Renée geht in der Mitte, sehr konzentriert, sie lässt sich nicht ablenken.
Ich sehe meine Mutter, meinen Vater, unseren Remi, alle in ihrem Sonntagsstaat, mein Vater ohne Mütze, seine Haare voller Brillantine, unser Remi auch mit dem Kopf voller Brillantine. Der Bürgermeister und der neue Pfarrer. Der alte Pfarrer Vanhamel ist auch da, der Doktor steht neben ihm und hat sich bei Vanhamel untergehakt. Victor streckt die Arme hoch, und es wird still. Er deutet mit seinem Stab auf meinen Vater, und mein Vater setzt ein. Glenn Miller. Mein Lieblingsstück. *Moonlight Serenade*. Verdammter Mist. Das erste Solo seines Lebens. Und er macht es gut. Fast sauber. Renée steht neben ihm, sie hat die Trompete am Mund und ist bereit zu spielen.

Dann lässt mein Vater seine Trompete sinken. Der Rest fällt ein. Ganz ruhig klingt es, ganz zurückhaltend. Ich schaue immer nur auf meinen Vater. Er sieht so glücklich aus. Ich sehe, wie seine Augen über unser Haus gleiten. Sie bleiben am Fenster hängen. Ich weiß, dass er mich nicht sehen kann, trete aber doch einen Schritt zur Seite. Mit einem Auge spähe ich hinaus. Lange kann ich hier nicht stehen bleiben, aber es ist ein so schönes Stück, ich möchte es so gerne hören.
Dann geht die Haustür auf. Es ist unser Remi. Sein Blick trifft meinen. Mein Herz setzt aus. »Tür zu!« Kleiner, will ich hinzufügen, aber das soll ich nie mehr sagen.
Er ist wie versteinert.
»Remi! Tür zu!«, zische ich.
Er geht einen Schritt zurück und macht die Tür zu. Er lehnt sich an sie. Draußen erklingt *Moonlight Serenade*, drinnen auch. Ich muss etwas sagen. Aber ich finde keine Worte.
Plötzlich bricht sein Gesicht auf, und ein breites Lächeln erscheint. »Es hat also doch geklappt«, sagt er. Er sieht so glücklich aus. Sogar bei meiner Komödie gibt es Grenzen.
»Ja«, sage ich. »Es hat geklappt.«
Er will sich umdrehen, will die Tür aufmachen, und ich bin sicher, dass er es über die ganze Straße, das Dorf, die Welt hinausposaunen möchte, dass unser Jef wieder gesund ist, ganz gesund. Ich halte ihn auf. »Remi.«
Sein Blick voller Erwartung.
»Warte kurz.«
»Was ist los? Du musst hinausgehen, Jef, sie werden so froh sein. Zieh schnell deinen Anzug an. Ich helfe dir.«
Die Tür geht auf. Meine Mutter. Sie schaut. Und schaut. Sie

seufzt so laut, wie ich noch nie jemanden habe seufzen hören. Und dann lächelt sie.
»Ich bin fast wieder gesund«, sage ich. »Toll, oder?«
Sie schüttelt den Kopf. »Jozef Claessen«, sagt sie. »Wir sprechen uns noch. Komm jetzt schnell heraus.« Sie bleibt in der Tür stehen, immer noch dieses Lächeln im Gesicht.
»Meine Beine tun noch weh«, sage ich.
Ich fühle mich, als wäre ich fünf. Nein, drei. Und das dümmste Schaf der Welt.
»Das kommt vom vielen Liegen«, sagt sie. »Weißt du was, ich werde einen Stuhl in die Tür stellen, und du setzt dich da drauf, sonst meinen sie draußen, dass wirklich ein Wunder geschehen ist, und dann kommen sie jeden Tag hierher, um zu beten, und darauf habe ich keine Lust.«
»Es ist doch ein Wunder?«, höre ich Remi sagen.
»Natürlich«, sagt meine Mutter, »aber das brauchen sie da draußen nicht zu wissen. Es bleibt unser Geheimnis, in Ordnung?«
Er nickt begeistert.
»Jetzt geh und erzähle ihnen, dass Jef gleich kommt.« Sie drückt einen Kuss auf seine Wange. »Und, Remi, das hast du toll gemacht.«
Er nickt noch heftiger, geht durch die Haustür hinaus und macht sie wieder zu.
Jetzt werde ich mein Fett abkriegen, denke ich. Aber es passiert nichts. Stattdessen hilft sie mir schnell in meinen Anzug, stellt einen Stuhl hin und drückt mich darauf. Fast atme ich erleichtert auf, bis ich spüre, wie ihre Hände meine Schultern umklammern. Es tut weh, aber ich schweige. Es ist nichts im Vergleich zu dem, was ich verdiene.

Draußen erklingt ein gewaltiger Applaus.
»Hör zu«, sagt meine Mutter, »das ist für dich.«
»Ich bin kein Held, Ma.«
Sie schüttelt den Kopf, lockert ihren Griff und drückt einen Kuss auf meine Haare. »Ich mag dich so gern, Jef, und ich möchte, dass du wieder glücklich wirst.«
»Ich werde mein Bestes tun, Ma.«
Sie geht zur Tür, wirft mir noch einen kurzen Blick zu. »Manchmal glaube ich, dass etwas ganz anderes mit dir los ist«, sagt sie leise.
Jetzt, denke ich, jetzt ist der Moment gekommen. Ich atme zwei Sekunden lang ein. Zu lange, denn sie schüttelt den Kopf. »Ach«, sagt sie, und der Moment ist vorbei.
Sie macht die Tür auf. Erneut erklingt ein gewaltiger Applaus. Ich erschrecke vor all den frohen Gesichtern. Meine Mutter steckt ihren Arm unter meinen, schiebt den Stuhl bis zur Türöffnung und lässt mich dann vorsichtig auf den Stuhl sinken. Mit ihrer Hand streicht sie mir die Haare aus dem Gesicht. »So«, sagt sie ganz leise, und nur ich kann es hören, »sehe ich besorgt genug aus?« Dann verschwindet sie in der Menge.

Mein Vater nickt mir zu. Die Erleichterung ist ihm anzusehen.
Die Türen aller Häuser stehen offen. Aus den Häusern kommen Stühle, überall sehe ich Stühle und Menschen, und in der Mitte die Blaskapelle. Dann kommen die Reden. Sie sind schön und ergreifend, denn überall holen die Leute ihre Taschentücher heraus, nicht nur Frauen, auch Männer. Der Krieg lässt sogar die Männer weinen.

Ich weine nicht. Wenn ich weine, bin ich verloren.
Renée tritt vor. Victor gibt ihr ein Zeichen: Sie darf anfangen. Aber bevor sie anfängt, schaut sie kurz in meine Richtung. Ich erkenne das Erschrecken in ihren Augen. Sie hält meinen Blick fest, während sie die Finger auf das Instrument legt, die Lippen spitzt, den Rücken aufrichtet. Ganz kurz schaut sie zu Victor und dann wieder zu mir. Sie bläst einen langen Ton zu mir herüber. Er klingt nicht ganz sauber. Ihre Augen huschen von mir zu Victor. Ich sehe, wie er neben ihr nickt. Er hält den Kopf gerade, während seine Hände sich ruhig durch die Luft bewegen. Sie schaut wieder zu mir. Das Erschrecken ist noch da, aber da ist auch etwas anderes. Sie spielt einen neuen Ton und dann den nächsten und dann wieder einen. Und plötzlich scheint alles wie von selbst zu gehen. Und sie schaut mich noch immer an. Ihre Augen glänzen. Dann sehe ich es. Wie gern sie mich hat.

Plötzlich, mitten in ihrem Solo, fangen die Menschen hinten an zu reden. Die Musiker schauen sich um, Menschen rufen »pssst« und »bitte leise«, es hilft nichts. Der Lärm wird lauter und lauter. Ich kann Renée nicht mehr hören. Sie senkt ihr Instrument. Und jeder fasst jeden an, und es wird gerufen und geweint und gelacht. Ein Mann kommt auf Renée zu, nimmt sie in den Arm und küsst sie auf den Mund. Sie erwidert den Kuss eine Sekunde lang. Schaut ihn ganz erstaunt an, dann fängt sie an zu lachen. Ich denke erst: Sie hat einen neuen Liebsten, und dann: Warum hat mir das keiner erzählt? Aber ich möchte vor allen Dingen endlich wissen, was los ist.
Der Kleine hat verstanden. Er läuft zu mir, nimmt meine

Hände, zieht mich aus dem Stuhl hoch. Da stehe ich. Plötzlich ganz gesund. Niemand, der es sieht.

»Hitler ist tot«, sagt Remi, ruft Remi, denn der Lärm auf der Straße ist so groß geworden, dass er laut schreien muss, wenn ich ihn verstehen soll, obwohl er direkt vor mir steht. »Hitler ist tot«, ruft er, »alle sagen, dass der Krieg jetzt endgültig vorbei ist. Für immer und alle Zeiten!« Er fasst mich wieder um die Taille. Ich möchte nicht tanzen. Ich war vier Tage lang lahm, ein Lahmer tanzt nicht gleich wieder, nachdem er aufgestanden ist. Und mein Vater sagte immer, dass dieser Hitler, dieser Mistkerl, es nicht wert ist, zu leben. Was soll jetzt aus mir werden? Ich bin auch ein elender Mistkerl. Und dann fange ich doch an zu weinen.

Das Fest für mich wird zu einem großen Fest für alle. Den ganzen Tag lang ist die Straße noch voller Menschen. Nie wieder Krieg, sagen sie sich, und dass sie ihre Lektion gelernt haben. Hätten die Deutschen gewonnen, dann wäre Ward ein Held.
Und dann entscheide ich, dass ab jetzt Schluss sein soll mit *was wäre wenn*.
Heute war ich ein Held, weil sie einen Helden gebraucht haben. Ich habe gemerkt, wie schnell sie vergessen. Heute haben sie mich schon vergessen. Und das ist sehr gut so. Denn heute fängt ein neues Leben an.

Teil II

1947

Genug

Der Schreiner, bei dem ich schon seit zwei Jahren arbeite, wird krank. Er hat mich zu sich gerufen und mich gebeten, das Geschäft zu übernehmen.
Mein eigenes Geschäft.
MARTIN LENZ, SCHREINEREI.
Ich bin gespannt, was Katrina dazu sagt. Ich werde nicht bei ihr wohnen bleiben können. Die Leute tratschen schon seit zwei Jahren über uns. Ein Mann und eine Frau, die schon zwei Jahre lang zusammenleben, ohne verheiratet zu sein. Es hat uns nie etwas ausgemacht. In einem Dorf wie unserem wird nun mal getratscht, zuallererst über die besten Leute.
Aber Klatsch über den Chef ist nie gut für das Geschäft.
Es wird ihr nicht gefallen, dass ich gehe, und ich werde sie vermissen. Allein ist nun mal allein.
Es sei denn.
Es sei denn, wir heiraten. Das ganze Getratsche würde sofort aufhören. Und vielleicht ist es nicht mal schwer, sich zu verlieben.
Der Gedanke lässt mich nicht mehr los.

Katrina ist in der Küche beschäftigt.
»Wie großartig«, sagt sie, als ich ihr von dem Vorschlag meines Chefs erzähle. Sie legt ihre Hand auf meinen Arm. Sie lächelt.

Das tut sie immer, wenn sie glücklich ist. Die Hand auf meinen Arm legen und lächeln. So ist Katrina. Meine Kameradin, meine Gefährtin.

Wir essen.

»Es schmeckt gut«, sage ich.

»Danke.«

Jetzt ist der richtige Augenblick. »Heirate mich«, sage ich.

Sie schaut mich entsetzt an. So abwegig ist die Frage doch nicht, wir kommen doch gut miteinander aus?

»Aber Martin.«

»Warum nicht?«, sage ich.

Ihr Blick sucht meinen. »Es ist wegen der Leute, nicht wahr?«

»Sie tratschen.«

»Na und«, sagt sie, »sie tratschen über jeden.« Ihr Stuhl knallt auf den Boden, als sie aufsteht. Langsam geht sie zurück, bis sie mit dem Rücken an die Wand stößt. »Wie kannst du mich das fragen?«

»So schlimm ist es doch nicht?«

»Schlimm?« Sie klingt so erstaunt. »Heirate mich. Wie kommst du in Gottes Namen auf die Idee?«

Meine Verwirrung wird immer größer. Sie hat mich doch gern, warum ist sie nicht einfach froh?

»Man heiratet nicht, damit die Leute aufhören zu tratschen, Martin. Wenn man heiratet, dann mit jeder Faser seines Körpers, mit jedem Tropfen seines Bluts.«

Ich muss beschwichtigende Worte finden, und zwar jetzt. Ich öffne den Mund, schließe ihn wieder. Wenn sie nur nicht so unglücklich aussehen würde. Dann würden die Worte von allein über meine Lippen kommen.

»Heirate mich«, wiederholt sie. Sie schweigt. »Wenn du wüsstest«, fängt sie an. Sie wendet den Blick ab. »Du magst mich nicht mal besonders. Nicht wirklich besonders. So etwas spürt man, Martin, mir machst du nichts vor. Du spielst schon so lange ein Spiel, aber jetzt bist du zu weit gegangen.«
Was sagt sie da? Sie weiß doch, dass ich sie glücklich machen möchte?
»Ich weiß, dass du deine Mutter vermisst«, sagt sie.
Wieso vermisse ich sie? Ich rede nie von ihr, ich weiß nicht mal mehr, wie sie aussieht, wie soll ich sie denn da vermissen?
»Mach nicht so ein Gesicht, als würdest du nichts verstehen«, sagt sie. »Du rufst im Schlaf so oft ihren Namen. Wie oft habe ich schon vor deiner Tür gestanden und wollte hineingehen, um dich aufzuwecken und zu trösten. Ich habe mich nie getraut. Ach, Martin. Was redest du dir alles ein. Und die Sprache, in der du ihren Namen rufst, ist nicht unsere. Wer bist du?«
Sie schlingt die Arme um sich, dreht sich um und geht hinaus.

Ich folge ihr. Ich schaue mich um. Ich sehe niemanden. Sie ist verschwunden.
Geduld, Martin. Gleich ist sie wieder da. Und diesmal werde ich die richtigen Worte finden, ich werde sie überzeugen, dass ich es gut mit ihr meine. Und für den Rest meines Lebens.
Es wird nicht schwer sein, sie zu lieben.
Martin Lenz kann das. Er wägt alles genau ab, und dann kommt das Gefühl.
Ohne Vorwarnung dreht sich mein Magen um. Die Kotze

steigt in meinen Mund, ich schlage beide Hände vor den Mund, aber es ist zu spät. Ich drehe mich um und gehe in das leere Haus hinein. Ich stolpere in mein Zimmer, falle aufs Bett, rolle mich zu einem Ball und weine und huste und erbreche mich, bis sich mein Körper nach außen gekehrt hat.

Ich muss hier weg. Ich muss meine Haut abwerfen und herausfinden, was übrig geblieben ist. Und ob es noch wert ist, damit zu leben.

Ich muss zurück nach Hause.

Und wenn ich dort bin, werden sie mir nicht glauben. Sie werden nicht glauben, dass ich nach Hause musste. Sie werden mich einen Verräter nennen, sie werden sagen, dass ich feige bin, weil ich zwei Jahre gewartet habe. Dass ich nur zu gut weiß, dass man mich erschossen hätte, wenn ich sofort zurückgekehrt wäre. Sie werden vielleicht noch wütender werden als damals, und vor lauter Wut werden sie mich vielleicht doch noch erschießen.

Wahrscheinlich verdiene ich es nicht anders.

Aber jetzt reicht es.

Ich fahre heute Abend noch los. Bevor ich es mir anders überlege. Feiglingen kann man ja nicht trauen.

Mit geschlossenen Augen

Den Weg vom Laden nach Hause kenne ich im Schlaf. Kein Wunder, ich fahre ihn nun schon seit zwei Jahren jede Woche sechsmal.
Victor suchte jemanden, der ihm helfen könnte. Du kannst gut rechnen, und du kannst gut mit Kunden umgehen, sagte er schon nach einer Woche. Renée, ich bin sehr glücklich mit dir.
Er ist nicht nur mein Chef, er ist auch unser Dirigent, noch immer so leidenschaftlich. Wie er in der Musik aufgehen kann.
Er ist fast vierzig, fast so alt wie meine Mutter, aber er sieht nicht alt aus. Obwohl er viel mitgemacht hat. Victor sagt: Wut ist Gift für die Menschen, aber ein Mensch muss manchmal wütend sein, um zu überleben. Wenn jemand wütend sein darf, dann Victor. Während er untergetaucht war, schloss sich sein Vater dem Widerstand an. Sein Vater war schon sechzig, er hatte im Ersten Weltkrieg gekämpft und so viel mitgemacht, dass er nicht einfach nur zuschauen konnte. Er wurde Kurier für verschiedene Widerstandsgruppen. Er hat niemanden verraten, keine Bombe gelegt, nicht mitgeholfen, einen Zug entgleisen zu lassen. Er war einfach nur ein Kurier, und er war es geworden, weil er ein Fahrrad hatte.
Ein paar Männer der Gestapo haben ihn festgenommen, sie

haben ihn gefoltert, bis seine Haut übersät war mit Brandwunden. Wenn ich es doch gewusst hätte, sagt Victor manchmal, wenn ich es doch gewusst hätte. Aber er wusste es nicht, er saß sicher auf einem Bauernhof zwischen den Schweinen. Und selbst wenn er es gewusst hätte, was hätte er denn tun können?
Die Gestapo kam zu Victors Mutter und erzählte ihr, wie ihr Mann gewimmert habe. An der Haustür, auf der Türschwelle. Sie hat sie nicht hereingelassen. Sie hat nur höflich »Danke für die Nachricht« gesagt. Anscheinend wussten sie nicht, was sie davon halten sollten. Sie sind weggegangen. Aber sie hatten ihr das Herz gebrochen. Am nächsten Morgen fanden die Nachbarn sie tot im Bett.
Wieso ich das alles weiß? Es ist einfach, mit Bohnenkonserven oder Mehlsäcken im Arm miteinander zu sprechen.
Manchmal sagt Victor: »Da bin ich nun also, im Haus eines Schwarzen.«
In Wards Haus, denke ich dann.
Anfangs sah ich Ward in jeder Ecke. Es ist wirklich seltsam, dass so etwas vorübergeht. Ich habe Victor das alles erzählt. Wie es zuerst war und wie es dann vorbeiging. »Ein Mensch kann mehr, als er gedacht hat«, sagt Victor manchmal. Und dass es gut ist, dass ich nicht davor weggelaufen bin. Und er auch nicht.

Paesen ist schlechtgelaunt, weil ich nur noch einmal in der Woche zum Unterricht komme. Man sollte seine Talente pflegen, hat er gesagt, und ob ich zu viel Angst hätte und deshalb auf die Bremse trete? Darüber muss ich lachen. Warum, um Gottes willen, sollte ich Angst haben? Ich habe vor nichts und niemandem Angst.

Nach jeder Unterrichtsstunde gebe ich Remi die Noten, die ich bekommen habe, und er versucht, sie nachzuspielen. Er ist fast besser als ich. Remi hat ein besonderes Gehör, sagt Victor, er braucht eine Melodie nur einmal zu hören, und schon kennt er sie. Und dass das für einen Musiker ein großes Geschenk ist.

Victor ist streng zu mir, wenn ich spiele. Er sagt, dass ich sehr viel Talent habe, genau wie Remi, und dass ich das nicht vergeuden darf. Aber ich spiele nur Trompete, weil ich gern spiele. Basta.

Genau wie mein Vater. Er versteht mich. Dass ich eine Arbeit gesucht habe und nicht nach Brüssel ging. Er hat auch schon hundertmal gesagt, was für einen guten Jungen ich ausgewählt habe. Aber Emile hat mich ausgewählt, so war es. Fast hätte ich ihn davongejagt mit meiner schlechten Laune. Jetzt können wir darüber lachen.

Emile arbeitet schon seit etwa fünf Jahren. Ich selbst möchte noch ein paar Jahre sparen. Und dann möchte ich fünf Kinder. Emile hat schon gesagt, dass ich ihre Namen bestimmen darf.

Victor fragt manchmal: Was willst du mit deinem Leben anfangen, Renée? Dann sage ich immer: das hier. Und dann fragt er: Wirklich? Ich schaue ihn nie an, wenn er mit solchen Fragen anfängt. Er wartet damit, bis wir den Laden abgeschlossen haben. Mein Herz klopft dann immer viel zu laut, so laut, dass ich dann nie gleich nach Hause fahre, sondern einen

Umweg über die Felder mache. Es ist ein großer Umweg, aber es muss sein.
Ich bin einundzwanzig, und ich weiß, was ich tue.

Ich müsste es einfach mal ausprobieren. Ob es mir tatsächlich gelingen würde: nach Hause fahren mit geschlossenen Augen.

Mist

Den größten Teil der Strecke kann ich mit dem Zug fahren. Es ist dunkel, als ich in Bonn aussteige. Nicht weit von Bonn liegt eine belgische Kaserne. Das gehört zu den Informationen, die man nur einmal hört und nie mehr vergisst.
Ich habe ein paar Kleidungsstücke zusammengesucht. Meine Papiere und ein bisschen Geld eingesteckt, mein Saxophon auf den Rücken gebunden. Auf dem Küchentisch habe ich einen Zettel für Katrina zurückgelassen. Dass ich ihr nie genug danken könne und ihr ein langes und glückliches Leben wünsche und dass ich mich jetzt auf die Suche nach dem machen würde, was von mir übrig geblieben ist. Ich habe mit *Ward* unterschrieben. Ward Dusoleil, und in Klammern Martin Lenz. Damit sie es richtig versteht.

Auf dem Weg von Bonn zur Kaserne klopft mir das Herz bis zum Hals und klopft auch in meinem rechten Bein. Der Weg ist länger, als ich gedacht habe, zu lang für mein Bein, trotzdem gehe ich weiter. Mir gehen alle möglichen Überlegungen durch den Kopf, was mich dort wohl erwartet, aber ich weigere mich, auf sie zu hören. Ich konzentriere mich auf den Weg vor mir, auf die Löcher, die Pfützen, das Klopfen im Bein. Ich suche ein Lied, das zu meinen Schritten passt, und finde eines. *Auf der Heide blüht ein kleines*

Blümelein. Und das singe ich etwa hundertmal, bis ich da bin.

In der Kaserne wundern sie sich über diesen Mann mit seinem Rucksack und seinem lahmen Körper. Sie lachen, meinen, ich sei ein Landstreicher mit ein paar Löchern im Kopf, jemand, der sich aus Versehen auf gefährliches Terrain begibt. Sie sagen auf Deutsch, dass ich verschwinden soll. Ich antworte auf Niederländisch, dass ich gekommen bin, um mich anzuzeigen. Die Worte fühlen sich in meinem Mund fremd an. Bald werden sie wieder meine eigenen werden, denn ich bin Ward Dusoleil, Flame. Ich kann nicht mehr zurück. Sie haben meine Sprache gehört, sie wissen, dass sie mich nicht abwimmeln können.

Zu viert stehen sie um mich herum. Sie begreifen nichts. Wer wagt sich schon in eine Löwengrube? Sie holen einen Stapel Papiere. Ich sehe Hunderte von Namen. Ward Dusoleil, wiederhole ich. Sie sagen, dass ich nicht auf der Liste stehe. Trotzdem ist es mein Name, sage ich. Sie schauen mich wieder so verwundert an, dass ich mich frage, ob sie vielleicht nicht ganz dicht sind. Ich zucke mit den Schultern. Ich will nach Belgien, sage ich.

»Der Herr will nach Belgien«, sagt einer der vier. Ich höre die Verachtung in seiner Stimme. »Wie lange war der Herr in Deutschland?«

Dann such doch, möchte ich sagen, aber ich sage etwas anderes. »Ab 1943. Zuerst in Sennheim, danach direkt Richtung Russland.«

Ich möchte nicht erzählen, dass ich in Olpe gewohnt habe, ich will Katrina nicht mit hineinziehen.

»Köln«, fahre ich fort. »Ich war in Köln untergetaucht.«
»Wo?«
»Weiß ich nicht.«
»Gedächtnisschwund also«, sagt der Dickste der vier höhnisch. Ich zucke mit den Schultern.
»Ach«, sagt der Dickste ebenso höhnisch wie vorher, »und auf einmal kam dein Gedächtnis zurück, und jetzt willst du nach Belgien.«
»So ungefähr.«
Ob ich mir sicher bin, dass ich Ward Dusoleil heiße.
»Ganz sicher.«
»Geburtsdatum?«
Mein Geburtsdatum. 1925. Aber welcher Tag? In meinem Kopf ist zu viel Martin Lenz. Darüber erschrecke ich. Im Frühling. März. Immer um Ostern herum, immer in der Fastenzeit. »Der achtzehnte März«, sage ich. Ich bin mir nicht sicher, aber langes Zögern macht die Sache nicht besser.
»Das hat aber lange gedauert«, sagen sie.
Ich nicke. »Die Nerven.«
Sie finden es großartig, dass ich Angst habe. Ich habe keine Angst vor ihnen. Dass ich mir nicht mehr sicher bin, wann ich geboren bin, ja, das macht mir Angst.
Lange Zeit ist es still. Sie schauen mich alle vier an mit verschränkten Armen. Sie warten auf meine Geschichte.
»Nach Köln bin ich umhergewandert.«
»Nach Köln«, wiederholt der Kleinste.
Sie glauben mir nicht.
Einer von ihnen deutet auf meinen Rucksack. »Du bist Musiker«, sagt er.

Das ist es. »Ja«, sage ich gierig, »ich spiele Saxophon. Ich bin von Dorf zu Dorf gezogen, nirgendwo lange geblieben, habe mein Brot mit einigen Auftritten hier und dort verdient.«

»Als hätten die Menschen Geld, um einen Musiker zu bezahlen«, grinsen sie ungläubig.

»Ich bekam Essen und ein Dach über dem Kopf. Das hatten sie für mich übrig, im Austausch für etwas Musik. Ich habe auch unterrichtet.«

»Wo denn?«

»Überall.«

»Überall können wir auf der Landkarte nicht finden.«

Ich schweige erneut. Ich kann mir so schnell nichts ausdenken.

»Wir werden es schon herausfinden«, sagt der Dicke wieder.

»Welchen Rang hattest du in der Armee?«

»Sturmführer.«

»Aha, Sturmführer. Ein kleiner Sturmführer. Hast du davon geträumt, Oberst zu werden?«

Sie lachen wieder. Ich antworte nicht.

Plötzlich greift der Kleinste nach meinem Arm. Ich könnte ihn leicht umhauen, wenn ich wollte.

Er rollt meinen Ärmel hoch, streicht mit der Hand über die Narbe auf der Innenseite. »Aha«, sagt er triumphierend. Er zeigt den drei anderen die Narbe.

»Ein Streifschuss«, sage ich.

»Auch noch lügen«, brüllt der Kleinste. »Soll ich dir mal etwas sagen? Hier war eine SS-Tätowierung. Die hast du herausgekratzt, denn was hätten sie gemacht, die Alliierten, wenn sie es nach dem Krieg entdeckt hätten? Erschossen hätten sie dich, und zwar ohne Prozess. Das wusstest du nur zu gut, nicht wahr? Echt schlau von den Nazis, ihre Soldaten zu markieren.«

Sein Gesicht klebt fast an meinem. Ich rieche seinen sauren Atem, ich sehe Schlafreste an seinen Wimpern kleben. Jetzt wird er mich schlagen, denke ich, und ich darf nicht zurückschlagen. Er holt aus und knallt mir die Faust gegen die Schläfe. Ich wanke. »Die Wahrheit, dreckiger Mof«, brüllt er, »wir werden sie sowieso herausfinden!«

Ich streiche mit der Hand über die Schläfe, nicke, dass ich verstanden habe. Wieder hebt er die Faust. »Entschuldigung«, sage ich schnell, »da war tatsächlich eine SS-Tätowierung.«

»Seht ihr«, sagt er triumphierend zu den anderen. »Arschlöcher sind sie alle, und wetten, dass der Herr hier auch noch Oberst werden wollte?«

Ich schüttele den Kopf.

»Lüg doch nicht«, brüllt er. »Jeder von uns will Oberst werden, oder etwa nicht?«

Ich zucke mit den Schultern.

Antworte!

»Ja«, sage ich. Wenn ich nein sage, schlägt er wieder zu.

»Aha. Und warst du ein tapferer Sturmführer?«

»Ich verstand mich gut mit den Jungs«, sage ich.

»Ha! So nennst du das. Hier nennen wir das Krieg führen.«

Er holt mit dem Arm aus, um mich erneut zu schlagen. Ich würde mich gern wegducken, weiß aber, dass er mich dann noch härter anfassen wird.

»Aufhören«, sagt plötzlich eine Stimme.
Ein großer Mann steht in der Tür. »Oberst«, klingt es aus einem Munde. Die vier nehmen Haltung an und salutieren.
»Schon gut«, sagt der Mann. Er schaut mich an. »Wen haben wir denn hier?«
»Einen Landesverräter«, sagt der Dicke verächtlich.
»Darüber entscheiden nicht wir«, sagt der Oberst. »Erkläre.«
Der Dicke holt tief Luft. »Also«, fängt er an, aber der Oberst schneidet ihm mit einer Handbewegung das Wort ab und wendet sich an mich.
»Sag du es.«
Ich erzähle ihm, was ich ihnen erzählt habe.
Der Oberst betrachtet mich. Deutet dann auf meine Schläfe und will wissen, was das zu bedeuten hat.
»Nichts«, sage ich.
Er dreht sich zu dem Kleinen. »Warst du das wieder mal? Das bedeutet Urlaubssperre.«
»Aber …«, fängt der Kleinste an.
»Kein Aber.« Der Oberst dreht sich wieder zu mir. »Und jetzt die Wahrheit«, sagt er freundlich.
»Olpe«, sage ich. »Von 1945 bis jetzt. Die Leute dort wussten nichts und hielten mich für einen verwundeten deutschen Soldaten. Ich habe mich zwei Jahre lang im Dorf nützlich gemacht.
»Wir werden uns erkundigen«, sagt der Oberst. »Die Wahrheit tut weniger weh, als man denkt, nicht wahr«, sagt er genauso freundlich wie vorher.
Ich nicke erneut.
»Und jetzt möchtest du nach Hause.«

Der achtzehnte März, mein Geburtsdatum. Plötzlich bin ich mir sicher.
»Es ist genug«, sage ich.
»Du wirst bestraft werden, streng bestraft.«
Ich nicke.
»Wir werden deine Geschichte nachprüfen«, sagt der Oberst.
»Wir werden deine Identität in Brüssel prüfen. Bis dahin bleibst du in einer unserer Zellen. Sperrt ihn ein, Männer. Und benehmt euch.«
Er verschwindet sofort wieder. Die vier salutieren vor der geschlossenen Tür.

Sie schieben mich in einen schmalen Gang. Am Ende ist eine Tür. Sie drücken mich mit dem Rücken gegen die Tür und spucken mir ins Gesicht.
»So machen wir das mit Landesverrätern«, sagt der Dicke.
»Und das ist erst der Anfang.«
»Die Todesstrafe, wette ich«, sagen sie zueinander.
»Die Todesstrafe«, wiederholen sie. Die Schadenfreude tropft ihnen von den Lippen.
»Warum?«, frage ich, weil ich nicht anders kann.
»Warum was?«
»Warum benehmt ihr euch so?«
»Wie benehmen wir uns denn?«

Es hat keinen Sinn, sich zu wehren. Ich spüre ihre Wut, wenn ich jetzt zu viel sage, werden sie mich verprügeln.
»Antworte«, befehlen sie.
»Ich habe mich freiwillig angezeigt«, beginne ich und begreife

sofort, dass das falsch ist. In ihren Augen bin ich ein Mistkerl. Wahrscheinlich würde ich an ihrer Stelle auch so denken. Ich weiß es nicht. Man weiß erst, was man anstelle eines anderen tun würde, wenn man tatsächlich an seiner Stelle steht.
»Wart's nur ab, Bursche«, sagen sie. »Du brauchst nicht zu glauben, dass sie sich im Vaterland freuen, weil der verlorene Sohn nach Hause kommt.«
Ich schlucke laut.
»Hinunter«, jubeln sie, »in die Kacke, Arschloch, da gehörst du hin.«
Sie treten mit den Stiefeln die Tür hinter mir auf, treten mir in den Bauch. Ich verliere das Gleichgewicht und falle hinunter in ein dunkles Loch.

In meinem Kopf klopft es. Wieder einmal eine Gehirnerschütterung. Auch die werde ich überleben. Der Gestank ist schlimmer. Es ist Kotgestank, und er entzieht der Luft den Sauerstoff.
Ich drücke mein Taschentuch an Nase und Mund. Der Gestank wird weniger, so halte ich es eine Weile aus. Plötzlich spüre ich einen Schatten über mir. Werden sie mich wieder treten und schlagen? Ich rolle mich zu einem Ball zusammen und drücke weiterhin das Taschentuch an Nase und Mund, aber niemand rührt mich an. Dennoch bin ich misstrauisch. Sekundenlang bleibe ich zusammengerollt liegen, bis plötzlich eine Stimme fragt, ob es geht.
»Es geht«, sage ich vorsichtig.
Wieder wird es still. Ich möchte wissen, wem die Stimme gehört, aber ich sehe niemanden. Es ist zu dunkel für meine

Augen. Ich spüre, dass ich an einer Wand liege, nahe an der untersten Stufe. Ich spüre meinen Rucksack neben mir, mein Saxophon, das immer noch daran festgebunden ist. Sie haben meine Sachen einfach in den Keller hinuntergeworfen. Ich richte mich auf, und sofort wird mir schwindlig. Ich greife nach dem Saxophon, gleite mit den Fingern über das Kupfer und fühle eine kleine Delle. Ich fluche laut. Sobald ich einen Schmied finde, werde ich ihn bitten, mir zu helfen.
Ich werde vorläufig keinen Schmied finden, vielleicht nie mehr. Mein Saxophon wird nie mehr einen klaren Klang haben. Katzengejammer wird herauskommen, Altweibergewinsel. Wut steigt in mir auf. Sie haben mich in dieses Loch geworfen, diese Trottel da oben, sie haben mir meinen liebsten Besitz genommen, und ich werde sterben von dem Gestank hier drinnen. Ich nehme das Saxophon in die Arme und fange an zu schluchzen.
»Selbstmitleid bringt nichts«, sagt eine Stimme.
Ich erschrecke. Der Schatten löst sich aus einer Ecke und kommt auf mich zu. Er ist groß und spindeldürr und viel älter als ich.
Wer ich bin, will er wissen. Wo ich herkomme. Und ob sie mich aufgegriffen haben. Doch bevor ich antworten kann, fängt er an zu erzählen. Er stammt aus Gent und ist freiwillig nach Deutschland gegangen, um in einer ihrer Waffenfabriken zu arbeiten – zu Hause hatten wir nichts, junger Mann, entweder Deutschland oder vor Hunger sterben, und das verstehen sie hier nicht, sie sagen, dass ich vom Krieg profitiert habe und dass sie mich in Belgien schwer bestrafen werden.

Er schaut mich neugierig an. Warum sie mich aufgegriffen haben?

Weil ich an der Ostfront gekämpft und mich jetzt freiwillig angezeigt habe, sage ich.

»Das ist sehr mutig von dir«, ruft er erschrocken.

»Entweder das oder vor lauter Lügen sterben.«

Er schaut mich an, als würde ich wirres Zeug reden. »Du bist verrückt«, sagt er dann.

»Vielleicht.«

Einen Moment lang bleibt es still. Ich drücke das Saxophon fest an mich. Das Metall ist kalt.

»Hoffnung hält uns am Leben«, sage ich plötzlich. Das hat Renée immer gesagt. Ich spüre, wie sich auf meinem Gesicht ein Lächeln ausbreitet. Dass ich jetzt an Renée denken muss.

»Stimmt«, sagt der Mann. »Wenn es keine Hoffnung mehr gibt, ist alles aus.«

»Notfalls lügen wir die Hoffnung herbei«, sage ich und spüre, wie mein Lächeln breiter wird.

»Das ist nicht lustig.«

»Ich weiß«, sage ich.

»Spiel mal was«, sagt der Mann.

»Nein«, sage ich. »Sie hat eine Delle.«

»Sie?«

Ich sehe ihn erstaunt an. Ich nenne mein Saxophon immer »sie«.

»Als wäre es eine Frau«, sagt er spottend.

Ich zucke mit den Schultern. Soll er mich doch auslachen, das kann mir egal sein.

»Reg dich nicht auf«, sagt er. »Es klingt einfach lustig, mehr nicht. Spiel was.«
»Es wird nicht rein klingen.«
»Als ob es noch etwas Reines gäbe«, sagt er. Er deutet in die Dunkelheit. »Dort schlafen wir«, sagt er.
In diesem Gestank. Eine große Mutlosigkeit überkommt mich.
»Man gewöhnt sich an alles«, sagt der Mann, »sogar an den Gestank.«
Ich werde keine Luft bekommen. Um zu spielen, brauche ich Luft.
»Zeige mir das Saxophon«, sagt er. »Wo ist die Delle?«
Als würde er mir helfen können.
»Wir haben hier kein Licht«, fährt er fort, »aber dort drüben in der Ecke ist ein kleines Fenster, und tagsüber kommt mehr als genug Licht herein. Man gewöhnt sich an alles, sagte ich schon, sogar an das hier unten, sogar an die Dunkelheit.«
Er hat recht. Meine Augen sehen sogar mehr, als sie sehen möchten. Den Schimmel an den Wänden, den Schmutz in den Ecken. Brutstätten für Ungeziefer. Was habe ich mir denn gedacht, dass sie mich in einen Palast einsperren würden?
Er betrachtet das Saxophon. »Ich werde sehen, was ich tun kann, morgen, tagsüber.« Ein Lächeln erscheint in seinem Gesicht. »Bevor ich nach Deutschland gegangen bin, habe ich mit Autos gearbeitet. Autos von reichen Leuten ausgebessert, Dellen aus Karosserien geklopft. Dann fing der Krieg an, und das Geschäft ging pleite. In Deutschland gab es Arbeit für mich. Ich habe fünf Kinder, und die brauchen was zu essen. Hast du Kinder?«

»Ich bin zweiundzwanzig.«
»Als ich so alt war, hatte ich schon zwei Söhne.«
»Ich bin müde«, sage ich.

Ich folge ihm in die Dunkelheit.
Zwei Strohsäcke liegen auf dem Boden, zweifelsohne voller Läuse. Neben den Strohsäcken steht ein Topf, randvoll mit Kacke. Daher also dieser schreckliche Gestank.
»Können wir die Strohsäcke nicht woandershin schieben?«
»Der Geruch ist überall«, sagt er.
Ich schleppe die Säcke in die andere Ecke des Raumes. Er folgt mir. »Man gewöhnt sich wirklich daran«, sagt er.
Ich lege mich neben ihn und schließe die Augen. Der Geruch ist zum Kotzen. Ich drücke meinen Ärmel gegen Nase und Mund. Ich ersticke fast, aber lieber fast ersticken als die ganze Nacht würgen.
»Wie willst du die Delle rausklopfen?«, frage ich mitten in der Nacht. »Du wirst mir doch nicht erzählen, dass du hier Werkzeug hast.«
Er ist auch noch wach.
»Mit meinem Absatz«, sagt er.

Ich kann nicht einschlafen. Während der Mann neben mir schnarcht, versuche ich, so ruhig wie möglich liegen zu bleiben, den Ärmel an Nase und Mund. Und als es Morgen wird, rieche ich die Kacke nicht mehr.

Freundin

»Unser Jef braucht eine Freundin.«
»Aber Sander, sei doch froh, dass er so gut zurechtkommt in der Grube. Die Freundin kommt schon noch. Und sprich ein bisschen leiser, der Junge braucht Ruhe.«
Sie essen weiter. Eine Weile ist es still.
»Er ist ein guter Junge, Sander.«
»Das ist er. Wenn er jetzt noch eine Freundin ...« Ich höre bis in mein Zimmer, wie er seufzt. »Man will immer das Beste für seine Kinder, meine Blonde.«
»Hör auf und iss.«
Das Beste für seine Kinder. Das ist also eine Freundin für mich. Das meint mein Vater nicht nur deshalb, weil Renée jetzt schon so lange ihren Emile hat. Übrigens, dieser Emile. Ein guter Kerl. Auch gescheit. Aber so still. Man könnte ihn als Bild an die Wand hängen. Wetten, dass er einfach hängen bliebe.
Mein Vater soll nicht so nörgeln. Er soll lieber mit dem Umbau beginnen. Dann hat er wenigstens was, worüber er nachdenken kann. Ja, er will umbauen. Als Erstes plant er einen Waschraum mit einer Waschmaschine für meine Mutter. Und dann will er aus dem Dachboden einen Taubenschlag machen. Sein Vater hatte auch einen, sagt er. Deshalb.
Das ist zum Totlachen. Mein Vater hat noch nie einen Stein

auf einen anderen gesetzt. Er soll bloß nicht glauben, dass ich ihm helfe. Ich brauche tagsüber meine Ruhe. Und wenn er mich nicht in Ruhe lässt, bin ich weg. Sofort. Ich weiß schon, wohin ich dann gehe. Man kann über Grubenarbeiter sagen, was man will, aber niemand hat bessere Kameraden. Nicola ist der beste von allen. Sie haben ihn aus Italien geholt, weil sie zu wenig Leute haben. Ich habe ihm erzählt, dass mein Vater mich manchmal verrückt macht. Er hat in seinem gebrochenen Niederländisch zu mir gesagt: Bei uns ist immer Platz. Ich habe seine Hand ganz fest gedrückt. Grazie. Das habe ich zu ihm gesagt. Und dann bin ich nach Hause gerast. Hätte ich an einem Wettrennen teilgenommen, ich hätte bestimmt gewonnen.

Nach Hause

Eines Morgens werde ich aus dem Kellerloch nach oben gerufen. Drei Gendarmen sind aus Brüssel gekommen, um mich abzuholen. Wie viele Tage war ich eigentlich hier? Länger als eine Woche, kürzer als einen Monat, vermute ich. Die Stunden sind vorbeigekrochen, und ohne meinen Freund hier wäre die Zeit stehengeblieben. Die ersten Tage waren die Hölle. Jeden Moment erwartete ich einen der vier Bewacher mit irgendeiner schrecklichen Strafmaßnahme. Zu meiner Verwunderung kam nie einer von ihnen die Treppe runter.
Jeden Morgen und jeden Abend haben sie oben an der Treppe einen Teller mit Essen für uns hingestellt, es war nicht mal besonders eklig. Am Anfang habe ich nur gegessen, um bei Kräften zu bleiben, aber nach einer Weile habe ich Hunger bekommen, trotz des Gestanks nach Kacke und Schweiß.
Ich verabschiede mich von meinem Freund. Wir umarmen uns lange. Ich werde nie vergessen, wie geduldig er mein Saxophon wieder hergerichtet hat. Stundenlang hat er daran herumgeklopft, um die Delle herauszubekommen, ganz vorsichtig, als wäre mein Saxophon aus Porzellan. Es ist ihm sogar fast gelungen.
Ich gehe Treppen hinauf. Jemand steht breitbeinig im Türrahmen. Ich sehe seine Silhouette gegen das Tageslicht.
»Ein bisschen schneller«, sagt die Silhouette.

Ich umklammere mein Saxophon mit beiden Händen, während ich Stufe um Stufe hinaufgehe. Als ich oben bin, sagt der Mann, er sei ein belgischer Gendarm und würde mich nach Hause bringen, zusammen mit seinen beiden Kollegen. Und dass ich ja nicht versuchen soll zu fliehen, wenn ich so dumm wäre, würden sie sofort schießen. Ob ich das verstanden hätte.
»Ja«, sage ich. »Ich habe mich freiwillig gestellt, ich habe nicht vor, zu fliehen.«
»Man kann es sich auch anders überlegen«, sagt der Gendarm. Ob mir klar ist, dass sie sich in Belgien nicht gerade auf mich freuen?

Mit einem Taxi fahren wir zum Bahnhof von Bonn. Bevor ich in das Auto steige, werden mir die Hände auf den Rücken gebunden. Die Gendarmen fragen, ob es weh tut. Das tut es nicht. Von Bonn aus geht es mit dem Zug nach Brüssel. Wir kommen gut vorwärts, trotz der vielen Blicke unserer Mitreisenden. Sobald wir die Grenze hinter uns haben, sind sie nicht mehr zu bremsen. Ich werde von Kopf bis Fuß gemustert, und wenn sie könnten, würden sie mich erschlagen. Der letzte Dreck bin ich, trotz der sauberen Kleider, die ich kurz vor der Abfahrt bekommen habe. Als wäre meine Stirn mit einem schwarzen Kreuz gebrandmarkt, das schwarze Kreuz vom Aschermittwoch. Asche zu Asche, Staub zu Staub.
»Das Schlimmste haben wir überstanden«, sagt der Gendarm vor mir. Er deutet auf mich, als wäre ich nicht da. »Der hier wird vielleicht Glück haben. Heute denken sie schon nach, bevor sie schießen.«

»Nicht immer«, sagt der Große rechts neben mir. »Ich kenne einen Fall, der ist nicht mal einen Monat her. Und der Mann hat nichts anderes gemacht, als Brot an die Deutschen zu verkaufen. Sie haben ihn nach dem Krieg ohne Pardon erschossen.«

»Die Deutschen hatten natürlich auch Hunger«, sagt der Kleine, der links neben mir sitzt. »Wer weiß, vielleicht standen sie ja mit dem Gewehr in der Backstube. *Backen, oder wir schießen.*«

Alle drei seufzen.

Mir läuft ein Schauer über den Rücken. Meine Mutter. Meine Mutter und ihr Laden mit den deutschen Kunden. Und mit einem Sohn, der an die Front gegangen ist.

»Es sind hässliche Dinge passiert im Krieg«, sagt der Größte. »Aber nach dem Krieg auch.«

»Die Menschen hatten Angst«, sagt der Kleine. »Man darf es ihnen nicht übelnehmen.«

»Auf beiden Seiten gibt es Verbrecher«, sagt der Große. »Das sage ich euch.«

»Trotzdem ist mir ein weißer Verbrecher lieber als ein schwarzer«, sagt der Gendarm vor mir.

Und ohne es abgesprochen zu haben, schauen sie alle drei gleichzeitig auf mich.

Schuldbewusst aussehen und mit leiser Stimme sagen, ich weiß. Es ist, als habe jemand auf einen Knopf gedrückt. »Ich weiß«, sage ich schuldbewusst und mit leiser Stimme.

Lange bleibt es still. Zum ersten Mal spüre ich Hoffnung. Wenn ich weiterhin die richtigen Worte finde, kann ich mich vielleicht retten. Wer weiß, vielleicht bringen sie sogar meine Mutter einfach zu mir.

Und gleich ekle ich mich vor mir selber. Ich wollte doch keine Tricks mehr vorführen?

»Tut es dir leid, dass du dich angezeigt hast?«, fragt der Kleine.

Ich schüttele den Kopf. »Nein, tut es nicht.«

»Es wird nicht einfach werden.«

Ich nicke. Wieder wird es still. Ich drehe den Kopf und schaue aus dem Fenster. Ich bin nicht mehr Teil von dem, was ich sehe. Sie werden mich einsperren. Und wenn ich Glück habe, werde ich durch ein Fenster hinausschauen können.

Moonlight Serenade

»Remi«, sagt Schwester Melanie. »Du bist spät dran.«
»Ich bin so schnell gefahren, wie ich konnte.«
»Das ist nicht schnell genug. Du weißt, dass er auf dich wartet.«
Sie wissen doch, dass ich jetzt aufs Gymnasium gehe? Der Unterricht dauert länger, und die Schule liegt nicht im Dorf. Ich habe es ihnen schon hundertmal erzählt.
»Ich kann nie vor fünf Uhr hier sein. Die Schule ist erst um halb fünf zu Ende.«
Sie seufzt tief. »Du hast doch deine Trompete mitgebracht?«
Ich bringe meine Trompete immer mit. »Natürlich, Schwester.«
Sie lächelt, richtet ihre Haube und schaut aus dem Fenster. »Zum Glück ist das Wetter noch gut. Er sitzt am Teich. Geh schnell zu ihm.«

Hinter dem Kloster ist eine große Rasenfläche. Und überall stehen viele Bänke, auf dem Rasen, unter den Bäumen, bei den Blumenbeeten und am Pfad, der zum Teich führt. Wenn die Sonne scheint, sind die Bänke voll mit alten Leuten. Gust sitzt immer am Teich. Der Teich erinnert ihn an den Kanal, sagt Schwester Melanie.

Der Teich ist nicht der Kanal, Gust weiß das sehr wohl. Sein Verstand funktioniert noch sehr gut, auch wenn er nicht mehr reden kann. Er kann nicken, deuten, lächeln, böse schauen. Er kann auch sehr traurig aussehen, zum Beispiel wenn es tagelang regnet. Dann fährt er mit seinem Rollstuhl so nah wie möglich ans Fenster, damit er noch etwas vom Himmel sehen kann, auch wenn es nur das trübe Grau dort oben ist. An solchen Tagen ist kein Licht in seinen Augen, sagt Schwester Melanie. Außer am Freitag. Freitag ist sein Lieblingstag, sagt Schwester Melanie, dann spielt das Wetter keine Rolle, dann wacht er früh auf, frühstückt ein zweites Mal, fährt den ganzen Vormittag mit seinem Rollstuhl durch den Gang und lacht jeden an.
Welch ein Glück, dass ich freitags herkomme, nicht an irgendeinem anderen Tag.
Ich hoffe, dass Gust noch lange am Leben bleibt. Im vergangenen Jahr, an einem der Freitage im Haus am Kanal, ist ihm plötzlich etwas passiert. Etwas in seinem Gehirn, sagt meine Mutter, ein Blutpfropfen, der irgendwo stecken geblieben ist. Zum Glück ist Gust nicht gestorben. Aber er konnte nichts mehr, er spürte auch nichts mehr. Im Krankenhaus haben sie sehr viele Übungen mit seinen Beinen und Armen gemacht, jeden Tag, und das war ein Glück, denn seine Arme funktionieren fast wieder so gut wie früher. Schade, dass seine Beine so schlaff wie Lappen geblieben sind.
Im Krankenhaus haben sie auch gleich gemerkt, dass Gust stocktaub ist. Sie haben ihm ein Hörgerät gegeben. Und jetzt hört er besser, als er in den letzten Jahren je gehört hat.
Vielleicht wird das mit den Beinen auch noch mal gut, hat

der Doktor gesagt, als Gust nach Hause ging. Und Gust hat ihn angeschaut, als wolle er sagen: Machen Sie mir nichts vor, Herr Doktor, ich bin doch nicht blöd. Aber er hat nichts gesagt.
Sein Verstand ist noch in Ordnung, sagt meine Mutter, zumindest denke ich das.
Ich weiß, dass sein Verstand noch in Ordnung ist. Denn wir spielen jeden Freitag Schach, und beim Schachspielen muss man gut nachdenken. Ich habe nach dem Schachspielen oft Kopfweh vom vielen Nachdenken. Aber ich verliere immer. Und Gust muss immer lachen.

Er redet fast nichts mehr. Sie haben versucht, ihn wieder zum Sprechen zu bringen, aber das haben sie schnell aufgegeben. Er kann nur ein paar Geräusche von sich geben, und die hören sich an wie das Heulen eines Hundes. Dann erschrecken alle so sehr, dass Gust ganz aufgehört hat zu reden. Manchmal versucht er mit mir zu sprechen, denn er weiß, dass ich nicht erschrecke. Es ist aber schwer, ihn zu verstehen. Manchmal hat er Tränen in den Augen, weil ich immer wieder »Wie bitte?« sage. Aber ich kann doch nicht einfach so tun, als würde ich ihn verstehen. »Ist schon gut, Gust«, sage ich dann und nehme meine Trompete. Ich versuche, ihn alles vergessen zu lassen außer dem Kanal und dem Himmel.
Und deshalb bringe ich jeden Freitag meine Trompete mit.

»Sollen wir um den Teich herumspazieren?«, frage ich. Ich finde spazieren ein schöneres Wort als schieben. Er schüttelt

den Kopf und deutet auf die Trompete auf meinem Rücken.
»Aha«, sagt er wieder, und ich weiß, dass es diesmal ›blasen‹ heißt.
»In Ordnung«, sage ich. »Hat der Herr einen besonderen Wunsch?«
Gust lacht wieder. Er stößt ein paar Töne aus, und nach der Anzahl nehme ich an, dass es »Moonlight Serenade« sein könnte.
»Moonlight Serenade?«
Er nickt und legt die Hände in den Schoß.
Ich habe die Noten von Renée bekommen. Mein Vater hält es für ein Wunder, dass ich das Stück schon so gut spielen kann. Jef möchte es nicht hören. Dann muss er an die Zeit denken, als er so krank war und ich dieses Wunder vollbracht habe. Um des lieben Friedens willen spiele ich dieses Stück deshalb nicht, wenn Jef zu Hause ist.
Seit meinem Wunder habe ich viel weniger Angst, in die Hölle zu kommen. Ich habe mein Wunder vollbracht, basta. Ich gebe jetzt einfach mein Bestes wie alle anderen auch, schließlich wollen alle in den Himmel kommen.
Ab und zu sehe ich Jeanne. Zufällig, wenn ich bei Gust bin. Sie hat noch mehr Sommersprossen als früher. Dass das überhaupt möglich ist! Als Gust noch gut sprechen konnte, sagte er manchmal, dass Jeanne nicht glücklich sei, man könne es an ihrem Gesicht sehen. »Sie braucht ein Wunder«, sagte Gust, »ein Wunder, damit sie wieder lachen kann.«
Nein, dachte ich damals, das geht mich nichts an. Erstens benimmt sie sich mir gegenüber immer noch seltsam, aber das macht mir nicht viel aus. Sie ist mit ihren Sommerspros-

sen sowieso hässlich, und zweitens soll sie sich doch selbst ein Wunder organisieren.

Gust stößt mich an. »Ehe«, sagt er, und auch das verstehe ich. Ich werde spielen, Gust. Was immer du willst und solange du willst.

Schnee

Die drei Gendarmen liefern mich abends in Brüssel ab. Nach einem kurzen Verhör werde ich eingesperrt. Am nächsten Morgen bringen sie mich in das Gefängnis von Hasselt. Dort nehmen sie mir meinen Rucksack und mein Saxophon ab. Mein Name wird aufgeschrieben. Können sie herausfinden, ob meine Mutter noch lebt? Können sie sie benachrichtigen, dass ich hier bin? Ich bitte sie möglichst freundlich darum. Sie lachen mich einfach aus. Sollen wir uns für dich anstrengen, du Muttersöhnchen? Jemand muss doch erfahren, dass ich hier bin, versuche ich weiter. Wir werden sehen, Dusoleil, wir werden sehen. Und sie sagen, dass ich mich nicht so aufspielen solle.

Ich werde in eine Zelle gesteckt. Der Raum ist kaum dreimal drei Meter groß. Er stinkt nach Kot und Schweiß. Wir sind zu neunt und schlafen auf dem Boden, Körper an Körper. Manche hocken an der Wand. Wir sind uns viel zu nahe, und trotzdem streiten wir uns nicht. Es sind die Wärter, die uns bis zum Äußersten reizen. Sie schikanieren uns, sie piesacken uns, und wehe, es lässt sich einer mal gehen. Dann wird sofort die Zellentür aufgerissen, und der Mann mit der Peitsche und den schweren Stiefeln ist da, der wird uns zeigen, wie sehr wir genau das verdient haben, was wir bekommen.

Sie knallen uns den ganzen Krieg ins Gesicht. Landesverräter sind wir. Dass wir unsere dreckigen schwarzen Pfoten von den Weißen hätten lassen sollen. Dass wir große Feiglinge sind. Dass die Konzentrationslager doch das Allerschlimmste sind und dass wir das nicht verhindert haben und dass wir zum Kotzen sind.

Ich vermisse mein Saxophon. Trotzdem ist es gut, dass ich es nicht bei mir in der Zelle habe. Sie könnten es mir für immer wegnehmen. Angenommen, sie würden herausfinden, dass ich ohne Saxophon nicht leben kann.

Ich darf nicht so viel nachdenken. Wenn ich so viel nachdenke, fange ich wieder an, Geschichten zu erfinden. In meinen Gedanken ist viel Tod, und wenn ich zu viel daran denke, werde ich den Tod vielleicht fortlügen. Wie viel Tod kann man in seinen Gedanken haben?

An der Front haben wir manchmal gesagt: Wenn wir die Russen schaffen, schaffen wir die ganze Welt. Wir haben es versucht. Das hätten wir nicht tun sollen. Denn die Russen haben die Welt nicht kaputt gemacht, sie haben unsere Kirchen nicht in Brand gesteckt, ich habe die Kirchtürme auf dem Weg nach Hause gesehen.

Sie waren erbarmungslos, die Russen an der Ostfront, sie waren Teufel. Sie hatten den Auftrag, uns zu zermalmen, und das haben sie getan. Todesangst hatten wir. Denn für jeden toten Russen kamen zehn neue nach. Wir haben immer weiter geschossen, wir konnten nichts anderes tun, und wir haben nicht mehr nachgedacht, Nachdenken war sterben, und unsere Schützengräben waren lächerlich, sozusagen zehn Zentimeter tief. Es war idiotisch, dass wir uns da hineinlegten, aber wenn wir es nicht taten, erschossen sie uns ganz sicher. Wir rissen uns Knöpfe von den Uniformen und steckten sie in den Mund und saugten daran, bis wir keinen Hunger mehr hatten, denn die Verpflegung kam wegen des Schnees oft nicht an, und unsere Augen durften nicht tränen, denn dann froren die Lider sofort zu, aber wieso sollten unsere Augen tränen, schießen sollten wir und kauen und schlucken. Und beten. Für unser Volk, aber vor allem für uns selbst.

Der Schnee war unsere Welt, wir kannten keine andere Welt, wir hatten nie von einer anderen Welt gehört als von dieser: Los, Kameraden, stoßt nach Osten vor und vernichtet den Russen, und es kam niemand, der uns von einer anderen Welt erzählte, keiner sagte: Männer, was macht ihr denn da? In Gottes Namen. Um Himmels willen. Hört auf damit.

Wir hätten nicht aufgehört. Hände hoch bedeutete eine Kugel in den Kopf.

Und nach dem Winter kam der Frühling, der Schnee schmolz, und wir zogen uns zurück, denn die Russen kamen weiterhin, und sie waren zu stark, also sollten wir uns eine Zeitlang ruhig verhalten, im Schlamm, der nach dem Schnee entstand und immer schlimmer wurde. Wir hofften auf ein Wunder, zum Beispiel dass die Russen sich ergeben würden, aber sie gewannen fast jede Schlacht, und wenn wir Russen gewesen wären und fast jede Schlacht gewonnen hätten, hätten wir auch nicht aufgegeben. Also geschah kein Wunder, aber wir hofften weiter auf eine Wende, auf etwas, wodurch wir wieder aufrecht gehen könnten, ohne uns dauernd nach allen Seiten umsehen zu müssen, und ohne Gewehr, mit Händen in den Hosentaschen, ein Lied pfeifend, weil die Sonne schien. Wir hofften, dass unsere Kleidung endlich trocknen würde und wir normal nach Hause gehen könnten. Wir hofften weiter, weil uns nichts anderes übrig blieb.

Dies war meine Welt. Von einer anderen Welt wusste ich nichts. Sie können mich doch nicht verurteilen für eine Welt, von der ich nichts wusste? Können sie so etwas tun?
Ich werde ihnen alles erzählen.
Ich werde ihnen sagen, wie ich es schließlich herausfand. Das von der anderen Welt. Und dass ich dann aufgehört habe. Nicht mit erhobenen Händen, denn das hätte eine Kugel in den Kopf bedeutet. Und vielleicht, vielleicht werden sie es verstehen.

1944

Hell, aus voller Kehle

Sie hatten es uns versprochen: Wir würden als Verstärkung dienen, gut bezahlt und gut versorgt werden. An der Ostfront blieb nicht viel übrig von diesen Versprechen, aber ich habe immer gehofft. *Irgendwann kommt der Tag.* Und inzwischen tat ich, was von mir verlangt wurde, so gut ich konnte. Ob ich nicht Sturmführer werden wollte, meine eigenen Männer anfeuern? Das wollte ich gern, sogar sehr gern.

Unsere Legion schloss sich bei Breslau den anderen Legionen an, den deutschen und den europäischen, und so zogen wir ostwärts, dem Sturm entgegen. Am Ende strandeten wir in der Ukraine, nicht weit entfernt von der russischen Grenze. Von hier aus sollten wir die Hölle aufhalten. Obwohl wir die ganze Zeit schon mittendrin waren. Denn die Russen zermalmten uns. Ihre Soldaten und ihre Panzer rollten einfach über uns hinweg. Es gab schon längst keinen Unterschied mehr zwischen den deutschen Soldaten und uns, den kleinen Flamen, wie sie uns anfangs spöttisch genannt hatten. Wir erledigten schon lange nicht mehr die beschissensten Aufträge. Sie brauchten uns dringend.

Es kamen neu rekrutierte Flamen, ich verstand nicht, warum man sie noch an die Front schickte. Die meisten waren kaum siebzehn, ich hätte wetten können, dass sie nie zuvor ein

Gewehr in den Händen gehalten hatten. Waren sie ausgebildet worden? Vielleicht ein, zwei Wochen? Das war so gut wie nichts. Warum hatten ihre Eltern sie nicht zurückgehalten?
Ich musste sie willkommen heißen. Das hier ist die Hölle, Jungs, hätte ich am liebsten gesagt, ihr könnt dem Himmel auf Knien danken, wenn ihr hier lebend herauskommt. Aber ich sagte etwas anderes, ich sagte: Willkommen, und: Wir geben nicht auf, wir tun unser Bestes, und wir sind hier nicht allein. Ich hätte kotzen können von meinen eigenen Worten.

Eines Tages lag ich in meinem Bett. Sie hatten mir zwei Stunden zum Schlafen gewährt. Ich versuchte, die Augen zu schließen, aber es gelang mir nicht. Jedes Mal schnellten die Lider hoch, als stünden sie unter Hochspannung.
Einer der Offiziere kam zu mir gelaufen. »Gerade ist die Nachricht gekommen«, keuchte er. »Die Russen haben eine Stellung in unserer Nähe eingenommen. Wir müssen der Bevölkerung unsere Hilfe anbieten, wir müssen ihnen helfen, durchzuhalten.«
Durchhalten, verdammt, was für ein beschissenes Wort. Wenn die Stellung schon eingenommen wurde, wie sollten wir dann noch durchhalten?
Wir zogen sofort los. Die Jungen in unserer Mitte. Wir liefen über den Feldweg. Geradeaus. Immer geradeaus. In der Morgendämmerung. Kopf hoch, Brust raus. Wir waren nicht die Einzigen, die unterwegs waren. Auf der anderen Seite liefen Menschen jeden Alters in die andere Richtung. Sie wollten alle in den Westen. Manche hatten Schubkarren mit ihren

Sachen dabei, andere schleppten schwere Säcke, manche trugen Kinder, andere nichts. Ihre Blicke kamen aus der Hölle.
Und wir liefen an ihnen vorbei. Marschierten an ihnen vorbei. Jemand hob die Hand zum Gruß, ein anderer drohte mit der Faust. Aber dann: Die Rotznasen fingen an zu singen. Rein, aus voller Kehle. Deutsche Marschlieder waren es, und sie sangen fehlerfrei und im richtigen Takt. Wo sie diese Lieder gelernt hatten, ich wusste es nicht. Sie klangen so aufrichtig begeistert, Lieder, wie schön es in der Armee sei und dass der Feind untergehen würde, wenn wir nur zusammenblieben und gemeinsam kämpften. Mich überlief eine Gänsehaut. Wollten sie mir zeigen, wie man weitergehen musste, sie, die nichts vom Krieg wussten? Ich konnte nicht anders, als ihnen zu folgen. Ich war es ihnen schuldig.
Sie schauten kurz hoch, die an uns vorbeikamen, überrascht, erschüttert. Die deutschen Soldaten, die mit uns marschierten, verstanden die Welt nicht mehr. Niemand lächelte, niemand strahlte. Nur unsere jungen flämischen Schmetterlinge. Welche Geschichten hatten sie gehört, welche Lügen hatte man ihnen aufgetischt?

Ablösung

Der Winter erwischte uns mit voller Wucht. Die Kälte aus dem Osten zog in unsere Knochen. Warm war uns nie mehr. Ich hatte bereits einen Winter hier mitgemacht, ich dachte, dieses Mal wäre ich darauf vorbereitet. Es stimmte nicht. Man kann Frieren nicht trainieren. Die Neuen schon gar nicht. Sie hörten nicht auf zu zittern, sogar im Schlaf klapperten sie mit den Zähnen. Schlaf, nun ja. Die Minuten, in denen sie eindösten. Schlafen war ein Wort, das hier nicht existierte.

Wir zogen weiter. Vorbei an brennenden Dörfern, an brennenden Feldern, an Löchern im Boden, an toten Menschen und an lebenden, die in alle Richtungen flüchteten. Die Lieder wurden weniger klar, waren aber immer noch zu hören. Solange wir nicht auf Widerstand stießen, liefen wir weiter. Und wenn Widerstand drohte, versteckten wir uns. Wir nahmen das Gewehr und schossen. Wir ruhten einige Stunden am Tag, einer dem anderen ganz nah.
Schon lange waren wir voller Läuse. Wo immer es noch ein bisschen Wärme gab, krochen sie herum, wuchsen und pflanzten sich fort. In unseren Haaren, unter den Achseln, im Kragen unserer Hemden, in unseren Schamhaaren, wir kratzten und kratzten, aber es wurden immer mehr.

Man sagte, dass die Läuse Flecktyphus übertrugen und dass man an Flecktyphus starb. Wir entlausten uns sooft wir konnten, aber es half nicht viel. Man sagte auch, dass die Russen gegen Flecktyphus immun seien. Wieder etwas, das sie uns voraushatten.

Die Russen hatten ihre Endoffensive begonnen, und jeder und alles auf ihrem Weg musste dran glauben.

Was sollte jetzt aus uns werden? Mit den Neuen? Auf Befehl von oben durften wir ihnen nichts erzählen, sie würden zu schnell den Mut verlieren, Kinder, die sie noch waren. Aber wie sollten wir ihnen in die Augen schauen und ihnen weismachen, dass noch alles möglich war, vor allem der Sieg, solange wir nur weiterkämpften? Weitermachen konnte den Tod bedeuten. Ein Rückzug ebenso.

Die Nacht kam. Und mit der Nacht rollten die russischen Tanks in unser Lager.

Die Verwüstung war groß. Die Anzahl der Opfer ebenfalls. Wir legten die Toten in den trockenen Seitenarm eines Flusses. Wir deckten sie mit ihren eigenen Decken zu. Die Russen, die wir getötet hatten, ließen wir liegen.

»Wir gehen weiter«, sagte unser Obersturmbannführer. »Wir geben nicht auf. Aber wir müssen vorsichtig sein, der Feind ist jetzt überall. Wir müssen immer an unser Volk denken. Wir dürfen es jetzt nicht im Stich lassen. Wir geben nicht auf, wenn es schwierig wird. Und es wird schwierig werden. Deshalb gehen wir in kleinen Gruppen weiter, zwei, höchstens drei Mann. Wir müssen versuchen, aus der Umklammerung auszubrechen.«

Ich bereitete meinen Rucksack vor. Mein Saxophon kam obenauf. Ich drehte mich um und bemerkte drei Jungen hinter mir. Sie salutierten alle drei gleichzeitig.
»Herr Sturmführer?«
»Hm.«
»Was machen Sie?«
»Weitergehen.«
»Dürfen wir Sie begleiten?«
Ich sah sie einen nach dem anderen an. Ich zögerte.
»Wir wollen den Krieg gewinnen«, sagten sie.
Mir war, als würde ich mich selbst hören. Mich schauderte. Zwei der drei waren fast so groß wie ich, aber klapperdürr. Einmal schubsen, und sie würden umfallen.
»Eure Namen?«
»Vervoort, Jansen, Verbeeck.«
»Die Vornamen, meine ich.«
»Jan, Hendrik, Leon«, sagte der Mittlere.
»Alter?«
Die Antwort kam wie aus einem Mund. »Siebzehn.«
»Aus derselben Klasse, demselben Dorf?«
Erstaunte Blicke.
»Woher wissen Sie das?«
»Es passiert öfters, dass Jungen aus derselben Klasse an die Front ziehen.«
Sie lächelten sich an.
»Wie alt wart ihr?«
»Siebzehn.«
»Und jetzt die Wahrheit.«
Sie sahen mich an. Schwiegen. Warfen sich flammende Bli-

cke zu. Ich wusste, dass sie es mir erzählen würden. Es war nur eine Frage der Geduld.

»Fünfzehn.«

Fünfzehn. Nicht zu fassen.

»Wie kommt es, dass ihr so dumm seid, in den Krieg zu ziehen, noch dazu alle drei?« Meine Stimme schoss in die Höhe. Ich sah, wie sie vor der Lautstärke erschraken. Sie schauten sich an.

»Sie haben gesagt, sie brauchen uns«, sagte Jan.

»Mein Bruder ist auch hierhergezogen«, sagte Hendrik. »Und mein Vater hat gesagt, wenn ich gehen würde, wäre er stolz auf mich. Und mein Großvater auch.«

»Und deine Mutter?«, fragte ich.

Er beugte den Kopf. »Nein, sie nicht«, sagte er leise.

»Meine Mutter schon«, sagte Jan. »O ja, die war glücklich!« Sein Gesicht leuchtete.

»Aber zuerst waren wir zu sechst«, sagte Hendrik wieder. »Nicht zu dritt.«

»Sechs aus derselben Klasse?«

Alle drei nickten.

»So.«

Sie sagten nichts. Schauten auf den Boden.

»Und die anderen drei?«

»Haben wir gestern begraben. Nun ja, begraben.«

»So ist das hier.« Ich klang gröber, als ich wollte. »Also waren eure Pässe gefälscht?«

Wieder senkten sich die Köpfe.

»Ihr wisst, dass man mindestens siebzehn sein muss. Und schaut mich an, wenn ich mit euch rede.«

Die Köpfe erhoben sich. Aus ihren Augen sprang mich Angst an.

»Und meint ihr, die brauchen euch hier?«

Sie sahen einer den anderen an, sahen zu Boden, zu mir, dann wieder einer den anderen.

»Aber jetzt sind wir hier«, sagte Jan.

»Da kann man nichts machen«, sagte Hendrik. Auf seinem Gesicht erschien ein Lächeln, für einen Moment war die Angst verschwunden.

Leon war der Einzige, der noch nichts gesagt hatte.

»Und warum bist du hier?«, fragte ich ihn.

Leicht wie eine Feder erschien er mir. Meiner Meinung nach würde er umfallen, wenn er ein Gewehr trug. Ich verstand nicht, dass er die Musterung bestanden hatte. Oder gab es die nicht mehr und war man einfach froh um jeden Freiwilligen? Er sagte etwas. Ich verstand es nicht. »Lauter.«

»Ich dachte, es sei spannend.«

Nicht zu fassen. »Und denkst du das jetzt auch noch?«

Er sah mich verängstigt an. »Ja«, flüsterte er.

Am liebsten hätte ich ihn übers Knie gelegt, ihm eine Tracht Prügel verpasst, seinen Kopf in die Hände genommen und an seinen Ohren gezogen. »So, so«, sagte ich. »Spannend also.« Ich holte tief Luft. »Wir haben schon zu lange herumgetrödelt. Wenn ihr mit mir gehen wollt, müsst ihr gut laufen können. Und schweigen. Singen lockt den Feind an.«

Sie nickten.

»Und ihr macht alles, was ich sage. Wirklich alles, verstanden?«

Sie nickten eifrig.

»Gut. Wir gehen.«
Leon zog an meinem Ärmel. »Herr Sturmführer?«
»Ja?«
»Haben wir verloren, Herr Sturmführer?«
»Ich weiß es nicht. Und solange ich nichts mit Sicherheit weiß, mache ich weiter.«
»Wir auch!« Sie jubelten es fast.
Ich schüttelte den Kopf. »Es gibt nichts zu lachen, Jungs. Und vielleicht bin ich sogar verrückt.«
»Dann sind wir es auch«, sagte Jan.
»Ihr bestimmt«, sagte ich.
Ich wollte nicht lächeln, aber es passierte einfach.

Je n'ai plus de feu

Schnee lag in der Luft. Es würde nicht lange dauern, und es würde heftig schneien. Das machte das Vorwärtskommen nicht leichter. Wir zogen so schnell wir konnten weiter. Die Jungen taten das, was ich ihnen auftrug. Sie folgten den Wegen, die ich ihnen vorgab, kopierten meine Gesten. Ein kleiner Fehltritt, und wir würden entdeckt werden. Gegen Abend erreichten wir das erste deutsche Lager. Als wir fragten, ob sie uns brauchen könnten, wurden wir ausgelacht. Ich hatte nichts anderes erwartet. Aber die Jungen bekamen neue Gewehre, und Leon fiel nicht um, als er seines schulterte.
Wir bekamen die Anweisung, zu jeder Zeit wachsam zu sein und ohne zu zögern zu schießen. Jemand zog an meinem Ärmel. Es war Leon.
»Was soll ich jetzt machen, Herr Sturmführer?«
Lauf nach Hause, Junge, so schnell du kannst.
»Durchhalten«, sagte ich.
Er sah mich an, eine Falte zwischen den Augenbrauen.
»Durchhalten«, wiederholte er ernst.
Und schießen, wollte ich sagen. Auf jeden Russen, den du erblickst. Aber ich schwieg. Wenn geschossen werden würde, wären sie die Ersten, die fallen, nicht der Russe, der vor ihnen stand. Dies hier war kein Ort für sie, dies hier hatte keinen Sinn. Wie Flöhe würden sie zertreten werden.

Ein großer Mann kam auf uns zu. Er sah mich forschend an. »Wer bist du?«
Er hörte sich an wie ein höherer Offizier, obwohl ich keine Rangabzeichen entdeckte. »Dusoleil!«, sagte ich, »Ward.« Ich sah, wie er einen Blick auf das SS-Zeichen auf meinem Mantel warf, und hob den Arm. »Heil Hitler.«
»Ja, ja, schon gut.« Er winkte ungeduldig. »Edgar Friedrich. Sturmbannführer.«
Hatte ich es mir doch gedacht. Ein hoher Offizier. Aber ohne Abzeichen, eigenartig. Mein Arm hob sich wieder.
»Hör auf damit«, sagte er. »Das war ich. Sturmbannführer. Jetzt nicht mehr. Lange Geschichte. Für später vielleicht, wer weiß. Jetzt müssen wir uns beeilen. Diese Kerlchen da werden wir den Russen nicht zum Fraß vorwerfen. Kommt, Jungs, folgt mir. Und du auch, Dusoleil.«
»Was sollen wir denn machen?«
»Das wirst du gleich erfahren. Und sage bitte Friedrich, wie alle hier.«
Wir folgten ihm.
Unterdessen fing es an zu schneien. Der Schlamm saugte sich noch mehr an unseren Stiefeln fest, zog den ganzen Körper nach unten. Ich hörte, wie die Jungen keuchten.
»Es schneit hier heftiger als zu Hause«, flüsterte Leon.
»Ja, natürlich«, sagte ich. »Was hattest du denn erwartet?«
Er sah mich mit ängstlichem Blick an. »Ich habe Hunger, Herr Sturmführer«, flüsterte er.
Friedrich drehte sich um. »Gleich darfst du etwas essen, aber zuerst arbeiten.«
Leon errötete. »Entschuldigen Sie«, sagte er.

»Macht nichts, mein Junge.«
Wir mühten uns an kaputtgeschossenen Tanks vorbei bis zum letzten Zelt.
Friedrich zog die Plane zur Seite. Der Geruch nach Äther schlug uns entgegen, Äther, vermischt mit Blut. Hier lagen viele Verwundete nebeneinander auf Feldbetten. Ein paar Krankenschwestern liefen hin und her. Stöhnen erklang, es wurde geschrien. Die Jungen wichen kurz zurück. »Angenehm wird es nicht sein«, sagte Friedrich, »aber hier könnt ihr euch nützlich machen. Wir brauchen dringend Leute, um alle zu versorgen.«
Jan wollte seinen Helm abnehmen, aber Friedrich zog seinen Arm grob herunter. »Aufbehalten. Auch hier. Du musst immer bereit sein und dich schützen, so gut du kannst. Du hast nur ein Leben.«
Er rief eine der Krankenschwestern. »Ich habe Leute gefunden, die euch helfen können.«
Sie sah ihn hilflos an, als hätte er etwas Unmögliches von ihr verlangt.
»Sie sind gerade angekommen«, sagte er seufzend. Und ich sah ihm an, was er dachte: Sie sind gerade angekommen, sie können nichts, und schlimmer noch, sie laufen einem im Weg herum.
Sie nickte ihm zu, sie hatte verstanden. »Folgt mir«, sagte sie zu den Jungen. »Ich habe Arbeit für euch.«
»Langsamer reden, ihr Deutsch ist nicht so gut«, sagte Friedrich.
Die Krankenschwester lächelte. »Das lernen sie schnell genug.« Die Jungen gingen hinter ihr her ins Zelt.

»Du bleibst bei ihnen«, sagte Friedrich zu mir.
»Ich bin hier, um zu kämpfen.«
»Wir haben schon längst verloren. Dass ihr noch nicht nach Hause zurück seid, nicht zu fassen. Woher seid ihr, aus Belgien, nehme ich an?«
»Flandern.«
»Ach ja«. Er schüttelte den Kopf. »Und wo liegt Flandern? Etwa außerhalb von Belgien?«
Ich zuckte mit den Schultern. Hatte keine Lust auf eine Diskussion. »Warum gehst du nicht nach Hause, wenn sowieso alles verloren ist?«, fragte ich bissiger, als ich wollte.
»Ich kann nicht. Ich habe eine Stelle ganz vorn. Dorthin haben sie mich verbannt. Bleib bei ihnen, sie brauchen dich, wenn es völlig schiefgeht. Und es wird schiefgehen.«

Ich ging zwischen den Betten mit Körpern hindurch. Sie sahen schrecklich aus, alle, ohne Ausnahme, mit offenen Wunden, Laken voller Blut, verkrampften Gesichtern. Am schlimmsten waren die Geräusche. Es wurden keine Worte mehr geheult, gebrüllt, gejammert; es waren nur noch Töne. Ein Soldat winkte mich zu sich, sein Blick war hoffnungslos. Ich blieb an seinem Bett stehen. Ein Laken bedeckte seinen Körper, in der Mitte große Blutflecken. Er hatte keine Beine mehr. »Hast du meine Mutter gesehen, sie muss hier sein, sie kann nicht weit weg sein, verdammt, wo ist sie denn?«
Er sprach französisch, ein Glück, dass ich ihn verstand. Ich beugte mich über ihn.
»Sie hat gesagt, sie würde nicht weggehen«, flüsterte er, »und dann hat sie es doch getan. Ich verstehe es nicht. Ich verstehe

es wirklich nicht.« Er griff nach meiner linken Hand. Vorsichtig setzte ich mich zu ihm aufs Bett. Mit der rechten Hand strich ich ihm die Haare aus dem Gesicht. Es machte ihn nicht ruhiger, im Gegenteil, sein Oberkörper bewegte sich hin und her und seine Hand zermalmte meine fast.
Eine Krankenschwester stellte sich zu mir. »Er hat gerade ein bisschen Morphium bekommen, längst nicht genug für die Schmerzen. Alles ist kaputt innen drin.«
»Kann er nicht ein klein wenig extra …«
»Unser Vorrat ist fast zu Ende. Wir müssen sehr sparsam sein mit allem, was wir haben.«
»Gibt es hier einen Arzt?«
»Es gab einen.«
Solche Feldbetten mit Verwundeten hatte ich vorher schon gesehen. Aber noch nie hatte ich auf einer Bettkante gesessen, nie war meine Hand fast zermalmt worden. Der Verwundete konnte nicht viel älter sein als ich.
»Können Sie ihm wirklich nicht ein bisschen mehr geben?«
»Wir müssen das Morphium für die Lebenden aufheben.«
Ich sah sie entsetzt an. Sie nickte mir zu und ging weiter.
Der Mann fing an zu weinen. »Wenn meine Mutter zurückkommt …«
»Sie kommt zurück«, sagte ich. »Sie ist nur kurz weg.«
Er hörte auf zu weinen und schaute mich erstaunt an. »Sie kommt zurück«, sagte er. Leise fing er wieder an zu schluchzen. Seine Augen glitten über die Decke. »Er ist nicht schön.«
»Was ist nicht schön?«
Er zog an meinem Arm. »Der Himmel«, sagte er, »der Him-

mel ist so hässlich.« Seine Augen glitten immer gehetzter über die Decke.

»Wie heißt du?«, fragte ich leise.

Er schaute mich nicht mehr an, schien mich auch nicht mehr zu hören. Seine Augen verloren sich an der Decke, schossen hin und her, als würden sie ihm gleich aus den Höhlen rollen.

Mein Saxophon. Ich könnte mein Saxophon holen und für ihn spielen. Seine Hand umklammerte noch immer meinen Arm. Ich versuchte, mich aus seinem Griff zu lösen, aber es gelang mir nicht. Die Jungen standen jeder neben einem anderen Bett, jeder mit einer Schüssel Wasser in der Hand. Ich rief Jan. »Hol bitte meinen Rucksack, bei der Feldküche. Beeil dich.«

Sofort war er wieder da.

»Nimm mein Saxophon heraus.«

»Saxophon?«, fragte er verwundert.

Er gab es mir. Mit einer schnellen Bewegung riss ich meinen Arm los. Ich befestigte das Mundstück am Saxophon. Blies kurz. Der Mann hatte mich die ganze Zeit nicht mehr angeschaut, seine Augen irrten über die Zeltdecke. Ich musste etwas spielen, das er kannte. In Gedanken blätterte ich meine Noten durch. Ich war auf der Suche nach etwas Französischem, etwas, das ihm vertraut war, und soweit ich wusste, hatte ich nie … Ja doch! »Au clair de la lune«. Kurz die Töne suchen. Ich versuchte, meine Finger zu wärmen, es gelang nicht so richtig. Ich blies den ersten Ton an. Einen halben Ton höher, dann stimmte es.

»Was haben Sie vor?«

Es war die Krankenschwester von vorhin. »Sie werden doch nicht ihre Ruhe stören?«
»Ruhe? Welche Ruhe meinen Sie?«
Sie zuckte mit den Schultern. »Ach, spielen Sie nur irgendeine Melodie, wer weiß, vielleicht hilft es etwas.« Sie drehte sich um und wollte weggehen.
»Ich möchte Sie noch etwas fragen, kennen Sie seinen Namen?«
Sie blieb stehen, drehte sich halb um. »Wir kennen hier nur Körper.« Sie zuckte erneut mit den Schultern. »Ist doch egal«, murmelte sie und ging wieder zur anderen Seite des Zeltes.
Der Mann vor mir hatte die Augen geschlossen, aber seine Bewegungen waren noch immer unruhig. Als säße ein großer Vogel in seinem Körper, einer, der in alle Richtungen fliegen will. Ich fing an zu spielen. Seine Lippen bewegten sich. Ich hörte Wortfetzen. Er war ständig etwas zu spät dran, mit dem Text, hörte aber nicht auf zu sprechen. Als ich das Saxophon sinken ließ, machte er einfach weiter. »Au clair de la lune, mon ami Pierrot, prête-moi ta plume, pour écrire un mot. Ma chandelle est morte, je …« Seine Stimme stockte. Die Hand, die mein Bein hielt, erschlaffte, die Linien um seinen Mund wurden weich. Das ist es, dachte ich, jetzt stirbt er.
»Je n'ai plus de feu, ouvre-moi ta porte, pour l'amour de Dieu.« Der kleine Leon stand neben mir. »Das ist das Ende der ersten Strophe«, sagte er entschuldigend. »Ich dachte, vielleicht möchte er gern wissen, wie es ausgeht. Das Lied, meine ich.«
»Au clair de la lune, Pierrot se rendort. Il rêve à la lune …«
Die Worte kamen stammelnd aus dem Mund des Mannes.

Er öffnete die Augen. Nickte Leon zu. Er wusste, dass er sterben würde. »Sing weiter«, flüsterte ich Leon zu.

»Il rêve à la lune, son cœur bat bien fort, car toujours si bonne, pour l'enfant tout blanc, la lune lui donne son croissant d'argent.«

»Son croissant d'argent«, stammelte der Mann.

»Er wird sterben, nicht wahr?«, sagte Leon.

»Ja.«

»Vielleicht möchte er, dass ich noch mal …« Leon stellte sich an die andere Seite des Bettes. »Soll ich seine Stirn mit einem feuchten Tuch abtupfen? Vielleicht hilft es ein bisschen.«

Gegen was, wollte ich fragen. Gegen das Sterben? Ich rieb mir mit der rechten Hand über die Augen. Ich hörte das Klagen der Männer auf den Feldbetten nicht mehr, die beruhigenden Worte der Krankenschwestern. Wenn ich Pech gehabt hätte, hätte ich auf diesem Bett liegen können. Schluss mit Ward, Ende, aus. Und wo hätte ich dann hingehen sollen, denn der Himmel war hässlich.

1947

So geht's doch nicht

»Da bist du ja«, sagt Schwester Melanie.
Sie steht draußen vor der Klosterpforte. Sie scheint auf mich gewartet zu haben. Und sie scheint böse zu sein.
Es ist etwas mit Gust.
Ich stelle mein Fahrrad ab, nehme die Trompete vom Gepäckträger und gehe zu ihr.
»Es geht ihm nicht gut, Remi. Der Doktor ist bei ihm. Seine Verwandten wurden benachrichtigt. Sie sind auf dem Weg hierher, ich warte gerade auf sie.«
»Ich werde nach ihm sehen.«
Sie kommt mir nach. »Du kannst nicht einfach hineingehen, Remi.«
»Doch, kann ich. Er ist mein Freund.«
Ich gehe durch das große Tor. Sie versucht, mit mir Schritt zu halten. »Er ist sehr krank, Remi«, keucht sie, »und geh nicht so schnell.«
»Er wird doch nicht sterben?«
Sie seufzt. Sie keucht. »Nicht so schnell«, sagt sie noch einmal, »ich bin keine zwanzig mehr.«
Ich versuche, langsamer zu gehen. Der Flur ist heute viel zu lang, erst ganz am Ende ist sein Zimmer.
»Der Mensch denkt, Gott lenkt«, sagt sie auf einmal.
»Lenkt?«

»*Lenkt* heißt ›entscheidet‹. Es ist Gott, der entscheidet.«
Ich bleibe stehen. »Schwester Melanie«, fange ich an, böse, »Gott will doch nicht, dass Gust stirbt?«
»Wir wissen nicht, was Gott will. Gottes Wege sind unergründlich.«
»Schwester Melanie, in der Bibel steht doch, was Gott will!«
Sie sieht mich erstaunt an. »Die Bibel wurde von Menschen geschrieben, wir können nur erraten, was Gott will.«
»Und wie wissen wir, was wir erraten sollen?«
Sie schaut mich an und seufzt tief.
»Wie wissen wir das?«, frage ich wieder.
»Manchmal sagt man Dinge, um sich selber zu trösten. Ich hoffe, dass Gott richtig entscheidet, Remi, ich hoffe, dass wir Gust noch lange bei uns haben werden.«

Die Tür zu Gusts Zimmer ist geschlossen.
»Warte auf dem Gang«, sagt sie. »Ich muss zuerst den Doktor fragen, ob du hineindarfst.«
Ich stelle meine Trompete und die Schultasche an die Wand und warte. Eine halbe Minute später stürzt sie heraus. Sie rennt an mir vorbei, läuft durch den Gang. Was ist los, möchte ich ihr hinterherrufen, aber ich kann nicht rufen, ich darf hier nicht rufen. Ich renne ihr nach und ziehe an ihrem Ärmel.
»Schwester Melanie«, fange ich an.
»Nein«, sagt sie. Sie reißt sich los und rennt weiter, wie ein unkontrollierbares schwarzes Schiff. Am Ende des Ganges bleibt sie vor der Kapelle stehen. Vorsichtig drückt sie die Holztür auf und schleicht hinein. Ich folge ihr. Ob sie für

Gust beten möchte? Steht es so schlimm um ihn, dass sie für ihn beten muss?
»Schwester Melanie«, fange ich wieder an.
»Pssst«, sagt sie, »es wird gerade eine Messe für einen Kranken gelesen. Die Familie hat darum gebeten. Dort sitzen sie, ganz vorne. Bleib hier stehen.«
In der ersten Reihe sitzen vier Menschen. Hinter dem Altar steht Pater Wilfried, die Arme weit ausgebreitet, und singt bis in alle Ewigkeit, amen.
Schwester Melanie nickt den vier Menschen in der ersten Reihe zu, geht an ihnen vorbei und zieht Pater Wilfried am Ärmel. Sie flüstert ihm etwas ins Ohr. Sein Gesicht bekommt hundert Falten. Er nickt ihr zu und schaut dann zu der ersten Sitzreihe. Er schlägt die Hände zusammen und hüstelt. »Liebe Anwesenden«, sagt er, »es tut mir leid, aber ich muss gehen.«
Die vier schweigen verblüfft. Sie folgen ihm mit ihren Blicken, während er zuerst etwas aus dem Tabernakel holt und gleich danach in meine Richtung läuft, Schwester Melanie hinterher.
»Pater Wilfried!«
»Wir haben für eine volle Messe bezahlt!«
Der Priester bleibt einen Moment stehen und dreht sich nach ihnen um. »Gott braucht mich dringend«, sagt er. »Das müssen Sie verstehen.«
Ich höre, wie die vier fluchen. Das wird Gott nicht gefallen, denke ich, während ich die Holztür hinter mir zuziehe.
Pater Wilfried und Schwester Melanie sind schon den halben Gang hinuntergelaufen, so schnell gehen sie. Aber ich bin

schneller und habe sie zwei Sekunden später eingeholt. Ich höre, wie sie keuchen. Sie haben auch so viele Kleidungsstücke an.

»Schwester Melanie«, sage ich, als wir vor Gusts Tür stehen.

»Wir bleiben draußen und warten. Pater Wilfried möchte mit Gust reden.«

»Ich werde wirklich ganz still sein, Schwester Melanie.«

»Pater«, seufzt sie, »erklären Sie es ihm doch bitte.«

Pater Wilfried lässt die Türklinke los und legt seine Hände auf meine Schulter. »Remi«, sagt er, »wir müssen jetzt ganz stark sein.«

Seine Stimme klingt, als wiege sie hundert Kilo. Gust wird sterben. »Nein«, sage ich.

»So stark, wie es geht, Remi«, sagt Pater Wilfried.

Ich schüttele den Kopf. »Gott muss ihm helfen.«

»Gott kann nicht alles«, sagt er leise.

»Nicht weinen«, sagt Schwester Melanie. Ich bleibe nicht im Gang, während drinnen Gust im Sterben liegt. Und ich weine schon.

»Ich gehe jetzt hinein«, sagt Pater Wilfried leise. »Ich werde ihm die Beichte abnehmen und ihm die letzte Ölung geben, damit er in den Himmel kommt.«

»Gust kommt von ganz allein in den Himmel«, sage ich durch meine Tränen hindurch. »Gust braucht doch Ihre Ölung nicht.«

»Remi«, sagt der Pater erneut, »wir haben nicht mehr viel Zeit. Sobald ich ihn gesegnet habe, rufe ich dich herein. Versprochen.«

»Pater Wilfried!« Schwester Melanie klingt erschrocken.

»Aber sicher«, sagt der Pater ruhig. »Remi ist kein Kind mehr, Schwester Melanie.«
Ich bin kein Kind mehr.
Pater Wilfried macht die Tür auf und gleich wieder hinter sich zu. Schwester Melanie gibt mir ein Taschentuch. »Putz deine Nase und trockne dein Gesicht ab«, sagt sie. »Bevor wir hineingehen.«
»Gott hat nicht richtig entschieden.«
»Ach, Remi«, seufzt sie. »Der Doktor sagt, dass es sein Herz ist. Dass sein Herz gebrochen ist.«
»Kommt das wieder durch einen Blutpfropfen?«
»Kein Pfropfen, Remi. Es ist der Krieg, der sein Herz gebrochen hat. Es hatte zu viele Risse.«
»Warum hat Gott da nichts …«
»Gott ist kein Zauberer, Remi.«
»Gott ist Gott, und Gott kann alles!«
Sie seufzt erneut.
Plötzlich fällt mir etwas ein. »Gott ist tatsächlich ein Zauberer«, sage ich, »er hat Lazarus wieder lebendig gemacht.«
»Hör auf damit, Remi.«
»So steht es doch in der Bibel?«
»Remi!« Ihr Gesicht ist rot geworden. In diesem Augenblick geht die Tür auf. »Komm herein«, flüstert Pater Wilfried.

In der Mitte des Zimmers steht ein Bett, und darin liegt Gust. Die Augen sind geschlossen. Er sieht viel zu blass aus. Mein Herz macht einen Sprung. Er ist doch nicht tot?
Links neben Gust steht ein leerer Stuhl. »Setz dich dorthin«, sagt Pater Wilfried.

Schwester Melanie beugt sich kurz über Gust, zieht die Laken gerade, streicht ein paar Haare aus seinem Gesicht. Niemand sagt, dass er tot ist, also lebt er noch.

»Er ist müde«, sagt Pater Wilfried, »er ist furchtbar müde. Er wollte ein bisschen reden, aber er tut sich schwer. Wenn ich ihn nur verstehen würde.«

»Sein Herz ist am Ende, sein Geist ist am Ende, es wird nicht mehr lange dauern«, sagt der Doktor leise.

Ich muss ein Wunder vollbringen. Es muss einfach sein.

»Lasst uns ein Ave-Maria beten«, sagt Schwester Melanie.

»Gegrüßet seist du, Maria, voll der Gnade …«

»Psst.« Ich erschrecke vor meiner lauten Stimme und sie auch, glaube ich, denn sie hört sofort auf zu beten.

»Remi«, zischt sie.

»Psst«, sage ich flehend.

Gott, gib mir ein Wunder, bete ich, ein Wunder für Gust, bitte, bitte, lieber Gott. Ich halte die Luft an. Und dann macht Gust die Augen auf. Er schaut zu mir, er schaut immer zu mir, und er sieht so froh aus, so glücklich, dass ich denke: Das Wunder ist doch passiert, und ich verspreche Gott, dass ich hundert, nein, tausend Vaterunser beten werde.

»Remi«, sagt Schwester Melanie leise, »schau ihn an.«

Aber ich schaue ihn ja an, und ich sehe, wie seine Augen glänzen. »Gust«, sage ich, und meine Stimme hüpft fast aus dem Hals vor Freude, »Gust, ich werde noch an vielen Freitagen Lieder spielen. Versprochen.« Ich nehme seine linke Hand und spüre, wie kalt sie ist, aber mit meinen beiden Händen reibe ich sie, bis sie wieder ganz warm wird. Und die ganze Zeit ruht sein Blick auf mir. Plötzlich spüre ich ein

leichtes Kneifen in meinen Händen. »Uh ah eh«, flüstert er.
»Was sagt er?«, fragt Pater Wilfried.
»Moonlight Serenade. Zuerst wieder gesund werden, Gust, und dann werde ich für dich spielen.«
»Ets ...«
Ich drehe mich zu den anderen um. »Er möchte, dass ich jetzt spiele«, sage ich.
»Dann tue es«, sagt der Doktor, »es wird das letzte Mal sein.«
Ich möchte nicht »das letzte Mal« spielen. Ich möchte noch tausendmal für Gust spielen. »Nein«, sage ich, »nein. Nächsten Freitag, Gust, am Teich. Versprochen.« Luft, denke ich, Luft, oder ich ersticke, aber die Luft ist zu dick, zu dick für meine Kehle.
Plötzlich fliegt die Tür auf, und eine alte Frau stürzt ins Zimmer, gefolgt von einem Mädchen mit hässlichen Sommersprossen. Jeanne. Die Frau muss Gusts Schwester sein. Jeannes Tante.
»Wir haben den ganzen Tag versucht, Sie zu erreichen«, sagt Schwester Melanie.
Die Frau geht hastig zum Bett, nimmt Gusts Hand. »Voilà«, sagt sie wütend. »Wir sind zu spät. Er ist tot.«
Wieso sagt sie das? Er hat noch nicht mal die Augen geschlossen.
Pater Wilfried beugt sich über Gust und macht ihm ein Kreuz auf die Stirn. Und Schwester Melanie tut das Gleiche.
Der Doktor schließt Gusts Augen. Sie bleiben einen Moment zu, dann gehen sie ganz langsam wieder auf. Seht ihr, dass er noch nicht tot ist.

»So geht's doch nicht«, schimpft Jeannes Tante laut, »er ist ohne seine Familie gestorben, das hat er wirklich nicht verdient.«

»Vielleicht ist es ein kleiner Trost«, sagt Schwester Melanie so ruhig, wie ich sie noch nie habe sprechen hören. »Er ist ganz sanft gestorben, er ist wie eine Kerze erloschen, und sein bester Freund stand neben ihm. So einen Tod würden sich viele Menschen wünschen.«

»Welcher beste Freund?« Die Tante schaut von der Schwester zum Pater zum Doktor und dann zu mir. »Doch nicht etwa er?« Es wird still. Die Luft ist immer noch zu dick, um gut atmen zu können. Ich stehe mit dem Rücken an der Wand, drücke mich so fest daran, dass es ein Loch in der Wand geben wird, und dann falle ich hinaus. Endlich traue ich mich wieder, Gust anzuschauen, und ich merke, dass seine Augen noch immer halb geöffnet sind, doch sie glänzen nicht mehr. In ihnen ist es dunkel. »Er ist tot«, sage ich in die Stille hinein.

Jeanne dreht sich um und schaut mich an. »Natürlich ist er tot«, sagt sie. Als würde es ihr gar nichts ausmachen.

Jemand legt den Arm um mich. Pater Wilfried.

»Schwester Melanie hat recht«, sagt er, »Gusts Tod war sehr schön.«

»Ich fand es gar nicht schön«, sage ich wütend.

»Hat er noch versucht, etwas zu sagen?«, fragt die Tante von Jeanne.

»Moonlight Serenade«, sagt Schwester Melanie.

»Und das soll ich glauben. Dass er das gesagt hat.«

»Er hat es zu Remi gesagt«, sagt Schwester Melanie, »und Remi hat ihn verstanden.«

»Ich spiele Trompete«, sage ich einfach so.

»Ich habe davon gehört.« Die Tante sieht nicht mehr so wütend aus wie vorher. »Sie haben sein Herz gebrochen«, schluchzt sie plötzlich.

Schwester Melanie legt eine Hand auf ihren Arm und gibt ihr das Taschentuch, mit dem ich vorher mein Gesicht und die Nase abgewischt habe. »Komm«, sagt sie, »ich habe etwas, das in diesen Zeiten das Herz stärkt.« Jeannes Tante fängt noch lauter an zu schluchzen.

»Tante, hör auf«, sagt Jeanne.

»Wenn man traurig ist, ist man traurig.« Ihre Tante versucht, den Arm um Jeanne zu legen, aber Jeanne schiebt ihn sofort wieder weg und verschränkt beide Arme vor der Brust. »Ich weine nie«, sagt sie, geht mit großen Schritten an den anderen vorbei, biegt um die Ecke und verschwindet.

Im Zimmer wird es ganz still.

»Jetzt hat sie niemanden mehr. Außer mir. Aber ich bin viel zu alt für das Kind. Sie hat ihre Eltern zu früh verloren. Dass Gott so etwas geschehen lässt, ich verstehe es nicht.«

»Wer weiß denn, was Gott mit den Menschen vorhat?«, sagt Schwester Melanie seufzend.

Eine Weile bleibt es still.

Ich traue mich nicht, etwas zu sagen. Ich habe über Gott schon genug gesagt.

Bevor wir in das Gästezimmer gehen, hält Schwester Melanie mich auf.

»Vielleicht solltest du ab und zu Jeanne besuchen«, sagt sie.

Ich muss sie falsch verstanden haben.

Verkehrt herum

Ich ziehe meine Arbeitskleidung an. Es ist höchste Zeit, die Kartoffeln auszumachen, hat mein Vater gestern gesagt. Ich werde ihm zeigen, dass ich anpacken kann.
Heute habe ich so viel Energie wie zehn Arbeitspferde.
Denn heute Nacht, ja, heute Nacht. Nach der Arbeit. Wir hatten uns gerade gewaschen. Wie immer liefen Nicola und ich zusammen nach draußen. Warte, sagte er, ich möchte dich etwas fragen. In meinem Haus wird ein Zimmer frei, ob du vielleicht Lust hast.
Ja, was glaubst du denn, sagte ich, und ob ich Lust habe.
Erst gegen Morgen bin ich eingeschlafen. Vor lauter Freude. Ich werde das Zimmer nehmen. Man muss das Leben mit beiden Händen ergreifen. Das hat man mir schon so oft gesagt. Also, ich werde mein Leben ergreifen.
Ich hole eine Mistgabel, eine Schaufel und eine Schubkarre aus dem Stall. Zuerst eine Grube graben, um darin die Kartoffeln zu lagern. Die Arbeit in der Grube hat mich sehr stark gemacht. Jetzt die Kartoffeln ausmachen und einsammeln. Der Schweiß läuft mir den Rücken hinunter, und ich finde es herrlich. Ich habe keinen Durst, ich habe keinen Hunger, die erste Schubkarre ist schnell voll. Ich kippe sie in die Grube. Jetzt die nächste Ladung.
Dann sehe ich sie auf der anderen Seite des Feldes. Meine

Mutter und meinen Vater. Sie starren zu mir herüber. Sie winken. Ich gehe zu ihnen.
»Was machst du denn da?«, fragt mein Vater.
Dass er das nicht sieht. Ob er blind ist, möchte ich ihn fragen, aber ich lache. Ich habe es gern gemacht. Ich werde weiterarbeiten, bis alles fertig ist.
»Aha«, sagt mein Vater. »Das freut mich.«
Aber sie sehen nicht erfreut aus. Ich frage nicht, was los ist, sonst erzählen sie bestimmt wieder irgendeine Katastrophengeschichte über einen Kranken, den sie besucht haben und der fast tot ist. Das machen sie ab und zu: die Kranken besuchen. Ich lächle ihnen zu. »Ich werde ausziehen.«
Sie schauen mich an, als wäre ich nicht ganz bei Trost.
»Wieso ausziehen«, sagt mein Vater.
»Ausziehen«, wiederhole ich.
»Und warum?«, fragt meine Mutter.
Sie sehen viel zu traurig aus. Sie sollten sich für mich freuen.
»Es ist Zeit, auf eigenen Beinen zu stehen«, sage ich.
»Aha, hört, hört, unser Professor.« Mein Vater lacht, aber es kommt nicht von Herzen. »Und warum ist es Zeit?«
»Einfach so«, sage ich.
»Hast du eine Freundin?«, fragt mein Vater.
»Wieso eine Freundin?«
»Ich bin erst von zu Hause ausgezogen, als ich heiraten wollte«, sagt er. »Nicht eher. Der Mensch ist nicht dazu geschaffen, allein zu wohnen.«
Aber ich werde nicht allein wohnen. »Nicola wohnt in der Nähe der Grube, in seinem Haus wird ein Zimmer frei, ich kann es mieten. Das ist alles.«

»Wer in Gottes Namen ist dieser Nicola?«
»Einer meiner besten Freunde, Ma.«
»Ist er ein guter Mensch?«
»Ich kenne ihn schon lange, Ma. Und wenn man jemandem untertage vertrauen kann, kann man ihm immer vertrauen.«
»Das stimmt«, murmelt mein Vater. »Aber ich verstehe immer noch nicht, dass du Geld für ein Zimmer bezahlen willst, wenn du hier alles …«
»Pa! Ich bin zweiundzwanzig, ich arbeite schon seit vier Jahren, ich weiß, was ich will.«
»Ich war fünfundzwanzig und hatte schon seit neun Jahren untertage gearbeitet, als ich …«
»Du bist nicht ich, Pa.«
»Ich finde es trotzdem nicht in Ordnung. Mach es so wie alle und suche dir eine Freundin.«
Ich muss ruhig bleiben, denn wenn ich explodiere, explodiert er auch. »Es ist einfach Zeit, Pa. Ich kann doch nicht immer hier wohnen bleiben.«
Meine Mutter legt die Hand auf den Arm meines Vaters. »Wir werden nachher weiterreden«, sagt sie.
»Ich kann keinen Waschraum bauen, und ich kann bestimmt keine Waschmaschine anschaffen, wenn er weggeht.«
»Ich werde weiterhin einen Teil meines Lohns abgeben«, sage ich so ruhig wie möglich.
»Gute Idee«, sagt mein Vater, »sonst schaffen wir es nicht.«
»Wir sind keine armen Schlucker«, sagt meine Mutter plötzlich böse. »Jef soll sein Geld auf die Sparkasse bringen. Er wird es später noch brauchen.«
O Ma, möchte ich sagen und lachen und weinen zugleich. Ich

werde ausziehen! Ich möchte beide umarmen, sogar meinen Vater. Wenn ich ausgezogen bin, wird er sehen, wie gut ich alles geregelt habe.

Ich möchte, dass sie lachen, dass sie sich für mich freuen. Aber sie sehen noch genauso traurig aus. »Es ist irgendwas«, sage ich dann doch. Sie nicken beide. Gleichzeitig. Zueinander. Zu mir.

»Sie haben Ward aufgegriffen«, sagt mein Vater. »Er hat sich in Deutschland selbst angezeigt, und sie haben ihn in das Gefängnis von Hasselt gebracht. Dort sitzt er schon länger als eine Woche, scheint es.«

Es ist nicht wahr.
»Ward?« Meine Stimme zittert so heftig wie mein Körper. »In Hasselt? Und nun?«
»Demnächst ist sein Prozess.«
»Warum ist er nicht dort geblieben, in Gottes Namen?«
»Heimweh, denke ich«, sagt mein Vater. »Die meisten kommen nach einiger Zeit zurück.«
Ward ist zurück. *Ward ist zurück*. Ich werde verrückt.
»Es ist doch ganz schön mutig von ihm«, sagt meine Mutter. »Zweifellos hat er gewusst, dass sie ihn hart anpacken, und trotzdem hat er sich angezeigt.«
»Heute früh sind sie hier gewesen«, fährt mein Vater fort, »mit einer Vorladung für dich, um als Zeuge aufzutreten. Wir kommen gerade vom Rathaus, weil wir fragen wollten, was von dir erwartet wird. Der Staatsanwalt wird dich befragen wollen.«
»Mich?«

»Du warst am häufigsten mit Ward zusammen, du kennst seine Gedanken am besten, und außerdem weißt du, was er ausgefressen hat. Mach dir nicht zu viele Sorgen, du musst einfach die Wahrheit erzählen.«
»Nein«, sage ich. »Wirklich nicht.«
Meine Mutter schüttelt den Kopf. »Aber Jef. Wir möchten am liebsten auch nichts damit zu tun haben. Ich hoffe vor allem, dass es Renée nicht allzu sehr zu Herzen geht. Ich denke schon den ganzen Tag daran. Wenn sie ihn bloß nicht erschießen.«

Wenn er am Leben bleibt, werde ich keine Ruhe mehr haben. Und dabei habe ich ihn so gern gehabt.
»Nicht weinen, Jef, es wird schon werden«, sagt meine Mutter.
»Nein, wird es nicht.«
Sie legt den Arm um mich und zieht mich an sich. Jetzt fange ich natürlich noch lauter an zu weinen. Aber das ist mir jetzt egal.
»Ich weiß, dass er immer dein bester Freund war«, sagt sie leise, »und wenn wir dafür sorgen könnten, dass du nicht gegen ihn aussagen müsstest, würden wir es sicher tun.«
»Nicht, dass wir es nicht versucht hätten«, sagt mein Vater.
Meine Mutter nickt. »Wir haben es wirklich versucht. Aber sie wollten nicht auf uns hören. Jef ist ein Kronzeuge, haben sie gesagt.«
Meine Tränen laufen einfach weiter.
»Vielleicht solltest du ein bisschen warten mit dem Ausziehen«, sagt mein Vater. »Bis alles vorbei ist.«
Ich zucke mit den Schultern, während ich weiterweine. So-

lange ich weine, brauche ich nicht reden. Zu dritt gehen wir ins Haus. Meine Mutter drückt mich auf einen Stuhl, schenkt uns dreien einen Schnaps ein. »Ein bisschen innere Wärme kann jetzt nicht schaden«, sagt sie.

Wir schweigen lange. Es folgt ein weiterer Schnaps. Ich trinke mit kleinen Schlucken. Ich möchte jetzt nicht betrunken werden. Wer weiß, was mir dann alles herausrutscht.
»Ja, so ist es«, sagt mein Vater plötzlich.
»Was?«, fragt meine Mutter.
»Das Leben, *Tiens*. Manchmal kann man nichts anderes tun, als zu schwimmen oder zu ertrinken.«
Er hat recht. Ich möchte nicht ertrinken.
»Geht es dir ein bisschen besser?«, fragt meine Mutter.
Ich nicke.
»Hier, putz mal deine Nase«, sagt sie und gibt mir ein großes Taschentuch.
Plötzlich fliegt die Tür auf. Remi und Renée stehen in der Türöffnung, sie hat den Arm um seine Schultern gelegt, und beide haben rote, verweinte Augen.
»Gust ist tot«, sagt Renée. »Und unser Remi war dabei.«

Nicht mehr von uns

Jef. Gestern Abend. In meinem Zimmer, neben mir auf dem Bett.
Jef kommt sonst nie in mein Zimmer.
Ob ich es schlimm fand, dass Ward zurück war?
Schlimm, Jef? *Ich*? Ich hüpfe vor Freude. Morgen radle ich am Kanal entlang nach Hasselt. Ich möchte ihn sehen. Sie werden mich nicht aufhalten.
Je mehr ich sagte, umso größer wurden seine Augen. Als würden sie ihm bald aus den Höhlen springen.
Renée!
Hm?
Geh nicht zu Ward.
Wie er mich anschaute. Als würde ich mich in das größte Unglück der Welt stürzen. Ganz blass war er geworden. Ich gab ihm einen Stoß. Er fiel fast vom Bett.
Aber Jef, es war nur Spaß. Als ob Ward mir noch irgendetwas bedeuten würde. Und nein, ich werde ihn nicht in Hasselt besuchen. Was für eine Idee. Nein, Jef, nicht mal, um ihn zu beschimpfen.
Seine Augen fingen an zu glänzen. Er seufzte tief. Zum Lachen, sagte er.
Wir schwiegen beide.
Es ist nicht zum Lachen, sagte er dann.

Ich nickte. Aber glaube ja nicht, dass ich seinetwegen traurig sein werde. Dass er im Gefängnis sitzt, ist seine eigene Schuld.
Und wenn er die Todesstrafe bekommt, fragte Jef.
Sie sollten ihn schwer bestrafen, sagte ich. Sollen sie doch machen, Jef. Ward gehört schon lange nicht mehr zu uns.
Wir schauten uns an. Wir nickten gleichzeitig.
Ich habe Angst vor dem Prozess, Renée. Er war ja mein Freund.
Und mein Liebster, sagte ich.
Sie werden mich alles Mögliche fragen, seufzte er.
Worüber machte er sich denn solche Gedanken? Er war ein Held, verdammt. Nach zwei Jahren immer noch. Heldentum geht nicht so schnell vorbei.

In dieser Nacht schlief ich wie ein Murmeltier.
Nicht eine Sekunde meiner Gedanken ist er mir noch wert.

Anständige Leute

Heute gehen wir alle zu Gusts Beerdigung. »Gust verdient es«, hat mein Vater gesagt, »wir werden ihn nicht allein gehen lassen.«
Remi kommt mit, hat meine Mutter gesagt. Sie hat in meiner Schule nachgefragt, ob das in Ordnung ist.
Es war in Ordnung.
Victor schließt heute seinen Laden. Er kommt auch zur Beerdigung, und er kommt nicht allein. Die Blaskapelle wird da sein. Denn wir werden für Gust spielen.
Die Messe ist in der Kapelle des Klosters. Es ist eine Viertelstunde zu Fuß, und deswegen machen wir uns eine halbe Stunde vorher auf den Weg.
»Hoffentlich schafft Jef es, aus dem Bett zu kommen«, sagt meine Mutter seufzend, während sie die Tür hinter uns zuzieht.
»Er hat gesagt, dass er da sein wird. Ich nehme ihn beim Wort«, sagt mein Vater. Sie gehen voraus, Renée und ich folgen. Als wir fast da sind, saust jemand auf dem Fahrrad an uns vorbei. Es ist Jef. »Ich bin Erster«, ruft er ausgelassen.

Jef wohnt jetzt schon seit einer Woche bei den Italienern.
»Es sind keine anständigen Leute«, hat mein Vater gesagt.
Es war am Tag des Umzugs. Wir saßen zusammen am Tisch,

nach dem Essen würde Jef ausziehen. Jef hatte mir erzählt, dass er in das Haus seines besten Freundes Nicola ziehen würde und dass unser Zimmer ab jetzt für immer mein Zimmer sein würde. Und dass ich mich nicht über das Nörgeln unseres Vaters aufregen sollte, dass er das auch nie tat, dass ich einfach meinen eigenen Weg gehen sollte.

Aber als unser Pa am Tisch sagte, dass Italiener keine anständigen Leute seien, sah ich, dass Jef sich sehr wohl über das aufregte, was mein Vater sagte. Denn Jef sprang auf, sein Stuhl knallte auf den Boden. »Aufheben«, sagte mein Vater, und Jef brüllte, »mach's doch selbst.« Und er sagte, er kenne keinen blöderen Menschen als meinen Vater, mit seinen hirnrissigen Bemerkungen.

Da stand meine Mutter auf. Sie packte Jef am Kragen und zog ihn nach hinten. »Sei still«, sagte sie und sah Jef an, bis er still wurde, seine Fäuste sinken ließ und einen Schritt zurücktrat.

Daraufhin stellte sich meine Mutter vor meinen Vater. Sie verschränkte die Arme vor der Brust. »In diesem Haus sehen wir alle Leute gleich gern. Trau dich nur noch einmal, solche Sachen zu sagen, und ich werde der ganzen Welt erzählen, dass Sander Claessen kein anständiger Kerl ist.«

Mein Vater schaute sie erschrocken an. »Stinke ich etwa?«

»Ach, Mann, stell dich nicht so an«, sagte meine Mutter. Sie fing an, den Tisch abzuräumen, und alle halfen ihr, was sonst nie der Fall war. »Und du hilfst Jef beim Umzug seiner Sachen«, sagte sie zu meinem Vater.

Sie hatte einen Tisch und zwei Stühle aufgetrieben, und auf dem Dachboden hatte sie noch einen Vorrat an Bettwäsche.

Alle halfen Jef, seine Sachen auf eine Karre zu laden.
»Es ist ganz schön weit«, sagte mein Vater zu Jef, »ich komme mit, dann können wir uns unterwegs abwechseln.«
Jef zuckte mit den Schultern. Er schaute uns an, wir schauten ihn an. »Ja dann, auf Wiedersehen«, sagte er.
»Nicht so«, sagte meine Mutter, sie legte die Arme um Jef und drückte ihn fast platt. »Viel Glück«, sagte sie.
Mein Vater ging zusammen mit Jef hinaus. Ich folgte ihnen.
»Du hättest das nicht sagen sollen, Pa, das von den Italienern«, hörte ich Jef sagen.
»Ich weiß, Junge.«
»Es sind anständige Leute, mindestens so anständig wie wir.«
Ich sah meinen Vater nicken.
»Und sie mögen mich, Pa.«
»Ach, Jef«, sagte mein Vater, »ich bin so ein Idiot.«
Sie schauten noch einmal zurück und winkten. Dann waren sie um die Ecke verschwunden. Ab jetzt war unser Zimmer meines. Ich drehte mich um. Meine Mutter und Renée standen hinter mir.
»Warum streiten sich Pa und Jef immer?«, fragte ich.
»Ach, Remi«, seufzte meine Mutter. »Es ist dieser elende Prozess. Hoffentlich ist er bald vorbei. Und jetzt rede bitte nicht mehr davon.«
Wieder durfte ich nichts fragen. Aber ich wusste es doch schon. Ward ist zurück und bekommt vielleicht die Todesstrafe, denn er hat viele Menschen erschossen.
Er wird sich im Gefängnis wohl sehr elend fühlen.
Niemand außer seinen Verwandten darf ihn sehen. Wir sind keine Verwandten. Mein Vater sagt: Auch wenn wir verwandt

wären, würden wir ihn nicht sehen wollen, wir haben nichts mit Ward am Hut.

Das sage ich schon die ganze Woche zu mir selbst: Wir haben nichts mit Ward am Hut. Wir haben nichts mit Ward am Hut. Gar nichts mit Ward am Hut. Es hilft nichts.

Schwierige Dinge

Ich werde aus der Zelle geholt. »Warum?«, frage ich.
Sie geben nie eine Antwort. »Folge uns und verhalte dich ruhig«, ist das Einzige, was sie sagen. Sie sind immer zu zweit für den Fall, dass jemand versucht zu fliehen.
Ich werde in ein winziges Zimmer geführt. »Zehn Minuten«, sagen sie und verschwinden.
Und dann bin ich ganz allein. Zehn Minuten Ruhe, denke ich, zehn Minuten ohne das höllische Durcheinander in der Zelle. Das kann nicht der Grund sein, weshalb ich hier bin. Was interessiert sie die Ruhe in meinem Kopf?
In der schmalen Wand vor mir ist ein langes Stück Glas. Es sieht wie ein großer Spiegel aus, ist aber keiner, denn ich kann hindurchsehen. Auf der anderen Seite steht jemand. Wollen sie mich auch jetzt noch beobachten? Dann sehe ich, wer es ist. Ihre Haare sind grau geworden, ihr Mantel schlackert um ihren Körper. Sie kann doch nicht so mager sein?
»Mutter«, sage ich. Meine Beine fangen an zu zittern. Wenn ich mich doch hinsetzen und sie anschauen könnte, aber sie haben nicht an einen Stuhl gedacht. Sie möchten, dass wir fallen und dass wir uns dabei alles brechen, so dass wir von allein sterben, dann werden die Prozesse und das Einsperren überflüssig, dann werden die Zellen leer, und jeder kann wieder aufatmen.

Sie lebt, und sie hat mich gefunden.
»Mein lieber Junge«, sagt meine Mutter. »Mein allerliebster Junge.«
Ihre Stimme klingt dumpf durch das Glas hindurch, aber ich habe jedes Wort verstanden. Mein Herz klopft wie verrückt. Sie drückt ihr Gesicht an das Glas. Ihre Lippen werden zu einem großen rosafarbenen Fleck, ihr Atem ist eine große weiße Wolke, in der ihre Nase und ihre Augen verschwinden.
»Mutter.«
Ich höre ein paar erstickte Laute, mehr nicht. Plötzlich erscheinen zwei weiße Flecken am Glas. Ihre Hände. Sie gleiten über das Glas, von oben nach unten und wieder nach oben, als würden sie das Glas wegwischen wollen. Aber das Glas bleibt.
Noch neun Minuten, denke ich.
Mit beiden Fäusten hämmere ich gegen das Glas. Ich höre, wie sie erschrickt, ich sehe, wie sie zurückweicht. Und dann sehe ich sie wirklich.
Ich habe wieder eine Mutter. Sie ist alt, sie ist viel zu mager, und sie strahlt.
»Ward«, sagt sie durch das Glas hindurch. »Ich bin so froh, dich zu sehen.«
Ich muss sie immer anschauen. Mein Herz rast mit mindestens zweihundert Stundenkilometern. Wie habe ich sie je wegdenken wollen?
Noch acht Minuten.
»Geht es einigermaßen?«, fragt sie.
Nein, es geht nicht. Aber wenn ich das sage, bin ich verloren. Ich nicke.
»Das ist gut«, sagt sie. »Halte durch, Ward.«

Ich nicke wieder. Ich schweige, sie schweigt auch. Sieben Minuten.

»Sag mal was. Ich möchte deine Stimme hören.«

Drei Jahre ohne Mutter. Was tut man alles, um sich selbst zu retten? Aber ich wurde nicht gerettet. Ich bin ein Trümmerhaufen. Sechs Minuten. Die Wärter haben schon Dutzende Male gedroht, dass sie mich erschießen werden. Das ist nicht ernst gemeint, sagen die anderen in der Zelle, sie sagen das nur, um zu schikanieren, sie hätten es in den ersten Wochen auch zu ihnen gesagt, aber in den letzten Monaten sei niemand erschossen worden. So schnell würden sie nicht mehr schießen.

Ich weiß, wie es geht. Sie binden dich an einen Pfahl, mit dem Rücken zu ihnen, damit du sie nicht anschauen kannst. Sie verbinden dir auch noch die Augen, und dann schießen sie, zu zwölft auf einmal. Auf diese Art ist es schnell vorüber, und man spürt fast nichts. Aber wer sagt, dass man nichts spürt? Vielleicht brennt man im Inneren, mit zwölf Kugeln im Leib, ist das der schlimmste Schmerz, und hält er an, auch wenn das Herz nicht mehr schlägt?

In meiner Zelle gibt es welche, die sagen: Sollen sie nur schießen, dann ist es endlich vorbei.

Aber ich will noch nicht tot sein. Ich möchte hundert Jahre alt werden.

Noch fünf Minuten.

Auch, wenn ich die hundert Jahre im Gefängnis verbringen muss?

Auch dann.

Noch vier Minuten.

Was ich nicht verstehe, ist, dass sie jemanden, den sie erschie-

ßen wollen, mit dem Gesicht an den Pfahl binden und ihm dann auch noch die Augen verbinden. Es gibt nichts Feigeres, als jemandem in den Rücken zu schießen. Man muss dem Feind immer in die Augen sehen. Es darf nie zu einfach gemacht werden, jemanden zu erschießen.
»Ich habe nie jemanden einfach so erschossen, Mutter.«
»Ich weiß.«
Du weißt nichts, Mutter.
»Und auch nie jemandem in den Rücken geschossen.«
»Sei still, mein Junge.«
»Es hieß immer, sie oder ich. Ich konnte nicht anders.«
Noch drei Minuten.
Ich wische zornig die Tränen weg. »Und dass sie uns betrogen haben. Betrogen und belogen. Von Anfang an. Und ab da konnten wir nicht mehr zurück.«
Sie nickt.
»Ich konnte die Jungen nicht allein lassen, Mutter.«
»Ich verstehe alles.«
Niemand kann es verstehen.
Sie nickt heftig. »Die Zeit ist fast um, Ward. Ich möchte noch etwas …«
Noch zwei Minuten.
»An der Front kann man nicht denken, Mutter. Wenn man denkt, stirbt man, es ist ganz einfach und zugleich ganz kompliziert. Wenn man an der Front nur denken könnte, wäre das ganze Elend schnell vorbei.«
»Ja, mein Junge. Ich …«
»Sie haben zu uns gesagt, wir würden uns den Himmel verdienen. Für unser Volk und für Gott. Es war …«

Noch eine Minute.
»Ich habe einen Anwalt für dich gefunden.«
»… die Hölle, Mutter.« Da erst höre ich, was sie gerade gesagt hat. »Einen Anwalt?«
»Ja, natürlich. Ohne Anwalt hast du wenig Chancen, Ward.«
Die Tür hinter meiner Mutter geht auf. Einer der Wärter erscheint. »Es ist Zeit, gnädige Frau.«
»Schau mal, was ich hier habe«, sagt sie, sie bückt sich und fördert eine große Tasche zum Vorschein. Mit einem Gesicht, das von hier bis China strahlt, holt sie einen großen Gegenstand heraus. Ich sehe sofort, was es ist. Mein Saxophon. Mein Gott, wie hat sie das geschafft?
»Mutter«, sage ich.
»Sie haben mir deine Sachen gezeigt, und ich habe gesagt, dass ich dein Saxophon mit nach Hause nehmen möchte, ich weiß, wie kostbar es immer für dich war, und sie haben gesagt, dass es in Ordnung sei.«
Ich schaue sie schweigend an. »Wie schlimm war es, Mutter?«
»Jetzt ist aber Zeit, gnädige Frau.«
»Ja, ich weiß. Demnächst kommt der Anwalt vorbei, Ward.«
»War es sehr schlimm?«
Sie sagt nichts. So schlimm also.
»Bis in einem Monat, mein Junge.«
So lange halte ich es wirklich nicht aus.
Ihr Kuss am Fenster, meine Hände am Glas. Sie dreht sich um, hängt sich die Tasche mit dem Saxophon über die Schulter. Eine Sekunde später ist sie verschwunden.
Ich schlage das Fenster kaputt, ich renne hinter ihr her, ich lege meinen Kopf in ihren Schoß, ihre Arme umklammern

mich, und genau wie früher sagt sie: Wir zwei. Wir werden es schon schaffen.
Vielleicht reicht ein Kopfstoß, um das Glas zu zertrümmern, aber dann werden sie mich erschießen. Und das gönne ich ihnen nicht.
Die Tür hinter mir geht auf. Ein Wärter kommt herein. Er ist allein. Mit seiner Waffe in der Tasche braucht er keine Angst vor mir zu haben. Und ohne Waffe auch nicht. »Dusoleil«, sagt er.
»Ich weiß«, sage ich, »zurück in die Zelle.«
Ich gehe neben ihm durch den Gang. Ich spüre seinen linken Arm, so nahe gehen wir nebeneinander. Er hat mich nicht gefesselt, ich kann sowieso nichts anderes machen, als diesen Gang entlangzugehen bis zum nächsten, wo unsere Zellen sind. Plötzlich spüre ich eine Hand auf meiner Schulter. Ich erschrecke, ich bleibe stehen.
»Weitergehen, Dusoleil«, sagt er.
Ich gehe weiter.
»Es sind immer die Mütter, die zuerst kommen«, sagt er. »Nie die Väter.«
»Ich habe keinen Vater mehr.«
»Der Krieg?«
»Selbstmord. Am Anfang des Krieges.«
Er nimmt seine Hand von meiner Schulter. Ich spüre, wie sein Blick auf mir ruht, schaue aber nicht zurück. Gleich bin ich in meiner Zelle.
»Es gibt welche, die sind nach Deutschland gegangen, um dort Geld zu verdienen. Manchmal verstehe ich das. Wenn es zu Hause nicht so üppig ist.«

»Ich bin nicht hingegangen, um Geld zu verdienen. Mir fehlte zu Hause nichts.«

»Du hast es für einen guten Zweck getan.« Ich höre das Lachen in seinem Hals.

»Für uns alle«, sage ich.

»Ach, Dusoleil.« Er lächelt nun breit, schlägt mir auf den Rücken, als hätte ich einen guten Witz erzählt. Hat er getrunken? Sein Atem riecht nicht nach Bier, seine Augen sind nicht blutunterlaufen. »Junge, Junge«, sagt er. »Das sind alles schwierige Dinge.« Er reißt sich zusammen. »Ich kann mir vorstellen, dass du Angst hast.«

Wir sind fast bei der Zelle.

»Du bist ein anständiger Junge, Dusoleil, das habe ich schon längst gemerkt. Ich möchte dir einen Rat geben: Erzähle beim Prozess von deinem Vater. Es wird dir helfen, Strafminderung zu bekommen. Ein Vater darf seinen Sohn nicht zurücklassen.«

Er geht vor mir her und öffnet die Tür zur Zelle. Ich gehe an ihm vorbei, zurück in die Zelle. Warum sollte ich von meinem Vater erzählen? Mein Vater hat nichts damit zu tun. Er war schon mindestens drei Jahre tot, als ich wegging.

Der Wärter lässt die Tür mit einem schweren Schlag hinter mir zufallen. Ich höre den Schlüssel im Schloss. Plötzlich öffnet sich die Luke in der Tür. Sein Gesicht erscheint. »Bekkers ist mein Name. Für den Fall, dass du dich das gefragt hast.«

Dann schaut er an mir vorbei in die Zelle. »Seid ruhig da drinnen«, sagt er mit harter Stimme. »In einer Stunde kommt das Essen. Sorgt dafür, dass ihr es verdient habt.«

Ein Schmerz schießt durch mein rechtes Bein, als ich mich zwischen den anderen an die Wand setze. Hier habe ich viele Probleme mit meinem Bein. Jeden Tag dürfen wir kurz im Innenhof spazieren gehen, und jeden Tag scheint es steifer geworden zu sein. Nachts wache ich auf, weil ich Krämpfe habe, es ist manchmal zum Verrücktwerden, so weh tut es.
»Und?«, fragt der Mann neben mir.
»Meine Mutter«, sage ich.
Sofort schießen ihm Tränen in die Augen. »Du hast Glück.« Er wischt die Tränen mit seinem Ärmel weg. »Sie können viel aushalten«, sagt er leise.
Ja, möchte ich sagen. Aber mein Hals ist auf einmal zu.
»Mehr als möglich«, sagt er.
Wir schweigen lange.
»Meine ist tot.« Er seufzt tief. Und dann noch einmal. So sitzen wir dort eine Zeitlang, auf dem Boden, an der Wand, mit sieben Zellengenossen um uns herum, die reden, schweigen, herumhängen, liegen, sitzen, mit offenen Augen, mit geschlossenen Augen, mit viel Geduld, mit wenig Geduld, ohne Geduld. Aber alle können wir nichts anderes tun als warten.
Und egal, wie nah ich bei meinem Zellengenossen sitze, egal, wie warm sich sein Körper anfühlt, wie freundlich er zu mir ist, alle warten wir alleine.

Eine Kundin

Die Sonne scheint nicht, es geht kein Wind, und es regnet nicht: das ideale Wetter zum Fensterputzen. Ich stelle die Leiter an die Fassade und klettere mit meinem Eimer hinauf.
»Renée?«
Ein Kunde. Eine Ecke fehlt mir noch, dann bin ich fertig. Aber der Kunde ist König. »Ich komme, gnädige Frau«, rufe ich heiter und klettere hinunter.
Ich schätze sie auf etwa fünfzig. Sie ist sehr mager, trägt einen beigefarbenen Regenmantel und hat einen roten Schal um den Kopf geschlungen. Ein Büschel grauer Haare lugt daraus hervor, der Rest ist tadellos versteckt. Ich trockne die nasse Hand an der nassen Schürze und fahre mir schnell durch die Haare.
Woher weiß sie, wie ich heiße?
»Kann ich Ihnen …«, fange ich an. Mein Atem stockt. Es gibt keinen Zweifel. Ich erkenne ihre Augen, ich erkenne die Art, wie sie den Kopf leicht schräg hält. Sie hat mindestens zwanzig Kilo abgenommen. Was das Gefängnis mit einem macht.
Ich will, dass sie jetzt verschwindet.
»Guten Tag, gnädige Frau.«
»Sag bitte Hélène.«

Das hatte sie schon einmal gesagt. Sag bitte Hélène, sagte sie von Anfang an, nicht gnädige Frau.

Wir können hier nicht bis in alle Ewigkeit stehen bleiben.

»Ich räume das hier schnell weg«, sage ich zu ihr und nehme die Leiter.

»Soll ich dir helfen?«, fragt sie.

Bevor ich ihr antworten kann, hat sie schon den Eimer genommen und folgt mir hinein, durch den Laden in den hinteren Raum, wo alle Putzmittel stehen.

Warum erscheint Victor nicht, warum schaut er nicht kurz vorbei, warum kommt er nicht, um zu fragen, ob schon Kundschaft da war? Dann würde ich sagen: Eine Kundin haben wir, Victor, hier steht sie, nimm sie mit. Bitte. Aber Victor erscheint nicht.

Wir gehen wieder in den Laden, ich gehe voraus, sie einen Meter hinter mir, wir schweigen, und nur das Klacken unserer Schuhe auf dem Holzboden ist zu hören.

Ich stelle mich hinter die Theke. Ich schaue sie an. »Kann ich Ihnen behilflich sein?«

»Hübsch habt ihr es hergerichtet«, sagt sie.

Ich tue, als würde ich die Tränen in ihren Augen nicht sehen.

»Ja, nicht wahr«, sage ich so leichthin wie möglich. »Wir haben uns viel Mühe gegeben. Ich meine: Victor hat sich viel Mühe gegeben.«

Sie nickt und putzt sich die Nase. Dann knüpft sie den roten Schal auf und steckt ihn in ihre Manteltasche. Ihre grauen Haare stehen in alle Richtungen ab. »Ich mag dieses Weiß gern«, sagt sie, »der Raum ist dadurch nicht nur frischer, sondern auch größer geworden.«

»Ja«, sage ich so heiter wie möglich.
Ihre Frisur ist chaotisch, und sie ist magerer als ein Besenstiel, aber ihre Augen glänzen noch mehr als früher.
Ich stehe da und bemühe mich zu lächeln, obwohl mir gar nicht zum Lachen zumute ist.

»Ward hat dir sehr weh getan, nicht wahr?«, sagt sie leise.
»Ich verstehe es. Mir auch, Renée.«
Ich spüre die Regale in meinem Rücken, weiter zurückweichen kann ich nicht.
»Er hat mir sehr viel Kummer bereitet«, sagt sie. »Schon bevor er wegging.«
»Bestimmt.«
Sie schweigt. Sie schüttelt den Kopf. »Ich weiß, was sie gesagt haben, was sie immer noch sagen. Dass er ein Kind von Schwarzen war. Und dass ich ihn aufgewiegelt habe. Als würde ich ihn aufwiegeln. Ich wusste doch, dass es schlecht ausgehen würde. Und dennoch ist er weggegangen.«
Wenn sie nicht so alt wäre, würde ich sie beschimpfen, ich würde sie anbrüllen, dass sie sich nicht lächerlich machen solle, natürlich hätte sie Ward aufhalten können, sie war seine Mutter. Unser Jef ist doch auch auf andere Gedanken gekommen, nachdem meine Eltern sehr zornig reagiert haben.
»Nicht böse werden, Renée.«
Geh weg, denke ich. Aber sie bleibt einfach stehen, mit Tränen in den Augen, und hört nicht auf, ihre Hände zu reiben.
»Sie hatten Hunger, und wir hatten Hunger. Wenn ich sie nicht hereinließ, hätten sie mich hinausgeschleift, und wer weiß, was sie sonst noch getan hätten. Sie haben immer für

ihre Einkäufe bezahlt, Renée, sie haben nie irgendeinen Vorteil gehabt, weil sie Deutsche waren.«
»Ach nein? Wir mussten mit unseren Lebensmittelkarten sehr sparsam umgehen, ich wette, dass sie mit ihrem deutschen Geld bei Ihnen alles kaufen konnten, was sie wollten und so viel sie wollten, einfach so.«
Sie nickt und nickt und nickt. Und mit jedem Nicken zieht sie sich weiter zusammen. »Ach, Kind.« Sie schaut mich an, als würde ich nichts verstehen. »Ich bin dafür bestraft worden.«
Als ob ich das nicht wüsste.
Sie hatten ihr den Kopf kahl geschoren, die Arme auf den Rücken gebunden und sie vor ihrem Auto durch die ganze Dorfstraße gehetzt. Gehupt haben sie, die Männer, und sie rannte, so schnell sie konnte. Und die Leute am Straßenrand schrien, sie sollten sie plattfahren, diese dreckige Moffenhure*. Ich kam gerade aus der Schule, ich sah sie rennen, als wäre der Teufel hinter ihr her.
»Zwei Jahre war ich im Gefängnis. Ich hatte nie einen Prozess. Sie haben mich aufgegriffen und dann wieder freigelassen. Ohne ein Wort der Erklärung.«
Schweig. Verschwinde. Jetzt.
»Er war so ein Träumer, Renée. Ich bitte Gott jeden Tag um Vergebung, weil ich es nicht geschafft habe, ihn zurückzuhalten.
Auch noch Gott ins Spiel bringen.
»Es ist mir nicht gelungen«, flüstert sie.

---

* Mof, Moffen – niederländisches Schimpfwort für Deutsche

»Aber haben Sie es denn versucht?«
»Ich habe es versucht.«
»Wie beharrlich?«
»Renée.«
»Wie beharrlich?«
»So gut und so schlecht ich konnte.«
»Nicht gut genug also«, sage ich.
Sie macht einen Schritt zurück, sie schlägt die Arme um sich, sie bohrt ihre Augen in meine. »Was ist mit dir passiert«, sagt sie dann. »Was ist, um Gottes willen, mit dir passiert?«
»Raten Sie mal«, sage ich.
»Wenn er das alles gewusst hätte«, fängt sie an.
»Dann hätte er es trotzdem getan«, sage ich.
Sie nickt. Ihre Tränen sind weg. »Es hat keinen Sinn«, sagt sie dann. Sie knüpft sich den Regenmantel zu und zieht den Gürtel fest um ihren mageren Körper. »Lass es dir gutgehen, Renée«, sagt sie, dreht sich um, geht zur Tür und tritt hinaus.
Ich folge ihr und bleibe in der Tür stehen. »Was hat keinen Sinn?«, frage ich.
Sie dreht sich zu mir um. »Du wirst bestimmt nicht als Zeugin auftreten«, sagt sie zögernd.
»Warum sollte ich denn?«
Sie schaut mich an, ohne etwas zu sagen. »Ich verstehe es«, sagt sie dann. »Trotzdem habe ich gehofft ...« Sie schüttelt den Kopf. »Ich habe mich getäuscht. Verzeih mir, dass ich dich belästigt habe, Renée.« Sie schlingt den Schal um ihren Kopf, schiebt alle Locken darunter, so dass es aussieht, als hätte sie keine Haare. Sie schaut nach links, in die Richtung,

aus der sie gekommen ist, dann wieder zu mir. Und dann zum Laden. »Wie die Fenster blitzen«, sagt sie.
Ich folge ihrem Blick. Sie hat recht, sie blitzen tatsächlich.
Sie dreht sich um und geht davon, die Straße hinunter, ohne sich noch einmal umzudrehen. Ich schaue ihr nach, bis sie um die Ecke verschwunden ist. Dann seufze ich tief.
Vorbei, denke ich, vorbei. Endlich.
Ich gehe wieder in den Laden. Die Glocke läutet schrill, als die Tür hinter mir zufällt. Ich lehne mich an die Tür, betrachte die frisch gestrichenen weißen Wände, die vielen Dosen auf den Regalbrettern, alle schön nach der Größe geordnet, fein säuberlich sortiert. Ich schlage die Hände vors Gesicht, und ich fange an zu weinen, wie ich noch nie geweint habe.

Gelb und rot wie die Sonne

Jef hat sein Fahrrad an die Hecke des Klosters gestellt und wartet am Eingang auf uns. Er schlägt die Arme um meine Mutter und hebt sie hoch. »Mamma mía«, singt er.
»Jef«, sagt meine Mutter böse, »stell mich hin. Wir gehen nicht zu einem Fest.«
»Aber Junge.« Mein Vater schüttelt den Kopf. »Benimm dich doch. Wenigstens ein einziges Mal.«
»Hallo Pa, hallo Ma.« Jef lächelt weiter. »He, Kleiner.«
»Remi«, sage ich.
Er lächelt. »Natürlich, Remi.«
Ich sehe, wie der Ärger vom Gesicht meiner Mutter verschwindet. »Du siehst gut aus, mein Junge. Aber hör endlich mal auf zu grinsen.«
»Entschuldigung«, sagt Jef.
Er dreht sich um und blinzelt mir zu. Ich traue mich nicht, zurückzublinzeln.
»Gust war mein bester Freund«, sage ich, während wir zusammen den Weg zum Kloster einschlagen.
»Ich weiß«, sagt Jef.
»Der Krieg ist schuld.«
»Ich weiß.«

Schwester Melanie steht am Eingang der Kapelle. »Setzt euch

doch bitte ganz vorn hin«, sagt sie zu uns, »hinter die Verwandtschaft.«
Die Verwandtschaft besteht aus zwei Menschen: Jeanne und ihrer Tante. Sie sitzen in der ersten Reihe. Ich hoffe, dass ich mehr Verwandtschaft habe, wenn ich sterbe.
Ich sitze zwischen meiner Mutter und Renée. Hinten sitzen Leute von der Blaskapelle und Leute, die genauso alt aussehen wie Gust. Das sind bestimmt alles Freunde von ihm, denn sie sehen traurig aus. Aber sie leben noch. Vielleicht haben sie den Krieg besser vertragen als Gust. Der Krieg ist schlimmer als alle Streitereien zusammen, hat Gust gesagt, als er noch normal sprechen konnte, und dass ich noch zu klein sei, um zu verstehen, wie schlimm es tatsächlich ist. Aber ich verstehe ihn. Ich halte es nicht aus, wenn Jef und mein Vater sich anschreien. Und böse Blicke halte ich erst recht nicht aus.

Der Sarg, in den sie Gust gelegt haben, steht vor dem Altar. Daneben zwei Fahnen: die Fahne der Blaskapelle und die belgische Fahne. Auf den Sarg hat Schwester Melanie einen großen Kranz aus weißen Blumen gelegt.
Pater Wilfried stellt sich hinter den Altar. Er deutet auf die Fahnen und auf die Blumen. So war Gust, fängt er an, er liebte die Musik, die Blumen und Belgien. Dann sprach er davon, was für ein guter Mensch Gust war, und dass wir für seine Seele beten sollen, damit sie in den Himmel kommt und sich zu Gott gesellen darf. Und zu Theo, denke ich. Ich glaube, dass Gust am liebsten bei Theo sein will, wenn er da oben im Himmel ankommt. Natürlich wird er auch bei Gott sein

wollen, aber Gott gehört allen, und Theo gehört nur Gust. Gott muss sich ja um alle im Himmel kümmern.
Im Himmel wird Gust natürlich wieder sprechen und gehen können wie früher. So ist es da oben. Die Lahmen werden wieder gehen, die Blinden wieder sehen, die Tauben wieder hören, die Stummen wieder sprechen.

Auf jeder Seele ist ein kleiner Fleck, sagt Pater Wilfried am Ende der Messe, aber Gust hat in den letzten zwei Jahren so viel Buße getan, dass die Flecken bestimmt wieder verschwunden sind. Gott wird ihn mit offenen Armen empfangen in seinem Königreich.
Ich seufze tief.
»Psst«, flüstert Renée und gibt mir einen Stoß.
»Gust geht direkt in den Himmel«, flüstere ich viel zu laut.
Pater Wilfried schwenkt sein Weihrauchgefäß über dem Sarg, und wir stehen auf. Aus dem Augenwinkel sehe ich, wie sich alle Köpfe mitbewegen, von links nach rechts und wieder zurück. Mein Kopf bewegt sich nicht, denn vor mir steht Jeanne. Ich lasse meine Augen von ihren Haaren über ihren schwarzen Mantel zu ihren schwarzen Schuhen gleiten und wieder zurück zu ihren Haaren. Jeanne sollte einen roten Mantel tragen, denke ich plötzlich, oder einen gelben Mantel, gelb und rot wie die Sonne. Ich frage mich plötzlich, ob Gott überhaupt Schwarz mag. Jesus und Maria trugen nie schwarze Kleidung.
Plötzlich dreht sich Jeanne halb zu mir um, als fühlte sie, wie sich meine Blicke in ihren Rücken bohren. Sofort schaue ich zu dem Weihrauchgefäß, das immer weiter von einer Seite

zur anderen schwingt. »Schau nach vorn«, höre ich die Tante zischen, und dann schaue ich doch zu ihr hin und sehe, dass Jeanne gar nicht böse aussieht. Ich traue meinen Augen nicht, deshalb wende ich den Blick nicht ab, um sicherzugehen, dass ich sehe, was ich sehe. »Schau nach vorn«, zischt die Tante wieder, während sie an Jeannes Ärmel zieht. »Lass mich in Ruhe«, zischt Jeanne zurück. Dann nickt sie mir kurz zu und dreht sich wieder nach vorn.

»Gust war jahrelang Mitglied in der Blaskapelle«, sagt Pater Wilfried. »Als die Deutschen im Krieg alle Blaskapellen verboten haben, stellte Gust sein Haus für *Unsere Sehnsucht* zur Verfügung, denn Gust glaubte an die Kraft der Musik. Die Blaskapelle ist ihm ewig dankbar dafür und möchte Gust auf passende Weise mit zwei seiner Lieblingsstücke verabschieden. Die Mitglieder der Blaskapelle mögen bitte nach vorn kommen.«

Wir sind etwa zehn Musiker, wir können nicht alle vorn stehen. Wir werden den ganzen Mittelgang füllen, hat Victor gesagt. Und so ist es. Renée steht neben mir, denn wir spielen zusammen.

Victor steht vor uns. Er hebt die Arme. Schnell stimmt jeder sein Instrument, und dann bewegt Victor wieder die Arme.

Oh, teures Belgien. Oh, heilig Land der Väter.

Die ganze Kirche steht auf. Wir spielen, die Leute singen, es hallt von den Wänden, als würden wir ein Fest feiern. Es klingt wie an dem Tag, als die Blaskapelle kam, um Jef zu feiern, ein heiliger Tag war es, ein Fest, das immer weiterging. Aber Gust ist tot. Das hier ist kein Fest.

Das Lied ist zu Ende, aber der Applaus hält an. Ich drehe mich um, wir drehen uns alle um zu den Menschen. Hört auf, denke ich, genug. Dann sehe ich es. Alle weinen. Es sieht seltsam aus, all diese weinenden Menschen. Ich schaue zur Seite, zu meinem Vater. Auch er weint.

Plötzlich höre ich einen lauten Ton. Er ist hoch und schrill und kommt von Victor hinter uns. Wir drehen uns zu ihm, und sofort wird es wieder still in der Kirche.

»Hast du das gesehen?«, flüstere ich zu Renée. »Die ganzen weinenden Menschen?«

»Die Menschen weinen, weil sie Belgien lieben«, flüstert Renée zurück. »Der Krieg ist vorbei, und Belgien existiert noch. Belgien wurde gerettet. Die Menschen sind sehr froh darüber.«

»Sie weinen also, weil sie froh sind«, sage ich wütend. »Es ist aber Gusts Beerdigung.«

»Gust findet das bestimmt nicht schlimm«, sagt Renée beruhigend.

»Ich schon.«

»Moonlight Serenade«, sagt Victor.

Weil Gust das so gern mochte. Renée spielt mit mir zusammen das Solo. Ich spanne schon meine Lippen. Ich schaue zu Renée. Sie nickt mir zu. Es wird gutgehen, bedeutet das. Ich blase die Töne in die Luft. Es klingt gerade leise genug. Kein einziger Ton darf lauter als der andere klingen. Ich spüre es sogar in meinen Fingern, wie leise die Töne sind. Ich sehe Gust vor mir, ich sehe, wie Gust nickt. Gut so, mein Junge, sagt er.

Aber es klingt anders als gestern bei der Probe.

Ich öffne die Augen und schaue zur Seite. Renée spielt nicht

mit. Ihre Trompete ruht an ihrem Bauch. Sie schaut mich an und lächelt. Dann fallen alle ein, und zusammen beenden wir das Stück. Wieder erklingt Applaus.
»Diesmal weinen die Leute, weil du so schön gespielt hast«, flüstert mir Renée ins Ohr. »Sie denken jetzt alle an Gust und vermissen ihn.«
»Wusste Victor, dass du nicht mitspielen würdest?«
»Natürlich. Er hätte mich ermordet, wenn ich es ihm nicht gesagt hätte.«
Inzwischen haben vier Männer den Sarg auf ihre Schultern gehoben. Die Männer sind so mager und so alt, dass ich Angst habe, dass sie einknicken und den Sarg fallen lassen. Alle folgen dem Sarg, zuerst Pater Wilfried, Jeanne, ihre Tante und Schwester Melanie, danach kommen wir.

Hinter dem Kloster liegt ein Friedhof. Hier wird Gust begraben. Es ist schon ein großes Loch in die Erde gegraben worden. Die vier alten Männer lassen den Sarg vorsichtig hineinsinken. Sie verbeugen sich tief vor dem offenen Grab und gehen zur Seite, um Pater Wilfried vorzulassen. Er segnet den Sarg, und dann beten wir noch einmal für Gust. Ab jetzt werde ich einfach froh sein, dass er im Himmel ist. Pater Wilfried hat selbst gesagt, dass Gott seine Arme schon weit ausgebreitet hat, um Gust aufzunehmen.
Ich werde ihn so vermissen.

Jemand zieht an meinem Ärmel. Ich schaue zur Seite. »Hallo, Remi«, sagt Jeanne.
»Bist du noch böse?«, frage ich.

»Hm«, sagt sie und seufzt.
Soll sie doch platzen, ich habe keine Lust auf Ärger.
Wieder zieht sie an meinem Ärmel. »Du hast schön gespielt.«
»Findest du?«
»Wirklich schön. Weißt du noch, dass du mir beibringen wolltest, auf den Fingern zu pfeifen?«
»Und dann wurdest du so böse.«
»Das war nicht deine Schuld.«
»Warum bist du dann weggelaufen?«
»Es war schon deine Schuld. Du hast gesagt, Ward sei dein bester Freund. Weißt du noch?«
Ich nicke.
»Ist er es immer noch?«
»Wie kann er es noch sein, er hat Menschen erschossen.«
»Aha«, sagt Jeanne. »Du bist also dahintergekommen, dass er ein Mörder ist.«
Wer Menschen erschießt, ist ein Mörder. Ich nicke.
»Dann können wir wieder Freunde sein. Wenn du möchtest.«
»In Ordnung«, sage ich.
»Dann ist es gut«, sagt sie. Sie beugt sich zu mir und drückt einen Kuss auf meine Wange, einfach so. Erschrocken weiche ich einen Schritt zurück. »Bäh«, sage ich. Sie fängt an zu grinsen, dreht sich um, rennt zu ihrer Tante, und dann ist sie weg. Sie ist noch hässlicher geworden. Ich denke, dass sie inzwischen mindestens eine Million Sommersprossen gesammelt hat. Ich werde sie auf keinen Fall heiraten.

Mütter

»Sie ist aber seine Mutter«, sagt Emile. »Mütter machen solche Sachen. Deine Mutter würde auch auf Knien kriechen, um dir zu helfen. Vor allem, wenn du im Gefängnis wärst.«
»Meinst du?«
»Aber Renée!« Er fängt laut an zu lachen. »Dass du daran zweifelst. Deine Mutter würde sich vorn in der Kirche aufstellen, auf dem Chor, nein, auf der Kanzel, wenn es dir helfen würde. Und meine Mutter ebenso. Wenn höchste Not ist, tun sie alles, um der Angelegenheit eine Wendung zu geben.«
Wie er manchmal redet. Als wäre er aus Pappe.
Ich möchte ihn schütteln, die Stärke aus seiner Kleidung schütteln. Aber ich tue nichts, ich fahre einfach weiter neben ihm her. Wir sind unterwegs zu seinem Elternhaus. Seine Mutter hat mich eingeladen. Ich sehe Renée so selten, hat sie sich bei Emile beklagt. Und dabei komme er fast jeden Sonntag zu uns.
Wir sollten die Kirche im Dorf lassen, sagte Emile.
Welche Kirche, hätte ich fast gefragt. Ich sage es nicht. Er mag es nicht, wenn ich ihn necke. Wir werden es versuchen, habe ich gesagt.

Vor seinem Elternhaus stellen wir unsere Räder ab. Ich kämme mir schnell die Haare und sehe, dass er es auch tut. Seine Mama wird zufrieden sein.

Die Tür geht auf. »Ach«, sagt eine Stimme, »endlich. Ich dachte schon …«

»Dass wir nicht mehr kommen? Aber natürlich«, sagt Emile. »Hallo, Mama.«

»Guten Tag, gnädige Frau«, sage ich.

Wir folgen ihr hinein.

Emile wohnt in einem großen Haus, mindestens viermal so groß wie unseres. Es hat sogar zwei Wohnzimmer.

»Es gibt Kuchen und Kaffee«, sagt seine Mutter.

Wir setzen uns alle drei an den Tisch. Es ist für vier Personen gedeckt.

»Dein Vater ruht sich aus«, sagt sie zu Emile. »Er kommt gleich.«

Aber nach drei Stück Kuchen, literweise Kaffee und inhaltslosen Geschichten sitzen wir immer noch zu dritt am Tisch.

»Vielleicht solltest du ihn wecken«, sagt sie.

»Es ist immer dasselbe, Mama. Es ist ihm egal.«

Sie antwortet nicht. Stattdessen beugt sie den Kopf über den Teller, als läge dort etwas ganz Leckeres.

»Gnädige Frau?«

Sie schaut verwundert hoch. »Ja?«

»Emile hat mir erzählt, dass Sie so unglaublich gut Klavier spielen können.«

Auf ihrem Gesicht zeigt sich ein breites, verwundertes Lächeln. »Hat er das wirklich gesagt?«

Ich nicke. Sie lächelt immer noch. »Ich würde es so gern hören«, sage ich. Ich spüre Emiles Blick, beantworte ihn aber nicht. Ich schaue seine Mutter weiter an, auf einmal möchte ich wirklich hören, wie sie spielt. »Ich selbst spiele Trompete«, sage ich.
»Warum hast du mir das nie erzählt?«, sagt sie fast böse zu Emile.
»Ja, warum hast du das nie erzählt?«, frage ich ihn neckisch. Fast errötet er. »Ich dachte, ich wusste nicht ...«, fängt er an, aber sie unterbricht ihn. »Komm«, sagt sie zu mir, »ich werde etwas für dich spielen.«

In der Zimmerecke steht ein Klavier mit einer schwarzen Decke darüber. Seine Mutter zieht die Decke mit einer einzigen Bewegung zu Boden und setzt sich auf den Hocker vor dem Klavier. »Komm«, sagt sie und deutet auf den Platz neben sich, »komm, setz dich zu mir.«
Sie legt einen Stapel Noten vor sich hin und fängt an zu spielen. Mit geschlossenen Augen, mit offenen Augen, manchmal bewegt sie ihren Körper, manchmal ist sie ganz still. Als überlege sie sich die Musik, während sie spielt, als sei jede einzelne Note ihre. Ward konnte das auch. Er konnte das wirklich sehr gut. Er hat bestimmt drüben alle damit bezaubert. Aber den Krieg hat er damit nicht gewonnen.
Dass ich wieder an ihn denke, hier, auf dem Hocker vor dem Klavier, während Emiles Mutter spielt.
Wenn Hélène nicht vorbeigekommen wäre.
An jenem Abend, nach ihrem Besuch, sah meine Mutter sofort, dass irgendetwas passiert war. Ward interessiert mich

nicht mehr, sagte ich, aber Hélène machte weiter, als hätte ich kein Herz im Leib.
Ach, Kind, sagte meine Mutter, du hast ein Herz, so groß wie die Welt. Tief einatmen und weitergehen, sagte sie auch noch. Nur wer stillsteht, versteinert.
Meine Mutter und ihre Sprüche, sie helfen immer noch. Denn ich möchte nicht versteinern, ich möchte so gern einfach glücklich sein. Nicht böse, nicht traurig, einfach glücklich.
Ich schaue schnell zur Seite. Emile lehnt an der Wand und lächelt vor sich hin. Das hier ist mein neues Leben. Und es ist ein gutes Leben. Daran kann kein Mensch zweifeln.

Es ist dunkel draußen, Emile fährt ein Stück mit mir mit.
»Unglaublich, wie gut deine Mutter spielen kann«, sage ich.
»Hm.«
»Besser als deine Mutter geht fast nicht. Warum hast du ihr nicht erzählt, dass ich Trompete spiele?«
Er schaut zur Seite. »Ich habe gedacht, sie will von Trompetenmusik nichts wissen.«
»Hast du sie jemals gefragt?«
Er zuckt mit den Schultern. »Wir reden nicht so viel.«
Schweigend fahren wir weiter. Bevor wir das Dorf erreichen, hält er mich zurück. »Warte.«
Wir springen gleichzeitig vom Fahrrad und stoßen fast aneinander. Ich schwanke. »Hoppla«, sage ich, »vorsichtig, gleich fallen wir noch um.«
»Aber nein«, sagt er.
Er ist nervös, ich höre es an seiner Stimme. Er hüstelt laut. Und dann noch mal.

»Nun sag's schon«, sage ich, um ihm zu helfen.
»Wollen wir uns nicht verloben?«
Wir werden heiraten, und vor dem Heiraten kommt das Verloben. Warum erschrecke ich dann so?
»Ich habe schon ein bisschen gespart«, fährt er zögernd fort.
»Und wir mögen uns doch gern?«
Ich nicke.
»Warum sollten wir denn nicht?«
Er traut sich gar nicht mehr, das Wort auszusprechen. Er hat Angst, dass ich nein sagen werde. Obwohl ich schon seit zwei Jahren ein Ja im Kopf habe. Aber es macht einen Unterschied, ob man es laut sagt. Und das erschreckt mich.
»Ich möchte wirklich keine andere«, fängt er an. Er beißt sich auf die Lippe und schaut über meinen Kopf hinweg zur Straße.
Er ist so ehrlich. Keine Schauspielerei, keine Spielchen. So steif wie seine Worte manchmal auch sind, es sind seine eigenen. Plötzlich überkommt mich ein großes Gefühl der Wärme für ihn.
»Meine Mutter mag dich sehr gern«, sagt er fast unhörbar.
»Und meine Mutter mag nicht so viele Menschen.«
»Also, weil deine Mutter mich so gern mag«, sage ich neckend.
Er seufzt. »Ich hätte schweigen sollen, Renée. Ich fahre am besten wieder nach Hause.«
»Du solltest mich schon fragen.«
Er schaut mich verblüfft an.
»Frag mich doch«, wiederhole ich geduldig.
Plötzlich erhellt sich sein Gesicht. »Ach«, seufzt er und

lächelt. Er legt die Arme um mich und drückt einen Kuss auf meine Haare. »Liebe Renée, willst du …«
»Ja«, sage ich.
»Ich habe noch nichts gefragt.«
Ich lache. »Ist schon gut.«
Er lacht auch und küsst mich. Ich erwidere seinen Kuss. Dann schiebe ich ihn von mir fort. »Ich muss nach Hause«, sage ich, »es ist dunkel, sie warten auf mich.«
Ich winke, und er winkt zurück. Er wird warten, bis ich um die Ecke verschwunden bin.

»Nach Verloben kommt Heiraten«, sagt mein Vater. »Nun.« Er hüstelt. »Ich halte Emile für einen anständigen Kerl.«
Wenn es nach ihm ginge, würde ich morgen schon heiraten. Zuverlässiger Junge, Kind. Freundlich. Guter Job. Was wünscht man sich mehr?
Ja, was wünsche ich mir mehr? Wenn es nur nicht plötzlich so still geworden wäre im Zimmer. Nur die Uhr tickt. Seit kurzem haben wir eine Standuhr. Remi hat sie von Gust geerbt.
Es tickt fünfmal, es tickt zehnmal.
»Nicht zu schnell entscheiden«, unterbricht meine Mutter die Stille. »Warte bis nach dem Prozess. Du hast jetzt andere Dinge im Kopf, du wirst noch Zeit genug haben, an Verlobung und Heirat zu denken.«
»Als würde mir der Prozess etwas ausmachen«, sage ich. Sofort stehe ich auf und gehe zur Treppe. »Ich gehe ins Bett. Es ist schon spät.«
»Warum fängst du jetzt von dem Prozess an?«, sagt mein Vater. »Sie ist gerade so glücklich.«

»Sie ist nicht glücklich«, sagt meine Mutter. »Siehst du das nicht?«
Sie sagt es, während ich schon nach oben gehe, sie sagt es leise, aber nicht leise genug.
Ich bin schon glücklich. Wirklich.

Glückliche Jahre

Ich bin gern hier. Ich mag sie, und sie mögen mich auch. Fünf Polen, fünf Italiener und ich. Die Polen im obersten Stock, die Italiener unten. Ich wohne bei den Italienern. In meinem Zimmer stehen zwei Betten. Ich habe sie zusammengeschoben, so dass ich ein großes Bett habe.
Mein Vater sprach nach Gusts Beerdigung mit mir. So viele Männer zusammen, ohne eine Frau, das könne nicht gutgehen, sagte er. Und warum nicht, fragte ich. Weil es so ist, sagte er. Daraufhin meinte ich, das sei eine sehr schwache Antwort und ob er jemals mit lauter Männern in einem Haus gewohnt habe? Nein? Wovon er dann rede? Da schwieg er. Es sei sogar besser mit lauter Männern in einem Haus, sagte ich. Mit einer Frau, das wäre erst richtig schwierig. Da könnte man was erleben. Er nickte. Er sagte, dass er etwas anderes meinte. Was denn, fragte ich.
Er antwortete nicht. Er seufzte nur ganz tief. Und er sagte, dass er mir vertraue. Ich sei alt genug, um zu wissen, was ich wollte und was nicht.
Den restlichen Nachmittag haben wir Karten gespielt. Wir haben sogar gelacht.

Ich habe noch nie viele Freunde gehabt. Eine Gruppe, mit der man was unternahm? Es interessierte mich nicht. Ge-

meinsam etwas wagen, gemeinsam hinter etwas herzurennen, das hat mich immer gelangweilt.
Ward gehörte auch nirgendwo dazu. Und dennoch mochten sie ihn gern in der Schule. Es gibt Leute, die brauchen keine Gruppe, um zu glänzen. Leute wie Ward. Ich habe mir lange gewünscht, ich wäre er.
Er muss gewusst haben, dass sie ihn hier ins Gefängnis stecken würden. Und trotzdem kommt er zurück. Einfach so, seinem Unglück direkt entgegenzugehen, das verstehe ich nicht. Aber ich werde mich nicht von ihm mitziehen lassen.

Jemand klopft an meine Tür. Ob ich zum Frühstücken komme, fragt Nicola.
Ich komme, sage ich.
Nicola ist prima. Weil wir dieselbe Schicht fahren, essen wir auch immer zusammen. Er ist es, der kocht. Er sagt, dass er fast nichts lieber macht, als zu kochen. Manchmal essen andere mit, es hängt davon ab, wie ihre Arbeitszeiten sind. Die meisten arbeiten tagsüber, deshalb sehen wir uns nicht so oft. Wenn wir frei haben, treffen wir uns in der Küche. Wir haben viel Spaß zusammen. Oft gibt es ein paar Flaschen italienischen Wein, und die Polen sorgen für Wodka.
Ich wasche mich schnell im Badezimmer.
Ich traute meinen Augen nicht, als ich das erste Mal in dieses Haus kam. Eine Küche und ein Badezimmer. Mit fließendem Wasser. Wir haben Glück, dass wir in einem neuen Viertel wohnen, nicht alle Häuser der Minenarbeiter sind so gut ausgestattet. Und wir bezahlen nicht mehr als die anderen.

Sie sagen, dass Glück nicht immer währt. Sie sagen das nur, um einem Angst einzujagen. Die schlechten Jahre sind für immer vorbei. Die glücklichen Jahre kommen.
Ich komme, Nicola. Ich bin gleich da.

Rechtsanwalt Bielen

»Mein Name ist Bielen. Rechtsanwalt Bielen.«
Er sieht aus wie Mitte dreißig. Kurze braune Haare, braune Augen, Brille. Schwarzer Anzug. Lange, blasse Finger. Sie haben mir erzählt, dass er mich besuchen darf, sooft er möchte, und zum Glück nicht hinter Glas.
Ich schüttele die ausgestreckte Hand. »Ward Dusoleil«, sage ich ziemlich überflüssig.
Er setzt sich an die andere Seite des Tischs, stellt seine Aktentasche neben den Stuhl, holt einen Stift und ein Heft heraus und schlägt das Heft auf. Er faltet die Hände über der Seite mit meinem Namen und lächelt mir zu. »Deine Mutter lässt dir viele Grüße ausrichten. Sie hat mir alles Mögliche für dich mitgegeben. Essen. Seife. Unterwäsche.«
Die alltäglichen Dinge. Ich spüre, wie ich schlucken muss. »Wie geht es ihr?«
»Sie hat große Angst.«
Seine Worte erschrecken mich. Kennt er sie überhaupt? Sie ist viel stärker, als er meint. »Meine Mutter ...«, fange ich an.
Er unterbricht mich. »Und sie hat allen Grund dazu.«
Ich schweige. Schaue auf die Hände in meinem Schoß. »Arbeitet sie?«, frage ich ihn.
»Natürlich«, sagt er, »sie muss doch essen.«

Er sagt, dass sie in Hasselt wohnt, dass sie in verschiedenen Häusern putzt, dass sie es nicht ungern macht. Er erzählt mir alles. Ich hätte sie selbst fragen sollen.

»Wir werden uns jetzt mit dir beschäftigen«, sagt er dann. »Ich möchte alles über dein Leben erfahren. Und vielleicht finde ich mildernde Umstände. Wir haben Zeit, aber nicht unendlich viel Zeit. In einem Monat ist dein Prozess, das ist ziemlich bald.«

Der Mut verlässt mich. Es gibt so viel zu erzählen, und zugleich weiß ich jetzt schon, dass ich nie sagen werden kann, wie es wirklich gewesen ist. Ich seufze tief.

»Du bist nach Deutschland gegangen«, sagt er. »Erzähl mir mal, weshalb.«

Es klingt nicht wie ein Vorwurf. Es klingt, als möchte er es wirklich wissen. Zum ersten Mal seit langem gibt es jemanden, der einfach neugierig darauf ist, was ich auf diese Frage antworte.

»Wir wollten gegen die Russen kämpfen.«

»Du warst gerade achtzehn geworden, Ward. Wie kommt ein Junge von achtzehn auf die Idee, gegen die Russen zu kämpfen?«

»Die Russen wollten uns vernichten. Alle redeten davon, in der Schule, in der Kirche, auf der Straße, auch in unserem Laden redete man davon.«

Er blätterte in seinen Notizen. »Juli 1943 bist du also losgezogen. Nach Sennheim.«

Ich nicke.

»Wie ging das?«

»Die Reise, meinen Sie?«

»Erzähle mal alles«, sagt er. »Alles, an das du dich noch erinnerst.«
Ich seufze tief.
»Erzähle es«, wiederholt er ruhig. »Wir haben Zeit.«

Der Anfang war einfach. Wir würden in Hasselt in den Zug steigen und uns in Brüssel einer Gruppe von zwanzig Mann anschließen. Wir würden zusammen nach Sennheim reisen, wo wir eine ordentliche Ausbildung bekommen würden, bevor wir an die Front durften. Und wir würden nicht allein reisen, der Militärgeistliche unserer Abteilung würde uns begleiten. In Sennheim würde er uns flämischen Offizieren übergeben.
Es war ein warmer Tag, die Sonne strahlte, und die Menschen am Bahnhof winkten uns zu. »Wir sind jetzt schon Helden«, sagte einer von uns lachend.
Auch der Geistliche lachte. »Da kannst du sicher sein.«
Wir mochten ihn alle gern. Bei jedem Zweifel war er da, um uns Mut zuzusprechen. Wir wussten, dass viele Menschen uns nicht verstanden, wir wussten, dass hinter unserem Rücken geredet wurde. Der Geistliche erzählte uns immer wieder, dass man nie alle für eine bestimmte Sache gewinnen konnte, die Geschichte hätte das schon allzu oft gezeigt. Er sagte auch, dass wir nicht für uns selbst kämpften, wir würden für das ganze Volk kämpfen, auch für den Teil, der jetzt noch nicht verstand, dass wir recht hatten.
In den Monaten zuvor hatten wir uns Dutzende Male getroffen; wir hatten gelernt zu marschieren, wir hatten Marschlieder gelernt, wir hatten ein gutes Konditionstraining absolviert, so dass wir in Sennheim nicht viel nachholen müssten.

Wir wussten, dass die Ausbildung dort spartanisch sein würde, aber wir verstanden die Notwendigkeit. Die Russen waren richtige Kriegsmaschinen, wenn wir uns gegen sie wehren wollten, müssten wir mindestens ebenso stark sein, besser noch stärker.

Ich stand neben dem Geistlichen am Bahnsteig, meine Hände um meinen Instrumentenkasten gelegt. »Du wirst wieder spielen können«, sagte er freundlich.

Ich lachte. »Wenn Sie wüssten, wie glücklich ich darüber bin.«

»Und wenn es einmal nicht so gutgeht, werden du und dein Saxophon allen anderen wieder Mut machen.«

»Dafür werde ich sorgen«, sagte ich.

Der Geistliche wartete, bis der Letzte eingestiegen war. Vom Zug aus winkten wir ihm zu. »Beeilen Sie sich, Hochwürden.«

Er schaute uns alle an. »Es möge euch gutgehen«, sagte er. »Haltet Flanderns Ehre hoch. Gott segne euch.«

»Wieso? Sie fahren doch mit?«

»In Brüssel werdet ihr abgeholt. Macht euch keine Sorgen, alles wird gut.« Er drehte sich um und verschwand.

»Er verschwand?«

Ich nickte auf Bielens Frage.

»Ihr seid bestimmt ziemlich erschrocken.«

»Das kann man wohl sagen. Nichts von dem, was man uns erzählt hatte, stimmte. Wir wurden in Brüssel von deutschen Offizieren abgeholt, die uns nach Sennheim begleiteten. Drüben war die Umgangssprache Deutsch, wir bekamen auf

Deutsch Befehle und wurden auf Deutsch ausgelacht. Flämische Bauern, so wurden wir genannt. Wir bekamen die schwerste Ausbildung, das ganze Flämische sollte raus, wir mussten zu den unmöglichsten Zeiten durch den Schlamm kriechen, und manchmal mussten wir singen, während wir krochen, alle im Takt, im selben Takt und so laut, wie sie es verlangten. Und seien Sie sicher, dass es laut war.«
»Von einer flämischen Legion war keine Rede?«
»Die war inzwischen aufgehoben worden, weil es zu viele Tote und Verwundete gab. Einige Monate vor unserer Ankunft wurde eine neue Einheit gebildet, mit neuen und übriggebliebenen flämischen Ostfrontkämpfern aus allen Windrichtungen und Divisionen. Die Einheit bekam den Namen Sturmbrigade Langemarck und stand unter der Leitung von deutschen Offizieren.«
»Die VNV-Spitze muss das doch gewusst haben«, sagt er.
»Sie haben es uns verschwiegen.«
»Du musst dich ganz schön betrogen gefühlt haben.«
»Ich verstand es nicht«, sagte ich. »Ich mochte unseren Militärgeistlichen gern, ich vertraute ihm. Und dann hat er uns allein gelassen.«
»Warum habt ihr nicht einfach aufgehört?«
»Ich bin kein Feigling.«
»Was hat das mit Feigheit zu tun? Sie hatten dich angelogen.«
»Ich laufe nicht weg.«
Er schaut mich unter Stirnrunzeln an.
»Wir hatten immer noch einen gemeinsamen Feind«, sagte ich.
»Die Russen.«

»Sie wurden stärker und stärker, wir wurden dort dringend gebraucht.«
»Und dann?«
»Dann kam der Tag, an dem wir aus Sennheim abreisten, um uns Langemarck anzuschließen. In Breslau mussten wir den Eid auf Hitler schwören. Zuerst weigerten wir uns. Wir hatten das Spiel der Deutschen begriffen: Indem sie den Eid auf Hitler verlangten, machten sie uns eindeutig klar, dass sie diejenigen waren, die befahlen.«
»Wie habt ihr reagiert?«
»Wir haben natürlich protestiert. Wir bekamen aber sofort gesagt, dass wir keine Wahl hatten. Also gaben wir nach. Ja, ich auch. Was interessierte mich dieser Eid, ich würde für Flandern kämpfen, Deutschland konnte mir den Buckel runterrutschen.«
Eine große Mutlosigkeit überwältigt mich. »Ich werde es Ihnen nie erklären können, und Sie werden nie ganz verstehen, wie es war. In dem Moment gab es keine Wahl mehr.«
»Hat man nicht in jedem Moment eine Wahl?«, fragt er. Sein Lächeln ist verschwunden. »Du hättest wissen können, dass man den Deutschen nicht trauen kann.«
Mir wird kalt. Er weiß nichts, verdammt, er versteht nichts. »Wie hätte ich das in Gottes Namen wissen können, Sie haben nicht gehört, wie sie reden!«
»Reden?«
»Sie hatten uns erzählt, dass wir unser Volk retten würden, Herr Anwalt!« Ich schiebe den Stuhl einen halben Meter rückwärts. »Und lassen Sie mich in Ruhe. Das hier wird nie was.«

»Ward«, sagt er.
»Wenn nicht mal Sie mir glauben.«
»Schau, Ward, solche Sachen werden sie dir im Prozess sagen. Es ist ihr Wort gegen deins. Aber wir sollten uns auf keinen Fall auf die Argumentation einschießen, ich habe recht und du nicht. Sie sind in der Überzahl, sie werden uns widersprechen. Ich stehe auf deiner Seite, ich werde dich mit allen mir zur Verfügung stehenden Mitteln verteidigen, aber das Argument ›ich wusste das nicht‹ kann ich ihnen nicht verkaufen.«
Er schaut mich fest an. Ich schiebe den Stuhl wieder näher heran.
»In deiner Akte lese ich, dass du mehr als zwei Jahre mit einer falschen Identität gelebt hast.«
»Das stimmt.«
»Das sind erschwerende Tatsachen.«
»Es war meine Rettung.«
Er nickt. Er sieht mich freundlich an. »Ich habe schon öfter Ostfrontkämpfer verteidigt. Das Gericht hat jedes Mal die Todesstrafe in eine Gefängnisstrafe umgewandelt. Übrigens, fast kein einziger Ostfrontkämpfer bekommt heutzutage noch die Todesstrafe.«
Ich schaue ihn überrascht an. »Wirklich?«
»Es gibt natürlich noch diesen einen Mord. Dafür wirst du wenig Verständnis ernten.«
Wovon redet er? »Welchen Mord?«
»Ward! Mai 1944. Jetzt tu nicht so, als wüsstest du von nichts. Du warst zwei Wochen auf Urlaub zu Hause, es passierte am Abend deiner Abreise.«

Ich schaue ihn verständnislos an. Was weiß er von diesem Abend? Und wer hat es ihm erzählt?

Er seufzt kurz. »Also gut, dann will ich dein Gedächtnis auffrischen. Ein Anschlag des VNV auf fünf führende Widerstandskämpfer, vier konnten entkommen, einer wurde ermordet«, sagt er. »Theo Verlaak. Von dir ermordet.« Er runzelt die Stirn. »Weißt du es wieder?«

Ich schaue ihn entsetzt an. Ich soll Theo ermordet haben?

»Nach dem Krieg stand es in allen Zeitungen. Verlaak war sogar mit dir verwandt.«

Scheiße. Jetzt verstehe ich. Als ich hier ankam, haben sie mich einem kurzen Verhör unterzogen. Ob ich tatsächlich an der Ostfront war. Ja, habe ich geantwortet. Ob ich tatsächlich Widerstandskämpfer ermordet habe. Nein, habe ich geantwortet. Sie haben gegrinst und »Ach, wirklich?« gesagt. Ich hatte nur genickt. Ich hatte ja gewusst, dass sie uns den ganzen Krieg in die Schuhe schieben würden.

»Als würde ich verdammt noch mal Theo erschießen!«

»So stand es in der Zeitung.«

»Die Zeitungen lügen!«

»Ich verstehe deine Reaktion nicht ganz. Du bist doch verhört worden?«

»Fünf Minuten. Sie haben mich nur ausgelacht.«

Er schüttelt den Kopf. »Die Art, wie sie mit ihren Gefangenen umgehen, es ist eine absolute Schande. Dass sie euch nicht mal anständig erklären, warum ihr festgenommen worden seid.«

Ich stehe auf, laufe eine Runde durch das Zimmer.

»Setz dich wieder, Ward.«

»Nein.«
»Du hinkst. Was ist mit deinem Bein?«
»Schusswunde.«
»Braucht es eine spezielle Behandlung?«
Ich zucke mit den Schultern.
»Ich werde sehen, was ich machen kann.«
Als würde mich mein Bein interessieren.
Sie dürfen mir alles Mögliche vorwerfen, aber doch nicht die Ermordung Theos. Ich wollte Theo retten, verdammt, warum sollte ich ihn denn erschießen? »Wer hat diese Lüge verbreitet?«
Er lehnt sich zurück, verschränkt die Arme vor der Brust.
»Sagt dir der Name Jef Claessen etwas?«
Ich starre ihn sprachlos an.
»Jef war an jenem Abend auch dort«, sagt er.
Nur ich wusste, dass Jef auch dort war. Niemand sonst.
»Woher ich weiß, dass Claessen dort war? Das stand ebenfalls in allen Zeitungen«, sagt er.
»In allen Zeitungen?«
»Jef Claessen ist ein Kriegsheld, er hat eine Medaille bekommen. Die anderen vier hat er retten können, Theo Verlaak leider nicht.«
Was? Jef, ein Kriegsheld? Mit einer Medaille?
»Du hast Verlaak erschossen, bevor Jef eingreifen konnte.«
Fast fange ich an zu lachen über solchen Unfug. »Aber Herr Anwalt, was erzählen Sie da.«
Er schaut mich verwundert an.
Jemand hat mich verraten wollen. Wer, in Gottes Namen? Wer will mich ans Messer liefern? Die Gedanken rasen

durch meinen Kopf. Ich habe keine Feinde. Was ist denn los?

»Sie täuschen sich nicht, Herr Anwalt?«

Er schüttelt den Kopf. »Claessen wurde aufgefordert, gegen dich auszusagen.«

Es wird immer schlimmer. »Aber Herr Anwalt, ich war sein bester Freund. Er würde doch keine Lügen über mich verbreiten, und dann auch noch unter Eid. Sie müssen sich irren.«

»Dass du so naiv bist.«

Ich möchte etwas sagen. Meine Stimme ist weg. Weg.

»Also lügt Claessen«, sagt er.

Es kann nur einen Grund geben. Seine eigene Haut zu retten. Aber doch nicht so. Nicht mit mir. Es muss ein Irrtum sein.

»Er ist also kein Held«, sagt Bielen noch leiser.

Sie müssen ihn gezwungen haben.

»Es geht hier um Leben oder Tod, Ward.«

Das Messer an der Kehle. So muss es gewesen sein.

»Ich kenne ihn viel zu gut. Er würde mich nie betrügen.«

»Die Wahrheit, Ward.«

»Die habe ich Ihnen gerade erzählt. Ich habe Theo nicht ermordet.«

»Die ganze Wahrheit. Ich bin dein Anwalt, wie kann ich dir helfen, wenn ich nicht alles weiß?«

Die Tür geht auf, und Bekkers kommt herein. »Ihre Zeit ist um, Herr Anwalt.«

»Jetzt schon?«

»Ja«, sagt Bekkers ruhig. Er bleibt in der Tür stehen.

»Halte durch, Ward«, sagt Bielen, während er seine Aktentasche schließt. »Du und ich, wir werden diese Sache zusammen zu einem richtigen Ende bringen.«
Du und ich. Das hört sich zu begeistert an. »Warum möchten Sie mich eigentlich verteidigen?«
Er schaut mich erstaunt an. »Warum nicht?«
»Sie wissen doch, was die Leute über Ostfrontkämpfer denken. Wenn sie könnten, würden sie mich lynchen. Und Sie verteidigen mich. Ich kann mir vorstellen, dass es Ihrem Ruf nicht gerade dienlich ist.«
»Mach du dir mal keine Sorgen wegen meines Rufs.« Er lächelt. »Ich gewinne gern«, sagt er. »Das ist alles.«
Er gewinnt gern? »Wir werden nicht gewinnen«, sage ich, »wir können nicht gewinnen.«
»Wart's ab«, sagt er. »Du kennst mich noch nicht.«
»Ich werde nie freigesprochen.«
»Es gibt viele Arten zu gewinnen«, sagt er. Er schüttelt meine Hand. »Diesen Jef, den werden wir uns mal gemeinsam vorknöpfen, Ward.«
Als würde er sagen, dass die Sonne scheint. Oder dass es regnen wird.
Ich habe meine Freunde nie verraten. Wer das dennoch tat, wurde schwer bestraft. Denn man überlebt dank der Freunde. Und nicht trotz der Freunde.

Ich warte, bis Bekkers zurück ist.
Wir gehen schweigend nebeneinander her, wieder hat er mich nicht gefesselt. Dass er mir einfach vertraut.
»Mein bester Freund hat mich betrogen«, sage ich plötzlich.

Ich spüre, wie sein Blick auf mir ruht. »Das ist schlimm, Dusoleil. Aber man macht seltsame Sachen im Krieg.«
»Sie verstehen nicht. Er will mich für etwas, was ich nicht getan habe, geradestehen lassen.«
»So«, sagt Bekkers.
»Richtig«, sage ich. »Aber sie haben ihn gezwungen. Das muss so sein.«
Wir sind bei der Zelle angekommen. Er macht die Tür auf und lässt mich hinein. Ich drehe mich um, gehe zur Wand, die am weitesten entfernt ist, und quetsche mich zwischen zwei meiner Zellengenossen. Wie immer geht es laut zu in der Zelle. Diesmal ist es eine laute Auseinandersetzung zwischen einigen Männern wegen des Kartenspiels, das sie spielen. Von mir aus können sie brüllen, bis die ganze Decke herunterkracht.

Süß

Jef sagt, dass Jeanne mich süß findet. Das hat er mir nach Gusts Beerdigung erzählt.
Schleifen im Haar sind süß. Ein neugeborenes Kind ist süß.
»Jungen sind nicht süß«, sagte ich.
»Jungen können auch süß sein«, sagte Jef. »Ich finde zum Beispiel Nicola ganz süß.«
Das klang so seltsam, dass ich anfing zu lachen.
»Ich möchte nicht, dass du lachst«, sagte Jef. »Das ist nicht komisch.«
Ich presste schnell meine Lippen zusammen.
»So ist es besser«, sagte er.
Wir gingen schweigend weiter. »Was bedeutet denn ›süß‹?«
»Lieb. Warm. Freundlich«, zählte er auf.
Bedeutete das alles süß?
»Wie weißt du das«, fragte ich, »dass Jeanne das findet?«
»Solche Sachen sieht man einfach.«
»Wirklich?«
»Ja sicher«, sagte er. »Du bist auch noch einen Kopf kleiner als sie, das hilft, um jemanden süß zu finden.«
»Ist Nicola denn nicht so groß?«
Er schwieg einen Moment. »Wenn man mit dir redet, muss man aufpassen, was man sagt.« Er errötete.
»Hast du ein Geheimnis?«

»Hm, ja«, sagte er langsam, »so könnte man es nennen.« Er lächelte. Sein Geheimnis war bestimmt nicht so schlimm.
»Du brauchst dir keine Mühe zu geben, ich erzähle es sowieso nicht.«
»Aber«, fing ich an.
»Es ist etwas, das mir gehört, Remi, und es bleibt mein Geheimnis.«
»Es gehört auch Nicola«, sagte ich einfach so.
Er errötete noch mehr. Sein Lächeln war verschwunden.
»Jeder Mensch hat das Recht auf ein Geheimnis.«

Ich finde Jeanne nicht süß. Sie ist nicht lieb, nicht warm, nicht freundlich. Wie sie mich in den letzten zwei Jahren betrachtet hat. Und sie ist einen Kopf größer, das ist auch nicht so günstig.
Aber nach der Beerdigung von Gust war sie schon freundlich. Ob Gust spürt, dass ich ihn vermisse? Der Himmel ist ganz schön hoch. Sie sagen, dass Gott überall ist, und Maria und Jesus auch. Aber Gust ist nicht Gott oder Maria oder Jesus, Gust ist nur ein einfacher Mensch im Himmel. Ich denke, dass die oben bleiben.
Eines Tages sagte Gust, dass Jeanne wütend auf die ganze Welt war. Hätte ich Gust nur gefragt, weshalb. Jetzt ist es zu spät.
Montag werde ich nach der Schule auf Jeanne warten.

Fest

Ob er hereinkommen darf?
»Aber sicher«, sagt meine Mutter. Sie kniet vor dem Ofen. »Bitte den Herrn herein, Renée.« Sie steht auf, wischt sich die Hände an der Schürze ab und streckt die rechte Hand aus. »Ich hoffe, sie sind sauber, Herr …?«
»Bielen«, sagt er, »Rechtsanwalt Bielen.« Er ergreift die ausgestreckte Hand meiner Mutter und schüttelt sie kräftig.
Er sieht viel zu tadellos aus. Die Haare straff nach hinten gekämmt, eine dünne Brille auf der Nase. Ist das eine Falle, um sich Eintritt zu verschaffen?
»Herr Rechtsanwalt Bielen?«, fragt meine Mutter. »Was können wir für Sie tun?«
»Ich bin der Anwalt von Ward Dusoleil.«
Was macht er in Gottes Namen hier? Schick ihn fort, Mutter. Bitte.
Aber meine Mutter hat schon einen Stuhl zurechtgerückt. »Bitte setzen Sie sich doch. Renée, bring dem Herrn bitte einen Kaffee.«
Ich tue, als hätte ich sie nicht gehört, verschränke die Arme und bleibe an der Tür stehen. Wenn nötig, mache ich sie auf und schiebe ihn hinaus.
»Kaffee, Renée. Ich habe dich doch drum gebeten.«

Er schaut mich an und lächelt freundlich. »Bitte keine Umstände, Fräulein.«
Ich zucke mit den Schultern und versuche, möglichst gleichgültig auszusehen. Das ist nicht schwer.
»Mein Mann ist nicht zu Hause«, sagte meine Mutter, »vielleicht hätten Sie lieber mit ihm gesprochen?«
»Ich komme eigentlich wegen Jef.«
»Jef wohnt nicht mehr hier«, sagte meine Mutter. »Sind Sie sicher, dass Sie keinen Kaffee möchten?«
»Wenn Sie darauf bestehen«, sagt er viel zu höflich.
»Renée«, befiehlt meine Mutter.
Ich seufze.
»Sie möchten Jef sprechen?«, fragt sie.
»Nur ein paar Fragen«, sagt er. »Ich versuche, mir ein Bild von Ward zu machen, sehen Sie.«
Ich stelle ihm eine Tasse vor die Nase und schenke sie bis zum Rand voll mit Kaffee. »Zucker? Milch?« Meine Stimme klingt schroff.
»Renée«. Meine Mutter wirft mir einen warnenden Blick zu.
Ich stelle mich an, ich weiß. Aber ich kann nicht anders. Ich möchte nicht, dass dieser Mann hier ist, er bringt Unglück, das sieht ein Blinder.
»Gern«, sagt er freundlich. »Zucker und Milch.«
Ich schaue zu, während er die viel zu volle Tasse zum Mund führt. Kein Tropfen geht daneben. Inzwischen schreibt meine Mutter Jefs Adresse auf einen Zettel und gibt sie ihm.
Mit einem kleinen weißen Tuch wischt er sich den Mund ab. Dann faltet er die Hände und schaut uns an. »Sie haben Ward gut gekannt?«, fragt er.

»Aber sicher«, sagt meine Mutter.
Er seufzt. »Es steht nicht so gut um ihn. Sie kennen die Anklage?«
»Nur zu gut«, sagt meine Mutter. »Mein Sohn ist geladen, gegen ihn auszusagen, aber viel Lust hat er nicht. Ward war sein bester Freund, wissen Sie.«
»Ward hätte nicht so dumm sein sollen«, sage ich wütend. »Dann hätte er jetzt alle seine Freunde noch.«
»Renée«, sagt meine Mutter, »nicht so heftig.«
Er schaut mich forschend an. »Sie waren auch mit ihm befreundet?«
»Sie werden Ihnen wohl erzählt haben, dass ich seine Freundin war. Aber das ist längst vorbei.«
Er schaut wieder zu meiner Mutter. »Ich hätte noch eine Frage, gnädige Frau. Hatte Jef jemals vor, an die Ostfront zu gehen?«
Meine Mutter schaut ihn erstaunt an. »Warum fragen Sie das?«
»Wie ich schon sagte, ich versuche, Ward zu verstehen, sehen Sie.«
»Jef hat Ward nicht überredet, zu gehen, wenn es das ist, was Sie wissen wollen«, sagt sie kurz.
»Jef hat also nie mit dem Gedanken gespielt ...«
»Sie wissen bestimmt, wie das in diesem Alter ist, die Jungen sind so leicht zu beeinflussen. Sie haben versucht, ihn dazu zu bringen, wir haben es ihm sofort ausgeredet. Es war keine Rede davon, dass Jef gehen würde. Wir sind anständige Leute, wir standen nie auf der Seite der Deutschen.«
Plötzlich lächelt er wieder viel zu freundlich. »Ward war offensichtlich schwerer zu überreden?«

Einen Moment lang bleibt es still.
»Darf ich Sie etwas fragen, Fräulein?«
Ich zucke mit den Schultern.
»Ist Ward ein Lügner, Fräulein Claessen?«
»Er war vieles, aber das war er nicht.«
»Was meinen Sie mit ›vieles‹?«
»Na ja«, sage ich ungeduldig, »Sie wissen schon, Ward konnte alles, einfach alles.«
»Und außerdem mochte ihn jeder gern«, sagt meine Mutter.
»Er ...«
»Nicht weil er alles konnte«, unterbreche ich sie.
»Nein«, sagt meine Mutter, »einfach so. Er war so ein Junge, den jeder einfach gern hatte. Bevor er sich dem VNV anschloss, meine ich natürlich.«
Er nickt freundlich. »Aber ein Lügner war er nicht?«
»So kenn ich ihn nicht«, sage ich.
»Hm.« Es bleibt kurz still. »Würden Sie von Ihrem Bruder behaupten, dass er nie lügt?«
Ich schaue ihn verwundert an. »Was meinen Sie?«
»Also nicht. Das habe ich schon vermutet.«
Meine Mutter steht auf und verschränkt die Arme. Ihre Augen funkeln. »Wie können Sie es wagen, in meinem eigenen Haus meinen Sohn einen Lügner zu nennen? Sie sollten sich schämen.« Sie geht zur Tür und öffnet sie. »Mein Sohn ist ein Held. Und jetzt gehen Sie, bitte.«
Der Anwalt steht auf, streicht sein Jackett glatt. Er nickt. »Auch Helden können lügen, gnädige Frau. Die Geschichtsbücher sind voll davon.«
»Bitte verschwinden Sie jetzt.«

»Ich verstehe, dass alles sehr schwierig ist. Vielen Dank, dass Sie mich hereingelassen haben. Alles Gute.«

Sie knallt die Tür hinter ihm zu. Sofort setzt sie sich auf einen Stuhl. »Was für ein schrecklicher Mann. Und was für seltsame Sachen er sagt. Ich bin nur noch am Zittern. Unser Jef ein Lügner? Von was redet er denn, um Gottes willen?«
»Er ist Anwalt, Ma. Er möchte so viel wie möglich herausfinden. Mehr nicht.«
»Ich hätte ihm die Medaille zeigen sollen, dann hätte er schnell geschwiegen. Dass ich nicht daran gedacht habe.«
»Ach, Ma.«
Sie seufzt tief. »Komm, wir werden Suppe kochen. Hilfst du mir?«
Wir kochen Suppe, genug für eine ganze Woche. Und dann backen wir Kuchen, auch für eine ganze Woche. Als hätten wir ein Fest vor uns.

Ein Loch in den Bauch fragen

Wir sitzen zu elft am Küchentisch, die Italiener, die Polen und ich. Die Küche ist klein. Wir sitzen fast einer dem anderen auf dem Schoß. Aber hier können wir alles voneinander ertragen.
Nicola hat für uns gekocht. Kartoffeln mit Zwiebeln und Leber und mit einer dicken Mehlschwitze über allem. Es schmeckt wie sonst nirgendwo.
Wir reden Niederländisch, Polnisch, Italienisch, Französisch. Als wäre der Turm von Babel nie gebaut worden.

Es klingelt.
Nicola geht in den Flur, macht die Haustür auf, kommt zurück und sagt: »Für dich, Jef.«
Ein tadellos gekleideter Herr steht auf der Türschwelle.
»Ist etwas Schlimmes passiert?«, frage ich beunruhigt.
»Das hängt davon ab«, sagt er.
»Wieso?«
»Schlimm für wen.«
»Es ist doch nichts mit meiner Mutter?«
»Aber nein, auch nichts mit Ihrem Vater.« Er klingt fast beruhigend. »Ich komme wegen des Prozesses. Ich hätte ein paar Fragen.«
Ob das Gericht ihn geschickt hat, frage ich.

»Bielen«, sagt er nur. Und dass ich ein Held bin.
»Wieso ein Held?«, frage ich.
»Ja sicher, ein richtiger Held. Sie haben deswegen doch eine Medaille bekommen?«
»Ach das«, sage ich, »das ist schon so lange her. Aber kommen Sie herein. Es ist kalt draußen.«
Ein fröhliches Singen dringt aus der Küche. Er folgt mir in unser Wohnzimmer. »Hier ist es ruhiger«, sage ich. »Was wollten Sie mich fragen?«
»Sie haben vier Männer gerettet, ohne Sie wären sie bestimmt ermordet worden.«
Ich nicke. »Den fünften wollte ich auch retten.«
»Theo Verlaak«, sagt er.
Ich nicke. »Aber ich habe es versucht.«
»Leben ist versuchen«, sagt er. »Wir sind nicht Gott, wir sind nur ganz normale Menschen.«
»Kommen Sie vom Gericht?«, frage ich wieder. »Müssen Sie mich gleich einem Verhör unterziehen?«
Deswegen ist er natürlich hier. Die Vorbereitung.
»Vielleicht«, sagt er.
»Wieso, vielleicht?«
»Ich bin Wards Anwalt«, sagt er dann.

Ruhig atmen, Jef. Keine Panik zeigen.
»Ward war Ihr bester Freund?«
»Ja, bis er die falsche Seite wählte.«
Er schwieg kurz. Ich schweige auch. Er zündet eine Zigarette an. Ob ich auch eine möchte? Nein, ich rauche nicht mehr. Nicola findet Rauchen eklig. Ich auch.

Er inhaliert tief, bläst Rauchwölkchen in die Luft, drückt die Zigarette im Aschenbecher vor ihm aus. Sie ist noch nicht mal halb fertiggeraucht. Der Herr Anwalt muss viel Geld haben.
»Spielen wir besser keine Spielchen, Herr Claessen, die Wahrheit wird sowieso ans Licht kommen, das tut sie ja immer.«
»Welche Wahrheit?«
»Warum haben Sie über Ward Lügen verbreitet?«
Leugnen. Alles leugnen. Mein Wort gegen das von Ward. Jeder wird mir glauben. Alle stehen auf meiner Seite. Plötzlich wird mir klar, wie wichtig die Medaille ist. Ich habe sie lange verflucht, jetzt bekommt sie einen Ehrenplatz.

Seine Augen springen durch die Brille. So sehr beobachtet er mich. Ich kenne seine Tricks. Erst mal ein paar direkte Fragen. Ich bringe alles durcheinander. Und dann zieht er aus mir heraus, was er wissen möchte. Er hat Pech, dass ich so bin, wie ich bin. Meine Geschichte ist mir in die Zunge gebrannt.
Ich lächle. »Ist es das, was er Ihnen erzählt hat? Dass ich Lügen über ihn verbreitet habe?«
»Aber nein. Er hat noch kein schlechtes Wort über Sie erzählt. Er verrät seine Freunde nicht, sagt er.«
Ich höre schon, wie er das sagt. Nie hat er einen schwachen Moment, immer will er allem trotzen, sogar seinen eigenen Zweifeln. Aber jetzt steht sein Leben auf dem Spiel. Natürlich will er seine Haut retten. Mein Leben steht auch auf dem Spiel.

»Ward behauptet, dass er Theo Verlaak nicht ermordet hat.«
»Ward ist ein Lügner.«

»Ihre Schwester behauptet standhaft, er habe nie gelogen.«
»Meine Schwester?«
»Ich habe ihr und Ihrer Mutter einen kurzen Besuch abgestattet.«
»Sie sollten meine Familie in Ruhe lassen.«
»Sie haben mir nicht erzählt, dass Ward ein Lügner war.«
»Sie kennen ihn nicht so, wie ich ihn kenne.«
»Ich hatte aber den Eindruck, dass Ihre Schwester …«
»Wenn man sich küsst, heißt das noch lange nicht, dass man sich auch kennt. Er konnte die Menschen um den Finger wickeln. Mit seinen Worten, mit seiner Musik. Er spielt Saxophon, wussten Sie das? Wie er spielen kann, das kann man gar nicht in Worte fassen.«
Er schaut mich schweigend an.
»Hat er Sie auch um den Finger gewickelt?«, fragt er dann.
»Mich? Aber nein.«
»Wen hat er denn angelogen?«
Ich zucke mit den Schultern. »Einfach so, viele. Wenn es ihm in den Kram gepasst hat.«
»Aber Sie nie?«
Ich zucke mit den Schultern. »Natürlich nicht.«
»Eigenartig«, sagt er. »Wenn ich Ihnen glauben soll, scheint er ein notorischer Lügner zu sein. Außer bei Ihnen.«
Ich verstehe nicht, was er mit seinen Fragen beabsichtigt. Aber ich nicke.
»Offensichtlich waren Sie eng befreundet. Was auch immer Ihre Rolle war, er möchte Sie nicht verraten.«
»Weil es nichts zu verraten gibt!«, sage ich wütend. Ich verschränke die Arme. »Und jetzt gehen Sie bitte.«

»Sie brauchen nicht so wütend zu werden.«
Nicola erscheint in der Tür. »Ist alles in Ordnung?«, fragt er.
Nichts ist in Ordnung. »Ich komme gleich, Nicola«, sage ich.
Nicola macht die Tür wieder zu. Der Anwalt ist aufgestanden. Er knöpft seinen Mantel zu, schaut mich an. »Es gab noch einen Zeugen an jenem Abend. Sie sind dran, wenn Sie lügen, junger Mann.«
Ich halte den Atem an. Gehe an ihm vorbei, drücke die Zimmertür auf, poltere die Treppe hinunter, halte ihm die Haustür auf.
»Warum haben Sie eine solche Angst, wenn Sie nichts zu verbergen haben?«
Schweig, Jef, schweig.
»Denken Sie mal darüber nach, ob Sie nicht einfach die Wahrheit erzählen wollen«, sagt er.

In zwei Stunden muss ich in die Mine. Es wird mir nicht gelingen. Ich stecke den Kopf durch die Küchentür. »Ich gehe ins Bett«, sage ich.
»Bist du krank?«, fragt Nicola besorgt.
»Es geht schon«, murmele ich. »Ein bisschen Kopfweh, das ist alles.«
»Wir werden versuchen, keinen Lärm zu machen«, sagt einer der Polen.
Ich nicke. »Morgen geht es mir wieder besser.« Ich versuche ein Lächeln. Sie lächeln nicht zurück. Sie sind meine Freunde, sie fragen sich, was los ist. Und ich werde es nicht erzählen können.

Ich ziehe das Laken über den Kopf.
Sie werden mir ein Loch in den Bauch fragen, und dann werden sie mich festnehmen. Sie werden das Haus meiner Eltern in Brand stecken und ihnen das Leben nehmen.
Wenn ich jetzt einfach aufhöre zu atmen, ist es vorbei. Über die Toten nur Gutes. Ich kann in den Kanal springen. Es hilft, wenn man sterben will. Viele sind mir schon vorausgegangen.
Es gibt noch andere Möglichkeiten.
Die Pulsadern aufschneiden.
Mit meinem Fahrrad gegen ein Auto knallen.
Vor einen Zug springen.
Rattengift schlucken.
Tabletten. Das tut am wenigsten weh. Nehme ich wenigstens an.
Vor einer Stunde war ich noch im Himmel. Und jetzt. Ich habe das noch nie getan. Nachdenken darüber, welcher Tod am wenigsten weh tut.
Jemand, der an jenem Abend auch dort war? Nur Ward weiß, was wirklich passiert ist. Lom Weck war auch noch da, aber er hat nichts gesehen. Und die vom Widerstand, die wissen noch weniger, die Feiglinge sind geflüchtet, als Schüsse fielen.
Ward möchte mich nicht verraten? Nur dicke Lügen. Ich weiß schon, wie es war. Er hat seinem Anwalt alles erzählt. Der geht damit zu Lom Weck, und der Trottel lässt sich vom Anwalt bequatschen. Obwohl er nichts gesehen hat. Ward ist einer von uns, wir lassen keinen Kameraden im Stich.
So war es.
Ich bin keiner von ihnen. Wie es mir geht, spielt keine Rolle.

Ich höre, wie die Tür langsam aufgeht. Das Licht wird angeknipst. Ich ziehe mir das Laken vom Kopf herunter. Es ist Nicola.
»Ist alles in Ordnung, Jef?« Er setzt sich auf die Bettkante. Er streicht mir mit der Hand über den Kopf. Minutenlang.
»Sie wollen mich ans Messer liefern«, sage ich. »Lass ihn nicht mehr herein. Versprich es.«
»Ich verspreche es. Ich werde es den anderen sagen. In Ordnung?« Er nimmt ein Taschentuch und wischt mir das Gesicht trocken. »Wer ist dieser Mann?«
Ich schüttele den Kopf. »Ein andermal, Nicola.«

Ich dachte, es müsste zwei Jefs geben. Einen Jef von früher, einen Jef von heute. Der Jef von heute macht alles anders. Der Jef von heute hat Freunde, der Jef von heute ist glücklich, und er lügt nicht mehr.
Aber so ist es nicht. Ich bin ich in jedem Moment meines Lebens. Es gibt nur einen Jef.
Entweder ich sterbe, oder ich bleibe am Leben. Es liegt an mir, wie ich mich entscheide.
»Hast du Angst?«
Ich nicke.
»Möchtest du, dass ich heute Nacht hier schlafe? Dein Bett ist groß genug.«
Nicola, wenn du alles wüsstest. Würdest du mich aus dem Haus jagen?
»Ich möchte, dass du mir alles erzählst. Aber zuerst musst du schlafen. Morgen haben wir Zeit.«
Er zieht seinen Pullover aus, er zieht sein Hemd aus, seine

Schuhe und seine Socken. Er macht das Licht aus, er legt sich neben mich. Ich rieche seinen Schweiß. Ich höre seinen Atem. Mein Herz rast wie besessen, und ich verstehe nicht, warum. Er legt seinen Arm über mich.
»Jetzt schlaf«, sagt er. »Jetzt bin ich da. Zähl die Schäfchen. Bete Ave-Maria. Ich wache über dich.«
Nicola wacht über mich. Mit seinem Arm über mir, seinem Geruch in meiner Nase, seinem Atem in meinem Nacken. So schlafe ich ein.

Drei Röcke

»Was machst du hier?«
Sie trägt weiße Schleifchen im Haar. Sie hält ihr Rad mit der Hand fest. Neben ihr stehen zwei Mädchen, sie lachen mir zu, als käme ich von einem anderen Stern.
»Jeanne, hast du einen Freund?«, fragen sie im Chor.
Jeanne schaut mich an. Sie lacht nicht. Es gefällt ihr nicht, dass ich hier stehe. Sie schämt sich.
Dann merke ich, dass ich nicht der einzige Junge am Schultor bin. Die anderen sind alle ein Stück größer. Sie rauchen Zigaretten. Sie tragen lange Hosen, sie haben Mützen auf dem Kopf. Manche haben einen Schnurrbart. Und hier stehe ich, Remi, zwölf Jahre alt, von einem anderen Stern. Kein Wunder, dass sie sich schämt.
Plötzlich lächelt sie mir zu. »Na und«, sagt sie zu den beiden. »Komm, Remi, wir fahren. Schön, dass du auf mich wartest.« Die beiden Mädchen starren uns mit offenem Mund an. »Bis morgen«, sagt Jeanne zu ihnen, »und passt bloß auf: Wenn es zwölf schlägt, bleibt euer Gesicht so stehen.«
Sie springt auf ihr Fahrrad, ich folge ihr. Es dauert nicht lange und ich fahre neben ihr. Ihr Fahrrad quietscht und klappert schrecklich. Dass ich es für sie ölen werde, möchte ich sagen. Aber ich schweige. Wenn ich rede, fährt sie mir davon. Sie ist schnell, sogar mit einem klappernden Fahrrad. Sie wirft mir

einen Blick von der Seite zu. »Wieso hast du auf mich gewartet?«, keucht sie. »Was sollen die bloß denken?«
Sie ist gar nicht glücklich darüber. Sie schämt sich sogar.
»Ich habe gedacht«, sage ich, keuche ich. »Ach, lass nur.« Ich bremse. Ich halte an.
Sie hält auch an.
Da stehen wir also.
»Ich kann stundenlang warten«, sagt sie.
»Ich auch«, sage ich. Ich stelle mein Fahrrad an einen Baum, setze mich auf den Boden. Sie macht es mir nach. Da sitzen wir also. Nebeneinander auf dem Boden.
»Es ist kalt«, sagt sie böse.
»Dann geh.«
»Nein«, sagt sie.
»Warum bist du immer so böse?«
Sie antwortet nicht. Auch gut. Dann soll sie schweigen.
»Ich bin nicht böse«, sagt sie plötzlich.
»Ach nein?«
Sie steht auf. »Wir fahren weiter«, sagt sie.
Sie ist wirklich komisch. Aber ich mache, was sie sagt. Mir ist inzwischen auch kalt geworden. Der Wind ist schneidend. Ich möchte eine lange Hose haben. Und eine Mütze.
Sie deutet auf mein Fahrrad. »Es fährt sich gut, es quietscht nicht und es klappert nicht. Im Gegensatz zu meinem.«
»Es ist das Schönste, was ich habe. Zusammen mit meiner Trompete.«
»Spielst du oft?«, fragt sie plötzlich.
»Jeden Tag«, sage ich.
»Jeden Tag?«

»Das muss sein.«
»Wer sagt das?«
»Niemand«, sage ich. »Das ist nicht schlimm. Meine Schwester gibt mir Unterricht. Sie sagt, dass ich schon besser spiele als sie. Aber das stimmt nicht. Sie ist viel besser. Sie wird sich verloben. Mit Emile. Und dann wird sie ihn heiraten.«
»Mein Großvater hat mir erzählt, dass Ward ihr Freund war.«
»Vor langer Zeit«, sage ich schnell.
»Ward ist ein Mörder«, sagt Jeanne. »Gut, dass deine Schwester nicht mit ihm verheiratet ist.«
»Emile ist kein Mörder«, sage ich.
»Alles ist Wards Schuld«, sagt sie plötzlich. »Das sagt meine Tante. Und dass ich seinen Namen in unserem Haus nicht aussprechen darf, nie, aber auch nie mehr.«
Der Wind ist zu einem Sturm geworden. Der Himmel reißt auf, es fängt an zu regnen. Wie aus Kübeln donnert das Wasser herunter.
»Was ist Wards Schuld?«
Der Regen und der Wind blasen meine Worte in die andere Richtung. Sie schaut mich fragend an. »Ich höre nichts«, ruft sie. Sie schüttelt den Kopf, ihre nassen Haare fliegen durch die Luft, die Schleifchen bewegen sich wie weiße Fliegen hin und her, sie sieht ein bisschen aus wie eine missratene Windmühle.
Sie zieht sich den Mantel über den Kopf. »Fahr los, Remi!«, ruft sie.
Die Straße hinunter, durch die nächste Straße, in eine dritte Straße. Am Ende der Straße hält sie an. »Hier wohne ich«, ruft sie gegen den Regen an. Ich bremse. »Du bist völlig

durchnässt«, sagt sie. »Schnell, schnell, schnell.« Sie nimmt mir das Fahrrad aus den Händen, drückt die Türklinke hinunter und zieht mich mit hinein.
Da stehen wir im Hausflur. Aus einer Tür kommt ihre Tante zum Vorschein. »Kommt ans Feuer, Kinder«, sagt sie. »Ich hole Handtücher und trockene Sachen.«
Sie geht vor uns her ins Vorderzimmer, und dann verschwindet sie wieder. Es brennt ein Feuer, wie früher bei Gust. Er hat gern in die Flammen geschaut. Es sieht aus, als würden sie kämpfen, aber das tun sie nicht, sagte er immer, sie tanzen. Und wenn die Menschen öfter getanzt hätten im Krieg, wäre alles nicht so schlimm geworden.

Wir ziehen unsere Mäntel aus und stellen uns mit dem Rücken zum Feuer. Wenn ich so stehen bleibe, werde ich von alleine trocken.
Wir sagen nichts. Wir warten. Ich zittere. Ob Jeanne auch zittert? Ich schaue sie von der Seite an. Sogar auf den Lippen hat sie Sommersprossen. Sie dreht den Kopf zu mir. »Ist was?«, fragt sie.
»Du zitterst«, sage ich. Ich kann doch nicht von ihren Sommersprossen anfangen.
»Ich friere«, sagt sie. »Du etwa nicht?«
Ich nicke. Die Locken kleben an ihren Wangen, die beiden weißen Schleifchen hängen irgendwo auf ihrem Kopf herunter. Ihr Gesicht scheint auf einmal so klein. Als wäre sie jemand anderer. Wenn sie die Sommersprossen nicht hätte.
»Deine Lippen sind blau«, sagt sie.
»Wirklich?« Ich hatte noch nie im Leben blaue Lippen.

»Gleich stirbst du«, sagt sie.
Ihre Worte erschrecken mich, aber dann merke ich, dass sie lächelt. »Aber nein, du doch nicht«, sagt sie. »Du wirst hundert Jahre alt. Das hat mein Großvater immer gesagt: Remi wird hundert Jahre alt.«
Ich sehe sie erstaunt an. »Warum sollte ich hundert …«
»Was weiß ich«, sagt sie.
Die Tür geht auf.
»Da bin ich schon«, sagt Jeannes Tante. Sie drückt jedem von uns ein Handtuch in die Hand. »Du hast ganz blaue Lippen«, sagt sie zu mir.
Jeanne grinst. »Er stirbt.«
»Rede keinen Unsinn, Kind. Wisst ihr was, ich mache für euch beide einen Topf Suppe warm. Heiße Hühnerbrühe. Davon werdet ihr von allein rote Wangen bekommen.« Sie legt einen Stapel Kleidungsstücke auf den Tisch. »Zieht die nassen Sachen aus, bevor ihr noch krank werdet, und hängt sie auf einen Stuhl beim Feuer.« Sie schaut mich an. »Ich habe ein paar Sachen für dich zusammengesucht. Sie werden nicht passen, aber sie sind besser als gar nichts.«
Ich wische mir mit dem Handtuch über das Gesicht, über die Haare, ich reibe die Beine trocken. Ich bin bis aufs Hemd nass, aber ich werde mich nicht ausziehen. Nicht, wenn Jeanne dabeisteht. Sie untersucht den Stapel Kleidungsstücke auf dem Tisch. Plötzlich fängt sie an zu grinsen. Sie drückt mir ein paar Sachen in die Hände. »Hier, die sind für dich. Anziehen!«
Sie wickelt sich das Handtuch um den Kopf, nimmt die restlichen Kleidungsstücke und geht zur Tür. »Ich werde mich oben umziehen«, sagt sie. Und lacht.

Ich bleibe alleine zurück.
Ich betrachte die Kleidungsstücke. Es gibt einen Pullover, eine Unterhose, lange Wollstrümpfe. Und einen Rock.
Ich werde keinen Rock anziehen. Wirklich nicht. Ich werde mich einfach ganz nah ans Feuer stellen, dann werde ich von allein trocken.
Die Tür geht wieder auf, ihr Kopf lugt hinter der Tür hervor. Sie traut sich was. »Und?«, sagt sie.
Ich schüttele den Kopf. »Ich ziehe keinen Rock an.«
»Etwas anderes haben wir nicht. Stell dich nicht so an, Remi, niemand wird dich sehen.«
Aber du, denke ich.
»Übrigens«, sagt sie, »an deiner Stelle würde ich mich beeilen. Deine Lippen sehen fast schwarz aus. Gleich frieren sie noch von deinem Gesicht ab.«

Ich ziehe mich nicht um, weil sie es sagt. Ich ziehe mich um, weil ich fast erfriere. Meine Kleider kleben an meinem Körper, so nass sind sie. Es ist nicht einfach, sie auszuziehen. Ich versuche, mich zu beeilen. Gleich steht sie wieder da.
Zuerst die Unterhose, dann den Rock. Den Pullover. Während ich die Strümpfe anziehe, geht die Tür leicht auf. »Darf ich hereinkommen?«, fragt sie.
»Nein«, sage ich. Ich möchte mich zuerst selbst dran gewöhnen, wie ich aussehe. Als wäre ich bescheuert. Ich fahre mit meinen Händen über den Rock. Er ist braun mit grünen Blumen.
»Darf ich jetzt hereinkommen?«
Ich sage nichts. Ich warte. Sie wird sowieso kommen. Ich stelle mich wieder mit dem Rücken zum Feuer. Was soll's,

wenn sie mich auslacht. Mir ist schon wärmer. Meine Lippen werden nicht von meinem Gesicht abfrieren.
Da ist sie schon. Ihr Gesicht ist viel zu ernst. »Es steht dir nicht schlecht«, sagt sie. Und dann fängt sie an zu lachen. Ich kann nicht anders, als mitzulachen. Wir wiehern. Wir brüllen. »Ich mach mir in die Hose«, schreit sie.
»Ich auch«, brülle ich zurück.
Ich würde sie gern fragen, ob es wahr ist, was Jef sagt. Dass sie mich süß findet. Mädchen sind süß, wird sie sagen, aber du doch nicht, Remi. Vielleicht wird sie auch noch sagen: obwohl du lieb und warm und freundlich bist. Aber ich schweige.
Die Tür geht auf. Jeannes Tante kommt herein, mit einem Tablett in den Händen. Auf dem Tablett zwei dampfende Suppenschalen. Sie nickt zufrieden. »Ihr habt ja viel Spaß«, sagt sie und stellt die Schalen auf den Tisch, legt Löffel daneben. »Seid vorsichtig, dass ihr euch nicht die Zunge verbrennt.« Sie lächelt mir zu. »Du siehst gut aus.«
Jeanne kichert. »Wie ein Filmstar.«
Ich lache zurück. »Das bleibt aber unser Geheimnis«, sage ich zu beiden.

Nach der Suppe setzen Jeanne und ich uns ans Feuer. Ihre Tante hat ein Strickzeug aus dem Schrank geholt. Die Nadeln klappern, als würde ihr Leben davon abhängen. Drei Röcke am Feuer.
So still ist es bei uns zu Hause nie.
»Remi kann auf allen Fingern pfeifen«, sagt Jeanne plötzlich. Ihre Tante legt das Strickzeug in den Schoß. »Tatsächlich?«, fragt sie.

Ich nicke. »Auf allen Fingern. Ist ganz einfach.«
Jetzt kommt es. Jetzt wird Jeanne mich bitten, es ihr beizubringen. Aber sie bittet um nichts. Es wird erneut still im Zimmer. Nur das Feuer knistert, die Nadeln klappern. Ich luge zur Seite. Jeanne starrt ins Feuer, die Hände unter dem Kinn gefaltet. Ihr Gesicht ist orange, ihre Haare sind orange. Ihre Beine auch. Die Sommersprossen sind fast verschwunden.
Drinnen ist es dunkel geworden. Jeannes Tante macht das Licht an. »Es regnet immer noch«, sagt sie. »Bei diesem Wetter kannst du nicht fahren. Ich hoffe, deine Eltern machen sich keine Sorgen.«
»Das tun sie nie«, sage ich.
»Eltern sind Eltern«, seufzt sie. »Wenn es dunkel wird, wollen sie wissen, wo ihre Kinder sind. Du würdest jetzt fahren müssen.«
»Ich habe eine Fahrradlampe«, sage ich stolz.
Sie lächelt. »Wir warten noch eine Viertelstunde, und dann fährst du. Regen oder nicht.«
Nur eine Viertelstunde.
»Soll ich es dir beibringen?«, frage ich Jeanne.
»Ja«, sagt sie.
Ich setze mich Jeanne gegenüber. »Den Anfang kennst du schon.«
»Ich habe es vergessen. Es ist zu lange her.«
Ich nicke. »Ich werde es dir noch mal zeigen, mach's mir nach.« Ich kreuze die Beine, lege den Rock über die Knie. Sie macht das Gleiche. Ich strecke meine Zeige- und Mittelfinger in die Luft.

»Rolle deine Zunge zusammen.«
»Meine Zunge?«
Ich mache es ihr vor. »Egal, welche Finger du benutzt, du musst deine Zunge immer auf die gleiche Art zusammenrollen.«
Sie macht es mir nach.
»Jetzt musst du deine vier Finger auf deine zusammengerollte Zunge legen. Schau, so.«
Wieder macht sie es mir nach.
»Jetzt blasen.«
Es kommt nur Luft aus ihrem Mund.
»Kneife die Lippen auf deine Finger. Blasen.«
Die Luft klingt immer noch wie Luft.
»Es ist nicht kräftig genug.« Ich mache ihr vor, wie es geht.
Jeanne versucht es erneut.
»Kräftiger!«
Sie seufzt. Holt tief Luft, versucht es erneut.
»Noch kräftiger, Jeanne!«
»Ich kann nicht.«
»Niemand schafft es gleich das erste Mal«, sage ich. »Komm, Jeanne, wenn ich es kann, kannst du es auch lernen. Und wenn du es einmal kannst, verlernst du es nie mehr.«
»Wie Fahrradfahren«, sagt sie.
Das hat Ward auch gesagt. Dass es wie Fahrradfahren ist. Und dass ich es hundertmal versuchen sollte. Hundertmal hintereinander, sagte Ward. Und dann konnte ich es für immer.
Ich konnte es schon nach fünfzig Mal.
Weitermachen, sagte Ward.
»Weitermachen«, sage ich zu Jeanne.

Sie rollt die Zunge zusammen, legt ihre vier Finger darauf, presst sie zwischen ihre Lippen und bläst.
Ein leicht schleifendes Geräusch erklingt im Zimmer.
»Fast«, sage ich.
Sie versucht und versucht und versucht es. Bis auf einmal. Ein kurzer Pfeifton erklingt im Zimmer.
»Das ist es«, sage ich.
»Das ist es«, wiederholt sie. »Wie toll von mir.«
»Ganz toll«, sage ich.
Sie fängt an zu lachen. »Hör mal, Tante.«
Sie versucht es erneut. Es klingt noch besser als vorher. »Ich kann es tatsächlich«, seufzt sie. »Und jetzt die anderen Finger.«
Ihr Gesicht ist nicht mehr orange, sondern rot, ihre Haare sind rot, ihre Beine auch. Und ihre Finger. Ihre Sommersprossen sind verschwunden. »Die Daumen«, sagt sie. »Damit fangen wir an.«
»Ein andermal«, sagt ihre Tante. »Er muss jetzt nach Hause.«
Sie gibt mir meine trockenen Kleider. »Ich denke, dass du lieber in deinen eigenen Sachen nach Hause fährst, nicht wahr?« Sie lacht mir freundlich zu. Ich lache zurück. »Zieh dich im Flur um«, sagt sie.
Hinter mir bleibt die Tür einen Spalt offen. »Schön, dass du lachst, Kind«, höre ich ihre Tante durch den Spalt sagen.
»Ward hat es ihm beigebracht.«
Was macht sie da? Ich dachte, sie dürfe seinen Namen nicht aussprechen!
»Ward? Ward ist ein schlechter Mensch«, sagt ihre Tante böse.
Siehst du. Jeanne hätte besser nicht über Ward gesprochen.

»Das wusste Remi damals noch nicht.«
»Ich werde es dir erzählen, Kind. Sie haben Ward aufgegriffen. Sie werden ihn vielleicht doch noch erschießen.«
»Haben sie ihn? Wirklich?«
»Es wurde Zeit, Kind. Höchste Zeit. Man möchte sein Leben wiederaufnehmen. Aber solange dieser Kerl nicht bestraft worden ist, ist der Krieg nicht zu Ende.«
Ich drücke die Tür auf.
»Hast du es gehört, Remi?« Ihre Stimme zittert. So froh ist sie, denke ich.
»Ich wusste es schon«, sage ich. »Unser Jef muss bei seinem Prozess aussagen.«
»Warum erzählst du mir das jetzt erst?«, fragt sie wütend.
Ich zucke mit den Schultern.
»Tot ist für immer«, sage ich.
»Was sagst du da?«
»Das sagte meine Mutter. Dass tot für immer ist.«
Ich traue mich fast nicht mehr, sie anzuschauen. Ihre Augen sind schwarz geworden, ihre Lippen weiß, ihre Sommersprossen rot wie Tomatensuppe.
Ich stehe vor ihnen, mit dem Rock, dem Pullover, den Strümpfen und der Unterhose auf dem Arm. »Bitte«, sage ich zu Jeannes Tante. »Herzlichen Dank.«
Sie nimmt mir den Stapel ab. Sie nickt freundlich. Dreht dann ihren Kopf zu Jeanne. »Erzähl es ihm, Kind.«
»Was soll ich ihm erzählen?«
»Dann erzähle ich es.«
Aber dann stellt sich Jeanne zwischen ihre Tante und mich.
»Alle wissen es. Dass er meinen Vater erschossen hat.«

Theo? Hat Ward Theo erschossen?! Ich spüre, wie mein Mund sich öffnet. »Das wusste ich nicht.«
Theo hatte einen Unfall, das haben sie mir erzählt. Mir, dem Kleinen.
»Wir waren sehr traurig«, sagt Jeanne. »Und mein Großvater auch. Sein Herz ist gebrochen, daran war Ward schuld.« Ihre Augen glänzen. »Mein Vater hat gegen die Deutschen gekämpft«, sagt sie stolz. »Und dann hat Ward meinen Vater erschossen.«
Ich spüre, wie mein Mund sich wieder öffnet. Ihr Vater ist ein Held. Das möchte ich sagen, aber ihre Tante nimmt meinen Arm und zieht mich hinaus. »Komm, mein Junge, es ist Zeit.«
Ich merke plötzlich, dass sie genauso groß ist wie ich. Beide sind wir einen Kopf kleiner als Jeanne.
Sie bleibt in der Türöffnung stehen. Als ich mein Fahrrad nehme, pfeift Jeanne auf den Fingern. Es klingt laut und klar.
»Nein«, sage ich.
»Wieso nein?«
»Ward«, fange ich an.
Sie schaut mich erschrocken an. »Richtig«, sagt sie, »wir dürfen nicht mehr pfeifen.«
»Nie mehr«, sage ich.

Salbe

Bielen war wieder da.
Die Brüder Weck, fing er an. Lom und Mon.
Es habe damals in den Zeitungen gestanden. Zusammen mit den Brüdern Weck hätte ich den Mord an den fünf geplant.
Es habe auch dringestanden, was weiter passierte. Außer Theo wurde an jenem Abend auch Mon erschossen, Lom und ich konnten entkommen. Ich flüchtete an die Ostfront, Lom tauchte unter und wurde gleich nach dem Krieg festgenommen. Er hatte Glück, dass er lebenslänglich bekam und nicht erschossen wurde. Und Jef wurde ein Held: Er hatte vier der fünf Männer retten können.
»Lom verbüßt seine Strafe in Breendonk«, sagte Bielen. »Ich werde ihn morgen besuchen. Ich werde ihn fragen, ob er für dich aussagen möchte.«
Ich hatte ihn ungläubig angeschaut. »Das Wort eines Schwarzen für einen anderen Schwarzen«, sagte ich. »Sie werden uns gern glauben. Und außerdem können Sie sich die Mühe sparen: Lom hat nicht gesehen, wer Theo ermordet hat.«

Er hatte lang geschwiegen. Dann zündete er eine Zigarette an. Zog drei-, viermal. Drückte sie aus. »Was war Jefs Anteil an jenem Abend?«
Ich schwieg.

»Ist es so schrecklich, es zu erzählen?«
»Wenn ich ihn verrate«, fing ich an.
»Das spielt jetzt keine Rolle mehr«, sagte er. »Jef wird sowieso entlarvt werden. Ich habe ihn besucht, er hat kein Rückgrat, dieser Jef. Er bricht sofort zusammen, wenn ich ihn ein bisschen unter Druck setze. Und wenn er nicht vor dem Prozess zusammenbricht, werde ich dafür sorgen, dass es spätestens dann passiert. Mit Lügnern habe ich kein Mitleid.«
Und wenn ich ihm einfach alles erzählen würde?
Schon die ganze Woche geht mir dieser Gedanke im Kopf herum.
Und schon die ganze Woche dreht sich mir der Magen um, schlägt mein Herz in einem Affentempo. Dass ich dastehe und sage: Jef hat geschossen.
Ich kann mir gut vorstellen, wie es gelaufen ist. Die Widerstandsbewegung brauchte einen Helden, sie haben ihn ausgewählt. Endlich, muss er gedacht haben. Und nun bleibt ihm gar nichts anderes übrig, als das Spiel weiterzuspielen. Er war immer schon ein Angsthase. Aber dass er meinen Namen genannt hat – er muss sich gefühlt haben wie eine Ratte in der Falle. Es gibt keine andere Erklärung.

Bielen wird Jef benutzen, so wie er Lom benutzen will. Er wird Jef zerbrechen. Und es wird ihm nichts ausmachen.
Ich muss mit ihm reden. Würden Sie fragen, ob Jef mich besuchen kommt? Ich werde mit ihm darüber sprechen.
Nur deine Familie darf dich besuchen, sagte Bielen.
Sagen Sie, er soll mir schreiben.
Er wird nicht schreiben, sagte Bielen.

Sie kennen ihn nicht so, wie ich ihn kenne, sagte ich. Er hat mich sehr gern gehabt. Er wird nicht gegen mich aussagen.

Es ist wieder Bekkers, der mich zu meiner Zelle bringt.
»Ich habe dir Salbe mitgebracht«, sagt er.
»Ich brauche keine Salbe.«
»Du hinkst schrecklich. Pass auf, sonst verlierst du noch dein Bein.«
»Die Wunde ist zugewachsen.«
»Reibe sie trotzdem mit der Salbe ein. Los, Junge. Sei nicht so störrisch.«
Das hat meine Mutter auch immer gesagt. Und sie sagte es immer mit so viel Wärme, dass ich wusste, es war gar nicht so schlimm, störrisch zu sein.
Ohne nachzudenken, strecke ich die Hand aus und nehme das Töpfchen.
»Die Salbe wird dir guttun«, sagt Bekkers. »Ich habe sie extra für dich mischen lassen. Es stecken viele gute Kräuter drin.«
Danke, möchte ich sagen, aber mein Mund ist zu. Ich hole tief Luft. Noch einmal. Und noch einmal. Und noch immer bleiben die Worte stecken.
»Beruhige dich«, sagt Bekkers.
Ich bin es nicht mehr gewöhnt. Dass jemand einfach freundlich zu mir ist. Und ausgerechnet jemand, der auf der anderen Seite steht.
»Erzähle ihnen alles«, sagt er. »Erzähle ihnen einfach, wer du bist. Dann wird es mit dem Prozess klappen.« Er holt seine Schlüssel hervor. »Hier zwischen diesen Mauern ist es gar

nicht so einfach«, sagt er. Er lässt mich in die Zelle. Ein leichter Schlag auf die Schulter. »Halte dich tapfer, Dusoleil.«

Bekkers mag mich. Mich. Ward Dusoleil, Ostfrontkämpfer. Nicht Martin Lenz, Kriegsopfer.
Dass das möglich ist.
Vielleicht wird Jef mir doch schreiben. Er hat mich immer gern gehabt. Man gibt keinen auf, den man gern gehabt hat.

In den folgenden Tagen reibe ich die Wunde mit der Salbe ein. Es hilft nichts.

Wir sind, wer wir sind

Emile und ich werden uns heute verloben. Gegen sieben Uhr kommt er, und er bringt seine Eltern mit.
Ich habe heute frei, also kann ich meiner Mutter helfen. Gemeinsam putzen wir das Gemüse. Mein Vater möchte auch helfen, sagt er. Auf keinen Fall, sagt meine Mutter, und er solle nicht herumlaufen wie ein kopfloses Huhn.
Mir kommt eine Idee. »Pa«, fange ich an, »weißt du schon, dass Emiles Mutter sehr gern Musik mag? Vor allem Trompetenmusik. Sie möchte so gern hören, wie gut du bist. Hast du schon eine Idee, welches Stück du spielen könntest?«
Jetzt wird er erst richtig nervös. »Aber ich bin nicht gut«, sagt er.
»Sie meint aber schon«, sage ich. »Ich habe es ihr erzählt.«
»Renée!« Er flucht laut. »Das ist ein Witz, oder?«
»An deiner Stelle würde ich ein bisschen üben. In Remis Zimmer, dort bist du ungestört.«
»Glaubst du ihr?«, fragt er meine Mutter.
»Natürlich«, sagt sie.
Mein Vater seufzt tief, nimmt seine Trompete vom Schrank herunter und geht damit zu Remis Zimmer. Er wirft einen Blick zurück. »Es wird euch leidtun«, sagt er, »wenn ihr mir nur was vormacht.«
»Das würden wir uns nicht trauen«, sagt meine Mutter mit Unschuldsmiene.

Daraufhin zieht mein Vater mit einem noch tieferen Seufzer die Tür hinter sich zu.
Meine Mutter und ich schauen uns an. Wir müssen lachen, können es uns aber gerade noch verkneifen.
Aus Remis Zimmer erklingen Trompetenklänge. Sehr rein sind sie nicht. Etwa zehn Minuten lang wiederholt mein Vater die gleichen Anfangstöne, dann geht die Tür auf. »Ich kann das nicht.«
Er sieht so verlegen aus. Ich beiße mir auf die Lippe, um nicht lachen zu müssen.
»Das liegt nur daran, dass du nervös bist«, sagt meine Mutter. »Nachher wird es gehen, wetten? Wenn die Leute sich wohl fühlen, holst du deine Trompete und spielst ihnen etwas vor.«
»Auf keinen Fall«, sagt mein Vater. »Ich verstecke meine Trompete und sage, ich hätte sie verschenkt.«
»Pfui«, sagt meine Mutter, »du darfst die Leute nicht anlügen.«
»Remi soll spielen. Und Renée. Das werden sie bestimmt genießen.« Dann geht er mit seiner Trompete die Treppe hinauf.
»Was tust du jetzt?«, ruft meine Mutter ihm nach.
»Sie verstecken. Was sonst?«
Wir schauen ihm nach. Ich muss lachen.
»Ich habe ihn sehr gern«, sagt meine Mutter.
»Ich auch«, sage ich.
»Ich weiß«, sagt sie.

Ich schäle die Kartoffeln und wasche sie dann in einer Schüssel mit Wasser. Meine Mutter kommt, nimmt die Kartoffeln aus der Schüssel, schneidet sie in kleine Stücke und wirft diese in einen Topf. Ich helfe ihr.

»Du musst dir ganz sicher sein, wenn du heiratest«, sagt sie plötzlich.

»Ma, ich überlege mir wirklich, was ich tue.«

Sie beißt sich auf die Lippe. »Ich sollte mich nicht einmischen, Kind, ich weiß.«

Geräusche auf der Treppe. Mein Vater ist wieder da.

»Das hat lange gedauert«, sagt meine Mutter.

»Ich habe sie sehr gut versteckt.« Er lächelt. »So gut, dass ich jetzt schon nicht mehr weiß, wo sie ist.«

Remi kommt aus der Schule nach Hause.

»Jetzt fehlt nur noch Jef, dann sind wir vollzählig«, sagt meine Mutter.

Aber Jef kommt nicht. Es ist Nicola, der uns Bescheid gibt.

Ein Klopfen an der Tür, und er steht plötzlich mitten in unserem Wohnzimmer.

»Wir haben keine Scheren zum Schleifen«, sagt mein Vater.

Aber er kommt nicht wegen unserer Scheren. Er kommt unsretwegen.

»Das ist Jefs Nicola«, sagt Remi.

Meine Mutter schiebt meinen Vater zur Seite. »Ist etwas mit Jef?«, fragt sie beunruhigt.

»Er hat mich geschickt«, sagt Nicola. »Ich soll Ihnen ausrichten, dass er heute Abend nicht kommt. Er ist krank.«

Meine Mutter erschrickt. »Doch nichts Ernstes?«

»Ich weiß es nicht. Er liegt schon den ganzen Tag im Bett. Er sagt fast nichts. Es ist wegen diesem Mann, denke ich.«

»Wegen welchem Mann?«, fragt meine Mutter beunruhigt.

»Ich kenne ihn nicht. Er hat Jef besucht, und sie haben sich gestritten. Danach ist Jef gleich ins Bett gegangen.«
»So ein ganz tadellos angezogener Mann?«, frage ich. »Brille, glatt nach hinten gekämmte Haare?«
»Ja, so ein Mann«, sagt er.
»Der Anwalt«, sage ich.
Nicola schaut mich fragend an.
»Unser Jef muss bei einem Prozess aussagen. Hat er dir das nicht erzählt?«, frage ich verwundert.
»Beim Prozess von Ward«, sagt Remi.
»Halte dich da raus, Kleiner.«
»Es heißt Remi, Pa.«
»Wenn ich Kleiner sagen möchte, dann sage ich Kleiner.«
»Sander, hör auf«, sagt meine Mutter. »Jetzt ist nicht der Moment, kindisch zu sein.« Sie nimmt ihren Mantel von der Garderobe. »Ich muss zu Jef«, sagt sie.
»Auf keinen Fall«, sagt mein Vater. »Du bleibst hier. Du lässt mich nicht mit dem Besuch allein. Soll ich mal sagen, was los ist? Dieser Kerl hat ihn unter Druck gesetzt, und wir wissen alle, was für ein Angsthase Jef ist.«
Meine Mutter schaut ihn an, die Arme um ihren Mantel geschlagen. Langsam schüttelt sie den Kopf. »Irgendwas ist los, Sander, und ich weiß nicht, was.«
»Ich sage dir, was los ist«, sagt mein Vater, »heute Abend ist das Fest für unsere Tochter. Und es wird ein Fest geben.«
Meine Mutter nickt. »Aber morgen gehe ich zu unserem Jef.«
»Morgen«, wiederholt mein Vater, nimmt ihr den Mantel ab und hängt ihn wieder an die Garderobe. Er dreht sich zu

Nicola um. »Wir sind alle ein bisschen nervös«, sagt er, »die Verlobung, weißt du.«
»Ja, natürlich. Herzlichen Glückwunsch, Renée«, sagt er zu mir.«
Dass er meinen Namen kennt. Er neigt den Kopf. Ich lache ihm zu, und er lacht zurück. Er sieht aus wie ein Filmstar.
»Richte Jef schöne Grüße aus«, sage ich.
»Ich sorge für ihn«, sagt er warm. »Jef ist mein Freund.«
»Das ist schön zu hören«, sagt meine Mutter.
Nicola schüttelt meinem Vater, meiner Mutter, mir und Remi die Hand. Dann ist er verschwunden.

Halb sieben. Wir haben uns gewaschen und unsere Sonntagskleider angezogen. Wir sitzen am Ofen. Wir warten.
»Gib mir schon mal einen Schnaps«, sagt mein Vater.
»Auf keinen Fall«, sagt meine Mutter. »Ich möchte nicht, dass du nach Alkohol riechst.«
Eine Weile bleibt es still. Nur das Knistern des Feuers im Ofen und das Ticken von Gusts Uhr sind zu hören. »Zum Glück haben wir die Uhr«, sagt mein Vater.
»Wieso?«, fragt meine Mutter.
»Es ist auf jeden Fall etwas«, sagt mein Vater. »Sonst haben wir nichts Wertvolles.«
Meine Mutter lacht ein bisschen zu laut. »Wir sind, wer wir sind«, sagt sie.
»Das stimmt«, murmelt mein Vater.
»Wir haben auch noch Jefs Medaille«, sagt Remi plötzlich.
Alle vier drehen wir die Köpfe Richtung Wand. Natürlich hängt sie noch da.

Mein Vater nickt zu der Medaille hinüber und holt seine Pfeife aus seiner Jackentasche.
»Nein, Sander«, sagt meine Mutter.
»Wenn ich rauche, bleibe ich ruhig.«
»Wenn du rauchst, stinkt das ganze Haus.«
»Bei ihnen wird nicht geraucht«, sage ich.
»Siehst du, Sander«, sagt meine Mutter.
»Wir sind, wer wir sind«, sagt mein Vater und hält ein brennendes Streichholz an seine Pfeife.
»Nicht, Pa«, sage ich. »Stell dir vor, sie müssen den ganzen Abend husten.«
Mein Vater seufzt, legt seine Pfeife in den Schoß. Er schaut uns an. Sein Blick bleibt an Remi hängen.
»Erzähl mal einen Witz.«
»Ich kenne keinen Witz«, sagt Remi wütend.
»Pa, lass ihn in Ruhe«, sage ich.

Remi ist immer noch wütend. Am Montagabend hat es angefangen. Es war schon dunkel, als er aus der Schule nach Hause kam. Er war bei Jeanne zu Hause gewesen, um sich vor dem Regen zu schützen.
Sie hatten ihm Suppe und trockene Kleider gegeben.
Sie hatten ihm erzählt, was Ward getan hatte.
Das hatten sie getan.
Sie dachten nicht, dass er noch zu klein sei und nichts aushalten könne. Sie hatten es ihm einfach erzählt. Sogar ohne dass er danach gefragt hatte.
Was hatten sie ihm denn über Ward erzählt?
Dass sie das sehr wohl wussten, antwortete Remi.

Kein Wort über Ward, schimpfte mein Vater.
Siehst du, sagte Remi.
Ich zog ihn am Arm hinaus, in den Stall. Dort setzten wir uns an die Wand, und ich erzählte ihm, dass es stimmte. Theo hatte gegen die Deutschen gekämpft, und deshalb hatten sie seine Frau ermordet, und Ward, ja, Ward, es stimmte, was Jeanne erzählt hatte, Ward hatte Theo erschossen.
Remi sagte, er habe sich sogar gewünscht, Ward sei sein Bruder. Dann fing er laut an zu weinen. Ich legte meinen Arm um ihn und zog ihn an mich. Nach einer Weile wischte er sich die Tränen aus dem Gesicht und sagte: »Ich möchte eine lange Hose.«
Ich schaute ihn verwundert an.
»Sie schneidet immer die Hosenbeine von Jefs Hosen ab.«
»Das wird sie nicht mehr tun«, sagte ich. Und dass ich es ihr sagen würde.
Aber meine Mutter hatte diese Woche keine Zeit für eine Hose für Remi. Zuerst die Verlobung, dann die Hose, hatte sie zu Remi gesagt.
Warum?, hatte er gefragt.
Darum, hatte sie geantwortet.
Er hatte geschwiegen. Die ganze restliche Woche.

Die Uhr schlägt sieben.
Ein Auto hält vor unserer Tür.
»Sie haben ein Auto«, sagt mein Vater. »Verdammt, Renée.«
»Wir sind, wer wir sind, Pa«, zische ich ihm zu.
Sofort wird an die Tür geklopft. Zu dritt stehen sie auf der Schwelle, Emile in der Mitte.

»Herzlich willkommen«, sagt meine Mutter.
Wir schütteln uns die Hände. Da stehen wir dann, alle sieben, in unserem winzigen Haus.
Jemand muss etwas sagen.
»Die Mäntel«, sagt meine Mutter, als würde ihr etwas Wichtiges einfallen. »Geben Sie sie mir, bitte.«
»Setzen Sie sich«, sagt mein Vater. »Nehmen Sie Platz. Wir saßen gerade um den Ofen. Es ist kalt draußen, nicht wahr?«
»Es ist wie im Winter«, sagt Emiles Mutter.
»Obwohl es erst Ende Oktober ist«, sagt meine Mutter völlig überflüssig.
Wir nicken alle.
»Bring den Herrschaften einen Stuhl, Remi.«
»Ach so«, sagt Emiles Mutter. »Du bist also Remi. Du spielst sehr schön Trompete. Das behauptet Emile zumindest.«
»So ist es«, sagt mein Vater. »Unser Remi ist ein Wunderkind.«
»Pa«, sagt Remi, »nicht übertreiben.«
»Die Wahrheit darf gesagt werden«, sagt mein Vater. Er schaut mich schnell an. »Renée ist auch nicht schlecht. Ich frage mich, von wem sie dieses Talent haben. Von mir jedenfalls nicht.«
Er ist schlau, mein Vater.
»Möchtest du den Herrschaften nicht etwas zu trinken anbieten?«, sagt meine Mutter.
»Natürlich. Was hätten Sie denn gern? Wir haben Bier, Wasser, aber auch Wein. Rotwein.«
Ich höre den Stolz in seiner Stimme. Er hat den Wein in Hasselt gekauft, und er hat viel Geld dafür ausgegeben.

Alle wählen den Wein, nur mein Vater nicht. »Ich bleibe bei Bier«, sagt er. »Du auch ein Glas, Remi?«
Remi schaut ihn erstaunt an.
»Sander, ist das …«, fängt meine Mutter vorsichtig an.
»Der Junge geht schon in die höhere Schule. Und er hat den Krieg miterlebt.« Mein Vater lächelt Emiles Eltern an, während er den Wein einschenkt. »Und außerdem feiern wir heute Abend, da darf er auch etwas trinken.«
Remi strahlt über das ganze Gesicht.
Ich setze mich zu Emile. Er beugt sich zu mir. »Alles in Ordnung?«, flüstert er.
»Ja«, sage ich. »Bei dir auch?«
Er nimmt schnell meine Hand und drückt sie sanft. Bevor er etwas sagen kann, hebt mein Vater sein Glas in die Höhe. »Auf Emile und unsere Tochter«, sagt er. »Darauf, dass sie zusammen glücklich werden.«
Unsere Tochter. Er nickt mir zu, sein Gesicht ist rot, obwohl er noch nichts getrunken hat.
»Auf beide«, sagt Emiles Mutter und gibt ihrem Mann einen Stoß.
»Auf ein langes und glückliches Leben«, sagt er.
»Ich habe etwas für Renée«, sagt Emile.
»Einen Ring«, flüstert Remi.
»Psst«, sagt meine Mutter, »nicht verraten.«
Als hätte ich nicht gewusst, was sich in der kleinen Schachtel befindet. Es ist ein silberner Ring mit einem kleinen Stein in der Mitte.
Meine Mutter seufzt. »Das ist ein Diamant.«
»Gefällt er dir?«, fragt Emile.

Es ist der erste Ring meines Lebens, das erste Schmuckstück, das ich bekomme.
»Steck ihn an«, sagt Emile. Ich nehme ihn vorsichtig aus der Schachtel und schiebe ihn auf meinen Finger. Er passt genau.
»Wie ist das möglich?«, sage ich erstaunt.
»Es ist möglich«, sagt Emile.
Er schaut mich an und lacht. So sieht er immer aus, bevor wir uns küssen. Aber wir werden uns jetzt nicht küssen. Nicht hier, vor allen anderen.
»Bravo«, ruft mein Vater plötzlich, »bravo.« Er klatscht in die Hände und alle klatschen mit.
»So«, sagt Emiles Mutter. »Jetzt seid ihr verlobt.«
»Die Tauben bekommen auch Ringe«, sagt mein Vater plötzlich.
Die Tauben bekommen auch Ringe? Ich spüre, wie sich mein Mund zu einem Lächeln verzieht. Doch dann sehe ich meiner Mutter an, dass jetzt nicht der richtige Moment zum Lächeln ist.
Ein kurzes peinliches Schweigen folgt.
»Es war nur Spaß«, sagt mein Vater freundlich.
»Haben Sie vielleicht Tauben?«, fragt Emiles Vater plötzlich.
Wir schauen alle überrascht in seine Richtung. Es ist schon sein zweiter Satz an diesem Abend.
»Nein«, sagt mein Vater, »aber wenn Renée auszieht, möchte ich auf dem Dachboden einen Taubenschlag bauen. Ihr Zimmer ist auf dem Dachboden, verstehen Sie.«
»Deshalb also«, sagt Emiles Vater mit einem Blick auf meinen Ring.

Während wir essen, bleibt es still. Remi rutscht auf seinem Stuhl hin und her. Solche Stille ist er nicht gewöhnt.
»Remi, sitz still!«, sagt meine Mutter böse.
Er sieht sie an, als hätte sie ihn ertappt, und hört sofort auf, herumzurutschen.
Meine Mutter wendet sich an Emiles Mutter. »Er ist noch klein«, sagt sie entschuldigend.
»Ich bin schon zwölf!«
Meine Mutter nickt nervös. Mach jetzt ja keine Schwierigkeiten, heißt das.
Obwohl wir doch sind, wer wir sind?
»Renée hat mir erzählt, dass Sie Direktor einer Schule waren«, sagt mein Vater zu Emiles Vater.
Der Mann öffnet den Mund, um etwas zu sagen, aber mein Vater schneidet ihm das Wort ab. »Es ist ein ehrbarer Beruf«, sagt er. »Sie haben viele Jugendliche prägen können. Und außerdem ist es eine anständige Arbeit.« Er streckt die Hände vor sich aus und betrachtet sie. »Wahrscheinlich haben Sie wenig Ärger mit dreckigen Fingernägeln ge…«
Meine Mutter unterbricht ihn. »Vielleicht sollte unser Remi seine Trompete holen.«
Bevor mein Vater eine weitere Peinlichkeit von sich gibt.

Remi holt seine Trompete. Und er spielt, dass die Decke herunterfällt und das Feuer aus dem Ofen springt. Alle schweigen, aber diese Stille ist nicht unangenehm. Die Stille ist voller Applaus, denn die Hände klatschen lange nach jedem Stück.
»Klasse«, sagt Emiles Mutter. »Große Klasse, junger Mann.«

Und zu meinem Vater sagt sie: »Sie haben prächtige Kinder, Herr Claessen.«
»Sie sind dem dritten noch nicht begegnet«, murmelt mein Vater.
»Wir haben alle prächtige Kinder«, sagt meine Mutter. »Gieß doch mal nach, Sander, dann können wir auf alle anstoßen.«
Und wir stoßen auf alle an. Auf uns und auf die, die nicht da sind. »Auf Jef und auf meine Schwestern«, sagt Emile.
Seine Mutter nickt langsam. »Auf deine Schwestern«, sagt sie. »Auf beide und auf Jef.«
Und dann ist das Eis gebrochen. Langsam füllt sich das Haus mit Gesprächen. Über unser viel zu kleines Haus (meine Mutter), über den Lärm in der Stadt (Emiles Mutter), über den Staub in der Mine (unser Vater), über die Schwestern in Kanada (Emiles Mutter), über das Leben nach dem Krieg (unsere Eltern durcheinander). Remi sagt nichts, er ist eingeschlafen. Emile und ich sagen auch nichts. Emile hat seinen Arm um mich gelegt, mein Kopf liegt an seiner Schulter. Ich glühe. Von der Wärme im Haus, vom Rotwein, vom Ring an meinem Finger. Jetzt ist es Wirklichkeit. Ich bin verlobt.

Beste Freunde

Ich habe oft gesehen, wie sie einem Schaf die Kehle durchschneiden. Es ist vorbei, bevor das Schaf weiß, dass es sterben wird. Bei mir wird es anders sein. Sie werden langsam schneiden, so langsam wie möglich, mit dem stumpfsten Messer, das sie finden können, und mein Blut wird weitertropfen, bis nichts mehr übrig ist.

Seit einer Woche komme ich nicht mehr aus dem Bett. Ich schwanke, wenn ich aufstehe. Meine Beine brauchen Übung, meine Arme vermissen die Arbeit in der Mine. Ich fühle, wie meine Muskelkraft schon nach einer Woche abgenommen hat. Als ob das noch irgendeine Rolle spielen würde.
Nicola bringt mir das Essen ans Bett. Immer fragt er: »Wann wird die Sonne wieder scheinen, Jef?«
Ich antworte nicht, ich sage nur: »Es geht nicht.«
»Was geht nicht?«, fragt er dann. Auch darauf antworte ich nicht. Natürlich nicht. Er würde mich aus dem Fenster werfen.

Renée verlobt sich heute mit ihrem Emile. Ich kann nicht dabei sein. Ich bin immer noch krank.
In meinem Kopf herrscht ein heilloses Durcheinander. Vielleicht sollte ich einfach die Augen zumachen und Schäfchen

zählen. Vaterunser beten. Vielleicht wird Ward sterben, noch bevor ein Prozess stattfindet. Es passiert doch oft, dass Gefangene in ihrer Zelle sterben. Manchmal erhängen sie sich, weil sie Angst vor dem haben, was ihnen bevorsteht. Aber Ward wird sich nicht erhängen. Er nicht. Wenn ich etwas mit Sicherheit weiß, dann das.
So weit ist es also mit mir gekommen. Ich hoffe, dass mein bester Freund sich erhängt. Früher wäre ich für ihn durchs Feuer gegangen.
Ich höre, wie jemand die Treppe heraufkommt. Nicola. Die Tür geht auf.
»Bist du noch krank?«
»Ach«, sage ich.
»Bleibst du nächste Woche noch zu Hause?«
»Sehe ich aus, als könnte ich am Montag wieder arbeiten?«
Er schaut mich erstaunt an. Er ist es nicht gewöhnt, dass ich ihn anschnauze. Bald wird er dahinterkommen, wie ich bin.
»Du machst dir Sorgen wegen des Prozesses«, sagt er.
Mein Mund öffnet sich. Woher weiß er von dem Prozess? Von meinen Eltern natürlich. Sie sollten endlich aufhören, sich in alles einzumischen.
»Deine Eltern machen sich Sorgen«, sagt er.
»Das tun sie schon ihr ganzes Leben lang«, schimpfe ich.
»Hast du meine Medaille gesehen? Ich bin ein Held.«
Nicola schüttelt den Kopf. Dann lächelt er. »Bist du ein Held?«
Ich zucke mit den Schultern.
»Wie böse du aussiehst.« Er lächelt noch breiter.
Ich habe mich aufgerichtet, ziehe mir das Laken bis übers

Kinn. Dann verschwinde doch, denke ich. Aber er bleibt ruhig sitzen. Und er lächelt mich weiter an.
»Erzähl von dem Prozess«, sagt er.
Ich schüttele den Kopf.
»Du musst es erzählen«, sagt er. »Sonst wirst du richtig krank.«
»Und dann?« Ich zucke mit den Schultern.
»Ich möchte, dass du wieder gesund wirst, Jef. Ich möchte, dass du wieder lachst.« Er legt seine Hand auf meinen Arm. »Ich habe ihnen versprochen, dass ich mich um dich kümmere.«
Wie er das sagt. Als könne er alles aushalten.
»Es ist dieser Mann«, sagt er besorgt. »Was hat er gewollt?«
Kann er wirklich alles aushalten?
»Ich muss vor Gericht aussagen, und ich will nicht.«
Er nickt. Das versteht er. Noch bevor ich es erklärt habe. Warum ich nicht will.
»Gegen meinen besten Freund. Meinen besten Freund von früher. Er ist im Gefängnis. Sie werden ihn erschießen.«
»Ist er ein schlechter Mensch?«
Er schaut mich an. Ja, möchte ich sagen, er ist ein sehr schlechter Mensch. Aber die Worte kommen nicht. »Nein«, sage ich.
»Dann sag das doch einfach bei dem Prozess«, sagt er.
Ich schweige.
»Es ist wirklich ganz einfach, Jef.«
Ist es das? Ist es wirklich ganz einfach?
Er steht auf. »Deine Mutter hat mir Essen für uns mitgegeben. Du musst es aber in der Küche essen.« Er schaut mich fragend an.

»Es geht schon«, sage ich.

Plötzlich strahlt er. »Und vielleicht kommst du morgen Abend wieder mit zur Arbeit?«

»Vielleicht.«

Er lächelt, öffnet die Tür und will hinausgehen.

»Nicola?«

»Ja?«

Wie er da steht. Wie er sich an die Tür lehnt, als trüge er die Welt auf dem kleinen Finger.

»Danke«, murmele ich.

»Keine Ursache«, sagt er und zieht die Tür hinter sich zu.

Hitze steigt in mir auf. Meine Haut, meine Haare, die Matratze, alles brennt. Atmen, weiteratmen, es wird von selbst wieder besser. Aber das stimmt nicht.

Ich schiebe das Laken weg. Es ist klatschnass vor Schweiß.

Ich schaue mich an, ich bin noch da. Es ist ein kleines Wunder.

Trümmerhaufen

Ich stehe mitten in der Klasse, die Trompete in den Händen. Ich blase. Kein Ton kommt heraus. Nur Luft. Und Spucke. Ich blase erneut. Mehr Spucke.
Der Schweiß bricht mir aus. Meine Finger am Kupfer. Spielt doch, verdammt. Meine Finger gehorchen mir nicht. Sie sind Holzstöcke geworden. Und Holzstöcke biegen sich nicht. Der Schweiß rinnt über mein Gesicht, vermischt sich mit meiner Spucke.
Die Trompete fällt klirrend zu Boden. Ich hebe die Hände zum Gesicht. Mein Mund ist weg. Und ohne Mund kann ich nicht spielen.
Es ist meine Haut. Sie verschwindet.
»Spiel, Renée.«
Meine Mutter. In der Tür.
»Du bist schön, wenn du spielst, Renée.« Sie lächelt. »Spiel, Kind. Spiel.«
Ich schüttle den Kopf.
»Los, Kind. Heb deine Trompete auf.«
Ich will mich bücken. Es gelingt mir nicht. Es ist meine Haut, Mutter, sie schrumpft.
Was murmelst du denn, Renée?
Emile grinst mich an. Meine Mutter ist nicht mehr da. Meine Trompete, ich möchte meine Trompete. Emile breitet die

Arme aus, alles wird gut, Renée. Sein Kopf ist viel zu groß, er wächst und wächst, sein Mund öffnet sich, ich sehe, wie das Zäpfchen hinten an seinem Gaumen tanzt. Du bist schön, Renée. Seine Stimme bläst mich weg. Ich fliege. Rückwärts, gegen die Tür. Es tut nicht weh. Noch nicht.
Die Tür ist verschlossen. Der Schlüssel ist weg.
Ich schieße im Bett hoch. Meine Haare sind schweißnass. Von unten dringt Gepolter herauf, jemand klopft an die Tür.
»Wer traut sich noch so spät«, höre ich meinen Vater sagen.
Erneut wird geklopft. »Feuer«, ruft jemand, »Feuer.«
Schnell ziehe ich mich an und laufe hinunter. Meine Eltern haben schon die Tür aufgemacht. Zwei Männer stehen draußen. Sie sind von der Blaskapelle, ich kenne sie kaum, sie sind gerade erst Mitglieder geworden.
»Was ist los?«, frage ich beunruhigt.
»Der Saal der Blaskapelle brennt«, sagt mein Vater, »sie brauchen Hilfe.« Er hat seinen Mantel angezogen, zieht seine Mütze tief über die Ohren. »Bis nachher«, sagt er zu meiner Mutter und mir und folgt den Männern.
»Sei vorsichtig, Sander«, ruft meine Mutter ihm nach.
Schnell nehme auch ich meinen Mantel und meinen Schal.
»Bis nachher, Mutter.«
Sie dreht sich erschrocken um. »Renée, bleib da, sag ich dir!«
Aber ich bin alt genug, um Vater zu folgen, wenn ich das möchte. Und es ist auch mein Saal, der da brennt.

Der Saal brennt lichterloh. Flammen und Rauchwolken dringen aus dem Dach und durch die Fenster nach draußen. Unser Saal. Unsere Sehnsucht. Aufgelöst in Flammen.

Alle vier schauen wir entsetzt zu.

»Da kann man nichts machen«, sagt mein Vater mit einem Seufzer. »Gar nichts mehr.«

Der Platz ist voller Menschen. Sie tragen leere und volle Eimer mit Wasser, sie ziehen Karren mit Wasserfässern. Wir laufen zur anderen Straßenseite, zwischen den Menschen, den Eimern, den Karren hindurch. Inzwischen ist ein heftiger Wind aufgekommen, der den Rauch in unsere Richtung bläst. Ich drücke meinen Ärmel gegen Mund und Nase.

Der Himmel ist ein hässlicher orangefarbener Spuk. Es gibt keine Opfer, hören wir. Zum Glück gibt es keine Häuser in direkter Nähe des Saales. Mein Vater taucht sein Taschentuch in einen Eimer Wasser und hält es mir hin. »Drücke es an deinen Mund«, sagt er. »Das hilft gegen den Rauch.«

Er schiebt sich den rechten Schuh vom Fuß und zieht seine Socke aus. Er macht die Socke nass, wringt sie aus und steckt sie in den Mund. »So«, murmelt er, zieht seinen Schuh wieder an und nickt mir ernst zu. Es sieht komisch aus, diese nasse stinkende Socke im Mund meines Vaters. Ich spüre ein Lachen in meiner Kehle kribbeln, verschlucke es aber, denn hinter dem Lachen kommt ein Hustenanfall. Ich lächle meinem Vater zu, und er lächelt zurück.

Ich folge ihm wieder.

Der Saal brennt lichterloh, die Hitze ist fast unerträglich. Morgen wird es nur noch einen Trümmerhaufen geben. Einen schwarzen und toten Trümmerhaufen. Ich habe schon Häuser brennen sehen. Häuser von Kollaborateuren, von Landesverrätern. Ich war auch dort und habe zugeschaut. Ich habe wie alle anderen gedacht: Sie hätten es wissen sollen. Die Wirtschaft *Zum bunten Ochsen* war dabei, die Wirtin war etwas zu gut mit den Deutschen befreundet gewesen. Den Laden von Wards Mutter haben sie in Ruhe gelassen. Das war nur Schwester Melanie zu verdanken. Sie war im Laden, als die Männer der Untergrundarmee kamen. Sie konnte nicht verhindern, dass sie Wards Mutter aus ihrem Haus schleiften, aber das Anzünden schon. Schwester Melanie hat sich in die Tür gestellt und offenbar gesagt: Nur über meine Leiche. Schwester Melanie ist eine große, stämmige Frau, sie füllte den ganzen Türrahmen aus, aber auch wenn sie klein und zart gewesen wäre, wären sie mit ihren Fackeln und ihrem Öl abgezogen.

Die Hitze wird immer schlimmer.

»Wir stehen auf der Straße«, seufzt ein Mann neben mir. Ich kenne ihn, er spielt auch in der Blaskapelle. Ich schau mich um. Sie sind alle da, alle Männer von *Unserer Sehnsucht*. Wo ist Victor?

Plötzlich erklingt ein lautes Krachen, und zugleich sackt das ganze obere Stockwerk samt Dach in sich zusammen. Alle weichen ein paar Schritte zurück, die Augen auf den Saal gerichtet. Ein langer Seufzer steigt aus der Gruppe auf.

Es wird nichts übrig bleiben.

Mein Vater steht neben mir, noch immer mit der Socke im Mund. Er sieht sehr traurig aus.

Jemand muss was sagen.

Ich nehme das Taschentuch vom Mund. »Es ist nur ein Gebäude«, sage ich laut.

»Wieso?«, fragt mein Vater.
»Es ist kein Mensch«, sage ich. »Ein Mensch, das wäre wirklich schlimm gewesen.«
»Du verstehst das nicht«, sagt mein Vater. »Der Saal, dort liegt unser Herz begraben, Renée. Deine beiden Großväter haben dort noch gespielt.«
»Sie hat recht«, sagt eine Stimme neben mir.
Es ist Victor. Sein Gesicht ist schwarz vom Ruß.
»Wo warst du?«, frage ich beunruhigt.
»Beim Löschen geholfen«, sagt er. »Ich war von Anfang an hier, aber wir haben bald gemerkt, dass wir es nicht schaffen würden.«
Köpfe sinken tiefer auf die Brust.
»Männer«, sagt Victor, »hört mal zu. Der Saal ist weg, aber *Unsere Sehnsucht* nicht.«
Niemand sagt etwas.
»Wir suchen einen neuen Raum«, sagt Victor. »Wir machen einfach weiter. Wie Renée gesagt hat, es ist nur ein Gebäude. Also Kopf hoch.«
Pfropfen werden aus den Mündern genommen, Schals werden wieder normal um den Hals gebunden statt über das halbe Gesicht. Der Wind hat sich gedreht.
»Es wird noch eine Weile brennen«, sagt jemand.
Victor nickt. »Vielleicht können wir morgen schon anfangen, die Trümmer zu beseitigen.«
Wir werden alle da sein.

»Es ist nur ein Gebäude«, sagt mein Vater, als wir wieder zu Hause sind. »Mehr nicht. Morgen werden wir die Trümmer

wegräumen. Nach dem Hochamt. Renée und ich. Vielleicht kann Remi auch helfen.«
»Trümmer wegräumen?«, fragt meine Mutter.
»Trümmer wegräumen muss sein«, sagt mein Vater, »und dann können wir weitermachen.«

Gute Nachrichten

»Mitkommen, Dusoleil.« Diesmal ist es nicht Bekkers, der mich holt. Das Klirren der Schlüssel, die Tür, die sich öffnet. Als ich in den Gang komme, werden meine Arme sofort auf den Rücken gedrückt. Ich werde gefesselt und mitgeführt.
»Ist Bekkers krank?«, frage ich.
»Wer weiß«, sagt der Wärter.
»Etwas Schlimmes?«, frage ich beunruhigt.
Er sieht mich spöttisch an. »Er ist krank von euren Gesichtern.«
Ich senke den Kopf und schweige.
»Was meinst du, was es mit einem Menschen macht, der sich jeden Tag eure elenden Köpfe anschauen muss?«
Sein Gesicht gefällt mir auch nicht. Er schiebt mich vor sich her. Tritt mich in den Rücken. Ich stolpere über meine Füße, kann mich aber gerade noch aufrecht halten. Er lacht wie ein Affe. Ich schaue mich nicht um. Ich kann nur weitergehen. Wenn ich etwas sage, verliere ich. Wenn ich schweige, auch. Man verliert hier immer.
Plötzlich hebt er den Arm und schlägt mir mit der Faust auf den Hinterkopf. Ich schwanke. Falle gegen die Wand. Sein Fuß auf meinem Bein. »Aufstehen, Faulenzer.«
Er lässt mich los. Ich rapple mich hoch. Ein Tritt gegen den Rücken. Wieder fliege ich gegen die Wand, stürze zu Boden.

Ich drehe mich um, zusammengerollt, damit er mir nicht in den Bauch treten kann. Er lehnt an der Wand. »Hast du die Sprache verloren?« Er lacht mich aus. Obwohl es nichts zu lachen gibt.
Mein Anwalt wird eine Klage einreichen, möchte ich sagen. Aber ich presse die Lippen zusammen. Wenn ich ihm drohe, bringt er mich wieder in meine Zelle. Sagt zu Herrn Rechtsanwalt Bielen, dass ich krank sei. Zu krank für einen Besuch. Wenn es hier drin schon so schlimm ist, wie wird es dann draußen sein?
»Steh auf. *Steh auf!*«
Eine Tür geht auf. Jemand streckt den Kopf in den Gang.
»Alles in Ordnung?«
Mein Wärter zieht mich grob hoch. »Ich bringe diesen Trottel zu seinem Anwalt. Das Bürschchen ist es nicht mehr gewöhnt, zu laufen. Die haben kein Rückgrat, keiner von denen.«
Der Kopf weiter vorn grinst und verschwindet wieder.
Ich bin kein Bürschchen. Ich war verdammt nochmal der Stärkste in meiner Gruppe. Ich könnte ihm mit nackten Händen die Kehle zudrücken.
»Habe ich dich wütend gemacht, Dusoleil?«
Dieses Grinsen. Ich könnte es ihm aus dem Gesicht schlagen. Aber ich zucke nur mit den Schultern.
»Hinkebein«, grinst er. »Dir ist doch klar, dass du keine Chance hast?« Er tritt mir erneut in den Rücken. »Laufen«, brüllt er.

Wir stehen vor dem Wartezimmer. Er löst meine Fesseln und schiebt mich hinein. Rechtsanwalt Bielen ist schon da. Wir schütteln uns die Hände.

Er stellt eine Tasche vor mir auf den Tisch. »Von deiner Mutter«, sagt er. »Und dass du durchhalten sollst.«
Wir setzen uns jeder an eine Seite des Tisches.
»Was ist mit deinem Kopf? Bist du geschlagen worden?«
»Wir sind der allerletzte Dreck, der braucht ab und zu einen ordentlichen Schlag gegen den Kopf. Damit wir nicht vergessen, wer wir sind.«
Er sieht mich an. Schüttelt den Kopf. »Ist es der Wärter?«
»Ich werde es schon überleben.«
»Es wird Zeit, dass der Prozess beginnt. Ich habe gute Nachrichten. Ich habe mit Lom Weck gesprochen, er will aussagen.«
Er klingt so fröhlich. Ich möchte so gern auch fröhlich sein. Einfach nur fröhlich. Wenn ich einen Grund dafür wüsste, nur einen winzigen Grund. »Sie meinen doch nicht, dass Lom Weck das Gericht beeindrucken wird? Er war ein kleiner Fisch. Ein Mitläufer.«
»Er respektiert dich.«
»Wird wohl so sein.«
»Man lässt doch seine Freunde nicht im Stich? Niemals? Das hast du doch gesagt. Und er hat es auch gesagt. Ward, ihr habt für dieselbe Sache gekämpft. Du drüben, er hier. Ihr wart Kameraden. Du hast mir erzählt, wie stark die Bindungen untereinander sind.«
Er wirft mir meine eigenen Worte ins Gesicht. Lom wird aussagen, so viel ist sicher. Er wird ihnen nicht erzählen können, wer Theo tatsächlich ermordet hat. Er weiß nur, dass ich es nicht war. Das wird er ihnen sagen.
Aber er wird mir meine anderen Toten nicht abnehmen können.

»Als hätte ich jemals eine Chance. Sie wissen, was man über Leute wie mich denkt. Leute, die an der Ostfront gekämpft haben.«

Er legt seine Hand auf meinen Arm. Ich ziehe ihn sofort zurück. Ich brauche seinen Trost nicht. Er, von seiner schönen sicheren Welt aus, wird mir nie erklären können, wie ich überleben soll.

»Ich weiß, dass dein Vater Selbstmord begangen hat.«

Ich schaue ihn erstaunt an. Warum, um Gottes willen, fängt er von meinem Vater an? »Halten Sie ihn da raus, Herr Anwalt.«

Er schweigt.

»Sie sind hier, um meinen Prozess vorzubereiten. Das eine hat mit dem anderen nichts zu tun.«

»Das bestimme ich«, sagt er. Er schreibt etwas in seine Mappe. Schaut mich wieder an. »Fangen wir von vorn an. Hat eigentlich keiner versucht, dich umzustimmen?«

»Sie hat gesagt, dass ich nicht gehen sollte. Renée. Jefs Schwester, wissen Sie.«

»Sie hat dich nicht überzeugen können?«

»Ihre Familie wollte nichts mit dem Krieg zu tun haben.«

»Und deine Familie schon?«

»Meine Mutter hätte es vorgezogen, dass ich bleibe. Aber sie hat mich verstanden.«

»Sie hatte es sowieso schon schwer mit den Bemerkungen der Leute«, sagt er. »Und sie würden sie noch mehr belästigen, wenn du gehen würdest.«

Ich sah ihn schweigend an.

»Das wusstest du doch?«

»Sie stand hinter mir. Egal, wofür ich mich entscheiden würde.«

»Sie hatte Angst, dich ganz zu verlieren, wenn sie versuchen würde, dich aufzuhalten.«

Was erzählt er da alles? Er weiß nichts von meiner Mutter.

»Sie wusste, dass ich nicht aufgeben würde.«

»Dein Vater hat es getan.«

Bleib ruhig, Ward. Er versucht, dich zu schwächen. »Das hat er tatsächlich getan.«

»Und du hättest das nicht getan. Nicht ein einziges Mal, auch kein halbes Mal.«

Ich verschränke die Arme. »Lebt Ihr Vater noch?«

Er schaut mich überrascht an. Er nickt.

»Wissen Sie, wie das ist? Aus der Schule nach Hause zu kommen, die Tür aufzumachen und in der nächsten Sekunde die Welt auseinanderfallen zu sehen? Meine Mutter hatte an jenem Tag ihre Eltern besucht. Seine Zunge war schon schwarz, als ich ihn fand. Der Feigling hat gewartet, bis alle aus dem Haus waren, so dass niemand ihn umstimmen konnte. Ich verstehe es nicht.«

»Was verstehst du nicht?«

»Dass er dachte, wir würden ohne ihn besser zurechtkommen.«

»Nach all den Jahren«, sagt Bielen, »bist du immer noch wütend.«

»Sie hätten ihn in seinen letzten Wochen sehen sollen.«

Er nickt.

»Er saß einfach nur da und sah aus wie hundert.«

»Dein Vater war ein guter Mensch.«

Ich zuckte mit den Schultern.
»Hast du wirklich nie an deine Mutter gedacht? Die Probleme, die sie bekommen würde?«
Nicht, wenn wir den Krieg gewinnen würden. Dann wäre sie die Mutter eines Helden. Und sie war stark. Ich würde auch stark sein. Ward Dusoleil würde mithelfen, die Welt schöner zu machen. Ich machte mich auf die Suche nach etwas Großem, um eine Rolle darin zu spielen. Und das Große kam einfach zu mir. Albrechts tauchte auf, und das war's.
Albrechts. Ohne ihn hätte ich die ersten Jahre nach dem Tod meines Vaters nicht überlebt.
Verdammt, Albrechts.
Ich kann es ihm nicht übelnehmen.

Bielen schaut mich ruhig an. »Am Ende bist du nicht an der Front geblieben, Ward. Du hast dich entschieden, dort wegzugehen. Es muss etwas passiert sein.«
Friedrich. Edgar Friedrich. Ich hatte ihn fast vergessen. Wie falsch wird die Wahrheit vor lauter Vergessen.
»Ich habe jemanden getroffen.«
»Erzähle.«
»An der Front hat ein Nazi-Offizier mir erklärt, wie die Nazis sind. Ich könnte mir alles Mögliche vormachen, sagte er, aber ich sei ein Nazi.«
»Was hast du dann gemacht?«
Ich schüttele den Kopf. »Nichts, auf das ich stolz sein könnte.«
»Wir müssen auf alle Fragen vorbereitet sein. Also erzähl.«

1944

Rattenfutter, Kanonenfutter

Der kleine Leon folgte mir aus dem Zelt hinaus. Wir ließen das Lazarett zurück. Für immer. Ich packte mein Saxophon ein, während Jan und Hendrik zu mir kamen. Da stand ich also, mit drei Rotznasen an der Seite. Drei Rotznasen, die mich fragend ansahen.
»Was werden wir jetzt tun, Herr Sturmführer?«
Wir. Wir würden nichts tun. Ich konnte sie nicht alle drei mitnehmen. Wir würden zu sehr auffallen.
Leon zog mich am Ärmel. »Herr Sturmführer?«
Ihn wollte ich mitnehmen. Für ihn würde ich es noch wagen. Aber das Beste wäre, sie hier zurückzulassen. Im Lazarett war es für sie noch am sichersten. Ich holte tief Luft. Ich musste ihnen klarmachen, dass ich nur das Beste für sie wollte. Aber bevor ich etwas sagen konnte, stand Friedrich vor mir.
»Geh«, sagte er.
Ich nickte. »Ich bin gleich weg. Nur ...«
»Und nimm die Jungs mit.«
Ich schwieg. »Nein«, sagte ich dann. »Sie würden sofort erschossen werden.«
»Du verstehst mich falsch. Ich möchte, dass du in den Westen gehst.«
»Ich werde nicht desertieren«, sagte ich empört.
Er seufzte. »Ach, Dusoleil. Du mit deinem verdammten Idea-

lismus. Also gut, ich gebe dir eine Entschuldigung. Du weißt, dass viele Leute in den Westen fliehen. Also, wir haben von oben den Auftrag bekommen, sie so sicher wie möglich zu begleiten.« Er schaute die Jungen an. »Sucht euer Zeug zusammen«, befahl er. »Macht euch fertig zum Abmarsch, vergesst nicht eure Mützen und Handschuhe.«
Sie nickten alle drei. »Es ist sehr kalt, Herr Sturmführer«, sagte Hendrik.
Inzwischen schneite es noch heftiger, und es sah nicht so aus, als würde es bald aufhören. »Zähne zusammenbeißen«, sagte ich. Es klang schroffer als beabsichtigt.
Ich sah die Tränen in seinen Augen und ignorierte sie. Tränen halfen nichts gegen die Kälte. Mir war auch kalt. Schon seit Tagen, seit Wochen. Hendrik drehte sich um und verschwand. Die beiden anderen folgten ihm.
Friedrich schaute ihnen nach. »Arme Jungs.«
»Ich dachte, dass sie im Lazarett ...«
»Das wird von den Russen in die Luft gejagt werden, Dusoleil, genau wie alles andere. Mach dir keine Illusionen, dass sie die Verletzten schonen werden.« Er nickte mir zu. »Geh in den Westen. Zweifle doch nicht so.«
»Aber«, fing ich an.
»Es ist keine Ehre, an der Ostfront zu kämpfen.« Er schwieg einen Moment. »Warum ich trotzdem hier bin? Zur Strafe.«
»Zur Strafe?«
»Ich wurde degradiert und hierhergeschickt. Ich bin hier nicht der Einzige, allein in diesem Lager sind wir bestimmt zehn SS-Offiziere, die zur Strafe hier sind.«
»Zur Strafe!«, wiederholte ich erstaunt.

»Möchtest du wissen, was ich getan habe? Hast du zwei Minuten Zeit?«

Ich nickte. Ich musste es wissen. Warum schickten sie in Gottes Namen SS-Offiziere zur Strafe an die Ostfront?

»Noch nie von einem KZ gehört?«

Ich schüttelte den Kopf. Ich hörte an seiner Stimme, dass es etwas war, das ich kennen sollte.

»Nein? Nicht zu fassen. Hier an der Ostfront wissen sie nichts von dem, was tatsächlich passiert.« Er sah mich an, schüttelte den Kopf. »Ach, mein Junge.«

»Tu doch nicht so, als wäre ich ein kleines Kind, erzähl es einfach.«

»Erzähl es einfach.« Er lachte höhnisch. »Es ist kein Witz, Dusoleil, es ist zum Augenauskratzen, zum Messer-in-den-Bauch-Stechen, zum Zerschneiden des eigenen Körpers, bis ihn sogar die Geier nicht mehr wollen. Du wirst es bedauern, dass du geboren worden bist, Dusoleil.«

Ich erstarrte. Wovon redete er in Gottes Namen?

»Ich weiß, Dusoleil, ich klinge wie eine Oper, aber der Krieg ist eine Oper, eine schmutzige Oper, in der alle sterben werden, vor allem die Guten. Ich will ehrlich zu dir sein, ich werde nicht versuchen, es schöner zu machen, als es ist. Ein KZ ist ein Lager. Ein Konzentrationslager. Die Nazis können bestimmte Menschen nun mal nicht ausstehen, also stecken sie sie in Lager. Die Rassentheorie, schon mal gehört?«

Ich schüttelte den Kopf.

»Juden, Zigeuner, Homosexuelle, Menschen mit einem etwas zu großen Mund, Behinderte, sie gehören alle nicht in Hitlers Drittes Reich. Männer, Frauen, Kinder, Säuglinge, egal, sie

müssen alle dran glauben, wenn die Nazis das wollen. Die arische Rasse muss rein bleiben. Du kannst mir doch nicht erzählen, dass du das nicht gewusst hast.«
Erneut schüttelte ich den Kopf. Erschrocken.
»Es ist ein Teil der Politik der Nazis. Du musst das gewusst haben.«
»Arbeitslager, ja, dass es die gibt, das weiß ich. Männer aus meiner Einheit wurden dort hingeschickt, zum Beispiel weil sie gestohlen hatten.«
»Arbeitslager? Dass ich nicht lache. Vernichtungslager, Ward. Nicht mehr und nicht weniger. Ach, Dusoleil.« Er schüttelte ein paarmal den Kopf. »Sie sind Tiere. Weißt du, was sie mit den Menschen in den Lagern machen? Sie piesacken sie, sie foltern sie, sie machen unmenschliche Spielchen mit ihnen. Du kannst dir nichts Grausames ausdenken, was die Nazis nicht schon erfunden haben. Und am Ende ermorden sie sie. Einer ihrer Lieblingsplätze zum Morden sind die Gaskammern. Du kannst dir nicht vorstellen, welche grausamen Szenen sich dort abspielen, bevor die Menschen hineingetrieben werden. Die Menschen sind nicht dumm, nach einiger Zeit wissen sie, dass es keine einfachen Duschen sind.«
Der Boden unter meinen Füßen fing an zu schwanken, aber ich würde nicht fallen. Ich spannte alle Muskeln an, schlug die Arme um mich, stellte mich etwas breitbeiniger hin. Seine Geschichte war noch nicht zu Ende. Vielleicht sollten wir einfach jetzt gehen.
»Hör zu, Dusoleil. Es ist nicht schön, aber du solltest es wissen. Es geht auch um dich.«
Ich schaute ihn entsetzt an. Ich hatte mit solchen Grausam-

keiten nichts zu tun, absolut nichts. »Ich war nicht mal dabei«, sagte ich, plötzlich wütend.

»Aber du bist ein Nazi«, sagte er leise. »Auch wenn du aus Belgien kommst.«

Flandern, wollte ich sagen. Ich schwieg. Los, erzähl schon, dachte ich fast rebellisch, erzähl nur die ganzen Dinge, die mich nichts angehen. Ich gebe dir noch eine Minute, und dann bin ich weg. Weg von diesem elenden Ort.

»Du solltest es wissen«, sagte er, immer noch mit leiser Stimme. »Du musst wissen, für welche Art von Leuten du gekämpft hast. Du hast den Eid auf Hitler geschworen, nicht wahr?«

»Sie haben uns gezwungen«, sagte ich.

»Dummes Geschwätz, Dusoleil.«

»Aber ich habe verdammt nochmal nicht für Hitler gekämpft, ich habe für Flandern gekämpft. Sie haben uns alles Mögliche versprochen.« Die Worte rollten von allein aus meinem Mund.

»Ich weiß, Dusoleil. Aber es gibt auch flämische Offiziere in den Lagern«, sagte er, noch leiser. »Die Flamen machen genauso mit, es sind nicht nur die Deutschen, die die Fäden ziehen. Und es ist noch nicht vorbei, die Grausamkeiten gehen jeden Tag weiter, solange der Krieg dauert.«

Sind wir auf sie reingefallen, wir Ostfrontkämpfer?

Er seufzte kurz. »Sie hacken Gefangenen auch Gliedmaßen ab, nähen sie bei anderen an und beobachten, wie lange sie noch leben. Die Menschen, die Gliedmaßen. Manchmal langweilen sie sich, und dann erschießen sie Menschen in den Lagern. Zuerst hetzen sie sie vor sich her, zum Lagerzaun,

und die Menschen rennen sich die Seele aus dem Leib, egal, wie schwach sie sind, denn die Nazis schießen, wenn sie stehen bleiben. Und wenn sie beim Zaun ankommen, tja, dann sieht es aus wie ein Fluchtversuch, und darauf steht die Todesstrafe, also müssen sie erschossen werden. Ich könnte noch stundenlang weitererzählen, Dusoleil, es ist unfassbar, welche Grausamkeiten man sich ausdenken kann. Wusstest du, dass sie manchmal Neugeborene verbrennen? Einfach so, zum Spaß? Nein, natürlich wusstest du das nicht. Das Kreischen dieser Kinder, das ist die Hölle.«
Das konnte doch nicht wahr sein. So grausam konnte doch niemand sein.
»Dusoleil, so haben sie den Krieg geführt. Auf die dreckigste Art und Weise. Und wir haben da mitgemacht, Dusoleil, und du warst so blöd, dein geliebtes Land zu verlassen, um uns zu helfen. Dieses elende, dekadente, scheußliche Naziregime. Ich hoffe von tiefstem Herzen, dass die Alliierten gewinnen, dass die Russen es schaffen, weißt du das? Aber bitte auf menschliche Art.«
Ein Schauer lief mir über den Rücken.
»Sie werden uns nie verzeihen, Dusoleil. Ich war in so einem Lager angestellt, als hoher Offizier hatte ich die Aufsicht über die Küche. Ich wusste, was alles passierte, aber ich habe die Augen und die Ohren zugemacht. Niemand wird einfach zu Stein. Ich sah nichts mehr, hörte nichts mehr. Warum? Aus Angst, verrückt zu werden? Aus Angst um meine eigene Haut, wenn ich was sagen würde? War es so einfach: keine Fragen, keine Zweifel? Es wird so gewesen sein. Es ist nicht zu fassen, dass das möglich ist, aber es ist so. Ich sagte schon, wie Tiere

werden wir, Dusoleil, bis in die Tiefen unserer Seele. Auch wenn wir auf unserem Stuhl sitzen bleiben und alles Elend tolerieren, aus welchem Grund auch immer. Eines Abends gab es ein Fest, denn der älteste Sohn des Lagerkommandanten wurde an dem Tag vierzehn. Irgendwann fasste der Kommandant seinen Sohn an den Schultern und sagte: »Du hast noch kein Geschenk bekommen, nun, dafür werden wir jetzt sorgen.« Er ging aus dem Saal, den Arm um seinen Sohn gelegt, und wir folgten ihm, neugierig auf das, was kommen würde. Vielleicht ein Fahrrad oder, wer weiß, ein Feuerwerk über dem Lager, der Kommandant mochte es gern großzügig, wenn es etwas zu feiern gab. Er hielt vor einem der Schlafsäle. »Rauskommen«, befahl er, und dass die Gefangenen sich alle in einer Reihe aufstellen sollten. Etwa fünfzig magere Männer in gestreiften Anzügen kamen schlaftrunken auf den Innenhof. Dann gab der Kommandant seinem Sohn die Pistole und sagte: ›Heute wirst du vierzehn. Nun, von mir darfst du vierzehn Gefangene abknallen.‹«

Es klang alles so unwahrscheinlich, niemand konnte sich so etwas ausdenken. Die Luft rasselte durch meine Kehle. »Er hat geschossen, nicht wahr? Er erschoss vierzehn Gefangene.«
»Ja, er hat tatsächlich geschossen, Dusoleil. Dieses verwöhnte Bürschchen schoss, schone ihn, Herr, denn wie sollte ein Kind auch anders werden bei so einem Vater, er schoss und lachte bei jedem Treffer, und er schoss weiter, bis vierzehn Menschen auf dem Boden lagen. Und der Kommandant fing an, diesem Schwein, seinem Sohn, und sich selbst, dem Vater dieses Schweins, dem noch größeren Schwein also, zu applaudieren,

und wir mussten auch alle applaudieren, sonst würde der Herr Kommandant, das Schwein, vielleicht wütend werden. Also haben wir applaudiert. Ja, ich auch. Ich habe dem Kleinen die Pistole nicht weggenommen. Nicht dass es für die vierzehn eine Rolle gespielt hätte, sie wären trotzdem erschossen worden. Aber für mich hätte es vielleicht eine Rolle gespielt.«
Er seufzte tief. »Da ging etwas in mir kaputt. Alle Leitungen zersprangen gleichzeitig, und das Wasser strömte nach allen Seiten hinaus. An jenem Tag habe ich gegen den Kommandanten eine Klage eingereicht. Ihr wurde nicht stattgegeben. Stattdessen sorgten sie für meine Versetzung zu den Gaskammern. Ich musste dafür sorgen, dass alles dort einwandfrei funktionierte. Bevor die Menschen hineingeschoben wurden, mussten sie ihre Kleider und ihren Schmuck ablegen. Das einwandfreie Funktionieren musste beaufsichtigt werden. Das ordnungsgemäße Funktionieren war lebenswichtig. Viel wichtiger als die Leben all dieser Menschen zusammen. Ich musste sie beruhigen. Ihnen erzählen, dass sie nur duschen würden. Nach zehn Minuten würden sie wieder draußen sein. Es war zum Kotzen. Nach einer Woche konnte ich nur noch über mich selbst kotzen, und ich blieb im Bett liegen. Weil ich aus gutem Haus stamme, trauten sie sich nicht, mich wegen rebellischen Benehmens zu erschießen, aber sie degradierten mich und schickten mich an die Ostfront. Denn die Ostfront ist der Ort für hoffnungslose Fälle. Wer hier kämpft, geht unter, das ist allgemein bekannt.«

Ich setzte mich auf einen Stein. Friedrich saß in der Hocke vor mir, nahm meinen Kopf in seine Hände, zwang mich, ihn

anzuschauen. »Ich weiß«, sagte er leise. »Jede Nacht liege ich wach wegen dem, was ich nicht getan habe. Durch Schweigen wird man auch schuldig. Ach, es gibt nichts zu entschuldigen.«
Ich hätte es wissen müssen.
Alfons und seine Familie. Sie sind nie mehr zurückgekommen. In Lager sollten sie gebracht werden, hatte Theo erzählt. Weil sie Jüdin war. Juden waren Ungeziefer. Und dass es viele waren, hatte Theo gesagt.
Ja, ja, hatte ich gedacht. Es wird viel geredet.
Jan, Hendrik, Leon. Sie thronten hoch über mir. Was los sei. Ob ich Schmerzen hätte. Warum ich so traurig sei. Ich sagte ihnen, ich sei ein Idiot gewesen und nicht nur einfach ein Idiot.
»Das kann nicht sein«, sagte Leon.
»Sei ein Vorbild für deine Soldaten«, sagte Friedrich.
Er hatte recht. Ich durfte mich nicht gehenlassen. Ich stand auf. »Riemen fest«, befahl ich meinen drei Soldaten. »Wir gehen.«

Und da waren die Russen wieder. Als wäre es noch nicht schlimm genug. Ich dachte: Hoffentlich ist es das Ende. Kurz und schmerzlos.
Die Granaten schlugen Stücke aus dem Boden, warfen Menschen in die Luft, steckten Krankenhäuser in Brand. Ich legte die Arme um den Jungen, der mir am nächsten war, ich konnte nicht mal sehen, wer es war. Wir rollten über den Boden, ich ließ ihn nicht los, meine Augen waren geschlossen, ich rollte weiter. Weg von hier, hier schlachten sie uns ab, hier

sind wir Rattenfutter, Kanonenfutter. Ich roch das Feuer, fühlte das Feuer, rollte mich im Schlamm und im Schnee, aber vor allem im Schlamm, diesem ewigen Schlamm, der jetzt vielleicht mein Leben rettete. Warum blieb ich nicht einfach liegen, soll mich doch ein Blitz treffen. Aber nein, es musste doch einen Ort geben, wo man wusste, dass ich es nicht so gemeint hatte?

Ich öffnete die Augen. Ein dunkler Himmel, die Stille in der Ferne, meine Arme immer noch um einen der Jungen. Lass es Leon sein, betete ich. Es war Hendrik. Mein Gott, wo war Leon? Ich würde nicht weggehen ohne den Kleinen. Meine Arme lagen immer noch um Hendrik. Ich öffnete sie und rollte zur Seite, mein Kopf neben seinem, unsere Rücken tief im Schlamm. Der Schlamm, der alles absorbierte, die Angst, die durch unseren Körper jagte, den Kot, das Blut, die offenen Wunden. Meine Ohren sausten von den Bomben, trotzdem hörte ich das Weinen der Verwundeten. Es würden immer mehr werden. »Hendrik«, sagte ich, »wir müssen Jan und Leon finden, und Friedrich, und dann schnell weg, bevor sie wieder angreifen.«

Wir gingen jeder in eine andere Richtung. Stundenlang suchten wir. Das Schneien hatte aufgehört, und wir hätten erleichtert sein sollen, denn jetzt konnten wir besser suchen. Ich fand meinen Rucksack mit all meinen Sachen, und ich hätte schreien sollen vor Glück, dass ich mein Saxophon wiederhatte und dass es noch intakt war, aber zum ersten Mal in meinem Leben wollte ich etwas anderes finden. Wir fanden Friedrich, der auf die andere Seite gerollt war, voller Schürfwunden, schmutzig vom Schlamm, genau wie wir, aber die zwei Jungen blieben spurlos verschwunden.

Es wurde dunkel. Es wurde Abend, Nacht. Die Überlebenden waren hervorgekrochen, manche waren unter den noch warmen Leichen versteckt. Wir hatten alle Toten und alle Verletzten gezählt, und wir hatten sie nicht gefunden.

»Sie sind nicht mehr da«, sagte Friedrich um Mitternacht.

»Vielleicht sind sie schon kilometerweit von hier«, sagte Hendrik.

»Meinst du?« Ich schaute zu Friedrich, aber der schüttelte den Kopf. »Sie würden nie ohne euch weggehen, das weißt du doch«, sagte er so leise, dass Hendrik es nicht hören konnte. Aber er hörte es dennoch.

»Ich denke, dass sie tot sind, Herr Sturmführer.«

»Ich denke es auch, mein Junge.«

»Was soll ich zu Hause sagen?«

»Dass sie nicht gelitten haben. Dass sie prächtige Kerle waren.« Ich holte tief Luft. Der Kleine. Ich hätte ihn so gerne mitgenommen. Ich hätte so gerne sein Leben gerettet. »Und wir werden nicht mehr weinen, Hendrik. Wir müssen jetzt unser Leben retten.«

»Ich weine nicht«, sagte Hendrik.

»Gut so.«

»Warte noch einen Moment.« Friedrich öffnete seine Schultertasche, holte ein Dokument heraus, machte ein paar Notizen, faltete es zusammen und gab es mir. »Es ist ein schriftlicher Befehl. Er ermächtigt dich, offiziell Flüchtlinge in den Westen zu begleiten. Für den Fall, dass sie dich der Fahnenflucht bezichtigen. Stecke es an einen sicheren Platz.«

Ich schaute ihn überrascht an. Dass er daran gedacht hatte.
»Danke«, sagte ich.
»Ich habe dir einen anderen Namen gegeben.«
»Einen anderen Namen? Warum um Himmels willen ...«
»Ward Dusoleil ist SS-Offizier, und die SS-Leute sind die Schlimmsten«, sagte er. »Für sie wird es keine Gnade geben. Laut Papieren bist du Martin Lenz, einfacher Soldat aus Berlin.«
Ab jetzt sollte ich jemand anderer sein?
»Vernichte deine eigenen Papiere, vernichte alle, was an Ward Dusoleil erinnert. Und sorge dafür, dass dein Erkennungszeichen verschwindet.«
Ich griff spontan nach meinem linken Arm. Meine Blutgruppe war auf der Innenseite eintätowiert, wie bei den SS-Leuten. Der Buchstabe O.
»Es sind die kleinen Dinge, die dich verraten«, sagte er.
»Wie soll ich ...«
»Du wirst schon eine Lösung finden. Und unterwegs kannst du dir eine Geschichte ausdenken. Du wirst Zeit genug haben.«
Martin Lenz. Aus Berlin. Einfacher Soldat. »Und du?«
Er zuckte mit den Schultern. »Ich werde schon sehen. Hier brauchen sie mich dringender.«
Ich umarmte ihn lange.

Hendrik und ich zogen los. Wir suchten einsame Wege, fanden aber keine. Alle schienen auf einmal auf der Flucht zu sein. Wir brauchten andere Kleider, unsere Uniformen verrieten uns. Normale Flüchtlinge werden in Ruhe gelassen, das hatten wir bald raus. In einem der vielen leeren Häuser, auf die wir unterwegs stießen, fanden wir die Kleider, die wir brauchten. Eine Hose, einen Pullover, einen Wintermantel, eine Mütze. Handschuhe, dicke Schals, dicke Strümpfe. Wir steckten unsere Uniform tief in unseren Rucksack, wer weiß, vielleicht würden wir sie noch brauchen. Wir versorgten unsere Füße so gut wie möglich, wuschen sie in jedem Brunnen oder Fluss, an denen wir vorüberkamen. Ich erzählte Hendrik, dass man von eiskaltem Wasser stark würde. Wir versorgten die Blasen, die Schwielen an den Füßen. Wir wuschen unsere Unterwäsche im Schnee und banden sie wie eine nasse Fahne an unsere Rucksäcke. In der frostigen Kälte, im Schneewind.

Hendrik war erschöpft. Wir kamen nicht mehr an leeren Häusern voller Essen vorbei, auch nicht an großzügigen Flüchtlingen. Das bisschen Proviant, das wir noch hatten, mussten wir für den Notfall aufheben. Aber jeder Tag drohte zum Notfall zu werden. Ich gab ihm kleine Portionen, so dass er weiterlaufen konnte, aber es war viel zu wenig. Er magerte zusehends ab. Inzwischen liefen wir durch Wälder, ich wollte Gefahren nach Möglichkeit ausweichen. Die Wälder hier waren endlos, ein Wald ging in den nächsten über, manchmal fragte ich mich, ob wir jemals die andere Seite erreichen würden. Wir konnten auch einfach sterben, einschlafen und nicht mehr aufwachen. Es schien verführerisch, aber es passierte nicht.

Wir sprachen nicht viel miteinander. Je weniger wir redeten, umso schneller würden wir vorankommen. Aber es ging zu langsam. Viel zu langsam.

Und über allem hing diese eisige Kälte.

Endlich lag der Wald hinter uns. Wir befanden uns immer noch in der Ukraine, aber die Grenze zu Polen konnte nicht mehr weit sein. Und einmal in Polen, wollte ich so schnell wie möglich nach Deutschland kommen. Ich hatte einen Plan, und wenn er gelang, würde ich überleben. Aber unser Tempo blieb zu langsam, Hendrik stolperte mehr, als dass er lief. Er war zu einem Klotz an meinem Bein geworden.
Bis zu jenem Morgen.
Vor uns lag ein Bauernhof. Vor der Tür standen zwei Menschen, ein Mann und eine Frau. Ich duckte mich und zog Hendrik mit. »Vorsicht«, flüsterte ich und deutete nach vorn. Hendrik kauerte neben mir. Wir beobachteten beide, den Mann und die Frau. Sie waren mit der Verdunklung der Fenster beschäftigt und schauten nicht hoch. Ein Bauer und seine Frau. Ich hörte sie kurz lachen.
»Vielleicht sind sie nicht tot«, sagte Hendrik plötzlich.
Ich warf ihm von der Seite einen Blick zu. Von hier aus sah er noch magerer aus, als er ohnehin schon war. Er war erschöpft und sprach verworrenes Zeug. Natürlich waren sie nicht tot, da standen sie doch, lebendig, vor ihrem Haus. »Wer?« Er schaute mich erschüttert an. »Wer?«, wiederholte er meine Worte, »Jan und Leon natürlich, wer denn sonst. Vielleicht leben sie noch. Dann sorgt Friedrich für sie.«
Wir wollten nicht mehr von Jan und Leon reden. Nur dann würden wir vorankommen.
»Das wäre doch wirklich großartig«, sagte er und seufzte.
»Hendrik, halte durch.«
Er nickte.
»Nicht mehr über sie reden«, sagte ich.

»Aber ich darf doch noch an sie denken?«
»Lieber nicht.«
Er sah mich entsetzt an.
»Wir müssen vorwärtskommen, Hendrik, wir können die Vergangenheit nicht mit uns mitschleppen.«
»Sie waren meine Freunde.« Er gab mir einen Stoß, so fest, dass ich rückwärts fiel. Sofort schnellte ich wieder hoch, legte die Arme um ihn und drückte meine rechte Hand auf seinen Mund. »Sei still«, sagte ich, »sonst hören sie uns noch. Und wer weiß, vielleicht erschießen sie uns.«
Er schaute mich mit hohlen Augen an. »Hmmm«, murmelte er unter meiner Hand.
»Sei ruhig«, sagte ich.
Er nickte.
»Wirst du schweigen?«
Er nickte wieder.
»Also gut.« Ich nahm meine Hand von seinem Mund.
»Du bist grausam«, flüsterte er.
Ich bin grausam? Weil ich sagte, er solle ruhig sein? War ihm klar, welches Risiko wir jede Sekunde eingingen? War ihm klar, wie klein unsere Chance war, jemals wieder in sicheres Gebiet zu kommen?
Was hieß da sicheres Gebiet? Existierte das für uns noch?
»Ich habe Hunger«, jammerte er.
Ich hatte auch Hunger. Ich sparte mir schon seit Tagen das Essen vom Mund ab, für ihn, und dann würde er noch vor mir draufgehen. Und wenn das passierte, könnte er mich nicht retten.
Ich lugte durch das Gebüsch zu den Leuten vor dem Haus.

Einfache Bauersleute waren es. Meine Sorgen waren überflüssig.
Einfache Leute. Ukrainer. Genau wie wir hatten sie furchtbare Angst vor den Russen. Uns verband etwas, auch wenn sie es noch nicht wussten. Hendrik würde es ihnen erzählen.
»Geh zu ihnen«, sagte ich.
Er sah mich erschrocken an.
»Sie werden dir zu essen geben. Ein Bett zum Schlafen. Du kannst wieder stark werden. Stark genug, um nach Hause zu gehen.«
»Vielleicht erschießen sie mich. Sie haben es gerade selbst gesagt.«
Ich schüttelte den Kopf. »Ich habe mich getäuscht. Sie sehen nicht aus, als würden sie mit einer Waffe herumlaufen. Sie werden vor einem flämischen Jungen von fünfzehn Jahren keine Angst haben, sie haben nur Angst vor den Russen. Genau wie wir. Sag ihnen das ruhig.«
»Sie werden mich nicht verstehen und ich sie auch nicht.«
»Du wirst es ihnen schon klarmachen. Du bist an die Ostfront geraten, obwohl du viel zu jung bist. Du bist nicht dumm, Hendrik. Du wirst es schon schaffen. Geh.«
»Nein, Herr Sturmführer.«
»Vertraue mir.«
Er biss die Lippen zusammen. Schüttelte den Kopf.
»Es ist ein Befehl.«
»Ich habe Angst.«
»Jeder hat Angst im Krieg, Hendrik. Und wenn du jetzt nicht aufstehst und zu ihnen gehst, werde ich dich hinschleifen.«

Er schaute mich mit seinen hohlen Augen an. Keine Tränen, kein Vorwurf, kein Nichtverstehen. Nichts.
Er stand auf. Drehte sich um und ging zu dem Pärchen.
Ich schaute ihm nach.
Der Mann hatte sein Werkzeug hingelegt, betrachtete Hendrik von Kopf bis Fuß. Er verschränkte die Arme und wechselte einen Blick mit seiner Frau. Sie schüttelte den Kopf.
Sie redeten mit ihm. Natürlich verstand er es nicht. Aber er würde es schon schaffen. Notfalls mit Händen und Füßen. Schau, seine Hände fuhren schon durch die Luft. Gut so, Junge. Die Frau reichte ihm schon ihr Taschentuch. Er hatte also angefangen zu weinen. Sie nickte ihm ermutigend zu. Legte eine Hand auf seine Schulter. Er schaute zurück zum Wald. Das sollte er nicht, so würde er mich verraten, verdammt. Sie folgten seinem Blick. Aber dann deutete er Richtung Westen. Dort möchte ich hin, sagte er zweifellos, und ich komme aus dem Wald.
Sie nickten.
Schlauer Hendrik.
Der Mann machte eine Geste, die wohl ›essen‹ hieß. Hendrik nickte eifrig. Der Mann deutete auf das Haus hinter ihm. Er öffnete die Tür. Hendrik schaute sich kurz um. Nur eine Sekunde und dann nicht mehr.

Ich erhöhte sofort mein Tempo. Am Rande eines der folgenden Wälder stand ein verlassenes Haus mit Essen. Ich packte meinen Rucksack mit Proviant voll und zog andere Kleider an, um die lange Reise nach Deutschland zu überleben. Bevor ich loszog, aß ich, bis ich nicht mehr konnte.

Ich tauchte bei einer Gruppe von Flüchtlingen unter. Die Gruppe wurde von deutschen Soldaten in den Westen begleitet. Niemand fragte nach meinem Namen, niemand fragte, ob ich einen Dienstgrad hatte. Ich war unsichtbar geworden. Und inzwischen prägte ich mir meine neue Geschichte ein. Martin Lenz, einfacher Soldat aus Berlin.
Wir zogen durch Polen, ich war endlich auf dem Weg nach Deutschland. Ich sprang auf einen Zug auf, sprang kurz vor dem Kontrollposten wieder runter. Dann kam ein neuer Zug, eine neue Gruppe. Wieder fragte man mich nicht nach meinem Namen. Die Soldaten, die uns begleiteten, wussten, über welche Grenzposten sie ins Land kommen konnten. Sie lotsten uns nach Deutschland. Niemand folgte mir. Ich blieb unsichtbar. Es wurde Zeit für meinen Plan.

Mein Ziel war Dresden. Die Stadt lag im Süden und war bekannt als einer der sichersten Orte in Deutschland. Es gab keine Industrie, keine Militärlager, die bombardiert werden könnten. Deshalb war sie ein Zufluchtsort für Flüchtlinge und Verwundete geworden.
Ich würde ein schwer verwundeter Soldat werden, so schwer verwundet, dass ich nie mehr an die Ostfront geschickt werden könnte.
Kurz vor Dresden versteckte ich mich im Wald. Ich nahm das Messer aus dem Rucksack. Legte die Pistole neben mich. Ich holte meine Uniform heraus und riss alle Abzeichen ab, die mit Ward zu tun hatten. Dann zog ich sie an. Ich steckte den Freibrief ein, den ich von Friedrich bekommen hatte. Ich ließ das Messer an meinem Arm entlanggleiten. Dann schnitt ich

den Buchstaben O aus meinem linken Arm. Schnell, ohne zu zögern. Ich brüllte vor Schmerzen. Sterben oder leben. Leben. Ich griff nach der Pistole. Zuerst mein rechtes Bein. Dann an der Wunde am linken Arm vorbei.
Mit zwei Kugeln schoss ich meine Vergangenheit weg. Nur zwei Kugeln. Es tat so weh.
Ich schleppte mich zum nächsten Feldhospital. Heulend, brüllend. Nach hundert Metern gaben meine Beine nach. Ich würde es nicht schaffen. Menschen hielten mich auf. Legten die Arme um mich. Ich wurde hochgehoben. Und dann nichts mehr.

Ich wurde in Isas Hände gelegt. Sie rettete mir das Leben, das Leben von Martin Lenz, deutscher Soldat. Ohne Papiere und mit viel Kummer. Es war nicht schwer, traurig zu sein. Ich konnte nie mehr zurück nach Hause, nie mehr zurück nach Flandern. Ich war von der schlimmsten Sorte, hatte Friedrich gesagt, sie würden mich lynchen.
Sie befreite mich von allen Läusen, sie versorgte mein Bein und die Wunde an meinem Arm. Innerhalb absehbarer Zeit würden wir zum Bürgermeister von Dresden gehen und neue Papiere beantragen. Isa würde eidesstattlich erklären, dass ich der war, der zu sein ich behauptete. Und es würde immer einfacher werden, Ward Dusoleil, den Sturmführer aus Flandern, Vater tot, Mutter noch am Leben, zu vergessen. Martin Lenz beschloss nämlich, sich in seinen Schutzengel Isa zu verlieben. Er wählte einen Traum, mit dem diesmal niemand ein Problem haben würde, er würde nicht vor einem verlorenen Kampf weglaufen, er würde seinen Soldaten nicht bei

ukrainischen Bauern zurücklassen, nein, der einzige Kampf, den er gewinnen wollte, war der um Isas Herz. Es würde vielleicht nicht ganz so einfach sein, aber er hatte sein Saxophon und sein Lächeln, seine grauen Augen und die Wunde am Bein, seine Familie, die bei einer Bombardierung ums Leben gekommen war, aber vor allem seine ewige Sehnsucht nach einer besseren Zukunft.

1947

Marmor, Stein und Eisen bricht

Letzte Nacht ist der Saal der Blaskapelle abgebrannt. Das halbe Dorf hat zugeschaut. Außer mir natürlich. Der Kleine sollte schlafen, der Kleine sollte ja nicht denken, dass er immer überall mit der Nase vorn sein könne.
Jetzt darf ich aber mit, um die Trümmer wegzuräumen. Das könnt ihr jetzt auch selber wegräumen, wollte ich sagen.
»Ich komme mit«, sage ich.

Der Schutt ist viel zu heiß.
»Wir sollten ein paar Tage warten, bis alles abgekühlt ist«, sagt Victor.
»Und jetzt ein Bier trinken«, sagt mein Vater.
Wir gehen in die Wirtschaft an der Ecke des Platzes. Früher hieß sie *Zum bunten Ochsen*, jetzt *Willkommen*. Ich finde *Zum bunten Ochsen* viel schöner.
Wir sitzen alle an einem langen Tisch. An der Wand hängt eine belgische Fahne. Vater deutet darauf.
»Im Krieg war das anders«, sagt er. »Jeden Abend war die Wirtschaft voller Deutscher.«
»Wir haben hier noch gespielt«, sagt Renée plötzlich. »Mit der Blaskapelle, mit denen, die noch übrig waren.«
»Ach ja?«, fragt Victor neugierig.
»Es war ein toller Abend«, sagt Renée, »alle waren so

fröhlich. Wir hatten gehofft, öfter auftreten zu können. Pech.«

»Das war die Schuld der Deutschen«, sagt mein Vater, »dass wir aufgehört haben. Und alles, was danach kam, war auch ihre Schuld.«

Es wird still. Ich starre wie alle in mein Glas.

»Unsere Renée hat sich verlobt«, sagt mein Vater plötzlich, »die nächste Runde geht auf mich.«

Mein Limonadenglas wird durch ein Glas Bier ersetzt.

»Schön trinken, mein Junge«, sagt jemand, »Bier ist gut für das Blut.«

»Ist gut für alles«, ruft mein Vater und hebt sein Glas. »Auf unsere Renée und ihren Verlobten.«

»Er heißt Emile«, sagt Renée.

Ich schaue zu ihrem Finger. Sie trägt den Ring nicht. Sie hat meinen Blick bemerkt. Sie lacht. »Ich möchte ihn im Schutt nicht verlieren.«

Die nächste Runde geht auf Victor. »Auf *Unsere Sehnsucht*«, ruft er und hebt sein Glas. »Marmor, Stein und Eisen bricht, aber unsere Sehnsucht ...«, sagt er und schaut in die Runde.

»... nicht«, ergänzen wir alle den Satz.

»So ist es«, sagt Victor. »Wer einen Übungsraum weiß, hebe bitte jetzt die Hand.«

Aber alle Hände bleiben unten. »Wir werden uns auf die Suche machen«, sagt Victor. »Und wer etwas weiß, wie klein auch immer, der soll von mir aus direkt in den Himmel kommen.«

Mein Vater lacht. »In den Himmel, und zwar direkt. Dafür sind wir alle.« Sie fangen an, durcheinanderzureden und -zulachen und -zurufen, und jemand stellt mir ein zweites Glas vor die Nase, obwohl das erste noch nicht mal halb leer ist.

Während wir Schutt wegräumen wollten, war meine Mutter bei Jef. Sie ist da, als wir nach Hause kommen. Sie sitzt auf einem Stuhl, die Hände im Schoß.
»Wie geht es ihm?«, fragt mein Vater.
Sie antwortet nicht.
»Wir waren in der Wirtschaft«, sage ich.
»Ach ja«, sagt sie. Und dann nichts mehr.
So laut habe ich meine Mutter noch nie schweigen gehört.
Und dann fängt sie an zu weinen.
»Irgendetwas ist mit unserem Jef«, sagt mein Vater.
Sie nickt. Sie fängt noch heftiger an zu weinen. Renée nimmt ein großes Taschentuch aus dem Schrank und gibt es meiner Mutter.
»Was ist denn los?«, fragt mein Vater.
»Ich kann es nicht erzählen«, sagt sie und weint einfach weiter.
Mein Vater schaut sie an. Sein Gesicht ist leichenblass, seine Augen sind schwarz geworden. Obwohl sie sonst ganz normal braun sind.
»Ich muss zurück«, sagt sie. Sie steht auf, aber mein Vater drückt sie auf ihren Stuhl. Er schaut zu uns mit seinen kohlrabenschwarzen Augen. »Eure Mutter und ich müssen miteinander reden.«
Renée nickt. »Ich werde ein bisschen mit dem Rad fahren«, sagt sie.
»Das ist gut«, sagt mein Vater.

Ich lege mich angezogen aufs Bett. Ich denke an meine Mutter auf der anderen Seite der Tür, mit dem Taschentuch vor dem Gesicht, und an meinen Vater mit seinen schwarzen Augen. Ich höre, wie sie reden, verstehe aber nichts. Wenn ich mein Ohr an die Tür drücken würde, würde ich alles hören. Aber ich möchte nichts hören. Morgen werde ich sie fragen, was mit Jef los ist, denn morgen wird sie nicht mehr weinen. Kein Mensch weint vierundzwanzig Stunden am Stück. Vielleicht sollte ich ein bisschen beten. Wenn ich nicht so müde wäre. Von Bier wird man schläfrig, sagt meine Mutter immer, und das sei das einzig Gute am Bier.
Meine Augen fallen ganz von alleine zu.

Asche

Plötzlich ging die Tür auf, und da stand meine Mutter.
Sie setzte sich zu mir auf die Bettkante. »Was ist denn los?«
Ich sagte, ich sei krank. Ich hätte schon die ganzen Tage furchtbare Kopfschmerzen.
»Du bist blass«, sagte sie, »aber krank bist du nicht.«
Ich wollte unter dem Laken verschwinden. Mit einem Ruck zog sie es weg. »Einmal hast du uns zum Narren gehalten, Jozef Claessen«, sagte sie, »ein einziges Mal. Ich habe dir damals geglaubt, weil ich meinen Kindern immer glauben möchte. Diesmal falle ich auf dieses Theater nicht mehr rein.«
Die Tür ging auf. »Ist was nicht in Ordnung?«, fragte Nicola.
»Ja, es ist was nicht in Ordnung«, sagte meine Mutter laut, »und ich werde es herausfinden. Lass mich jetzt bitte allein mit meinem Sohn.«
»Aber sicher«, sagte Nicola freundlich. Er zog die Tür leise hinter sich zu.

Sie verschränkte die Arme vor der Brust. Ihr Blick glitt durch meine Augen in mich hinein.
Wenn sie jetzt doch bloß bei mir sitzen bleiben würde. Ohne etwas zu fragen. Wenn sie mir die Hand auf die Stirn legen würde, wie früher. Es hilft, würde ich sagen. Sie würde lächeln. Einfach wieder gehen. Unserem Jef fehlte nichts.

Endlich löste sich ihr Blick. Sie drehte sich um, ging zu den Vorhängen. Befühlte den Stoff. Zog die Vorhänge auf, zog sie wieder zu. Wischte mit der Hand über die Fensterbank. Nickte. »Sauber«, sagte sie zu sich selbst. »Sehr sauber.«
Sie drehte sich um und lehnte sich an die Fensterbank. »Wards Rechtsanwalt war da. Er hat dich einen Lügner genannt.«
Ich hielt den Atem an.
»Einen Lügner?« Meine Stimme zitterte. Und sie durfte nicht zittern. Nicht jetzt.
Sie sah mich lange an. »Was verschweigst du, Jef?«
»Verschweigen?«
»Um Gottes willen, Jef, meinst du, ich bin blöd? Verdammt nochmal, du zitterst wie Espenlaub.«
Ich ballte die Fäuste unter der Decke. Ich musste mich zusammenreißen. Herausfinden, wie viel sie wusste. »Was ... was wollte er?«
»Das solltest du mir erzählen.«
»Ma.«
»Nein, Jef, jetzt ist Schluss mit dem Theater.«
Sie wollte die Wahrheit, aber sie würde sie nicht ertragen. Ich schüttelte den Kopf.
Plötzlich packte sie mich an den Schultern. »Und lüg jetzt nicht. Wage es ja nicht, auch nur einen einzigen Buchstaben umzudrehen.«
Ihre Augen verhakten sich in meinen. Dann sah ich es. Sie wusste alles. Sie war wütend. Und sie würde für den Rest ihres Lebens wütend bleiben. Ob ich schwieg oder nicht, es war jetzt egal.
»Es ist alles Wards Schuld.«

»Was für eine Schuld?«
»Ich wollte an die Front, ich wollte mit Ward zusammen weggehen. Damals an jenem Abend. An dem Abend, an dem Theo ...« Ich schwieg. Die Worte wollten nicht über meine Lippen.
»Aber du bist nicht gegangen.«
»Ward hat es mir verboten.«
Sie sah mich an. »Erzähle.«
»Er war mein bester Freund.«
»Erzähle.«
»Ich wollte es ihm beweisen. Dass er sich irrte. Dass es doch das Richtige für mich war.«
»Jef«, sagte sie.
»Mein bester Freund, Ma.«
Ich sah, dass sie erschrak. Aber sie nickte auch. Vielleicht konnte sie es doch verstehen. »Es passierte fast von allein, Ma.«
»Was denn?«
»Das weißt du doch«, sagte ich.
Sie hatte die Hände zusammengelegt, ihre Knöchel waren weiß, so sehr presste sie die Hände aneinander. »Aus deinem Mund, Jef, deinem Mund.« Ihre Geduld war zu Ende. Ihr ganzer Körper war bis zum Äußersten gespannt.
»Der Schuss kam so schnell«, sagte ich. »Ich wusste doch nicht, dass es Theo war, der dort stand.«
Ihre Haut wurde grau wie Asche. Jetzt erst wusste sie es.
»Ma«, fing ich verzweifelt an.
»Und ich habe ihn hinausgeworfen, mit seinen feinen Manieren. Weil er einfach so in mein Haus kommt und erzählt, mein Sohn sei ein Lügner.«

»Ma.«
»Schweig, sage ich! Verdammt, Jef! Jetzt verstehe ich alles. Deine Abneigung gegen die Medaille. Warum du damals nicht geehrt werden wolltest. Du hast doch noch ein kleines bisschen Ehrgefühl.« Sie schwieg kurz. »Wenn dein Vater das erfährt. Mein Gott.«
Ihre Lippen waren weiße Striche, ihre Haut noch aschgrauer.
»Und was jetzt, Jef?«
Die Verzweiflung in ihrer Stimme. Ich traute mich nicht zu sagen, dass ich es nicht wusste. »Vielleicht ist der Prozess nicht so schlimm, Ma«, versuchte ich. »Es ist mein Wort gegen Wards. Und sie werden mir glauben.«
»Und weshalb?«
»Ich habe doch die Medaille.«
»Aber Junge.«
»Es geht um mein Leben, Ma.«
Wir schwiegen beide. Ich wollte, dass sie mich in die Arme nahm, dass alles von allein wieder gut werden würde. Sie konnte das.
Sie würde es nicht tun. Auch nicht, wenn ich sie darum bitten würde. Nie mehr.
»Ma?«
»Die ganze Zeit haben wir gedacht, Ward hätte Theo ermordet. Dass du uns einfach in dem Glauben gelassen hast. Ward hat im Krieg schwere Fehler gemacht, und er wird dafür bestraft werden. Aber er darf doch nicht bestraft werden für etwas, was er nicht getan hat.«
»Sie werden mich nach dem Prozess festnehmen. Vielleicht bekomme ich die Todesstrafe, Ma.«

»Ich gehe nach Hause«, sagte sie. Sie knöpfte ihren Mantel zu, nahm den Schal aus ihrer Tasche und band ihn sich um den Kopf.

Ab sofort haben sie nur noch zwei Kinder. Sie werden mich vergessen. Die Hölle ist noch zu gut für ihn, werden sie sagen. Am besten wäre es, wenn ich vor dem Prozess einfach tot umfallen würde. Sie werden sich alle an mich erinnern mit meiner Medaille um den Hals. Ich werde keine Schande über andere bringen.

Der Krieg, das sind wir

Ich habe Herrn Rechtsanwalt Bielen alles über die letzten Tage an der Front erzählt und über die vielen Tage danach.
Es bleibt lange still zwischen uns.
»Das sind keine schönen Geschichten, Ward Dusoleil.«
Ich erschrecke vom harten Klang in seiner Stimme.
»Es war Krieg«, sage ich.
»Schiebe es nicht auf den Krieg, Dusoleil. Der Krieg, das sind wir.«
Er zündet sich eine Zigarette an und bläst die Rauchwolke in meine Richtung. »Wer sonst kennt diese Geschichten?«
»Sie sind der Erste, der sie erfährt.«
»Und dabei bleibt es«, sagt er. Er schweigt kurz. »Und jetzt erzähle mir, was an jenem Abend 1944 passiert ist.«
Ich schaue auf meine Hände.
Er seufzt tief. »Junge, Junge, du kannst aber ganz schön störrisch sein. Dieses ganze Getue wegen Kameradschaft, was für ein Unsinn.«
Ich schaue ihn überrascht an.
»Ja, Ward, Unsinn. Mit dieser Art von Unsinn haben die Nazis den schlimmsten Krieg aller Zeiten gewinnen wollen. Für den Führer weiterkämpfen, auch wenn der schiefliegt und seine Soldaten in den größten Wahnsinn hineinzieht. Loyalität für alles. Nicht nachdenken, sondern marschieren. Vergiss die

Lager nicht, Ward. Denke daran, was dein Freund Friedrich dir erzählt hat. Alle, die ihre Augen vor den Gräueln verschlossen und weggeschaut haben, sind mitverantwortlich.«
»Ich weiß«, sage ich.
»Also dann?«
Ich kann Jef nicht verraten. Wie widersinnig es in seinen Ohren auch klingen mag, wenn ich über Jef schweige, dann ziehe ich ihn eben nicht mit mir in den größten Wahnsinn hinein.

Als er geht, ist sein Händedruck genauso fest wie sonst.
»Du bist ein eigenartiger Kerl, Ward Dusoleil«, sagt er. »Ich müsste Verständnis für dein Schweigen haben, denn es ist für dich eindeutig eine Frage der Ehre. Aber es gelingt mir nicht. Um der Ehre willen werden viele Kriege angefangen, und um der Ehre willen wird bis zum bitteren Ende gekämpft. Kein einziger Krieg wäre möglich ohne ein paar Idioten mit ein paar seltsamen Ideen im Kopf, die plötzlich meinen, sie müssten für die Ehre kämpfen.« Er seufzt kurz. »Warum denn, Dusoleil, sagt nie jemand: Um der Ehre willen kämpfe ich diesmal nicht, um der Ehre willen lasse ich den Handschuh liegen, schieße ich die Kugel nicht ab, lasse ich den Pfeil stecken.«
Er schaut mich an. »Deine Mutter wird sich für den Rest ihres Lebens diese Frage stellen, Ward. Warum ihr Sohn Theo ermordet hat. Er muss ein schlechter Mensch sein, ihr Sohn, dass er zu so etwas fähig ist. Theo, der sie mit aller Herzlichkeit in sein Haus aufnahm, nachdem ihr Mann Selbstmord ...«
»Hören Sie auf«, sage ich.
»Für den Rest ihres Lebens, Ward.«

»In Gottes Namen«, sage ich.
Ich drehe ihm meinen Rücken zu. Mehr Widerstand ist nicht möglich.

Mit einem schweren Schlag fällt die Tür hinter ihm ins Schloss.

1944

Der Tag

Nach all den Monaten an der Front durfte ich endlich auf Urlaub nach Hause.
Stundenlang war ich unterwegs gewesen, bis ich endlich in unserem Dorf ankam. Ich stieg aus der Straßenbahn, und da stand sie schon, meine Mutter. Sie trug ein grünes Kleid mit blauen Blumen. Ein kurzärmeliges Kleid war es, denn es war Anfang Mai, und man spürte bereits den Sommer. Minutenlang hielt sie mich fest, dann schaute sie mich an und fragte, ob »dort drüben« alles in Ordnung sei.
Ich antwortete, alles verlaufe nach Plan, und war froh, dass ich meine Tränen noch schnell hinuntergeschluckt hatte, denn sie nickte, dass sie verstanden hatte. Und ob ich gut versorgt werde.
Aber Mutter, fing ich an.
Bevor ich mehr sagen konnte, nickte sie wieder. Und sagte, ihr gehe es auch gut. Der Laden laufe ziemlich gut, es sei der einzige im Dorf. Und er sei für alle da. Auch für die Deutschen, auch die hätten Hunger und Durst.

Ich spürte es schon bald. Meine Mutter und ich, wir taugten nichts. Überall schiefe Blicke. Auf der Straße, in der Wirtschaft, sogar in der Kirche.
Am ersten Sonntag meines Urlaubs gingen wir zusammen zur

Messe. Während der Kommunion trat ich wie alle anderen vor, aber der Pfarrer überging mich. Alle saßen schon wieder an ihren Plätzen, als ich immer noch dort stand. Ich bekam keine Hostie, ich bekam nicht einmal den Segen, obwohl ich doch an der Front für unseren Glauben kämpfte?
Die Familie Claessen war auch in der Kirche. Renée hatte den Kopf abgewandt, als ich vorbeiging. Was hatte ich denn gehofft, dass alle mir um den Hals fallen würden? Nur Remi und Jef hatten mich angeschaut. Remi mit großen frohen Augen. Jef hatte nur genickt.
Jef wusste, dass ich Urlaub hatte. Die ganzen Monate lang hatten wir uns geschrieben, er war über alle meine Schritte informiert. Am nächsten Tag lag ein Zettel im Briefkasten. Ob wir uns sehen könnten?
Mir wurde klar, dass er mein einziger Freund war. Der einzige, der übrig geblieben war. Wir verabredeten uns an einem abgelegenen Ort.
Es war gut, ihn wiederzusehen. Auch wenn er erstaunt war, als er mich sah.
»Du trägst deine Uniform?«
»Ja, natürlich.«
»Du fällst auf.«
Verstand er denn nicht, dass meine Uniform zu meiner zweiten Haut geworden war?
»Die Leute ertragen es nicht.« Er sagte es mit rotem Kopf.
»Das habe ich schon gemerkt«, sagte ich bedrückt.
»Verstehst du das nicht?«, fragte er. »Dass sie vor Leuten wie dir Angst haben?«
»Angst vor mir?«

»Es ist wegen der Schwarzen Brigade«, sagte Jef, »diese Leute haben hier die Macht. Die Leute sagen, dass sie ihnen das Essen stehlen, ihnen die Arbeit wegnehmen, ihre Kühe von der Weide holen, ihre Fahrräder beschlagnahmen.«

Aber ich gehörte nicht zur Schwarzen Brigade, das sah man doch? Die Männer der Schwarzen Brigade trugen schwarze Uniformen, während meine grau war.

Schwarz oder grau, sagte Jef, das spiele keine Rolle. Außerdem sei meine eine SS-Uniform. Die Leute mochten die SS nicht.

»Ich bin Mitglied der flämischen SS«, verbesserte ich ihn, »das ist was ganz anderes.«

Diesen Unterschied würden sie nicht kennen.

»Aber du schon?«, fragte ich.

»Ja, natürlich.«

Er sagte, er könne sich nur heimlich mit mir treffen. Die Leute würden unsere Freundschaft nicht verstehen. Und wenn wir uns noch mal trafen, sollte ich besser normale Sachen tragen. Meine Uniform mache alles viel zu kompliziert.

»Angsthase«, sagte ich spöttisch.

Er schwieg, wandte die Augen ab, sein Mund war ein Strich. Ich hatte ihn gekränkt. Ich Dummkopf, ich kannte ihn doch.

»Jef«, fing ich an.

Er schüttelte den Kopf. Ich verstünde gar nichts. Hier sei auch Krieg, und wenn er mit mir gesehen würde, hätte seine Familie große Probleme.

»Sie wissen hier nichts vom Krieg, Jef, sie haben keine Ahnung, wie schlimm es drüben ist.«

Er nickte. Er verstand.

Plötzlich musste ich an Albrechts denken. Seit meiner Abrei-

se hatte ich nichts mehr von ihm gehört. Meine Briefe an ihn waren zurückgekommen, mit einem Stempel »unbekannt verzogen«. Ich fragte Jef, ob er wisse, wo Albrechts wohne.
»Woher soll ich das wissen?«, sagte er.
»Ich werde es schon herausbekommen, ich werde ihn schon finden«, sagte ich.
»Das würde ich nicht tun«, sagte er. »Die Leute, Ward.«
»Die Leute können mich mal«, sagte ich.
Er sah mich ernst an.
»Offensichtlich ist es hier fast genauso schlimm wie an der Front«, sagte ich.
»Nur viel heimtückischer«, sagte er und seufzte.

Zwei Tage vor meiner Abreise gingen wir zum Angeln, Jef und ich.
Genau wie früher waren wir schon sehr früh losgezogen. Die Fische bissen am besten bei Sonnenaufgang.
Wir waren beide getrennt zum Teich gefahren, Jef über einen kleinen Weg, auf dem nie eine Streife zu sehen war, ich normal über die große Straße. Ich hatte meine Karte vom VNV in der Tasche. Sonst würden sie mich noch festnehmen, weil ich zum Angeln ging. Ich tat schon genug für das Vaterland.
Ich hatte meine Uniform nicht angezogen. Jef nickte zufrieden, als er mich sah. Einen Moment lang ärgerte ich mich. Dann zuckte ich mit den Schultern und lächelte ihm zu. Ich wollte meinen einzigen Freund nicht verlieren.
»Findest du es schlimm, dass du wieder gehen musst?«, fragte er.
»Sie brauchen mich«, sagte ich. »Drüben brauchen sie uns alle.«

»Aber freust du dich, wieder zurückzugehen?«
»Niemand freut sich über den Krieg, Jef, aber ohne Soldaten gewinnt man ihn nicht. Und meine Männer verlassen sich auf mich.«
»Sie werden dich bestimmt gern haben. Wer hat dich denn nicht gern.«
»Die Leute im Dorf«, sagte ich.
»Die zählen nicht.«

Die Sonne war aufgegangen. An den Farben des Himmels konnte man sehen, dass es ein warmer Tag werden würde. Meine Mutter hatte uns einen Beutel mit Essen mitgegeben. Ich holte ein Messer heraus, ein großes Stück Brot, Käse und Butter.
»Butter«, seufzte Jef. »Richtige Butter. Das ist lange her.«
Ich schnitt das Brot in große Scheiben, bestrich jede dick mit Butter und gab ihm die Hälfte vom Käse. »Lass es dir schmecken.«
»Erzähl mir«, sagte Jef plötzlich, »wie es drüben ist.«
Ich sah ihn kurz an. »Es ist nicht schön.«
»Erzähl mir vom letzten Winter. Du hast es in deinen Briefen erwähnt, war es wirklich so kalt? Und so gefährlich?«
Ich schüttelte den Kopf. »Es ist wirklich nicht schön«, wiederholte ich.
»Ich möchte es gern wissen.«
Hier saßen wir nun, an einem fast glatten Gewässer, weit weg von den Kanonen, und die Sonne ging gerade auf. Ich fing an zu erzählen. Die russischen Winter seien schrecklich. Es würde die ganze Zeit schneien und es sei schrecklich kalt, so kalt,

dass die Rotze und der Schweiß am Körper gefrieren. Der Kaffee würde in den Bechern zu Eis, wir könnten nicht einmal normal Wasser lassen. Manche der Soldaten würden mit erfrorenen Füßen abtransportiert, und in den Feldhospitälern müsste man ihnen die Gliedmaßen amputieren, um ihr Leben zu retten.
Die Russen hingegen würden sich mit den Wintern auskennen. Sie hatten genügend Nahrung und Waffen, und sie trugen weiße Uniformen, so dass sie im Schnee unsichtbar waren. Bis wir dahinterkamen, dass auf den Baumstämmen der Schnee nie liegenblieb. Während die Baumkronen und die Äste unter Schnee begraben wurden, blieben die Stämme dunkel. Also richteten wir unsere Gewehre auf die Stämme. Stundenlang lagen wir in der Kälte, bis ein weißer Fleck vor dem Dunkel erschien, dann schossen wir. Und normalerweise trafen wir auch.
»Was für ein Leben«, seufzte Jef.
»Es ist knallhart«, sagte ich.
»Und dennoch gehst du zurück.«
»Ich habe es doch schon gesagt, Jef. Ich lasse meine Männer nicht im Stich. Ich bin ihr Sturmführer.«
»Sturmführer.« Er wiederholte das Wort, als wäre es ein Zauberspruch. Dann seufzte er tief, stand auf, holte die Leine ein, befestigte einen neuen Wurm am Haken und warf den Schwimmer wieder ins Wasser. Mit einem Seufzer setzte er sich. »Nimm mich mit, Ward.«
Ich sah ihn erstaunt an. »Du weißt nicht, was du sagst.«
»Wenn es drüben wirklich die Hölle wäre, würdest du hierbleiben.«

»So funktioniert das nicht«, sagte ich.
Er schwieg kurz. »Jeden Tag krieche ich in die Mine. Es macht überhaupt keinen Spaß.«
»Es ist tausendmal sicherer.«
»Ich bin kein Kind mehr«, sagte er plötzlich böse, »ich bin nicht aus Zucker. Bitte, Ward.«
Er konnte mich anflehen, so viel er wollte. Ich würde ihn auf keinen Fall mitnehmen.
Den restlichen Vormittag schwiegen wir.

Gegen Mittag fuhren wir wieder nach Hause. Auch diesmal fuhren wir auf verschiedenen Wegen.
Ich stellte mein Rad an der Rückseite des Hauses ab und ging in den Laden. Meine Mutter stand hinter der Theke. Sie lachte mir warm zu.
»Es war schön am Teich«, sagte ich.
»Etwas gefangen?«, fragte sie.
»Nichts.«
»Nichts?« Sie lachte. »Das ist aber wenig.«
Die Ladentür ging auf, und Jef kam herein. Ich schaute überrascht hoch. Ich hatte gedacht, er wollte nicht mit mir gesehen werden, und jetzt stand er auf einmal mitten im Laden, zwei Meter von mir entfernt.
Außer uns war niemand im Laden, außerdem war Mittagszeit, meine Mutter würde gleich abschließen. Ich sah, dass er das auch dachte. Er schaute sie an. »Gnädige Frau, danke fürs Essen.«
»Du weißt, dass es Hélène heißt«, sagte sie lächelnd. »Es hat also geschmeckt?«

»Wie bei einem Volksfest«, sagte Jef.
»Das ist schön«, sagte meine Mutter.
Es klingelte. Ein Mann in schwarzer Uniform trat in die Tür. Ich sah, wie Jef sofort einen Schritt zurückwich. Aber der Mann interessierte sich nicht für Jef. Er sah zu mir und nickte.
»Aha«, sagte er, »schön, dich zu sehen.«
Der Mann war Mon Weck. Er war einer der Ortsgruppenführer des VNV, ich kannte ihn gut. Wir schüttelten uns die Hände. »Das ist lange her«, sagte er herzlich.
Dann ging er zu meiner Mutter und schüttelte auch ihr die Hand. »Heute kaufe ich nichts, ich brauche deinen Sohn.«
Ich sah ihn neugierig an.
»Es dauert nicht lange«, sagte Mon.
Er nahm mich zur Seite. »Ich habe erfahren, dass du befördert worden bist, und das in so kurzer Zeit. Ich habe immer eine Führungskraft in dir gesehen, Ward, ich bin froh, dass sie dich drüben richtig einschätzen. Du fällst auf durch deinen Mut und deine Kraft«, fuhr er fort, »durch deine Ausdauer, durch deine Ehrlichkeit.«
Ich sah ihn überrascht an.
»Und so kann ich noch eine Weile weitermachen«, lächelte er. »Ich sage dir, dass du es drüben noch weit bringen wirst.«
»Aber wie ...«
»Unsere Offiziere hier stehen in ständiger Verbindung mit den Offizieren dort.«
Die Unterhaltung hinter uns war verstummt. Sie hatten alles gehört, meine Mutter und mein Freund. Sie würden stolz auf mich sein.
Die Ladentür ging auf, und eine Frau kam herein.

»Der Laden ist geschlossen«, hörte ich meine Mutter sagen.
»Die Tür ist offen«, sagte die Frau.
»Bediene sie doch bitte«, sagte Mon. Er blinzelte mir zu und sagte leise: »Dann können wir uns in Ruhe noch ein bisschen unterhalten. Sie sollen nicht alles mitbekommen. Ich wollte dich etwas fragen.«
Ich schaute ihn neugierig an.
Mon nahm mich mit zu dem Raum hinter den Regalen. Er beugte seinen Kopf zu mir. »Mein Bruder und ich haben von der VNV-Spitze einen äußerst wichtigen Auftrag bekommen«, flüsterte er. »Sie möchten, dass wir dich mit einbeziehen. Wegen deiner Erfahrung an der Front können wir dich gut gebrauchen. Zu dritt werden wir die Sache schon schaukeln.«
»Wann? Ich reise übermorgen ab.«
»Heute Abend«, flüsterte er.
»Heute Abend schon?«, flüsterte ich zurück.
Er nickte. »Sorge dafür, dass du gut bewaffnet bist. Hast du ein Messer?«
Ich nickte, es war sehr scharf.
»Bring es mit. Du wirst es brauchen.«
Ich nickte wieder. »Was wird denn von mir erwartet?«
»Die Wände hören mit«, flüsterte er. Dauernd sah er sich um. »Ich erkläre es dir heute Abend.«
»Sie könnten mir doch wenigstens ein bisschen was erzählen«, flüsterte ich.
Er sah sich weiterhin dauernd um. Es machte mich ganz nervös.
»Wir müssen fünf Mann erledigen«, sagte er.

»Wen? Kenne ich sie?«
»Man kann niemandem vertrauen«, flüsterte er.
Ich nickte.
»Wir können also mit dir rechnen?«, fragte Mon.
Wenn sie mich brauchten, würde ich da sein.
»Um neun«, flüsterte Mon. »Am Ende der Berkenstraat. Dort warten wir auf dich.«
»So spät?« Die Sperrstunde fing um zehn Uhr an.
Sie hatten die nötigen Papiere, man würde uns in Ruhe lassen.
»Und kein Wort«, flüsterte er. »Zu niemandem. *Niemandem.*«
»Natürlich.«
Er salutierte vor meiner Mutter, winkte Jef zu und verschwand, bevor ich noch etwas sagen konnte.

Jef ging auch. Wir verließen den Laden durch die Hintertür.
»Um was ging es?«, fragte er.
»Ich habe versprochen, nichts zu sagen.«
Er zuckte mit den Schultern. »Ich werde es schon herausfinden.«
Ich antwortete nicht. Wenn ich etwas versprochen hatte, würde ich mich daran halten.
»Sehen wir uns heute Abend?«, fragte er.
»Wird nicht gehen.«
»Ich habe mir extra für dich freigenommen.« Ich hörte die Enttäuschung in seiner Stimme.
»Heute Abend geht wirklich nicht«, sagte ich.
»Heute Abend passiert etwas. Ich habe das schon kapiert.«
»Ich kann nichts sagen, Jef. Befehl von oben.«
Er kochte vor Wut. »Ich dachte, ich wäre dein Freund.«

»Jef, sei nicht so blöd. Komm morgen nach der Arbeit vorbei. Ich halte den ganzen Abend für dich frei. Versprochen.«
»Mal sehen.«
»Bis morgen, Jef«, rief ich ihm nach. Er schaute sich nicht mehr um. Morgen würde ich ihm alles erklären. Er wollte kein Risiko eingehen, ich aber auch nicht. Er würde es verstehen.
In Gedanken versunken ging ich um das Haus herum zur Straße. Und da sah ich sie. Sie bog einfach in unsere Straße ein.
»Renée«, sagte ich.
Sie hielt an. Sie hatte mich nicht auf der Straße erwartet, höchstens hinter einem Vorhang, einer Luke, einer Tür. Meinte sie wirklich, ich würde mich verstecken?
»Ward.«
Monatelang hatte ich ihr geschrieben, und sie hatte nie geantwortet. Allmählich wurde sie für mich zu einem Traum. Ich machte aus ihr ein Geschenk, das ich jeden Abend aufmachte. Es machte meine Gedanken weicher und ruhiger. Ihretwegen schlief ich gut. Auch wenn sie schwieg, sie war da.

Ich hatte mir vorgenommen, sie zu besuchen, wenn ich nach Hause kam. Ich würde ihr erzählen, wie die Männer mich mochten. Wie wir im Schnee überlebten. Und von den Nächten. Dass ich ohne sie nicht leben konnte. Nichts war ich dort drüben ohne sie.
Aber da war die Art, wie sie in der Kirche weggeblickt hatte.
Sie würde sich von mir abwenden. Und ich würde es nicht ertragen. Deshalb hatte ich sie nicht besucht.

Sie schien gewachsen zu sein. Ihr Mund war jetzt ein schmaler Strich, obwohl ich wusste, wie rot und voll er sein konnte. Aber ihre Augen hatten sich nicht verändert. Ihre dunklen, fast schwarzen Augen, die aufflammen konnten, wenn sie wütend war.

»Wie lange bleibst du?« So kühl.

Ich schluckte. »Übermorgen fahre ich zurück.«

Stille. Wenn ich nichts mehr sagte, würde sie gehen. »Wie geht es zu Hause?«

»Was interessiert dich das denn?«

»Renée. Nicht.«

»Was denn? Soll ich vielleicht was singen? Halleluja, lobet den Herrn, denn Ward ist wieder da?«

Ich lehnte an der Fassade des Ladens. Ich schwieg. Was ich auch sagen würde, es wäre egal.

»Spielst du noch auf deinem Saxophon?«, fragte sie wütend.

»Nicht, dass es mich interessiert.«

Wenn es sie nicht interessierte, warum fragte sie dann? »Ja«, sagte ich.

»Das habe ich mir gedacht«, sagte sie noch wütender. »Unsere Instrumente liegen immer noch im Boden begraben.«

Ich hatte es ihr geschrieben. Wie sehr sie meine Musik drüben brauchten. »Hast du meine Briefe gelesen?«, fragte ich.

Sie zuckte mit den Schultern und schaute zur Seite. Sie hatte sie gelesen. Mir klopfte das Herz bis zum Hals. »Du hast mir nie zurückgeschrieben«, sagte ich. Es war kein Vorwurf, es war eine Frage. Eine Bitte.

»Warum sollte ich«, sagte sie noch kühler als vorher. Dann, in

einem Atemzug: »Die Amerikaner werden Deutschland vernichten.«
»Wir werden standhalten«, sagte ich.
Zwei Radler fuhren vorbei. Sie schauten uns neugierig an. Renée streckte ihnen hinter dem Rücken die Zunge raus. Sie hatte sich nicht verändert. Jetzt, dachte ich. Jetzt erzähle ich es ihr. Von dem Schnee und den langen Nächten. Vielleicht interessieren sie meine Worte nicht, aber ich habe sie zumindest ausgesprochen. Und wer weiß, vielleicht versteht sie alles, wenn der Krieg zu Ende ist.
»Renée«, fing ich an.
»Nie werdet ihr standhalten«, sagte sie. Und sie sagte das mit so viel Wut und mit so einer Kälte, dass ich alles, was ich sagen wollte, wieder hinunterschluckte.
Ich würde sie für immer vergessen. Ich würde sie nicht mit an die Front nehmen. Ohne sie in meinen Gedanken würde es auch gehen. »Ich gehe wieder hinein.«
»Mach das«, sagte sie.
Vielleicht hatte sie schon längst einen anderen Freund.
Und ich hatte mich so auf meine zwei Wochen Urlaub gefreut.

Jener Abend

Um halb neun fuhr ich los. Es war ein ganz schönes Stück mit dem Fahrrad zur Berkenstraat. Es war noch immer so warm wie im Sommer. Die Leute hatten ihre Stühle vors Haus gestellt und schauten, wer vorbeikam. Ich spürte ihre Blicke in meinem Rücken, es schien sogar, als könne ich ihr Geflüster hören. *Hast du ihn gesehen, den Sohn von Dusoleil, aus dem Jungen ist nichts Gutes geworden, ein Glück, dass sein Vater es nicht mehr erleben musste.*
Ich war nicht der einzige Radfahrer, und das war vielleicht auch gut so. So fiel ich weniger auf. Aus diesem Grund hatte ich auch Zivilkleidung angezogen. Meine Pistole und mein Messer steckten im Gürtel unter meinem Mantel.
Am Ende der Dorpsstraat musste ich nach rechts abbiegen. Der Weg wurde schmaler und staubiger, und es waren weniger Radler unterwegs. Ich drehte mich in regelmäßigen Abständen um und stellte fest, dass ich auch hier nicht der einzige Radfahrer war. Aber ob ich verfolgt wurde? Laut Mon konnte ich nicht vorsichtig genug sein. Also bog ich in einen Seitenweg ein.
Hundert Meter weiter lag die Berkenstraat. Dahinter fing der Wald an. Die Brüder warteten zwischen den ersten Bäumen auf mich. Sie trugen ihre schwarzen Uniformen und hatten Pistolen dabei.

Mon nickte. »Du bist pünktlich.«
»Ein Soldat darf nie zu spät kommen«, sagte ich.
Lom nickte mir freundlich zu, ich nickte zurück. Er war jünger als Mon, viel kleiner und magerer.
»Folge uns«, sagte Mon. »Wir kennen einen Weg durch den Wald. Wenn wir den nehmen, wird niemand sehen, dass wir kommen. Aber du musst erst dein Fahrrad neben unseren Rädern verstecken.« »Was werden wir tun?«, fragte ich.
»Du brauchst uns nur zu folgen«, sagte Mon wieder.
Wenn ich etwas wissen müsste, würden sie es mir schon sagen. So war es immer. Auch an der Front.

Wir gingen zehn Minuten durch den Wald. Inzwischen war es dunkel geworden.
In der Ferne entdeckte ich zwischen den Bäumen plötzlich die Umrisse eines kleinen Gebäudes.
»Dort ist es«, sagte Mon. »Die Kantine von V. C. Kapelleke.«
»Noch nie gehört.«
»Den Verein gibt es auch nicht mehr. Das Gebäude steht schon lange leer.« Lom umklammerte meinen Arm. »Sie sitzen dort alle beieinander«, sagte er heftig. »Terroristen sind sie, dreckige Mörder, ja.« Er spuckte mir die Worte ins Gesicht.
»Die Untergrundarmee?«, fragte ich.
Mon nickte. »Fünf ihrer Führungsleute haben sich heute Abend dort verabredet. Was für ein blöder Ort, um sich zu treffen, von allen Seiten können sie angegriffen werden. Sie werden jeden Tag unvorsichtiger, die Männer des Widerstands. Sie halten sich wirklich für allmächtig.«

»Es sei denn, hier kommt nie jemand her«, sagte ich.
»Aber jetzt sind wir da.« Lom lachte kurz. »Ungeziefer muss vernichtet werden.«
»Sie sabotieren Züge, überfallen Waffenlager«, sagte Mon, »sie bilden ein geheimes Netzwerk für russische Gefangene bis nach Lüttich. Sie helfen auch englischen Piloten beim Untertauchen. Sie müssen vernichtet werden, so einfach ist das.«
»Wir werden sie also erschießen«, sagte ich.
Sie schauten mich verwundert an. »Natürlich«, sagten sie.
Ich hatte noch nie auf einen Flamen geschossen.
»Diese Männer sind unsere Feinde«, sagte Mon. »Außerdem werden sie von den Amerikanern, den Engländern und zweifelsohne auch von den Russen unterstützt. Wenn sie könnten, würden sie dir gern eine Kugel in den Kopf jagen.«
»So ist es«, sagte Lom.
»Du hast doch nicht etwa Zweifel?«, fragte Mon. »Dusoleil, du bist einer von uns, vergiss das nicht.«
Ich nickte. Ich war einer von ihnen.
»Sie würden uns keine Chance geben. Sie würden nicht zweifeln.«
Ich dehnte den Rücken und nickte. »Wir müssen uns beeilen«, sagte ich, »bevor sie verschwunden sind.«
Sie sahen mich überrascht an. Was hatten sie denn gedacht? Dass ich ein Angsthase war? Ich war ein Soldat. Sturmführer Dusoleil.
Mon nickte. »Diese Aktion darf nicht schiefgehen. Alle müssen getötet werden. *Alle fünf.* Verstanden?«
Ich nickte.
»Hör zu«, sagte Mon leise. »Die Chance ist groß, dass einer

von ihnen um das Gebäude Wache schiebt. Du schaltest ihn aus, und zwar geräuschlos, sonst ist diese Aktion umsonst gewesen. Klar?«
Ich nickte.
»Wenn es keinen Wachposten gibt, umzingeln wir zu dritt das Gebäude, und auf mein Zeichen hin greifen wir an. Sollte es einen Wachposten geben, nehmen Lom und ich die linke Seite, du gehst nach rechts. Du wartest, bis der Kerl in deiner Nähe ist. Bis er etwas spitzkriegt, hast du ihm schon die Kehle durchgeschnitten. Welchen Vogel kannst du gut nachahmen?«
»Am besten eine Eule.«
»Abgemacht. Es ist für uns das Signal, dass der Wachposten ausgeschaltet ist. Dann stürmen wir alle drei in die Kantine. Sie werden so überrascht sein, dass wir sie leichter erschießen können. Denk daran: Niemand darf entwischen.«

Die Kantine war umgeben von Gebüsch und Wald, es war wirklich ein gottverlassener Ort. Die Fenster waren mit Läden geschützt. Durch die Spalten konnten wir Kerzenlicht flackern sehen. Wir schlichen weiter. Versteckten uns im Gebüsch.
»Wetten, dass sie, verdammt nochmal, wieder irgendeinen Sabotageakt planen«, flüsterte Lom grimmig.
Ich schaute ihn an. Seine Zähne waren nicht ganz gerade, die obere Reihe ragte nach vorne, so dass sein Mund nie ganz zuging. Im Dunkeln sah er aus wie ein wütender kleiner Hund.
»Psst«, flüsterte ich und legte einen Finger an die Lippen. Von jetzt an durften wir kein Wort mehr sagen, keinen Ton mehr von uns geben.

Jemand ging um das Gebäude herum. Mein Mann. Mon deutete auf ihn, nickte mir zu. Ich hatte verstanden. Mon winkte seinem Bruder. Hielt mir den Daumen hoch. Ich wiederholte seine Geste. Alle meine Muskeln spannten sich. Es begann.

Ich schlich nach rechts. Das Gebüsch war hoch genug, um mich abzuschirmen. Ich nahm mein Messer in die Hand und wartete. Der Mond war weniger als halbvoll, aber ich sah mehr als genug. Das Blut jagte durch meine Adern. Das hier war meine Welt. Ich hatte nicht einmal Angst. Ich hoffte, dass Mon und Lom erfahrene Leute waren. Wie erfahren würden die vier dort im Haus sein? Und der fünfte, mein Mann? Ich wusste, dass ich schneller sein würde als er.
Da war er wieder. Er kam von rechts. Seine rechte Hand ruhte locker an seinem Gürtel, wo zweifelsohne seine Pistole steckte. Er ging ruhig vor dem Gebäude vorbei. Es war klar, dass er keine Gefahr erwartete. Er verschwand kurze Zeit aus meinem Blickfeld und tauchte ein paar Sekunden später wieder auf. Lief vor dem Gebäude zurück nach rechts. Dort würde er wieder umkehren. Und wieder erscheinen.
Jetzt, dachte ich.
Er blieb stehen. Drehte sich um. Schaute in meine Richtung. Hatte er etwas gehört? Ich hatte mich keinen Millimeter bewegt.
Ich hielt die Luft an. Meine Hand spannte sich um das Messer.
Er machte ein paar Schritte in meine Richtung. Mit dem Gesicht zu mir. Dann sah ich, wer es war.

Er nicht. Nicht er. Verdammt, er sollte doch da nicht stehen. Aber er stand da. Ich hatte keine Wahl. Er stand auf der falschen Seite. Er war Ungeziefer, hatten sie gesagt. Ungeziefer kriecht überall hin, schleicht sich durch deine Haut in deinen Körper, frisst dein Herz und nimmt dir den Atem.
Aber Theo war kein Ungeziefer.
Er mochte meine Mutter. Er mochte mich. Er kämpfte nur im falschen Krieg.
Ich sah, wie er den Kopf schüttelte. Ich sah ihn denken: Da habe ich mir was eingebildet. Er drehte sich um und ging wieder nach hinten.
Was würde er tun, wenn er mich bemerken würde? Würde er mich erschießen? Ich hatte keine Zeit, darüber nachzudenken. Ich musste etwas tun, bevor Mon und Lom ungeduldig werden und selbst in Aktion treten würden. Ich musste ihn warnen.
Schnell steckte ich mein Messer weg und nahm die Pistole. Ich schoss in die Luft. Sofort ließ Theo sich auf den Boden fallen.
Ich schoss noch mal in die Luft. Und ein drittes Mal.

Ich tauchte ins Gebüsch, drückte mich flach auf den Boden. Theo schoss. Die Kugel sauste über mich hinweg. Eine zweite Kugel. Immer noch zu hoch. Er konnte mich nicht treffen.
Fast gleichzeitig erklangen Schüsse hinter der Kantine. Mon und Lom waren zum Angriff übergegangen. Glas zerbarst. Zerbarst weiter. Ohne Unterbrechung folgten Kugelsalven.
Ich musste zu den Brüdern. Sie verließen sich auf mich, aber ich konnte nicht weg. Theo hielt seine Waffe auf die Stelle

gerichtet, an der ich mich befand. Bei der geringsten Bewegung würde er schießen.
Und dann.
Eine Gestalt erschien hinter Theo. Hinter dem letzten Baum. Er schoss. Er traf. Theo schrie vor Schmerz. Drehte sich halb um. Zielte mit seiner Waffe vom Boden aus. Die Gestalt schoss erneut. Theo bewegte sich noch. Die Gestalt erschien, die Waffe in der Hand. Beugte sich über Theo. Ließ die Waffe fallen. Schlug sich mit den Fäusten gegen den Kopf.
Es war nicht möglich.
Jef.
Er blieb einfach stehen. Runter, Jef, die dort drin hatten die Schüsse gehört, sie würden Theo nicht zurücklassen.
Ein Auto fuhr mit viel Lärm davon.
Sie ließen Theo tatsächlich zurück. Tot oder nicht.
Jef stand noch immer da, über Theo gebeugt. Fühlte den Puls, fand natürlich nichts. Dieser Idiot. Erschießt den besten Freund seines Vaters. Beste Freunde erschoss man nicht. Beste Freunde waren für immer, egal, was zwischen ihnen passiert war.
Er hob seine Waffe, lief in meine Richtung. Ohne nachzudenken trat ich hervor. »Aber Jef«, sagte ich.
Er blieb stehen. Die Verzweiflung, mit der er mich anschaute. Ich wollte das zu ihm sagen, was ich immer nach dem ersten tödlichen Schuss sagte. Dass Krieg sei, dass es keine Wahl gegeben hätte und dass jeder andere es ebenso gemacht hätte. Ich schwieg. Jef hatte alle Wahl der Welt gehabt. Er hätte einfach zu Hause bleiben können. Aber nein, der Idiot war mir gefolgt. Hatte ich ihm denn nicht klargemacht, dass der

Krieg nichts für ihn war? Er muss sich gedacht haben, dass ich danebenschießen würde, er wollte mir helfen. Er hätte verdammt nochmal wissen müssen, dass ich nie danebenschoss. Ganz bestimmt nicht aus einer so geringen Entfernung.
»Ward«, sagte er. Flüsterte er.
Wie wir da standen, mitten auf dem Rasen, vor Theos Leiche. Gleich würden Mon und Lom erscheinen, und was war dann?
»Verschwinde«, sagte ich zu Jef.
»Aber …«, fing er an.
»Jetzt, Jef. Jetzt.«
Ich hörte, wie jemand von links kam. Jemand rief meinen Namen. So schnell ich konnte, tauchte ich hinter einen Strauch. Ich sah, wie Jef sich umdrehte und wegrannte und zwischen den Bäumen verschwand.
Eine kleine Gestalt in einer schwarzen Uniform erschien. Lom. Suchend sah er sich um, die Pistole vor sich, als würde der Feind vor ihm stehen und er ihn vor sich her treiben. Aber er hatte nur die Leere vor sich. Und wo war Mon?
Lom kam näher. Er hatte einen wilden Blick in den Augen, seine Pistole bewegte sich in alle Richtungen. »Sie haben ihn erwischt, Ward, verdammt, sie haben ihn erwischt«, schluchzte er.
Mon war tot. Und Lom schrie alles laut hinaus.
Ich wollte mich umdrehen und weglaufen. Die Aktion war misslungen, und es war meine Schuld. Der VNV würde mir das nie verzeihen. Wer weiß, welche Repressalien sie gegen mich anwenden würden.

»Ward, wo bist du? Verdammt, sie haben mich erkannt!«
Wieso haben sie ihn erkannt? Der Idiot war doch nicht so blöd gewesen und hatte sich gezeigt? Die Untergrundarmee würde ihn verfolgen, und sie würden alles aus ihm herauspressen. Und ich würde hängen. Wir wollten ja fünf Männer ermorden. Wenn ich bloß den Schaden begrenzen könnte.
Ich dachte rasend schnell nach.
»Sie haben uns verraten, Ward!«
Sie, sagte er. Sie haben uns verraten. Ich konnte meine Haut retten.
Ich kam zum Vorschein.
»Mein Gott, Ward, Gott sei Dank, du lebst noch.« Er fing laut an zu schluchzen. »Zehn Kugeln hat Mon abgekriegt, verdammt, zehn, verdammt, diese Dreckskerle.«
»Lom«, sagte ich leise. »Wir müssen hier weg, und zwar schnell.«
Er drehte sich um, sah Theo liegen. »Ist Verlaak tot?«
Ich nickte.
Er ergriff meine Schultern. »Wir hatten alles so gut geplant«, schluchzte er, »es konnte nicht schiefgehen.«
Ich riss mich los. »Jemand hat in die Luft geschossen«, sagte ich. »Bevor ich mein Messer packen konnte. Jemand hat alle warnen wollen. Zuerst in die Luft und dann in alle Richtungen. Er muss aus Versehen Verlaak getroffen haben.«
»Hast du ihn denn nicht …?«
Ich unterbrach ihn sofort. »Unmöglich. Der Schütze schoss wirklich in alle Richtungen, er schien völlig durchgeknallt zu sein. Wenn ich mich nicht flach auf den Boden gelegt hätte, hätte er mich durchsiebt. Bevor ich meine Pistole greifen

konnte, lag Verlaak auf dem Boden, und der Schütze war verschwunden.«

Er sah mich erschüttert an.

»Jemand muss von unserer Aktion gewusst haben«, sagte ich.

»Niemand wusste etwas.«

»Außer dem VNV. Es muss einen Spitzel gegeben haben, jemanden vom Widerstand, der sich bei uns eingeschlichen hat. Hast du eine Ahnung, wer das sein könnte?«

Er sah mich verblüfft an. Ich sah, wie seine Angst immer größer wurde.

»Jemanden, der euch ans Messer liefern wollte, Lom. Euch und mich. Wir haben Glück, dass sie uns nicht alle drei erschossen haben.«

»Hast du ihn nicht erkannt?«

»Sein Gesicht war vermummt«, sagte ich. »Seines schon.«

Lom nickte schuldbewusst.

Ich hatte schon längst beschlossen, dass ich Jef nicht erwähnen würde. Sie würden ihn sofort aufgreifen, und sie würden keine Gnade gelten lassen. Ach Jef. Dass er so blöd sein konnte.

»Und was jetzt?«

»Keine Panik, Lom, reiß dich zusammen. Du musst untertauchen. Gibt es Leute, die dir helfen können? Leute, denen du vertrauen kannst wie dir selbst?«

Er nickte.

»Hör auf sie«, sagte ich. »Mach's gut, Lom.«

»Wieso mach's gut?« Ich hörte, wie die Panik in ihm aufstieg. »Wohin gehst du?«

»An die Front. Dort werde ich mehr gebraucht.«

Ich drehte mich um und rannte los.

Mein Fahrrad lag noch da. Ich fuhr sofort weiter nach Hasselt und nahm den ersten Zug nach Deutschland. Ich ging nicht mehr nach Hause. Ich würde meiner Mutter einen Brief schreiben. Sie würde alles verstehen. Meine Uniform musste ich zurücklassen, drüben würde ich eine neue bekommen. Ich hoffte, bald wieder bei meinen Männern zu sein. Drüben würde ich jedem vertrauen können.

Jef hat mir nie mehr geschrieben.

1947

Mein Bruder, der Held

Wir stehen draußen auf dem Bürgersteig, damit Remi uns nicht hören kann. In der frostigen Kälte.
Mein Bruder, der Held, hat Theo erschossen, und zwar von hinten. Mein Bruder, der Held, lässt seinen besten Freund Ward für den Mord geradestehen. Dass sein Herz nicht vor lauter Scham stehengeblieben ist.
»So ein Prozess dauert nie lange. Und die Ostfrontkämpfer werden hart rangenommen, man hört nie ernsthaft auf sie. Es ist die einzige Hoffnung, die wir haben.«
Ist es meine Mutter, die so spricht? Meine Mutter?
»Aber …«, fange ich an.
»Aber was?«, fragen sie gleichzeitig.
»Dann wird Ward für etwas bestraft, was er nicht getan hat.«
Sie schweigen beide. Sie schauen auf den Boden, als würden sie dort lesen können, was sie sagen sollten.
»Warum zeigt Jef sich nicht selbst an?«
Meine Mutter schaut mich entsetzt an. »Aber Renée. Sie würden ihn ins Gefängnis stecken.«
»Er hat Theo erschossen! Und jetzt muss Ward dafür geradestehen!«
»Ich dachte, Ward sei dir inzwischen egal.« Sie sagt es ganz leise, aber ich habe es trotzdem gehört.

Wut packt mich. »Er hat den Mord nicht begangen, Ma. Und ehrlich währt am längsten, habe ich gedacht.«
»Renée, reiß dich zusammen, in Gegenwart deiner Mutter.«
»Warum zeigt ihr ihn nicht an? Wenn er selbst nicht den Mut dazu hat?«
Erschüttert starren sie sich an.
»Nun?«, frage ich wütend.
Mein Vater schüttelt den Kopf. »Er ist unser Kind, Renée.«
Die Verzweiflung, mit der er das sagt.
»Tolles Kind, unser Jef.«
Ich schaue meine Mutter an. »Ma?«
Sie wendet sich ab. Sie schaut an meinem Vater vorbei zu einem Punkt weit hinter ihm. Sie weint lautlos. Mein Vater drückt ihr ein Taschentuch in die Hand. Sie dreht es zwischen den Fingern wie einen Rosenkranz.
»Ich kann das nicht, Renée«, sagt er leise.
Er hat mit dem Gedanken gespielt. Ich höre es an seiner Stimme. Es ist ein Gedanke, der ihn umbringen könnte, auch das höre ich.
»Ich kann mein Kind nicht verraten, Renée. Andere Eltern können das vielleicht ...« Er schüttelt den Kopf. »Ich nicht.«
Ich schweige. Es kommt noch mehr.
»Und gesetzt den Fall, ich würde ihn anzeigen. Dann würden sie auch euch bestrafen.«
»Als hätten wir Theo erschossen!«
»Trotzdem wäre es so, Renée. Für den Rest unseres Lebens würden wir die Familie dieses dreckigen Schwarzen bleiben. Wir würden überall abseitsstehen. Alle würden uns den Rü-

cken kehren. Schau doch, was sie mit Wards Mutter gemacht haben. Obwohl die Frau nur einen Laden hatte, in dem Deutsche einkauften, und einen Sohn, den sie nicht aufhalten konnte. Und so wie sie gibt es Tausende.«
Er schweigt kurz.
»Dass sie mir mein Leben nehmen, kann ich akzeptieren. Aber deines und das des Kleinen? Das kann ich nicht verantworten.«

»Ich bleibe nicht hier«, sage ich.
Ich lese die Erschütterung in ihren Augen. Aber ich ersticke, wenn ich bleibe. »Und wenn nötig, nehme ich Remi mit.«
»Nein«, flüstert meine Mutter. »Remi bleibt hier.«
»Natürlich, meine Blonde«, sagt mein Vater. Aber ich höre den Zweifel in seiner Stimme. Wer weiß, wie katastrophal der Prozess verläuft, vielleicht sind sie ja noch froh, wenn ich ihn mitnehme.
»Und wohin willst du gehen?«, fragt er.
»Vielleicht werde ich heiraten«, sage ich. »Morgen werde ich Emile alles erzählen.«
»Nein«, sagen sie gleichzeitig.
»Ich werde ihn nicht anlügen.«
»Und wenn es mal aus ist zwischen euch? Er wird nicht schweigen können.«
»Es wird nicht aus sein.«
»Kind«, sagt mein Vater, »pass doch auf, was du tust. Es stehen Menschenleben auf dem Spiel.«
»Meines auch«, sage ich.

Es wird zu kalt, um einfach draußen stehenzubleiben, und außerdem kann ich mich nicht mehr konzentrieren. »Ich gehe schlafen«, sage ich. »Bis morgen.«
Sie folgen mir ins Haus.
Eine Weile stehen wir alle drei bewegungslos im Zimmer. Es ist so still. Nur Gusts Uhr tickt. Tickt über alles hinweg. Mein Bruder hat Gusts Sohn erschossen, und Gust hat es nie erfahren. Wenn es einen Himmel gibt, dann weiß Gust es inzwischen. Und trotzdem tickt die Uhr weiter.
Ich spüre ihre Blicke in meinem Rücken, während ich die Treppe zu meinem Zimmer hinaufgehe. Sie hätten lieber meine Tränen gesehen, mein Mitgefühl gehört. Aber ich spüre kein Mitgefühl, und ich habe keine Tränen.
Und ich möchte noch nicht heiraten.
Ich bleibe lange auf meinem Bett sitzen, mit Licht.
Dann ziehe ich mich aus, lösche das Licht und steige ins Bett. Es geht ein Riss durch meinen Körper. Er fängt oben an meinem Scheitel an und endet in meinem Bauch. Hier liege ich, entzwei. Ich drücke die Hände gegen den Mund, damit kein Geräusch nach außen dringt. Ich werde in meinem Bett ersticken, und niemand wird mich hören.

Wütend

Ich schaue hinauf zu den Rissen in der Decke. »Remi, sie sind wie Straßen«, hat Jef gesagt. »Ich wähle mir einen Weg aus und ziehe los.«
Ich gehe nie irgendwohin, wenn ich zu diesen Rissen hinaufschaue. Nach einer Minute habe ich die Decke schon vergessen. Eine lange Hose, daran denke ich schon seit einer Woche. Ich hatte wirklich gedacht, dass meine Mutter eine besorgen würde. Aber jetzt, mit den Sorgen um Jef, hat sie die Hose ganz vergessen.
Ich werde ihn selbst fragen, ob er nicht eine übrig hat.

Mein Vater hat die Medaille in den Ofen geworfen, und meine Mutter fand das in Ordnung. Die Medaille ist völlig geschmolzen.
Ward ist ein Idealist, und unser Jef ein großer Idiot, hat mein Vater gesagt, und danach fingen sie an, über alles Mögliche zu flüstern, und dann sind sie hinausgegangen.
Ich möchte wissen, was ein Idealist ist. Unser Jef wird mir das schon erklären.

Dass sie alles kaputtmachen werden. Das hat mein Vater auch gesagt.

Unser Jef muss mir auch das erklären. Warum mein Vater solche komischen Sachen sagt.
Und warum er wieder nach Hause kommt.

Was ich wirklich will

Ich gehe, bevor sie wach sind. Ich bin viel zu früh unterwegs, der Laden ist noch geschlossen. Ich gehe in die Kirche. Die Frühmesse hat gerade angefangen. Am Ende der Messe gehe ich nicht gleich mit den anderen hinaus. Ich kann noch ruhig eine Weile sitzen bleiben. Hier ist es warm. Ich schließe die Augen und versuche, an nichts zu denken.
Jemand tippt mir auf die Schulter. Schwester Melanie sitzt neben mir. »So«, sagt sie, »du hier. Das ist eine Überraschung. Alles in Ordnung mit dir?«
»Ja, danke, Schwester.«
Sie nickt freundlich. Im selben Moment spüre ich, wie ihr Blick über mein Gesicht gleitet. Ich weiß, dass ich elend aussehe. »Alles in Ordnung mit dem Laden?«
»O ja.«
Ich nicke. Schon wieder eine Lüge.
»So«, sagt sie nur.
Ich hebe meine Tasche vom Boden hoch und stelle sie auf meinen Schoß. »Ich muss los, Schwester.«
»Ich verjage dich doch nicht?«
»Der Laden öffnet gleich.«
Sie schaut auf ihre Uhr. »Erst in einer halben Stunde. Was macht deine Trompete, nimmst du noch Unterricht?«
»Einmal die Woche.«

»Das ist zu wenig.«
»Es ist schwer zu kombinieren mit der Arbeit.«
»Ich verstehe«, sagt sie. »Aber du bist noch jung. Du kannst immer noch auf das Konservatorium. Aber vielleicht spielst du nicht mehr gern.«
»O doch, Schwester.« Bevor ich es merke, habe ich es ausgesprochen.
Sie lächelt. »Ich sehe dich noch in meiner Klasse stehen, wie du gezittert hast. Fünf Fehler hast du gemacht, ich weiß es noch genau. Und du hast ein Gesicht gemacht, als wäre die Welt untergegangen. Und ich habe gedacht: Das Kind hat nur fünf Fehler gemacht. Und ich habe gedacht, in Renée Claessen steckt eine großartige Künstlerin. Entweder sie wird sich dessen bewusst, oder sie gibt vorzeitig auf.« Sie sieht mich forschend an. »Also, Renée Claessen. Wie ist es ausgegangen?«
Ich schaue sie an und weiß nicht, was ich sagen soll. »Schwester, ich weiß es nicht.«
»Dann wird es langsam Zeit, es herauszufinden. Meinst du nicht?«
Irgendwann findest du es heraus, mein Kind, ob du mit einer Trickdose spielst oder mit deiner Seele. Aber zuerst musst du viel üben.
Damals hatte ich so viel Energie gespürt. Ich kann die Tränen kaum zurückhalten.
»Brüssel ist nicht das Ende der Welt, mein Kind. Und es sind nur vier Jahre.«
»Vier Jahre!«
»Im Vergleich zu einem Menschenleben ist das gar nichts.«

»Ich habe mich gerade verlobt.«

»Ja und«, sagt sie.

Mit einem Mal verschlucke ich alle Tränen. Noch erstaunter als vorher schaue ich sie an.

»Hört das Leben auf, weil du dich verlobt hast?« Sie lächelt. Nein, Schwester, es hört auf, weil unser Jef ein großer Dreckskerl ist. Ich schweige. Sie lächelt mich immer noch so warm an. »Kein Wunder also, dass mir das nie passiert ist.« Spielerisch berührt sie kurz meinen Arm. »Was grübelst du denn so«, sagt sie, »es ist alles so einfach. Entweder du findest es heraus oder nicht. Du sollst wissen, was du willst.« Ich schaue sie an. Eine Haarlocke ist unter ihrer Kappe hervorgesprungen. Sie lockt sich wie ein Fragezeichen an ihrer Wange.

Ist es wirklich so einfach?

Ich wollte doch weg aus dem Dorf?

»Vielleicht kommst du für ein Stipendium in Betracht. Ich kann es gern für dich herausfinden. Und wer weiß, vielleicht haben deine Eltern ja etwas für dich auf die Seite gelegt.«

Ach, meine Eltern, hätte ich fast gesagt. Aber ich schaffe es zu schweigen. Sie sieht mich stirnrunzelnd an. Alles hat sie gesehen.

»Mein Vater möchte das Haus umbauen, Schwester.«

»Er möchte das Beste für seine Kinder. Er ist ein guter Mann, dein Vater.«

Ich schweige. Ich beuge den Kopf. »Das stimmt.« Er will sogar für seine Kinder lügen, dass sich die Balken biegen.

»Aber es ist schon November. Meinen Sie, dass ich einfach so mitten im Jahr anfangen könnte?«

»Du wirst einen Test machen müssen. Wenn sie merken, dass

du mehr als genug Talent hast, wirst du zweifelsohne zugelassen.«
»Oh.«
Ein Seufzer entfährt mir.
»Und das hast du. Talent. Mehr als die See tief ist.«
»Oh«, seufze ich erneut, »Schwester.«
»Hattest du das etwa vergessen?«, sagt sie und lächelt. »Aber mein Kind.«
Ich lächle zurück. Sie steht auf, schiebt die Haarlocke zurück und zieht ihr Kleid gerade.
»So«, sagt sie, »ich gehe jetzt. Schöne Grüße an deinen Bruder.«
Ich erschrecke. Weiß sie das von Jef?
»Remi«, sagt sie. »Den anderen kenne ich nicht so gut.«
So wird es künftig also gehen. Hinter jedem unschuldigen Wort werde ich einen Vorwurf vermuten. Wenn ich hier bleibe. Ich nicke. Ich werde Remi ihre Grüße ausrichten.
Zusammen verlassen wir die Kirche.

Victor sagt, ich würde schlecht aussehen. Und ich sei mit meinen Gedanken nicht bei der Arbeit. Ich weiß, sage ich, aber morgen ist es besser, versprochen. Ob ich mir wegen dem Saal der Blaskapelle Sorgen mache?
Als würde dieser Saal mich auch nur die Bohne interessieren.
Du bedauerst doch nicht etwa deine Verlobung?
Aber nein, und ob er jetzt bitte aufhören kann. Ich habe einfach schlecht geschlafen.
Kunden kommen, und er zieht sich in sein Büro zurück. Den Rest des Tages bleibt er dort. Ich komme oft an seiner Tür

vorbei, gehe aber nicht hinein. Victor kann viel ertragen, aber vielleicht nicht alles.

Von Brüssel kann ich ihm erzählen. Morgen. Und dass ich den Test bestehen werde.

Zu Hause

Meine Eltern kamen in mein Zimmer und sagten, ich solle meine Sachen zusammenpacken. Ich solle mit nach Hause kommen. »Wer weiß, was du in deiner Verzweiflung machen wirst«, sagte meine Mutter.
»Es ist sowieso egal«, sagte ich.
Während sie alles auf den Karren luden, verabschiedete ich mich von Nicola.
»Ich komme zurück.«
»Nach dem Prozess?«, fragte er.
»Genau, nach dem verdammten Prozess.«
»Vergiss nicht, dass du ein Held bist.«
Er legte die Arme auf meine Schultern, zog mich an sich und umarmte mich. Die Hitze schoss aus meinen Ohren hinaus. Bevor ich ganz zu brennen anfing, gab er mich frei. Wir ließen beide unsere Arme hängen. »Ich komme zurück«, sagte ich noch einmal. Ich hörte selbst, wie meine Stimme zitterte.
Er nickte. »Hilf deinem Freund bei dem Prozess«, sagte er dann.
Ich hätte andere Worte hören wollen. Dass er mich vermissen würde, und zwar sehr. Dass er nicht mehr schlafen, nicht mehr essen könne. Diese Art Worte. Ich wollte keine Predigt über Helden und sein Bestes geben und solches Zeug.

Meine Eltern gingen mit der Schubkarre voraus, ich folgte mit dem Fahrrad an der Hand. Ich blieb stehen und warf einen Blick zurück. Nicola stand am Fenster. Er winkte. Ich winkte zurück.

Es gab wieder ein Loch an der Wand.
»Die Medaille«, sagte ich. Sofort bedauerte ich meine Worte. Ich hätte wissen können, dass sie verschwunden war.
»Ist weg«, sagte mein Vater. »Wir hängen hier keine Lügen an die Wand. Sie hat gut gebrannt. So war sie wenigstens noch zu was nütze.«
Als wäre ich ein Haufen Dreck. Ein Haufen Straßendreck, gut genug zum Verbrennen.
Ich wollte ihm ins Gesicht schlagen. Ich war stärker, viel stärker. Ich würde meine Hände um seinen Hals legen und zudrücken, bis alle Luft aus ihm heraus wäre. Er würde auf die Knie fallen. Er würde um sein Leben betteln. Ich würde es ihm nicht sofort zurückgeben. Und danach würde er mich nie mehr belästigen.
»Hör auf, Sander«, sagte meine Mutter. »Mach es nicht noch schlimmer.«
»Ich gehe in mein Zimmer«, sagte ich.
»Lauf nur davon«, rief mein Vater, »lauf nur vor allem davon.«
Ich ignorierte ihn. Ich ging in mein Zimmer, machte die Tür zu, legte mein Ohr dagegen. Alles konnte ich hören.
»Nicht so, Sander«, sagte meine Mutter, »nicht so.«
»Wie denn sonst?«
»Er bleibt unser Kind, Sander, und wir werden ihm helfen, das werden wir tun.«

»Er bleibt unser Kind«, wiederholte mein Vater. »Das stimmt. Aber ich hätte ihn mir anders gewünscht.«
»Sag doch nicht solche Dinge, du meinst es nicht mal ernst«, sagte meine Mutter.
Einen Moment lang blieb es still.
»Was werden wir jetzt machen?«, fragte mein Vater.
»Wenn ich es nur wüsste«, sagte meine Mutter.

Ich hatte Theo nicht erschießen wollen. Ward muss das gewusst haben. Und dennoch hat er mich im Stich gelassen. Seine Männer dort drüben, das war seine Welt. Jef Claessen? Ein großer Trottel.

1944

Das Verhör

Ende September.
Der Tag, an dem ich ein Held wurde.
Plötzlich standen sie in unserem Haus. Letzten Mai, sagten sie, V. C. Kapelleke, die Fußballkantine. Und ob ich mitkommen wolle. Es war ein Befehl.
Ihr Hauptquartier lag mitten im Dorf. Es waren zehn Minuten zu Fuß. Die zehn längsten meines Lebens.
Sie führten mich zu einem kleinen Zimmer, in dem ein Stuhl und ein Tisch standen. »Setz dich«, sagten sie. »Die Männer sind gleich da.«
Sie machten die Tür hinter mir zu. Ich setzte mich. Schaute mich um. Drei kahle Wände und eine Wand mit einer belgischen Fahne.
»So, Jef Claessen.« Zwei Männer kamen ins Zimmer. Sie machten die Tür sofort wieder zu.
»Fangen wir gleich an. Letzten Mai.«
Ich nickte so tapfer wie möglich.
»Wir wissen, was passiert ist.«
Wenn sie es wüssten, wären sie nicht so freundlich zu mir.
Sie stellten sich beide vor mich hin. Ihre Körper ragten hoch über mich hinaus. Sie wollten groß erscheinen, größer als ich. Sie brauchten sich nicht so viel Mühe zu geben, ich glaubte auch so, dass sie größer waren.

»Wir haben Lom Weck aufgegriffen. Er hat alles zugegeben, was an jenem Abend war. Wie er zusammen mit seinem Bruder und Dusoleil die ganze Aktion geplant hatte. Du warst an dem Abend auch da. Was war deine Rolle bei dem Ganzen?«
Ich sah ihn entsetzt an. Nur Ward kannte die Fakten, und der war an der Front. Außerdem würde er mich nie verraten. »Das eh ... das eh ... ich weiß es nicht«, stotterte ich.
»Hast du etwas zu verbergen?«
Ich spielte mich auf. »Warum sollte ich?«
»Du zitterst wie ein Mädchen.«
Ich spürte, wie eine Wut in mir aufstieg, und schwieg. Ich schwieg. Wütend zu werden hatte keinen Sinn. Sie gewannen sowieso.
»Hör zu, Claessen, wir wissen alles. Wir wissen auch, dass ein Außenstehender mit im Spiel war. Jemand, der in die Luft schoss, um die ganze Aktion zu sabotieren.«
Das war meine Chance. Die einzige.
»Ich«, sagte ich schnell.
Sie nickten. Sie nickten! Ich traute meinen Augen nicht.
»Ich war Ward gefolgt. Ich vermutete, dass er etwas vorhatte. Mon Weck hatte ihn an dem Tag aufgesucht.«
»Woher weißt du das?«
»Ich war zufällig an dem Tag im Laden.«
»Zufällig?«
»Ich traute ihm schon lange nicht mehr. Als er im Mai auf Urlaub zurück war, besuchte er mich. Ich wollte ihn nicht sehen, aber er drängte darauf. Da dachte ich, vielleicht erfahre ich etwas, womit ich anderen helfen kann. Wir hatten uns an dem Tag verabredet.«

Ich war erstaunt über mich selbst. Dass ich so reden konnte, fast noch besser als Ward.

»Wir wissen es.«

Ich sah sie erstaunt an.

»In diesem Dorf gibt es keine Geheimnisse. Ihr seid angeln gegangen.«

Ich sah sie erschüttert an.

»Lom Weck hat uns gegenüber bestätigt, dass du im Laden warst, als sein Bruder Ward aufsuchte.«

Ich erschrak. Wenn sie alles wussten, wieso blieben sie dann so freundlich?

»Also hast du in die Luft geschossen?«

Ich schaute sie misstrauisch an. Nickte zögernd.

»Warum hast du das getan?«

»Ich wollte Theo warnen.«

»Warst du bei einer Organisation?«

»Organisation?«

»Warst du ein Spion?«

Spion? Ich? Fast bedauernd schüttelte ich den Kopf. »Ich wollte an dem Abend etwas Gutes tun. Woher ich den Mut hatte, weiß ich immer noch nicht.«

»Dusoleil war mit Theo verwandt.«

»Sie waren schon längst zerstritten. Und Theo war der beste Freund meines Vaters«, sagte ich schnell. »Bevor er untertauchen musste, kam er oft bei uns vorbei. Ich kannte ihn gut. Ich kenne auch seinen Vater gut. Jeden Freitag bringen wir ihm Essen.«

»Warum?«

»Weil wir Theo gerne mochten, verdammt nochmal«, sagte

ich wütend. »Und als er nicht mehr da war, musste sich doch jemand um Gust kümmern.«
Sie lächelten. »Du brauchst dich nicht so aufregen.«
Sie hatten recht. Ich sollte ruhig bleiben. »Entschuldigung«, sagte ich.
»Du hattest eine Pistole dabei.«
»Ward hatte an dem Abend etwas Schlimmes vor. Ich hatte Bruchstücke von seinem Gespräch mit Mon aufgefangen. Ich kann gut zuhören.«
»Offensichtlich. Und an dem Abend bist du Ward gefolgt. Hat er nichts gemerkt?«
Ich schüttelte den Kopf.
»Du hast eine Begabung fürs Spionieren, Jef.«
Es klang wie ein Kompliment.
»Wem gehörte die Pistole?«
»Meinem Vater. Ich habe sie danach in den Kanal geworfen.«
»Weiß er das?«
»Zu Hause wissen sie gar nichts«, sagte ich.
»Vielleicht besser so«, sagten sie.
»Mein Vater wollte nie irgendwo hineingezogen werden.«
»Wetten, dass er jetzt ganz stolz auf dich sein wird?«
Ich lächelte so glücklich wie möglich.
»Offenbar konnte man diesem Dusoleil nicht trauen. Ein Kerl mit feinen Manieren, aber hinterlistig.«
Ich zuckte mit den Schultern. »Ich erkannte ihn nicht mehr«, sagte ich wahrheitsgemäß.
»Er muss Theo erschossen haben. Lom war auf der anderen Seite des Gebäudes, der kann es nicht getan haben.«

Ich nickte.
»Lom behauptet, dass er nichts gesehen hat«, sagten sie.

Ich wollte ihm an diesem Abend zeigen, dass ich dem Krieg gewachsen war. Für immer und ewig. Er würde mich mitnehmen. Und seine Welt würde auch meine werden. Und als er danebenzielte, schoss ich. Soldaten halfen sich immer gegenseitig.
Ich erschrak fürchterlich, als ich sah, wer am Boden lag.
Und Ward schickte mich einfach fort. Wenn er mir wenigstens gefolgt wäre. Fort. Obwohl ich seinetwegen geschossen hatte. Seinetwegen, verdammt.
»Ward hat geschossen«, sagte ich.
»Du hast es gesehen?«
»Ja.«
»Hat Theo gelitten?«
»Ich denke nicht«, sagte ich. »Er fiel sofort hin. Ward hat auch sofort einen zweiten Schuss abgegeben.«
Nicht zu fassen. Wie leicht die Lügen aus meinem Mund purzelten.
»Wir hatten …«, fing der eine an.
»Nein«, sagte der andere, »wir hatten keine Wahl. Es wurde heftig auf uns geschossen, wenn wir nicht geflohen wären, hätte es uns alle erwischt.« Sie schauten mich an. »Wir waren in dem Gebäude. Dein Schuss hat uns gewarnt. Du hast uns gerettet.«
Ich hatte sie gerettet.
»Theo war ein sagenhafter Kerl«, sagten sie. »Er hat also nicht gelitten?«

Ich schüttelte den Kopf so fest ich konnte.
»Wir mussten so schnell wie möglich von dort verschwinden.«
Sie fühlten sich schuldig. Ich spürte es. Und sie wollten, dass ich ihr Gewissen beruhigte. Meine Wahrheit für ihre.
»Du bist ein Held, Claessen.«
»Die Männer vom Widerstand sind die wahren Helden.«
»Einfache Bürger noch viel mehr, Jef. Für sie ist es noch schwieriger, Heldentaten zu verrichten.«
Dann durfte ich nach Hause. Sie begleiteten mich bis zur Haustür, schüttelten mir lange die Hand.

Und so erfüllte sich mein Traum doch noch. Ich war ein Held geworden.
Die nächsten Tage schlief ich nicht, aß ich nicht. Mein Magen war ganz durcheinander.
Und dann war es auf einmal vorbei.

1947

Die Wahrheit

Vorsichtig gehe ich hinein. Jef wacht erschrocken auf.
»Warum liegst du angezogen im Bett?«
Er zuckt mit den Schultern. Er sieht sehr unglücklich aus.
»Warum bist du nach Hause gekommen?«
»Einfach so. Nach dem Prozess gehe ich wieder.«
»Ich bin froh, dass du wieder da bist, Jef.«
Plötzlich ist es viel zu still.
»Der Saal der Blaskapelle ist abgebrannt. Und Victor hat gesagt, dass derjenige, der einen neuen findet, von ihm aus direkt in den Himmel kommt.«
»Direkt in den Himmel, allerhand.«
Ich nicke. »Was ist ein Idealist, Jef?«
»Waas?«
»Unser Pa hat gesagt, dass Ward ein Idealist ist.«
»Was hat unser Pa noch gesagt?«
»Nichts Besonderes. Was ist ein Idealist, Jef?«
»Sind wir das nicht alle?«
»Was bedeutet es denn?«
»Ich weiß es auch nicht.«
»Warum sagst du dann, dass wir es alle sind?«
Er seufzt. »So viele Fragen, Remi.«
»Ich habe noch mehr Fragen«, sage ich.
»Ich möchte sie nicht hören.«

Ich muss etwas sagen, das ihn aufheitert.
»Soll ich dir etwas vorspielen?«
»Nein! Und jetzt lass mich bitte in Ruhe.« Er zieht sein Kissen über den Kopf und dreht mir den Rücken zu.
Es ist auch mein Zimmer, möchte ich sagen, aber ich schweige. Er ist wohl sehr schlecht gelaunt. Ich bleibe hier sitzen, bis es vorbei ist. Ich kann sehr lange warten.

»Jef?«
Er dreht sich wieder auf den Rücken und schaut mich erstaunt an. »Kleiner, bist du immer noch da?«
Er sagt wieder Kleiner. Ich mag das nicht, aber heute lasse ich es durchgehen, sonst wird er wieder wütend. »Jef?«
Er nickt. »Was ist?«
»Ist es etwas Gutes?«
»Was soll was Gutes sein, Kleiner?«
»Ein Idealist. Und ich heiße Remi.«
Er lächelt. »Remi, genau, wie konnte ich das vergessen. Also, Remi, ein Mensch braucht Ideale.«
»Es ist also etwas Gutes.«
Er schweigt wieder viel zu lange.
»Ich finde schon, dass du ein Held bist.«
Er schaut mich ganz erstaunt an. »Was sagst du denn jetzt?«
»Dass ich finde, dass …«
»Ich habe dich verstanden.«
Er setzt sich aufrecht hin, legt die Arme um die Knie.
»Ich bin kein Held, Remi, wirklich nicht. Ich habe solche Angst vor dem Prozess. Echte Helden meistern alles, sogar

wenn sie Angst haben.« Er seufzt. »Du weißt, dass ich gegen Ward aussagen soll.«
»Jeanne hat es mir erzählt. Dass er Theo erschossen hat.«
Sein Mund geht weit auf, so erstaunt sieht er aus.
»Es ist alles Wards Schuld, sagt Jeanne.«
Er schweigt lange. Dann schüttelt er den Kopf. »Ich weiß es nicht, Remi, ich weiß es nicht.«
Was weiß er nicht?
»Was ich ihnen erzählen soll, Remi. Sie werden so wütend werden, wenn sie alles erfahren. Die Wahrheit tut weh, ich weiß, wovon ich spreche.« Schon wieder sieht er viel zu traurig aus.

Plötzlich weiß ich, wie ich ihm helfen kann.
»Was gibt es zu lachen, Kleiner?«
»Remi.«
»Remi, verdammt, es gibt nichts zu lachen. Und jetzt verschwinde, ich möchte schlafen.«
Bevor ich die Tür hinter mir zuziehe, schaue ich mich noch schnell um. Er hat sich zusammengerollt, mit dem Rücken an der Wand. Seine Augen sind geschlossen, sein Mund ist zu einem Strich geworden. Das Lächeln ist weg. Er hat so viel Angst vor dem Prozess. Er braucht sich keine Sorgen zu machen, alles wird gut ausgehen.

Nur seine Schwester

Wir sitzen am Tisch. Alle fünf, auch Jef. Es ist still. Wir essen, so schnell wir können, denn wenn wir mit dem Essen fertig sind, können wir abräumen und verschwinden. Ich möchte, dass Jef verschwindet. Ich kann sein Gesicht nicht mehr ertragen. Sein dämliches Grinsen, hinter dem sich eine einzige große Lüge versteckt.

»Es ist hier viel zu still«, sagt mein Vater plötzlich, »ich werde verrückt, wenn das so weitergeht.«
Niemand schaut auf. Sogar Remi schweigt.
Mein Vater dreht sich zu Jef. »Morgen fange ich mit dem Umbau an«, sagt er. »Und du hilfst mir dabei.«
»Ich?«
»Ja, du. Es ist jetzt Schluss damit, den ganzen Tag im Bett zu liegen.«
»Jef fühlt sich nicht gut«, sagt meine Mutter.
»Meine Blonde, wir wissen beide, warum der Herr sich nicht gut fühlt.«
»Ich ...«, fing Jef an.
»Und ich brauche keinen Kommentar.«
Wieder wird es still. Die Teller sind fast leer. Nur noch ein bisschen, und ich kann abräumen. Plötzlich spüre ich den Blick meines Vaters. Er weicht nicht aus, als ich ihn anschaue.

Er möchte wissen, was ich denke, und es soll etwas Gutes sein, etwas zum Lachen. Ich soll ihm erzählen, dass alles weniger schlimm ist, als wir meinen. Aber es ist schlimmer.
»Ich habe es Victor erzählt, Pa. Dass ich studieren möchte.«
Er nickt. »Was hat er gesagt?«
»Endlich. Das hat er gesagt. Und dass er schon jemanden finden wird, um mich zu ersetzen.«
»Victor ist ein großartiger Kerl«, sagt mein Vater. »Wenn er herausfindet, dass …« Er schweigt. Schaut zu Jef. Dann zu mir. Schüttelt den Kopf. Beugt den Kopf.

Ich habe Emile alles erzählt. Zuerst das von Jef. Natürlich ist er erschrocken. Das hätte ich Jef nie zugetraut, sagte er. Aber dass ich mich nicht schuldig fühlen solle wegen dem, was mein Bruder getan hat. Er ist aber mein Bruder, sagte ich daraufhin, die Leute werden auch uns als den letzten Dreck betrachten, und man wird sie nicht aufhalten können. Dann sagte ich, dass ich in Brüssel studieren würde. In Brüssel werden sie dich bestimmt in Ruhe lassen, sagte er.
Ich gehe nach Brüssel, um Musik zu studieren, sagte ich böse. Meine Schwestern sind auch von zu Hause ausgezogen, weil sie verrückt wurden.
Ich werde zu Hause nicht verrückt, sagte ich.
Wart's nur ab, sagte Emile dann, bis in eurem Dorf die Hölle ausbricht.
Ich sagte nichts mehr.
Ich werde zu Hause nichts erzählen, sagte Emile noch.
Sie werden es sowieso herausfinden, sagte ich.
Wer weiß, vielleicht ist alles nicht so schlimm, sagte Emile.

Nein, sagte ich, es wird schlimm sein. Und weißt du was? Es ist mir egal. Jef ist mir egal. Alles ist mir egal.
Du lügst, sagte Emile. Und bald heiraten willst du also auch nicht?

Ich stehe auf und mache mich daran, den Tisch abzuräumen. Unser Jef geht an mir vorbei. »Herzlichen Glückwunsch«, sagt er.
Ich gehe mit dem Stapel Teller weiter, ich drehe mich nicht einmal um.
»Zu deiner Verlobung«, sagt er. »Es ist ein Anfang.«
Er soll den Mund halten. Mit einem Knall stelle ich die Teller auf den Schrank.
»Renée?«
Ich tue, als hätte ich ihn nicht gehört.
Es ist ein Anfang.
Ja, natürlich, Bruder. Irgendwann werde ich Emile heiraten, und dann bekommen wir fünf Kinder, und ich suche ihre Namen aus, und ich werde für den Rest meines Lebens sehr glücklich sein.

Immer eine Wahl

Meine Mutter war hier. Wieder hinter Glas. Wieder nur zehn Minuten. Dass ich meine Haut retten soll. Dass ich den Mund aufmachen soll bei dem Prozess. Und egal, was ich getan habe, egal, welche Strafe ich bekommen werde, vielleicht werde ich wegen guten Verhaltens vorzeitig aus der Haft entlassen. Dass sie hofft, dass sie das noch erleben darf. Sie können ihr doch nicht alles wegnehmen.
Egal, was ich getan habe.
Ich traute mich fast nicht, sie anzuschauen.

Die ganze verdammte Nacht lag ich wach.
Wenn ich nur alles ungeschehen machen könnte. Aber nein, ich wollte und sollte weggehen. Ich wollte unser Land retten.
»*Ihre Anmeldung bei der Flämischen Legion ist das Schönste, was Sie jetzt für Flandern tun können.*«
Mein Bein tut schrecklich weh. Ich muss mich bewegen, sonst werde ich verrückt. Noch so viele Stunden, bis es hell wird, und dann weitere viele Stunden, bis wir für ein paar Minuten in den Innenhof dürfen. Durchhalten also. Es hilft nichts.
»Dusoleil, leg dich hin«, zischt jemand.
»Geht nicht«, zische ich zurück.
»Alles geht, Dusoleil.«
Ich antworte nicht. Ganz vorsichtig gehe ich zwischen den

schlafenden Körpern zum anderen Ende der Zelle, und ganz vorsichtig gehe ich wieder zurück. Immer hin und her. Alle schlafen zum Glück weiter. Ich lasse mich wieder an der Wand hinuntergleiten. Die Schmerzen haben etwas nachgelassen.
Durchhalten, Dusoleil.
Was hat sich Jef bloß gedacht? Dass ich für immer drüben bleiben würde? Für ihn muss es wie ein Erdrutsch gewesen sein, als er erfuhr, dass ich zurück war. Er muss Todesängste ausgestanden haben. Sie werden ihn kaputtmachen, wenn sie die Wahrheit kennen. Menschen werden nicht gern betrogen. Dass er diese Medaille bekam. Eigentlich ist es zum Lachen. Ich kenne ihn. Er wird nicht gelacht haben. Aber er hat sie auch nicht abgelehnt. So viel Mut hat er nicht.
Und ich?
Ich platze fast vor Schmerzen. Wenn ich jetzt bloß mein Saxophon hätte. Ich würde die Schmerzen wegspielen. Aber sie würden alle aufwachen, sie würden mir mein Saxophon wegnehmen und es mir an den Kopf werfen. Früher konnten sie nicht genug davon bekommen. Auch Jef nicht. Er spielte nicht mal gerne Trompete, er konnte es auch nie sehr gut, doch wenn wir zusammen spielten, gab er sein Bestes.

Spielen oder nicht spielen. In den Krieg gehen oder nicht. Verraten oder nicht verraten. Manchmal wählt man, weil man nicht anders kann.
Wenn ich es bloß meiner Mutter erzählen könnte. Dass ich Theo retten wollte. Sie würde sofort Bielen verständigen. Und Bielen würde Jef dem Erdboden gleichmachen.

Was erfordert den größeren Mut? Schweigen oder nicht schweigen?
Wird sie mich je wieder mögen? Einfach gern mögen, und zwar alles an mir. Und nicht »trotzdem«?
Die Luke geht auf. Ein kleiner Lichtstrahl scheint herein.
Ich stehe aufrecht in der Mitte der Zelle. Der Lichtstrahl scheint auf mich. Sie kommen und holen mich. Ich habe von ihren nächtlichen Schikanen gehört. Ich war noch nicht dran. Dusoleil bleibt nicht mehr lange bei uns, wir müssen ihn uns jetzt vorknöpfen. Bitte nicht. Mein Bein tut viel zu weh, sie werden es sofort merken, und sie werden mich bis zum Äußersten treiben. Sie hören immer gerade rechtzeitig auf. Sterben darfst du in der Zelle oder auf dem Innenhof.
»Was ist los?«
Es ist Bekkers. Ein großes Gefühl der Erleichterung überkommt mich. »Sie sind es.«
»Psst«, wird um mich herum gezischt.
»Schlaft weiter«, befiehlt Bekkers im Flüsterton. »Dusoleil?«
Ganz leise flüstert er meinen Namen. »Komm her.«
Ich humpele über die Körper zu ihm und falle fast gegen die Tür.
»Was ist los?« Seine Stimme klingt besorgt. »Ich hör die ganze Zeit Geräusche in eurer Zelle.«
»Es ist mein Bein. Ich muss mich bewegen, sonst werde ich verrückt.«
»Ich werde dir etwas gegen die Schmerzen geben. Ich bin gleich zurück.«
Nach wenigen Sekunden ist er wieder da. »Ich wünschte, ich

könnte dich ein bisschen auf dem Gang herumlaufen lassen«, sagt er leise. »Aber es geht nicht.« Er seufzt.

Ich höre seine Schlüssel klirren. Er öffnet die Tür, reicht mir ein Glas Wasser und gibt mir eine Tablette. »Hier, nimm, es wird gegen die Schmerzen helfen. Du musst versuchen zu schlafen, Dusoleil.« Er klingt ernst. »Du musst stark sein für den Prozess.«

»Vielen Dank«, flüstere ich.

Seine Augen glänzen in der Dunkelheit. Die Falten um seine Augen lachen nicht. »Verliere nicht den Mut, mein Junge.«

»Warum tun Sie das?« Ich schlucke laut. »Sie müssten mich hassen.«

Er schüttelt den Kopf. Lächelt. »Hassen ist so ein hässliches Wort, Dusoleil. Jetzt geh schlafen.«

Ich gebe ihm das Glas zurück. »Vielen Dank«, flüstere ich erneut.

»Ist schon gut.« Er schließt die Tür ab, ich höre ihn weggehen.

Er ist so freundlich. Ich verstehe es nicht. Bekkers hält mich hier am Leben. Buchstäblich und im übertragenen Sinne. Mich, Ward Dusoleil, Ostfrontkämpfer, Mörder. Dass es solche Leute gibt.

Sie sagen, dass die Mütter immer Mütter bleiben.

Sogar ihm hat sie verziehen. Ihm, meinem Vater. Obwohl er sie einfach so zurückließ. Sie und mich.

Jef muss das auch gedacht haben. Dass ich ihn zurückgelassen habe. Und dann auch noch mit Theos Leiche. Aber ich konnte nicht stehenbleiben, ich musste weiter, ich wollte es allen zeigen. Stehenbleiben war aufgeben. Ich musste vorwärtsgehen, immer nur vorwärts. Alle sollten dran glauben.

Alle außer Theo. Am Schluss habe ich nur für einen einzigen Menschen meine Haut riskiert. Ich habe ihn nicht retten können. Ich hatte mich schon zu weit vorgewagt.

Wenn wir nicht mitmachen, können wir auch nicht verlieren. Das hat Renée immer gesagt. Und ich dachte, sie rede nur so dahin. Sie plappert nach, was ihr Vater gesagt hat, sonst nichts.

Ich kann es nie wiedergutmachen.

Aber ich kann jetzt damit aufhören.

Wie Bielen sagte: den Handschuh liegen lassen. Die Kugel nicht abschießen. Den Pfeil stecken lassen. Aber nicht so, wie er möchte. Er möchte, dass ich mich für mich selbst einsetze. Er möchte, dass ich Zähne zeige, dass ich mich schreiend wehre.

Er versteht einfach nicht, dass ich damit den Krieg zurückholen würde.

Ich kann Jef retten. Ich kann am Ende doch noch einen Menschen retten. Und mit ihm seine ganze Familie. Das ist die halbe Welt.

Vielleicht bedeutet das ja, dass ich mich für mich selbst einsetze.

Vielleicht.

Vielleicht verzeiht sie auch ihrem Sohn.

Vier plus einer

Wenn sie könnten, würden sie mich aus dem Haus werfen. Alle außer dem Kleinen. Aber der Kleine zählt nicht. Der Kleine weiß eindeutig nichts.
Remi. Es heißt Remi. Ich werde nie mehr ›Kleiner‹ sagen, ich darf es nicht einmal mehr denken. Er verdient es.

Gestern haben wir mit dem Umbau angefangen. Mein Vater hat mich buchstäblich aus dem Bett gezerrt. Ob ich wollte oder nicht, ich musste mitmachen. Ich habe nicht protestiert. Die Stunden gehen schneller vorbei als an den vorherigen Tagen.
»In vier Tagen ist der Prozess«, sagt mein Vater plötzlich. Keucht mein Vater. Er hat die Schubkarre mit Schutt vollgeladen. Er schaut mich an, die Griffe der Schubkarre in den Händen.
»Ich weiß, Pa.«
Er nickt. Versucht, mit der Schubkarre zu fahren. Das Ding quietscht schrecklich.
»Sie ist zu voll, Pa. Gleich geht noch das Rad kaputt.«
Er hält inne. Stellt die Schubkarre hin. Wischt sich den Schweiß vom Gesicht. »Sag mir nicht, wo's langgeht, Jef.«
»Aber, Pa«, fange ich an. Die Schubkarre ist wirklich zu voll.
»Hast du schon eine Ahnung, was du bei dem Prozess aussagen wirst?«

Ich schüttele den Kopf. »Nichts, denke ich.«
»Nichts! Mehr fällt dir dazu nicht ein?«
Neben ihm fühle ich mich immer wie eine kleine Rotznase.
»*Nichts* werden sie glauben, Jef.« Er seufzt tief und hebt die Schubkarre an. Er versucht, sie aus dem Stall zu schieben. Die Schubkarre quietscht und knirscht schrecklich, der Schutt ist viel zu schwer, das Rad wird zerbrechen. Ich gehe dicht hinter ihm her, für den Fall, dass er mich braucht. Er hat die Ärmel hochgekrempelt, mir fällt auf, wie angespannt seine Armmuskeln sind. Er kommt nur sehr langsam voran, aber das Rad hält durch.
Draußen kippt er den Schutt zu dem restlichen Haufen. Er dreht die Schubkarre um, will wieder in den Stall fahren, als er merkt, dass ich ihm gefolgt bin. »Was stehst du in Gottes Namen hier herum?«
»Ich wollte dir helfen«, fange ich an. Für den Fall, dass das Rad bricht und der Schutt auf den Boden kippt. Ich bringe den Satz nicht zu Ende.
»Man kann mehr, als man denkt, Jef. Du auch. Sei jetzt ein einziges Mal mutig. Du musst entscheiden, was du nachher erzählen wirst. Wir können dir da nicht helfen.«
Ich schaue ihn entsetzt an. »Ich weiß es wirklich nicht, Pa.«
»Und trotzdem wirst du darüber nachdenken müssen. Ward hat einen Anwalt, der wird dir die Hölle heißmachen.«
»Sie denken immer noch, dass ich ein Held bin. Sie werden mir glauben.«
Er nickt. »Das denke ich auch.«
Mach ich mir umsonst Sorgen, ist es das, was er mir sagen will?

»Aber was ist, wenn sie herausfinden, dass du gelogen hast, Jef? Was dann? Was, wenn doch noch ein Zeuge auftaucht?«
Ich schaue ihn verzweifelt an. »Dann verliere ich, Pa.«
Er schweigt kurz. »Falsch«, sagt er. »Dann verlieren wir alle. Sogar unsere Renée und unser Remi.«
Der Kleine. Sie werden doch sein Leben nicht kaputtmachen?
Er setzt sich auf den Stapel Steine. »Es gibt nichts Einfacheres als die Wahrheit, Jef. Auch wenn man sie totschweigt, sie kommt trotzdem irgendwann ans Licht. Wenn nicht jetzt, dann später. *Immer*.«
»Aber ...«, fange ich an. Er möchte doch nicht, dass ich einfach die Wahrheit erzähle!
»Wenn ich es nur wüsste, Jef. Aber du hast geschossen, nicht ich. Jetzt nimm mir die Schubkarre ab und fahr sie rein. Fang wieder an zu hauen, Jef, alle Wände runter, damit wir vor dem Winter mit allem fertig sind.«
Vor dem Winter fertig sein, das soll einer glauben. Aber ich tue, um was er mich bittet, ich fahre die Schubkarre in den Stall.

Die nächsten Stunden schweigen wir. Wir arbeiten und hören erst auf, als es schon längst dunkel und unsere Haut vor Schweiß salzig geworden ist.
Wir waschen uns, bevor wir hineingehen. Ziehen saubere Kleider an. Der Tisch ist gedeckt.
»Wir haben schon gegessen«, sagt Renée zu meinem Vater. »Wir hatten Hunger.«
Obwohl wir immer zusammen essen.

»Ist gut«, sagt er.
»Guten Appetit, Pa«, sagt Renée.
Er nickt.
Niemand schaut zu mir, niemand erzählt mir etwas. Sogar der Kleine schweigt.
Mein Vater bekreuzigt sich, er bittet mich nicht mal, mit ihm zu beten.
Ab jetzt wird es immer vier plus einer sein. Nie mehr fünf.
Die Suppe ist lauwarm. Ich löffle sie hinein, ohne etwas zu sagen. Mein Vater schweigt auch. Was er sonst nie tun würde. Es ist, weil er meine Mutter schonen möchte. Wie sie einfach nur dasitzt, die Hände im Schoß, die Augen auf den Tisch gesenkt.

»Jef?«
Jemand sagt meinen Namen? Remi, wer denn sonst. Ich schaue von der lauwarmen Suppe hoch.
»Wollen wir nachher eine Runde Karten spielen?«
»Karten spielen?« Ich schaue die anderen an. Habe ich mich etwa doch getäuscht? Werden wir alle zusammen Karten spielen? So wie früher, als ich noch kein Held war und alles einfach gut war?
Aber meine Mutter steht vom Tisch auf, Renée nimmt den Krug mit hinaus, um Wasser zu holen, und mein Vater schaut meiner Mutter nach. Es kann doch nicht sein, dass meine eigene Familie nichts mehr mit mir zu tun haben will? So grausam können sie doch nicht sein?
»Ich kenne ein Spiel für zwei Leute«, sagt Remi.
Ich schaue ihn an. Ich beiße mir auf die Unterlippe. Wenn

der Kleine erfährt, was los ist, läuft er weg und kommt nie mehr wieder.
Ich nicke. Hole Luft. »Ein Spiel für zwei«, sage ich.
Remi werden sie mir nicht nehmen. Das werde ich nicht zulassen.

Schweigend löffle ich die Suppe in mich hinein. Nur das Klirren meines Löffels am Teller und das Ticken der Uhr ist zu hören. Ein Hüsteln meines Vaters. Das Schweigen meiner Mutter. Renée, die herumläuft wie ein kopfloses Huhn.
Ich bin kein Held. Ich kann ein solches Schweigen nicht ertragen.

Sommersprossengesicht

Ich trage eine lange Hose, die erste meines Lebens. Das habe ich unserem Jef zu verdanken. Ich habe ihn gefragt, ob er eine Hose hätte, die er entbehren könnte. Was interessieren mich meine Hosen, sagte er, ich durfte mir sogar eine aussuchen. Meine Mutter hat die Hosenbeine gekürzt, und ich dankte Jef für seine Hose, woraufhin er sagte: Wenigstens einer, den ich glücklich gemacht habe.
Dann wurde es wieder still im Haus.

Ich möchte Jeanne erzählen, dass Jef unglücklich ist und keiner etwas dagegen unternimmt, dass ich aber einen Plan habe. Ganz langsam fahre ich an ihrer Schule vorbei, so langsam, dass ich fast mit meinem Fahrrad umkippe.
Als ich vorbeifahre, klingelt es gerade.
»Remi«, sagt sie überrascht, als sie mich einholt. Sofort fange ich an, schneller zu fahren. »Hallo, Jeanne«, sage ich. Ich tue so, als wäre ich überrascht, aber es gelingt mir nicht besonders gut, denn sie sagt, ich solle nicht so ein blödes Gesicht machen.
»Warum hast du nicht einfach am Tor gewartet? Alle warten am Tor.«
»Einfach so?«, frage ich.
»Du hast doch nicht etwa Angst vor diesen Zicken aus meiner Klasse?«

»Natürlich nicht.«
Ich wollte, es würde aus Kübeln regnen. Dass der Himmel herunterfällt und so. Wie das letzte Mal. Wir würden uns wieder bei ihr unterstellen. Und wenn es nicht aufhört, sagt ihre Tante vielleicht: Junge, bleib heute Abend besser hier, das hier ist schlimmer als zehn Sintfluten zusammen. Aber es regnet nicht. Ich sehe nur einen hellgrauen Himmel. Und es weht nicht der kleinste Hauch, um Wolken herbeizutreiben.
»Schwester Melanie war bei uns«, sagt sie plötzlich. »Sie hat gefragt, wann wir sie besuchen. Und du sollst deine Trompete mitbringen.«
»Wirklich?«
»Sie sagte, du hättest viel Talent.«
Ich spüre, wie ich rot werde.
»Und nicht nur wegen der Trompete«, sagt sie.
»Wegen was denn noch?«, frage ich verwundert.
»Das hat sie nicht gesagt. Sie hat deine Schwester unterrichtet, hat sie gesagt.«
»Das ist es! Ich werde Schwester Melanie fragen, ob wir im Musiksaal des Klosters proben dürfen, Victor wird so glücklich sein! Ich werde sie ganz freundlich fragen, und wenn sie nein sagt, frage ich sie noch freundlicher!«
Sie lacht. »Wenn du sie fragst, wird sie ja sagen.«
Ich lache zurück. »Ich denke auch«, sage ich übermütig. Sofort spüre ich, wie ich wieder rot werde. Es ist mir egal.
»Wann gehen wir hin?«
Ich möchte sie heute noch fragen. Und dann fängt es an zu regnen und zu hageln und zu schneien und zu frieren, so dass

wir im Kloster bleiben müssen. Bis es vorbei ist. Aber es wird nicht vorbeigehen. Wir werden Tage, Wochen, Monate bleiben müssen.

»Wir werden am Freitag hingehen«, sage ich.

»Du trägst eine lange Hose«, sagt Jeanne.

»Ja«, sage ich froh. »Ich habe sie von meinem Bruder bekommen, er ist wieder zu Hause, und er hat ganz schlechte Laune.«

»Warum?«

»Ich darf es wieder mal nicht wissen. Weißt du, was ein Idealist ist?«, frage ich.

Sie schaut mich überrascht an. »Mein Vater war ein Idealist. Das hat mein Großvater gesagt.«

»Was ist es denn?«

»Ganz einfach«, sagt Jeanne. »Jemand mit Idealen. Ideale sind Träume.«

»Ich weiß schon«, sage ich schnell. Nicht dass sie meint, ich würde gar nichts wissen.

»Meine Tante sagt manchmal: Es wäre besser gewesen, er hätte etwas weniger davon gehabt, dann würde er noch leben.«

»Jef ist ein großer Idiot, sagt mein Vater, und Ward ein Idealist«, sage ich.

Sie bleibt stehen. Ich auch. Sie ist wütend, das merke ich sofort. »Ein Idealist erschießt doch keine Menschen?«

Ich denke nach. »Und was, wenn es ein dummer Idealist ist?«, frage ich dann. »Einer mit dummen Idealen?«

»Das ist möglich«, sagt Jeanne. »Komm, wir fahren weiter.«

Wir fahren in unser Dorf hinein. Es regnet immer noch nicht, nicht mal ein Wassertropfen fällt vom Himmel.

»Mein Vater hat auch Menschen erschossen«, sagt Jeanne plötzlich.

Dann ist er auch ein dummer Idealist, will ich sagen. Was ich natürlich nicht tue. Ich möchte wirklich keinen Streit mehr mit Jeanne. Nie mehr.

»Meine Tante hat es mir erzählt. Er hat natürlich nur schlechte Menschen erschossen.«

Sie schaut mich von der Seite an. »Ich kann schon gut auf den Fingern pfeifen.«

»Wir wollten doch nie mehr üben!«

Sie zuckt mit den Schultern. »Auf den Fingern pfeifen ist etwas, was allen gehört.«

Wir halten vor ihrem Haus. Sie rollt die Zunge zusammen, steckt die Finger in den Mund und pfeift. Ich klatsche in die Hände.

»Ich möchte dich noch etwas fragen«, sagt Jeanne. »Warum ist dein Bruder ein großer Idiot?«

»Ich weiß es nicht«, sage ich.

»Eigentlich weißt du gar nichts.«

Ich merke, wie ich wütend werde. Obwohl ich nicht wütend auf sie werden möchte. »Ich denke, dass mein Vater einfach so dahergeredet hat.« Ich zögere. »Und ich habe einen Plan. Ich werde dafür sorgen, dass alles wieder gut wird.«

Sie nickt. »Das ist eine prima Idee.«

Sie fragt nicht mal, welchen Plan ich habe. »Du glaubst mir nicht.«

»O doch«, sagt sie, »ich glaube dir, Remi. Du wirst alles

wiedergutmachen. Wann kommst du wieder an der Schule vorbei?«

»Morgen«, sage ich.

Ich fliege mit dem Fahrrad nach Hause.

Der Mann da, mein Vater

»Aufstehen, Jef.«
Meine Mutter schenkt uns Kaffee ein. Sie setzt sich, faltet die Hände im Schoß.
»Iss etwas, meine Blonde«, sagt mein Vater.
Sie schüttelt den Kopf. »Ich habe keinen Hunger.«
»Du musst etwas essen, meine Blonde. Das wird ein langer Tag.«
»Viel zu lang«, sagt sie. Und dann nichts mehr.
Ich wage es nicht, sie anzuschauen. Ich bin schuld, dass der Tag zu lang wird. Ich habe ihr den Appetit genommen. Und alle ihre Worte.

Wir ziehen unsere Arbeitskleidung an.
Niemand fängt im Winter an zu bauen. Der Schlaf hängt ihm noch in den Augen. Er gehört nicht mehr zu den Jüngsten. Bald gibt sein Herz auch noch auf. Durch meine Schuld, durch meine große Schuld.
»Nicht zu viel nachdenken«, sagt mein Vater. »Und hilf mir, die Steine aufeinanderzustapeln.«
»Ja, Pa.«
Mein Vater seufzt. Hält inne, richtet sich auf, schaut mich an.
»Du wirst am Dienstag nicht allein sein. Deine Mutter und ich kommen mit.«

Von allen Worten, die er sagen konnte, hätte ich diese nie erwartet.
»Du bleibst einer von uns, Jef.«
Ich schaue ihn erschüttert an. Dass er solche Dinge sagt. Der Mann da, mein Vater.
»Pa«, sage ich.
»Denke bloß nicht, dass ich mich danach sehne.«
Ich beiße mir auf die Lippe.
»Und noch etwas, Renée kommt auch mit zu dem Prozess.«
»Sie hasst mich«, sage ich erstaunt. »Sie kann mein Gesicht nicht mehr sehen.«
Er schaut mich an. Schweigt. Nimmt wieder seine Spitzhacke. Und haut und haut. Ich mache es ihm nach. Der Staub schießt wieder in meine Kehle, lässt mich nach Luft schnappen. Irgendwann liegen alle Wände auf dem Boden, und dann fangen wir an zu bauen. Winter oder nicht.

Mit gesenkten Köpfen werden sie hinter mir stehen, beschämt wegen ihres ältesten Sohnes, ihres Schandflecks. Aber sie werden da stehen. Sie werden hören, wie ihr Sohn enttarnt wird, und Schande wird über sie kommen, das Dorf wird sie ausspucken, nichts wird von ihnen übrig bleiben.
Renée weiß das schon. Und deshalb kommt sie mit zum Prozess. Nur deshalb. Jemand muss dafür sorgen, dass sie nicht zusammenbrechen. Denn ich nehme ihnen ihr Leben weg. Ihnen allen. Sogar dem Kleinen. Ich werde nicht damit leben können. Genauso wie ich verrückt werde von der Stille im Haus. Von den Händen im Schoß meiner Mutter.

Ich habe immer noch die Pistole.
Sie denken, dass ich sie nicht mehr habe. Ich habe ihnen erzählt, ich hätte sie noch am selben Abend in den Kanal geworfen. Sie glauben mir. Obwohl sie mich sonst für einen großen Lügner halten. Als würde ich sie wegwerfen. Wer weiß, wozu ich sie noch brauche.
Ich war schlau. Zuerst habe ich sie in ein Tuch gewickelt und das Tuch in einen Sack gesteckt, dann habe ich am Waldrand ein tiefes Loch in den Boden gegraben und darin die Pistole versteckt. Ich habe einen großen Stein gesucht und die Stelle damit abgedeckt. Der Stein liegt immer noch da.

Ich kann ihnen ihr Leben zurückgeben. Ich kann das. Nur ich.
Wenn ich nur einmal meinen ganzen Mut zusammennehme.
Sie werden mich verurteilen. Das ist sowieso egal.
Aber sie werden frei sein.
Damit kann ich leben.

Wunderkerlchen

Ich darf nicht mit zum Prozess. Der Kleine kann dort nichts ausrichten, hat mein Vater gesagt.

Erstens wissen sie, dass ich schon lange nicht mehr klein bin, und zweitens werden sie hingehen. Als könnten sie dort etwas ausrichten. Dabei dürfen sie nicht einmal was sagen. Wir gehen, weil wir müssen, sagt mein Vater, und dass ich nicht so große Ohren haben soll. Wer sagt, dass ihr müsst, habe ich gefragt. Niemand, hat mein Vater gesagt. Und dass ich schweigen sollte.

Unser Jef möchte auch nicht, dass ich mitkomme.

»Bleib bloß diesem elenden Prozess fern«, sagt er.

Jef sagt nie einfach ›der Prozess‹.

»Elend für wen?«, habe ich ihn gefragt.

»Elend für alle.«

»Auch für mich?«

Darauf gibt er mir nie eine Antwort. Ich denke, er redet nur so daher. Wie zur Zeit alle hier im Haus. Außer meiner Mutter, die sagt gar nichts mehr.

»Wenn der Prozess vorbei ist«, fängt mein Vater manchmal an. Und dann hört er auf. Wird alles wieder gut, möchte er sagen. Aber er sagt es nicht. Ich sagte schon, alle hier benehmen sich eigenartig.

Jeanne darf auch nicht mit. Obwohl es ihren Vater betrifft.
Vor ein paar Tagen fuhren wir zusammen zum Kloster. Ich wollte Schwester Melanie fragen, ob wir dort mit der Blaskapelle proben dürften.
»Wir dürfen nicht mit zum Prozess«, war das Erste, was Jeanne zu Schwester Melanie sagte.
»Kommt herein«, sagte Schwester Melanie, und dass wir uns nicht so aufregen sollten, so ein Prozess sei nichts für Kinder.
»Wir sind keine Kinder mehr«, sagten wir beide wie aus einem Mund.
Schwester Melanie lächelte. »Aber natürlich seid ihr das.«
Dabei hat sie ausgesehen, als hätten wir etwas ganz Naives gesagt. Fast dachte ich: Ich frage sie nicht mehr wegen des Proberaums für die Blaskapelle, was bildet sie sich bloß ein, dass sie Mutter Maria ist, aber dann fragte ich sie doch. Und sie sagte: ja. Und zwar ohne nachzudenken.
»Oh«, sagte ich nur. Und dann: »Victor wird so froh sein, Schwester. Wer einen Saal findet, darf direkt in den Himmel, sagt er.«
»Ach, Remi«, sagte sie, »du kommst auch so in den Himmel.« Sie schaute zu Jeanne. »Weißt du, wie dein Großvater Remi nannte? Wunderkerlchen, hat er immer gesagt.«
»Wunderkerlchen«, wiederholte Jeanne. »Wirklich?«
»So ist es«, sagte Schwester Melanie.
Jeanne lachte mich an, und ich lachte sie an. Fast hatten wir unseren Ärger vergessen.
»Kannst du wirklich Wunder vollbringen?«, fragte sie, als wir nach Hause fuhren.
»Eines hat schon geklappt.«

Heute Abend ist es so weit.
Ich habe viel geübt. Im Wald, nach der Schule, denn niemand darf es vorher hören. Ich bin fast erfroren, so kalt war es. Jesus hatte Glück, der brauchte nur an Wunder zu denken und ein bisschen zu beten, und schon erfüllten sie sich.

Brief

Ich habe Bekkers erzählt, dass ich einen Brief schreiben möchte. Er hat mir Papier und einen Stift besorgt.
Um zehn Uhr ist der tägliche Ausgang im Innenhof. Die Zelle leert sich, ich bleibe allein zurück. Bekkers gibt mir einen Schreibblock und einen Stift, er hat sogar an einen Briefumschlag gedacht. »Du hast eine halbe Stunde«, sagt er, »dann kommen sie zurück.« Er schließt die Tür und verschwindet.

Ich habe immer gedacht, Jef und ich, wir sind uns überhaupt nicht ähnlich. Es stimmt nicht. Beide wollten wir *etwas Gutes tun*. Wir werden richtige Helden, sagte Jef immer. Aber sein Vater hat ihn aufgehalten. Während meiner einfach verschwand. Bevor er etwas sagen konnte, war er schon nicht mehr da.
Und später verschwand ich selbst. Aus Renées Leben. Aus dem Leben meiner Mutter. Und am Ende auch aus Jefs Leben.

Ich schreibe seine Adresse auf den Briefumschlag, falte den Brief, stecke ihn hinein und klebe den Umschlag zu.
Die anderen sind zurück. Ich gebe Bekkers den Brief. Ob er ihn für mich aufgeben möchte?
Bekkers nickt. Ich vertraue ihm. Nach dem Prozess wird der Brief ungeöffnet bei Jef ankommen.

Meine Strafe wird schwer sein. Hinter meinem Namen stehen viele Tote. Den Anschlag werden sie mir nicht verzeihen. Ich war bereit, das wissen sie. Denn wenn Theo nicht dort gestanden hätte, wären sie alle fünf draufgegangen. Sie wissen es nicht. Ich schon.
Ich werde im Gerichtssaal sagen, was ich mir vorgenommen habe. Es wird nicht viel Unterschied machen. Herr Rechtsanwalt Bielen wird mich nicht verstehen. Meine Mutter auch nicht. Die Richter sowieso nicht, egal, was ich sagen werde. Vielleicht kann man es auch nicht verstehen.

Ein Mensch ist seine Familie

Es ist aus mit Emile. Schluss. Aus.
Ich bin zu seinem Haus gefahren.
Komm rein, Renée.
Nein, sagte ich, draußen ist besser.
Es war kalt, Schnee hing in der Luft. Er zog einen Mantel an und machte die Tür hinter sich zu. Da standen wir auf dem Gehsteig. Es war schon dunkel. Es wird immer früher dunkel.
Ich erzählte ihm, dass ich nichts mehr wusste. Nicht einmal, ob ich ihn gernhatte.
Ich habe dir zwei Jahre gegeben, um es herauszufinden, sagte er. Und mach nicht so ein Gesicht. Tu nicht so, als würdest du mich nicht verstehen.
Du hast mir also zwei Jahre gegeben, sagte ich.
Zwei Jahre meines Lebens, Renée.
Und ich?
Du hast nichts gegeben. Du hast gewartet, dass etwas passiert. Es ist nichts passiert.
Ich schwieg.
Und jetzt ist dein Bruder zu Hause, du bist durcheinander, du willst von zu Hause weg, und ich stehe dir im Weg.
Du stehst mir nicht im Weg, sage ich, was denkst du nur.
Und du hasst uns.

Aber nein. Du bist deinem Bruder nicht ähnlich, meine Mutter sagt das auch.
Ich schaue ihn erstaunt an. Was sagt sie?
Ein Mensch ist nicht seine Familie, das hat sie gesagt. Meine Mutter mag dich wirklich, Renée.
Ein Mensch ist seine Familie, sagte ich.
Er sah mich schweigend an. Dieses ganze Theater, Renée.
Tränen sprangen mir in die Augen, einfach so. Ich hatte ihn wirklich gerngehabt. Aber egal, was ich noch sagen würde, er würde mir nicht mehr glauben. Ich schwieg.
Da standen wir in der Kälte, einander gegenüber. Ich wollte mich umdrehen und wegrennen. Ich blieb stehen.
Weißt du, wie sehr ich mich auf Brüssel freue? Ich werde glücklich, wenn ich nur an diese Schule denke, sagte ich.
Er starrte weiter auf eine Stelle zwischen unseren Füßen. Ich nahm den Ring vom Finger und legte ihn in seine rechte Hand.
Was machst du da, fragte er entsetzt.
Ich fühlte, wie kalt es geworden war. Ich gehe nach Hause, sagte ich. Ich streckte die Hand aus, legte sie kurz auf seinen Arm. Er nickte.
Er machte einen Schritt zurück und öffnete die Tür. Du wirst es schaffen, sagte er noch, du wirst es dort schon schaffen.

Die Tür fiel hinter ihm ins Schloss und ich hatte niemanden mehr. Nur noch mich. Wie das war und wie das sein konnte, davon hatte ich keine Ahnung.

Der Prozess

*

Wir warten am Tor des Gerichtsgebäudes, mein Vater, meine Mutter, Jef und ich. Zwei Gendarmen sorgen dafür, dass das Tor geschlossen bleibt, bis die Prozesse beginnen. Inzwischen strömen Leute herbei. Es wird um die vorderen Plätze am Tor geschoben und gedrängt. Alle wollen sich einen Platz sichern. Wir auch, deswegen stehen wir hier schon seit halb zehn. Wards Prozess fängt um zehn Uhr an, es ist der erste einer ganzen Reihe von Prozessen. Sie sprechen am laufenden Band ihre Urteile, hat mein Vater gesagt, es ist manchmal wie ein Zirkus, eine Nummer nach der anderen, und das Publikum klatscht und jubelt.

Jef konnte heute früh nichts essen. Er sieht aus wie eine Leiche. Je mehr Menschen hier ankommen, umso blasser wird er. Die ganze Woche ist er mit langem Gesicht herumgelaufen. Wir haben alle einen Bogen um ihn gemacht, außer meinem Vater. Jeden Morgen hat er Jef aus dem Bett geholt, damit er ihm hilft, die neue Waschküche zu bauen. Jeden Abend war es schon lange dunkel, wenn sie zurückkamen. Nach dem Abendessen ging Jef sofort ins Bett. Lass ihn nur, sagte mein Vater dann, jetzt darf er müde sein.

Dass mein Vater diese Geduld aufbringt.

Ich habe Victor alles erzählt. Sie schützen ihn, sagte ich. Und dass sie bloß nicht denken sollten, dass ich sie zu diesem elenden Prozess begleite.
Bist du verrückt, sagte Victor, du kannst sie nicht alleine gehen lassen.
Nun gut, und jetzt stehe ich hier zwischen all diesen Leuten. Gleich bin ich so platt wie eine Flunder.

Jef wird lügen bei diesem Prozess. Er wird sagen, dass alles nicht wahr ist. Dass er Theo retten wollte, natürlich hat er ihn nicht erschossen, er hat die Medaille doch nicht umsonst bekommen, oder?
Wenn sie ihm glauben, werden sie ihn nicht festnehmen. Mein Vater wird weiter an der Waschküche bauen, Jef wird ihm helfen, wann immer er kann, dann wird er wieder in die Mine gehen, und, wer weiß, vielleicht wird er wieder bei diesem Freund wohnen. Remi wird seine höhere Schule fertig machen und dann ein weltberühmter Trompeter werden. Ich werde in Brüssel studieren. Und meine Mutter wird aufhören zu schweigen, sie wird wieder Röcke mit Blumen tragen statt dieser tristen schwarzen Sachen der letzten Woche. Sie wird wieder sagen: Spiel, Kind, dann tanzen wir bis in den frühen Morgen.
Wenn sie Jef glauben.

*

Es ist kalt. Schnee hängt in der Luft. So viele Menschen. Sie werden jubeln, wenn die Urteile gesprochen werden. Mit Geifer in den Mundwinkeln und Glitzern in den Augen.

Dann gehen sie zufrieden nach Hause. Die Schlechten haben ihre verdiente Strafe bekommen.
Meine Eltern neben mir, meine Schwester hinter mir. Wie immer wir es auch drehen und wenden, wir sind eine Familie. Das sagt mein Vater. Und meine Mutter, ach, meine Mutter. Sie sitzt bloß da. Es ist zum Sterben, wie sie dasitzt und schweigt.
Ich habe wirklich gedacht: Sie schweigt, bis sie die richtigen Worte gefunden hat. Ich habe mich geirrt. Das Einzige, was sie heute früh sagte, war: »Gib dein Bestes, mein Junge.«
Ich werde mein Bestes geben. Ich sagte es nicht. Ich schwieg. Wenn ich ein einziges Wort gesagt hätte, wären alle anderen auch aus mir herausgebrochen. Und dann hätten sie mich zurückgehalten. Das konnte ich nicht riskieren.
Mein Vater denkt noch immer, dass ich keinen Mumm habe.
Heute werden sie es sehen. Wie sie sich in mir geirrt haben. Sie werden die Welt nicht mehr verstehen. Aber sie bekommen ihr Leben zurück.

*

Ich kann die Sache drehen, wie ich will, aber es geht hier heute auch um mein Leben. Auch wenn ich in Brüssel die Prüfung schaffe und nie mehr hierher zurückkommen werde. Es wird immer kälter.
Soll ich jubeln, wenn Ward doch die Todesstrafe bekommt?
»Deine Lippen sind blau«, sagt mein Vater.
»Mir ist so kalt, Pa.«
Meine Mutter hat auch blaue Lippen. Ich lächle ihr zu, sie

lächelt zurück. Es ist ein unangenehmes Lächeln. Als würde sie weinen, so lächelt sie. »Ich hoffe, dass wir bald hineindürfen«, sage ich.
Sie nickt. Mein Vater nickt. »Es kann nicht mehr lange dauern.«
Jef hat auch blaue Lippen. Mit seinem blassen Gesicht und seinen blauen Lippen sieht er wie ein Toter aus.

Endlich wird das Tor geöffnet. Obwohl wir ganz vorn stehen, werden wir dennoch in das Gedränge um einen guten Platz verwickelt. Mein Vater ist schnell. Er fliegt zwischen den Menschen nach vorn und bahnt uns einen Weg. Ich spüre einen harten Stoß in den Rücken. Meine Mutter. »Schnell«, sagt sie, »bevor andere unsere Plätze einnehmen.«
Unsere Plätze.
Wir sitzen in der dritten Reihe. Meine Mutter hält einen Platz für Jef frei, denn er muss sich vorher noch beim Gerichtsschreiber melden.
Der Lärm im Saal ist entsetzlich. Menschen kämpfen laut um einen Platz, sie drängen sich nebeneinander auf den Heizkörpern und den Fensterbänken, Männer und Frauen, alle brennen darauf, das Spektakel mitzuerleben.
»Haben sie an einem Montagmorgen denn nichts Besseres zu tun«, sagt mein Vater. Seine Hände liegen unruhig auf seinen Knien, greifen ineinander, lösen sich, greifen wieder zu.
Ich lege meine Hände kurz auf seine. Zum ersten Mal in meinem Leben mache ich das. Es fühlt sich eigenartig an. Es war immer umgekehrt.
»Wird er die Wahrheit sagen, Pa?«

»Ich weiß es nicht. Ich hoffe es, und ich hoffe es nicht. Es ist schrecklich, so hoffen zu müssen.«
Dann sehe ich Hélène, Wards Mutter. Sie spricht ganz vorn mit einem Mann in einem schwarzen Anzug. Wards Anwalt. Er deutet auf einen Stuhl in der ersten Reihe. Ihren Stuhl. Für sie reserviert. Ich hätte dort auch sitzen können. Neben ihr, ganz vorn.
Ich drücke die Hand meines Vaters. Es ist gut, dass ich neben ihm sitze.

*

Es ist halb elf. Eine halbe Stunde später als vorgesehen öffnet sich eine Tür auf der linken Seite. Ein gefesselter Mann erscheint, zwei Gendarmen an jeder Seite. Für einen Moment wird es mucksmäuschenstill. Alle denken, es sei der Angeklagte. Ich auch. Aber es ist Lom Weck. Verdammt, dieser elende Anwalt hat nicht geblufft. Der Herr steht schon auf, geht zu Lom, legt eine Hand auf seine Schulter. Täuschen Sie sich nicht, Herr Rechtsanwalt. Lom Weck kommt aus dem schlechten Lager. Und er weiß nichts, verdammt. Wieso rege ich mich so auf? Er ist nur hier, um den Richtern Sand in die Augen zu streuen. Mehr nicht. *Ward ist ein guter Junge. Voller Idealismus, Herr Richter. Sie haben ihn mit ihren feinen Worten herumgekriegt. Sie haben uns alle herumgekriegt.* Kommen Sie zur Sache, wird der Vorsitzende sagen. Sie hätten besser Ihren Verstand benutzen sollen. Ihre Augen und Ohren aufgemacht.
Eine Viertelstunde später geht die rechte Seitentür auf. Die Mitglieder des Kriegsgerichts treten ein. Alle stehen auf,

setzen sich wieder, sobald die Herren Platz genommen haben.
»Unvorhergesehene Umstände haben zu einer Stunde Verspätung geführt«, sagt der Vorsitzende. »Lassen Sie uns schnell anfangen.« Er schlägt mit einem Hammer auf den Tisch. »Die erste Sitzung ist eröffnet«, sagt er, »der Angeklagte soll hereinkommen.«
Mein Herz schlägt bis zum Hals.

*

Ward erscheint zwischen zwei Gendarmen, seine Hände sind gefesselt, sein Rücken ist leicht gebeugt. Er wirft einen Blick in den Saal, über alle Köpfe hinweg zu den hintersten Reihen. Er ist dünn geworden. Seine Haare sind ordentlich gekämmt. Seine Mutter wird wohl für einen anständigen Anzug gesorgt haben.
Er ist ein schöner Mann.
Im Saal bestaunen sie ihn. Genau wie ich damals.
Ward war mein Zauberer. Solange ich bei Ward war, konnte ich alles und verlangte nach allem. Ich traute mich alles.

»Ich werde dir nicht schreiben«, sagte ich.
»Das ist nicht dein Ernst, Renée. Natürlich wirst du mir schreiben.«
»O nein.«
»Stell dir vor, ich würde es mir anders überlegen«, sagte er plötzlich.
Ich hatte ihn verwundert angeschaut.

»Es ist möglich«, sagte er. »Man kann nicht immer alles im Voraus wissen.«
Er würde es sich nie anders überlegen. Er würde seine Pläne nie auf den Kopf stellen. Er nicht.

Monatelang schrieb er mir Briefe, bis er eines Tages damit aufhörte. Als ihm endlich klar wurde, dass ich nie zurückschreiben würde. Aber ich habe alle seine Briefe geöffnet, ich habe sie alle gelesen. Es waren viele. Und alle erzählten sie mir das Gleiche. Dass dies das Leben war, das er sich ausgesucht hatte. Der Mensch soll das tun, von dem er glaubt, es tun zu müssen, und dann dafür die Verantwortung übernehmen. Jedes Mal erklärte er es mir mit anderen Worten. Ich verstand ihn nur allzu gut. Ich hatte auch eine Wahl getroffen. Und ich würde ihn nie mehr in mein Leben lassen. Keine halbe Sekunde mehr. Das ist mir nicht ganz gelungen.
Und jetzt steht er da. Er hat zwei Jahre gebraucht, bis er sich anzeigte, aber er hat es getan.
Und er hat Theo nicht ermordet. Nicht Theo. Wie auch immer der Prozess verlaufen wird, sie werden ihn schwer bestrafen.
Und ich?
Ich werde in Brüssel die Sterne vom Himmel spielen. Und dann? Das werde ich dann schon sehen. Aber es wird mein Leben sein.
Endlich.

*

Meine Fesseln werden gelöst. Ich werde auf einen Stuhl gedrückt, in der Nähe meines Anwalts. Die Gendarmen setzen

sich neben mich. Ich schaue zu meiner Mutter, sie nickt, ich nicke zurück. Sie sieht so tapfer aus. In fünf Minuten ist das hier vorbei, und dann gehen wir zusammen nach Hause. So ein Gesicht macht sie. Ich nicke wieder. Ich hätte das auch gern, Mutter, so unglaublich gern, aber wir wissen beide, dass es anders kommen wird.
Sie liest meine Gedanken. Ganz leicht schüttelt sie den Kopf. Dann nickt sie wieder. Ich werde nicht aufgeben, Mutter. Egal, wie das hier ausgeht.
Ich suche Jef im Publikum.
Er sitzt in der dritten Reihe. Nicht mal fünf Meter von mir entfernt. Sie ist auch da. Und ihre Eltern. Bin ich denn immer noch Teil ihres Lebens? Ich sollte mir keine Illusionen machen, sie kommen nicht wegen mir. Oder doch. Sie möchten hören, dass ich sicher hinter Gittern verschwinde. In einer halben Stunde werden sie mich für immer aus ihrem Leben schieben.
Es sei denn … Es sei denn, sie wissen, dass Jef Theo erschossen hat. Ich suche seinen Blick. Er schaut nicht hoch. Bielen hat ihm die Hölle heißgemacht, es würde mich nicht wundern, wenn Jef jetzt zittert, als wäre es sein Prozess und als würde gleich ein hartes Urteil über ihn gefällt werden.
Plötzlich schaut er hoch. Unsere Blicke kreuzen sich. Er schaut mich an, als wäre ich nicht da. Keine Angst. Kein Zittern, kein Beben. Er ist stärker geworden. Stark genug, um mir zu helfen?
Er sitzt an der Ecke, neben seinem Vater. Sie schauen beide zu mir. Sander sieht aus, als hätte der Krieg von neuem angefangen. Renée nickt mir zu. Ich sehe, wie sie erschrickt, sie wollte

wohl nicht nicken. Sofort schweifen ihre Augen ab. Sie weiß es. Dass ich nicht ganz schlecht bin. Es ist wieder ein Strohhalm. Wenn sie es weiß, wissen es die anderen vielleicht auch. Bekkers hatte es mir ans Herz gelegt. Verlier nicht den Mut, Dusoleil, es gibt sogar welche, die freigesprochen werden. Ich habe ihn ausgelacht.

*

Erdkunde.
»Pass auf, Remi.«
Als könnte ich jetzt aufpassen.
»Die Hauptstadt Frankreichs, Claessen.«
Jetzt habe ich wirklich zu viele Gedanken im Kopf, als dass ich an Frankreich denken könnte.
»Ich möchte eine Antwort!«
»Paris, Herr Lehrer«, seufze ich.
»Hm«, nickt er. Er dreht sich zur Tafel und fängt an zu schreiben.
Die nächsten fünf Minuten wird er mich in Ruhe lassen.

Vor zwei Tagen.
»Komm, meine Blonde, wir machen einen Spaziergang«, sagte mein Vater. »Ein bisschen frische Luft wird uns guttun.«
Sie stand auf, zog ihren Mantel an, band sich den Schal um den Hals, zog die Handschuhe an. »Ein bisschen frische Luft wird uns guttun«, sagte sie. Sie lächelte ihren Handschuhen zu. Dann ging sie hinaus. Mein Vater zog die Tür leise hinter sich zu.

So seltsam hatte sich meine Mutter noch nie benommen. Es war, als säße jemand anderer in ihrem Körper, als wäre sie nur noch Haut.

»Ist sie krank?«, fragte ich.

Jef und Renée schwiegen.

»Ich möchte es wissen«, sagte ich wütend.

»Sie machen sich Sorgen«, sagte Jef zu mir. »Aber ich weiß schon, was ich tue.«

»Du? Da muss ich aber lachen.« Renée stand wütend auf, und bevor Jef oder ich etwas sagen konnten, hatte sie ihren Mantel von der Garderobe genommen und war verschwunden.

Da saßen wir nun zu zweit.

Es wurde sehr still. Nur noch Gusts Uhr. Und mein Atem.

Jetzt, dachte ich. Jetzt muss ich mein Wunder vollbringen.

Ich stand auf und ging ins Schlafzimmer. Ich nahm meine Trompete vom Schrank und ging damit zu Jef. Mein Herz schlug mir bis zum Hals. Es sollte das allerschönste Lied werden, weniger würde nicht reichen.

»Was hast du vor?«

»Psst, Jef, sei still.« Ich schloss die Augen. Ich blies. Es war der richtige Ton. Ich blies den nächsten. Und den nächsten. Und dann zählte ich nicht mehr.

Das Lied hatte nur zwei Strophen und einen Refrain, aber ich spielte es noch einmal und noch einmal, und während ich spielte, dachte ich ans Meer, und obwohl ich in Wirklichkeit das Meer noch nie gesehen hatte, fand ich es schön, so viel Wasser, und nichts, das es aufhalten konnte, und niemand würde mein Wunder aufhalten können, noch nicht einmal Jef.

Jef sah nicht glücklich aus.
»Ich kenne dieses Lied«, sagte er. »Es heißt ›Für Jef‹, nicht wahr?«
Er hatte es erkannt!
»Wolltest du wieder ein Wunder vollbringen?«
»Letztes Mal hat es auch geklappt.«
Er schaute mich ernst an. »Es war wirklich schön, Remi. Es war noch schöner als letztes Mal.«

»Wie viele Häfen hat Frankreich? Remi, antworte.«
Ich zucke mit den Schultern. »Ich weiß es nicht, Herr Lehrer.«
»Du weißt, dass ich böse werde, wenn ihr nicht aufpasst.«
Ich nicke. Heute darf er von mir aus in die Luft gehen. Wenn sie bloß nachher alle einfach wieder fröhlich nach Haus kommen.

*

Mein Vater beugt sich zu mir. »Es fängt an, Kind.«
Ich drücke seine Hand. »Verliere den Mut nicht, Pa.« Jemand muss es ihm sagen.
»Wer weiß«, seufzt er.
»Verhandelt wird hier die Sache Dusoleil Ward, geboren 1925, Mitglied des VNV und in dieser Eigenschaft im Juli 1943 an die Ostfront gezogen«, verkündet der Militärstaatsanwalt. »Schon während seiner Ausbildung in Sennheim zeichnete er sich durch seinen fanatischen Hass auf unsere russischen Verbündeten aus. Sein Eifer, mit den Deutschen zu kollaborieren, nimmt in den nächsten Monaten noch zu, und schon bald

arbeitet er sich vom einfachen Soldaten zum Sturmführer hinauf. Er hat inzwischen den Eid auf Hitler geschworen und wird dadurch Mitglied der Waffen-SS. Dusoleil wird eine Gruppe von Soldaten anvertraut. Mit ihnen zusammen ist er Teil der Division Langemarck, einer Division, die gegen unsere viel stärkeren Verbündeten kämpft. Während andere Soldaten einsehen, dass sie einen Fehler gemacht haben, und wieder ins Vaterland zurückkehren, um dort ihre verdiente Strafe abzusitzen, begeht Dusoleil Fahnenflucht und taucht zwei Jahre lang in Deutschland unter, wo er eine falsche Identität annimmt. Meine Damen und Herren, wir haben es hier mit einem sehr schlauen Mann zu tun.«

»Entschuldigen Sie, Herr Vorsitzender«, erklingt plötzlich Wards Stimme.

Sein Gesicht ist rot geworden. Er versucht aufzustehen, aber einer der Gendarmen hält ihn auf seinem Stuhl fest.

»Sie bleiben so lange sitzen, wie der Prozess dauert, Dusoleil«, sagt der Vorsitzende. »Und Sie …«

»Ich möchte nur sagen, dass …«

»Und Sie sollten schweigen, solange die Anklage gegen Sie verlesen wird«, fährt der Vorsitzende fort. »Ich meine, dass der Herr Staatsanwalt noch nicht fertig ist mit seiner Anklage, nicht wahr?«

»In der Tat, Herr Vorsitzender, diese Person …«

»Ich war nicht fahnenflüchtig, das ist eine Lüge«, ruft Ward.

»Herr Rechtsanwalt Bielen, wir haben eine Stunde Verzögerung, wir können uns kein Geschwafel erlauben. Wenn Sie es nicht schaffen, Ihren Mandanten zur Ordnung zu rufen, wird das hier bald vorbei sein.«

Der Anwalt nickt, geht zu Ward und flüstert ihm etwas zu. Ich sehe, wie Ward heftig den Kopf schüttelt. Wieder spricht der Anwalt mit ihm. Ward zuckt mit den Schultern.
»Ich werde Ihnen zum passenden Zeitpunkt das Wort erteilen, Dusoleil. Dann können Sie uns allen erzählen, was Sie meinen, erzählen zu müssen.«
Bielen hebt die Hand hoch.
»Was ist jetzt schon wieder?«, sagt der Vorsitzende seufzend.
»Ich bitte Sie, kurz etwas sagen zu dürfen, Herr Vorsitzender.«
»Ihnen wird nachher das Wort erteilt.«
»Es handelt sich hier um zwei Anklagen«, sagt Bielen schnell, bevor der Vorsitzende ihm das Wort abschneiden kann. »Ich habe eine kleine Bemerkung bezüglich der ersten Anklage. Wenn Sie mir gestatten, Herr Vorsitzender ...«
»Machen Sie es kurz«, sagt der Vorsitzende.
»In keinem einzigen Dossier gegen meinen Mandanten wurde das Wort Fahnenflucht erwähnt, Herr Vorsitzender. Notiert wurde, dass mein Mandant beauftragt worden war, Flüchtlinge in den Westen zu begleiten. Mein Mandant hat dem Befehl seines Vorgesetzten Folge leisten wollen, wie es ein guter Soldat tun sollte. Umstände, auf die er keinen Einfluss hatte, haben es ihm unmöglich gemacht ...«
»Ihr Mandant, Herr Rechtsanwalt Bielen, hätte besser nie auf seine Oberen gehört, dann würde er jetzt nicht hier sitzen.«

Lachen im Saal. Johlen. Der Zirkus hat angefangen.
»Der Herr Rechtsanwalt Bielen muss aufpassen«, sagt mein Vater, »der Vorsitzende lacht ihn jetzt schon aus.«

Der Vorsitzende schlägt mit seinem Hammer auf den Tisch.
»Ruhe im Saal, bitte«, ruft er, »oder ich lasse den Saal räumen!«
Sofort wird es wieder mucksmäuschenstill. Der Vorsitzende nickt zufrieden. Er wendet sich an den Militärstaatsanwalt.
»Der zweite Anklagepunkt, Herr Staatsanwalt.«
Sie werden Jef glauben, überlege ich plötzlich. Niemand hier steht auf Wards Seite. Egal, welchen Zeugen sein Anwalt aufruft, er wird, sobald er den Mund aufmacht, ausgelacht werden.

*

»Die zweite Anklage lautet folgendermaßen: Am Abend des fünften Mai 1944 hat Dusoleil Ward einen Anschlag auf fünf Führungskräfte der Untergrundarmee geplant, einen Anschlag, der nur zum Teil Erfolg hatte dank des Eingreifens von Claessen, Jozef. Bei dem Anschlag kam eine Person ums Leben, der betrauerte Verlaak Theo, ein Verbrechen, dessen der Angeklagte jetzt ebenfalls angeklagt ist.«
Er schweigt einen Moment.
»Ich möchte den Zeugen Claessen, Jozef, geboren 1925, in den Zeugenstand bitten, um seine Version der Tatsachen zu hören. Claessen, Jozef, bitte begeben Sie sich nach vorne.«
Ich stehe auf und gehe nach vorn. Der Vorsitzende deutet auf den leeren Stuhl neben dem Gericht. Es ist ein schwerer Holzstuhl mit einem roten Kissen aus Samt. Er sieht aus wie ein Bischofsstuhl. Ich stelle mich vor den Stuhl hin und schaue in den Saal.
»Wiederholen Sie: Ich schwöre, die Wahrheit zu sagen, die

ganze Wahrheit und nichts als die Wahrheit, so wahr mir Gott helfe.«

»Nichts als die Wahrheit zu sagen, so wahr mir Gott helfe«, wiederhole ich.

»Setzen Sie sich.«

»Also, junger Mann«, fängt der Militärstaatsanwalt an, »in welcher Beziehung stehen Sie zum Angeklagten?«

»Wir waren mal Freunde«, sage ich. »Bis er an die Front ging.«

»Was passierte dann?«

»Er hatte seltsame Ideen, ich verstand ihn nicht mehr.«

Mein Blick schweift hinüber zu Ward, ich kann nichts dafür. Sein Kopf ist gesenkt. Bewegungslos sitzt er da.

»Was für Ideen, Claessen?«

*

»Weiß jemand, wo die Seine anfängt?«

Niemand hebt den Finger.

»Claessen, du weißt wohl auch gar nichts, oder?«

»Nein, Herr Lehrer.«

Er kratzt sich am Kopf und seufzt.

»Ich zeige es euch noch einmal. Nehmt schon mal euer Heft. Du auch, Claessen. Hast du heute denn überhaupt schon eine Sekunde aufgepasst?«

Ich schaue ihn an, fühle mich ertappt.

»Nicht gut geschlafen letzte Nacht?«

Ich nicke vorsichtig.

Er seufzt. »Es ist eine schöne Entschuldigung, Claessen. Aber ich würde ab jetzt doch lieber aufpassen. Also, die Seine, Jungs.«

Ohne es zu wollen, gähne ich. Es passiert einfach. Schnell lege ich die Hände vor den Mund. Er hat es gesehen. »Claessen«, sagt er und streckt acht Finger in die Höhe.
Acht Seiten Strafarbeit. Verdammt.
Obwohl ich letzte Nacht wirklich kein Auge zugemacht habe.

Jef stand vor dem Fenster unseres Schlafzimmers. Die Vorhänge waren offen, und ich weiß nicht, ob ich vom Licht des Mondes oder von Jefs Seufzen aufgewacht bin.
»Warum stehst du da?«, fragte ich.
»Ich glaube, dass ich verrückt werde.«
Erschrocken richtete ich mich auf. »Soll ich unseren Pa rufen?«
»Bitte nicht«, sagte Jef.
Ich schwieg kurz. »Alles wird gut, Jef«, sagte ich.
»Es wird nicht alles gut, Remi.«
»Soll ich mein Wunder ...«, fing ich an.
»Wunder sind Blödsinn. Und jetzt werde ich schlafen, Remi. Sonst bin ich morgen nicht zu gebrauchen.«

*

»Ward wollte für die Deutschen kämpfen. Die Deutschen, Herr Anwalt, das waren unsere Feinde.«
»Ich weiß, Claessen, dass die Deutschen unsere Feinde waren. Aber gut, Sie haben nach dem Krieg eine Medaille bekommen für Ihren Heldenmut?«
Ich nicke. »Das stimmt.«
»Für das, was Sie an jenem Abend des fünften Mai 1944 getan haben?«

»Ich wusste, dass Ward etwas vorhatte, und ich bin ihm gefolgt. Ich habe vier Mitglieder der Untergrundarmee retten können, den Fünften leider nicht. Ward und Lom konnten entkommen, Mon wurde erschossen. Nach dem Krieg hat die Untergrundarmee herausgefunden, dass ich vier ihrer Männer gerettet hatte.«
Der Anwalt hebt die Hand. »Ich würde den Zeugen gern befragen.«
»Geduld, Herr Anwalt«, sagt der Vorsitzende.
»Ich habe noch eine letzte Frage an den Zeugen Claessen«, sagt der Militärstaatsanwalt. »Sehen Sie hier den Mörder von Verlaak Theo?«
»Ja«, sage ich.

*

An der Tafel stehen alle Häfen und alle Flüsse Frankreichs. Wir schreiben sie ab in unser Heft. »In der nächsten Stunde kennt ihr sie auswendig«, sagt er. »Fehlerfrei.«
Wir nicken alle.
»Mal sehen, wer aufgepasst hat. Die Quelle der Seine ist wo?«
Sofort deutet er auf einen Jungen in der ersten Reihe.
»Eh ... Paris, Herr Lehrer.«
»Nein, nein, nicht Paris! Um Gottes willen, rede ich hier für die Wände?«
Ich hebe schnell den Finger. »In den Vogesen, Herr Lehrer, etwas nördlich von der Stadt Dijon.«
Er nickt langsam. »Doch jemand, der hier aufpasst. Ausgerechnet Claessen. Es gibt noch Hoffnung.«
Obwohl ich sonst immer aufpasse. *Immer.*

»Mach nicht so ein böses Gesicht, Claessen«, sagt er. Er lächelt. Schaut in die Klasse. »In Paris wird die Seine groß, Jungs, dort kommt die Marne dazu. Aber wir müssen alles studieren, auch wo das Große noch klein ist.«
Er schaut in die Klasse. »Aller Anfang ist wichtig, Jungs.«

Das hat Jef letzte Nacht auch gesagt.
Er war wieder ins Bett gegangen und sofort eingeschlafen. Und geschnarcht hat er, als würde er einen Wald umsägen. Während ich noch kein Auge zugemacht habe. Ich setzte mich aufrecht hin und gab ihm einen heftigen Stoß.
»Was ist jetzt schon wieder?«
»Wieso sind Wunder Blödsinn?«
Er drehte sich auf den Bauch und schaute mich an. »Du hörst nie auf, oder, Remi?«
»Ich möchte es einfach wissen!«
Er seufzte. »All diese betenden Menschen, Remi. Tausende, Millionen Menschen, jeden Tag wieder, die hoffen auf irgendein blödes Wunder. Wetten, dass sie da oben schon längst denken: Sollen sie da unten doch selbst ihre Wunder vollbringen.«
»Gott hört auf alle Menschen!«
»Aber Remi. Als würde sich dort oben auch nur eine Sekunde jemand mit uns beschäftigen.«
»Aber natürlich!«
Er öffnete den Mund, schloss ihn wieder. Er zuckte mit den Schultern. »Wer weiß das schon, Remi. Ich weiß nur eines: Wenn die Menschen nicht mitarbeiten, wird nie ein Wunder Erfolg haben.«

»Es war aber Gott, der dafür gesorgt hat, dass du wieder laufen konntest.«
Er lächelte mir zu. *Lächelte!*
»Das ist nicht lustig«, sagte ich wütend.
Sein Gesicht wurde schnell wieder ernst. »Warum meinst du, dass dein sogenanntes Wunder das letzte Mal Erfolg hatte? Weil sie vor der Tür standen. Weil sie so schön spielten. Weil du so schön spieltest. Da konnte ich das Theater nicht länger durchhalten.«
»Theater?«
»Theater, Remi. Nur ein Puppentheater.«
Ich schluckte heftig. »Die ganze Mühe umsonst«, sagte ich wütend.
Er schwieg kurz. »Es hilft wirklich«, sagte er dann.
»Was?«, fragte ich wütend.
»Lieder zu spielen. Das ist keine vergebliche Mühe.«
Ich zuckte mit den Schultern. Stundenlang hatte ich geübt. Damit es schön klingen würde. So schön, dass ein Wunder passieren würde.
»Es ist der Anfang, Kleiner.«
Ich schaute ihn erstaunt an.
»Der Anfang von was?«
»Was weiß ich. Von allem. Und jetzt schlafen wir wirklich. Ich werde morgen für mein eigenes Wunder sorgen.«

Ich werde es Jeanne erzählen. Nur Puppentheater, Jeanne.
Ich weiß jetzt schon, was sie sagen wird.
Versuche es mal für mich, Remi. Wetten, dass es für mich gelingt?

Und ich werde ein Lied spielen.
Jeanne wird lächeln. Ein Wunder, wird sie sagen. Jeanne würde so etwas sagen. Spiel es noch mal, Remi.
Und ich werde es noch mal spielen. Und dann noch ein Lied. Und noch eines. Und sie wird immer weiter lächeln.
Und wer weiß, was dann …

*

Ob er den Mörder von Verlaak Theo im Saal sitzen sieht?
Jef nickt.
Wards Kopf ist immer noch gesenkt. Er schaut nicht einmal hoch, er springt nicht auf, wie vorher. Dass er seine eigene Haut nicht zu retten versucht, verstehe ich nicht.
»Deuten Sie bitte auf ihn«, sagt der Vorsitzende.
Woraufhin Jef seine Hand in die Tasche schiebt, eine Pistole zum Vorschein bringt und schießt. Er schießt einmal, zweimal, dreimal. Eine Sekunde lang denke ich, es ist ein Spiel. Wie auf dem Volksfest. Aber Ward schwankt. Ward ruft. Sein Kopf schießt hoch, und dann fällt er hin. Die Gendarmen nehmen Jef fest, reißen ihm die Pistole aus der Hand, schlagen damit gegen seinen Kopf, Jef fällt auf den Boden, einen Meter von Ward entfernt, nahe genug, um das Blut zu riechen, das aus Wards Kopf schießt, Ward, mit ausgebreiteten Armen, Jef, mit den Armen um den Kopf, während Wards Mutter an allen vorbeirennt, neben ihrem Sohn auf den Boden fällt, weint und brüllt, ihren Sohn anschreit, alle anschreit, und der Saal steht kopf, Gendarmen treiben die Menschen hinaus.
Während meine Mutter sich die Haare ausreißt, alle weg-

schiebt, über gefallene Leiber nach vorn stolpert, die Gendarmen wegschieben will, aber sie drängen sie zurück.
Und mein Vater legt die Arme um meine Mutter, und ich lege die Arme um meine Mutter, und beide sagen wir, dass alles wieder gut wird.

Erst haben sie uns Kaffee gegeben, dann einen Schnaps. Inzwischen ist meine Mutter wieder zu einer Statue geworden. Ich fürchte, diesmal für immer, sie sieht unheimlich aus, gar nicht mehr wie sie selbst.
Danach werden wir von einem freundlichen Gendarmen nach Hause gebracht. Jef haben wir zurückgelassen.
Morgen fahre ich nach Brüssel. Und ich werde es schaffen. Bestimmt. Es ist der einzige Weg.

Auf dem ganzen Weg nach Hause hat es geschneit.

Held

Zunächst wurde ich in ein Zimmer geführt. Ich musste mich auf einen Stuhl setzen, vor mir saßen drei Männer an einem Tisch. Der mittlere sagte: »Sie hätten das Recht nicht in die eigene Hand nehmen dürfen, Herr Claessen.«
Ich erzählte ihnen, dass ich meine Tat sehr bedauerte. Aber dass es für mich ein unerträgliches Leid geworden war, dass mein bester Freund sich nicht nur auf die Seite der Deutschen geschlagen hatte, er hatte auch noch einen Mann erschossen, den ich sehr geschätzt hatte. Theo war der größte Held, dem ich in meinem Leben begegnet war.
Sie verstanden es.
Der Mittlere fügte noch hinzu: »Ihr bester Freund hat der Welt tatsächlich viel Leid angetan, Herr Claessen, wir verstehen Ihre Wut. Auch wenn wir Ihre Tat nicht gutheißen. Sie werden vor Gericht erscheinen müssen. In Erwartung des Prozesses dürfen Sie nach Hause gehen.«
Dass ich mir wegen des Prozesses nicht den Kopf zerbrechen sollte. Das sagten sie auch noch. In Fällen wie meinem würden die Menschen nie schwer bestraft.
Dann ließen sie mich gehen. Eine Woche lang war ich eingesperrt. Nur eine Woche.

Ich habe gezittert wie ein Mädchen, als ich schoss. Aber ich musste meine Familie retten. Es ist mir gelungen. Vielleicht werden sie das zu Hause verstehen.
In Erwartung des Prozesses durfte ich sogar arbeiten gehen.
Junge, Junge. Dass es so ausgehen würde. Es ist fast zu schön.
Morgen gehe ich wieder in die Mine. Sie werden froh sein, dass ich wieder da bin. Sie brauchen immer Leute.
Und ich werde Nicola wiedersehen. Wer weiß, vielleicht ist mein Zimmer ja noch frei.

Es ist niemand zu Hause. Es ist kalt, der Ofen ist aus. Ich mache ihn gleich an.
Ein Brief liegt auf meinem Stuhl. Eigenartig. Ich bekomme nie mehr Briefe. Ich lese meinen Namen und meine Adresse. Ich kenne diese Handschrift wie meine eigene. Niemand sonst schreibt meinen Namen so zierlich. Früher dachte ich immer, das ist so, weil er mich so gern mag.
Niemand kann mich verpflichten, den Brief zu lesen. Ich werde den Ofen anmachen, dann werfe ich ihn ins Feuer.
Ich reiße den Briefumschlag auf.

Lieber Jef,

Sie sagen, dass ich zu jung für die Todesstrafe bin. Die Strafen werden auch milder, vor allem, wenn man Reue zeigt. Ich hoffe, ich bekomme lebenslänglich. Weniger wäre natürlich besser, na-

türlich. Aber die Anklage ist schwer, auch ohne den Mord an Theo.
Ich schreibe Dir diesen Brief, weil ich Dich wahrscheinlich nach dem Prozess nie mehr sehen werde. Ich möchte Dir erzählen, warum ich Dich am Montag nicht verraten werde. Nicht weil Du immer mein bester Freund warst. Auch nicht, weil das Gefängnis für Dich die Hölle wäre und ich Dir das ersparen möchte. Aber mir dreht sich der Magen um, und mein Herz schlägt zweihundertmal pro Minute, wenn ich nur daran denke, dass ich dort stehe und sage: Jef hat geschossen. Denn wir wollten Helden werden, Herr Richter, er und ich, wir wollten über der Welt schweben, das wollten wir.

Sie werden uns nicht als Helden bezeichnen. Sie haben recht.

Ich hätte mein Leben retten können, wenn ich einfach zurückgekehrt wäre. Ich habe es nicht getan. Ich bildete mir ein, dass es mehr Mut erforderte, zu bleiben. Es war umgekehrt. Es erforderte Mut, zurückzukehren. Dafür war ich zu feige. Ich kämpfte lieber an der Front um mein Leben. Ich habe schwer gekämpft, nicht ein Leben habe ich gerettet. Auch in den Jahren danach nicht. Obwohl es mein größter Wunsch war. Aber vielleicht wird es mir jetzt endlich gelingen. Darum werde ich beim Prozess über Dich schweigen.
Und wer weiß, vielleicht rette ich damit auch mein eigenes Leben.

Lass nicht zu, dass Dir die anderen erzählen, was Du mit Deinem Leben anfangen sollst. Glaube nicht an große Worte, Jef.
Und riskiere ab und zu mal etwas. Wenn Du nichts riskierst, lebst

du nicht. Wer nichts riskiert, stirbt noch schneller. Sorge dafür, dass Du nicht zu schnell stirbst, Jef.

Ich hätte keinen besseren Freund haben können.

Ward

Ich höre auf zu atmen.

Epilog

1967

Unser Jef ist tot

»Beten wir für das Seelenheil unseres lieben Verstorbenen«, wiederholt der Priester.
Für meinen Bruder, denke ich. Für meinen Bruder, den großen Angsthasen.
Wir sitzen alle in der ersten Reihe. Victor sitzt links neben mir. Rechts von mir sitzt Remis Jüngste. Sie ist fünf und rutscht schon seit einer halben Stunde auf ihrem Stuhl hin und her. Ich lege ihr kurz die Hand auf den Kopf. Sie schaut mich überrascht an. Sie lächelt. Dann seufzt sie. »Wie lange noch?«
»Ich weiß es nicht«, flüstere ich. »Es kann noch lange dauern.«
»Mich kribbelt es überall«, flüstert sie.
»Mich auch«, flüstere ich zurück.
»Wirklich?«
Ich nicke ernst. »Es geht schon wieder vorüber«, flüstere ich.
Ihre Augen strahlen. Sie versteht natürlich gar nichts. Von dem, was hier passiert, meine ich. Dieses ganze Getue, damit Jef unter Weihrauchschwaden in den Himmel kommt.
Ich schaue rasch zur Seite, zu Remi. Er hat ein ernstes Gesicht. Unser Bruder wird beerdigt. Aber ich weiß, dass er glücklich ist. Ein Kind sieht das.
Ich bin auch glücklich.
Es war mal anders.

1947. Der Prozess. Jef, der zur Selbstjustiz überging. Der danach Missionar werden wollte. Obwohl er gar nicht gern in die Kirche gegangen war. Als könnten wir wissen, was er wollte, sagte Jef und reiste ab. Bei den Franziskanern war er mehr als willkommen.

Sein Prozess lief, während er seine Ausbildung im Kloster absolvierte. Er bekam sechs Monate auf Bewährung. *Kurzzeitig unzurechnungsfähig.* Von einem großen Gerechtigkeitsgefühl getrieben, hatte er Selbstjustiz begangen, das hätte er natürlich nicht tun dürfen. Auch nicht, obwohl es sein bester Freund war, der und so weiter.

Dass er seine Ausbildung weitermachen könne.

Es war ein großes Fest, als er zum ersten Mal in seiner Soutane nach Hause kam. Einen Monat bevor meine Mutter starb. Mitten auf der Straße sackte sie zusammen. Ich war schon seit einem halben Jahr am Konservatorium in Brüssel, ich hatte dort ein Zimmer gemietet. Nach der Beerdigung wollte ich wieder nach Hause zurückkehren, jemand musste für Remi sorgen. Das mache ich schon, sagte mein Vater, und ich solle es ja nicht wagen, das Studium aufzugeben, o nein.

Vier Jahre später fuhr mein Vater aus Unachtsamkeit mit dem Fahrrad in den Kanal. Es war an einem eiskalten Novembertag, ein völlig falscher Tag, um in den Kanal zu fahren. Zwei Fischer konnten ihn zum Glück herausholen, aber viel hat es nicht geholfen. Eine Woche später starb er an Lungenentzündung.

Ich hatte gerade mein Diplom geschafft, ich kam wieder nach Hause, ich konnte an der Musikschule unterrichten. Das Erste, was ich tun durfte, war meinen Vater beerdigen.

Unser Remi und ich haben das zusammen gemacht. Jef war

nicht dabei, vom Kongo bis nach Belgien brauchte man sechs Wochen mit dem Schiff, und wir konnten meinen Vater nicht sechs Wochen lang aufgebahrt liegen lassen.
Jef schickte ein Telegramm. Er denke an uns, er bete für uns. Mehr stand nicht drin.

Ich starrte immer wieder zu dem Foto auf dem Sarg. Ich erkenne ihn nicht mit dem langen Bart, seinen weißen Missionarskleidern, dem großen Kreuz auf der Brust, dem breiten Lächeln.
Ich habe nie gewusst, wie es in ihm aussah. Wie weh es ihm in all den Jahren getan hat. Und ob es am Ende vorbeigegangen war.
Sich an die eigene Nase fassen, sagt Victor, mehr können wir nicht tun.
Meine Mutter sagte früher auch solche Sachen. Meine Mutter, mein wandelndes Sprüchebuch, meine Mutter mit ihrem Sternchenkleid und den Haaren voller Blumen. Die ihre Arme um uns legte und sagte, dass alles wieder gut würde. Und dann wurde sie zu einer Statue. Mein Vater nahm all seinen Mut zusammen, er machte weiter und wir auch.
Bis zu jenem Abend im November.
Erstens kannte er den Weg, wie konnte er dann einfach so in den Kanal fahren? Und zweitens hätte er dort gar nicht fahren sollen. An jenem Abend gab es eine Probe der Blaskapelle. Im neuen Saal am Dorfplatz. Dort lag *Unsere Sehnsucht*.

Wir verlassen die Kirche. Einer der Mitbrüder meines Bruders hält uns zurück. Ob wir kurz mitkommen könnten. Jef hätte uns ein paar Sachen hinterlassen. Sie lägen in der Sakristei.

Remi und ich folgen ihm. Jeanne und Victor warten draußen mit den Kindern.

Auf einem kleinen Tisch in der Sakristei steht eine Pappschachtel. Ganz oben liegt eine Trompete. Remi nimmt das Instrument aus der Schachtel.

Der Mitbruder schüttelt den Kopf. »Ach. Er wollte so gern lernen, Trompete zu spielen. Es ist ihm nie gelungen.«

»Er konnte spielen«, sagt Remi, fast empört.

Der Mitbruder lächelt. »Aber nein. Seien wir ehrlich, er hatte kein musikalisches Talent. Er hat sich die Trompete angeschafft, aber besonders schön gespielt hat er nie. Die ganzen Jahre bei uns hat er aber trotzdem weiter geübt. Spielen Sie ein Instrument?«

»O ja«, sagen Remi und ich gleichzeitig.

»Ach so«, sagt der Mitbruder. Er nickt, als würde er etwas verstehen. »Er hatte kein musikalisches Talent, aber er konnte andere Dinge, Ihr Bruder. Wenn man ein paar andere Dinge gut kann, kann man viel. Wir werden Ihren Bruder nie vergessen.«

Remi und ich gehen hinaus. Er trägt die Pappschachtel. Die Trompete ragt heraus. Ich schaue sie immer wieder an. Jef gehört uns, denke ich. Uns. Und ich verstehe es. Er wollte uns wirklich retten. Er hat es wirklich versucht. Remi hat er retten können. Ja, sicher, mich auch. Und wer weiß, vielleicht auch sich selbst.

Victor kommt zu uns herüber. Er lächelt, als er die Trompete

sieht. Er schüttelt den Kopf, er lächelt immer weiter. »Er war einer von uns, Renée.«
Ich nicke. »Es ist nicht zu fassen.«
Remi und Jeanne und ihre drei Kinder gehen uns voraus. Wir folgen ihnen.
»Er hat schlecht gespielt«, sage ich plötzlich. »So schlecht. Und weißt du was? Es macht nichts.« Ich lache und nehme seinen Arm. »Komm, Victor. Wir gehen nach Hause.«

»Ein kleines Wunder von einem Buch«

Der neunjährige Bruno weiß nichts von der Endlösung oder dem Holocaust. Er weiß nur, dass man ihn von seinem gemütlichen Zuhause in Berlin in ein Haus verpflanzt hat, das in einer öden Gegend liegt, in der er nichts unternehmen kann. Bis er Schmuel kennenlernt, einen Jungen, der ein seltsam ähnliches Dasein auf der anderen Seite des angrenzenden Drahtzauns fristet und der, wie alle Menschen dort, einen gestreiften Pyjama trägt. Mit der Zeit werden Bruno die Augen geöffnet und er gerät unvermeidlich in die Fänge des schrecklichen Geschehens.

John Boyne
Der Junge im gestreiften Pyjama
272 Seiten, gebunden

Fischer Schatzinsel

fi 85228 / 1

19 Minuten – und nichts ist mehr so, wie es war

Das Haus kommt ihr zu groß vor, der Schultag zu lang, das Licht zu hell. Manchmal dreht sich alles und Sophies Hände werden schweißnass. Und was in aller Welt hat sie jemals mit Abigail verbunden? Ihre beste Freundin hat nur noch Partys und Jungs im Kopf und ist Sophie mit einem Mal furchtbar fremd. Verbunden fühlt sich Sophie dagegen mit der neuen Mitschülerin Rosa-Leigh. Sie schreibt Gedichte und genießt es, anders zu sein. Aber wie soll Sophie ihr näherkommen – ohne über den schrecklichen Tag zu reden? Den Tag, der alles veränderte …

Alice Kuipers
Vor meinen Augen
Roman
Aus dem Englischen von
Angelika Eisold Viebig
ca. 256 Seiten, gebunden

Eine zarte Liebesgeschichte aus der harten Welt der Models

Ich ziehe Levi zur Tanzfläche. Mittlerweile spielt eine Band. Als ein langsames Lied kommt, zieht Levi mich an sich. Er ist ein bisschen größer als ich, und ich kann meinen Kopf an seine Schulter legen. Ich bin froh, nicht sprechen und immer die gleichen Antworten geben zu müssen. Er will nicht wissen, woher ich komme und wie alt ich bin. Er will nichts über Jobs und Castings hören und ob ich gern hier bin. In Berlin. Oder er will es, aber ihm fehlen die Worte. Dafür wiegt er mich sanft, und ich schließe die Augen.

Beate Teresa Hanika
Erzähl mir von der Liebe
160 Seiten, gebunden

Alles verlieren,
um alles zu gewinnen

An dem Morgen, als Pell Ridley heiraten sollte, stahl sie sich in der Dunkelheit aus ihrem Bett, küsste ihre Schwester zum Abschied, holte Jack von der Weide und sagte ihm, sie würden weggehen. Nicht dass er ihr hätte widersprechen können, denn Jack war ein Pferd. Sie nahm nicht viel mit. Brot und Käse und eine Flasche Bier, eine saubere Schürze, ein Stück Seil für Jack und ein Buch mit zarten Radierungen von Vögeln, das ihrer Mutter gehörte und das sich außer ihr nie jemand ansah. Das Kleid, in dem sie heiraten sollte, ließ sie unberührt über einem staubigen Stuhl zurück.

Meg Rosoff
Davon, frei zu sein
Aus dem Englischen von
Brigitte Jakobeit
240 Seiten, gebunden